U0060850

蕩寇志 上

俞萬春　撰
侯忠義　校注

三民書局

蕩寇志　總目

引言

侯忠義

蕩寇志一名結水滸傳，七十回，結子一回，清俞萬春撰。屬近代俠義小說流派，是水滸傳續書的一種。它篡改了水滸傳後五十回的內容和結局，重新敷演了七十回，讓梁山好漢一個一個悲慘死去，成為水滸傳續書中的別類作品。

蕩寇志是中國近代時期產生的一部長篇章回小說，然而它並無近代轉變期小說的新時代特點，仍屬於傳統意義上的俠義小說流派。它以立意和命題，對經典小說水滸傳的拮抗與對立，被視為傳統小說中的另類，並以它的認識價值和欣賞價值，確定了它在中國小說史中的地位。

蕩寇志究竟是一部什麼樣的小說？不少人視其為「反動文學的代表作之一」，斥之為「反動小說」，評價頗為偏頗，不夠實事求是；而魯迅在中國小說史略中則認為，「在糾纏舊作（按指水滸傳）之同類小說中，蓋差為佼佼者矣」，並說「他的文章是漂亮的，描寫也不壞，但思想未免煞風景」。可見蕩寇志應屬上乘之作，而其立意和思想，魯迅謂「然此尚為僚佐之見」，也就是說，這是當時部分官僚士大夫階級對現實政治的態度，或開出的救世良方。作為小說作家，也反映了作者的創作心態和心路歷程。

作者俞萬春，字仲華，號忽來道人，浙江山陰（今紹興）人。他生於乾隆五十九年（西元一七九四年），死於道光二十九年（西元一八四九年），享年七十五歲。他出生在一個封建官吏家庭，卻也生活在一個清嘉慶、道光間的衰世。他自少「於古今治亂之本，與夫歷代興廢之由，罔不窮其源委。下至稗官小說，風俗所繫，人心攸關，尤致意焉」（俞巘蕩寇志續序），可見他對政治敏感，有較高的藝術修養，和對生活的洞察力。其子俞龍光敘其父經歷時說：「道光辛卯、壬辰間，粵東猺民之變，先君隨先大父任，負羽從戎。緣先君子素嫻弓馬，有命中技，遂以功獲議敘。」（識語）作者在青壯年時期，曾隨父鎮壓廣東猺民起義，受過官府嘉獎，但卻未功成名就，最終也不過是個秀才。他的家庭、經歷以及社會環境對他的思想形成和小說創作無疑產生了重大影響，這是不言而喻的。

「不懂得嘉慶、道光間的遍地匪亂，便不懂得俞仲華的蕩寇志」（胡適中國章回小說考證），我們應該用歷史的眼光去剖析俞萬春和蕩寇志。亂世使他思定，理想就是「天下太平，朝野無事」（第一百四十回），而安定之法就是平定、鎮壓作亂者，這是他從生活經歷中得來的士大夫階級的體驗。他認為「邪說」盛行，特別是水滸傳中梁山造反者的行為，影響了現實中的叛亂者，其實那不過是他文人的一孔之見，社會矛盾才是基因和根本。他解決不了社會的根本矛盾，於是企圖用寫作蕩寇志來製造影響，以實現他的政治理想和抱負。

關於時代影響了他的創作這一點，同治辛未（西元一八七一年）俞巘序說得很明白：「海內升平日久，人心思亂，患氣方深，仲華獨隱然憂之，杜邪說于既作，挽狂瀾于已倒，其憂世之心，可謂深也已矣；其立說之旨，可謂正也已矣。然而附仙女之真靈，托長安之一夢，抑又何其誕也！」序中指出作者所謂仙女託夢而著書之說是荒誕無稽的，為何不公開直接宣示自己是為憂世而著書，是為杜絕造反邪說的影響，為挽救世道人心開出的一個救世良方呢？實質上他不過是要將自己的理想，塗抹上天命的色彩而已。

嘉慶、道光以來，清王朝的統治由盛轉衰，各地民眾的反抗此起彼伏。影響較大的就有天地會、哥老會、白蓮教等，而規模最大的太平軍，也正在孕育之中。對嘉、道以來的衰微國勢，對腐敗昏憒的朝廷，有識之士主張變革。如與作者同時代的詩人龔自珍，就提倡「更法」、「改圖」，以拯救時弊。他「往往引公羊譏切時政，詆排專制」（梁啟超清代學術概論二十二）。他在己亥雜詩中說：「九州生氣恃風雷，萬馬齊瘖究可哀！我勸天公重抖擻，不拘一格降人材。」表達了他對清王朝腐朽統治的不滿和批評，要求擺脫專制淫威，改革政治的理想。然而俞萬春卻不是這樣。對沒落的清王朝，作者仍然情有獨鍾，充滿希望。他主張安定和諧，反對造反起事。末回張叔夜剿滅了梁山後歌頌說：「不數月，內外頒詔，聲震海隅，共見聖君、賢相郅治無為，從此百姓安居，萬民樂業，恭承天命，永享太平。」表達了作者的心聲，也反映了特定歷史時期部分士大夫文人的心態。然而，這不過是他的一廂情願的幻想而已。末回評語指出：「安邦一段，按切時勢立言，不同浮響。」一針見血指出了蕩寇志的主旨是針對現實而發的。聯想他在第九十八回借笱冠仙之口訓斥宋江道：「貪官污吏干你甚事？刑賞黜陟，天子之職也；彈劾奏聞，臺臣之職也；廉訪糾察，司道之職也。義士現居何職，乃思越俎而謀？」就體現出作者的政治觀點和創作思想，那就是安於職守，做個良民，維持朝廷的穩定。作者煞費苦心地拖出一個水滸傳中最早受迫害的王進，讓他現身說法，指責林冲說：「高俅要生事害你，高俅何嘗不生事害我？我不過見識比你高些。不解你好好一個男子，見識些許毫無，踏著了機關，不會閃避；……難道你捨了這路，竟沒有別條路好尋麼？」（第一百三十三回）公然反對林冲反抗官府的行為。作者承認社會有太多的不公平，但為維護、創造太平、安定的局面，面對官府的橫行，你或逃避現實，歸隱山野；或只能俯首貼耳，聽任宰割，當好奴才。這就是俞萬春對時局的態度，對受迫害、被剝削者開出的一劑藥方，也是小說所表達的理念。

於是，他的同道者，就由衷地讚揚此書的出版和產生的影響。半月老人在同治十年（西元一八七一年）重刻本續序中說：「近世以來，盜賊蜂起，朝廷征討不息，草野奔走流離，其由來已非一日。非由於拜盟結黨之徒，托諸水滸一百八人，以釀成之耶？……仲華先生之蕩寇志，救害匪淺，俱已見之於實事矣。」這是從一個後來者的眼光，看出此書的創作目的和效果。然而蕩寇志挽救不了清朝，反抗者的血也不會白流。他站在時代潮流的對立面，妄圖阻止歷史前進的步伐，這無疑是作者的悲劇。作者去世之次年，即爆發了太平軍起事；咸豐三年（西元一八五三年）三月，太平軍攻占南京，並定為太平天國國都，與清王朝對峙十一年，用實際行動表達了反抗者對蕩寇志的批判。

據其子俞龍光所稱，蕩寇志草創於道光六年（西元一八二六年），寫成於道光二十七年（西元一八四七年），歷時近二十二年，經俞龍光修飾後，咸豐三年刻印於南京，並以咸豐元年（西元一八五一年）古月老人之序，題曰結水滸傳。

小說故事承接金聖歎偽作水滸傳第七十回梁山泊英雄驚惡夢續起，並有結子一回。小說以陳希真父女為中心，寫了陳希真、雲天彪及張叔夜征討梁山，擒殺宋江等一百零八名好漢的故事。作者認為一百二十回本水滸傳中，七十回以後的內容，包括梁山受招安、征方臘事，係羅貫中偽造。他在第七十一回卷頭語中明白地說：「乃有羅貫中者，忽撰出一部後水滸（案：指水滸後五十回）來，竟說得宋江是真忠真義，從此天下後世做強盜的，無不看了宋江的樣，心裏強盜，口裏忠義，殺人放火也叫忠義，打家劫舍也叫忠義，戕官拒捕、攻城陷邑也叫忠義。看官你想，這喚做什麼說話？真是邪說淫辭，壞人心術，貽害無窮。……因想當年宋江並沒有受招安、平方臘的話，只有被張叔夜擒拿正法一句話。如今他既妄造偽言，抹煞真事，我亦何妨提明真事，破他偽言，使天下後世深明盜賊、忠義之辨，絲毫不容假借。」他指責羅貫中所作的七十回以後的水滸傳，完全是「邪說淫辭，壞人心術」，於是做起了翻案文章。他把水滸傳中忠義的代表宋江，變成了強盜的代表，又另外塑造了一個他理想中的「草野忠臣」陳希真，一個不與朝廷對抗、一心只為朝廷平叛的真忠義、假強盜。於是俞萬春就編造出了這樣一部真正偽言的結水滸傳，即蕩寇志來。其友徐佩珂吹捧說：「余友仲華俞君，深嫉邪說之足以惑人，忠義、盜賊之不容不辨，故繼耐庵之傳，結成七十卷光明正大之書，名之曰蕩寇志。蓋以尊王滅寇為主，而使天下後世曉然於盜賊之終無不敗，忠義之不容假借混朦，庶幾尊君親上之心，油然而生矣。」（咸豐二年序）其實，水滸傳只反貪官，不反皇帝，在「忠君」這一點上，與俞萬春並無不同。明代李贄忠義水滸傳序中說：「宋江身居水滸之中，心在朝廷之上；一意招安，專圖報國；卒至於犯大難，成大功，服毒自縊，同死而不辭，則忠義之烈也。」李贄的話是符合書中實際的。然而在俞萬春生活的時代裏，這部分文人士大夫的心態，是需要陳希真這樣的假強盜、真忠義，不與朝廷對抗，不與官軍對敵的「草野忠臣」，而把宋江等梁山好漢，寫成水滸傳中類同方臘那樣真造反的「強盜」，讓他們非死即誅，徹底覆滅。很明白，作者創造此書的主題思想就是「尊王滅寇」，在動蕩的年代裏，反對起事，也反對招安，必滅之而後快。這反映了反對變革，維持現存秩序的「僚佐」們，與統治者一樣，害怕群眾的恐懼心理，同時以「尊王」

為號召，維護搖搖欲墮的封建王朝，美化行將滅亡的封建統治。總之，作為續書，他以正統的保守者思想作支撐，重新改寫了水滸後五十回的內容，杜撰了梁山被剿滅的情節，歪曲了梁山好漢的性格，增加了三十餘位反梁山的主將，用這樣的創作思想和藝術構思，以完結水滸傳。於是就產生了這部蕩寇志。

他是怎樣在作品中具體體現這種思想的呢？

先說「尊王」。「尊王」是「滅寇」的前提，為汙蔑、醜化造反和反抗者，他首先要美化皇權，那是社會穩定的基礎。他在書中赤裸裸地掩蓋北宋末年徽宗時代政治窳敗，官吏貪黷，社會黑暗，民不聊生的現實，極力粉飾太平，美化封建統治者，稱頌宋徽宗「至聖至明」，完全顛倒了黑白，篡改了歷史事實。作者以極其崇敬、極其熱情的筆墨，寫了皇帝屢次出場的肅穆和威嚴，寫了官場的排場和秩序，寫了朝廷軍隊的強大和威武。反映了自處亂世、社會動蕩不安之時，一個失意的文人對朝廷充滿了憧憬、依戀和幻想。也就是懷著這種心態和願望，寫出了第一回（第七十一回）的校場閱兵的盛大場面。寫古即為頌今，寫宋徽宗即是為了美化滿清統治者。他在書中流露出來的正是當代部分文人士大夫對功名的豔羨和對農民的仇視，正反映和代表了一部分文人士大夫的心理和利益需求。

作者創作此書的主要思想和他要傾述給眾人的道德宣示，都體現在他對主要人物的塑造上。他給主要人物雲天彪、陳希真等人披上了華麗的彩裝，打扮成一副救世主的模樣，實際上他們都不過是作者思想的形象體現。作者頌揚他們，是因為時代需要這樣的人，而這樣的人才是值得肯定的。於是他對維護皇權、鎮壓水滸英雄的張叔夜、雲天彪、陳希真等，都自然而然地充滿了敬意和喜愛，對他們毫不吝惜任何讚美和阿諛之辭；對與梁山英雄作戰的官軍，亦大加美化和肯定。這就是本書的風格和基調。

既有了一個「尊王滅寇」的主旨，並以消滅梁山為目標，於是他陷入了一個創作模式：凡是梁山的人，人人低能，個個平庸；而對手無論老少男女，人人智慧過人，個個武功高強，不可戰勝，因此人物也就模式化了。書中出現的三十六部雷將，就是滅寇的主力和幹將，他們就是為與梁山作對而生，他們生存的唯一目的，就是要剿滅梁山。他們既是一群保皇派、追求功名的利祿之徒，又是屠殺、殘害梁山及百姓的暴徒和劊子手，其中主要代表人物有兩個：一是雲天彪，一是陳希真。

先看雲天彪。雲天彪是被作者神化了的人物。他的長相似關羽，「鳳眼蠶眉，綠袍金鎧，青巾赤面，美髯飄動，騎一匹大宛白馬，倒提偃月鋼刀」（第八十三回），幾乎是水滸中關勝的翻版。他調離景陽鎮，更是「家家焚香，戶戶祖餞，扶老攜幼，直送出三十里外，哭聲振野」（第八十五回），對其虛構、誇張、美化不遺餘力。其實雲天彪及其官軍是一夥暴虐無度的劊子手和殺人犯。正是這個貌似天神的雲天彪，在正一村合兵禦寇中大敗宋江、吳用兩支人馬，殺四千餘人（第九十九回）；攻取梁山頭關就「斬首一萬三千餘級，擒獲五千餘名」（第一百二十一回），而攻入三關「逢人便砍，逢馬便搠」，「殺人如切菜一般」（第一百三十六回），連馬匹牲畜也不放過，可見官軍殘暴至極，沒有人性了。第一百十七回，雲天彪在野雲渡大勝，對待俘虜竟說：「此等愍不畏死之徒，留之何益，都斬決報來。」由此可見，他無任何「仁義」可言，維護皇權的劊子手本質暴露無疑。

再看陳希真。陳希真是何許人呢？他不但是劊子手，還是一個不折不扣的利祿之徒。小說第八十八回投奔猿臂寨的欒廷芳說他：「那陳希真卻不比別處草寇，他並不拒敵官兵，並不滋擾地方，他一心只指望勝得梁山，作贖罪之計。」作者還通過陳希真自白，將其與宋江相區別。第八十六回寫陳希真與祝永清對陣，陣前陳希真說道：「希真也是朝廷赤子，戴髮含齒的人，實因奸臣逼迫，無處容身，到此避難，須不比梁山上宋江，有口無心。」陳希真三打兗州城，亦念念不忘邀功請賞，准其歸誠。他對雲天彪之子雲龍一再地說：「此次若僥倖成功，所有歸誠之事，還仗尊大人費心一切。」（第一百十回）他急於脫去因落草猿臂寨，而造成的假強盜的外衣，求取功祿之心，昭然若揭，哪有什麼清高可言？直至書末，他對功名利祿的追求，仍然強烈，甚至念念不忘。如陳希真既已修煉，當皇上問起何以去嵩山，而不去其祖所在的華山時，竟回答說：「嵩山近帝都。」（第一百四十回）至此猶戀朝廷和名利，哪裏是個出家人呢？

說陳希真是個劊子手，是因為他的暴虐殘酷絲毫不亞於雲天彪。在第八十七回中，他對祝永清說：「梁山泊不是閣下的對頭，却是希真日後的贄見禮。」三打兗州是陳希真的重要軍事行動，並為朝廷立下赫赫之功。他策反魏輔樑，驅走李應，侵占梁山地盤，是打著「除奸鋤惡，報效朝廷」的旗號，可謂立場鮮明。他埋設地雷，炸轟飛虎寨，其心惡毒，缺少人性。他斬首了梁山九首領楊雄、石秀、孫立、孫新、解珍、解寶、顧大嫂、杜興、樂和，甚至淩遲孫新，剖腹石秀，令人髮指。他的功名利祿就是建立在對梁山好漢殺戮的基礎之上的。他又是一個妖道。第九十五回記他祭煉九陽鐘，迷倒李逵、時遷、秦明、黃信等人；用妖法攝取公孫勝魂魄，使其遭擒。

陳希真、陳麗卿這一對父女，根本都是忠於皇上和官府的人物。在第七十二回中，其女當聽到梁山好漢來訪時，竟說：「爹爹何不早說，我們卻好捉住那廝，去到官領賞，可惜喫他走了！」這是她發自內心的表白。她曾對她自己的那支梨花鎗自語道：「鎗呵，我仗著你輔佐我的爹爹，日後掃蕩盡了梁山洎那班狗男女，我爹爹得見官家，那時你也安閒了。」（第八十八回）可見這一對父女以得到皇上賞識為目的，而來掃蕩梁山，這不是利祿之徒又是什麼呢！陳麗卿箭射花榮，挾死王矮虎，殺害扈三娘，亦非良善之輩。她咬牙切齒地說：「將來奴家生擒了宋江那賊子，交與你碎割。」（第八十八回）似天生與梁山就有著深仇大恨。他父女結夥猿臂寨，暫時做了強盜，可惜這夥強盜只講殺氣，連口裏也不講什麼「忠義」罷了。

懲罰高衙內、高俅，完全出於個人恩怨。他父女與高俅父子之間的矛盾，是因為他們父女沒有得到應有的尊重和抬愛，沒有顧全他們的顏面所致，完全是個人的恩怨與報復，不是什麼反抗官府的行為。包括劉廣殺高封，也是如此。在保皇這一點上，陳希真與高俅的基本立場是一致的。故當高俅被困蒙陰時，陳希真毫不猶豫的前去解圍，為官家出力，美其名曰「殺賊救官」（第一百一回），此處評語得意地說：「作文所以貴得題旨也。」可見這是一書的題旨：「為官作猖」，這也是全書「尊王滅寇」的通俗解釋而已。他對皇上是無限崇拜和敬仰的。對官家的每一次嘉獎，他都感激涕零，還在青雲山上建造一座萬歲亭，供奉大宋皇帝牌位，朔望率領眾頭領朝賀。凡議大事，必到萬歲亭上，這裏儼然就是一個官府（均見第九十回）。只要有利於官家之事，他是不辭劬勞，不講條件的。

再談「滅寇」。誠然，梁山的失敗是歷史的必然，據史料所載，宋江乃為張叔夜所降，但蕩寇志寫的梁山的失敗，及梁山一百零八人的悲劇結局，卻是作者設計的。同水滸傳所描繪的因受招安而失敗相比，無疑蕩寇志所寫梁山因遭血腥鎮壓而失敗的結局，具有更為強烈的震撼人心的力量。作者在他續寫的七十回續書中，極力貶低、歪曲、醜化梁山英雄，是作者採取的基本創作手法之一，人物形象的塑造，情節結構的安排，無不如此。如第一百二十一回形容梁山頭領的無能與失措說：「李應等聞知水泊已失，也驚得呆了。這邊盧俊義及眾頭領端的嚇得把卵立在肩頭，緊緊保守頭關，那裏還敢放鬆。」譏諷、挖苦梁山頭領都是一群經不起風浪考驗的膽小鬼。每當鬥爭的關鍵時刻，作者總是讓宋江脫不開身，或吳用病倒，以使官軍得逞。至於梁山頭領個個作戰失利，在作者固定模式下，更是難逃其敗。

但既是續書，作者想完全切割原水滸藝術形象的內在規律，抹殺原有人物形象的真善美，是難以如願的，只能在人物性格描寫上，與水滸大致貫通映襯。不難發現，透過細節描寫，我們仍然能夠看出梁山好漢的氣質和風采。不僅石秀等人在敵人面前正氣凜然，視死如歸，表現出不凡的英雄氣概，花榮、扈三娘之死，亦悲壯動人，就是在梁山保衛戰中，宋江「督率眾兵捨死忘生，親冒矢石，攻打土圍」（第一百二十二回），亦非懦弱之輩。第一百三十一回談及呼延綽又投官軍，反來勸降呼延灼一事，言及「梁山勢不可為，如依違不去，必至身敗名喪」時，評語曰：「惜一百八人中，無一人見及此者。」可見梁山個個都是好漢。

我們看到，一些在水滸中抒寫不很充分的人物，如關（冠）勝、索超、秦明、呼延灼等，反倒在蕩寇志的刀光血影中，獲得了展示自己性格的機會，儘管它是被歪曲的。如關勝雪天鬥雲天彪寫得煞是好看：「只見一片寒光托住兩條殺氣，正是銅缸遇著鐵甕，毫無半點軟硬，兩軍看得盡皆駭然。」因遭敵人飛錘暗算，吐血不止，部將灑淚悲哭，關勝喝道：「你們休這般婦人腔！我誤中奸計，死則死耳，軍中事要緊，速去彈壓，休教軍心慌亂。」又設計詐死，揚幡舉哀，誘敵人來劫寨，終使敵人心存畏懼，不敢來攻（第九十一回）。索超不畏雪深路險，連夜追趕敵軍，自豪地以「唐朝的李愬雪夜入蔡州，生擒吳元濟的故事」自勵，說：「今夜這機會正復相同。」對梁山事業的赤忱之心，躍然紙上。秦明之死，更顯得慷慨悲壯。鄆城知縣徐槐用反間計，使盧俊義等疑惑秦明與其表兄顏樹德有私，又在兩軍陣前，製造了秦明「反叛」的假象，任森大叫：「秦將軍快請轉來，你幹了這場奇功，無俟反戈殺賊矣！」下面眾頭領見秦明果叛，一齊大罵。秦明處於「立在山腰，上又不得，落又不得」的境地，但是，「朝廷恩德，斷敵不過公明哥哥的情分」，秦明還是凶猛殺上山崗，終想斬得顏樹德，回去好表明自己心跡，與顏樹德狠命廝撲，大戰四百餘合，終被敵人雙戰殺死，顯示了秦明不顧私情、忠於梁山的崇高品德（第一百十九回）。呼延灼的性格也顯得非常豐滿。嘉祥縣為雲天彪所奪，呼延灼力殺四門，未能取勝，匹馬落荒而走，一路上飢餐渴飲，曉行夜宿，驀地想起一件事，不覺仰天放聲大哭。原來他的族弟呼延綽，自歸降官軍之後，曾寄一封書與他，言此時梁山勢不可為，如依違不去，必至身敗名喪等語。呼延灼當時大怪其忽投梁山，忽投官軍，反覆無常，今日喪師失地，單身脫難，想起從弟之言，大聲嘆道：「我悔不聽兄弟之言，以至如此。但事至今日，有何面目再投官軍，不如死也跟著宋公明休。」呼延灼終於戰勝了一時的動搖，在保衛梁山二關的生死關頭，起了必死之心，雙鞭勇敵四將，最後被敵人飛標暗算而死。小說寫搏鬥情景道：「天已昏黑，殺氣瀰漫，愁雲慘淡，星斗無光，神號鬼哭。」（第一百三十一回、第一百三十三回）真是一曲悲壯的哀歌。

水滸中已經獲得充分抒寫的英雄人物如武松、魯達等，在蕩寇志中根據新情節，其形象也有新的發展。為了把被金聖歎譽為「天神」的武松制服，蕩寇志寫唐猛、龐毅、聞達，與武松車輪大戰，使武松力盡而死。言宋江已經撤兵，忽得探子報告，帶兵來尋武松：

……只見三個探子一齊叫道：「奇了！武頭領為何還是這般坐在這里？」宋江一看，只見他挺棍怒目，威風凜凜。宋江叫他幾聲，只是不應，近前向他臉上一按，冷如凝冰，方知他早已死了。（第一百二十八回）

一生正直的武松，就是這樣挺棍怒目、威風凜凜地踞坐石上而亡了。這雕塑般的鬥士形象，將永遠銘刻在大家心頭，使得一切醜類相形失色。

蕩寇志一反水滸的寫法，將魯達「聽潮而圓，見信而寂」的心已成灰的死法，處理為發狂而死。魯達對梁山感情最深，作戰最勇。而對梁山即將被張叔夜大軍摧毀的危難關頭，魯達更是奮勇殺敵，不肯收兵。宋江詫異道：「魯兄弟住居山寨有年，頗知紀律，今日為何幾番鳴金收他不回？」對梁山命運的深切關注，加上力疲神亂，使魯達著了瘋魔。他對宋江道：「兄長要殺上東京，灑家明日先殺張家兩個娃子，後殺張家老兒，一路打進東京，拆毀了金鑾殿，回來同你吃酒。」（第一百三十五回）他狂奔酣呼，大罵高俅，道：「今日灑家打殺了你，為民除害。你們這班狗才，教你們死個爽快！」又誤將忠義堂當作金鑾殿打得粉碎，大叫「灑家今番大事了也」而死。魯達的瘋狂，是他至死不改對奸臣昏君的痛恨、堅決造反到底的美好心靈的反映。

人間只要有不平，群眾的反抗就不會停止。梁山好漢爭取自由和做人權利的鬥爭精神，永遠值得歌頌，也是任何力量所鎮壓不了的。

魯迅在中國小說史略中曾評論蕩寇志說：「書中造事行文，有時幾欲摩前傳之壘，采錄景象，亦頗有施、羅所未試者。」事實確實如此。第八十四回評語中也說：「仲華深得耐庵之法矣。」並在評點中屢屢與水滸相比較。小說在人物塑造、情節描寫、結構安排等方面，明顯受到水滸的深刻影響，並刻意加以模仿，有的還是成功的。如第一百十五回唐猛擒豹，竟是武松打虎場景的再現，特別生動驚險，動人心魄；又第一百十回寫陳希真三打兗州城，用真大義詐降，魏輔樑作內應，就學自「三打祝家莊」。某些情節描寫精細，獨俱匠心，頗有欣賞價值。如第九十六回鶯歌巷孫婆誘姦、第九十七回陰秀蘭偷情釀禍，情節寫得委婉曲折，人物形象鮮明。如陰婆子的刁鑽奸詐，孫婆子的貪財好利，紀二的陰險狡猾，戴春的好色愚蠢，姚蓮峰的品行不端，都刻畫得生動逼真，躍然紙上。其中的人情世態，風俗習慣，描寫得別出心裁，自然有致，不落俗套，可謂發之於「情」，宣之於「筆」，說明作者對市井生活的稔熟和觀察。又如小說開始寫陳希真父女出逃經過，從準備的路線、包袱、武器、馬匹、雇工等，描寫都很細膩，甚至可以說「巨細不遺」，但卻顯得異常真實。雇挑夫一段，先寫陳希真要挑夫簽個承攬合同，又叫鄰人作保，作法可謂「周密」；挑夫要調整包袱重量，兩頭均稱，以便省力，可謂「合理」；挑夫以為包袱過重，望多加些酒肉錢，亦屬「正常」等等，也反映了作者觀察生活的能力及筆力的成熟和老練。

作者亦善寫戰鬬場面，活龍活現，驚心動魄，異常逼真。第一百二十七回寫史進與哈芸生矛、叉大戰，生動如畫：

史進大怒，率領宋萬、杜遷一行人馬，出營列陣。史進換了一枝點鋼丈八蛇矛，驟馬出來。哈芸生見了，便挺着手中五股托天叉，一馬衝來，直取史進。二人也不打話，兩馬相交，叉矛並舉，一來一去，一往一還，鬬到三十餘合。只見史進那枝矛忽高忽低，忽前忽後，忽左衝，忽右掠，揮身上下，盡是一片矛影。芸生捌他不着，焦躁起來，提起那五股鋼叉，儘平生氣力，劃開矛影，直向史進面門刺來。史進霍地閃開，芸生捌了個空，身子和叉直攛入史進懷裏。史進用個拖篙勢，抽轉矛頭，趁勢往上一挑，那矛頭直點到芸生胸前。芸生急轉身，叉開矛頭。矛頭被叉一撥，恰打偏落在左腿上，史進就將蛇矛一送。芸生腿後早着，急忙負痛而歸。

另一段，寫兩個八十萬禁軍教頭王進與林冲，不同信仰的衝突，亦毫不手軟，場面令人難忘：

王進道：「道理不道理，我且生擒你，放馬過來！」言畢，挺鎗直刺林冲，林冲奮矛相迎。兩個本來都是八十萬禁軍教頭出身，本領豈有高下。但見鎗來矛擋，矛去鎗迎，兩人各奮神威，各逞本領，來來往往，翻翻滾滾，鬬到四十餘合，殺氣飛揚，人影倏忽不見，但見兩條神龍飛騰變化，銀光穿亂，金彩盤旋。兩陣上都暗暗喝采。陣雲影裏，鼓角聲中，兩人酣鬬已有一百餘合，兀自不分勝負。(第一百三十三回)

語言上，蕩寇志突顯了文人創作的特點。作為文人作家的個人作品，結構精撰，描寫細膩；文字精煉，語言講究；多用典故，喜歡賣弄。他的文章是漂亮的。就文字和描寫而言，小說確實不乏精彩的對話和有個性的語言描寫，如陳希真與郭英娘子關於購馬的一段對話：

……希真又去看了看牙齒道：「你要賣多少銀子？」娘子道：「不瞞丈丈說，說價也由我討，只

> 奴是本分人，老實說與你。先夫病重時，並不說落價錢，只對奴說：有識得的，便賤些也賣了；倘不遇着識貨的，情願沒艸料餓死了他，也不賣。前日有一個人勸我賣與湯鍋上，說倒有五七兩銀子，喫我發揮他一頓。今丈丈真個要買，隨你自說罷。」希真道：「我說不要怪。」娘子道：「何怪之有！」希真委實看得那馬合意得緊，便脫口說道：「與你一百兩足色紋銀，何如？」娘子暗驚道：「卻不道還值這許多，落得再要些。」便道：「一百兩少些，求加加。」希真道：「竟是一百二十兩。」娘子忖道：「再不賣時，恐決裂了。」……那娘子收了銀子，見牽了馬去，想起丈夫在日，止不住那腮邊的淚，雨點般的落下來。希真老大不過意。娘子道：「丈丈，還有副鞍韉，是這馬上的，你一發買了去罷，省得在奴的眼角頭。」希真去看了看，已是破的了。希真道：「鞍韉我便不要，你如果嫌馬價少，我再添你些罷。」說罷，去銀包裏又取出十兩來重的一錠銀與娘子。娘子那里肯收，說道：「奴自己覩物傷心，並非嫌銀少。」（第七十三回）

這段對話，把一個想買馬，一個真賣馬，討價還價，雙方都關心馬的命運的那種心態、品格展露無遺。

就蕩寇志整體而言，它捨棄了水滸中那種詩詞相間的形式和通俗活潑的口語化、平民化語言，倒插入了大量公文書信，正發揮了作者的一技之長。但也使小說讀來沉悶。

小說有范辛來（金門）、邵祖恩（循伯）二人的大量夾批、夾注和回評。評點者應是作者的好友和知音，既熟悉作者的小說創作又是政治上的同路人，因此評點有的放矢，頗有見地。評語內容包括：說明作者的創作意圖，闡釋小說的內容和情節，剖析寫作手法、遣詞造句，評論人物得失等。回末評並對本回的章法結構、寫作技巧、人物關係等，做出了系統評論，並與水滸前傳比較，多所頌揚、阿諛之辭。評語與小說內容結合較緊密，特別是在評論中引用了大量歷史典故、古典詩詞，亦使評語內容較為充實。其中雖不少愚腐、平庸之筆，也不乏精彩見解，對讀者閱讀本書不無裨益。故我們保留了所有評語，未加任何刪節，以供讀者欣賞和研究。書中尚有作者自注五則（第七十六回、第一百二回、第一百二十回、第一百二十二回）；其子龍光注九則（第八十二回、第一百十四回、第一百十八回、第一百二十二回、第一百二十五回、第一百二十七回），彌足珍貴。所有這些注解和評語，都為中國小說批評史提供了一份難得的資料。

本次整理此書，是以清咸豐三年（西元一八五三年）初刻本為底本，校以咸豐七年重刻本、光緒二十三年（西元一八九七年）煥文書局石印本，補齊了原刻本中的缺失和置誤文字。書中其他文字，一律未改，以存原貌。書中避諱之處多有，如康熙名玄燁，凡「玄武」、「玄黃」、「玄妙」，玄皆作「元」；道光名旻寧，「寧可」改成「凝可」，「徐寧」改成「徐凝」。又大刀關勝，因與關羽同姓，竟認為他是「強盜」，不配姓「關」，故改成「冠勝」等。我們一仍其舊，不加改動。

本書整理過程中的疏漏之處，祈請讀者批評指正。

咸豐三年鐫

山陰俞仲華先生蕩寇志

結水滸傳

本衙藏板

清咸豐三年蕩寇志刻本書名頁

插圖選之一

雲天彪

插圖選之二

插圖選之三

回目

上冊

下冊

結水滸全傳

這一部書，名喚作蕩寇志。看官，你道這書為何而作？緣施耐庵先生水滸傳，並不以宋江為忠義。筆提華嶽之峯，片言扼要。眾位只須看他一路筆意，無一字不描寫宋江的奸惡。其所以稱他「忠義」者，正為口裏「忠義」，心裏強盜，愈形出大奸大惡也。深知耐庵者。聖歎先生批得明明白白，忠於何在？義於何在？振法雷，鳴法鼓。總而言之，既是忠義必不做強盜，既是強盜必不算忠義。十八字，語可截鐵。乃有羅貫中者，忽撰出一部後水滸來，竟說得宋江是真忠真義，從此天下後世做強盜的，無不看了宋江的樣，心裏強盜，口裏忠義，殺人放火也叫忠義，打家刼舍也叫忠義，戕官拒捕、攻城陷邑也叫忠義。筆陣如長風掃籜，雄快無比。看官你想，這喚做甚麼說話？鳴鼓而攻之。真是邪說淫辭，壞人心術，貽害無窮。是極。此等書，若容他存留人間，成何事體！是極。莫道小說閒書不關緊要，須知越是小說閒書越發播傳得快，茶坊酒肆，燈前月下，人人喜說，箇箇愛聽。所憂者大。他這部書既已刊刻行世，在下亦不能禁止他。一片苦心。因想當年宋江並沒有受招安、平方臘的話，撇清一句。只有被張叔夜擒拏正法一句話。提清正旨。如今他既妄造偽言，抹煞真事，我亦何妨提明真事，破他偽言，真是妙法，真是妙筆。使天下後世深明盜賊、忠義之辨，絲毫不容假借。炎炎大言，振聾發聵，真是關係世道人心不淺。況夢中既受囑於真靈，燈下更難已於筆墨。子豈好辯哉！子不得已也。真靈感夢，只一筆帶過，最簡妙。若入他手，必鋪張一番，筆墨累墜矣。看官，須知這部書，乃是結耐庵之前水滸傳，與後水滸絕無交涉也。用筆如分水犀。本意已明，請看正傳。篇首先作一篇雄文快檄，筆勢磅薄，力敵萬人。

第七十一回　猛都監興師勦寇　宋天子訓武觀兵

話說梁山泊上天罡星玉麒麟盧俊義，當夜做了一場凶夢，（直接前傳，更不另起爐竈，妙。）夢見長人嵇康手執一張弓，把一百單八個好漢，都在草地盡數處決，不留一個，（八字一部大提綱。）驚出一身大汗。醒轉來，微微閃開眼，只見「天下太平」四個青字，（前傳結句，用作此書起句，恰好。）心頭兀自把不住的跳。想道：「明明清清是真，却怎麼是夢？」（凶夢初醒，確有此語。此非盧俊義疑夢之言，乃仲華要作此書之言也。）披衣坐起，看桌子上那盞殘燈半明不滅，（此西廂之結句也，用作此傳起句，恰好。）便去剔亮了燈。再看那四壁靜悄悄地，只聽得方纔那片哭聲，還在耳邊，真個不遠。（卻是奇怪。）盧俊義大疑道：「怕他真有此事！」（那個說不？）跳下牀來，走到房門邊細聽，（偏寫是細聽。）越聽越近越不錯，只在房門外天井裏，（卻是奇怪。）哭得好不悲傷。（奇極。）盧俊義大怒道：「著鬼麼，我此刻還怕他是夢！」（確有此語。）便去牀上拔了腰刀，右手提著，左手去拔了門閂，拽開房門，大踏步趕出天井裏看時，（能令讀者眼光一齊跟到天井裏，妙筆。）只見滿庭露氣，殘月在天，（寫夜色亦好。）那片哭聲兀自在青草裏。（卻是何也？真奇極，真怪極。）盧俊義直趕到外邊一看：「呸！」原來是青草堆裏許多秋蟲，在那里唧唧嘈嘈的亂鳴亂叫。（妙哉！將前傳七十回無數驚天動地之事、鞭雷叱電之文，都把來作草地裏的蟲鳴，豈惟此耶？自無始以來至於無終，以後無數英雄豪傑、庸碌凡夫，功名也，富貴也，憂喜得失也，智愚賢不肖也，歸根結稍，莫不皆然。悲夫！尚何一百八人之足愛耶！）盧俊義看了一轉，走進房來，把房門仍就關上，把腰刀插好了，（細。）坐在那把椅子上，燈光下（帶寫燈。）想將起來，好不悽惶，歎口氣道：「再不道我盧俊義今年三十三歲，卻在這里做強盜。（此夢覺之言也。孟子所謂平旦之氣，與人相近幾希者也。不知操持存養，以致重復入夢，所以夢夢不已也。金門非好作腐語，蓋其理實是如此。願天下人夢醒時一思之。克復歸仁，豈有異術哉。夢雖是假，若只管如此下去，這般景象難保不來。是招安不知在何日。忽然想到招安。其詞若望其來，而其意以為不足重輕也。妙筆。可恨那班貪官污吏，閃到我這般地位！忽然恨到貪官污吏，不自悔禍，又迷了入去也。今日如果做得成，亦未嘗不妙。」大迷大迷矣！怙終不悛，宜其亡也。復之上六所云，迷復凶也。看他起手數行，便借天罡星意中數語，已將一百八人罪案定實，筆力之大，何物如之。聽那譙樓更次，已是四鼓一點，又想了一回，只得上牀去睡，翻來覆去那里睡得著。寫得好。聽著更鼓漸漸五點，正要睡去，忽聽外面人聲熱鬧。

盧俊義聽了半歇，愈加驚疑，正要起身去看，房門外一派腳步聲，已趕到房門前，亂敲亂叫道：「盧頭領快起來！」卻又何也？奇哉，文乎！盧俊義喫了一驚，跳下牀來，忙問甚事。外面兩三個人應道：「頭領快來，不好了！」怪哉！真是出奇無窮。盧俊義大驚，一面開門，一面問道：「甚麼事不好？」那四個外護頭目道：「忠義堂上先出四字。火起了，正燒著哩！」奇哉，妙哉。作者劈手一篇，何事不可寫，務要寫到忠義堂火起哉！豈非深惡而痛疾之，先以一炬從事耶？起手便如此，落墨筆力恣橫。盧俊義聽說是火起，倒反放了心，寫盡方纔魂喪魄奪。隨那幾個頭目趕到忠義堂前，只見蒸天價的通紅，那面「替天行道」的杏黃旗，已被大火捲去，連旗竿都燒了。奇情異筆，暢極，快極！本是燒忠義堂，卻先寫燒旗竿，異樣筆墨。什麼娘的「替天行道」，先燒了他再說。宋江同許多頭領立在火光裏，督押火兵軍漢，各執救火器具，亂鬨鬨的撲救。那火那里一時救得滅，看他無一句脫「火」字。只見嗶剝爆響，黑煙紅焰，火片火鴉，翻翻滾滾的只顧往天上捲去。寫火勢，便畫也畫不出，真是奇才。西風又大，烈焰障天，殘月曙星都無顏色。偏有此閒筆烘托。那些水龍水箭，橫空亂射，好似與他澆油，滿地下的水，淋得像河裏一般，那火總不肯熄。只見公孫勝打散頭髮，仗劍噀水，驅那力士天丁就攝泊裏的水來潑。雖有幾處烏雲肯攏來，三字妙。隱然如有力士天丁在空中効力。怎當得火勢甚盛，反把烏雲衝散，奇文。寫五雷天心正法不見十分了得深，不與於盜賊之甚也。落下來的沒得幾點，全不濟事。公孫勝只顧踏罡步斗，誦咒催逼。直到天色大明，火勢已衰，那烏雲方得蓋緊，大雨滂沱，潑滅了餘火。寫五雷天心正法縱然靈驗，亦無及於事深，不與於盜賊之甚也。及至太陽出來，忠義堂已變了一片瓦礫白地。此句之妙，妙不可言，精神直將全部貫串。坡公詩曰：「當其下手風雨快，筆所未到氣已吞。」有以夫有以夫。「太陽出來」四字不知作者如何算出。吾為之註曰：太陽者君象也。太陽出來者，人君勵精求治，首出當陽也。太陽出來而忠義堂不變為一片瓦礫白地者，未之有也。那兩邊的房屋，也不免延燒了幾處。眾軍漢把一切器具，及各頭領的箱籠什物，仍搬歸原處。細。

宋江到後面廳上坐落，妙。忠義堂為強盜聽政之處，已沒得坐了。大怒，何苦。叫把忠義堂上本夜值宿的兩個頭目、三十個軍漢，一齊拏交鐵面孔目裴宣嚴訊，因何失火，立等回報。駭然。宋江不親自審訊，寫其尊貴。山前山後各處頭領，已自得知火起，不敢擅離職守，寫其號令嚴肅。都差人來稟安。尊貴。少刻，裴宣親來稟覆：「嚴訊兩個頭目，都供稱四鼓時候看見一個人身子甚長，手執著一張弓，走上忠義堂來。將前傳之夢再核實一句，妙。眾人喝問，那人並不答應，上前去捉他，卻不見了。正駭異間，不知怎的卻火起。寫得閃爍可愛。又研訊眾人，都這般說。只有幾個睡着的，說不知情。」此句補得好，再無三十二個人都通夜眼不合也。盧俊義在旁邊聽得，在旁邊，字法。心中大驚，眾頭領也都駭然。帶表眾頭領都信，深注宋江一人之惡。只見宋江道：「這廝們眼見是不當心，不知薰蚊煙，秋景。煮飲食，走了這火，看他莫須有便入人罪，真與秦檜無二。卻將這荒唐話來支吾。竟照我們定的條律，是何言歟？目中尚有天子哉！而曰肯受招安，吾誰欺？凡失火燒燬忠義堂、忠義堂上房，及軍營內燒燬中軍帳房，不及令旗、令箭、兵符、印信者，若及令旗、令箭等物，其罪正不知何如。不分首從，皆斬立決律，斬立決。」說罷，便伸手去案上取那面刑人的白旗，拔下來擲去，就叫裴宣典刑。駭然。盧俊義忙上前止住道：盧俊義直。「哥哥容稟：這事委實蹊蹺。小弟四鼓之時，也得一夢。清早說夢，婆子氣人，必以為不利也。夢見一個長人，執弓到忠義堂，不說完好。醒來便已火起，正與頭目、軍漢們的口供相符，恐真有別情。」盧俊義簡明。宋江笑道：笑得奸險。「兄弟，這班男女，你救他則甚？（惡極！竟說是救他。明明怪盧俊義買服人心，筆底如鏡。）我若賞罰不明，何以令眾！」（「我」字尊大得惡。）遂不聽盧俊義的話，（寫宋江獨斷獨行，無人敢分其權。）催裴宣斬訖報來。裴宣只得（二字妙。寫鐵面亦有所不忍也。）拾起那面旗來，走出去。只聽得轅門外砲響，（寫得慘然。）須臾，血淋淋的三十二顆首級獻於堦下。（殘忍。）裴宣繳令畢，宋江吩咐將首級去號令了，對眾頭領道：（看他說。）「皆因我宋江一個人（直是天子予一人聲口。）做下了罪孽，（好說。）平日不忠不孝，（謙得無故。）以致上天降這火災示警。（看他語氣直是只有天在上，更無山與齊，妄自尊大至於如此。梁山泊便是你的？）倘我再不改，還望眾弟兄匡救我。」（純是聖君賢主之言，一入宋江口，便覺醜惡不堪。寫宋江便活是宋江，揆之前傳，不爽毫髮，真妙筆也。既要眾弟兄匡救，為何方纔不從盧俊義之諫？寫宋江言行不相蒙，不待移時。）眾頭領道：「兄長過謙。」吳用道：（於「眾頭領道」之後，特提「吳用道」，見只有吳用一人不入其籠罩也。妙筆。）「那日識天書的何道士（借用得好。）在山上時，曾對小可說起。他說深明堪輿相地之術，（宋江論天道，吳用講地理，絕對。）說這梁山本是廉貞火體，（是風水書語氣。）那忠義堂緊對山前南旺營，門壁朱紅的，又是甚麼祝融排衙，（是風水語。「甚麼」，妙。活是門外漢傳述聲口。）今年七月盡，防有火災。小可以為無稽之談，不放在心，（補前傳未言之故。）今日果應其言，（不因宋江不修德之故矣。寫吳用暗駁宋江，妙筆。）何不再叫他來問一聲？」宋江道：「軍師何不早講？」（亦責吳用一句，妙。用筆如鏡。）便差人賫帶銀兩，去聘請何道士。這里山前山後眾頭領差來稟安問候的，絡繹不絕。（寫得鬧熱。）宋江也辭了眾人，去上房裏稟了太公的安。（妙筆。失其身而能事其親者，未之有也。「稟太公安」上，務要加入「辭了眾人」四字，作者之於宋江，真是一筆不肯饒放也。）

不兩日，何道士請到。宋江請他進來，見禮畢，賜坐。（宋江尊大。）宋江問起忠義堂將要動工，卻如何起造。（問得好，只須如此，得文家「緊」字訣。每恨近來醫士診病便將起先的藥方病源寫個不了，星士批命便將起先的流年歲運說個不了，皆不得「緊」字訣也。）何道士道：「小道（雖小道，必有可觀者也。）前日在此，曾對吳軍師說起，七月大火西流之時，忠義堂必有火災，（前者足下只云防有，今日一口咬定必有，活畫出風涼話。）今日果應。（自幸其言之中。）將來造時，不可正出午向，（妙。「正出午向」，人君當陽之象也。宋江何得妄僭。）須畧略偏亥山巳向，兼壬丙三分，大利。（妙。）四面都用廠軒，露出天日。妙，妙。比舊時低下三尺六寸。妙，妙。門壁不可用紅，即使儀制如此，也須帶紫黑色，妙極。不可全紅。忠義堂三字，舊用全紅金字，今須綠地黑字。妙。寫得忠義堂毫無色澤。如此起造，不但永無凶咎，而且包得山寨萬年興旺。」是江湖術士語。後來三路搜山時，惜無執而問之者。宋江大喜，喜其萬年興旺也。寫宋江無招安意，無筆不到。便邀何道士同一干頭領，到那忠義堂屋基地上。那瓦礫已自打掃乾淨，何道士就在空地上安放羅經，打了向椿，另畫了四至八道的界限。都畢，宋江設筵欵待。宋江閒問道：「山下近來有甚新聞否？」宋江自討屁喫。道士道：「別的沒有，只有近來一個童謠，不知怎解。」便說那童謠道：『山東縱橫三十六，天上下來三十六，兩邊三十六，狠鬭廝相撲。待到東京❶面聖君，卻是八月三十六。』槩括全部，有匣劍帷燈之妙。人都解他不出。」宋江笑道：「東京面聖君，明明是應我們將來受招安之意。」只解一句，不通，卻又解不著。宋江只將「招安」二字籠絡入一百七人。受其籠猶可說也，乃至續貂者亦為所籠，豈不愚哉！吳用道：「謠裏之言，共四個三十六，那三個正應我們現在一百八人之數，還有一個想是未來的弟兄之數。」一向情願。宋江便邀何道士入夥。必不可少，然又必須撇開。道士道：「深蒙頭領雅愛，只是小道有個老娘，染患瘋癱之症，不能起床，受不得驚恐。道士猶知愛其母，宋江不及小道多矣。先父歿了多年，兀自未曾入土。絕倒。好談風水人，每每如此，吾願天下人戒之哉！更加家兄出仕在外，恐連累他。」深恐與前傳公孫勝歸家語相犯，連忙補入兩層。宋江道：「既如此說，待令堂歸天之後，不仁哉，江之言也。邀令兄同來聚義。」何道士欣然應了。何道士雖不入夥，亦非正腳色，不必真寫得十分孝悌，只如此足矣。或曰：萬一後來入夥奈何？曰：要寫他入夥，今日豈入不得，必待後日耶？宋江將金帛謝了道士，便叫道士一發擇個吉日興工。那道士把左手五個指頭掐了一回，如畫。選就了一個黃道吉日。當日宋江著人送道士下山，便叫青眼虎李雲採辦木料、磚石等物，依吉日動工起造，直至十二月方纔落成。一個忠義堂造如許之久，寫宋江

❶ 東京：古稱汴州，即北宋都城開封府。

糜費。依舊金碧輝煌，煥然一新，仍豎起「替天行道」的杏黃旗。皆黎民之膏血也。強盜身上豈真有金珠跌落耶？忠義堂兩邊又造了兩座招賢堂，凡有已後入夥在一百八人之外者，便都在招賢堂上，依先後入門排坐位，眾頭領連日慶賀歡飲。

那梁山泊一百八人，自依天星序位之後，日日興旺，欲抑先揚。招兵買馬，積草屯糧，准備拒敵官軍，上幾句前傳有其事，又有其文。攻打各處府廳州縣的城池。此一句前傳有其事，無其文。自那徽宗政和❷四年七月序位之後，至五年二月，忽然紀到天王年月，凜凜乎春秋之筆也。漸嘯聚到四十五六萬人，連次分投下山，打破了定陶縣；又渡過魏河，破了濮州；又攻破了南旺營、嘉祥縣；又渡過汶水，破了兗州府、濟寧州、汶上縣。宋江又自引兵破了東阿縣張秋鎮、陽谷縣。各處倉庫錢糧，都打劫一空，搶擄子女頭口❸，不計其數，都搬回梁山泊。極寫梁山壽威，此其所謂替天行道也。或曰：宋江等未必肯如此。金門答曰：不錯，梁山一百八人、數十萬兵馬，都喝西北風過日子。吳用又勸宋江二惡並書。說：「孤山恐難久守，擇平地州縣有形勢之處，把據幾處不妨。」宋江便教豹子頭林冲帶領赤髮鬼劉唐、摸著天杜遷、雲裏金剛宋萬、操刀鬼曹正，帶八萬人馬，鎮守濮州；雙鞭呼延灼帶領天目將彭玘、百勝將韓滔、聖水將軍單廷珪、神火將軍魏定國、活閻婆王定六、險道神郁保四，帶九萬人馬，鎮守嘉祥縣，兼管南旺營。其南旺營，便是單廷珪、魏定國帶領王定六、郁保四駐札。已定天彪、希真分攻之局。八字大開，向著東京。意欲何為？各處的官軍，那裏敵得他過；依史直書。順著前傳反撲天上三十六人，筆有推山之

❷ 徽宗政和：徽宗，北宋第八位皇帝，西元一一〇一—一一二五年在位。政和是他的年號（一一一一—一一一八）。

❸ 頭口：南方人語，即「牲口」，指騾馬等大牲畜。

力。四方的亡命強徒，流水般的歸附梁山。寫得梁山毒焰鴟張，煞是可畏。看官，數與你聽：妙筆，前傳所無。都是沂州府管下青雲山，大書特書。江南冷艷山，直隸鹽山，青州府管下清真山總提一筆，後文陸續抽出，絕妙章法。那幾處的強徒，都倚仗著梁山作主，年年進納供奉。一大座梁山、一百八人，尚不易收拾，他偏有本事再添出許多來好惡題目，看他如何收拾。幸虧題目惡，做出好文字。

別處且不題，單題那鹽山上四個為頭的最利害。一個叫做金毛犼施威，本是個私商頭腦，因醉後強姦他嫂子，他哥哥叫人拏他，他索性把哥哥都做手了，逃來落草；寫強盜無倫理，先定罪案。一個叫做毒火龍楊烈；一個叫做截命將軍鄧天保；一個叫做鐵鎗王大壽，四個都是狼軀虎背的好漢，擎山倒海的英雄，極寫四賊以襯鄧、辛二公。同心合意，與姦嫂、殺兄之人同心合意，其罪亦同。統著四五千嘍囉，據著鹽山。梁山泊的黨羽，此一處最強。極寫以襯下文。那時正是政和五年二月下旬，蟠桃醮將近也。梁山上宋江、吳用正同眾頭領商議大事，不知甚麼大事。忽報上來說：「直隸鹽山有公文到，差體己人在此。」宋江喚入。那人進來叩首畢，遞上公文。拆開看時，上面說：「東京蔡京因大寨破了大名府，破別處蔡京獨不知耶？寫小人有私無公如此。應前傳。擸掇趙頭兒奇稱。起二十萬大兵，要來侵伐大寨。明是征討，卻說侵伐，順強盜語氣，不得不然。隆冬不便興兵，今年春暖，官家日日操演人馬，方入此篇題目。不日就要起兵。」宋江道：「我們早知道了，此句好，不然梁山泊竟是睡著矣。正在此要差人去探聽備細。」引入下文。那來人又呈上一封信，上寫著：「施威等於正月間攻打南皮縣，喫滄州、東光兩個兵馬都監，一個是鄧宗弼，一個是辛從忠，橫空飛出兩個英雄，特特架在陳希真前頭，筆氣恣橫。引兵殺敗，我兵即忙退回。尀耐那兩個都監引二千多官兵，逼到鹽山，我軍連戰不利，乞大寨救援。」虛寫鄧、辛二公。宋江、吳用都喫一驚。句法。宋江叫那來人且退，細。同吳用商量道：「施威等已歸附我們，為我們的輔佐，點題。不能不去救他；東京又來，怎好？」吳用道：「那怕東京二十萬來，對付得他，只不知是何人為將。施威受困，如何不去救？就差美髯公朱仝、插翅虎雷橫帶一千兵馬，明日就動身。東京之事，差戴院長帶一個伴當去打探備細。」只見徐凝說道：「小弟在東京有個至交朋友，姓范名天喜，現在蔡京府裏做旗牌。小弟修一封信去，勸他入夥，戴院長就在他那裏好居住。」小霸王周通道：「說起范天喜，我在東京時也認識他，（非用其認識范天喜，用其好色也。）我便同戴院長去。」宋江大喜，便教徐凝快修起書來。吳用道：「不必請他上山，就教他在東京，戴院長來往，好在他家歇腳。這里財帛照股分與他。」到了次日，朱仝、雷橫點齊人馬正要起身，忽報鹽山又有緊急公文到來。（應接不暇。）宋江取來拆看，上寫著：「鄧宗弼用埋伏計，施頭領遭擒，共傷了八百多人，求大寨速發救兵。」（又虛寫一筆。）宋江、吳用都大驚。（句法。）宋江便要親自去救，吳用道：「哥哥豈可輕動！」便傳令教再添霹靂火秦明、急先鋒索超二位頭領，再加一千人馬，一同速去。（寫得聲勢。）李逵也要去，吳用道：「東京兵馬便來，正有用你處。」止住了他。（宋江假要去，李逵真要去，學前傳筆法。）又叫戴宗、周通亦同往：「如無大事，便往東京；（主。）儻有緩急，速來通報。」（看他如此穿插，真寫得好。）

六位頭領一齊辭了宋江，帶領二千人馬，星夜飛奔鹽山，一路秋毫無犯。（亦學前傳，四字深歎官兵之不能勦捕，盜賊之橫行無忌也。）不日到了鹽山，鄧天保、王大壽下山來迎。六個頭領見那二人同嘍囉都掛著孝服，連忙驚問，方知毒火龍楊烈，前日上陣中了辛從忠的飛標陣亡，（仍虛寫一筆。前寫鄧將軍之智，此寫辛將軍之勇。）只奪得沒頭的屍首回來。秦明聽罷大怒道：（寫秦明。）「我們都不要上山，就去廝併他，倒要看怎樣一個鄧宗弼、辛從忠！」索超也要去。（寫索超。）朱仝勸道：「孩兒們辛苦了！」雷橫道：「天色已晚，何爭一夜。」鄧、王二人俱勸道：「諸位鞍馬勞頓，且請少歇。」都一齊上山。鄧、王二人吩咐殺牛宰馬，與眾人接風，犒賞三軍。那楊烈的屍身，已用香木刻了頭顱，絕倒。盛殮好了。然較之施威，尚為幸矣。秦明動問鄧宗弼、辛從忠二人的形狀，鄧天保道：「那兩個都是北京保定人。那鄧宗弼身長七尺五六寸，使兩口雌雄劍，看他竟用鄧弼傳。各長五尺餘；那辛從忠使丈八蛇矛，身長八尺。」王大壽道：「那辛從忠一手好飛標，楊二哥正被他傷。」秦明、索超聽了，恨不得天就亮，喫飽酒飯，氣忿忿的都去睡了。

一早起來，眾好漢喫些飲食，只留戴、周二人守寨，其餘六籌好漢點起了嘍囉，到官軍營前挑戰。鄧宗弼、辛從忠正領了人馬要來厮殺，緊。恰好兩陣對圓，鄧、辛二位英雄威風凜凜，立馬陣前。先總提一筆。那鄧宗弼頭戴烏金盔，身穿鐵鎧，面如獬豸，雙目有紫稜，開闔閃閃如電，虎鬚倒豎，腕下掛著霜刄雌雄劍，座下慣戰嘶風良馬。竟用鄧弼傳。那辛從忠面如冠玉，一醜一妍，妙。劍眉虎口，赤銅盔，鎖子甲，騎一匹五花馬，手挺丈八蛇矛，腰懸豹皮標囊。兩個英雄立在陣上，分明是兩位天神，又總束一筆。一齊大叫道：「殺不盡的草寇快出來！」那邊秦明腦門氣破，不待布陣完，飛馬先出，大叫：「認得霹靂火秦明麼！」鄧宗弼大罵道：「背君賊子，還在人間！」秦明大怒，直取鄧宗弼，宗弼舞劍敵住。索超亦拍馬上來夾攻，辛從忠出馬來迎。兩邊陣上戰鼓齊鳴，喊聲大振，朱仝、雷橫、鄧天保、王大壽一齊都出。只見鄧宗弼劍光落處，把秦明的馬頭砍落，人驚其異樣精采，不知實抄鄧弼傳也。秦明掀下地來。幸虧朱仝馬到，救了回去。五個好漢攢那兩個英雄。秦明飛跑回陣，換了馬重復出來。寫秦明亦復可畏。正酣戰間，忽然天色變了，風雷大起，驟雨、雹子一齊下來，兩邊只得收了兵。好。若寫六個強盜勝，則官兵一邊損威；若寫六個強盜還戰不過兩個軍官，又無此情理，不如一通雷雨趕散為妙。且「雷雨」二字又遙動全部精神，真是一法二用。到晚來風雨甚大，一連三日不止。鄧宗弼與辛從忠商量道：「我兵糧草將完，這雨看來一二日不能止，器械都濕透，他那廝又來了幫手，不如權且收兵。」（好。只圖現在鄧、辛二人足矣，不必只管戰下去也。）從忠道：「他來追怎好？」宗弼道：「我已安排下了。」都依計而行，把施威的檻車釘堅固了，用木桶盛了楊烈的首級，連夜冒雨退兵。去了四日，秦明等方哨探得是個空營，懸羊擊鼓，虛插旌旗。眾好漢要追趕，探得已是去遠，眾好漢都望西痛哭而回。（問你要不要打城池了？）秦明、朱仝道：「這廝必把施大哥解赴東京。這里去刼，路又不便。叫戴宗、周通速去東京托范天喜，萬一有門路救得，亦未可定。」（呆想。）戴、周二人忙作起神行法來，冒雨而去。秦明等一面申報梁山，恐官兵再來。又住了幾日，天已晴明，（施大哥已解到景州矣。）恰好梁山上來探問信息。秦明先發文書稟覆，對鄧、王二人道：「待回大寨與公明哥哥、吳軍師商量，替二位頭領報讎。」卻同了索超、朱、雷等帶了本部兵馬，怏怏而回。（此番來是特地奉送一顆馬頭。）

卻說鄧、辛二將親自斷後，將施威正身、楊烈首級直解到景州來。（一路偏要細寫。）天色晴正，景州太守大喜，一面詳報冀州留守司，一面加派得力將弁，多添軍健，一同解到冀州。鄧、辛二將把本部人馬都安頓本營，自己帶了隨身兵役將弁，一路小心解去。（細細寫。）冀州留守司聽說拏了施威，斬了楊烈，大喜，（章法。）親出郊外迎接。鄧、辛二人忙下馬施禮，隨著留守司進城。看的人無千無萬，（細細寫。）都說道：「害人強賊，今番喫拏了。這廝一身橫肉，正好喂猪狗！」施威在檻車內罵道：「待老子二十年後，再來收拾你們！」（且等二十年後再看你。）又看了鄧、辛二人道：「這兩位將軍好了得！」（榮哉！細細寫。）留守司與他們把了下馬杯，簪了花。（榮哉！細細寫。）鄧、辛二將又把那活擒的二百多人，并首級五百餘顆，（即八百多人也，補上文未及。）都一發獻上。留守司先把施威收入死囚牢裏，對鄧、辛二將道：「二位將軍戰陣辛苦，本司這里先申奏朝廷，從優保舉；賊犯我自撥幹員解到東京去，二位將軍回營候旨。」二將謝了，自回滄州、東光去。留守司傳令，把那二百多嘍囉，分綁各城門，盡行斬首；快絕。并那五百餘顆首級，都去號令。快絕。把那施威取出來；并那楊烈的首級，俱派上等將校，多帶官兵，解去東京。一面又檄各路營汛防護，那個敢來搶奪。真是妙筆。一面寫了奏章，少不得把自己也敘些功在裏面。寫留守司。不全冒去，算他有良心。

那日天子二字前傳永未見面。正同樞密院、兵部商議征討梁山的廟算，接到冀州留守司這道本章，龍顏大悅，也不交兵部議奏，自提御筆，降旨陞授鄧宗弼為天津府總管，辛從忠為武定府總管，就著來京引見。部下將弁，照例陞賞；官兵有功者擢陞，死傷者軫恤，其餘都賞錢糧三個月。又賞二將白銀各一千兩，玉帶各一圍。榮哉！冀州留守司、景州太守亦各加恩。帶一筆。又諭眾臣道：「武將擒斬盜賊，本不為十分奇異，是。朕特念方當大閱發兵之際，此二將卻深慰朕意，不能不破格鼓勵，是。非朕濫恩也。」特特註明。便傳旨將楊烈首級號令，施威交兵、刑二部審訊了，押去市曹淩遲處死。快絕。不料趙頭兒如此利害。那時戴宗、周通已早到了范天喜家，看他如此偷過，真不費力。知道這事，大家只叫得苦，那里去尋門路救他。快絕。再無石秀、李逵之人來刼法場。只得同范天喜商量，偷得些殘骨碎肉瘞埋了。戴宗、周通都催范天喜速去打聽：「幾時興兵，將帥是那幾個，早早付回信，弟等要回去了，公明哥哥十分盼望。」天喜道：「裏面機密得緊，實無處打聽。據蔡京的意思，恨不此刻便到梁山泊，害壻之讎，急不可緩。但不知官家的意思怎麼。借天喜口說出官家權不下移，春秋之筆也。明日是蔡京代天檢閱的日子，我和二位打扮了混進御教場探聽，或者得他些口風。明日卻不是我的班期，沒公事纏障，再借兩面腰牌與二位。」趁出妙文來。次日一早，范天喜叫戴、周二人一同公人打扮，帶了腰牌，出了神武門，到御教場來。

將近教場，只見許多披甲頂盔的已是紛紛走動。看他連寫「只見」，都從三人眼中落筆。到得教場偏門首，把門的見他們是做公的，驗了腰牌，都放了進去。范天喜低聲對二人道：「若是官家親來，我們卻不能進來。」特註此句，妙。天子至尊，深居九重，豈容強盜窺視耶。三人到裏面看時，只見那御教場十里正方，周圍四十里，開方一百里，團團紅牆圍著。總寫教場一句。演武廳乃是九間大殿，朱門黃瓦；比忠義堂如何？面前華表石獸，文石龍墀，都有朱紅柵欄護著。第一層演武廳。左首將臺上豎著一枝沖霄拔地的黃漆旗竿，上有一面杏黃旗；又一枝紅旗竿，比那黃的短得一半，上有一面紅旗，大大書著一個「帥」字，都隨風蕩漾。臺上許多軍官，全裝盔甲，立著看守。那架子上許多鮮明雜色令旗，又有樂器金鼓。臺下如意頂帳篷內，端坐著掌旗鼓的兵部尚書，旁邊無數人伺候著。第二層寫將臺。中間一條黃土甬道，從龍墀起望過去，杳杳茫茫的，直接到照牆邊。第三層寫御道。寫得空濶遠大。照牆上好似彩畫著五雲捧日。望不清楚故也。第四層寫照牆。教場共分四層寫。那時太陽離地，曉霧盡散。好筆力。寫教場方畢。教場裏靜蕩蕩的，存著那二十萬大軍，毫不挨擠。總寫兵馬一局。只見那些軍官兵丁，都全裝著，卻不歸隊伍，真是妙筆，俗筆再寫不出。也有立的，也有走來走去的，也有坐在草地上說話的，紛紛亂亂。真是妙筆。那些戰馬都背著鞍韉，散放著地下啃青。真是妙筆。那些大纛❹旗幟，卻都歸隊伍，按方位齊齊整整的插在地下。兵馬游衍。第一段忽然說不歸隊伍，忽然說歸隊伍，忽然說紛紛亂亂，忽然說齊齊整整，用筆狡獪，真是捉他不定。又只見密密層層，成千成萬，無數的帳房，一帶一帶的魚鱗也似比著。壁壘莊嚴，第二段。說不盡那旌旆耀日，劍戟如林。束一筆。范天喜要引著二人到上面丹墀上去看，關防得緊，那里敢上去。妙止好在那外邊各處探看。正看時，只見遠遠地照牆腳邊一騎馬飛上來，須臾到教場中心。教場之大，戰馬之快，夾在一處寫。乃是知閤門事的軍官，妙筆哉。蓋照牆腳邊杳杳茫茫，只望見一騎馬飛來，不

❹ 纛：音ㄉㄠˋ，軍隊或儀仗的大旗。

能辨其何等腳色也。手執一面黃旗，又是一面黃旗。傳諭道：「車駕啟行！」前站傳諭，第三段。威嚴。那教場裏各路將弁，都雲收霧捲的歸回本陣，排齊隊伍，對面立著，露出當中的一條御道。軍馬歸隊，第四段。少刻，照牆外又來了一陣馬上官員，飛遊上來，都是御前供奉捧日、天武左右四廂親軍，轉到九間大殿後面去了。親軍、供奉先到，第五段。威嚴。又等了許久，只見照牆邊濃煙衝起，撲通通的九個號砲響亮，先見煙起，後聞砲聲，寫教場之遼遠。鹵簿❺儀仗到來。教場裏靜悄悄的，誰敢做聲。御前馴象一對一對的，從照牆兩邊分頭進來。象隊之後，都是神龍衛兵馬，豹尾鎗排得麻林也似。羽林軍後，盡是左右金鎗班，殿上撞鐘伐鼓。這邊將臺上大吹大擂，鼓角齊鳴。兵部尚書率領部屬都到甬道邊立著，伺候接駕。鹵簿儀仗寫到一半，忽夾入兵部尚書接駕，從中隔斷文氣，如雲鎖山腰。金鎗後面，黃羅傘蓋，龍鳳旌旗，自有那些內官掌管。當朝太師蔡京全身朝服，騎著高頭大馬，做那車駕的前驅。一派仙樂嘹亮，提爐內龍涎香裊，導引著九龍寶輦。那輦卻是空的，官家並不親到。輦內一張金龍交椅上，蓋著龍鳳披罩，三十六個校尉擡著那輦。鹵簿儀仗，第六段。陪輦大臣，乃是同平章事趙忭、忠。領樞密院事樞密正使童貫、奸。經略大將軍种師道、忠。殿帥府掌兵太尉高俅。奸。無意撮出四人，卻忠奸並寫，隨筆所之。寫徽宗雖不辨賢愚，卻權不下移，遠勝唐昭明熹。徽宗何幸，而遇仲華之筆也。輦後又有無數隨扈的精兵猛將，按部隨班進教場來。陪輦隨扈，第七段。威嚴。二十萬天兵，分兩邊齊齊的俯伏。蔡京到龍墀邊下馬，就那御道右邊與兵部尚書對面跪下；趙忭、童貫、种師道、高俅都按本位，夾御道跪下，俯伏接駕。法駕直上正殿，轉身朝外大座。法駕至止，第八段。龍墀下又飛起九個號砲。鼓吹已罷，蔡京等眾大臣都上金階，依班舞蹈畢，分列左右。蔡京代天宣旨發放，如此威嚴，尚非官家親到，寫得九重於穆不顯，絕妙筆法。當駕官高喝「起去」，二十萬天兵齊

❺ 鹵簿：古代帝王出行時前後的儀仗。因車駕、羽儀導從有先後次第，皆著之簿籍，故曰「鹵簿」。

呼「萬歲」，震天震地的一聲，一齊立起，鹵簿儀仗分頭撤去，各營兵馬倒捲下去，各歸本營。那些帳房都變了十八座大營，中間一座御營。霎時間二十萬眾收盡，營門都閉，教場裏不見一個兵馬，靜蕩蕩的只有十九個大營寨。發放歸營，第九段。筆墨變換，真非兒戲。戴、周二人都把舌頭伸出縮進，范天喜輕輕的道：「就要操大陣也。」總束一筆。忽然按倒，忽然又起，奇情奇筆。

許多時，活寫出殿上不能看見的無數事。只見那兵部尚書頂著陣圖冊本，到龍墀上跪著進上，當駕官接了去。殿上喝聲：「下去！」兵部尚書便到將臺上伺候。須臾，蔡京代天傳旨，喝叫：「開操！」只見种師道、高俅二人，早已捧著那上用的令旗、令箭，齊到將臺上來。兵部尚書領了旨，就傳令開操。請旨開操，第一段。將臺下又一連三個號砲響，鼓角齊鳴，那兩旁十八座營門大開，中間不開。馬隊當先，徐徐而出；到了界限，一聲鳴金，齊齊的收住。只見三通鼓罷，將臺上黃旗招颭，馬軍隊站在第一層；紅旗招颭，大礮、鳥鎗隊站在第二層；藍旗招颭，弓弩隊站在第三層；黑旗招颭，刀牌隊站在第四層；白旗招颭，長鎗隊站在第五層，二十萬兵馬共作五層，旌旗飄動。那陣的後面，又有許多大纛，都是各營壓陣的大將，齊對殿上立著，只等號令下來。嚴肅部伍，第二段。只見那黃旗忽地分開，那些馬軍隊潑刺刺分頭撤去，繞著抄到大陣後面去了，露出大礮、鳥鎗來；第二層變作第一層。一聲號砲，紅旗往下一壓，陣後戰鼓催動，陣前鎗礮齊發。那一片聲響，好一似地裂山崩。紙上都岌岌震動。

看官，忽說閒話。那大礮、鳥鎗一切火器，實是宋末、元初始有。以前雖有硫黃焰硝，卻不省得製火藥。格致鏡原稱呂望作大銃，此語失據。如果呂望所作，春秋無數戰陣，何不一見？六韜內天潢、飛樓、雲梯之類都說起，何無一語及銃礮？即使六韜後人偽託，總在呂望之後。或又云范蠡作大礮，亦非。按礮係砲本字，漢以前無此字，范蠡不過以機運石，後人目之曰「礮」，乃是石礮，非今之火礮也。總之，但看許洞虎鈐經可以知矣。虎鈐經並不語及火藥、銃礮。許洞係南宋人，南宋時尚無此物，況北宋徽宗時乎？今稗官筆墨遊戲，只圖紙上熱鬧，不妨揑造，不比秀才對策，定要認真。即如三國演義、水滸前傳亦借此物渲染，是書何必不然？不要只管考據，且歸正傳。忽跳出書外，立出一篇考據，真是如戲。那官軍一陣鎗礮放畢，大陣移到第二進；又依號令，再放一陣鎗礮，大陣移到第三進。話休絮煩，遞連移到第九進，放了九陣鎗礮。九進排鎗，第三段。到那第九進上，接連寫下，更不斷續。紅旗霍的往地下一埽，豎起來，只見信砲飛起，陣裏鼓角齊鳴，鎗礮兵按著連環步位，遞放那連環鎗砲，乒乒乓乓，好似數萬雷霆霹靂一齊崩炸，震得那教場裏的地都有些動搖。鳴金一聲，一齊收住，寂然無聲。坐連環，第四段。紅旗又是一掠，那大礮不動，連環鎗直捲上來，第二層忽變做兩層。直打得煙塵障天，黑煙內電熖亂射，二十萬天兵都裹在濃煙裏面，那里還見一個人影。紅旗一拂，鳥鎗都退。走連環，第五段。只見藍旗豎起，弓弩手往濃煙裏擁出，第三層忽變做第一層。萬弩齊發，那亂箭如飛蝗驟雨一般。弓弩操演，第六段。將臺下信砲連催，黑白旗起，長鎗隨刀牌一齊殺出。第四層、第五層齊出，陣法變幻不測，文法亦變幻不測。黃旗又起，馬軍分兩翼抄出陣前，對仗厮殺。第一層忽又出現。鎗礮兵去那兩下埋伏，齊震一聲，馬軍都兩邊分散。梅花攢戰，第七段。將臺上磨動那面五色總旗，一片鑼鳴，吹打得勝鼓樂，大礮、鳥鎗、弓弩、刀牌、長鎗都收住了，各歸部伍，齊齊立起八個方營；十八營總做八營。大吹大擂，按著次序，緩緩歸營，營門都閉了。御營裏中門大開，裏面設立龍鳳儀仗，黃鉞白旄，聽得那笙簫管籥奏動細樂，仙音嘹亮，悠悠揚揚的。得勝奏凱，第八段。怪哉，文乎！忽然營門又閉，真被他閃殺。御營內連砵礮響，一聲吶喊，海覆江翻，八營兵馬隨著旌旗飛出，把御營護住，翻翻滾滾，結成一個大方陣。（八營又總做一營。）御營裏一個號砲，那些大礮、鳥鎗刮刺刺的從東北往西南上，流水也似的趕過去，那片聲音殷殷的往四面山裏捲了去。（真是寫生妙手。）又一個號砲，仍從西南往東北趕過來。如此三轉，（永清四海，第九段。）一齊吶喊，戰鼓齊鳴，仍歸到起先接駕的所在，隊伍齊齊整整的立著。（好章法，好筆法。）那御營并八個大寨都不見了，（寫得真是海市蜃樓。）教場中間又起一面大紅猩猩旗，上面寫著「天下太平」四個大金字。將臺上下畫角吹動，一齊奏那四海昇平的樂。只見旌旗翩翻，春風蕩漾，鞭敲金鐙，艸襯馬蹄。（總束一筆。慣用十六字。）兵部尚書傳令操演龍虎雜陣，雲梯技擊。號令方下，照牆邊一馬飛來，一個將官手執黃旗，（好筆力。）叫道：「聖旨下！」（妙。蓋上文寫官家不親臨，雖極形容得九重尊嚴，然細按之，竟與委裘而朝相去無幾，故特提出「聖旨下」，以見天威不違咫尺也。）須臾，幾個內相騎著馬，頂個黃包袱進來，眾大臣接上殿去，開讀聖旨云：「後宮誕生皇子，著停操演三日。旨到，未操的陣都免。（嗄。截去好。不然務要色色操演，又不可前詳後畧，筆墨支蔓無窮矣。）著蔡京宣旨發放。（嗄。）公卿大臣由三品以上，令赴龍符宮賜筵。（嗄。）各營將弁軍校，著樞密院會同戶兵二部，候旨賞賚。」（嗄。）羣臣謝恩畢，內相先回，蔡京等伺候法駕回鑾。鹵簿儀仗排齊，种師道、高俅繳旨畢，蔡京等仍就陪輦。撲通通九個號砲，殿上鐘鳴鼓動，法駕啟行。殿前並那將臺軍中的鼓樂一齊奏動，二十萬天兵仍就俯伏送駕；御前供奉官員，齊隨駕出。照牆邊號砲九聲，法駕出了教場，官兵齊呼「萬歲」，立起身來。兵部尚書傳令發放，只聽得地動山搖的一聲吶喊，將臺下三個號砲，金鼓齊鳴，鼓樂喧天，奏動將軍得勝令，倒捲珠簾，星移斗轉的收了陣勢，霎時散盡。兵部尚書大擺頭踏，鳴鑼喝道的也去了。范天喜等趁鬨齊出了御教場。（一齊收拾。）戴宗、周通都魂驚魄蕩暗暗的咂著舌頭道：「果然利害！把我們山泊裏的操演，直比得沒了。如果真來征討，這般軍威如何敵得！」（一篇點睛處。）

卻說眾大臣齊赴龍符宮，恭賀天喜。天子賜筵已罷，對兵部尚書道：「一切慶典，朕已委派眾卿，惟官兵賞賚，卿去查核調停，務須都沾實惠，不可致有侵蝕。」（上文兩層提動，此處必須兩層繳清，否則文氣偏枯矣。上半篇極寫宋江淫刑毒威，後半篇極寫天子深仁厚澤，極力相反，真是妙筆。）兵部尚書領旨。童貫奏道：「官家誕生聖嗣，業已恩赦各犯，梁山泊宋江亦祈聖恩緩征，以養天和。」（何也。趨奉得無味。）天子道：「非也。梁山泊宋江屢次抗敵天兵，罪大惡極，律無從宥。使其稍有可恕，朕亦何必為此已甚。（已照起赦陳希真。）朕已定於十六日躬行大閱，二十八日告廟誓師，四月初四日辰時出師。太師蔡京既屢請欲行，業已準其所奏，今日便加蔡京輔國大將軍、魯郡開國郡公，贈節鉞，便宜行事。（寫得威潤。頗有歎者曰：「徽宗此舉，惜用非其人，否則梁山泊一鼓滅之矣，奚待張叔夜哉！」金門曰：「須放著仲華不肯，果爾那得一部好書看耶？」）朕已令顯謨閣學士撰露布❻，頒發天下。」蔡京舞蹈謝恩。高俅奏道：「官家伐梁山，當出其不意，方可取勝。若先發露布，恐走漏消息，喫那廝們防備。」天子道：「非也。（兩寫天子道「非也」，極形容得乾綱睿斷，不為羣下所移氣象。徽宗何幸，而遇仲華之筆也。）兩國相爭，不妨各尚詐力。今梁山不過草寇，朕命將帥征討，正當使天下聞知，明正其罪，預示師期，何必行狙詐僥倖之術。」（說得冠冕正大。非寫徽宗冠冕，實作者要急打發戴宗、周通回去，省得與陳希真纏不清也。）种師道、趙忭都道：「聖論至正。」當日議畢退朝。

卻說戴宗等三人看完了操演，走入城來，已是辰牌時分，各處又遊玩多時。（挪出賜筵、議征一段時候也。）到得太師府門首，正遇蔡京回來，頭踏執事，挨擠鬧熱，只好立了半歇，方得行動。（回想蔡九知府前說謊話，真是絕倒。）不數步，忽見轅門外邊一個大茶店內，有許多官人做公的，三三五五，在那里喫茶。數內一人欠身叫道：「范旗牌安

❻ 露布：公告，亦稱「露板」。指文書不加封檢，直接公布。

好！何不喫碗茶去？」范天喜見了那人，便撇了戴、周二人，進茶店同那人坐下，說了好一歇話。戴、周二人在外面立地。少刻，范天喜辭了出來，與二人同行。到了靜僻之處，范天喜道：「好也，得實信了。方纔那人是蔡京親隨人的伴當。即所謂奴裏奴也，美其稱曰「三爺」。他說得知十六日大閱，二十八日告廟，四月初四日出師，蔡京拜帥，今晚可有露布。」何必如此速，只要催戴、周二人走耳。戴宗道：「如此說，我們就好動身。」原為此句。周通道：「大閱不知怎的儀注？」范天喜道：「便與方纔見的一般，教場操演一篇何異神龍戲海，而點睛卻在此處。八字文法之奇如此。只是陪輦大臣都全裝披掛。再找一句，畫家所謂意到筆不到也。何爭這半日，就明日一早動身罷。」此句是答戴宗，制藝家所謂遙接也。范天喜又對二人說道：「今日東城酸棗門外玉仙觀蟠桃大醮，十分熱鬧，我們去看看也好。」二人甚喜。三個重復出城，轉灣抹角來到玉仙觀。未到山門，已覺挨挨擠擠。只見照牆邊有一座鰲山，上面那些人物都有關捩子❼曳動，如活的一般。范天喜道：「我們且看了再進去。」此一段必不可少，不然三人何苦坐在山門外耶？周通道：「何不喫著茶看？」三人就在山門外茶攤上坐下，茶博士❽泡上三碗茶。范天喜又去買些點食之類，一同坐著看。只見那些人來來往往，也有騎馬的，也有坐轎的，老的少的，男的女的，貧的富的，流水也似的行動。看了一回，周通道：「偌大一個東京，卻不見一個好女娘！你看，便有婦人，也都是七老八十，再不然，就是些七八歲的孩兒們。若年紀中等的，都是醜惡不堪。」范天喜道：「近來一樣不好，那些官宦子弟們十分囉唣，所以小戶人家略好看看的女娘們，都不敢出來。」說不了，只見一個公子打扮的走過，范天喜努一

❼ 關捩子：能扭動的機件。捩，音ㄌㄧㄝˋ，轉扭。

❽ 博士：宋代茶、酒坊侍應，概稱「博士」。

努嘴，如畫。對戴、周二人低聲道：「這就是高衙內，高太尉的兒子。當年害林教頭的就是他！」二人定睛觀看那衙內，頭戴一頂盤金紅青緞書生巾，上面一塊羊脂玉方版，頂上老大一顆珠子，三藍繡花飄帶；穿一領大紅湖縐海青，雪白的領兒；海青裏面露出西湖色的襯衫，腳下踏一雙烏緞方頭朝靴；衙內打扮從上往下看。手裏拏一柄湘妃竹摺疊扇。年紀約莫不到三十歲，雖不十分俊俏，卻也扭捏出十二分的風流。後面跟著許多閒漢，帶著些樂器、桿棒，前面有兩三個矮方巾陪著。只見那衙內指指攎攎，口裏說話，一面擺呀擺的踱進山門去。范天喜指著衙內背後那一個大漢道：「這是東京有名的教頭，好手腳，是衙內的親隨。那厮也倚著衙內的勢，在外面無所不為，沒人不讓他。」周通道：「怎得摟著這厮到手，把去雙木兒⑨，倒是一分禮物。」大家都笑起來。范天喜道：「輕些！耳目近。」又喫了一開茶，戴宗指著一處，叫周通道：「你說沒有好女娘，兀那不是兩個來了。」飄然乘風來帝旁。眾人舉目看時，只見一個女子騎著一匹川馬，背後隨著一個使女，也騎著一匹黑驢子，面前一個馬保兒⑩招呼著。那女子打扮俊俏，卻將青紗罩蒙著臉。妙筆。昌黎云：將軍欲以巧伏人，盤馬彎弓惜不發。作文當悟此訣，則不至一氣寫盡。看官，原來北方風俗，因旱地多，婦女們往往騎頭口，不足為奇，不似南方人動動是船是轎。但是年輕的，只將青紗罩面，便是迴避之意。閒話擱開，那女子到了廟前，跳下了頭口，隨後那個養娘也跳下來，倒也有顏色，用西嶽廟畫壁法。將一個錦花包袱放在茶攤空桌上。眾人看那女子繫一條湖色百摺羅裙，上面蓋著一件猩紅湖縐襖子，窄窄袖兒，露出雪藕也似的手腕，卻並不

⑨ 雙木兒：指水滸傳中的林冲。

⑩ 馬保兒：照顧馬匹的傭工。

戴釧兒。肩上襯著盤金打子菊花瓣雲肩，雖然蒙著臉，腦後卻露出那兩枝燕尾來，真個是退光漆般的烏亮。女子打扮從下往上寫，總之不欲其犯複也。那些來往的都立定了腳，是一處人。那茶攤上的人都立將起來看。又是一處人。只見那個養娘打開錦花包袱，取出一個拜匣兒，一柄象牙銷金摺疊扇，一件對襟桃紅花繡月色紫薇緞的罩衫兒。女子打扮偏又作兩段寫，妙。那女子接過衫兒，披在身上，自己去繫帶兒。那養娘替他除下青紗罩兒來。不除時萬事全休，一除去，那一聲喝采，暴雷也似的轟動。只道是織女擅離銀漢界，嫦娥逃出月宮來。那女子埋怨養娘道：「你恁的這般性急！」只見綰著時興的麻姑髻，包一頂珍珠點翠抹額，耳邊垂著明月璫。找補頭面一段。那養娘遞過扇子，又替他插上對鳳頭釵。那女子挪步前行，吩咐養娘道：「把頭口交保兒管了，包袱亦交與他，你同我進去。」養娘應了，並紗罩亦交與馬保，挾了那拜匣，約莫是香燭祝文之類，「約莫」，妙。跟隨進廟去了。有那些不學好的子弟們，一陣兒往山門裏亂夾。棒光星照命。眾人沒一個不稱贊道：「好個絕色女子！」帶眾人一筆。

周通渾身覺得有些麻酥，正要打聽，只見茶博士過來沖茶，說道：「方纔那個進去的女娘，是我家的緊鄰。看他不勝榮幸，絕倒。他姓陳。」范天喜道：「你家裏住在何處？」茶博士道：「在東大街辟邪巷。我自己的茶店在巷口，他就在巷裏。然則不得為之緊鄰也。他的父親叫做陳希真，起先做過本處的南營提轄，如今告休在家。只得這個女兒，又沒兒子。我自小看他大的，不知抱過多少回，實是榮幸，怪他不得誇口。今年十九歲了。方纔他不看見我，不然他總叫我聲。」此是救筆。范天喜道：「哦，不錯，不錯。莫不就是陳麗卿，又叫做女飛衛⑪

⑪ 飛衛：人名，古代傳說中的善射之人。列子湯問：「甘蠅，古之善射者，彀弓而獸伏鳥下。弟子名飛衛，學

的？」看他姓名，如此跌出。茶博士道：「著，著，著，如聞其聲。就是他！」范天喜搖著頭道：「果然名不虛傳。他的老兒為何不同來？」茶博士道：「他老子一清早便到觀裏來聽講，此刻想未完畢。」忽聽一個座頭上叫：「水來！」茶博士提著壺搶過去了。用茶博士畢。戴宗、周通問道：「怎麼叫做女飛衛？」范天喜道：「二位不知，那陳希真表字道子，十分好武藝，今年五十多歲，卻最好道教修煉，絕意功名，近來把個提轄也都告退了。高俅倒十分要擡舉他，他只推有病，隱居在家。這個女兒天生一副神力，有萬夫不當之勇。他十二分喜歡，將生平的本事，教得他同自己的一般。看官：此句須著眼，以後寫麗卿武藝，便是寫希真武藝也。那女子卻伶俐，又自己習得一手好弓箭，端的百發百中，穿楊貫蝨。他老子稱他好比古時善射的飛衛，因此又叫他是『女飛衛』。陳希真我素亦認識他，他自己日常如此說，所以曉得。」周通和戴宗都駭然說道：「這一個文弱女子，卻那里看得他出！」別座幾個喫茶的，也聽得呆了。帶一筆，不然玉仙觀前，只得三個人矣。

三人又說了好一回閒話，那周通屁股上好像有刺的一般坐不住，好笑。說道：「何不進廟去？」二人也起身，二人也起身者，周通先立起也。會了茶鈔，拔步進廟。方纔走進山門，只聽裏面發一聲大喊，那些人潮水般的湧出廟來。三個人力大，不被人衝倒，只聽得說：「高衙內今番著打壞了！」三人挨進看時，只見那個女子紥抹緊便，拈著一條桿棒，紡車兒也似的捲出來，兩旁打倒了許多人，那個敢去近他。戴宗等見他來得猛，又不好去勸，又恐怕湊著，只得盤在朱天君煖閣上。此句妙極。敘事必須敘清賓主。論女子與三人，則女子主也，三人賓也；論三人與眾人，則三人主也，眾人賓也。若將三人夾在眾人內，則女子打來三人不動手則不顯，三人動手則又顯不出女子。若不夾在眾人內，則何由看見？驀地想到朱天君煖閣上，則三人自三人，眾人自眾人矣。用筆如分水犀。看時，那女子趕到山門邊，

射於甘蠅，而巧過其師。」

人多擁擠不開。那女子大叫：「眾位沒事，暫閃一步！我單尋高俅的兒子！」（此五字偌大東京誰敢劈面叫，麗卿真是快人。）眾人那里讓得開。那女子焦躁，撇下桿棒，把那些人一把一個的提開去，好似去草把兒一般，霎時分開一條去路。那高衙內剛從人堆裏掙出山門口，見女子來，（衙內所最好者，見之反逃，快極。）叫聲：「阿也！」沒命的跑。喫那女子三腳兩步追上，抓小雞一般拈來，放在地上。周通等三人趕出來看時，（俗筆幾忘之。）只見那女子左手揪住高衙內的髮際，直按下去，一隻腳去身上踏定；右手提起粉團（字法。）也似的拳頭，夾頸顙子杵下去。有幾個逃脫的閒漢，只遠遠的叫苦，那個敢上前勸解。（夾寫，妙。）說時遲，那時快，那女子拳頭還未曾落去的時節，觀裏早跑出一個道士來，把那女子攔腰抱住，一手奪住拳頭，喝道：「不要無禮！這是高衙內！」（奇文，誰耶？）若不虧這道士勸住，有分教：阿鼻獄中添一色道餓鬼，佳人拳下斷送浪子殘生。不知那道士是誰，且看下回分解。

范金門曰：一部大書，正旨「尊王滅寇」四字而已，故起首一篇便盛寫天子軍威、邊將戰功，作通部冠冕，此巨刃摩天之筆也。尤妙在幻出一段忠義堂火起文字，蓋亂臣賊子人之所棄，即天之所棄也。然則梁山之滅，非特大將討之，天子討之，直是天子奉天以討之也。

鄧、辛二將橫空飛出，此即前傳少華山先出三地煞之法。其妙在先虛後實，結到天子酬庸，直把終篇喝起，筆力之大，如神龍吸水，無限斤兩。

讀教場大閱一篇，歎觀止矣。筆尖不過寸許長耳，放出四十里之御教場，無數鋪排，分作前九段，後九段，整整齊齊，毫不散亂。忽焉收拾一空，徐徐撤去，仍剩一御教場，丹青不足喻其工，蜃樓不足喻其幻，皆心思也。大雄老師去，一沙能放大千界，一芥又納恒沙河。大成老師曰：放之則彌六合，卷之則退藏於密，此之謂也。

陳麗卿打高衙內一段，原是過接文字，借作教場餘波，恰好。

第七十二回　女飛衛發怒鋤奸　花太歲癡情中計

卻說那陳麗卿正要下手結果高衙內，喫一道士拉住拳頭，打不下去。麗卿回頭看時，認得是父親陳希真，便回言道：「我怕不認識高俅的逆種，倒是我無禮！（氣極之語。）待我結果了他，為大家除害。」（姑娘口氣極濶大。）說罷，又要掙脫拳去打。希真那里肯放，叫道：「我兒！你且饒他起來，為父的與你做主。」麗卿掙脫手道：（此時此語極快，蓋希真說話時，正麗卿掙脫手時也。）「便饒他，也取他一個表記。」（「表記」二字，妙。）一頭說，一頭去撕衙內的耳朵。（駭絕。我為衙內必曰粗耳朵不中撕。）陳希真忙去挖他的手，已自撕出血來，（衙內見喜。）兀自不肯放。希真喝道：「小賤人！我這等說，你還不放麼？」陳麗卿見父親發怒，只得鬆手放了，（有層次。）立在一邊。那高衙內兀自在地上氣喘，抖得起不來。（好。）看的人圍了一個大羅圈，都說：「這位姑娘好了得！」（夾寫，好。）只見養娘捧着衣服等物，人叢裏挨進來。陳希真一面取襖兒把與女兒披了，（細。）釵簪替他插了，（細。）一面口裏埋怨道：「燒完了香，叫你就去，是不肯，偏要隨喜，卻無故鬧出這頭禍來。高太尉我又認識的，不爭你萬一把衙內打壞，叫我怎生對他？」（便急遞過去，鮑叔之智捷於箭鏑，信然。）麗卿一頭解去汗巾，放下了裙子，穿好襖兒，一頭指着高衙內罵道：（不答父親，妙。）「我把你這不生眼的賊畜生，（真是不生眼。）你敢來撩我！你不要卧着裝死，（裝死，妙。）你道倚着你老子的勢，要怎麼便怎麼，撞在我姑娘手裏，連你那高俅都剁作肉醬！」（句句不連屬的，妙，確是氣壞聲口。）希真喝道：「胡說！還不打算回去！」高衙內那里敢回言，看的人都吐出舌頭來，半響縮不進去。馬保兒籠過馬，希真取青紗罩仍與他蒙了臉兒，寫得妮妮可愛。吩咐道：「你先回去了，路上休再鬧事。」麗卿道：「爹爹法事完畢，為何不同回去？」希真道：「我就來，你先去。」麗卿便上馬去了。那養娘已把那衫兒依舊摺起，收拾好包袱，也上了驢子去了。先收拾麗卿。

陳希真回頭看高衙內時，已坐在地上要爬起來。希真上前扶起，前面麗卿收拾去時，衙內尚在地上，此文家安頓妙法也，不然那得有兩副筆去寫。笑着唱喏道：「小女冒犯，都看老漢面上，恕罪恕罪！」衙內又氣又羞道：「陳老希，我呢也不曉得是你的女兒，倒得罪了。好說。只是令愛太沒道理，自然足下有道理。我不過遠遠地說了一句頑話，意以為何妨。便這等毒打，你行前我須放不下來。」希真陪着笑臉說道：「諸事休題，一句掃盡白打。老漢回去訓飭小女，訓飭者，輕詞也，衙內如何省得。衙內處再行陪話，太尉前遮蓋則個。」只為此一句耳。衙內道：「說他作甚，打也打了。」那些跟隨的漸漸攏來，此時方來，懼怕可如。「漸漸」二字，妙。要知尚有不敢就來者。看那衙內右邊耳朵兀自流血，都說：「怎了？」卻不道怎了。陳希真道：「還沒甚大傷。」又笑笑得惡。道：「若老漢再遲一步，多管做出來，尚欲居功。如今還好。」說不了，只見兩個人攙着那鳥教頭走出廟來，打得鼻塌嘴歪。原來被麗卿掃壞了孤拐骨，行走不得，一步一顛的扶出來，口裏叫道：「衙內與我作主！」尚叫得動，完算他強。衙內道：「原來是陳老希的令愛姑娘，怪道我們着他的手。」識荊矣。那教頭掙着眼好凶，好怕。對陳希真道：「太尉待得你好，你叫女兒打衙內，稟過太尉，慢慢和你講。」希真只是陪禮，好。道：「小人總要來陪罪舒氣。」衙內勸道：反勸便生心矣。「陳老希是我的至交，喫些虧也說不得。」幾個矮方巾見衙內不發作，也來相勸。湊趣，妙。眾閒漢也有打破頭的，打腫手的，都說道：「我們同教頭受些傷且丟一邊，衙內這耳朵卻怎好見太尉？掩蓋殺也是我們的干係，總要衙內與我們做主。」逼一句以便自家脫干係，小人之心如見。衙內道：「我會說，你們放心。」希真聽得這話，心中暗喜道：「這廝中俺計也。」便對那些人道：「眾位有受傷的，老漢來醫治陪話，這裏不是說話處，且到前面那座酒樓上去。」那教頭道：「似衙內這般仁厚君子，實在少有。」歸美衙內，實為自己解嘲。眾閒漢道：「用得你說！」忙奪過來。一步一顛去了。

那些看的人都笑道：皆愁太平之類也。「這個老道士親生的女兒被人調戲，還去這般陪小心。」旁人專會說太平話。范天喜亦笑道：「怎麼一個好漢，學道士學得連氣都沒了。」暗合道家話頭。對戴、周二人說：「我們再進觀去。」三人又一同進來，果然熱鬧，真個是燈彩耀眼，簫鼓喧天。只見那西廊下有幾架執事頭踏❶，都喫打倒在一邊，那些道士、廟祝在那里扶持收拾；又見那地下打落的許多樂器、桿棒零星之類，滿地下亂踏。又聽得有幾個燒香的老婦人說道：「不知是那家的女娘這般利害，許多男子漢都喫他打得沒路走。」又有幾個子弟們道：「高衙內今番也喫了苦，「也」字妙，可見衙內平日不曾喫過苦。便是復得仇，也喫盡了眼前虧。」戴宗等三個都肚裏暗笑。看了多時，又去各處隨喜了。二句收完玉仙觀。范天喜邀他二人出來，也到那大酒樓上喫些酒飯。到得酒樓上，那陳希真、高衙內一班人已散去了好一歇，好一歇，妙。見希真與衙內不十分暢喫。只聽那些人還在那裏紛紛講說。戴宗等週回看了一轉，只有那樓角邊有個空座頭，三人就去坐下，叫過賣搬些果品酒肉來，三個人喫着。戴宗說道：「端的這女子了得！」周通道：「就是一丈青武藝了得，麗兒俊俏，二句不連絡，寫周通好色，可笑。卻沒得這般文雅。」戴宗四面看了一看，細。低聲道：細。「小可意思欲乘機說他入夥，何如？」范天喜稱是。三人又喫了一回酒，取飯喫罷，下來算完賬，周通便道：「東大街往那里走？」性急。范天喜道：「你們

❶ 執事頭踏：舉行儀式時所用的牌、傘等物。

都隨我來。」三個人進城，一路逩希真家來。

卻說陳希真當時在酒樓上，安妥了高衙內這一班人，一逕奔回家來。敲敲門，那個蒼頭來開了。陳希真走入堂前，只見女兒笑嘻嘻的迎着道：「爹爹回來了。」希真也不答應，直走進後軒。麗卿隨在後面說道：（好。寫麗卿見父親顏色不善，有畏懼之意，便急忙分說，不比他家女兒，恃寵撒嬌也。）「孩兒又不當真要結果他。爹爹不許我動手，一記也不曾上身，太便宜了這廝。」陳希真回身坐在懶椅上，（如畫。）看看女兒，（如畫。）做出面孔，（如畫。）大聲道：「恁的高興！闖出這般大禍來，我被你害死了！」說罷，別轉臉去。（做作。）麗卿叫起屈來道：（氣殺，氣殺。）「爹爹，你彼時不看見那廝囉唣的形景，（卻不道遠遠的立着。）口裏放出來的屁，（卻不道說得一句頑話。）還聽得？（句。）不由我不動氣，且我不過推了他一把，（可見立得近。）他便叫人捉我，（「捉」字寫出蚍蜉撼大樹，可笑。）你想如何忍得？」（「捉」字，妙。衙內之意不在打也。觀內調姦廝打事，卻從此處虛寫，細極。）希真道：「是便是了。（已不埋怨女兒。）如今我再三陪話，他那肯干休？高太尉得知，早晚便來生事，怎好？」麗卿道：「怕他怎的！便是高俅親來，我一箭穿他一個透明窟窿。」（憨話。是少年鬭氣話。）陳希真道：「嘖，嘖，嘖！（三字如聞其聲。）說得好燥脾！我問你，你活了這幾歲，喫你白射殺了幾個人？年紀十八九了，說出話來同小孩子一般，瘋頭瘋腦的。」（竟說他瘋，不說他氣，妙。）麗卿道：「殺了他不過完他一命，值甚麼！」希真道：「你捨得命，我須捨不得你。我年過半百，只望着你將來得個好女壻，我便有靠。你說出這話來，兀的不教我傷心。如今沒甚了不得，只拚着把你攮與他，我怕不太平了。你想這事我怎忍心下得？」麗卿停了半響，（此時麗卿已有些顧慮了。須知希真一番說話，不是與女兒毆氣，亦不是作者敷衍閒文，蓋麗卿少年剛愎之氣不可復，抑不如此申說利害，則後文之賺高衙內又豈肯如此忍辱受侮，必然做出來。故知希真真是妙人，仲華真是妙筆，從何處得來。）道：「女兒倒有條計。」希真道：「甚計？」麗卿道：「三十六計，走為上計。（此計反從麗卿想出，奇幻。）何不投逩一個去處，爹爹領孩兒去避了。

事到其間，也說不得。」可見避秦之舉，麗卿猶以為下策也。希真道：「我兒，計怕不妙，只是走不脫。已是逼到本位，卻又颺開去，善於騰挪。高俅那廝掌握兵權，五城十三門兵馬、八十萬禁軍，盡在他手。他同我作對，插翅也難飛。你可記得，凡是被他害的人，只走脫了一個王進，回顧前傳。其餘那個走得脫？你講動武，那林冲何等好漢，又回顧前傳。被他顛倒得有家難奔，有國難投。他只同你文做，此語難倒麗卿。把王法當圈套用，七字是自古以來，權臣奸賊之作惡大本領、大妙訣也。古來君子受此害者不可枚舉，而前明嘉靖、正德、天啟等朝為尤甚。那里防備得這許多？古人說得好，覆巢之下，那有完卵；權臣煽威，人無死所。我的兒，我不忍捨了你，我同你性命不知怎的，想走那里去？」希真真是妙人，仲華真是妙筆。麗卿起先嘴硬，聽到這話，也有些懼怕，便道：「怎好？二字妙，如夢初覺。莫不成真個把女兒丟入糞窖裏？似有不信者。據着這口志氣上，便對付了那廝，死也博個名頭，先說本意。只是女兒也捨不得你。真是純孝聲口，真好麗卿。罷，罷，罷！重說三字，見其決烈。爹爹，我是你生下的，你要我怎的我都依了，真好麗卿，安得復有其人。忽然稱爹爹，忽然稱你，忽然稱女兒，忽然稱我，無倫無次，恰好。蓋作者力欲避開小儒之虛文也。拚得個一世沒出場，只要你安穩便了。」此二句正不知傾出多少忠臣、孝子、烈士、節婦的淚來，直寫得麗卿純孝天生，只知有父而不知有其身，竟一口應許，到此，嗚呼，妙筆哉！此書以「忠孝」二字作宗旨，而其處處寫忠孝，卻只在無字處。如此處云拚得「沒出場」、「只要你安穩」便純是孝子聲口。後文雲威云「不可怨恨朝廷，官家不曾虧待了人」，便純是忠臣聲口，他處似此者不一而足，此之謂追神理不掠皮毛，如掠皮毛便成惡札矣。惡札之尤甚者，無如金瓶梅一書，臨了矯強塞出「孝哥」二字，便自負其命意不凡，真令人嘔而欲死也。一頭說，一頭淚珠兒撲簌簌的滾下來，雙膝跪下去，嗚嗚的只是哭。又慷慨，又蒼涼，我讀至此亦要淚下，況麗卿當日耶？

陳希真見女兒認起真來，看了一看，妙。「咄」的一聲笑道：女兒哭，老子笑，相映成趣。「你起來，我對你實說了罷。」希真妙人，仲華妙筆。頗有傖父讀至此以為希真回家誆女兒一段文字，多事可刪。嗚呼，若而人者不惟不知文，并不知人倫者也。何則？使希真心裏定了假婚脫逃之計，一回家便和女兒商量去做，麗卿一聽見便依計而行，便與高衙內應酬周旋，不但文字直率，且令希真、麗卿為何如人，其與迎奸賣俏之平頭娼妓有以異乎？作者停筆久之，左思右想，不如從希真肚皮裏落想道我此計雖妙，但恐女兒性兒廝強，又且盛怒之後，未必肯依。我不如將這話反逼進去，直逼到他肯捨身嫁高衙內，然後告之以計。不過要他忍辱受侮，則其從之也，不待言之畢矣。得了此意，於是放筆直寫下去，不止文勢奇奇離離，而希真之智、麗卿之孝，遂一齊都帶出，真是提一髮而渾身俱動，刺一指而渾身俱痛，用意之妙，非口講手指所能明也。彼遇江瑤柱而滿嘴大

（嚼者，烏足以知其毫末哉！）麗卿掩着淚立起來。希真道：「我的兒，你坐了，聽我說。你說走是上計，到也被你猜着。我的意思，只是要走，也不容易。高俅那些幫撐的好不刁猾，喫你同他這般鬧了，他怕不防着我們逃走？那時走不脫，一發決裂了。要走只這一兩日內還好脫身。只是有件事累墜，我祭煉五雷都籙大法，（此一句，生出後文無數妙事、妙文來。）只爭得十五日不曾完結。今遇着這魔頭，若半途廢了，正不知何時再有因緣。不得已將計就計，邀那廝們到酒樓上，將甜話穩住他。這廝癡心未斷，必不來惡我。高俅曾受我恩，今尚不昧良心，挨他半個月，必不至於用強，且疎了他的防備。那時同了你高飛遠走，他怎生奈何我？這叫做唱籌量沙❷的計。」麗卿聽罷，歡喜道：「爹爹方纔卻怎的穩住他？」陳希真道：「我說道：我這女兒雖是性急，卻回心得快。我若回家去說他幾句，衙內來時，管叫他出來伏罪。那廝信實了，說道：『我也正應到尊處陪禮。』說了許多的好話去了。臨去時歡歡喜喜地，我料他早晚必有人來纏障。待他來時，你須依我，如此如此作用，這廝們雖刁，卻未必識得這計，管教他着我道兒，不知你可依得麼？」（訂一句，妙。）麗卿大喜，應道：「依得，依得。」（此處迎刃而解，皆上文逼拶之力。）

正說話間，聽得外面打門。陳希真出堂來看，那蒼頭已去開了門。只見三個人進來，問道：「陳提轄在家否？」陳希真看時，認得一個是范天喜，又看了那二人一看，忙接應道：「范兄難得來此，裏面坐地。」三人上堂來，都見了禮，分賓主坐下。戴宗、周通看那陳希真，（上文一路雷奔雨走，不暇寫到希真相貌，此處補出。）眉似青峰，眼如秋水，八尺以上身材，丹硃口唇，飄着五綹長鬚，戴一頂束髮棗木七星冠，穿一領鵝黃鶴氅，

---

❷ 唱籌量沙：量沙時唱數計籌。多比喻弄虛作假，掩飾真相的行為。籌，計數和運算的工具。

繫一條九股絲縧，踏一雙挽雲輕履，飄飄有神仙之概。雖是五旬以外，鬚髮一絲不白。陳希真道：「這二位高姓？」范天喜道：「都姓李，都是小弟交好。這位是江州人氏，這位是北京人氏，因到京趕買賣勾當，在弟處居住。」戴宗、周通道：「久仰提轄大名，今得因范兄汲引奉拜，甚慰生平。」陳希真對蒼頭說道：「你去後面看茶。」蒼頭進去了。陳希真笑着對范天喜道：「范兄恁的與弟相交，說話卻瞞我。我豈不認識這位是梁山泊的神行太保戴院長！」妙哉，此移堂就樹之法也。蓋范天喜與希真既不十分深交，則不便直說入夥。天喜且不便直說，戴、周二人更何從措辭？雖用儀、秦之舌合攏來，終難免拖泥帶水。而仲華之心千伶百俐，反把希真牽合來就三人，便令三人開口如順水推舟，毫無阻礙。三人大喫一驚，范天喜道：「求仁兄方便則個。」陳希真道：「我是歹人，不說破了。且請後軒坐地。」三人大喜，一同進去坐下。看那裏面，果然松篁❸交翠，花艸爭妍，好個所在。趁此時補一筆好，下文衙內稱贊自不突如也。蒼頭獻茶出來，陳希真道：「你自去看門，叫你時再進來。」蒼頭出去了。陳希真道：「這位卻不認識。」認識一位足矣。戴宗答道：「是小霸王周通。仁兄何處認識小人來？」此句必須補，雖累筆費墨而事不容已，然不覺其累筆費墨者，迴抱前傳之妙也。本為此處省力，卻把前傳渲染出來，怪極。陳希真道：「兄自不留心。幾年前，我因公幹到江州，同一個江州衙裏的幹辦在琵琶亭上喫酒。見吾兄同一個配軍打扮的黑矮人，今日豈有不知其為宋江哉，偏不肯說，便是希真襟懷。又一個黑大漢，也在那裏喫酒。那幹辦指着兄對我說：『這是神行太保戴院長，一日能行八百里。』小可也自喫驚，看了兄長好半歇，本待要上前廝見，因公事悤悤，不好冒昧。廝見且不肯，而況入夥乎？少頃，那黑大漢同漁船上打起來，小可等一鬨走了。迴抱前傳，真有飛龍拏月手段。所以至今還認得兄長。」

三人聽罷，呵呵大笑。戴宗道：「實是失顧。仁兄見的那配軍打扮的，便是及時雨宋公明大哥，看戴宗何等誇張賣

❸ 松篁：松樹、竹林。篁，音ㄏㄨㄤˊ。

（弄。）彼時因有事在江州。」陳希真道：「我那時卻不認識是宋公明，（好希真。天下之人無不驚而異之，跪而拜之，他偏看得不在眼角上，快絕，暢極。）可惜錯過了。（世情語也。宋江搜羅天下英雄豪傑，獨不能得之於陳希真，真是快事。）今二位光臨草舍，必有事故，（移堂就樹。）卻為何范兄同來？」范天喜便把接徐凝的書人夥的一節，說了一遍，遂說：「這二位因方纔見高衙內衝撞令愛，路見不平，本要相助，（假討好語。宋江騙得一水泊人，卻騙不得陳希真。）是弟懼怕高衙內的勢力，恐連累二位；（卸脫得好。）又見令愛已自得勝，故力阻住。今二位放心不下，務要到府，一來奉拜，二來要打聽仁兄此事如何行止，弟輩可相助處，無不上前。」（范天喜固能，然在陳老希前使乖，無乃班門弄斧。）陳希真對着三人深深唱個喏道：（明知是假卻唱喏，不但唱喏且深深唱喏；下文說到入夥，卻偏不唱喏，妙極。）「深感大義！說起高俅那廝，他微賤時，也在小可這里畧學些鎗棒，我也好生看覷他，那廝自不學好。他如今發跡，到也不忘記，屢次要擡舉我，我不願走他的門逕，因此挨下了。他仍與小可世情來往，小可三節壽日也到他那里。我不是時常對范兄說起？（人知其補出得妙，不知其省去得妙也。）至於小女素日亦不拋頭露面，今日因他的母親陰壽❹，故到玉仙觀裏進香，不意弄出這等事來，如今高衙內他也認錯不迭。小可想：柔和，處世之寶，（說得毫無氣力。）亦不計較了。深費三位兄長盛心。」戴宗道：「高俅那廝雖與仁兄交厚，此事恐未必肯休，眼見必來纏障。不是戴宗糾合仁兄，據仁兄這一身本領，埋沒蓬蒿，豈不可惜？年紀又不衰老。（水泊裏做強盜，反不可惜耶？）況且奸臣不明，賢路閉塞。良禽擇木而棲，（老墨卷。）大丈夫豈可不慮日後？不是小弟斗膽，依着愚見，何不逕請到梁山聚義？公明哥哥何等好賢下士，（還不識風頭，還只管賣弄，故聖歎先生謂其神行之外，一無所長也。）得仁兄這般英雄，真是錦上添花，那個敢不恭敬？將來受了招安，豈不是現成封誥？」（騙不動陳希真。）周通道：「願仁丈俯準戴宗之言，便擇日帶同令愛啟行，一

❹ 陰壽：又稱「冥壽」。死去人的壽誕。

同上去，小弟情願一路奉陪伏侍，（寫周通不懷好意，絕倒。）豈不勝如在此受權勢欺壓？」陳希真道：「深感頭領如此提挈，（並不唱喏，妙。前批詳之矣。）本當執鞭隨鐙，只是小可已結世外之緣，一切都懶，恐無這等厚福。又加這個小女，如同喫乳的孩子一般，離不得我。再者貴寨那林冲頭領，小弟和他有些仇隙，雖不計較，然竟住在一處，覺得無趣。（索性回覆盡絕。）頭領這等恩情，圖報有日。」（索性回覆斷根。）戴宗正要問如何的仇隙，只見那蒼頭來報道：「外面有高太尉差來兩個人，請老爺說話，現在堂前坐着。」（截住好，直到下回山上方一答，用前傳野猪林薛霸問魯智深筆法。）陳希真便立起身道：「三位少坐。」（冷淡之極。）戴宗、范天喜見話不投機，又見高太尉處有人來，便也起身道：「今日輕造，容再奉拜。」陳希真道：「明日拜謝，簡慢勿罪。」（冷淡之極。）周通亦起身謝了，（周通着迷，絕倒。）同出來。陳希真送出大門相別，轉身來見那兩個，叫蒼頭關了門。那戴宗出得門走了幾步，回頭對二人道：「叵耐這廝不識擡舉。」范天喜道：「這廝不肯，也是無法。」周通在後面說道：（來時周通在前，去時周通在後，妙極。）「院長，我們回山去同吳學究商量，好歹弄他上山。（周通戀戀不捨，絕倒。）盧俊義猶喫請到手，豈但他！」戴宗、范天喜道：「出巷人多，低聲。」

不說三人回去，卻說那陳希真回身，認得那兩個矮方巾，正是起先同在酒樓上說話的，一個叫做撥火棒孫高，一個叫做愁太平薛寶。二人起身施禮，希真回禮道：「何事又勞二位光降？」二人道：「便是高衙內特差小可二人登堂陪禮，求姑娘開罪。（好說。）衙內本要親來，（不敢。）因恐姑娘見怪，故差小可們代來。」陳希真道：「說那裏話！方纔酒樓上已說開了，卻又生受二位。小賤人被老漢着實拷了一頓，兀自沒好氣哩。」（妙。）一面讓坐，一面叫蒼頭道：「快去裏面叫養娘伏侍姑娘出來，有話說。」蒼頭進去沒多時，麗卿故意把眼揉得紅紅的，（妙人妙事。）同養娘、蒼頭一陣出來。麗卿道：「爹爹，有客在此，又叫孩兒出來做甚？」（「又叫」，妙。宛然纔受責過吞聲光景。）希真道：「你快過來，這位是孫伯伯，這位是薛伯伯，為你這孽障鬧事，累二位在衙內處陪多少小心。你惱了二位伯伯，還不快去拜謝！」麗卿上前，叉玉臂，折柳腰，深深的道了兩個萬福，口裏說道：「深感二位伯伯。方纔實是奴家鹵莽，不識高低。我爹爹已將奴家責罰過了，還望二位伯伯衙內前替奴家周旋則個。」（實在虧他。）看那兩個沒腦子，涎着臉兒，連忙答喏道：「姑娘說那里話！還是衙內衝撞姑娘，特叫我們來姑娘前求開罪。」說罷，又唱個肥喏。陳希真連忙拉住道：「二位，這等小孩子，兀的不折殺他。孩兒，難得二位伯伯恕罪，你進去罷，快教他們安排酒餚。」麗卿又道兩個萬福，進去。那兩個沒腦子連珠箭的推辭道：「並不饑餓，不敢承賜。」立起身就走。希真攔住道：「小酌數杯何妨？」兩個齊聲道：「天色暗了，衙內盼望。」一定要去。希真虛拉着送出門外，道：「恁地要緊，明日卻來草舍小酌。」兩個畧答應一聲，又唱個無禮喏，慌急慌忙奔出巷去了。

希真關上門，進後軒來。那養娘同蒼頭安排夜飯去。希真見女兒只一個人，便悄悄的說道：「卿兒，計策便有些意思。往常本師張真人說你的姻緣卻在東北，我亦於東北上有段魔障必須去完了他，方好打點內丹，（包舉全神。）我想別處也無可托足，只有山東沂州府你的姨夫劉廣。（生出一位英雄。）他義膽包天，與我最投契，只有他那里安得我們。但不知他為何削了職，近來又沒個書信。你那兩個表兄（又出兩位英雄。）去年應武舉，又都不中，我也正記念着要去看他，如今正好與你同去。（領起後文。）你精細着，慢慢地把些細軟收拾起，隨身只打兩個包袱，其餘都撇下了，不必可惜，只不可使養娘打眼。」麗卿道：「爹爹吩咐，孩兒都省得，只是母親的墳墓，又沒個親人，託誰照看？」（此不但寫麗卿孝思，兼交代希真毫無葛藤，省去下文捕捉時許多株連也。）希真道：「不妨。因我又看得高俅那廝的氣焰也不久了，不過四五年之間，必然倒馬。（直照到攻打滄州。）那時太平，我同你再回故里，有何不可！」麗卿道：「這房子同這些器皿都棄了？」希真道：「我看得功名富貴如同糞土，連身子尚是假的，不過套着他，不得不為他應酬，何爭這些房屋器皿！」（回思到梁山再受招安求封誥，真堪笑煞。）麗卿道：「先來的三個客，是甚麼人？」希真道：「你不聽得，一個姓范的，是本城人，我亦認得他，只是不十分深交。那兩個是梁山上的強盜，（他人皆呼之曰英雄，頌之曰好漢，尊之曰頭領，希真直呼之曰強盜，暢絕快絕。）沒來由說我去入夥。我恁的沒路走，也不犯做賊；（好極。）便做賊，也不犯做宋江的副手！喫我回覆了他。（是極。）那廝們再來纏我，也未可定，只恐他那軍師吳用親來，那廝會放野火，倒要防備。聞得蔡京就要進兵，（提前照後。）那廝未必敢離巢穴。餘外怕他怎的！」麗卿道：「爹爹何不早說，我們卻好捉住那廝，去到官領賞，可惜喫他走了！」（寫得麗卿敢作敢為，煞是可愛。赫赫梁山泊方橫行河朔，雄視山東，而東京小女子已視若几上羔雁，奇情快筆。憨態如畫。）希真瞪了一眼道：「你又來了！干你甚事？你捉來獻與高俅，他便封贈你不迭？」說罷，養娘正掌上燈，搬出飯來。父女二人喫罷，蒼頭、養娘收拾去，亦喫了。希真道：「卿兒，去睡了罷，我去靜室祭煉都籙也。」麗卿應了一聲，叫養娘照着，到後面箭園內亭子上看了個轉身，弓箱內照應了火缸，又將各樣軍器料理了一番出來，（箭園軍器為後文正事，必須先領一筆。）關好園門，上樓去睡了。希真自去靜室做了一番功課，（都籙大法為一篇線索，必須明寫一筆。）祭煉畢，又運了一回內觀坐功，恰已是三更天氣，也歸房去睡了。

一早起來，梳洗罷，叫起女兒來，（叫起來，寫麗卿嬌養。）吩咐道：「我去回拜客，就回來。今日高俅那里倘有人來，我不在家，你不可出頭。」麗卿應了。陳希真一直走到九曲巷范天喜家，只見大門已開，一個蒼頭躬着腰掃地。希真問道：「大官人起來否？」蒼頭忙丟了掃帚，應道：「大官人因親戚家婚嫁喜事，一早出門了。」希真道：「還有兩位客官何在？」蒼頭道：「兩個客官都回鄉去了。天不亮動身，頂城門出去的。戴、周回山，只如此交代，無事即省。「頂城門出去」，又借映下篇，妙。老爺請進裏面拜茶。」陳希真道：「我不進去了。大官人回府，相煩說聲：『陳希真親來謝步，夜來怠慢。』」蒼頭道：「小人說便了，陳老爺慢去。」因希真自稱姓陳，便叫陳老爺，寫蒼頭不認識希真，閒中襯出希真不與范天喜知己。陳希真一直回家，只就希真回拜，便繳銷了范、周、戴三人，何等簡潔。進得門時，只見那撥火棒、愁太平兩個，早在廳堂上坐等。接筍甚緊。希真忙搶一步，上前道：「失迎，失迎！二位好早，點心用未？」那兩個起身答道：「便是一件要緊事，要報提轄得知。」奇文。希真驚道：「甚麼事？」讀者亦驚，以為必是高太尉生事陷害也。兩個道：「便是夜來小可見衙內回那話，衙內在府裏整整吵鬧了一夜，何也？磕頭撞腦只要奔到府上來，奇文。喫我們捺住了。小可們兀自一夜不曾合眼。」奇極。希真道：「卻是為何？莫非老漢有恁不是處。」兩個道：「只為小可們嘴快，不應說出姑娘被責一節。衙內聽得，跌腳搥胸，恨不得尋死，聲聲說道害了好人，自己撲自己，此等醜打弄，真是絕倒。連夜要過來負荊。挨到天亮，又不敢逕來。何等小心。此刻已在巷口茶店內候着，叫我兩個先來通知。」希真聽罷，呵呵大笑，謝罪道：「什麼道理，寫希真真是智囊。衙內這般克己！快去請進來坐地。」三人腳不落地趕出巷口，只見衙內已在巷口探看，後面又有兩個親隨。見了陳希真，便來唱喏。陳希真連忙扶住道：「罪過，老漢該死，請草堂上陪罪。」挽着手一同回來。到得堂上，衙內先跪下去，磕頭搗蒜也似的道：「我的老子，我再三求懇你，你恁的這般執性兒？如今反把令愛姑娘冤屈責罰，妙極，醜極。教我高某死了做鬼也難過。」何至於此。卻是奇語。陳希真連忙跪倒回禮，扶起衙內道：「恁的這般顛倒說。老漢生出這種不肖女兒，冒犯了衙內，此等責處，算得什麼？衙內不怪已感激不盡，不料衙內這般情深。衙內坐地，老漢喚這小賤人出來。」高衙內假攔阻着，陳希真已進去了。好半歇，（內藏許多吩咐的話。）領着麗卿濃粧艷裹慢慢地出來。衙內望見，撲翻身就拜。希真慌忙架住道：「衙內怎的，怎的不是折殺人？孩兒快回禮！」麗卿只得連忙跪下去，也拜了幾拜，兩個一齊立起。（一齊立起，妙。想見你等我，我等你光景。）衙內道：「姑娘，小人兀自不知，害得你苦，小人兀自難過了一夜。」麗卿道：「奴家實是鹵莽，懊悔不迭，虧殺衙內海涵。不省衙內身子有事不？」（一個輕憐一句，妙。）衙內連連答道：「沒事，沒事。只愁姑娘閃了貴手。」（一個體恤一句，妙。）兩個沒腦子呵呵大笑道：「真叫做不打不成相識！好個寬洪的衙內，好個賢德的姑娘！」（二個並說一句，妙。）陳希真道：「舊話休再提起，（一筆掃去。）且坐了談心。」只見那孫高、薛寶上前道：「衙內還有一件事，要懇台允。」（何事？卻又作怪。）正是：

粉蝶貪花，撞着蛛絲殞命；燈蛾撲火，惹來紅焰燒身。畢竟不知高衙內還說甚麼話，且看下回分解。

范金門曰：陳麗卿為此書第一妙人。作者經意緯畫，故通部以此人始，以此人終。而起首只數行寫來，已覺天驚地動，正如虎豹初生，斑毛楚楚，便具有食牛之氣，洵非俗筆所能及。士君子當艱貞蒙難之地，豈不悲哉！以經天緯地之材，局促於奸回邪慝之手，受之則不能，奮之則立敗，戛戛乎難矣哉！古之大人，如大王之於薰鬻，文王之於羑里，句踐之於石室，昭烈之於許昌，皆是也。苟非沉幾審變，識天道之往復，鮮有克免於其際者。獨怪文章一道，可以惟吾所至耳，乃亦必欲以經緯之材，使其局促於奸回邪慝之手，使之受之，又能使其奮之；使之大不快，又能使之大快。數卷之中，窮通冰判，彼高俅也，衙內也，陳希真也，女飛衛也，皆無是公也，乃至於几案之前，呼之欲出，譎亦甚矣。

此篇語氣大類吳越春秋前半部，而無劍拔弩張之氣，真妙。

第七十三回　北固橋郭英賣馬　辟邪巷希真論劍

卻說孫高、薛寶當時上前說道：「衙內還有一件事，求懇提轄切勿推卻。」希真道：「請教。」兩個說道：「衙內夜間對我等說，提轄這般仁德君子實在少有，衙內情願過房與你老人家做個乾兒子，萬勿推卻。」異想天開。陳希真道：「阿也，甚麼話！諒陳希真是何等樣人，雖是稍長幾年，與太尉廝熟，此時貴賤懸殊。妙，確是對若輩語。雖是衙內雅愛，不怕辱沒，太尉得知，須怪陳某無禮。」衙內道：「家父處已稟明了。」孫高道：「正是太尉的主意。」說時遲，那時快，兩個親隨早明晃晃的點起兩枝臂膊大的蠟燭，插在那帶來的臺兒上，「帶來」，妙。省去問希真討，希真又要謙讓，許多鳥亂矣。捧上畫桌來擺着，希真那里攔得住。撥火棒便去拖過一張椅子，如火如錦。那愁太平便把陳希真推在椅子上按定，如火如錦。高衙內跪下去便拜。希真欲待回禮，喫兩個沒腦子幫住了手，絕倒。實足足受了八個頭兒。落得。那麗卿立在屏風邊，光着兩眼看他們做作，呆獃獃地只不做聲。只二十五字，並不作綺語，不知為何。紙上宛然一個絕代女子，粲花妙舌，艷絕千古。那蒼頭、養娘都忍不住笑。極寫高衙內醜態，不堪注目。拜畢，陳希真道：「二位哥，這不是弄我，折盡了我的艸料！說不得我兒過來，同哥哥廝見了。」麗卿走到中間來，同高衙內又拜了四拜。陳希真讓了坐位，麗卿去老兒的肩下坐了，蒼頭、養娘送茶過來。希真吩咐蒼頭：「快去叫個庖丁，整頓酒筵；儻來不及，酒樓去做些現成湊上，色色都要美好。」高衙內道：「恁地要費事。」卻坐着不起身。蒼頭去巷口庖丁家轉了回來道：「今日大好日，庖丁不得空，不在家裏。」希真道：「只好委曲酒樓上去胡亂搬些來罷。」希真道：「我記得衙內今年好似二十九歲了？」衙內道：「舊年孩兒曾對乾爺說過二十八歲。」縮得一歲是一歲。希真道：「衙內長你妹子十歲。」希真合攏。衙內道：「如此說，賢妹是十九歲了。」自然，虧你悟到。陳希真道：「雖則衙內大十歲，看去卻與小女差不多，極力合攏來，一路只用此法，惟於後文承局巡查處，畧一颺開，恐太板滯也。全不似三十光景。畢竟富貴人家，安養得好。」恐有斧鑿痕，特特泯之，卻又是養生家語氣。高衙內道：「孩兒那有賢妹這般後生。」孫、薛二人道：「卻真是差不多。」湊趣得妙。只見陳麗卿緩緩立起身，對父親道：「孩兒沒事進去罷。」寫出麗卿不耐煩。希真道：「你進去不妨，各位處告了。」麗卿又都道了萬福，冉冉的往屏風後轉去了，養娘也隨了進去，高衙內那雙眼睛，直送進去。

少頃，酒保挑了酒席，送到後面去，蒼頭安排搬來。那衙內兩個親隨也來相幫伏侍，擺桌櫈，安杯筯。陳希真苦苦的勸衙內坐了首位，孫高第二，薛寶第三，輪流把盞，喫了兩三巡。希真只將素酒相陪，自有幾種蔬菜。衙內道：「爹爹真不開葷麼？」淡淡伏一筆，妙。希真道：「我昨日說過的，要到月盡夜。」兩個矮方巾起身告辭道：「小可委實要到親戚處賀喜，不能奉陪。衙內在此寬用杯不妨。」希真已知其意，假留了一回，送出門去。轉身來，高衙內已出席候着。假殷勤得妙。希真一隻手挽着衙內的手，一隻手拍着他肩道：「我的兒，我怎想有這塊福氣！假迎合得妙。兩個假對假。而衙內受人愚又要愚人，真是好看。如今已是一家人，進到裏面去何妨。」便叫把酒席移到後軒去，吩咐養娘：「一發請姑娘出來陪哥哥。」極力合攏來。高衙內聽見這一句，好似啞子掘着藏金，心裏說不出的歡喜。妙語。只見養娘伏侍麗卿出來，高衙內又唱個喏，麗卿又道個萬福。希真笑道：

「家無常禮，只管文縐縐的幾時了。」遂自己居中坐了，教女兒同衙內對面坐了。（活是虔婆身分，寫希真真是妙人。）養娘來斟酒，高衙內亦不敢十分多看，只是左一眼右一眼的飄過去，險些兒把魂靈飄落。麗卿有時眼光同他撞着，（妙筆。）只不怎麼。（寫得天仙化人，目無下上。）高衙內問道：「西門外鴛鴦嶺（好名色。）好景致，賢妹去過否？」（看他沒處扯談。）麗卿道：「不曾。」（只二字。）衙內道：「那里有個天妃廟，近來桃花盛開，乾爺何不領賢妹去耍子？」希真道：「家裏無人，老漢不十分教他出門。」衙內道：「耍子何妨。」那衙內想不出的話去逗引麗卿開口，麗卿只答應了，便住口，再不多說。（看他總要力避「引姦賣俏」四字。）希真去陪他說些閒話。看看下午席散，高衙內只得動身，卻又坐下，（戀戀不捨，絕倒。）喫兩杯茶。外面親隨也喫了酒飯，備好了馬。希真送衙內出來，親隨也來謝了飯。希真叫蒼頭把自己燭臺來替換了，將那原來的燭臺交還親隨帶回。（細。）希真道：「容日來謝太尉。今日初次，不便留你，下次就在老漢處歇宿都不妨。」（直照到箭亭子上。）衙內道：「爹爹不要反勞，孩兒不時的會來。」高衙內上馬去了。附近的隣舍有幾個識得的，都說道：「這老兒從新顛倒，這般舉止！花枝般的女兒，豈不喫他勾引了？」（夾敘隣人一筆，妙。）那陳希真進來，叫把兩枝大燭移到後軒吹滅了，（見其難堪。）看着女兒長歎一口氣道：「我只因勢力不敵，故此降志辱身，求個出路，只是委曲了你多受幾日腌臢。我成就了都籙大法，皆你之功也。」（逐段不冷落都籙大法。）麗卿道：「爹爹休說這般話，孩兒夜來原說已都依了。只要爹爹安穩，就是那廝有些長短，我只捺着便了。」（真好麗卿。力避「引奸賣俏」。）希真甚喜道：「好孝順兒子，（人不間於其父母之言。呼女兒為兒子，何等愛惜。）我計必成！但只是家中只得一匹川馬，臨走時還少一副腳力。我亦時常頭口行裏去留心，不是拚不得銀錢，實在好的絕無。」（真才難得如此。）麗卿道：「只好再商。」

卻說高衙內得意揚揚回到殿帥府前，孫高、薛寶已在那里等着，拱手道：「衙內恭喜！」卻原來到這里來道喜。衙內大笑，一同進府，到書房裏都坐下。孫高道：「衙內，我這計如何？如今這人怕不是衙內的！」高衙內道：「計便有大半靈了，只恐求親時他卻推阻，豈不是加倍的陪了喫虧。」豈敢。誰知後來還要加倍加倍的喫虧。孫、薛二人齊說道：「沒事！那老兒卻不比得那年張教頭。處處迴抱前傳，為林武師吐氣。你看他方纔的那些言語，卻十分迎着來。我看他已是千肯，只不好自己開口。我這邊若一去說，必成無疑。盡在希真算中。卻不可太說得驟了。衙內不時的去溫存着，不可冷落；太尉處便趁早去稟知，恐那老兒早晚來謝，弄得兩不鬬頭。」衙內道：「說得是。」當晚衙內就去見了父親，把這節事從頭至尾說了一遍。高太尉道：「你這廝想不到的去做！不意出口成讖。陳老希雖則起先同我認識，他不過一個退休的提轄，小人聲口，活畫。你卻去拜他做老子，又要他的女兒，少不得又是討來做正，「又是」妙。無故撳我同他做親家公。況且你左弄一個女娘，右弄一個女娘，還怕不彀？勸你不如省些精神，斷了念罷！」高俅一阻，非人所料，總之不欲文字直率也。高衙內磕頭禮拜道：「我的爺，斷得來時，孩兒早自斷了，只是那人委實的可人心坎兒。衙內誠是識貨，無如其不度德，不量力也。爹爹這一次與我作成，下次就有好的，也不敢再要了。」太尉道：「我不是意懶，你記得那年為林冲的老婆，費盡多少心血，只一塲空。處處迴抱前傳。陸謙、富安的老小，現在還養着。」補前傳所未及。太尉之言未畢。衙內接口道：「不，不。這陳老希不似那林冲，他已千肯，只要父親一說便成了，只不可就說。」高太尉道：「我見他時，只謝過寄你。至那親事，你自去說，做不成時，休來纏我。」非寫太尉厭煩，正便下文放鬆希真走路也。衙內道：「只須父親如此。」當夜無話。

次日，陳希真換了在家服色，騎了女兒那匹川馬，叫個馬保兒招呼着，到殿帥府來拜謝。適值高太尉伺候官家大閱，（帶照出師一邊。）不在府裏。希真等他不回，只得留下帖兒，囑咐了言語，與衙內相見了。衙內道：「正要到乾爺府上來。」當時欵待了酒飯。希真辭歸，將錢開發馬保兒，便問那保兒道：「我要買匹好馬，但一時好的難遇，你可曉得那里有？」（奇峯劈面而起。）保兒道：「今日聽得他們說，（人有嫌其太促者，不知多騰挪便礙正文，不妨急遞過去。）北固橋郭教頭昨日死了，他有匹棗騮好馬，有名喚做『穿雲電』，（好名色，字字有鋒芒。）因無喪葬之費，聽他娘子說要賣。小人亦曾見來，果然好馬。」希真驚問道：「莫不是郭英教頭麼？」保兒道：「正是他。」希真歎口氣道：「我卻知道那郭英是個好漢，端的好武藝，（一。）年紀又不大，（二。）家裏又貧，（三。）妻兒又弱，（四。）並未發跡，（五。）怎麼就死了？（寫得沉痛，誰謂世外無熱心人哉！）他坐下的馬，怕不是好的，（因其人而深信之。）不知此時賣去否？」（又深憂之。）保兒道：「這卻不知。」希真道：「你少待同我走遭。」希真忙去後面叫麗卿取出銀子，只揀一大包，（不敢以輕禮聘之也。）不必稱，取來揣在懷裏，叫保兒領路，一口氣奔到北固橋郭英家。（求賢若渴，至於如此。嗟，嗟。希真雖為執鞭，所欣慕焉。本要寫馬，不意出色寫出陳公。）卻是幾椽平屋，只聽那郭英的娘子在裏面冷清清的哭。（傷心。）陳希真進去，叫聲：「郭大嫂！」（便呼大嫂，其愛敬也深矣，豈以生死異哉。）那娘子收淚，抱着個孩子出來，見了問道：「丈丈府上何處，尋誰說話？」（此四字極平常耳，不知為何安放在此處？此時便覺有春色為誰來之歎。）希真道：「小人（陳希真稱小人只二次，對烏教頭稱避禍也，對郭娘子稱敬賢也。）姓陳，住在東大街，素亦認識郭大哥，不知怎的不在了？」（動問不可少。）娘子道：「便是撇得好苦！丈丈到寒舍何事？」（娘子隨口便問，皆省字法。）希真道：「聽說郭大哥有匹坐騎不要了，要賣，（要賣上加「不要了」三字，妙。）可有此事？」娘子道：「有的。」希真道：「可賣去否？」（急問此句。）娘子道：「先夫未死的前兩日，便放信出去，至今莫說買，看也不曾有人來看。（哭殺英雄，卻又是娘子急等錢用，恨賣不去聲口。）還有幾個看也不曾看見，先說道『這馬不值甚錢』。（哭殺英雄。看也不曾看見，何從知其不值甚錢耶？寫小人以耳為目，可恨之狀如繪。）奴氣不過，將來拴在後面，不去問人賣。」欲合先離。娘子亦人傑哉。希真道：「小人委實要買，肯出價錢，可叫小人看看否？」娘子道：「在後面，請進來看，不妨。」希真叫保兒外面坐地，跟那娘子進裏面天井內看時，喫那一驚，只見那馬拴在槽邊，垂着頭啃那蹄子。悲夫，馬亦知無聊耶？馬亦知愛其蹄耶？彼固自信此蹄足以馳騁萬里，效命疆場，今雖伏櫪，非蹄之罪也。希真把他周身相了一相，問娘子道：「為何餓得他這般瘦？」心知肉疼之言，讀之迸出我血淚三斗。娘子道：「便是先夫在日，雖甚愛惜，亦有時不能喂飽他；及至病重時，那里有心理會到他，所以落了膘。」希真又去看了看牙齒道：「你要賣多少銀子？」娘子道：「不瞞丈丈說，說價也由我討，只奴是本分人，老實說與你。先夫病重時，並不說落價錢，只對奴說：有識得的，便賤些也賣了；儻不遇着識貨的，情願沒艸料餓死了他，也不賣。只此一節，便見郭公生平。嗟乎，具此奇骨，安得不貧。此書寫此人並不露面，而陳公贊歎一番自己愛馬，一則便令紙縫內一個崢嶸豪傑躍躍欲出，真通神入化之筆也。前日有一個人勸我賣與湯鍋上，說倒有五七兩銀子，不堪不堪，至此不堪，不堪極矣！嗚呼，道德本非逢世之媒，道德何至為殺身之具。吾讀至此，不能不鬚立目張，拔劍而起。喫我發揮他一頓。好娘子。今丈丈真個要買，隨你自說罷。」好娘子。希真道：「我說不要怪。」娘子道：「何怪之有！」希真委實看得那馬合意得緊，便脫口說道：「與你一百兩足色紋銀，何如？」極寫愛才如渴。前幅寫陳、高鬬智，希真竟是機械變詐，讀至此方信其天真權變，有並行而不悖者，非同世之才士，一味鬼蜮魍魎也。娘子暗驚道：「卻不道還值這許多，只一「還」字，將郭英貧困、娘子珍重棗騮顛頓、希真驚喜，一齊寫出。他本脫去此一字，相去何止雲泥。落得再要些。」便道：「一百兩少些，求加加。」希真道：「竟是一百二十兩。」極寫求才如渴。娘子忖道：「再不賣時，恐決裂了。」遂問道：「丈丈，你端的買這馬去做甚？」也急問此句，好娘子。希真道：「不瞞大嫂，我有個兒子在南營裏做提轄，別的馬不中他騎，特訪聞府上這匹好馬，直入娘子之耳。故而來買。」那娘子道：「這般說，你只管將了去，銀子卻要好的。」希真忙去斜對門錢舖內，唱個喏，取出銀包，央那朝奉天平上稱足一百二十兩，忙捧過來，「忙去」、「忙捧過來」，無非寫出驚喜。交付娘子收了，便叫馬保兒入裏面去，牽那馬出來。那娘子收了銀子，見牽了馬去，想起丈夫在日，止不住那腮邊的淚，雨點般的落下來。入情入理，偏有此閒筆。希真老大不過意。仁哉。希真雖曰我將錢買，然畢竟乘人之危，下文增價，自不能已也。娘子道：「丈丈，還有副鞍轡，是這馬上的，餘音繞梁。你一發買了去罷，省得在奴的眼角頭。」娘子自是情深，豈貪利哉。希真去看了看，已是破的了。寫盡郭英，哭殺英雄。希真道：「鞍轡我便不要，你如果嫌馬價少，我再添你些罷。」好希真，不知者以為其揮金如土也，即少有知者亦以為愛馬也。因希真避難，忽寫到買馬；因買馬忽寫到此處，都是神遊弦外。說罷，去銀包裏又取出十兩來重的一錠銀與娘子。寫希真用銀子又是一樣，不是宋江，不是柴進。娘子那里肯收，說道：「奴自己覩物傷心，並非嫌銀少。」天下有如此之交易賣買者乎？希真道：「把與郭大哥買陌紙錢，小官官買些飲食也好。」胸中主，口中賓。硬安在桌兒上。又取了二十兩銀子，賞與馬保兒道：「你取了，不可這里來討除頭。」保兒接了。薦賢之功該賞。娘子道：「那副鞍轡便送與丈丈罷。」希真道：「家裏自有。」便唱個喏道：「小人告辭了。」娘子抱着孩子回個萬福道：「丈丈慢行。孩兒有好日，必當補報。」此作者不忍郭英無後耳，非真欲寫其人為後文出現也。希真叫保兒牽馬先走，自己隨後跟着去了。一面走，一面好看也。那四隣看見的人都不信了，說道：「這老兒忒好癖，好道有些瘋了，拚一百五六十兩銀子，卻來買這麼二字不堪，你知馬要怎麼的？一匹馬，馬肉只不過十六文錢一觔。不堪，不堪。王老兒家那匹磨麥的騾子，不堪，不堪。買來時只十五六兩銀子，比他強壯得多哩！」極寫不堪。卻說那娘子有了那些銀兩，便去央親族相幫，料理了丈夫的喪事。完郭英。雖親族亦必須此物方肯相幫，可歎。將那副鞍轡，就丈夫靈前哭着燒化了。真好娘子。完娘子。不必題他。

且說那陳希真買了那馬，轉了個灣，找一個茶店坐下，把那馬拴在茶店門口，對馬保兒說道：「你自去罷，馬我自己會牽。郭寡婦家不許再去纏，我在這打聽。」保兒應道：「小人不去。」謝了謝，歡歡喜喜跑回自己家裏去了。完馬保兒。郭英也，娘子也，馬保兒也，皆借來作寫馬之作料者也。馬已到手，一概收去矣。那希真喫了一回茶，又把那馬看了好歇，起身牽了回去。兀自走幾步，回轉頭來看看。到家門口敲開門，自己牽入後面，自己牽入，何等愛惜。拴在廊簷柱子上，叫聲道：「卿兒，寫得眉飛目動。那馬我已買了來也。」麗卿正在樓上，聽見這句，飛跑的下胡梯來，好好走，看跌。忙問道：「爹爹，馬在那里？」活是一面問，一面已自看見的神情。若夾入一句希真道「在這里」，便神采索然矣。笑嘻嘻的如見靨輔，絕世妙筆。到廊下來，看了一回，十分歡喜，佳人、名馬一齊寫出。問道：「爹爹，多少銀子買的？」希真道：「正價銀一百二十兩，又添了三十兩，共一百五十兩。」麗卿連聲道：「便宜，便宜！」此馬榮幸極矣，彼北固橋一羣螻蟻何足道哉。希真道：「不貴麼？」麗卿道：「不貴，不貴！那匹川馬也是一百兩銀子買的，雖然好，那里及得他來。但不知幾歲口了？」希真道：「我看過，八歲口了。」又笑道：「你便恁的相得準？我且去箭園裏放個轡頭看，試試你的眼力何如？」麗卿搖手道：「此刻還騎他不得。何等愛惜。此刻他正落膘，勉強騎必然騎壞，反不如那匹川馬。昌黎所謂雖欲與凡馬，等不可得也。待用好水草，好米料，將息他到十來日，再多溜他幾轉，那時孩兒騎上他，出個轡頭來叫爹爹看。」便攬在自己身上，極力保舉，妙絕。愛才如希真，用才如麗卿，果有其人，吾惟倒地百拜而已。呼馬為「他」，連片叫去，親熱之甚，絕倒。希真笑道：「恁地你倒好去做馬保了。天晚了，我且牽到箭園馬房裏去，好好喂養。我得這副腳力，緩急可靠矣。」少陵所謂真堪託死生也。就把用剩的銀兩，仍交麗卿收好了。細。自己牽馬到後面拴好，上了料，讀者方欲看這馬如何好處，卻偏頓住，不肯寫完，橫風吹斷，文章之極致也。走出來。只見蒼頭來回道：「高衙內來回拜」，說不了，那衙內已先進來，將着高俅的名帖，說道：「家父因官家議論討梁山的軍務，國事在身，不能親來，特着孩兒回拜。」陳希真道：「什麼道理，反要衙內勞步，且裏面坐地。」希真叫道：「卿兒，你的哥哥來了。」麗卿在樓上應了一聲，好一歇慢慢地走下來，聽見馬來便飛跑不迭，聽見哥哥來便好一歇慢慢的走下來可以，哥哥而不如馬乎？相見了。希真便以酒食相待，教女兒一同相陪。

說話間，高衙內看那軒亭精雅，稱讚了一回。只見那壁上懸着一口寶劍，突兀而來。便問道：「這口劍可是賢妹的？」希真道：「正是。」一匹名馬之後，接連寫一口寶劍，不怕筆墨忙煞。蓋作者要出色寫出一員女將，又不肯蹈襲從前習套，然女將一時不能多着筆，卻將一匹馬、一口劍、一副弓箭、一枝鎗寫得盡致，而女將自顯。此渲染法也。衙內便要看，寶劍悔氣。棗騮為北固橋人所侮，青錞為衙內看，極寫英雄失路。希真自去取來。與自牽馬同。自去取來，何等尊重。到席上看時，只見那劍靶上細絲絲結着，上面赤金嵌出「青錞」兩個字，靶上又墜着蝴蝶結子，雙歧杏黃回鬚捲毛獅子吞口，劍鞘上裹着綠沙魚皮菜花銅螭虎鉸鏈，上面有十四個字道「秋水鋩寒鸊鵜膏，虹光鍔吐蓮花質」，也是赤金嵌的。一段寫寶劍裝璜。希真便把那口劍抽出一段來與高衙內看。只見那高衙內打了個寒噤，能褫奸魄，不愧名寶劍。覺得那股冷氣夾臉的噴出來，毛髮皆豎。看那鋒刃時，乃是四指開鋒，一指厚的脊梁，鏡面也似的明亮，遠望卻是一江水，照耀得人的臉都青了。連靶共重七觔四兩，長四尺二寸。一段寫寶劍形狀。高衙內問道：「乾爺，你這口劍是那里買來的？」是衙內語。希真道：「那里去買，這是老漢祖上留下來。一段寫寶劍來歷。這劍砍銅剁鐵，如削竹木。一段寫寶劍鋒鋩。我祖上隨真宗皇帝征討澶淵❶，帶去邊庭上，不知出過了多少人。一段敘寶劍功績。這劍歸家後，奇語妙文，只三個字耳，便寫得寶劍是活物。但逢陰雨天他便嘯響。異樣精采。老漢幼時，聽得先祖說，那幾年這劍懸掛的所在，燈下往往見有人影立着，寫得怕人。細看卻又不見；又那嘯響時，往往躍出鞘外。近年來想是那些精靈也

---

❶ 真宗皇帝征討澶淵：北宋真宗景德元年（西元一〇〇四年），率兵至澶州與遼（契丹）作戰，後於遼簽訂和約，史稱「澶淵之盟」。真宗皇帝，北宋第三位皇帝，西元九九八－一〇二二年在位。澶淵，即澶州，即今河南濮陽。澶，音ㄔㄢˊ。

漸漸銷散了，可歎寶劍且然，而況人乎？這些景象亦不多見。一段寫寶劍精靈。我這個癡丫頭，方寫到寶劍題位。就把他當做性命一般，放在他牀裏面，陪着他睡。佳人、寶劍又一齊寫出。真是絕倒。自來寫佳人只在綉閣蘭房，寫名馬、寫寶劍只在沙場戰陣，從不會打做一片。夾做一處者即有之，那得如此精采。今日因鞘上有些損壞，方纔修好了，所以掛在這里。」衙內道：「妹子，你既這般好他，諒必舞得更好，便請舞一回何如？」嗟乎，麗卿何等人耶，寶劍何等器耶，麗卿舞寶劍又何等事耶，豈容狗彘賞玩耶？不知理之所不容有，而勢之所不能無，豈惟麗卿不得已，即作者亦不得已也。故下文只淡淡遞過。麗卿笑道：「刀劍是殺人的勾當，有什麼好看！」又不是謙，又不是傲，又極潤大，又極風韻，實寫得好。此句之妙真說不盡，卻又是直抄戚南塘語，不知為何入麗卿口中卻又是一樣色澤，化雄壯為孃娜，大奇。高衙內道：「好妹妹，不要着我喫碰。」希真道：「我兒，既是哥哥恁地說，你就舞了一回罷。」麗卿喫催逼不過，只得立起身來，一層。挽起袖子，二層。卻不脫去衫兒，妙。去鞘裏抽出那口劍來，三層。走下堦簷，四層。開了一個四門。冷淡。高衙內夾着一雙眼，看着麗卿，連珠箭的喝采。麗卿舞罷，把來插入鞘內，冷淡。交付養娘捧去樓上收了，冷淡。放下袖子，仍去坐了。冷淡。高衙內道：「端的舞得好。」希真笑道：「衙內污眼。」當時又喫了幾杯。希真又引衙內到軒後看了一回，也有些假山、湖石、花木之類，右手一帶曲折遊廊。天色已晚，高衙內辭了回去。此一段高衙內來，原是為寫寶劍；寶劍寫畢，當時收拾過了，下文寫鎗，於此對寫，卻偏不連下去，而以陪襯之馬相比，用筆狡獪，使人看不出。馬可以借希真、麗卿寫，鎗、劍不從高衙內眼中無從着筆。

話休絮煩。自此以後，衙內日日到希真家來，時常送些衣服、玩好、飲食之類。希真便將酒食待他，只陪住他，不去應酬別事。衙內有時也歇在希真家，逗一筆。從不教女兒迴避。那麗卿打起精神，只和親兄妹一般看承，片言微笑都不苟且。那衙內看得那麗卿吹彈得破的麗兒，恨不得一口水吞他下去，只礙着這老兒夾在中間討厭。有時故意說些風話挑撥，希真一面顧着女兒的顏色，一面把閒話架開去。妙，妙。那麗卿只記着他父親吩咐的言語，捺住那股氣。妙，妙。衙內只管去催孫、薛二人來說親，二人只勸衙內再寬耐幾日更好。不覺已是八九日了，希真對女兒道：「我的都籙大法又磨去了一大半日子，那厮卻不來說起親事，卻更妙。再挨到幾日，功程圓滿，得空就走他娘。」（寫希真只圖脫身，原無報仇意。）麗卿道：「孩兒也巴不得快快過去，實在受不得了。」希真道：「好兒子，再是一兩日，你只推身子不安，去迴避了罷。」（妙。）說着話，高衙內又到。希真接他進來，那衙內將着一塊碧玉禁步、一顆珠子，說道：「送與賢妹添妝。」希真笑道：「怎麼只管要你費錢。」叫麗卿謝了收去。衙內道：「自家兄妹，謝什麼。」那一日，大家說說笑笑，少不得又是喫酒。剛至半酣，蒼頭進來回道：「外面張老爺來辭行，老爺說要會他，已請進廳上了。」希真道：「我曉得了，你只顧自去，我就出來。」（深恐蒼頭走漏消息，然已露出「辭行」二字。）希真忙換了件道袍，說道：「你二人寬喫兩杯，我會客就來。」吩咐養娘道：「你小心伏侍，不許走開。」忙走出廳上去了。那衙內見老兒已去，放心大膽笑迷迷的只管訂住了麗卿看。（此時衙內卻大便宜，準備後來苦着。）麗卿喫他看不過，也笑了，一面把頭低了去。衙內喫他那一笑，弄得七魄落地，三魂升天，骨頭酥軟了。一時色膽如天，（讀者至此，必道是做出來，卻並不然，作者只為下文箭園一段作地耳。）便將右腳桌底下來勾麗卿的腳。叵耐那張八仙桌子生得濶，（絕倒。「叵耐」，妙；「生得」，又妙。天下焉有生成之桌子，又豈有成心阻人之桌子哉。）麗卿那雙腳又縮在椅子邊，卻勾不着。（無意中寫出麗卿端莊。忽起忽落。）高衙內叫聲：「妹子，（又另起一頭。）我和你到軒後假山洞裏去耍看。」麗卿道：「不過如此，有甚好看。哥哥自己也好去，並非不認得。」（絕倒。要卿奉陪，豈要卿引路耶。）衙內道：「聽得妹子的箭園十分好，哥哥卻不曾見，何不領我去看看？」（便從不認得上生法，衙內真是賊。）麗卿道：「且待爹爹來一同去。」（落落大方。）衙內見他只不動身，便對養娘道：（又另起一頭。）「你去把酒盪盪來。」養娘捧着壺道：「酒還火熱，盪他怎的！」（絕倒。雖是恪遵主命，卻又是不識風頭的小女兒。）衙內道：「妹子，你的酒冷了，我與你換。」一面說，一面把麗卿面前酒杯內的殘酒搶來一飲而盡，去養娘手裏取那壺，花花花的滿斟一杯，先自己嚐了嚐，（難堪。）雙手捧與麗卿道：「妹子，你嚐嚐哥哥的這杯熱酒。」（難堪。）那麗卿已是坐不穩了，又喫他這一撥，那里再忍得？便霍的立起身來，（筆勢如風起潮湧。）那兩朵紅雲夾耳根泛上來，恨不得一把抓來摔殺他；（只為箭園亭子上作地。）轉一念，記起父親的千叮萬囑。只得捺了又捺的捺下去，（好麗卿。寫來不惟不是李逵，且並不是林冲，不是楊志。）走去外邊那椅上坐着，低了頭只不做聲。（忽然又落。好麗卿。）衙內覺得沒趣，只顧喫酒，還只道他怕羞。（也隨手收拾。）希真送那客去了，急轉後軒，只見女兒坐在一邊，（先看見女兒，妙。）衙內獨自喫酒。見希真來，起身道：「乾爺請坐。」（不見麗卿起身，妙。）希真道：「我兒，何不陪你哥哥喫杯，卻在外邊坐地？我兒，（連叫「我兒」，情知尷尬。）哥哥已是一家人，不要只管這般生刺刺地。」麗卿半響（「半響」，妙。）說道：「哥哥要與孩兒把盞，（「要與」，妙。）不敢當他的，故而讓開。」說罷，仍起身入席。（嗚呼，是可忍也孰不可忍也。寫麗卿從父命養父志，實在虧他，真可敬可愛。若寫麗卿倔強，便是閻婆惜身分矣。）麗卿道：（反是麗卿先開口，妙。）「爹爹，哥哥說要到箭園裏去耍子。」（看他反極力遮蓋，真好麗卿。）希真道：「最好，我們何不就移杯盤到箭廳上去。」（已逗動下篇。）三人正要立起身，只見蒼頭來稟道：「太尉府裏差一個體己人來請衙內快回去，說有要緊事。」（此一截大妙，無此則三人同到箭園，衙內必然又要看麗卿舞鎗射箭，於事則糾纏不清，於文則重複無味。且箭園正文也，假山、湖石閒文也，夾雜齊寫，賓主不分矣。卻又逗動下篇，妙。）希真道：「既然尊大人有正事，衙內且請自便，過日再見。那箭園內桃花還未謝哩！」（繳到箭園，遞到下篇，妙。）衙內道：「孩兒也不喫飯了，就此告辭。」（何必喫飯。然不寫又恐漏落，隨手補之。）希真送了衙內轉來，問女兒道：「方纔那廝可說甚麼？」麗卿搖着頭道：「不說甚。（好麗卿。蓋言之則恐傷父志，或不便終計，不如不說。卻又省筆。）方纔廳上甚麼客，爹爹去陪這半日？」（埋怨一句，已是對答上文，靈心妙筆。）希真道：「就是到沂州府去的那張百戶，我託他帶那信。（一似已曾說過者。）我兒，將來那廝再來，你竟迴避罷，我有話支吾。」（此處用麗卿已畢，故善刀而藏之。希真豈有不料得哉。）

卻說衙內回去，老子前，去完結了那件事，必注明甚麼事，不成文理矣。便自去叫孫高、薛寶兩個到面前道：「我要死了！看來這命不久矣。」奇文。孫、薛二人道：「衙內怎說這話？」衙內道：「這話，這話，你兩個全不替我分憂！他索性不肯，我也斷了念。用筆跳脫。許多日子，只叫我去乾嫖，奇語。引得那雌兒睡夢裏都來纏我。奇語。「只叫我」、「引得那」，絕世奇文。仲華自負終身不偷情，吾則未信。我沒處消遣，只好把家裏的這幾個來熄火，卻又可厭，皆過時與盡之麗卿也。寫好淫與好色之不同，雲泥如此。正是喫殺點心當不得飯！奇語。魚兒掛臭，貓兒叫瘦。奇語。你兩個到底怎地？」兩個沒腦子慌忙說道：「衙內息怒。並不是我二人不當心，只是這節事，不得不如此長線放遠鷂兒。今衙內這般說，我二人便去，管取成功。」衙內道：「好呀！我平日又不待你們錯。」那衙內覺得小便處有些濇痛，到裏面去了。絕倒。仲華每以道學自負，乃亦作此等語耶？意其欲效鑄鼎象物乎？這兩個沒腦子飛也似的到希真家裏，見了希真。希真問道：「二位少晤。」兩個齊說道：「正是多日不來親近，今日一則來候候，一則有件正經事。」希真道：「甚麼事？」二人道：「替令愛姑娘說一頭媒，不知肯俯允否？」希真笑道：「感謝二位。想二位說的諒必不錯，但不知是那一家？」故意問一句。孫高道：「提轄試猜猜看。」故意探一句。希真把眼泛了一泛，做作。笑道：「我怕猜不着。莫不是我那乾兒子仰之彌❷？」希真亦會縮腳語，可謂未能免俗。二人呵呵大笑道：「你老人家真是神仙，便是這頭親事何如？」陳希真道：「我聽說衙內已有兩房正室夫人，卻又要小女做甚？」似有難意，用筆飄忽。孫高道：「提轄聽稟：那衙內雖有兩房正室，他卻頂着三房香火。隨口亂嘈，天下媒人比比然也。太尉是第二房，那兩位一位是大房的，一位是三房的，只有太尉這第二房還不曾定。不曾見兩頭跳起，中間漏落。提轄若肯俯允，令愛便是太尉的親媳婦，以勢利動之。

---

❷ 仰之彌：仰看久遠，喻「高」(衙內)。彌，音ㄇㄧˊ。

比那兩位不同，寫小人富貴遺其親，筆底如鏡。但不知尊意若何？」希真道：「實不瞞二位說，這頭親老漢甚是願意，但與太尉貴賤不敵奈何？」孫高道：「提轄休說這話！太尉與提轄心腹至交，豈可因貴賤而論，只求台允，太尉那有不喜。」希真道：「如此說，深仗二位大力。但只是老漢尚有三件事，並非勒掯。妙，妙。若太尉依得，莫說這個丫頭，便是十個女兒，我也送上。妙，妙。如不能依，休怪老漢執拗，卻是不肯。」反作一難，妙，妙。孫、薛二人道：「請教。」希真道：「一件是不必說，太尉定依得。我老漢又無男兒，只靠這個女兒，衙內既與我做女壻，便要他把我做親爺看待，我後半世就靠着他。」孫、薛二人道：「這事不難。」「第二件，小女雖是第三次進他的門，孫、高說第二位，希真說第三次，參差歷落，妙。聞知得衙內就要銓選知府，伏下曹州府一篇，真是神工鬼斧。那副恭人❸紫誥，卻要先把與小女。第三件，老漢性好靜養，太尉那後花園內的那座虛明閣，須要送我安居。這三件事若半件兒不依，休提。」王翦伐楚，在秦王前索名園、田宅甚侈，以杜秦王之疑。今希真所用即此法也。孫、薛二人商量道：「這事我們難好做主，且去稟過太尉定奪。」二人辭去，對衙內說了。衙內歡喜得個獅子滾繡毬，奇語。便道：「有何依不得！有何依不得！只是一件事，我在這里不樂。」層層波折。二人問道：「甚事？」衙內道：「那雌兒的臉好像撒過霜的，裝呆搭癡，恐他不省得風流，取來卻不淘氣。」一筆找足連日麗卿之不耐煩，衙內之不得手，把引奸賣俏格入九霄雲裏，洗得乾乾淨淨，真好筆力。孫高道：「非也。衙內你不曉得，他是清白人家女兒，借孫高口作贊語。那肯同那三瓦四舍的奉迎。他既與你做夫妻，自然又是一樣。衙內，女娘們須要這般穩重的好。」此一段救出麗卿，不然竟是李師師矣。衙內便引他二人同去稟了高俅。高俅道：「那兩件，都應了他；只他要我的虛明閣，且去虛應着，等過了門再商。」寫高俅一毛不拔。衙內大

---

❸ 恭人：宋徽宗時所定命的封號。自中散大夫以上至中大夫之妻封之。一般用為對官員眷屬的敬稱。

喜，便叫孫、薛二人去回報了希真，「就在他那首選日子，我在這里等信。」二人去了兩個時辰轉來道：「事已妥洽。那陳老希說道，日子太遲，恐怕天熱；照定四月。反慮其遲，妙。太近，他又要趕辦些粧奩，揀定了四月初四日下聘，初十日合巹。」高俅道：「如此甚好。到底你們兩個會幹事。」叫備酒筵，先謝二位大媒。當日高俅叫衙內陪他二人飲酒至夜，二人謝了歸家。

不說那薛寶，單說那孫高喫得酩酊爛醉，回到家裏，方纔坐下，蒼頭稟道：「大老爺回來了，何人？方纔到得。」孫高聽得，一個蹤踵立起來道：「快請來敘話。」寫其商量，非寫其友悌也。原來那孫高排行第二，他還有個哥子叫做孫靜。為人極有機謀，渾身是計；又深曉兵法，凡有那戰陣營務之事，件件識得。只是存心不正，一味夤緣高俅，是高俅手下第一個篾片❹。大書特書。凡是高俅作惡害人之事，都與他商量；但是他定的主意，再無錯着。因此高俅喜歡他，提拔他做到推官之職。他卻不去就任，只在高俅府裏串打些浮頭食，詐些油水過日子。高俅也捨不得他去。京城裏無一個不怕他，都叫他做「孫刺猬」。那日因奉高俅的鈞旨，到歸德府公幹方回，天色已夜，不便進府。當晚兩兄弟見了，各說些寒温。孫靜道：「近日高府裏沒甚事麼？」孫高道：「沒甚大事，只是我今日與他兒子張了一頭雌兒，不要輕口薄舌，小心顧着耳朶。卻甚順利，一弄就成，少不得有些謝我。」孫高主意。孫靜便問：「是誰家的？」孫高把陳希真那節事從頭至尾說了一遍。孫靜聽罷，搖着頭道：「你且慢歡喜，這事蹺蹊，賊。其中必有詐，賊。這是唱籌量沙的計。」賊，賊。陳希真辛辛苦苦做了多日，卻被他一口猜出，令讀者失色。孫高沉吟半响道：「這計我卻擬不出，莫不成叫他女兒做甚歹事害人？」孫靜道：「他也

❹ 篾片：幫閒小人。篾，音ㄇㄧㄝˋ。「篾」的異體。

不能害人，只不過高飛遠走而已。你們空費氣力，張羅一番，喫人嘲笑。（孫靜作難為此，非盡替高俅出力也。）且待我明日見高俅時，（當面滴滴奉承，背後直呼其名，小人可畏可恨。）點破了他，再設一個法兒，（與你何干？可恨！）管教他插翅也飛不去。今日你醉了，且去睡，明日我對你說。」（此篇佳法最妙。）不知孫靜定出甚計，且看下回分解。

范金門曰：或曰仲華之寫郭英，非寫郭英也，寫東騮也；非寫東騮也，寫麗卿也；且並非寫麗卿也，仲華自寫也。而余則曰：仲華之人吾親遇之矣，至於麗卿也，東騮也，吾雖不遇之，而得於紙上見聞之矣，而何以獨彼郭公者。但聞其願「沒草料餓死他也不肯賣」數語，其生平之鬚眉謦欬，竟如海客之談瀛洲，微杳而不能求耶。

寫名馬之後，接寫寶劍，當中並不畧停一筆，才力噴薄，有東岱出雲，西嶽吐霞之勢，而筆墨又不重複。寫東騮純是沉鬱，寫青錞純是渾雄，其不同一。寫東騮則凌空着筆，寫青錞則實實清註，句法全別，其不同二。寫東騮卻借郭英、郭娘子、陳希真、麗卿渲染烘托，而於東騮本身不着一點墨，其不同三。寫青錞只就本身鋪張，不借一人一物襯托，而希真、麗卿、高衙內之神，反緣青錞而畢露，其不同四。

寫到孫靜料破希真處，雖醉眼倦臥，豁然驚醒，此等跳脫之筆，並駕前傳。

第七十四回　希真智鬬孫推官　麗卿痛打高衙內

話說第二日早上，孫高問孫靜道：「哥哥夜來怎知那陳希真是詐？」孫靜道：「這事不難知。你想那陳希真平日最精細，諸般讓人，却自己踏着穩步，裏面深有心計，外面却看不出。前半是希真贊語，後半却非，蓋希真深入老子外樸內華。其看不出即外樸也，深有心計內華也，正是大智若愚身分。然在孫靜口中，只好如此說，否則與小人毀人語氣不肖。沉靜寡言，不妄交人。高太尉那般要擡舉他，他尚支吾推托；有人稱他是高俅至交，他反有羞慚之色，補寫希真平日。嗟乎，此人胡可得哉。今日豈肯把親生女兒許配他的兒子，況又是三頭大？一層。聞知他那女兒絕標致，又有些武藝，你們又親見來。他愛同珍寶，多少官宦子弟，正正氣氣地要同他對親，兀自不允，一層。那高衙內浮蕩浪子，綽號『花花太歲』，那箇不識得，倒反是他去一說就肯？一層。就算陳希真愛慕高俅的權勢富貴，早為何不攀親，何至厮打一塲之後越加親熱？此一層更透。這明是懼怕高俅生事害他，却佯應許着，暗作遁計。竟是料事如神。却又勒掯高俅這樣那樣，以防他疑心。句句猜着，令讀者急煞。一件他却沒見識，既然如此，早就該走了，不知何故尚挨着。」都錄大法外人原不及知。此段忽用反結法，一筆颺開，妙。益歎服孫子兵貴拙速，不聞巧久之言。孫高聽罷，如夢方覺，道：「哥哥，你用甚計止住他？」孫靜道：「你放心，我自有計，包你不淘氣❶，是孫靜主意，非真作高俅忠臣也。教那厮走不脫。」

❶ 淘氣：折騰，這裏有上當受騙之意。

兄弟兩箇梳洗畢，（尚未梳洗，確是一早商量光景。）吃過飲食，齊到太尉府裏，見了高俅，先把那起公事繳消了。（不可少。）高俅慰勞畢。少頃，衙內進來，也相見了同坐。（插入，好。）孫靜道：「世兄恭喜！又定了一位娘子。」（看他如此說起。）高俅道：「便是費了令弟的心，還未曾謝。下月初十日還要煩推官照應。」孫靜道：「不是晚生多管，這事正要稟明太尉，那陳希真這頭親事，恐怕不穩。」高俅、衙內齊問道：「推官怎見得不穩？」孫靜道：「昨日聽見舍弟這般說，猜將來，他未必情願。」高俅道：「我與他聯姻又不辱沒了他，為何不情願？」（太尉聲口。）孫靜道：「便是太尉不辱沒他，那廝却甚不中擡舉。他那女兒，不知要養着怎地，東說不從，西說不就，今日太尉去一說就肯，他非貪太尉富貴，實畏太尉的威福，（「權勢」二字改作「威福」，詞令妙品。）不敢不依。他得空必然逃遁，沒處追尋，須准備着他。晚生雖是胡猜，十有九着。」衙內道：「孫老先生，（不悅之聲如畫。）你也太多心。他若要走，那一日走不得，挨着等甚？（幸虧此句塞住他嘴，又用此句逼出孫靜洩漏廝打，直逼出高俅肯用計，運筆如環。）多少人扳不着，（句。）他却肯走？」（衙內聲口。）孫靜道：「衙內不要這般托大說。（亦有不悅之意。）陳希真那廝極刁猾，他豈肯一番廝打之後，便這般揿頭低？他走雖不能定他日期，或者因別事糾纏，（暗料都籙大法。）却隨早隨遲也難定。不是孫某誇口說，（激起來。）肯聽吾言，管教他走不脫。」高俅看着衙內道：「何如？我說早知他同你廝打，你還瞞着我，說耳朶自己擦傷，今日破出了。」（衙內今日破出，仲華却是今日補出。）衙內漲紅了臉道：「實不曾廝打，只不過爭鬧，他女兒推了我一把。」高俅道：「你這廝老婆心切，甘心吃虧，我也不管。今事已如此，推官之言不可不聽，（高俅以廝打為恥，方肯聽孫靜之計，用筆狡獪如此。）萬一被他溜了韁，却不是太便宜了他！（寫孫靜不為高俅出力，亦不為衙內出力，筆力拘展如此。）你且說，計將安在？」（一路如饑鷹盤空，至此方落。）孫高道：「家兄說有條妙計，那怕他插翅騰雲也飛不去。」（插入孫高一句，恐冷落一邊也。凡作文此等處最要留心。）孫靜道：「依着晚生愚見，最好乘他說要虛明閣，就把與他，勸他把老小移來同住，拚着撥人伏侍他，好來好往的絆着。（偏不止一條計，偏先說一計陪襯。）只待成親後，便放下心。」高俅道：「這計恐行不成。他推托不肯來，不成捉了他來？」（隨手架起，隨手放倒。）孫靜道：「他不來，便是有弊。（惡極。）既不便行，還有一計，請屏左右。」高俅便將左右叱退，房裏只得四箇人。孫靜悄悄地道：「莫如太尉呌人預先遞一張密首的狀子，告他結連梁山泊，將謀不軌等語，把來藏着裏面。他如果真是好意就親，俟完姻後就銷毀了，不使人得知。這幾日刼差心腹，不離他家左右，暗暗防着他。見他如果行裝遠走，必係逃遁，便竟捉來推問，這狀子便是憑據，他有何理說？看他還是願成親，還是願認罪。」高衙內聽罷大喜道：（此段不寫高俅大喜，獨標高衙內大喜者，深明衙內狼心狗肺，上文一切溫存，皆虛文也。不然高衙內竟是一個情種，下文盡情窮治，反覺不當人子矣。）「此計大妙！」高俅道：「須得幾個人出名纔好。」孫高道：「晚生做頭。」衙內道：「薛寶、牛信、富吉都與他寫上。」孫高當時起了稿底，出名的是孫高、薛寶、沒頭蒼蠅牛信、矮腳鬼富吉；那富吉便是富安的兄弟。狀子上寫着：「密首陳希真私通梁山賊盜，膽敢為內線，謀為不軌」的詞語。孫靜道：「公呈只四人不好看，再加幾個。」又想了四個人上去，共八個原告。（四人實，四人虛，妙。）當時謄清。高俅收好，方喚左右過來道：「喚魏景、王耀來。」須臾，把那兩個承局喚到面前。這兩個是高俅的體己心腹，那年賺林冲進白虎節堂的就是他兩箇。（筆力如扳勁弩。）當時高俅吩咐道：「你二人精細着，到東大街辟邪巷陳希真家前後左右羅織，私自查察，暗帶幾十個做公的遠遠伏着，但見陳希真父女兩個行裝打扮出門，不問事由，只管擒拏，（希真奈何，麗卿奈何。）我有定奪。我再派軍健、將弁臨時助你。（希真奈何，麗卿奈何。）須要機密，不可打草驚蛇。（暗挑下文。）他若隨常出門，不是行裝，亦切不可造次，只等過了四月初十，方准銷差。那時自有重賞。」二人領諸去了。（希真奈何，麗卿奈何。）孫靜對衙內道：「世兄不時到他那裏去走走，兼看他的動靜。」衙內道：「我就要去。」

當日人散之後，衙內換了大衣，把個子壻帖兒，帶了僕從，便到希真家來。進得門時，只見許多錫匠、木匠在那廳上打造粧奩，（妙。）希真背着手在那裏督工。見衙內來，連忙接進。那衙內忙遞過帖兒，撲翻身便拜道：「泰山❷，小婿叅謁。」希真大笑，連忙扶起，讓進裏面。只見後軒又有些裁縫在彼趕做嫁衣，（希真真是妙人。）麗卿倩粧着立在桌案邊看。一見衙內來，笑了一聲，飛跑的躲去樓上。衙內叫聲：「妹子！」麗卿那裏應他，只顧上去了。（實非姑娘身分，偏做得來，實在虧他。後來見親丈夫偏不如此，故知其做作得好也。）希真笑道：「他同你已是夫妻，（四字鑽心。）新娘子應得害羞，你也該迴避。」衙內大笑。希真道：「不知那個興起什麼害羞，（棄義蔑禮之言，恰好對衙內說。）難道下月初十就不做人了？」二人大笑，那幾個裁縫也都笑起來。（此書不論何處，但是面前有的人，必須照應到，前批言之矣。）希真叫養娘道：「快與你姐夫看茶來。」二人坐談一歇，希真道：「賢婿，你前日說要到箭園裏去，今日老漢陪你去看看。」便同衙內起身，轉過那遊廊後，到了箭園。只見一帶桃花爭妍鬬麗，夾着中間一條箭道。左首一條馬路，盡頭篷廠裏拴着兩匹頭口。這邊居中三間箭廳，箭廳之前又一座亭子，亭子內有些桌椅。（亭子畧。）走到廳上，只見正中一方匾額，乃是觀德堂三字，（一。）兩邊俱掛着名人字畫；（二。）靠壁有四口文漆弓箱，

---

❷泰山：舊時稱妻父為「泰山」。唐段成式酉陽雜俎前集卷十二語資：「明皇封禪泰山，張說為封禪使。說女婿鄭鎰，本九品官，舊例封禪後，自三公以下皆遷轉一級，惟鄭鎰因說驟遷五品，並賜緋服。因大脯次，玄宗見鎰官位騰躍，怪而問之，鎰無詞以對。黃幡綽曰：『此乃泰山之力也。』」

三壁上掛滿箭枝；四又有兩座軍器架，上面插着些刀鎗戈戟之類；五當中一座孔雀屏風，面前擺着一張籐床，六床上一張矮桌。七。寫箭廳詳。二人去床上坐定，望那桃花。七層陪襯將近題位，忽然颺去。衙內道：「這園雖不甚寬，却恁般長。」希真道：「先曾祖置下這所箭園，甚費經營。亦有人要問我買，我道祖上遺下的，不忍棄他，如今教小女却用得着他。」猛回頭，方落題位。只看床側屏前朱紅漆架上，白森森的插着那枝梨花古定鎗，突兀而起，異樣精采。希真道：「這便是你夫人的兵器。」絕倒。衙內立起，近前看一看，那鎗有一丈四五尺長短，先寫長短。衙內一隻手去提，那里提得動，他便雙手去下截用力一拔，只見那枝鎗連架子倒下來。希真慌忙上前扶住，麗卿難惹，麗卿鎗亦難惹。道：「你太鹵莽，虧殺老漢在此，不然連人也打壞。」衙內道：「有多少重？」希真道：「重便不大重，連頭尾只得三十六斤。」次出輕重。一面去把那鎗架扶好。衙內道：「不過鷄子粗細，怎麼有這許多重？」希真道：「這是鐵筋，不比尋常鐵，選了三百餘斤上等好鑌鐵，只鍊得這點重；又加入足色紋銀在內，剛中有柔。是鎗是人，不復能辨。你方纔拔他下截，那上稍重，你力小吃他不住，自然壓下來。」衙內道：「這般重，却怎好使？」希真笑道：「你怕重，你那夫人手裏却像拈燈草一般的舞弄。」衙內聽得雖然歡喜，却也有些懼怕，暗想：「前日玉仙觀裏，真錯惹了他也。」映帶前文。再細看那鎗時，只見太平瓜瓣尖，五指開鋒，頭頸下分作八楞，下連溜金竹節，一尺餘長。竹節當中，穿着一個古定，也是溜金的，上面鏨着梨花，梨花裏面露出「如意」二字。那一面也是一樣的花紋。再下來一個華雲寶蓋，撒着一簇乾紅細纓，底下爛銀也似的鎗桿，遶着陽面雲頭；鎗桿下一個三楞韋馱脚，也是溜金的。希真道：「這鎗本是老夫四十斤重一枝丈八蛇矛改造的，費盡工夫。今重三十六斤，長一丈四尺五寸，小女却最便用他。」衙內稱贊不已。希真又道：「我這小女舞鎗弄劍，走馬射飛，件件省得，只是女工鍼黹却半點不會，脚上鞋子都是現成買來，紐扣斷也要養娘動手。（寫麗卿弓馬技擊之外，一無所長，正是妙人、妙筆。每怪近世稗官凡寫一得意妙人，必寫得來無般不會，無般不精，却是何苦。夫子曰：小人之使，人求備焉。願讀者思之，勿學小人可也。）將來到府上，還望賢婿矜全則個。」（娓娓周到，高俅、衙內安得不入元中。）衙內道：「泰山說這般話，小婿那里怕沒人伏侍他。」二人又說了一回，希真就在箭廳上邀衙內酒飯。那衙內因不見麗卿，也不耐多坐，就去了。（好。這番來明明是寫鎗，却將箭園伏好。）出巷口，正遇着魏景、王耀在那里。衙內在馬上吽過二人，輕輕吩咐道：「下次我在他家，你等離開些不妨。」（特避下文對問一節。）二人應了。衙內回去，一路暗忖道：「希真這般舉動，那有不肯？却不是老孫多疑。」見了老子，說及此事，高俅道：「我也這般說。他如果不肯，却為何問我要虛明閣，又要約定那兩件事。但是孫靜的計備而不用也好。」（未肯便落。）衙內又去了兩次，總不能見麗卿，覺得無趣，也懈了，連日不到那里。（故意放寬，好。）只恨那輪太陽走得慢，巴不得就是四月初十。

却說那希真自許親之後，進出時常在巷口遇着王、魏二人，有時邀希真吃茶，有時廻避着。希真有些疑忌。一日，希真早上自開門出，見那王耀已立在門首張看。一見希真，便問道：「提轄好早？」希真道：「承局有何貴幹？」王耀道：「等個朋友說話，却不見來。」慢慢的踱出巷去了。希真忖道：「這巷裏面又走不通，他尋那個？」下半日又見那魏景在巷口立着，看見希真便避開。希真走出巷外，却不見了。心中愈疑，半響亦不見他。希真便去茶店内坐下，（寫希真觸手是機變。）吽那茶博士泡碗茶來。茶博士笑道：「你老人家今日難得，從不曾到小店來。」（又與魯達等之溷跡茶坊、酒肆不同。）希真笑道：「便是緊鄰在此，照顧你一次。」（語帶詼諧，妙。）遂問道：「那兩個承局模樣的，常在這里吃茶做甚？」茶博士道：「便是不識得，兩個輪流來坐着，兩三日了。開着茶永不肯走，討厭得狠，（茶博士有茶博士的心事。）想不知是那座衙門裏有察訪的案。」（反為解說一句，妙。若茶博士亦認得高太尉心腹，便不成文理矣。）希真道：「你聽見他說些什麼？」（問得緊，妙。）茶博士道：「不曾聽得。」（答得懈，又妙。）希真道：「他可問起我麼？」茶博士道：「昨日那箇穿紫衫的，他却問小人，說提轄要出行，到那里去。小人答他不曉得，他也不問下去了。」希真暗暗點頭，已是明白。辭了茶博士回家，對麗卿道：「你看那廝們刁猾麼！我這等不動聲色，他還如此備防着我。」麗卿道：「恁地時，我到乾陪了小心。（想其受創之深。）我看不如先結果了那廝再走。」（逗動下文。）希真道：「你不要着急，我自有道理。」希真立在廊下，撚着鬚，想了半歇，尋思道：「高俅必不能料得，不知是那個獻勤，莫不是孫靜那廝歸也。自古道：輔強主弱，終無着落，（出于何典？）還不如用這個法門破他。」當時叫蒼頭來：「你把我一個名帖，去殿帥府號房處投下，說我要請衙內來說話。」蒼頭去了。希真對女兒道：「明日二十九，正是都籙圓滿之日，午時送神。這個月小盡，後日初一日，一黑早我同你就要走了。又難得撞着是個出行大吉日，不爭被他作梗，只可用這條計，畧愚他一愚。即被他識破，我已走脫矣。」

正說着，蒼頭先回來道：「衙內就來也。」不多時，衙內歡歡喜喜的進來道：「泰山喚小婿有何見諭？」希真放下臉來道：「那個是你泰山，你是誰的女婿？我的女兒須不臭爛出來，一定要掗❸與你！」衙內大驚道：「乾爺為何動怒，（便不敢叫泰山，絕倒。）孩兒有甚衝撞？」希真道：「我好意把女兒許配與你，我須不曾犯罪，你為何叫人監防着我？」（希真手裏會放霹靂，嘴裏也會放霹靂。）那衙內聽見這句，便是雷驚過的鴨兒一般，說道：

❸ 掗：音ㄧㄚˋ，強人接受不願要的東西。

「那，那，那有此事？」希真道：「若要人不知，除非己莫為。你那兩個承局來盤問我好幾次，（竟說盤問，蓋此時二人不在此，沒對會也。妙。）問我出門否。我說就要嫁女兒，（妙。拈定嫁女，抱緊題目。）不往那里去，兀自不肯信，在我門首踅來踅去。又叫做公的四面打聽我。（此句是憑空撰出，却已暗暗合着，衙內那得不驚。）請問這是甚麼意思？監防我，恐我逃走不成！我便不把女兒許與你，我也不犯私逃。我陳希真頂天立地，看着這條命如同兒戲。（直喝破他，雖誣陷亦無益也。）我不過難得你老子一番擡舉，（妙，針對太尉不辱沒之言。）又愛你的仁德聰明，（妙。）恐錯過了，（妙，針對衙內扳不着之言。）不成奪了那個的寵？（妙，暗罵孫靜，已將衙內放過。）這事也沒甚氣我不過，（妙，竟說氣不過，塞殺孫靜。）你與我既是翁婿，不值便把我如此看待，（忽又拈定翁婿，抱緊題目。署責一句，已是放過。）還說肯養我過老！（妙，妙。）你不信，叫那兩個來質對。」（妙，妙。）衙內慌忙諾諾連聲道：「爹爹息怒，想是下人之故，孩兒去打聽明白，就來回爹爹的話。」連忙出門上馬，出巷又不見那兩個承局，（已吩咐過了，可以離開。）飛奔去見了老子，從直說了。高俅驚道：「怎的走了風？」衙內道：「魏景、王耀去盤問了他，被他得知。」高俅大怒，便叫：「捉這兩個奴才來！」須臾，叫到面前。高俅罵道：「你這兩個不了事的狗頭，叫你們去暗防陳希真，那個叫你去盤詰！」（問得突兀，妙。）魏景道：「不過在茶店裏問了一聲不打緊。」（答得含糊，妙。此句已見。）王耀道：「小人只不過在他鄰舍處畧打聽些。」（此句補出。）高俅大怒道：「攮糠的蠢才，誰叫你打聽！此等機密事，容你在茶店裏亂講？左右，與我背駝起來，每人各抽五十皮鞭，教他醒睡。」（有粗無細，確是高俅。）眾人請免，二人亦伏地哀求，高俅喝退了兩個。衙內道：「此事怎好？我想已泄漏了，不如竟照孫靜的計，竟去捉了來硬做。」（極寫狼心狗肺，後文盡情窘辱，不為過也。）高俅道：「胡說！你只不過要他的女兒，他已自肯了，又去冤屈了他，認真尋死覓活，（性命兒戲一句之力也。）却不是自己弄壞？如今只有叫薛寶同你去，（前文只用孫高，此處只用薛寶，都成章法。）將這般話蓋飾了。這事都被那孫靜多疑，早不聽他也罷，如今不必教他得知，省得他又來聒噪❹。」（此一段大起大落，反嫌孫靜聒噪，妙。）衙內便喚薛寶同到希真家謝罪道：「家父實屬不知。那魏景、王耀因誤聽人說（誤聽那個，愈遮飾愈露出馬腳，絕倒。）泰山要遠行出外，故來問聲，以便通報，實無他意。」薛寶道：「太尉已將那厮重責了，以戒其造次之罪。（名為掩飾，反愈鑿實，絕倒。）太尉還要自己陪罪。」希真道：「這等說，老漢倒錯怪了。只因太尉這等以貴下賤，旁人多看得駭然，只道是老漢扳高，（妙極，不是希真說不出，已將私逃二字格在九霄雲外矣。）方纔盤問得太蹊蹺，不由老漢不動氣。（妙，妙。）明日到太尉處陪罪，賢婿先與老漢周旋則個。」希真又欵待了二人，送出門外。希真道：「賢婿，老漢是這般倔強性兒幸勿芥蒂。」衙內連說「不敢」，辭別了，回覆高太尉去。孫高得知此事，那肯隱瞞，便見孫靜道：「那兩個承局不小心露出馬腳，如今太尉發怒申飭他兩個，不但不去防備他，反怪哥哥多事。」孫靜只是仰面冷笑。孫高道：「哥哥笑甚？」孫靜道：「且等陳希真走了，叫他識得。」（反寫孫靜巴不得希真走，以幸其言之中。妙。）

却說希真送了二人，麗卿迎出來道：「爹爹，這事怎的了？」希真笑道：「好教你放心，明日就成功了。」叫進蒼頭來道：「我有一封銀信，你與我帶去陳留縣王老爺家交付，再與你二十兩銀子盤費。只明日一早，就要與我動身。」蒼頭道：「陳留縣去，何用二十兩盤費？」（寫希真忠厚。）希真道：「餘多的仍好帶回。」蒼頭領了去。當夜希真仍去祭煉，事畢就睡。一清早起來，打發蒼頭出門去了，喚那養娘道：（蒼頭已去了，方發放養娘，精細。）「你也好久不曾回家，今日叫你回去看看你的爹娘，住幾日不妨。」那養娘聽得這句話，好似半天裏落下一道赦書，（活畫小兒女。）歡天喜地的應了一聲，便去換了件衣服，穿雙新鞋，搽脂抹粉，打扮了，收拾

❹ 聒噪：吵鬧。

起一個包袱。希真與了他一包物事道：「這是與你父親的。」養娘接來收了，覺得有些沉重。寫希真忠厚。麗卿又與了他十兩銀子道：「你去買些東西。」養娘暗想道：「這回回去，姑娘却為何把這許多銀子與我？」這字有筋節，不然竟是姑娘平素慳吝矣。謝了收起。希真便自去叫個馬保兒，牽了匹驢子，先付了工錢，叫他送去。那養娘辭了主人，又對麗卿道：「姑娘，我那盆建蘭，姑娘照應着，時常澆澆水，不可枯乾了。」絕倒。麗卿暗笑，應了他一聲，却又看着他悽慘。那養娘跨上驢子去了。麗卿直送他出了大門，望他出了巷去，覺得鼻子一陣酸，怏怏的轉來，麗卿真是情種。一所房子只剩得父女兩個。結束一筆，有力。

希真去安排些早飯，父女二人吃了。蒼涼。希真便去寫了封辭高俅的信，好。叫女兒把衙內所贈的物件，都取來一處，預備完他。好。看看午時已到，希真便去靜室內徹了祭鍊，又步罡踏斗誦咒將神馬送了，方叫麗卿同入靜室來收拾。麗卿看那靜室裏面只供着一面古銅鏡子，圓可三寸，一盞燈尚點着。希真叫他將香爐、燭臺、燈盞、劍、印等物都收過了，自己把那鏡子藏好，又把那書架上的圖書卷帙、一切來往信扎筆跡盡行燒燬，好。只存着自己註的道德經、參同契、陰符經、悟真篇、青華秘錄及內外丹經、符籙秘法，一束兒交與麗卿，收在包裹裏。好。自己又去見高俅謝罪，恰好高俅着人來請陪話，便叫麗卿關了門，到高俅府裏說了些克己的話。却不見衙內，問起，說外面遊戲去了。

希真辭了回家，已是申刻時分。那麗卿便去箭架上挑選了十五枝雕翎狼牙白鏃箭，把來插在箭袋裏；弓箱內取了一張泥金塔花暖靶寶雕弓，換了一枝新弦，套在弓囊裏；又去把兩匹馬喂好。那棗騮已是將息得還原，周身火炭一般赤，父女二人都騎試過，端的好腳步。却虛按一按，不知者以為草率了事也。希真取了兩副軍官服色，叫女兒也扮做男子，先看一看。麗卿改梳了頭，摘去耳璫，脫去了裙衫，裹了網巾，簪一頂束髮紫金冠，穿上那領白綾戰袍，繫上一條舊戰裙，戴上大紅鑲金兜兒，腳下套一雙尖頭皮靴。裝束畢，果然一個美貌丈夫。希真看了笑道：「我真有這般兒子，却不是好，可惜是個假的，好笋鑽出笆外。」（只少此一物耳。甚矣，此一物之足貴也。）麗卿把面鏡子來照，忍不住咯咯的笑，仍復換下了。希真道：「天將晚了，你把乾粮都收拾好，我去安排些飯食。慚愧，那厮今日倒不來。（處處寫希真無意報仇。欲擒故縱。）早些安歇，明早五鼓就走，頂城門出去，你醒睡些。」麗卿應了。正在吃飯，忽聽外面叫門。希真出來接應，只見一個漢子挑着一副大盒擔，問道：「你們這里是陳希真家麼？」（寫蠢漢，又是蠢漢聲口。）希真道：「正是。」那漢便一直挑進來。（蠢漢行徑。）希真道：「你們那里來的？」那漢道：「高衙內同幾位官人，教我挑到這里來。」（何者為衙內，何者為篾片，何者為親隨，何者為這里，那漢槩不知也，一例看承，絕倒。活畫蠢漢。）希真看那盒擔裏，都是鷄鵞魚肉菓品、酒肴之類，正要再問，只見衙內一個親隨進來，說道：「只顧挑進去。」希真道：「什麼道理，又要衙內送酒席。」（只道是送酒席。）親隨道：「衙內從李師師家來，（伏一筆。）在後面就到。」（要避這根刺，偏遇這根刺。）那漢卸去擔兒，拏着扁擔出來，親隨道：「賞錢明日總付你。」那漢應一聲去了。少頃，衙內帶着撥火棒、愁太平，又一個親隨，已有三四分醉了，踵踵跌跌的進來。（一向寫衙內來便先第一個到，希真便欵酒飯，重複可厭矣。此處却先寫擔兒，次寫親隨，然後寫出衙內，不惟筆致磊落可觀，且帶起李師師家，便于後文跟尋地，靈心妙筆。）希真道：「怎的只管要賢婿壞鈔！」衙內道：「值什麼，今日特與泰山開葷，（妙哉。要收拾衙內，非酒肉不可。然蒼頭、養娘業已開脫，希真不便自作厨子，麗卿又不能職中饋，豈又去喚庖丁耶，又去酒樓上搬耶？作者却用本地風光，就都籙大法上緺出波紋來，省多少手腳，却又令文氣環抱。）休嫌輕微。（若嫌輕微，還有六隻猪耳朵，一個狗鼻頭，奉敬。）本要早來，却吃那李師師兜搭了半日。」希真道：「我們何不都請去箭園裏坐地。」（有心。）衙內道：「這兩位也正為箭園而來。」（妙。蓋衙內只因不見麗卿，連日嬾來；而此二人未見箭園，正好攛掇也。）希真去關了大門，看官牢記。一干人同去箭園內亭子上坐定。看那亭子，果然起蓋得好，拱斗盤頂，文漆到底。亭子此處詳，蓋前文寫鎗箭廳是主，此處寫計亭子是主，然不能多寫，故一詳審便急遞過。兩個沒腦子的見那箭園，喝采不迭。兩個親隨，一個把酒食發去廚下，一個來亭子上伏侍。那薛寶最喜的是烹調餚饌，見沒人動手，便去廚房相帮照應。順手撈來，便是作料。仲華做事甚迂滯，使喚人却恁地靈便。希真道：「怎好生受？」便連忙自去取杯筷安排。衙內道：「泰山，一個蒼頭那里去了？」希真道：「便是他妻子病重，昨夜追回去了。便是追高衙內一節，也不肯直出，必先逗動，妙。又沒個替工，好生不便。」孫高道：「衙內處便撥個人來伏侍極便。」孫靜餘智。衙內對那親隨說道：「你便在此伏侍陳老爺幾日。」希真道：「怎好生受？」却便謝了。明日便送還，落得應許。

希真去裏面同女兒商量，安排明白，却出來點起燈燭，看他一路勤寫燈燭。陪眾人吃酒。酣飲至初更天氣，看他一路勤寫更鼓。衙內道：「小壻醉了，省得去備馬，要歇在泰山處。」希真應了，說說談談，已是二更。二更。希真道：「我有一瓶好酒，本留着開葷用，就請三位嘗嘗。」也算開葷。說罷，去裏面取了出來，盪熱了，換了大杯兒，每人面前花花花的斟滿，說道：「請嘗嘗！」三人一飲而盡，都稱贊道：「好酒，真有力量，多吃看醉倒。」希真道：「這二位尊管辛苦了，也都請用一杯。」便遞過兩杯去。衙內連稱「不敢」，兩箇謝了，也都吃盡。希真重入席坐下。不多時，希真拍着手叫道：「倒也！倒也！」只見那五個人，口角流涎，東倒西歪的躺下去。何用床鋪。希真大笑道：希真多少笑，惟此笑得意。「今番着我道兒！」正要去叫女兒來看，只見麗卿拽開箭園門，提着那口寶劍，奔上亭子來殺高衙內。筆勢如草枯鷹眼疾。希真與他撞個滿懷，連忙扯住道：「我兒，且慢下手，聽我說。」麗卿道：「說甚？」希真道：「他雖是可惡該殺，念他老子素日待我尚好，他雖要打算你，却不恁地使歹計坑害人。[不是希真忠厚，那得曹州府一段好書。] 殺他不打緊，那冤仇太深，高俅必加緊追捕，我們只走脫了罷休。」[真是道況深永之言。] 麗卿聽了，氣得亂跳道：「爹爹，你却這般不平心！[奇絕。] 我那件不曾依你？沒來由，叫我與他做了塲乾夫妻，[妙語，不是麗卿說不出。] 他認真便是你的好女壻，[妙語。] 便一點得罪他不得，[妙語。] 儘他調戲我，[妙語。句句天生是麗卿語，他人說不出。] 兀的不脹破女兒的肚子！」[妙語。寫麗卿不但不是浪婦，且並非三家村鑽頭蓋臉的小女兒，活是一個英雄，活是一個娃子。] 希真笑道：「我兒，你恁般性急！你不省得，這廝不止一刀一劍的罪，他惡貫滿時，自有冤對懲治他。他那死法好不慘毒，不久便見。[把人眼光直引到曹州府。] 你這等結果他，倒便宜那廝。那日你在玉仙觀前要取他的表記，今日正好取，[山環水抱。] 只切不可傷他性命。」麗卿道：「這般說，還畧出口氣。」便取下燈臺去照着，[燈] 颼颼的把高衙內兩隻耳朶血淋淋的割下，又把個鼻子也割下來。又看看那兩個[即所謂孫伯伯、薛伯伯也。] 道：「這廝也不是好人！」去把孫高、[張得好雌兒。] 薛寶的耳朶也割下來。又要去割那兩個親隨，[無賴，絕倒。] 希真喝住道：「干他甚事。快去取些金創藥與他們止了血，恐流得太多，真個死了。」[希真不肯割親隨，下文殺承局、轎夫真不得已也。] 麗卿抹了手，插了寶劍，[寶劍可謂小試其端。] 執了燈臺，[燈] 去取了些刀創藥來與他們敷上。希真道：「我這蒙汗藥多年了，[此句補得好，不然希真多年好道，蒙汗藥豈與勾漏砂共寶貴耶？且下文五人不醒亦無趣。] 恐力量不足，他們醒得快，索性與你尋些蔴繩來，捆了這廝！」父女二人便把燈來照看，[燈] 一齊動手，把那衙內仝孫高、薛寶都洗剝了上蓋衣服，連那兩個親隨，都四馬攢蹄，緊緊的捆了。希真又做了五個麻核桃，塞在各人口裏，俱用繩子往腦後箍了，防他吐出。就取那封信，去縛在衙內身上，並衙內送的物件，都把來放在他身邊。[謹領酒筵，餘珍璧謝。] 把那五個人，就像擺弄死屍一般。正播弄着，聽那更樓上正交三更，[三更。] 麗卿道：「爹爹，你聽前面好似有人打門。」[如此接入，妙。見得前後隔一段路，裏面做事，不吃外面聽得也。] 希真道：「果然。你不要出來，待我去看。」希真提了燈，燈。走出前面大門內看，只見外面燈火明亮，燈。拍着門大叫：「提轄開門！」誰耶？希真問道：「是那個？」外面應道：「太尉府裏差來接衙內的。」急殺，奈何，奈何。希真只得開了門。那人提着燈籠進來，燈。却是一個太尉府裏的張虞侯。當時見了希真，唱箇喏道：「提轄！小人奉太尉的鈞旨，來尋衙內，何處不尋到，虧得李師師家指引，說在提轄府上。巷口又問了更夫，說他尚不曾去。希真再賴不脫。今有要緊事務要接他回去。」希真道：「在便在我家，只是喫得爛醉睡着了，怎好去叫他？」那張虞侯道：「醉也說不得，只好叫他起來。急殺。因他第二位娘子臨蓐，十分艱難，不得不接他回去。如今却卻睡在那裏？小人自去請他。」急殺。希真道：「你且坐地，我去看看來。」希真慌忙提了燈進來。燈。麗卿正把那些人伏侍停當，提了燈正要出來，燈。遇着希真，把那事說了，又道：「此事若破了，我你性命都休。如今事已至此，你且閃在這門後等待。退得他時更好，倘退不得，竟誘他進來，一發做了他再說。」麗卿聽罷，便放了手裏燈，燈。抽出那口帶血的劍來，在黑影裏等着殺人。只道是正文，却還是挑逗，奇哉。紙上精光四射。

希真遂提了燈，燈。到前面見張虞侯道：「衙內兀自疲乏，不肯回去，只吩咐道，教請天漢州橋錢太醫診視便好；又說明日一早就回。」張虞侯道：「他的親隨，着一個出來。」一路逼拶，險極。希真道：「只有一箇在裏面，賴去一個，妙。可賴便賴脫也。兀自伏侍不迭。你不信，同我進去，自己見他去說。」張虞侯道：「提轄的話，怎敢不信？只是上命差遣，如今只得照提轄這般說，去回話便了。」希真一面提燈，燈。照着他，送出來道：「明日早些來接，又逗。我也勸他早歸。」送出門外，便關了門進來。麗卿已提着燈，燈。出來，道：

「爹爹，他雖然去了，還防他再來，我們索性守着。」希真道：「正是。你去把前前後後多點些燈燭，燈。省得手裏提進提出。」將燈字束一筆。父女二人坐在燈光下，守了兩個更次。兩個更次。聽那更鼓，已是四更五點，四更五點。不見動靜。一夜只此兩個更次無事，却惟此兩個更次最提心吊膽，奇筆。希真道：「許久不見動靜，想是不來了。五更將近，我們趁早收拾，預備動身。」麗卿便去提那兩個包袱放在面前，又吃些飲食。父女二人提了包袱到箭亭子上，只見那五個人一個個都醒來，叫喊不出，掙扎不得。絕倒。麗卿把燈來照看，燈。只見那衙內睜着眼朝他看。麗卿想到他那平素的可惡，便去弓箱內取出兩枝舊弦，折疊着一把兒捏在手裏，去那衙內的背上腿上着力鞭打，罵道：「賊畜生，也有今日！快絕。你那風話說不說了？」趣甚，快極。打得那衙內一條青一條紫，此句是背上。血殷往褲子外面滲出來，此句是腿上。好似啞子吃了黃蓮，肚裏說不出的那般苦，特與前文對鎖。喉嚨裏只是「阿阿阿」的叫不響，身子亂動亂擺那里強得？絕倒。可憐從不曾吃過這般利害。麗卿打彀多時，希真笑着勸道：「卿兒，也虧他受用了，饒了他罷。天不早了，我們幹正經事。」麗卿丟了弓弦，又罵了幾句。希真道：「我兒去裝束了好走。」希真看着衙內笑道：該笑。「衙內，叫這聲，絕倒。你不虧我，此刻好道進鬼門關了，那得在此處受用。反欲其感恩，絕倒。衙內答道「承情」。你癩蝦蟇想吃天鵞肉，絕倒。這事不是我來尋你。你經此番後，父子二人少去作惡，萬一遇着你的冤對，性命難保。反勸誡他一番，絕倒。此刻我却放你不得，明日自有人來救你。」又寬慰他一番，真是絕倒。

麗卿裝束停當道：「爹爹，我們備馬去。」希真笑着，也去裝束了，同麗卿把那新買的兩副鞍轡一似已曾說過者。背在馬上，扣搭好了，牽出槽來，拴在亭子柱上。麗卿便把弓箭繫好，掛了那口青錞劍，鎗架上取了那枝梨花鎗。希真去提了兩個包袱道：「你帶着弓箭，小的這個把與你，大的我拴了。」麗卿接過來，拴在腰裏。希真拴了那大包袱，便去刀鎗架上拔了口樸刀，那口腰刀已是選好，跨在腰裏。麗卿便來解馬，希真道：「且慢，（曲折文心。）你去取碗淨水來。」麗卿道：「要他何用？」希真道：「只管取來。」麗卿便舀了一碗，遞與老子。希真取來，念了幾句真言，含那水望空噀去。麗卿道：「此是何意？」希真道：「這便是都籙大法內的噴雲逼霧之訣，少刻便有大霧來也，（賴都籙大法騰挪出一篇文章，文章已畢，不將都籙渲染一番，則都籙不但是贅瘤，且幾幾乎性命為其所害矣。故特特表之，以見半個月功夫非無故也。）我同你乘着大霧好走。」放下碗，更鼓已是五更三點。（五更三點。）只見天上那顆曉星高升起，（上面寫一句。）雞聲亂鳴，（下面寫一句。）遠遠的景陽鐘撞動，（遠處寫一句。）椽子、窗格都微微的有亮光透進來。（近處寫一句。只一曉景，亦不率意寫。）希真道：「真不早了，快些去罷，城門就要開也。」父女二人牽着馬往外就走。麗卿回頭看了那箭園、亭子、廳房，又看了看屋宇，止不住一陣心酸，落下淚來。（神仙本是多情種。）希真勸道：「不要悲切！天可憐見，太平了，我定弄回這所房子還你。」麗卿哽咽道：「早知如此離鄉背井，那日不去燒香也罷。」希真道：「還追悔他做甚，快走罷。」麗卿拭了淚，隨著他父親出了箭園，穿出遊廊，（寫得臨行一片蒼涼，未經離鄉者不知也。）只見天已濛濛的起霧，各處燈燭明亮。（燈。好筆力。）沒得幾步，忽聽得外面擂鼓也似的叫開門，（駭死人。）父女二人一齊大驚。這一番打門，有分教：曲折遊廊，先試英雄手段；清幽軒子，竟作兇頑收場。正是：衝開鐵網逢金鈎，剔亮銀臺飛血雨。畢竟不知那個打門，且看下回分解。

范金門曰：作文須知襯法。而襯法不一，有反襯、正襯、旁襯、橫襯、遠襯、近襯、閒中襯、忙中襯，襯法雖不止乎此，亦可由此而見端。如此書以高俅之愚，襯希真之智；以眾門客之愚，襯孫靜之智，此反襯也。以孫高之智，襯孫靜之智；又以孫靜之智，襯希真之智；麗卿道三十六計走為上計，希真果是此計，此正襯也。以孫靜之識議希真，作希真讚歎語；以鄰舍之私議希真，寫希真秘密計；以假山、石洞襯出箭園，以刀鎗架襯出梨花鎗；以廳上無數陳設襯出箭園、亭子，此皆從旁陪襯也。孫靜因希真喝破魏景、王耀，愈決其必行；高俅因希真喝破孫靜不再言，一發托大，此皆橫空襯入也。孫靜日後與吳用鬬智，今先寫其與希真鬬智；希真此日在此宅內接待高衙內之光景，活是日後在此宅內接待祝永清之光景，兩番翁壻，一真一偽，相映成趣，此遠襯法也。有太尉今日之第二次接衙內，先有前日頭一次來接以襯之；有王、魏二人之接衙內，先有一張虞侯以襯之；有衙內之娘子臨產，先有希真揑造蒼頭妻子病重一語以襯之，此近襯法也。錫匠、木匠、裁縫趕做嫁粧，希真又說許多囑咐哀憐女兒的話；王、魏二人即當年賺林冲之承局，是皆閒中之襯也。寶劍起，人頭落，偏要夾寫寶劍妙處，兩人結果；麗卿初次殺人，又于匆匆急行，偏要寫更鼓、明砲、燈光、霧氣無數渲染，是皆忙中之襯也。似此者不一而足，吾亦不能歷歷指出也。嗚呼，文無定法，而規矩則一，是在驅遣者之靈與不靈耳。夫文之有法，亦猶人之生氣也。近世稗官小說汗牛充棟，然自三國演義、貫華堂之水滸前傳、邱祖之西遊記而外，其不類死人面目者，寥寥若晨星耳。甚而至于屍蟲攢動，并五官而不能具者，更不可勝計，不堪注目，掩鼻而過可也。乃竟有相看不厭，食之津津有味者，吾則不知其是何肺腸矣。

既不能令，又不受命，是絕物也。其林冲之謂乎身居虎口，無蚍蜉蟻子之援；既受創矣，又為陸謙所誘，禍機之現，洞如觀火，不待智者而後見也，乃猶油油焉而不忍去。甚至隨兩承局入仇門而比看寶刀，欲不入于陷阱可得耶？故人謂陸謙智，我則謂林冲愚。今仲華特借以寫希真，真有入水不濡，跨火不焦之本領，其殆為天下蒙難艱貞人說法耶。易曰：介于石，不終日。其希真之謂乎！

第七十五回 東京城英雄脫難 飛龍嶺強盜除蹤

却說那希真父女，正待要脫身逃走，不防外面又有人打門，火剌剌的般緊急。父女都大驚。麗卿道：「爹爹，怎好？我們不如殺出去罷。」（須知寫一個人，必有一個人的身分、語氣，若只曰爹爹怎好，而不說我們殺出去，便非麗卿矣。）希真道：「我兒，不要心慌，待我去看來，走不脫也是大數，（希真也說急話，奈何，奈何。）便死也同你在一處。（希真竟出此語，急殺人。）你索性把馬拴好，卸去了弓箭、包袱，只把那口劍，就在這里看風色，不可擅動。」一不做，二不休，希真解了腰刀、包袱，倚了樸刀，把那腰刀拔出，插在腰裏，取件道袍披在身上，（如此匆急，偏井井有條，寫希真之智真大過人。）搶到門邊。只聽得三四副聲音，（偏不止一人，急殺。）連珠箭叫：「開門！」硼硼硼的亂敲。希真隔門張時，好多人立着，都提着燈籠。（燈。竟不止一人，奈何，奈何。）希真喝道：「甚麼事亂敲門？」（先「喝」，妙。希真真是智膽包身。）外面大聲應道：「高太尉親自來接衙內回去！」（駭死人。誰能於天明將去，復撰出此段耶？）希真一面開門，一面發話道：「我留女壻過夜，不曾犯罪。」（真渾身是膽。）只見那兩個承局闖進來，正是那魏景、王耀，（偏又是兩箇對頭。）走到廳上齊發話道：「陳提轄，（其聲甚厲。）你老大不曉事，把衙內留住不放他回去，着別個受氣！（確是積憤語。）他的娘子生產，十分危急，你只不放他，如今太尉大發作，又着我等來催。（然則太尉固未曾來也。）衙內便真走不動，備了一乘轎子在此，（又添一乘轎子。）務要即刻接他回去。」（急殺。奈何，奈何。）希真道：「你二位太不諒情，他是我的親女壻，醉倒我家，不肯回去，不成熱扭他出門？（真是大辦才。）他此刻醒來，正勸他回家。你二位來得正好，同我進來，不然他還不信。」好。二人提着燈籠，跟着希真進來，只見裏面燈燭輝煌，燈。王耀道：「你們昨夜做甚?」希真道：「你去見了衙內便知。」絕倒。只道見了衙內而後知，誰知不及見衙內，已一顆不知矣。希真讓他二人先行，轉過遊廊，燈光下，燈。只見麗卿閃在那里，倒提着劍等候。如猛獸奇鬼，森然欲搏人。希真大喝道：「我兒快動手！」喝聲未絕，麗卿劍光飛處，寶劍枯渴久矣。那顆人頭骨碌碌的滾到扶欄外青草裏去了，一大篇氣悶書，至此眼前一亮。屍身便倒在一邊。王耀大驚，叫聲：「阿也！」上文並不說先殺那個，却寫後殺王耀，筆如巖下電光。要往外走，被希真一把揪住，往裏一推，麗卿迎面一劍，連臂帶肩劈下，又是一樣殺法。心肺倒流出來。快絕。此等人心肺正不知其如何生，我欲見之。果然好劍！不論衣服、筋骨一齊削斷。百忙中偏有此閒筆。可憐那兩個小人，平日倚仗着高俅，無惡不作，今日却化作南柯一夢❶。百忙中偏夾一段贊語，弄筆如戲。希真道：「消停消停，且把燈來，燈。照我身上有無血跡。」精細。麗卿道：「沒有。」那麗卿倒吃噴射了一臉鮮血。寫麗卿初次殺人，妙筆。姑娘發軔之初，應得掛紅。希真道：「且慢，還有人哩。」提了燈燈。復出大門外。只見那兩個轎夫立在轎子邊，仰面道：「天在這裏起霧了。」希真招手道：「衙內走不動，你們把轎子擡抬進來。」好。兩個把轎子綽到廳上歇下。希真道：「你們着一個進來背衙內。」好。一個轎夫道：「吃得恁地醉！」便跟着進來。轉過後軒，希真豁去道袍，撇了燈臺，燈。左手便揪住那轎夫，右手抽出腰刀，去喉嚨上一抹，早已了賬，一把丟開屍首，轉身大踏步趕出廳上。那個轎夫正在那里閒看，被希真夾耳根一刀剁倒，又去搠了兩刀，眼見得不活了，連忙進來。

---

❶ 南柯一夢：做了一場南柯太守那樣的夢。比喻一場空歡喜，或是一場夢幻。事見唐李公佐南柯太守傳傳奇小說。

麗卿抹去臉上血，把地下兩盞燈籠踏滅，燈。燈已用畢。還在那里探看。餘勢甚勁。希真大叫道：「我兒了也，快走罷！」麗卿連忙插了劍，繫上弓箭，拴上包袱，提了鎗，又替老子拏了樸刀，牽着兩匹馬，往外就走。麗卿一邊匆忙。希真取刀鞘插了跨好，取那包袱，一面走，一面拴。希真一邊匆忙。極匆忙，他偏寫得井井，寫得閒閒，豈非奇才。殿帥府前明砲響亮，不但不漏高太尉一邊，且見殿帥府與東大街相去直是擊柝相聞也。何處衙門明砲不好寫，單單要寫殿帥府哉！足見希真實是高俅几上之肉，籠內之鷄，卒能脫離虎口以顯其神于智，鬼于智；作者又自顯其神于文，鬼于文者也。更樓上收攂❷，更樓收攂。天已大明。走出門外，只見那大霧漫天。敘都籙之功也。妙筆。麗卿先上了那匹川馬道：「爹爹先走，孩兒不識路。」希真道：「且慢，奇文奇筆，幾乎奇殺。我還有一事未了。」奇絕。把棗騮交與麗卿，却從復走了進去，把大門關了，奇絕，奇殺。麗卿甚是驚疑。不但麗卿驚疑，讀者亦是驚疑。不多時，只見希真從那邊牆頭上跳下來，深入顯出。翻身上馬，接了樸刀，叫道：「我兒，快隨我來。」兩騎馬出了巷口，只見白茫茫的重霧蓋下來，好筆力。數步外不見人影。好筆力。上了大街，已是有人行動。好筆力。父女二人乘着濃霧只顧走。到得朝陽門，城門早已大開。好筆力。父女二人從大霧影裏闖出城去，好筆力。奔上大路，馬不停蹄，往東又走了五六里，出了濃霧之外，好筆力。一氣趕出，筆力真如春潮帶雨。霧又有邊際可以走出，奇文。已是沒人家的所在。希真到那一座高橋上，先插一橋在此，下文洗血自有水，一筆不孟浪。兜住馬叫道：「我兒，你回頭去看！」筆墨之奇，至于如此。麗卿勒住馬回頭看時，只見那座大霧，密密層層，把東京城護着，奇情異筆。好一似蒸籠裏熱氣一般，騰騰地往天上滾捲。奇筆。自己身子立在霧外，相去不過一箭之路。初出地太陽，照映得分外分明。無一字不奇特。麗卿喜道：「妙呵！爹爹，你有偌大的道法！」希真道：「這值甚麼，我受本師張真人傳授都籙大法，有若干作用，這是裏面逼霧的法兒。我這法，能逼起三十里方圓的大霧，霧又

---

❷ 收攂：謂不再報更。攂，亦作「擂」，敲；擊。

有界限，奇語。此刻我只起了十二里。又不必全用，奇語。你且少住，待我發放了他們他們，妙。正不必註明天丁、力士等名色也。好走。」希真把樸刀遞與女兒，雙手疊一個驅神的印訣，口中念念有詞，喝聲道：「疾！」雙手放去，只見一道白光射入霧裏去了，那霧便紛紛的落下來。異樣精采。希真看那麗卿的臉上，兀自血污未淨，便下馬道：「待我與你洗去，省得着人看出。」去橋下浸濕了一角戰裙，上文有此橋，則此刻之水不費事，極妙文心。替他臉上、眼堂下、眉毛裏、鬢邊、嘴角，都拭抹乾淨。寫得娓娓可愛。玉貌花容，把來如此寫，真是得未曾有。衣領上也有幾點抹不去，只可由他。希真一面拭，一面說道：「凡是迎面去殺人，總要防他血射出來。今幸而不是廝殺，不然，瞇了兩眼怎使手腳？」此等庭訓、閨誡真是大奇，但不知仲華何處得來。麗卿笑道：「孩兒却從不曾幹過，却不道這般爽利。」希真道：「咄！有甚麼高興！」麗卿看那霧已消挫了大半，有幾處高的樓閣都露出尖來，好像在大洋海裏浸着一般。奇景。畫也畫不出。希真接過樸刀，上了馬道：「不要呆看了，走罷，恐有人趕來。」

父女二人下了橋，迎着日光，一直順大路往東進發。麗卿道：「爹爹，我們今夜何處投宿？」初離門首，便問此句，似乎太迫，不知希真繞道江南一層，若接連實敘下去，筆墨累墜，且冷落高俅一邊，不如借麗卿一問，希真一答，便已遞過，遇不得不交代之處，又不好多寫，用此法最妙。希真道：「我兒，開口只此二字，活肖慈父愛憐聲口。你休怕辛苦，我們今夜且慢提投宿的話。那高俅有個門客孫靜，昨夜聞知他已回。孫靜之歸，希真昨夜方知，確有此理。不惟見前計之密，且令希真知孫靜歸，更不敢多逗留也。不然希真竟似在高俅處合居矣。那廝好不刁猾，又吃你把他兄弟的耳朵割去，那廝必料我投逩梁山，恰不應逩梁山也同此一條路上。他若挑選人馬，并力順這條路追趕，我們必遭毒手。如今我若由正路，投沂州府，須出寧陵，渡過黃河，到山東曹縣，方可與梁山分路。我的主意，不如大寬轉，從寧陵就分路，岔出虞城，跨過碭山，由江南界過微山湖，出山東嶧縣，教那廝沒處撈摸。這里到虞城不過五百多里，隨常走須得三四日，如今也顧不得頭口乏，連夜趕去。前路不遠是張家店，熱鬧所在，就那里買兩盞油紙燈籠，多備些蠟燭，明日午刻便好到那里。你可受得起否？」慈父愛憐如畫。麗卿道：「不過馬上再熬一夜，值什麼！譬如出師打仗，這點路也要走。」又是麗卿聲口。其語甚壯，讀之長人精神。後來搖樁打盹，倒頭便睡，又是那個？希真道：「路上倘有人盤問，只說到山東曹縣兵差，緊急公幹，逢人自己稱聲『小可』，不要又是『奴家』。」絕倒。麗卿笑道：「這怕不省得。」看你省得！冷艷山前為何自己稱姑娘？這正是鰲魚脫却金鈎釣，擺尾搖頭再不來。

不說希真父女二人竟逵虞城，其語甚多，其事却甚省。却說高俅五鼓時上朝便吩咐魏景、王耀再去接衙內。太陽離地，高俅回府，早點罷，同幾個門客在上房賭博。非調侃高俅，蓋寫高俅之接衙內原不十分着急，魏、王二人特故意張皇，狐假虎威耳，而高俅尸位又在言下。只見一個養娘出來稟道：「二娘子還不能分娩，太醫的藥已吃了，此刻忽然暈了去，衙內又不回來。」高俅道：「這廝恁的還不歸？」一個親隨在旁邊道：「便是魏景、王耀也不曾回來。」高俅道：「這廝兩個近來捎帶前文，妙。恁地這般糊塗！你們再着兩個去催。」好半歇，希真父女走遠了。只見去的人來回報道：「到陳提轄門首，只見大門不曾開；不曾開，妙。敲了半歇，只不肯來開，不肯開，妙。又沒個人答應。等了許久仍不開，仍不開，妙。只得回來稟覆。」高俅道：「陳老希每自誇他不睡早覺，今却這般顛倒，想是昨夜都噇❸醉了。反替他解釋一句，妙。你們少刻再去催催。」極寫高俅不要緊。那人應了出去。希真父女走遠了。「魏景、王耀一定是不曾去，此接上句，夾敘法。待我查出肯饒他！」不勞你費心了。一面又賭了好兩轉，極寫高俅大意，極寫高俅不要緊。已是辰牌時分。希真父女越去遠了。只見孫靜到來，見了早禮，便坐下來同賭。少刻，那個去的又來報道：「門仍敲不開，仍沒人答應。」高俅同幾個門客齊說道：「這

❸ 噇：音ㄔㄨㄤˊ，吃喝無度。

廝們想是睡死了！豈敢。太陽這般高了，恁地？」泉臺高臥，曷計其年。孫靜問道：「什麼事？」高俅道：「便是我這兒子忒棄舊戀新，絕倒。昨日到他新丈人新丈人，絕倒。家過夜，這里他第二個老婆做產，不得分娩，連夜去喚他不回來。我道他丈人好意留他，不好接連去催。申明三更、四更無人來之故。你那兄弟也不曉事，此句插得好。天明叫魏景、王耀去接，兩個狗頭索性不去；竟冤他不去，妙。小人莫須有便入人罪，更不推情度理，往往如此。此刻又去催了兩回，門尚不開。」尚不開，好。還未說完，孫靜大驚失色，把賭具丟在桌上，立起身道：寫孫靜機警，出色驚人。「快着人去救衙內，着了他道兒也。」高俅同眾門客道：「怎說？」孫靜道：「晚生屢次說陳希真不懷好意，恩相只不信，今日他把出毒手來也。恩相明鑒：他便是留女婿過夜，必不肯留許多人在家，一個不放回。是。昨日晚生兄弟孫高不歸，都說他同衙內在外面遊玩，只道他在三瓦四舍陪衙內在一處；衙內既在陳希真家，晚生這個兄弟不是不曉人事的，何至同在他家過夜？是。已知娘子做產，這早晚還不歸，必遭毒手了，是。快多派將弁去救人要緊！」眾門客還有幾個未信。夾寫眾門客，以襯孫靜。高俅見孫靜恁地着急，便吩咐左右道：「你去傳我的號令，叫派府裏值日的殿制使兩員，速去趕衙內回家。」孫靜道：「不彀，不彀！多派兩員，再多帶幾個軍健們同去。」高俅便又叫加派兩個。須臾，四個制使進裏面來聲喏稟請言語。如此俄延，希真父女一發去遠了。高俅道：「不必多說，務要到陳希真家，立請衙內回來。」孫靜道：「門不開，只管打進去！便是陳希真還在裏面，已料希真不在裏面也。他發作，我對付他。四位長官快去！」那四個制使旋風也似的去了。高俅道：「推官料得不差，但願沒事纔好。」還寫高俅大意，以襯孫靜。孫靜道：「不是晚生多說，那得沒事？」不多時，只見兩個制使飛跑回來，汗雨通流的道：「恩，恩相，不，不，不，不好了。」高俅大驚，忙問：「怎的不好？」兩個制使道：「小將們到陳希真家，叫了好歇門不開，叫一個軍健借張梯子爬上牆頭，又叫了兩聲，無人答應。有層次，蓋尚以為太尉親家不敢造次也。總是寫眾人還道希真在裏面也。關門之妙如此。軍健說牆裏面也有張梯子靠着，希真所爬出來者，令讀者自知。便盤進去，開了門出來，小將們一齊進去觀看。只見那正廳上一乘空轎擺着，一個轎夫殺死在廳上；趕到後面軒子背後，也殺翻一個轎夫；遊廊下又有兩個屍身，一個正是王耀，一個沒頭的，滾入青草裏去故也。認他的衣服，一定是件紫衫兒。却是魏景。前前後後尋來，傢伙什物都不少，只沒一個人，連衙內一干人也不見面。偏又頓住，不肯寫完。如今分那兩個押同地保、鄰佑在彼看管，特請鈞旨❹。」金門讀至此處，不覺喟然興嘆，以為人之智愚相去何其如此之遠也。孫靜一聞不開門，便直料到眾人被害，希真遠走；而制使、軍健輩直至開門後，看見眾人被害，猶在前後尋人。夫殺得屍橫滿地，而兇身又立于其側而不去，古今來有此理乎？嗟乎，士君子往往以精微至理、執捫槃揣籥者與之，津津樂道，多見其不知量也。高俅聽罷，好似一交跌在冰窖裏，嘴裏叫不及那連珠箭的苦，往屁股裏直滾出來。奇語。孫靜道：「罷了，罷了，氣殺我也！」那眾門客一齊大驚。活畫。孫靜勸高俅速發人去，「那廝便害了衙內，亦必藏在屋裏，不能帶了逃走。」高俅定了一定，上廳去點齊家將，帶了百餘名軍健，同那兩個制使，刀鎗、棍棒殺奔辟邪巷去。却是見鬼。半路上，迎着一個先一起去的軍健奔回道：「衙內一干人有了，都綑在他後面園裏，還不曾死。那顆人頭也尋着了。」若必待後去的一陣人到，方一齊去尋着，無此理矣。那兩個制使便着他先去回報太尉，這里一干人趕到希真家，一齊閧進去，只見前後許多燈燭，兀自點着。燈字餘影。到後面箭園裏，只見那些人已將衙內等解放，扶着穿衣服，面上血污狼藉，滿地都是蔴繩、蠟燭油，亭子上酒席杯盤兀自擺着。越諺有之曰：吃你的酒，出你的醜。有幾個精細的拾了一把耳朵，拾了一把耳朵，奇文。到太尉處獻勤。絕倒。此時轎埠頭諒不爭論主顧，一笑。眾人把衙內等五人扶出來，將衙內扶上那乘空轎子，另尋兩個轎夫，擡

---

❹ 鈞旨：對上級或尊長指示的敬稱。

了先着人送回去；又另叫四乘轎，擡了那四個人也先送歸太尉處。這裏眾人前前後後搜尋了一遍，（還要見鬼，絕倒。）把那門封鎖了，帶了一干鄰佑同地保等，到太尉府裏來聽審。

這件事鬨動了東京，人都說道：「陳希真這人好利害！」（應前篇鄰佑譏議希真，渲染處定不可少。）那太尉等待回來，看見兒子耳、鼻俱無，又見那幾個人這般模樣，氣得說不出話來。三尸神❺炸，七竅❻生烟，忙傳軍令，叫把京城十三門盡行關閉，挨戶查拏。（一發見鬼。）一面奏准天子，說奸民陳希真私通梁山盜賊，謀陷京師。經人告發，臣差親子蔭知府高世德，（高衙內前傳無名，此處似不必補；然不補則後文曹州一事不便呼喚，故特補之。世濟其惡，而云世德，妙。）督率兵役捕擒。希真膽敢拒捕，殺死兵役四人，將臣子并幕友孫高、薛寶截去耳鼻，棄家在逃。臣先閉門查拏，伏請准行。（第一段，奏天子查拏。）一面把鄰佑、地保帶齊，就花廳上把孫高等四人坐在一邊質審。鄰佑、地保都供並不知情，說他東京並無一個親友，（此語須知不是鄰佑之言，麗卿已言之矣。）「他還有個蒼頭、養娘，求拘來審訊，或者知情。」（鄰佑、地保供出蒼頭、養娘。）兩個親隨道：「小人們到他那里時，蒼頭、養娘已不見了。」高俅便問蒼頭、養娘名姓，家在那裏。數內一個鄰人道：「那蒼頭只知他姓王，不知其名，聽說是城外大東村人氏；養娘實不知道。」高俅推問半日，實不知情，只得取保釋歸。（第二段，審問鄰佑、地保。）孫靜對高俅道：「恩相閉城查拏，總是無益。那廝既敢做這等事，必然早出京了。晚生料他必投梁山泊入夥，（不出希真所料。）不然，便投遠方親戚。（畢竟料事如神。）恩相此刻只查他出那一門，便有影響。（孫靜真能。）他尚殺了魏景、王耀走，已是天亮，必非半夜越城。」（孫靜能。）高俅道：「怎生去查？」

---

❺ 三尸神：道教謂在人體內作祟的神。或稱為「三尸」。

❻ 七竅：指耳、目、口、鼻七孔。莊子應帝王：「人皆有七竅，以視聽食息。」

孫靜便問孫高四人道：「你們後半夜醒來，可看見他怎生打扮出門？」（着着孫靜真能。人只道追陳希真從此處生出，不知梁山泊查出殺酈金龍、沙摩海之人亦從此句生出也。銅山西崩，洛鐘東應，用筆之妙至于如此。）四人齊道：「我們都看見的。」孫高道：「陳希真穿一件醬紅色戰袍，繫一條綠戰裙，提一口樸刀，跨一口腰刀。他女兒也改作軍官打扮，是一件白綾子大鑲邊的戰袍，繫一條大紅色的舊戰裙，提一枝白銀鎗，（梨花之名，高不知也。）跨一口劍，腰裏還有弓箭。」薛寶道：「希真腰裏拴一個藍包袱，女兒拴一個桃紅包袱，（包袱顏色都補出。）都戴大紅金鑲兜子。（又結一筆。）希真裏面戴的是頂萬字巾，他女兒戴一頂束髮紫金冠。」兩個親隨道：「騎的馬一匹紅的，一匹白的。」（不曾見其上馬，故不能知某人騎紅，某人騎白。只一希真父女打扮，用四人錯錯落落說，真是一筆不板。）孫靜便叫人分頭抄寫了，到十三門查問：「一早開城時有無此等人出城？」（東京城門進出人何止千萬，只言一早開城或有數也。）那十二門都回報道：「近日軍官進出甚多，實不留心。」（照蔡京出師。）只有朝陽門校尉稟道：「開城門不久，有一老軍看見兩個軍官如此打扮。大霧影裏，（霧字餘波。）也不十分看得清，好像一老一少，提刀的在前，插弓箭提鎗的在後，（四人口中詳，門軍口中略。）急忙忙的出城去了。」（查出腳色，是第三段。）孫靜對高俅道：「這厮們一准是投梁山去了，所以直出朝陽門。只選得力之人，就這條路專追，或可擒拏。但必須勇將、名馬，方可濟事。」（高俅一邊將弁出色，希真一邊格外渲染。）高俅正要想一個人，只見階下一人挺身而出道：「小將願去。」高俅看那人時，膀濶腰細，耳大面方。那人姓胡，單名一個春字，現為京畿都監，就快陞授都虞侯，時常在高府裏趨奉。孫靜道：「胡將軍雖然英雄，只恐無好馬，如何追得他們上？」胡春道：「太尉那匹御賜烏雲豹，願借一騎，包管追上。」（為後回林冲追高俅不上伏線。）高俅道：「陳希真那厮好武藝，更兼他女兒也了得，胡將軍一人恐難擒他，我再差一個人帮你。東城兵馬司總管程子明，我一力擡舉他到此地位，必然肯與我出力，叫人速去請了他來，你二人同去，不怕捉他不來。」東一個轉頭，西一個轉頭，陳希真父女走得遠遠的去了。那程子明係山西人，生得豹頭環眼，黃髮虎鬚，人都喚他做金毛鐵獅子，使一枝五指開鋒渾鐵鎗，重五十斤，有萬夫不當之勇。當時聞高俅呼喚，即便到來，好貨。問道：「相公有何差遣？」高俅把那話說了。程子明道：「不消胡將軍同去，便有專功之意。小人之嫉賢妒能，無處不然。我那匹黃膘馬，又是一匹名馬。足追得他們着。如果他們走那條路，管情擒他父女兩個獻于階下。」高俅道：「胡春一意要去，不可銼他銳氣，便同將軍一行。」當時叫備了烏雲豹，與胡春騎坐，把了上馬杯道：「望二位將軍馬到成功！」二人謝了，各帶了乾粮、燈燭，飛身上馬。那胡春掄一口潑風刀。當時天色已晚，高俅付與令箭二枝，一枝去開城，一枝帶在身邊，以便各處營汛調人馬策應。二人當即飛馬出朝陽門，往東追去。高俅對孫靜道：「不料陳希真如此昧良，悔不聽推官的言語。若追着那廝，碎屍萬段，方泄吾恨。」左右將陳希真的信獻上，高俅大怒道：「這等信還看則甚！」扯得粉碎，丟在地下。完書信。叫送孫高、薛寶回家將息；完孫高、薛寶。叫太醫醫治衙內的傷痕，覓巧手善補五官的匠人補了假耳鼻；收過衙內。兩個親隨也着去將息；完親隨。魏景、王耀并兩個轎夫的屍身、首級都着有司檢驗了，疊成文案，具棺木着親人領去，少不得賠些錢財與他們老小。完魏景、王耀、轎夫等。陳希真的家私盡行抄扎，房子發官變價。完希真家私房產。孫靜搜希真的書扎筆跡，一毫不見。可謂兩智相遇。

不數日程子明、胡春都空手回來，虎頭蛇尾，可笑。說道：「追到寧陵把守關隘的所在，問那些辦兵差的公人，照蔡京出師。果有一個長髯大漢，騎一匹棗騮馬，手提樸刀，跨口腰刀；後面一個美貌軍官，奇稱。騎一匹銀合白馬，提一枝梨花古定鎗，腰懸弓箭、寶劍，所穿服色與所說無二。獨詳刀鎗、弓馬，而服色反畧者，避上文也。上文獨詳服色。上文所詳，此則畧；上文所署，此則詳。又說他們初二日辰牌時分過去的，此處問出時候來。上文希真云明日午刻便到虞城，而此又云辰牌過寧陵，無人不知其寫馬也。問他時，說殿帥府高太尉相公有兵差緊急事，差往山東曹縣公幹。小將聞知，即渡過黃河，追到曹縣。在那黃河渡口，卻問不出；曹縣亦問不出。直追過定陶，亦毫無踪跡。不知他岔路走，還不知是改換了服色。恐恩相不信，取有定陶縣印信批回在此。」高俅請孫靜來商量。孫靜道：「多管這廝上梁山，防我們料着他，故意說到曹縣，卻往別處大寬轉走了。真料事如見。恩相且去捉緝了蒼頭來訊問，或那廝不上梁山，必有些踪跡。能。養娘小兒女不濟事，不必去捉。」開豁養娘。高俅置酒筵，酬謝了程子明、胡春，遂差眼明手快的公人，仍拘那幾個鄰佑做眼，到大東村去捉那王蒼頭，一面又將陳希真父女畫影圖形，遍天下行文訪拏。連日官家議出師之事，高俅也不得空，都放慢了。不提。不肯說盡。

卻說陳希真父女二人，自從初一日一清早逃出東京，一路馬不停蹄，走了一日一夜。次日辰牌時分，早到寧陵地界，那個地名叫做柳浪浦。右首一條大路，卻通那歸德府虞城縣。一路上，只見地方官亂哄哄的辦大兵差役。照出師。希真立住馬，看那四面無人之際，父女二人岔進那條大路，放緩轡頭而行。希真道：「好也！我們今日方纔脫了虎口，可以放心大膽緩緩而行。我一時匆忙，失于檢點，改換裝束時，卻被那廝們看見。孫靜這刁徒必然想到，尋踪跡追趕。可謂兩智相遇。他必不料我們進這條路，我們也不改換服色了，只管走我們的。」麗卿道：「爹爹，今夜還走不走了？」可憐，如聞其聲。希真笑道：「癡丫頭，我這般說，你不聽得？今夜好教你享福。」父女二人又行了三四十里，一路花明柳暗，水綠山妍。那麗卿在馬上有些搖樁打盹。希真道：「卿兒，前面不遠就有宿頭。」又走了幾里，到了個市鎮上，已是未正時分。

尋了個大客店，父女二人下馬，兩個搗子牽了頭口進去，找間乾淨房屋。麗卿去尋了個淨桶，更了衣。（此句似極不要緊，不知其挑逗下文使不唐突，此書慣用此法。）希真叫店家做飯，麗卿道：「孩兒不吃飯了。」房裏倚了梨花鎗，去摸些乾粮，討口水一吃；（一吃，妙。）便去包袱裏抽出（抽出，妙。）那床薄被，脫去靴子，撮去兜兒，把弓箭、寶劍去桌上一丟，（一丟，妙。）倒剝下戰袍戰裙，（倒剝下，更妙。）一團糟塞在床鋪裏面，（妙，妙。）倒翻身拉過被來便睡。（絕倒。又嫵媚，又可憐。）希真去照應了頭口，去看了飯，亦覺得有些困倦，走進房來，只見麗卿已齁齁的睡着，東西丟了一世界。（絕倒。）希真笑道：「到底還是個孩子，不曾熬鍊得。」想着他又可憐，只得去替他收拾好了，把那被與他蓋好。自己吃了些茶飯，對店家道：「我們辛苦了要睡，不必來問長問短。」遂關上門，解衣而寢。

不覺窗外鷄啼。希真起來，推醒了麗卿，（非寫麗卿恁地困乏，亦非寫其嬌情，總為渲染上文也。）店裏那些人已都起來。（此等處俗筆最要脫落。）父女二人梳洗裝束已了，吃些茶飯，上馬就走。行彀夠多時，天色已明。希真對女兒說道：「我兒，出門不比在家，昨日你雖困倦，不合把行李亂丟，包袱裏都有細軟，吃人打眼怎好？你一雙脚在被外，我與你蓋好，（絕倒。補前文未及，寫盡慈父、嬌女。）下次須精細着。」麗卿道：「孩兒昨日委實乏了，便是這張弓也忘了卸弦。（弓足寶耳，其餘何足論哉。）熬夜趕急路，恁的吃力！」（却不道值什麼，這點路也要走。）希真笑道：「誰教你務要割他們的耳朵，却吃這般廝逃！」（希真雖作戲言，亦帶與世無爭淡泊氣象。）麗卿看那山明水秀，甚是歡喜，（寫得麗卿風雅。辭故宅，別養娘，便心酸淚落；見山水便歡喜，對景忘情，心依于物而不滯于物。麗卿真神仙種子也。）道：「爹爹想孩兒在東京長大，却不能時常遊覽。（平日却又端莊。）雖有三街六市，出門便被紗兜兒廝蒙着臉，真是討厭，（與曹宗爽閉置車中，同一發恨。）那得如此風景看！」（此處却深感高衙內，絕倒。）希真道：「你也愛山水麼？」麗卿道：「這般畫裏也似的，如何不愛！」（竟是絕世才人語，徒以戰將目之，冤哉。不過寫一女郎耳，却如此用筆，大奇。）那時正是四月初旬，天氣有些躁熱。忽到一處池塘，當中一條長堤，堤的兩旁都是嬝嬝的楊柳，池塘對面那一岸，却有一村人家。（畫裏也似的來也。）父女二人縱馬上了長堤，那兩邊柳樹遮蔽着日光，却十分清涼。（清神如希真，風韻如麗卿，祇宜置之此地乃相得耳。彼石邊看雲，金屋藏嬌，真俗物所為也。）麗卿仰面看道：「那得如此長堤，直到沂州府，豈不大妙！」（明知不能到沂州府却作此語，真絕世妙人，真絕世妙語，非絕世妙筆定寫不出。嗟乎，作者一路寫麗卿不用半點脂粉，儼然畫出一幅絕代佳人。徐青籐嘗以敗筆畫美人，以墨塗兩頰，風態嫣然，蕩人神志，此其匹儔歟。）希真道：「天氣漸覺熱了，你我兩個包袱拴在腰裏，却耐不得。你且少待，我去前面人家的所在，僱個莊家來挑着走，落得身子鬆動。」麗卿道：「孩兒也正這般想。老大包袱拴在腰裏，不但躁熱，倘或遇着什麼強人，廝殺亦不靈便。」（一路評論山水，忽說到廝殺，筆力如銀瓶乍破水漿迸。實是此篇正題目，讀之却似閒文，真妙筆也。）希真罵道：「討打的賤人！出門出路再不說吉祥話，開口閉口只是廝殺！再這般胡說，吃我老大馬鞭劈過來。」（絕倒。）麗卿咬着唇笑，輕輕的說道：（輕輕的說，妙。）「既不為廝殺，兵器却帶着走。」（駁得偏有理，覺備而不用之言，腐而可厭。）希真回過身來，揚起馬鞭道：「你再說下去！」（如畫。）麗卿低着頭，只是笑。（憨態可掬。）希真下了馬，解去包袱，帶些散碎銀子；又教女兒也下了馬，把頭口拴在柳樹上，包袱、樸刀都交付他道：「好好看守着，我去了就來。不要只管瘋頭瘋腦的，吃那往來人笑。」麗卿笑道：「那個瘋頭瘋腦？」（金聖歎先生嘗云寫女郎淫是惡筆，寫女郎美是俗筆，惟寫女郎憨方是妙筆。然尤不如寫女郎憨而不自知其憨，尤為真正妙筆也。作者深得之矣。）

希真順着那條路，到了那人家處，却也是個大市鎮。看了一歇，尋了個莊家，與他說定了價錢，問了他的姓名、住址，叫他寫了一紙送行李到沂州府的承攬，央他左右鄰都書名着押，把來收起。先付他些安家盤費，又照例謝了鄰人。那莊家是個筋強力壯的後生，當時提了根滑溜溜的棗木扁擔，自己也有個小包袱拴在腰裏，雄糾糾的隨着希真回轉柳隄，只見麗卿正立着閒看。（極妙畫景。）莊家到面前，相了相那包袱道：「二位官人，這包袱好打開來否？」希真道：「你要開他則甚？」莊家道：「一大一小，輕重不勻，配好了好挑。」細。希真道：「有何不可。」便同麗卿把兩個包袱勻好了，希真又把兩個鐵絲燈籠捎上。莊家穿上扁擔，挑在肩上道：「兩個包袱卻恁的重，路上倒要小心。」寫莊家便活是莊家。希真道：「你休嫌重，我還買點零碎搭上。」莊家道：「再重些我也挑得。」好勝語。只是到了地頭，多把些酒錢與我。」希真道：「何用你說。」句句都似閒話，後文卻句句用得着。希真同女兒提了兵器上馬，同到那市鎮上。希真道：「我們買些酒肉吃。」三人同去吃了一回。希真又去買了兩把雨傘、幾張油紙，防天落雨；照風雲莊阻雨。那莊家也去買了一把傘，都搭在擔上。希真路見那黃酒、牛肉甚好，又買了個葫蘆，盛了幾斤酒，黃牛肉也切了三五斤帶着。句句都是閒話，句句都用得着。三人離了市鎮，奔上路就走。莊家道：「二位官人從東京到沂州府，為何打從這條路走？」希真道：「我們有別的事，必須往這里過。」不但試劍試鎗，且要帶出許多大英雄。莊家道：「二位官人都做甚麼官？」希真道：「都做提轄。」莊家道：「這位小官人是你那個？」希真道：「是我兒子。」莊家稱讚不已道：「這位小官人，年紀不上二十歲，手裏這枝梨花古定鎗，怕不是四十來斤。寫莊家真不俗，彼孫高輩烏足知之。若使得出時，卻了得！」反疑其使不出，絕倒。世有淺陋者反疑博學，薄行者反疑盛德，皆莊家之類也。寫莊家又活是莊家。麗卿笑道：「你卻識貨，莫非也在道？說與小可聽聽。」父親教他稱「小可」，便對莊家也是「小可」，真是絕倒。莊家道：「不瞞二位說，自大語如畫。小人今年二十二歲，自負其年輕。徹骨也似好耍鎗棒。雖也學得幾路，只恨家私淡泊，四字傷心。多少英雄志士為此四字所累。不能拜投名師。」希真笑道：「你既這般好，且把你生平學的說些我聽，有不到處，好指撥你。」慧心熱腸。那莊家大喜，便賣弄精神，一面走，一面指手畫腳，如畫。夾七夾八的說了一大片。有些也聽得，有些難免發笑。麗卿笑道：「你把與我做徒弟還早哩！實是愛之，非笑之也。可惜你住在此地，若肯同我們在沂州府，似你這般身材，教你一年過來，包你一身好武藝。」亦復與卿何。預寫麗卿慧心熱腸，真鬱勃可愛。莊家嘆道：「那得有此福緣。」吾願天下交臂而失者一思之。以上句句是閒話，句句用得着。當夜投宿，那莊家便來請教，可兒。父女二人便指授他些。那莊家十分歡喜，一路小心伏侍，顛倒把錢來買酒肉，奉承他們父女。寫莊家也好。聖歎先生嘗云獅子只為搏毬，反弄出渾身解數，信然。

話休絮煩。三人連行了幾日，日裏都是平穩路，夜裏都就好處安身。先反挑一筆。每晚得空，莊家便來請教武藝。再帶一筆。已到碭山地界。路上過往人見了麗卿，無不稱讚道：「好一個美少年，却又是個軍官。」一路寫來，只此一段是閒話。那麗卿坐在馬上，空着雙手沒事做，你看他三字妙。把讀者眼光直引入去。掛了梨花鎗，握着那張鵲華雕弓，抽一枝箭搭在弦上，看見蟲蟻兒便去射。不論天上飛的，地下走的，樹上歇的，但不看見，看見便一箭取來。那莊家又助他的興兒，有時他不看見，便指引他；射落地，便連忙放下擔兒，替他連箭取回。麗卿接過手，把箭仍收了，却把蟲蟻兒來鞍轎上，慢慢地拔毛。奇文，憨極。有那毛片異樣可愛的，便連皮剝下來耍子。無處不憨。希真只是埋怨道：「你們「你們」，妙，連莊家埋怨在內。恁地沒得吃，只管去射他做甚，豈不躭誤了路程？」麗卿那里肯聽。亦不肯便收住。一日，行到一個所在，來了。只見一條大嶺當面，上得嶺來剛一半，只見一個粉板牌樓，上面大書着「飛龍嶺」三字。奇峯矗起。筆墨淋漓之至。希真道：「我幼年時從此地經過，曾記得這飛龍嶺那面轉灣處，叫做冷艷山，一齊放出。轉落北，三字牢記。一直有一百多里沒人烟。直渡到風雲莊。此刻時候已是午過，眼看趕不到了，嶺上有幾個小店，先出幾個小店。只好在這里安歇。」又上了幾步，有兩個客店，火家來兜攬道：「西來的客官，東去宿頭遠哩，就我家安歇，有好房間，好槽道！」一面說，一面去莊家手裏奪了那副擔兒，先挑着走，一個便來攏頭口。寫火家便是火家。希真跳下馬來道：寫希真精細。「且慢！我要自己看來。」那火家應道：「不消看得，只有我家的好。」說着同到嶺上。只見左側一帶房屋，有五七家小店面，帶賣些雜貨；東頭盡處，有一座大客店，店門那邊一顆大槐樹，過去便是下嶺的路，特寫東邊無人家，以便莊家逃走也。那個火家把擔兒直挑了進去。麗卿也到店門首跳下馬來，那枝鎗和弓箭已是莊家接了。妙筆。不但應前文莊家小心伏侍，蓋此處只是寫寶劍，若帶着弓箭、鎗一齊寫，文章便夾雜了。麗卿按着那口青錞劍，清出題字，看他此處勤寫劍字。走進店去。希真看了看道：「我三十年前從此過，却不見這個大店。」

只見那樹下坐着一個黑森森的肥胖大漢，攤着胸肚，露出一溜黑毛，寫初夏。腿上生着老大一個爛瘡，敷些藥，流膿出血的把腿擱在一張柳木椅上。看見他三人到來，心中歡喜；「心中歡喜」四字極平淡耳，不知為何寫在此處，便覺陰風慘慘，如遇猛獸，如見奇鬼，筆墨真怪事哉。又如讀屈子大招、招魂諸篇。又見那般兵器，也有些吃驚，寫得魑魅。點着頭叫道：「客官請進，我起立不便，休罪。」說着便叫個火家扶綽進來到櫃臺裏。何不就從櫃臺裏寫？因不能見其爛腿也。櫃臺邊又一個婦人，在那里做生活，見他們來，便起身接應道：「客官隨我來。」三人看那裏面院子十分寬濶，要作戰場用，寬濶些好。上面高坡上「高坡上」三字，不但寫出靠山房子，實為後文走風一節也。三間正廳，旁邊右首一帶耳房，左側好幾間槽道，還有幾條衖堂通後面。為火家逃走並取兵器伏線。那兩個搗子牽那兩匹馬到槽上去，希真道：「待他收收汗，不要當風便揭去鞍子。」非寫希真愛馬，為後文臨走省得又背鞍轡。兩個搗子道：「我們伏侍慣頭口，這些怕不省得。」此句囑咐本是多事，故特註明。先安放馬，後安放人，妙。那婦人引他三人到高坡正廳上道：「右邊這間朝南向日，十分明亮。」一排三間自然都朝南向日矣，豈特右邊一間，寫出不懷好意如畫。「朝南向日」四字，寫初夏晶瑩耀眼。進去看時，上面一張正牀，側首一個小舖，一張柳木桌子，幾把椅子。那婦人道：「牀舖不殼，別間好去拆。」希真道：「殼了，我們這莊家他另外睡。」那婦人道：「耳房裏好歇。」麗卿看那婦人，大漢用希真看出，婦人用麗卿看出，店屋房子用三人齊看出，俱有章法。四十光景年紀，生得鼻高顴大，眼有紅筋，穿一件紅春紡短衫兒，也露着胸脯，處處捎帶初夏天氣。繫一條青綾子裙，單衩褲，搽抹着一臉脂粉，梳一個長髮心元寶髻。寫得可畏。麗卿道：「奶奶，你是店主？」婦人道：「正是。」希真道：「那大漢是誰？」婦人笑着道：「是我的公公。」是公公則公公耳，何必笑着說。麗卿道：「你養家人那里去了？」那婦人搖頭笑道：「多年沒有了。」沒有丈夫之上加「搖頭笑」三字，活寫此婦。寫得十分尷尬。那莊家把麗卿的鎗和弓箭都送到房裏放了，却拏自己的個包袱，提了棗木扁擔，竟到對面左首那間房裏去，對那婦人說道：「我不耐煩那間耳房，倘有客來，我挪出讓他。」偏不尊教到耳房裏去，不但少年厮強，且便于曉得風聲也。自去倚了扁擔，尋個牀鋪安排。那婦人道：「那房又暗又潮，不如耳房乾淨，不懷好意。你倒歡喜這里。」一面說，一面出去了，心裏想道：「却有這般美貌的男子！」便是你剋星到了。寫得尷尬。麗卿去上面牀裏，把老子的被先攤好了，寫麗卿孝順。却自己就側首鋪上開了一個鋪，把那口寶劍放在頭邊。劍。一個火家提了桶面湯進來，問道：「二位客官吃甚的？」希真道：「酒肉我便自己有，前文買酒肉非閒話也。你去做兩分飯來，多打些餅。」麗卿道：「你那出籠饅頭，先把些來，一發算錢還你。那知却是白吃。只要白麪的，蕎麪我却不要。」非是麗卿揀擇，有此一句，便令下文火家交代白麪，好順帶出「黃牛肉」三字，自無痕跡也。俗筆烏足以知之。火家應了出去。父女二人洗抹了，都把裏面襯衣脫去。寫初夏。火家把一盤饅頭進來，放在桌上道：「白麪黃牛肉饅頭，共三十個。」交代一句，妙。豈惟當時瞞過希真父女，即至今讀者亦被瞞過也。然揆厥所由，不在此處交代，實在上文揀擇筆墨，豈非怪事。麗卿道：「爹爹吃饅頭。」希真道：「我不喜饅頭，你餓了先吃。」又寫希真慈愛。希真去取那路上買的牛肉，把葫蘆裏酒傾來吃。看見那莊家把一大串野味，血淋淋地掛在那邊房門首，希真縐了眉頭道：「我兒，你却何苦！此時的蟲蟻兒，傷害他做甚？前為行路計，此作慈祥語，總欲不犯重複耳。你們兩個都這一般孩子氣，一齊說，妙。怎了？明日，那副弓箭我自帶着，省得你再去射。」麗卿道：「爹爹既這般說，孩兒不射便了。」（至此方收落，不知者只道是希真發恨，麗卿肯改，烏知其一筆截去，令下回射雕一段不突如耶。）那麗卿果然餓了，拖過饅頭盤子，低着頭只顧吃，一口氣吃了大半盤。忽然縐了眉頭，（奇文。）口裏一頭嚼着，一頭把那饅頭拍開，看那裏面的餡子。（奇文。）拍了一個，又去拍一個。（奇文。）希真看見喝道：「什麼樣子！將來到了你姨夫家，也是這般？」麗卿道：「不知為何，這黃牛肉却這般味？」希真道：「不好吃便少吃些。」麗卿道：「也不是不好吃，只是肝湼湼❼地。」（前傳雖屢寫吃人肉，却未寫人肉之味，此處補出。）麗卿被老兒說了兩句，只得把那幾個拍開的也都吃了，還剩了幾個。（讀者至此，無不料道從饅頭上走風了，却偏收過，另起一頭。）只見那火家提一壺茶進來，麗卿道：「小二哥，我們這房裏要個淨桶使用。」（如春雲膚起。）火家指着屋裏旁邊個土牆門道：「客官要淨桶，這間空屋裏儘有。」麗卿便起身，進那裏面去。（如武夷九曲，步步入勝。）只見那間空屋陰淒淒地沒有一物，那個土牆門亦無門扇，那屋裏却有三四個淨桶，裏面堆些蘆柴。（寫空屋便是空屋。）麗卿去揀個乾淨的淨桶坐着，看那側首牆壁上做着木柵，木柵下面有一塊松木板，闊有尺半，長約二丈，橫臥在牆脚邊；外面一個青石墩子，廝挨着那板。麗卿一面更衣，一面看着，想道：「這塊板卻放在這里，想是防小人的。（先猜一句。）我那牀舖裏邊土牆上老大潮濕，何不取他去遮當也好。」（不過一夜之計，何必如此，確是麗卿心腸。）更衣畢，便走近前，又相了相要往上拔。那板吃那木柵當住，（第一層想到拔。）兩頭又離壁不遠，眼見是抽不出。（第二層想到抽。）看那青石墩子，約有三百多觔重，（第三層方看到青石墩子。小小結搆也不苟且。）有半尺餘埋在地裏。（彼以為牢不可破也。）麗卿想道：「不把這塊石頭搬開，却怎取得他出？」（再商量一句，氣足神完。）那麗卿性兒廝強，務要挖那塊板出來，（妙人妙事。李逵不然，石秀亦不然，梁山一百八人都不然也。）便把那塊青石墩雙手捧定，搖了幾搖，早已離

❼ 肝湼湼：黏溼溼，黑乎乎。湼，音ㄋㄧㄝˋ，黑色顏料物。

地，輕輕扳倒在一邊，便去掇起那板來。只聽刮喇喇一聲響亮，一陣陰風捲起，（奇筆，令人毛骨皆竦。）透進亮光來。原來那板的盡頭，遮着一個圓溜溜的窟窿。（何物，心思想到這里。）那板裏面兩根索頭拴着，通出牆那面，有個關捩子，把索子往裏拉，板便讓開露出窟窿來；往外拉，板仍蓋上，這面全看不出。（仲華如何曉得。）被麗卿這一掇，兩根索子都帶進來。（我疑仲華必親自掇過。）麗卿道：「這里何故做一個洞？」（確是麗卿心腸。）撇了板，便低倒頭往洞裏去張。（確是麗卿行徑。）不張時萬事全休，一張時好不慘人，只見那裏面低坡下，（讀至此，方知上文「高坡上」三字之妙。蓋廳房在高坡，作坊在低坡，則易于看見；若兩間屋地面一樣平勢，必麗卿低頭去張，鳥男女亦低頭來張，然不過費事耳。至于土牆一尺多厚，從下往上張，焉能看見那邊許多東西耶？）正是個人肉作坊，壁上綳着幾張人皮，梁上掛着許多人頭，幾條人腿，兩三個火家在那里切一隻人的下身，（十字坡、揭陽嶺、朱貴酒店一齊寫出。）洞邊靠着一張短梯子。那幾個火家聽見刮喇喇滑車兒響，（麗卿只聽得刮喇喇，不知是滑車兒，特從火家一邊註明。）回頭（只須回頭看，不消低頭。）早已看見有人張他，吽聲：「阿也！」一個喝道：「甚麼人敢張？」（妙。兩邊都是平看，眼光相對。）麗卿也吃一驚，大叫：「爹爹！這里是黑店！」（疾。）

希真正吃酒，聽見這話，一腳跳進空屋裏道：「怎見？」（其詞未畢。）麗卿道：「你張這洞裏開剝人！」（疾。七字湊成奇語。）希真一見那洞，（不必再去張。麗卿則張而知之，希真則見而知之。）急忙跳出。（疾。）那外面的火家剛進房來，聽得一句，回身便走。（疾。）希真抓他不及，吃他走了。（疾。）希真便搶那口樸刀追出房去，莊家撞個滿懷，道：「怎麼是黑店？」（不肯住耳房，故得知的快。還要問。）希真揮手道：「你快顧自己的命去！打得脫，前面等我們。」（疾。）莊家忙輪棗木扁擔，往外就走。（疾。）門前有幾個搗子知道走了風，齊執傢伙打進大門來。（疾。）那莊家不要性命，一路扁擔橫七豎八直打出去，（上文寫莊家好鎗棒，不是閒話矣。）倒也吃他打翻了兩個，掙脫身一溜烟的逃走了。（上文費許多筆墨寫莊家，只為此一句耳，不然將寫希真父女厮殺耶，將寫莊家發抖救護他耶？先放下莊家，妙。）陳希真隨後殺出。同這時候，麗卿已跳出空房，看那屋裏不好使鎗，（百忙中偏能帶一帶鎗，偏能自註一筆，真遊刃有餘。）忙去牀舖上抽了那口青錞寶劍，（劍。此以下方暢寫寶劍。）提在手裏，趕出院子尋人厮殺。（妙人妙事。）却不見一個人。（百忙中偏能頓挫。）只聽那黑大漢在櫃臺裏面高叫道：「二位好漢息怒！且慢動手，請裏面坐地有話說！」那麗卿是個綉閣英雄，（四字奇文。）那省得江湖上結納的勾當，（好。）聽得外邊叫喚，（自己叫他來殺，奇。）提着劍，（劍。）大踏步搶到面前，隔櫃身一劍剁去！（劍。暢快極。獸相食且人惡之，人而至于開黑店，豺狼不食，其餘人人得而誅之者也。）那大漢見不是頭，又走不脫，（腳上有瘡故也。）忙搶一條門閂來格。怎抵得麗卿的力猛劍快，（劍。）飛下去門閂齊斷，一隻左膀連肩不見了，倒在櫃臺裏面。（此時梁山泊張青、李立輩當亦心驚膽顫。）希真趕上那幾個搗子，早已搠死。（夾敘法。）麗卿見那大漢倒了，把劍（劍。）略點一點，縱上櫃身，正要結果他，只聽得背後腳步聲響，忙回轉身，只見那個婦人上半截脫剝着，解去裙子，撚一把五股鋼叉搠來。麗卿托地跳離櫃身，挺劍（劍。）來鬬那婦人。希真翻身殺入，（無此句，二人殺出店外矣。）那婦人縱入院子中間，麗卿橫刺着劍，（劍。）直趕入去。那婦人却不是麗卿對手，只見店後面十多個火家，一齊紮抹停當，拏了傢伙殺出來；（方註明不見一個人之故。）那外面五七家小店，也都是一起，當時聞變，也一齊取了傢伙擁進來。希真看見，反閃在一邊，讓他們都進完，却去截住店門，不放一個出去。（百忙中夾寫希真精細。蓋此篇文字專寫麗卿試劍，非寫希真試樸刀也。既不寫希真試樸刀，將使其袖手旁觀乎？想了一想不如使他去截住店門，不但不置之閒地，且寫出他精細來，豈比無知稗官一遇戰鬬便是一味亂殺亂砍，毫無賓主之分耶？嗟乎，作文豈易言哉。）那店裏店外的鳥男女何止三五十，把麗卿團團圍在垓心，叉鈀棍欓一發上。正是：鼠子那堪同虎鬬，蝦兒枉自與龍爭。不知麗卿父女怎樣敵他，且看下回分解。

范金門曰：此篇陳希真父女臨走被阻，于是血濺墨缸，屍橫燈影，真是身在鬼窟，幾無所遁矣。忽焉立馬高橋，回望帝都，雲收霧斂，向日疾馳，悠哉游哉，鳥脫樊籠，魚縱大壑，不是過也。既而孫靜查出腳色，良將、名馬倍道捕亡，又如奇鬼來追，饑鷹來攫，驚魂蕩魄，遽容定耶？于是追之不獲，捕之不能，遠舉高颺，竟遂所願；而又一路水碧山清，花明柳暗，談論技擊，走馬射飛，讀者至此，真有身坐春臺，喜氣揚揚者矣。忽然一陣黑風捲入陰山，牛頭鬼卒棼棼蠢動，劍光玉臂雷擊雷奔，而又迥異乎向之鬼窟私暗逃遁。嗚呼，靈怪矣哉！杜牧之阿房賦曰：一日之內，一宮之間，而氣候不齊；茲則一篇之內，一幅之間，而氣象不同。其殆得乎造物，而還乎造物者歟。

邵循伯曰：前傳所寫黑店，及試兵器等題，固已出神入化矣，而此飛龍嶺、冷艷山兩段文章，長拒大覆，則極其長拒大覆；細針密縷，則極其細針密縷，能將前傳之揭陽嶺、十字坡、朱貴酒店、瓦官寺、蜈蚣嶺一齊撮來，鎔成一片，却不見有一毫一絲痕跡。

第七十六回　九松浦父女揚威　風雲莊祖孫納客

却說當日飛龍嶺上黑店裏那婦人同若干火家，外面又有接應的，刀鎗棒棍把麗卿團團圍住廝殺。希真恐有人逃去報信，把店門截住，殺那逃走的，不好上前來帮。原來那麗卿受他父親傳授，有空手入白刃（五字出曹丕《典論》鄧展事。）的手段，便是鎗戟如麻，他空着手也進得去，何況當日手裏有那口青錞寶劍，（劍。）那里把那些人放在眼裏！只見那口劍，（劍。）和身子在鎗戟叢裏飛舞旋轉，忽上忽下，忽左忽右，忽前忽後，好一似黑雲影裏的熌電一般，（寫劍如頰上添毫。）霍霍的飛來飛去，捉摸不定。（此處須用手按着讀，恐此書隨着麗卿寶劍一齊飛去也。）但見那四邊頭顱亂滾，血雨橫飛，殺得那些鳥男女呌苦連天，各逃性命。（快絕。）往前門來的，吃希真截住，來一個殺一個，來兩個砍一雙，（快絕。）都紛紛往後面逃走。只剩得那婦人一個，正待想走，被麗卿閃開柳腰，（字法。）左臂一捲，夾住那把鋼叉，右腳賣一步進，那口劍順着手橫削去，（劍。）正砍中那婦人鼻梁上，半個腦蓋已飛去了，（快極暢絕。）仰面就倒。麗卿轉身同希真趕出，櫃臺裏面，見那大漢尚未曾死，倒在血泊裏，掙扎不得。希真揪起來，攧在櫃臺上，（將櫃臺作砧板。）喝問道：「你這廝開了幾年黑店？那個呌你做眼？」那大漢睜起眼道：「你要殺便殺，何必多問！」（好。俗筆寫來必是搖尾乞哀，供出某人教我做眼，累墜極矣。想見大漢利害，倘非腿瘡，正不易除也。）希真、麗卿俱大怒，一頓刀劍剁成肉泥。（上文確似先殺大漢，後殺眾人；至此却是先殺眾人，後殺大漢。筆力矯變，而以大漢起，以大漢結，章法却又整齊。）麗卿又提着劍，（劍。）去前前後後搜尋一回，不見一人；又去那死不透的身上找補了幾劍，〔寫得寶劍十分飽滿。〕殺得屍首滿地，血污狼藉。希真道：「眼見這廝還有後門，吃他逃了，我們快走罷！」連忙去槽上牽了馬，都拴在房門首，鞍子却好都未揭；〔匆忙。〕連忙去打好兩個包袱，〔匆忙。〕又去替那莊家的包袱打了，并一切行李都收拾起，捎在那棗騮馬上；〔匆忙。〕又去跨了腰刀，提了樸刀，〔匆忙。〕把麗卿的弓、箭、鎗并那劍鞘一齊帶出，〔匆忙。〕把馬牽出店門外，〔匆忙。〕却只不見了麗卿。〔奇筆。讀者至此亦不知其何往也。〕恨得那老兒只得把馬從復拴了，兵器丟在地下，拏着樸刀重走入店裏，到院子中高叫道：〔不知他在那間屋裏，只好在院子裏高叫。〕「好請動身了，還有什麼放心不下？」〔絕倒。〕只見那麗卿從廚房裏走出來，腰裏插着那口劍，〔劍。奇筆。〕做了十幾個草把兒夾在懷裏，手裏又點着一個，去那前前後後放火。〔原來為此，真是妙人妙事。妙在獨斷獨行，並無商量。〕希真道：「走我們的路罷了，務要去燒他做甚？」〔自是希真語。〕麗卿道：「不燒了，留着他做幌子？叫他識得我老爺的手段！」〔父親前稱我老爺，奇語。〕麗卿去各處都點着了，忽然看見那串野味掛在房門上，仍復取來。〔真是奇情奇筆。麗卿亦忘記，實難為仲華記得。〕希真道：「我真被你慪死！」同出店門，他且把劍上血就死人身上搨❶乾淨了，〔自在。〕插在鞘裏，〔自在。寶劍結句。〕把那串野味挑在鎗上，〔自在。梨花鎗起句。〕繫好了弓箭，〔自在。〕跨了劍，提了鎗，〔自在。老子十分匆忙，他偏十分自在。〕看那店裏嗶嗶剝剝的爆響，各處房屋窗格門戶裏，都骨都都的冒出濃烟來，火光已是透發。希真只得等了他歇，埋怨道：「只管慢騰騰的，萬一有大夥追來怎好？」麗卿一面上馬道：「這般男女，來兩萬也掃淨了他！」

希真牽着那棗騮馬走下嶺來，〔寫麗卿之孝純是天真，在有意無意之間，故有時讓牀鋪與老子，饅頭不敢先嘗，極其恭敬；有時自己騎馬，由老子走，又極其忽畧，非如小儒一定執煞虛文故事也。上嶺來麗卿騎馬，希真不騎馬；下嶺去亦是麗卿騎馬，希真不騎馬，章法甚整。〕却不見莊家踪跡。希真道：「這人不知怎麼了？反是我害了他也。」

❶ 搨：音ㄅㄧˋ，揩；抹。

仁人之言靄如。走下平地又三里多路，又恐有人追，希真料有人追，讀者亦料有人追，却並不然。只見前面林子裏，那莊家在那里監着扁擔探望。看見那嶺上烈焰障天，火光大起，火勢從莊家眼中補出。料着他父子們得勝，便迎上來。只見希真二人渾身血污，血污亦從莊家眼中補出。可惜白綾子戰袍。莊家歡喜道：「二位官人脫身也。」希真看見莊家，也甚歡喜，問道：「你不曾傷損麼？」莊家道：「左邊臂膊上着打了一下，妙。不着此句，莊家竟是鼎峙而三矣。却吃我走得快，還不怎的。二位官人倒還好？」麗卿道：「容得那廝們展手脚！」莊家去把包袱行李配好，穿上扁擔挑了。希真上了馬道：「我們須緊走幾步，防恐後面來追。你恐跟我們馬不上，包袱權把與我們，你輕了好走。」莊家道：「不妨！小人好脚步，二位只顧自走。」不可無此言，不必有此事；無此言則為漏筆，有此事則為笨筆。三人緊走了二十餘里，回頭看那火光已遠，却無人追趕，希真畧放了心，緩轡而行。極力縱開去，不但父女二人少歇，作者亦要少歇也。希真道：「我兒，慚愧！鬼使神差，被你看見，險些着了毒手。却怎的被你識破？」麗卿把那挖板的話說了一遍，孩子氣大有用處。甚矣，人之不可不孩子氣也。又說道：「怪得那饅頭餡不像猪羊牛肉，肝涅涅的，原來就是人肉。此刻想起來好不心泛！」省得你愛吃野味，與你些不吃過的嚐嚐。莊家道：「不好了，我也飽吃了一頓。」「不好了」三字最善體貼。蓋此刻麗卿已見有人肉作坊，希真雖不見，亦知有人肉作坊，而讀者至此莫不共見，共知有人肉作坊，而莊家獨未之見、未之知也。若徒日我也飽吃了一頓，然則莊家已知是人肉耶？希真道：「吃也吃了，想他做甚！幸而我不曾吃，不然道法都被他敗了。方纔也是我大意，不曾顧盼得，幸而天可憐見，着你打眼。」麗卿道：「他這般掩飾，爹爹如何留心得。」希真道：「你不知道，我這面祭鍊的乾元寶鏡，運動罡氣在上面，能教他黑夜生光，數里內的吉凶也照得出。我因恐耗精神，不敢輕用，險些壞事。」不補此段，希真真是虎口倖免矣。麗卿果勇，希真無乃太愚。

父女二人說着話，又行了十里之遙。正是冷豔山脚邊，一望平陽，又先立個戰場。直落北去，四字之意，下文詳之。並沒個人烟村舍。只見那夕陽在山，蒼翠萬變。於厮殺處，偏寫雅景。善琴者必擇名山精舍，善歌者必擇華堂綺館，善作文者必擇明窗淨几，善厮殺者必擇平原曠野，人地相宜，精采自別。麗卿何等妙人，麗卿出陣交鋒何等妙事，不擇相宜地方，胡亂便放下去，然則與蠢漢糞窖邊厮打，何以異哉！麗卿在馬上喜孜孜的正看那山水，寫得麗卿真是文秀。希真遠遠望見前面轉彎頭一帶松林，說道：「這等所在，防有歹人。」已不慮到追兵矣。叫莊家說道：「大哥休辭辛苦，我們大寬轉往那邊走，不要進林子裏去。」希真只求沒事，麗卿不然。說不了，只聽得一片價鑼響，山谷應聲，處處不脫山景。林子裏擁出一彪人來。那莊家大驚道：「怎好？那邊大夥強人來也！」麗卿道：「你休慌，把我這鎗上的蟲蟻兒摘去，鎗。待我結果了這厮們好走。」麗卿之與厮殺，真是昌歜羊棗。希真道：「你不要魯莽，且等我看來。」望去只見那邊約有一百多嘍囉，為頭有兩個人騎馬都出林子來。原來那兩個正是冷豔山的強徒。一個是飛天元帥鄺金龍，生得赤鬚藍臉，使一根金頂狼牙棒，兗州人氏，因一口氣上殺了木地一家大富戶，奔這山來落艸；一個是攝魂將軍沙摩海，本是個教門回子，因盜了人的馬，㓦傷事主，逃在江湖上，教門不肯容他，來投鄺金龍，一同為盜，生得疙瘩麻臉，使一口九環截頭大砍刀。那兩個魔君嘯聚了五七百人，占了這座冷豔山，打家刼舍，搶奪過往客商，已自投在梁山泊的麾下，年年納些供奉，早晚要去入夥。梁山黨羽將布滿天下，尚得曰忠義耶？那飛龍嶺上的黑店，正是與他做眼的。當日兩個強徒在山寨裏，望見飛龍嶺火起，正差人去探聽，半路上迎着得命逃回的搗子，又那小店裏不曾動手的人，此句補得好，不止一後門逃出也。豈有一飛龍嶺人，都奔入店拚命者哉！一齊回山寨，報知了兩個大王。那兩個大王大驚，大怒。沙摩海便叫：「差得力頭目，帶孩兒們去捉這厮們！」鄺金龍道：「不好。鄧雲、諸大娘帶補出那黑大漢、那婦人名字。都吃他殺了，那厮兩個必然了得，我和你須親自去走遭。那厮們既說到山東沂州府去，必從山下九松浦經過，我們抄近，就那里斜刺截出，「抄近」二字，從上文「直北落去」四字生出。蓋希真之上嶺由東而西也，客店在左首，又朝南向日，是店之前門朝南，後門朝北矣。而冷豔山在飛龍嶺之北，不言可知矣。今希真等已疾馳而去，必欲鄺金龍等追去厮殺，則探聽一回，報信一回，商量點嘍囉又是好一回，如何追得上？算來不如教希真等迂途而行，鄺金龍等捷徑而出，自然後人發先人至。孫子曰：不知迂直之計不可行軍，然則不知迂直之計獨可行文耶？怕那厮走那里去！」兩個強徒商量了，當時結束，點了一百多人，其餘都叫看守山寨，便一齊殺出九松浦。探得希真還不曾過去，便迎上來。

希真當時看見只兩個大漢騎着馬，便對莊家道：「你把擔兒靠後，卿兒隨我來，索性掃蕩了這厮。」麗卿一把拉住了老兒道：「爹爹，你不要去，這幾個賊男女把與孩兒殺了罷。」真是目無全牛，神乎技矣。希真道：「江湖上儘有好漢，你不要輕敵。」麗卿拉着老兒道：憨極矣。「我不！」句。我只要自己一個人去！殺不過時你再來帮我。」以聖歎之意，釋之曰要你來帮，實是不要你來帮也。希真道：「你這丫頭，見了厮殺，好道撞見了親外婆。既要去時，我和你換轉了馬。此處出棗騮馬。須要小心，輸了休來見我！」妙。麗卿大喜，當時綽了那枝梨花古定鎗，鎗。以下暢寫鎗。騎了老子的棗騮火炭馬，奔上前去。希真惟恐有失，在後面尾着他。說時遲，那時快，希真父女在此商量，那鄺金龍、沙摩海已逼近了一段，就在那山光裏擺開，殺上來。那匹棗騮馬看見有人來厮殺，雙耳豎起，長嘶了一聲，不待加鞭，潑喇喇的放開四個蹄子直衝過去。寫棗騮只得幾句，全神俱現，兼令北固橋泉下舊主毛髮皆動，筆力之大如此。麗卿在馬上挺着那枝梨花鎗，鎗。綻破櫻桃，字法。大喝：「無知賊子，快來納命！」姑娘出口無不太雅。鄺金龍大罵道：「你們是那里來的撮鳥，敢來攪亂大王的道路！」麗卿道：「特把你們來祭鎗，歡喜死的都上來。」奇語，死又有甚歡喜？鄺金龍大怒道：「我着人相帮，不算好漢。」回顧眾人道：「你們且扎住，看我單擒這厮。」截去眾人，妙。若一齊混戰，不惟不顯麗卿，并且顯不出兩個強盜。飛馬過來，輪開金頂狼牙棒，攔腰便打。麗卿挺鎗鎗。接戰。鬪了十五六個回合，沙摩海見鄺金龍不能取勝，提那口九環大砍刀縱馬助戰。麗卿展開那枝鎗，鎗。敵住兩般兵器，撒圓了解數，又戰了十餘合。那枝梨花鎗渾身上下颼颼的，分明是銀龍探爪，怪蟒翻身。兩個強賊，一個美人，好一塲惡戰。陳希真在後面一望之地，看女兒使開了鎗，（鎗。）端的神出鬼沒，暗暗喝采（不專從麗卿一邊寫，好。）道：「好個女孩兒，不枉老夫一番傳授！」那鄭金龍、沙摩海使盡平生本事，兀自不能取勝。（不寫抵敵不過，却寫不能取勝，妙筆。雖不能勝，尚不至敗，寫得不易取。）那些嘍囉胡哨吶喊，刀鎗劍戟一擁殺上來。希真看見，恐女兒有失，大喝：「我兒精細着，我來助你！」便把馬一夾，上前兩步，掛了樸刀，雙手畫起印訣，念動真言，運口罡氣吹入，向空撒放，半天裏豁硠硠的起了個震天震地的大霹靂，轟得那山搖地動，空中那些雷火撇歷撲碌成塊成團的跌下來，四面狂風大起。那些嘍囉都驚得呆了，人人膽戰，個個心驚，誰敢向前？原來那陳麗卿本是雷部中一位正神降凡，（有意無意中逗漏一句。）得那個霹靂助他的威勢，精神越發使出來。少刻，只見殺氣影裏，沙摩海中鎗落馬。（鎗。）鄭金龍吃那一驚，不敢戀戰，賣個破綻，拖了狼牙棒往斜刺裏就走。（往斜刺裏走，顯得非真輸也。飛龍嶺寫得耐殺便沒趣，冷豔山寫得不耐殺也沒趣，善作文者不如是也。）麗卿大叫道：「走到那裏去！」隨後追來。那鄭金龍正要用拖棒計，吃那匹棗騮馬快，（夾寫馬。）早已趕上。鄭金龍剛回身橫得棒轉，麗卿乖覺，早已識得，便把那枝鎗（鎗。）往裏逼開狼牙棒，又往下一捺，（不是尋常家數。）鎗尖直挑上來，（鎗。）對咽喉裏便刺。（駭疾。）鄭金龍急閃，（寫得不易取。）吃那鎗鋒（鎗。）把喉管割斷，（寫鎗不寫刺偏寫割，異樣筆墨。）麗卿乘勢把鎗（鎗。）往外一攞，嗚呼哀哉，（作韻語，絕倒。）倒撞下馬來，又去復了一鎗。（鎗。）正是：兩個強徒離世界，一雙惡鬼到陰司。

那些嘍囉只恨爺娘少生兩條腿，（前傳奇語甚夥，而此句更絕倒。作者每每用之，想亦佩服之至也。）棄棒抛鎗各逃性命。麗卿追上去，趕着一鎗，（鎗。）一個，屍首都攧得老遠。（寫梨花鎗十分飽滿。）希真也追上來，相帮做了幾個，（帶一筆足矣。）叫道：「我兒歇手，隨他們去罷。」是希真語。麗卿按倒了一個，收住馬，把鎗點在他心窩上，喝道：「不許動！動一動與你個透明窟窿！妙人。我且問你：山上還有多少鳥強盜？」那嘍囉捧着鎗頭道：「好，好漢：只，只得這兩個。不干小人事，上，上命差遣。饒了狗命，還有八，八九十歲的老母。」此妙訣，不知傳自何人。前傳何濤假李逵俱優為之。今考之天下人臨危急難中，莫不俱優為之。嗟乎，平日視其老母不啻腦後贅瘤，而臨危急難中又把來作抵箭牌，人之無良一至于此，願有老母者一思之。麗卿道：「要殺你，也不管你有沒有老母。并剪交梨，無此清快。你有老母，誰教你做這勾當？道是老儒講學。反與之說道理，絕倒。罵得是極。如今只留你的鳥嘴去說，孟子深惡養小失大。若此人之軀命生全，却賴鳥嘴之功不小。還有強盜，叫他盡數一發來。絕倒。盡數即一發也，一發即盡數也，何所分別。快快去說，姑娘在這里等！」殺得高興，竟忘喬裝，絕倒。姑娘等強盜，奇文。嘍囉道：「小，小人去說。」只聽背後一人道：出奇無窮。「好一個姑娘，你還殺得不暢快，還要等甚？」奇語絡繹而來。麗卿回頭看時，却是希真，自知失言，不覺都笑起來。一段攪海翻江文字，如此收結，出人意表。希真去接了那枝梨花鎗，梨花鎗結句。道：「我們趁早走罷。」兩騎馬仍歸舊路，只見那山靄濛籠，月已舒光。麗卿道：「爹爹，方纔天上這大霹靂好奇怪，又沒半點雲彩！」希真道：「你難道不知是我放的？」麗卿大喜。希真道：「雷霆，天之威令，不比風霧，可以胡亂戲弄。今不得已而用，只好到地頭醮謝了。莊家處瞞得過，且不可說。我方纔看你那鎗法，果然去得。在家操練倒還有些破綻，上起陣來反覺分外清靈。初次出馬，便如此得采，我好喜也。」只見那莊家擔了行李上來。麗卿道：「強盜都殺完了，我們走罷。」直答前文，真一章似一句。莊家也歡喜說道：「二位客官，真是兩位天神。借莊家頌揚作一總結，却是此書正旨。江湖上好漢，小人也畧見幾個，那有這般了得。方纔無故起這個青天雷，也想是二位的洪福。」聖賢仙佛奧義宗旨未達一二，便把來胡亂箋釋，皆此莊家也夫。父女二人暗笑。

三人一齊進發。只見方纔那些殺翻的，死的已是不動了，半死的還有幾個在那里掙扎。戰場後面文字不經人寫過。杜老云大魚傷損已垂頭，倔強沙灘有時立，真有此情景。不多時，三人穿過那座大松林，早見那半輪明月當天，照耀得山林寂靜，如同白晝。又趕了一程，希真道：「我們且就這山腳邊畧歇歇馬。」父女二人都下了馬，莊家亦歇下擔兒，便在一塊山石上取出些乾粮充饑，兩匹馬權放在水草邊去啃青。寫盡馬食栢葉、人食栢脂之況。麗卿道：「這匹棗騮馬端的好，來往回轉都隨着人的意兒。恁般的廝殺，他却不用人照顧。深知其意者，其惟杜公乎？公之言曰：與人一心成大功；又曰：顧視清高氣深穩。嗟乎，烏足與北固橋邊人語耶。好爹爹，三字絕倒，爹爹又焉有不好者哉！把與孩兒騎了罷。」希真道：「你既這般愛他，就把與你騎了。」寶劍贈與壯士，名馬贈與佳人。麗卿大喜。至此方結棗騮馬。少刻，希真道：「我們不可久停了，直北去，尚有七八十里，方有宿頭。再俄延，恐月亮落了，不好走。」三人遂都起身，趁着好月色，穿林渡澗，走勾多時，離得那座大山遠了。走的盡是平津大路。那半輪明月漸漸的往西山裏墜下去。又好歇，希真馬上回頭，往北走故也。看那房心二宿正中，四月初旬天氣，已是子末丑初時分。無意漏一筆，希真曉天象，自是仲華家園貨。希真正待打火點燈籠，莊家把手指着路旁樹林裏道：「那邊好像有燈火光。」閃爍而來，妙筆如畫。希真、麗卿都道：「果然是有人家，我們一同岔過去。」三人走過林子背後，不多路只見現出一座大莊園來，餘外又有許多人家，路口三座大碉樓，寫近山防盜。正是那座莊園門首燈火明亮。應一句。原來那家人家正做佛事，眾僧纔散。補此一句，不但燈光有着落，且省多少敲門打戶也。希真跳下馬來，把樸刀遞與女兒接了，到那家門首，對個莊客唱喏道：任你蓋世英雄，失路時只好如此，可歎。「小可東京差官，往山東公幹，途遇歹人打刼，廝殺脫命。此等語向莊客言，真是對牛彈琴。路過寶莊，借宿一宵，明日一早便行，拜納房金。」那莊客看了一看道：「漢子，輕薄。我們這里四字賣弄得可惡，我們霸佔得可惡。不是客店。前去不過十來里，便有宿頭。」希真道：「明知府上非客店，無奈路遠夜深，方便則箇。」莊客道：「我們已是大半夜不睡，你休來討厭。」希真未及回答，麗卿在馬上道：「你不借宿便罷，怎麼是討厭？」幾乎惹姑娘發作。希真止住女兒道：「你不許多說，我們去休。」寫得希真有毛吞大海、芥納須彌氣象，與一百八人之負氣使性，天淵之隔。裏面又一個老莊客出來，說道：「客官，並非我們不留你，實因今夜已久。」又換一柔。四字費解之甚，活是老奸巨猾。希真對女兒道：竟不答莊客。一輩犬吠，何足計較。「我兒，此處不留人，自有留人處，此勸女兒之詞，非與莊客合口。何必執着，作文不可不明字法。如「執着」二字，正是希真語也，他人口中移不去。去休，去休！」真是委虵從俗。海濶天空，非內重外輕者不能。久讀丹經元笈，此等氣象自見。正欲上馬，只見裏面一個少年出來，飄然而至。問道：「什麼事囉唕？」莊客道：「有三個客人，竟說三個，目無雌雄之甚。這等時分，硬要來投宿，橫添「硬要」二字，隨口入人罪，小人之可畏如此。希真且不免，況其下耶。你道好笑麼？小官人不必去睬他。」既自絕之，又重蔽之，中主雖欲求賢可得乎？那小官人便去莊客手裏奪個提燈來照，好小官人。看了他們二人一看，莊客說三個，小官人却只看兩個，妙。說道：「二位客官且慢行。」嘗歎酇侯之追淮陰千古絕倡，不意于此又見。便問了來歷，好小官人。又知是厮殺脫命，那小官人便道：「二位請少住，我去就來。」說罷，連忙進去了。忽然又去。有一位英雄出來便有一副氣象，却又要避開。前傳作者真不怕嘔出心肝也。不多時，那小官人出來，忽然又來。吩咐道：「已稟過老相公，叫請二位進來。」畢竟只認得二位。莊客沒奈何，只得把火來照，那小官人便自去開了中門。極寫小官人，却不知是誰，妙。麗卿也下馬，三人都進來。小官人便叫莊客把頭口牽去後面槽上喂養，一。又叫把那間耳房牀鋪讓出，二。本非客店那有現成房屋牀鋪。又叫把房裏燈火點了，三。指點那莊家把行李挑入耳房裏去，四。說道：「客官想未曾吃飯，快教厨房預備。」五。只管極寫小官人葱蘢鬱勃，却不說是誰，不怕讀者悶殺。希真深深唱個喏，已是心傾。道：「萍水相逢，如此滋擾，實屬不安。」小官人道：「休這般說。未聞二位上姓？」偏是小官人先問。希真道：「小可姓王。」小官人又問道：「這位少年客官上姓？」希真道：「便是小兒。」希真道：「官人上姓？」小官人道：「小可家姓雲。」希真道：「尊府幾位大人？」小官人道：「只家祖、家慈在堂，家父出外。」希真欠身道：「祈轉致叱名❷。」小官人謙讓。只見莊客搬出飯來，却只是些蔬菜。小官人眉峯一縐，何等顧盼。道：「不瞞二位客官說，今日寒舍作佛事，未有葷腥，胡亂請用些，小可不及奉陪。」希真稱謝。那小官人自進內去了。忽然又去。雖知姓雲，究竟何人，悶殺。

希真只得呌莊家同坐吃了一回。却又冷淡，真不解。起身去那耳房裏一看，只有兩個牀舖，又不甚大。冷淡。希真對莊家道：「大哥乏了先睡。」對麗卿道：「我兒，你也辛苦，且權去躺躺，天不久將明，我在你牀前運會坐功便了。」麗卿道：「殺這班賊男女算甚辛苦，便陪奉爹爹坐坐罷。」提上挑下毫無痕跡。莊客來收碗筷，麗卿道：「大哥，如有熱水乞付些。」莊客道：「熱水却無。」極寫莊客傲慢，以襯小官人殷勤。只見小官人出來，忽然又來。聽見說道：「熱水怎麼沒有？快去厨房裏取來。」莊客只得去提了一桶來。麗卿起身道個「萬福」，絕倒。休稱奴家，吩咐過便記得，萬福不曾吩咐，便不記得。便去淨了手面；又去取那枝梨花古定鎗，那口青錞劍，去熱水裏洗抹了。鎗、劍總束一筆。那小官人燈光下，見那希真二人的模樣，正在驚疑，又見那兩般兵器爛銀也似的，一發吃驚，便去立在水桶邊，看他洗畢。麗卿收了兵器，又唱了個喏。已知自失，却又掩飾，絕倒。希真道：「官人何不請坐？」那小官人一面攜着希真的手，何等親熱。同進耳房裏坐地。希真同小官人坐在舖沿上，只得一張椅子，麗卿去坐了。那莊家已是齁齁的同死人一般，在那個舖上挺着。小官人一面問道：「二位客官方纔說什麼遇着歹人廝殺得脫，願聞其詳。」希真把那飛龍嶺一節纔說得頭起，麗卿嘴快，絕倒。便搶過去把那怎的落黑店，怎的挖開那板，怎的張見那人肉作坊，怎的殺了那班賊男女，怎的放火燒了他的巢穴，怎的下嶺到那冷豔山，怎的遇見

❷ 叱名：賤名。

兩個賊強盜（未知其名。）帶着若干嘍囉。希真恐他說出放雷的話❸來，忙喝住道：「長輩在此說話，你這般亂搶，什麼規矩！」麗卿笑着，低下頭，不敢做聲。那小官人却不甚曉得東京口音，（妙。）聽他那鶯囀燕語，咭咭汩汩的，（殺人放火之事，轟雷掣電之文，却以鶯囀燕語出之，粲花妙舌，豔絕千古。）已是辨得大半，（妙。）心中大喜，立起身道：「二位客官且莫睡，請少坐。」出了房門，飛跑進去了。（忽又去了。寫得那小官人忽來忽去，如穿花蛺蝶，只見其翩躚，却不辨其花文，妙筆。）希真埋怨麗卿道：「你這廝恁地教不理，方纔索性道起萬福來，吃人看破怎好？」麗卿笑道：「悔氣！沒來由做了多日的男子，好不自在。」（姑娘矢口，莫非天籟。世上婦人無不羨為男子矣，麗卿偏道「悔氣」，絕倒。）只聽裏面一片聲的叫：「開廳門！」那小官人跑出來，到耳房門邊道：「家祖請二位客官裏面相見。」希真與麗卿忙隨那小官人進內。只見裏面廳上燈燭輝煌，幾個小厮掌着燈，照那雲太公出來。希真看那太公時，河目海口，鶴髮蒼髯，堂堂八尺身材，穿一領紫絹道袍，頭戴魚尾方巾。希真忙迎上廳中，一邊施禮，那太公連忙一隻手拉住袖子回禮，便請上坐。雲太公道：「適纔村漢無知，說甚麼過往客人投宿，以致簡慢。幸小孫看見，識得二位英雄，特請開罪。」希真拜謝道：「倉忙旅客，得托廣廈，已屬萬幸；何期世兄青睞，又沐謙光。」雲太公吩咐叫厨房殺鷄宰鵝，准備酒饌，一面動問二位在東京官居何職，到山東有何公幹，却為何又從敝地經過，怎的遇着強人。希真道：「晚生姓王名勳，在東京充殿帥府制使，奉著鈞旨到山東沂州府等處採辦花石綱；這個是犬子王榮，叫他路上做個伴當，因順便探個親戚，驚動貴地。」又把那飛龍嶺、冷豔山的事細說一遍。（前詳此略，文法一變，麗卿不敢插嘴。）

❸ 放雷的話：出人意料的驚人之語。

雲太公大喜道：「二位果然是大豪傑！那兩個強徒，一個是飛天元帥鄺金龍，一個是攝魂將軍沙摩海。這廝們屢次煩惱村坊。那飛龍嶺上黑店，是與他做眼的，來往客商俱受其累，官兵又不肯去收捕他。（妙。偏不肯說官兵收捕他不得，以見此書正旨只是重擡王師，輕抑強盜，處處如此。）那廝倚仗着山東梁山泊的大夥，（大書特書，抱緊題目。）無惡不作，幾處市鎮，被他攪亂得都散了。老夫這里叫做風雲莊，（寓風雲聚會之意。）共有六百多家，只是風、雲二姓。我這里深防那廝來滋擾，是老夫與一位風姓的英雄，叫做風會，（又出一位英雄。）為首倡募義勇，設立碉樓木卡，土圍濠溝，防備着那廝。那廝們倒也識得風頭，這里却不敢來。（寫得風、雲利害。）今被賢喬梓一陣掃絕，為萬家除害，（敘希真、麗卿功績。）實屬可敬。老夫東京也到過幾次，頗亦結識幾位好漢，却怎的不識仁兄？」（寫希真在牝牡驪黃之外。）希真道：「晚生係微職新進，未及追隨。敢問老相公閥閱。」雲太公道：「老夫姓雲名威，表字子儀，本處人氏。少年時因軍功上，曾濫叨都監。（都監亦由軍功而得，見其非易。）神宗年間征討契丹❹，在邊庭上五年，屢沐皇恩。（雲威語語感皇恩，覺前傳之藐視官家者，真可殺也。）只恨自己不小心，三十六歲那年，追賊搶險，左臂上中了鳥鎗鉛子。雖經醫治好了，只因流血太多，筋都攣了，骨頭也有些損傷，不能動撣，只得告退，辜負了官家也說不得。今年七十一歲了，精神還好，只是一臂已廢，全身無用。我有個兒子，（五字賣弄。）今年三十八歲，名喚天彪，頗有些武藝。平日最是愛慕漢壽亭侯關武安王❺的為人，（奇癖。）使一口偃月鋼刀，尋常人也近他不得。老夫胡亂教他些兵法，也理會得。

---

❹ 神宗年間征討契丹：神宗，北宋第六位皇帝，西元一〇六八—一〇八五年在位。契丹，即遼朝（西元九一六—一一二五年）。

❺ 漢壽亭侯關武安王：即關羽，三國蜀漢大將，曾被漢朝封為壽亭侯。

（贊揚語以謙詞發之。）老种經畧相公（露出种師道來。）十分愛他，一力擡舉，感激聖恩，直超他做到總管，（雖受經畧擡舉，官爵總歸聖恩，不但雲威不肯謝爵私門，而种師道又豈植私人者哉。此書寫英雄豪傑又是一樣，豈可與梁山上之無父無君者同日而語哉。）現在總督山東景陽鎮陸路兵馬。仁兄前去，正到那里，老夫大膽托寄一家信可否？」希真道：「此却極便。既有府報，晚生送去。」雲威謝了。只見酒食已備好，搬出廳上。雲威讓希真二人坐了客席，自同孫子坐了主位，開懷暢飲。雲威回顧那小官人，對希真說道：「這個小孫，便是他的兒子，名喚雲龍，今年十七歲了，十八樣武藝也畧省得些。（此句直入麗卿之耳。）只是老夫手廢，不能指撥他。吽他父親帶了去，他父親務要留在我身邊。」希真道：「這是大官人的孝思，不可拂他。」（臣忠子孝浸為風俗，寫得花團錦簇。）麗卿（雲威、希真問答不已，竟冷落了麗卿，故特補之。）看那雲龍，（聽得他有武藝而看，非慕少年也。）面如滿月，唇如抹硃，戴一頂束髮紫金冠，穿一領桃紅團花道袍，生得十分俊俏。（「俊俏」二字，妙。作者故意作此風筆，雲龍相貌、裝束却從麗卿眼裏補出。）雲龍也不落眼的看那麗卿，暗想道：「此人這般文弱，倒像個好女子，却怎的酈金龍、沙摩海都吃他一人殺了？我明日和他比試看。」（無論冬烘學究即天下善讀書者，至此亦無不猜道雲龍、麗卿必成一對夫妻也，那知不然。嗟乎，仲華作書豈肯由人蹊逕耶。）雲威、希真二人一面飲酒，一面談心，麗卿、雲龍陪奉着。（悶殺麗卿。世上最樂而不免于苦者，無有如陪奉尊長飲食。已嘉餚醇醴而以拘束羞之，實屬可厭。仲華想亦深畏之，特借麗卿以發也。）譙樓五更，麗卿望外看道：「天要變了，（偏是他先看見，偏是他說，坐立不牢如畫。）怪道日裏那般潮濕。」（飛龍嶺至此尚不到一個周時，恐讀者忘記，故特表之。）不多時，黑雲壓屋，涼飇驟至，霹靂震天，電光射地，霎時大雨如注，簷前瀑布湍湃，好一似萬馬奔騰。（真是風雲際會。）希真緺眉道：「天明便要動身，這般大雨怎好？」（雨落天留客。）雲威道：「仁兄休這般說，難得光降敝地，寬住幾日。」希真道：「已是深擾，只恐誤了限期。」雲威道：「此刻總走不得，夜來辛苦，權去將息。」雲威自己掌火，（極寫親愛。）引到廳後面側首一間精雅書房，兩張楠木榻牀，被褥、帳子俱已另外設好，房裏桌椅擺設。（特與上文相映。未知有淨桶否？一笑。）希真的行李已放在裏面。希真謝了。雲威叫了安歇，領了孫兒自去了。希真父女上牀去睡。天已大明，那雨越下得大了。

早上莊客們起來，方知道夜來兩個客官，殺了冷豔山的強盜；（補一筆。）又去細問了莊家，（連莊家也不冷落，妙。俗筆幾忘之矣，見此書之妙也。）一發驚駭。（過路客人亦復難料。）少刻，雲威出堂，吩咐莊客整辦酒筵，務要美好；又叫莊客去後莊看風大官人歸家不曾，如已歸家，一發請來相見。巳牌時分，希真父女起來，那雲龍挨房門進來，問候畢，麗卿還未下牀。雲龍便坐下，七長八短的和麗卿扳談。那麗卿有許多遮掩的事要做，吃他糾纏定了，舉動不得。（真是絕倒，絕世妙文。）希真只得把他演❻了出去，同到廳上與雲威相見。麗卿忙去關了房門，色色做完，裝束好，方去把房門開了。（作者非好為之也，特以一路文字寂寞，聊借點綴耳。若一味如此，便是直抄紅樓夢矣。）已有莊客進來送湯送水，自不必說。麗卿到廳上見了雲威，各慰勞已畢，那雨兀自未住。早飯罷，已是晌午。希真同雲威論些古今興廢、行兵布陣的話，說得十分入港。麗卿同那雲龍在廊外扶欄邊，說些鎗劍擊刺廝殺的勾當，也十分入港。（與會淋漓。）少刻，一個莊客來報道：「到風大官人家去過，還不曾歸家。他莊客說還要三五日哩。」（特特藏過，省去許多筆墨。）雲威道：「可惜，不然會會也好。」希真問是那個，雲威道：「便是老夫昨夜所說的那風會，端的是個好漢，可惜不在家。」雲龍拉他祖父到外邊去低低說了幾句，雲威呵呵大笑，入座來對希真道：「小孫癡麼！他見令郎英雄了得，要想結拜盟弟兄，就要求令郎教誨。這等攀附，豈不可笑。」（此處疾入結拜似乎太驟，然少遲則鄰舍來問，希真要走，便插不入也。）希真道：「世兄這般雅愛，怎當得起？論武藝，小兒省得什麼。」（前高俅說親，希真祗將微賤自牧；今雲龍結拜，便謙才薄而不重其閥閱，豪傑之樂道忘勢如此。）雲威道：「仁兄不必太謙，只是老夫忒妄自尊大了。」一面說，一面去攙了麗卿的手過來，問道：「榮

❻ 演：找理由把人支出之意。

官幾歲？」麗卿答道：「小可十九歲。」希真道：「看這厮混賬，對祖公說話難道稱不得個孫兒？」雲威大笑道：「不敢，請證盟了再稱。」當時叫莊客備了香案，麗卿、雲龍二人結拜。麗卿長兩歲，雲龍呼麗卿為兄，又去拜了希真；希真亦拜了雲威，雲威比希真父親年少，從此叔姪稱呼。雲龍引麗卿進去拜了母親，那母親看了麗卿儀表，又聽說好武藝，甚是歡喜，說道：「可惜我沒有女兒，有便許配他。」麗卿暗笑。談了幾句便出來。

那時天已下午，雨點已住。那莊前莊後多少遠近鄰舍，都鬨講雲子儀老相公家，昨夜來了二位壯士，勦滅了冷豔山的強賊，無不驚喜，都來探問，又不能禁止。有的上廳來拜問，有的在廳下標看，來的去的絡繹不絕，都商量要去報官。希真慌忙止住道：「小可兀自公差緊要，恐誤日期。我等雖殺二賊，彼時只求脫命，並不曾割他首級來，毫無表記。此解好。萬一他的餘黨未散，冒昧請功，官府必疑我們捏造，反為不美。」好。有幾個說道：「也說得是。」有幾個疑信相半。甚矣，處世之難也。荒唐無稽反有時而取信，躬行實踐反有時而招疑，君子慎其所發哉。希真十分忐忑，只恐走漏了消息，見人畧散，便向雲威討書信，辭別要行，祖孫二人那里肯放。雲威道：「賢姪直如此見外！不來欺你，前去十餘里，本有個大市鎮，被那畜生們攪得散了。如今只幾間破的空房子，鷄犬也無，你趕去做甚？你不信騎了頭口去看了回來。妙極。纔作叔父，便如此托大。多少收青苗手實的公人，到那里沒處尋人。」二語傷心。強盜刼之于前，苛政逼之于後，欲民之聊生得乎？按徽宗時青苗手實已除，特借之以逼起劉廣耳，讀者切勿笑其失據。自注。希真吃留不過，只得歇下。少刻，擺上酒筵，餚饌十分豐飫，希真甚是不安。雲威殷勤侑勸。酒至數巡，食供數套，麗卿與雲龍也都吃得微醺。雲龍對雲威道：「孫兒要與哥哥交交手，以助一笑。」此路文字難免寂寞，故特幻此，作文誠不易也。麗卿笑道：「兄弟不當真，愚兄就和你耍耍。」姑娘開口無不儒雅。雲威道：「吃酒不好，比試他做甚？」不善讀書者以為阻擋也，善讀書者知其深許也。兩個都不肯歇。妙。雲威道：「既如此，到後面空地上去。」雲龍道：「聽前院子空濶，何必定要後面。」寫得弓燥手柔。雲威叫小廝們取束桿棒來，放在地下。麗卿、雲龍都去扎抹緊便了。麗卿按了一按紫金冠，去地下挑選一根桿棒，走入院子裏。雲威、希真都起身來到滴水下。看雲龍也取根桿棒出來，雲威道：「且住！」此段却是抄前傳林冲、洪教頭故事，然不覺其複者，陳、雲一對雅人不比林、洪之薰蕕共器也。又前傳係逆入，此處係正敘。叫小廝取張茶几放在中間，上面放個勸杯。雲威親自取酒壺，花花的滿斟一杯，寫雲威興致老而不衰。道：「你兩個比試，那個輸了罰他這一杯。」二人大喜，當時下廳來放對。外面許多莊客，聽見都鬨進來擠在牆門邊來看。裏面雲龍的母親，並些內眷、僕婦、養娘等，也都出來立在屏風邊。讀者急于要看，偏有許多莊客、婦女夾在前頭。麗卿把那棒使出個天女散花勢，絕妙名色。希真叫道：「且住，我兒過來！」力摹前傳何止形似。希真把麗卿叫到簷角邊，低低吩咐道：「我兒，強賓不壓主。如果敵得過，也要收幾分。」希真此處頗覺婆子氣，然不可少。麗卿點頭應了。那雲龍的母親，也把雲龍叫到屏風邊，也低低的不知說了幾句什麼。一實一虛，妙。看他雖抄前傳，却又能脫其範圍。二人仍入院子，雲威道：「各放出本領來，不要你謙我讓。」蓋已知乃父、乃母之囑咐也。那雲龍取棒來使出個丹鳳撩雲勢，名色亦甚秀雅。二人把兩條棒，各顧自己理了幾路門戶，還不合攏，盡態極好。好似一對輕燕掠來掠去。絕妙好辭。他偏下「一對」二字，不怕迷殺讀者眼睛。上文無金門批出，無有不信為佳兒、佳婦者。雲龍叫道：「哥哥請合手！」麗卿道：「你只管進來！」粲花妙舌。二人交上手，那兩枝棒好似雙龍搶珠，在院子中飛舞。鬭了二十餘合，不分勝負，莊客們無不喝采，屏後那些內眷們都看得呆了。希真對雲威道：「孫兒的棒法還看得麼？」雲威只搖着頭，笑道：「總還不是這樣的。」真是老眼無花。麗卿讓雲龍，從雲威一邊寫出。說不了，只見那麗卿不合用個高探馬，被那雲龍得了破綻，使個葉底偷桃直搠進來。麗卿連忙一掃隔開去，險些兒吃他點着了腰眼。那些莊客都笑起來。（勢利。）雲龍道：「哥哥錯也，那杯酒還該你吃。」麗卿笑道：「兄弟，你道我真個敵你不過？看我來也。」又是五六合，麗卿耐不住，（加此三字多少躊躇。）忽然變了手法，（句法敏捷。）使出那三花大撒頂，渾身上下都是棒影，颼颼的劈下來。雲龍亂了手腳，只辦得抵當遮攔。雲威背着手在堦沿上看，也自吃驚。麗卿得了勢子，趁分際一個鷂子翻身，捲進中三路。雲龍那里敵得住，直退到牆腳邊。麗卿直逼過去，希真連忙喝住，跳下來，劈手奪了棒，罵道：「你這廝十分鹵莽！兄弟倒讓你，（文雅。）你只顧廝逼上去，牆邊雨後苔滑，（映帶雨後，百忙中偏有此閒筆。）你把他跌壞了怎好？」麗卿笑道：「使得手溜了，那里收得住。」（極其嫵媚。仲華著書每有此樂。）希真道：「你還嘴強！」掉轉棒來便要去打，雲龍連忙來擋住。雲威看見麗卿棒法，心中甚喜；（雲威不但無嫉妒心，且反甚喜，真是人之有技若己有之的氣象，真英雄真豪傑真聖賢也。）及見希真去訓誡他，連忙下來護住麗卿，笑對希真道：「你這老兒殺風景，（妙。）沒事鳥亂。他們弟兄耍子，倒要你來當真！」（雲威、希真都是妙人。倒要妙，真是何預乃翁事。此段如此收束，妙不可言。）希真又說了麗卿幾句，四人同上堂來。莊客們把桿棒收過了。麗卿去解了扎抹，穿了衣服，雲龍亦裏面去換了衣衫出來，對麗卿拜道：「哥哥真了得也！怪道冷豔山兩個強徒，吃你殺了。」麗卿連忙答拜。雲威道：「龍兒閒話少說，這杯酒你自己討來的，還不受罰！」雲龍便去取來，麗卿連忙道：「換杯熱的。」（亦學高衙內身段耶。）雲龍已一飲而盡。（極寫用力後枯渴。）希真道：「你也快陪兄弟一杯。」麗卿也滿飲了一杯，又唱了個無禮喏。

四人重復入席。雲威看他二人面上都泛起桃花，（特特並寫，以迷讀者。）想到麗卿那般英雄，孫兒雖弱些，也還去得，十分歡喜，對雲龍道：「你這孩子總不當心。你看哥哥比你只大得兩歲，（宛然。）便恁地了得！這三花大撒頂，風二伯伯也點撥你過，帶表風會有帷燈匣劍之妙。只是不留意。這叫做平時不肯學，用時悔不迭。」願天下少年子弟聽者仲華現身說法。自注。雲龍有些赧顏。希真道：「方纔實是兄弟讓他些，賢姪只不肯使出來。」雲龍道：「姪兒兀自敵不過。若是我那表兄不曾去，他與哥哥正是一對敵手。」希真道：「令表兄何人？」雲威道：「可惜貴喬梓❼不早來幾日，好叫你會會。」精光閃灼。希真問那一位，雲威道：「那人偏不便說姓名。與榮官妙稱。一般年紀，又是厮並着說，真不辨其賓主。本貫東京儀封人氏。老夫姪女是他母親，與龍孫中表弟兄。只敘瓜葛，不出姓名。那人生得面如傅粉，唇若朱砂，伏犀貫頂，猿臂熊腰。只敘形狀，不出姓名。莫說他一身好武藝無人及得，便是胸中韜畧兵機也十分熟諳。老夫亦曾問他，兀自盤他不倒。只敘才藝，不出姓名。却又性情温良，莊重儒雅。只敘品行，不出姓名。那人姓祝，雙名永清，出祝永清，何等鄭重。因他渾身上下如一塊羊脂玉一般，人都順口叫他做『玉山祝永清』。又出一位英雄。可惜這般英雄也只做得個防禦！」說不了，希真接口道：「此人名姓，小姪也聽得，只不曾相會。莫不就是鐵棒欒廷玉天外飛來。的徒弟、祝家莊祝朝奉的庶弟？」擡點前傳有風起雲立之勢。蓋祝家莊實是朝廷赤子，盛世良民。其守禦方面皆食毛踐土之所當為，並未背叛，乃遭盜賊橫屠，無故遇害，竟無惜之者，作者有隱痛也，故特撰出此人，為之立傳，上敵王愾，下修私怨，以舒壯夫之憤。或曰何不寫曾頭市？答曰：曾頭市已降賊矣，子不知耶？雲威道：「正是。然他却不是欒廷玉的徒弟，乃是欒廷玉的兄弟欒廷芳又出一個英雄。的徒弟。廷玉、廷芳兩弟兄，却是一樣本領，祝永清是廷芳最得意的頭徒，端的青出于藍。」極力寫祝永清。希真道：「欒廷玉還在否？」忽然架過欒廷玉，將祝永清頓住，有白雲斷山腰之致。雲威道：「聽祝永清說還在，吾讀至此，以手加額曰：幸甚，幸甚！雲威亦留心。隱在博山縣更生山內。欒廷芳做了一回提轄，不得如意，亦告休了。」雲威又說：「那祝永清忽然又接。還有一副本領，願聞。他一手好書法，却在蘇、黃、米、蔡❽之外。前日從我這里過，已落到題。寫下了

❼ 喬梓：亦作「橋梓」，二木名，比作「父子」。「喬」果實向上，「梓」果實向下，故云。

四幅屏幛，明早把來與賢姪看。」若寫祝永清之後便直接希真，不但文勢太迫，且有斧鑿痕；若不直接，隔了一夜另起一頭，文勢又太慢，却無故幻出書法來，便渡到明早，最是靈心妙筆，而于祝永清又分外加色。希真道：「可惜小姪來遲，不曾相會。」描寫已畢，便漸漸收起。風會因去得早會不着，祝永清又因來得遲會不着，人生不相見，動輒參與商，確有此情。雲龍對麗卿道：「我那二字收管得妙。祝永清表兄若還不去，哥哥，叫一聲，妙。不怕你了得，他總對付得你住。」少年不服輸一也，關照後篇題目二也，龍、卿二人冷落半響須得開口，三也。麗卿笑道：「他或者也同你一般的讓我怎處？」妙，妙，妙。又不是謙，又不是傲，又不是刻薄，不知怎的天造地設，是麗卿口中物。雲威、希真又歎息了一回，都說：「可惜這班英雄，都生不遇時！」一齊收起。不怨時不好，只歎己不遇，是。當日那酒筵直到二更始散，天又濛濛細雨，各自歸寢，都已帶醉。那雲龍愛麗卿不過，便要同榻，真是絕倒，麗卿奈何。希真極力飾辭，麗卿苦苦哀求，方纔得免。雲龍出去，麗卿關了房門道：「爹爹，我們明日快走了罷。」希真道：「誰在這里過世❾！」麗卿已醉了，脫衣淨手，進床便睡。希真看了房裏一看，叫聲苦，不知高低，奇文。那些行李、兵器影跡無踪，情知是藏過了。開門去問那外間睡的小廝，那小廝在床裏已在床裏，活畫小廝。應道：「上午老相公已吩咐收了進去。」希真道：「這明明是不許我去的意思，怎好？」關了房門，坐在床上思想道：「難得他這般厚意，他那孫兒雖武藝不曾學全，看他使出來的也不是尋常家數，將來這副品格，坐穩是個英雄。不如就把女兒許配了他，迷盡讀者。却不知他曾否完姻？只是本師張真人又說女兒的姻緣不是這一方。」好生擺佈不下去。那邊床上看那麗卿，却朝外睡着，如畫。臉兒朝霞也似的通紅，叫了兩聲也不應。

---

❽ 蘇黃米蔡：即蘇軾、黃庭堅、米芾、蔡襄，宋代四大書法家，代表了大草楷行不同風格。或云蔡襄應為蔡京者。芾，音ㄈㄨˊ。

❾ 過世：長住。這裏是指時間過久之意。

畫也畫不出。又坐了一回，只得上床睡了。當夜無話。

天明，父女起來。麗卿先裝束完了，方去開門。雲龍已在房外，進來問慰畢，同去見了雲威。父女謝了，苦苦要行。雲威道：「大雨就來了。」又是一樣留法。沒多時，果然大雨傾盆。希真十分心焦，雲威卻引希真又到側首一個小巧精舍裏早飯。飯畢閒敘，叫雲龍把祝永清的墨跡取來一看，只見是四副東絹。打開看時，原來是草書的曹子建洛神賦，映帶得妙。果然精神煥發，筆氣縱橫，恍如懸崖墜石，驚電移光。喝采了一回收過去。麗卿與雲龍都沒坐性，走開去了。發放得好。雲威又詠歎了祝永清一回。此句已非祝永清正文矣。雲威道：「正要問賢姪，東京還有一位超倫絕類的奢遮好男子，賢姪該識得他？」誰耶？希真問是誰，雲威道：「此人官爵也不大，端的是如今一位出色英雄。前年小兒入都覲見，便叫他去訪問，因限期太促，不及去訪得。近來也沒個實信。那人只做得個東京南營裏的提轄，也不肯便出，鄭重之甚。叫做陳希真，賢姪可識得？句。他如今怎的了？」黃山谷云：霧雨寒霏虎豹毛，雷霆怒折黿鼉背。運筆如此，精怪極矣。希真聽罷，心中大驚，便答道：「此人小姪怎麼不識得，但不知叔父何處會過他？」雲威道：「我卻不曾會過。我有一個至交是東里司捕盜巡檢張鳴珂，又出一個英雄。他對我時常說起，那陳希真智勇都了得，那年輪囷城一戰，官兵只得八千，敗西夏兵五萬，都是他一人的奇謀。無端補寫希真昔日戰功，若有若無，奇離之極。可惜都被上司冒了去，至今惋惜他，又欽佩他。」希真道：「那張鳴珂希真要攤開去。莫不就是鄆城縣知縣蓋天錫又出一位英雄。的舊東人？」雲威道：「便是。你且說那陳希真到底怎的了？雲威急捲攏來。有東京來的，說他辭了提轄去做道士，可真麼？」本是去問人，卻自己反覈實一句，真奇離之極。希真道：「是真的。」雲威吁口氣道：如聞其聲。「英雄不遇，至于如此！」希真道：「他如今連道士也做不成了。」希真妙人，仲華妙筆。雲威驚問道：

「此話怎說？」希真道：「小姪動身的前幾日，此人為一件事上，惡了高太尉，逃亡不知去向。現在各處追捕緊急，若吃拏住，決沒性命！」希真妙人，仲華妙筆。雲威聽罷，拍着桌兒，只叫得苦，口裏說道：「怎麼這般顛倒？如此英雄，屈他在下僚已是大錯，怎的竟把他逼走了，血淚齊迸，與希真問馬瘦同一副筆墨。却怎生還想望天下太平？為社稷蒼生起見，不止愛希真一人。他萬一被追捕不過，心腸變了，四字傷心。竟去投那梁山泊，却怎好？賢姪，你可曉得他往那方去的？」元昊有靈，當在九泉痛哭。上文已說不知去向，偏又問此句，確是渴望情殷。嗟乎，吾欲批而何可批哉。希真道：「這却不知。這人恐未必上梁山。」先表白一句。雲威道：「他不上梁山，不過一身之禍；他上了梁山，天下之禍。此四句分作兩段：上二句愛天下，下二句愛希真。君子不避朋黨之目，君子却無朋黨之實，故雲威極愛希真而不為希真謀，若一味私比，便是小旋風之逋逃藪矣。我料他也未必便上梁山，但不知何處去了。末一句寫得望眼徒穿。此種情深，滄海不足擬也。賢姪，賢姪，重叫一聲，聲音俱活。便似你也只得如此微職，豈不可悲！」那雲威一片嘆息之聲，從丹田裏直滾上來，眼角上津律的有水包着。壯心熱腸至于如此，欲英雄不齊現風雲莊，何可得也。希真見他這般肝膽相許，也止不住那心裏的感激。連日盤飧，臨行厚贈，何足道哉。看那雲威背後只一個小廝，便道：「小姪有句話要稟，叔父叫尊紀⑩迴避了。」雲威便叫那小廝出去。希真把格子門掩上，走去雲威面前撲的雙膝跪下。雲威大驚，忙亦跪下來攙道：「賢姪有話，但說不妨，這却何故？」希真流淚道：「小姪不敢欺瞞，叔父不要愁苦，只小姪便是落難逃亡的陳希真。」雲威大驚。夾敘。「梁山泊已曾兜攬過，要小姪去入夥，小姪那裏肯去！如今四海飄蕩，無家可遊，却不知叔父如此錯愛，使小姪悲酸鑽入五臟，此生父母之外，只有叔父。」磊磊落落，一齊滾出。五更鼓角聲悲壯，三峽星河影動搖，彷彿其氣。說罷，磕頭不止，淚如泉湧。雲威一隻手攔不住他，儘他磕完了，又把希真的臉細看了看，叫道：「我的哥！不倫不類，驚愛之至。

⑩ 尊紀：舊稱他人之僕為「尊紀」。

你何不早說，憂得我苦！」二人從地上起來，抖抖衣服，仍復坐了。雲威道：「怪道你說什麼王勳，叫我無處落想。此老青目，直是珊網無遺。你且把高俅怎生逼你，說說我聽。」希真道：「高俅逼廹，尚未露形跡，是姪兒見機先走。」就把那衙內怎的調戲女兒麗卿，再三盤算，怎的虛應着他，到後來怎的不得脫身，不得已壞了他兩個承局，怎的叫麗卿男裝投逩山東沂州府，怎的恐有追趕，特從江南大寬轉得到貴地。雲威又驚又喜，道：「不料閣下與老夫做了姪兒。意中人置之眼前，真有脫胎換骨之樂。你不必到沂州去，就住在敝莊，只說我的親戚，無人敢來盤問。老夫養得你父女二人，待奸邪敗了，朝廷少不得有番申理，此時尚有而雲威已如龍蛇神物不可復見，希真能無哭殺。那時再歸故里。那莊家就這里開發了他。」希真道：「這却不敢。雖蒙厚恩，如父母一般，只是沂州舍親處已是得信，在那里盼望，不如讓小姪且去罷！」

正說着，聽得格子門外笑語之聲，麗卿、雲龍兄弟兩個還說兄弟兩個，妙。手綰着手推門進來。二人見兩位老的都雙眼揉紅，眼淚未乾，雲威流淚，此處補出。正驚疑要問，雲威開言道：「龍兒不要廝綰着，句。他不是你哥哥，他是東京女英雄陳麗卿，喬扮男裝。」麗卿大驚失色，雲龍也吃了一驚，連忙放手，退了幾步，看了看，說道：「怪得我有五六分疑他是女子。」希真道：「我兒不要吃驚，我已向祖公公將真情盡告，切不可教外面莊家得知。」雲威道：「你二人便姊弟稱呼。」雲龍就向麗卿唱個喏，麗卿答了個「萬福」，二人不覺笑起來。雲龍又細問緣由，雲威一一說了，又對希真道：「賢姪既是這般說令親盼望，老夫亦不敢多留，只是顯得老夫薄情。今日却去不得，與賢姪此一別，未知何日再會。卿姑有人家否？」希真道：「不曾。」雲威道：「可惜龍孫正月裏已定了一頭親事，不然扳附令愛，豈不是好。忽的颺去。如今賢姪且將令愛送到令親處安置了，自己再到這里來住幾日何如？」因麗卿不便，遂不久留，見非薄情。希真道：「山高水長，有此一日。絕妙好辭。小姪如無出身，定來追隨几杖。竟以風雲莊作桃花源。只恨小女無緣，不能扳龍附鳳。」希真方知麗卿果然不是此地姻緣。雲威道：「賢姪休怪老夫說，寫得雲威真有駕馭羣雄氣象。似你這般人物，不爭就此罷休？你此去須韜光養晦，再看天時。大丈夫縱然不能得志，切不可怨悵朝廷，一部書大旨借雲威說出，將前傳無數悲憤不平之鳴，一腳踢入東洋大海，只此一語已將梁山一百八人掃蕩盡絕，奚俟三路進兵哉！吾與仲華久相識，再不料其胸襟如此。官家須不曾虧待了人。真大忠大義之言，懸之凶宅，邪魅當紛騰遁逃。賢姪，但願天可憐見，着你日後出頭為國家出身大汗。奇人奇筆。寫此奇文，若出宋江輩之口，必曰邊庭上一刀一鎗博個封妻蔭子矣。老夫風燭殘年，倘不能親見，九泉下也兀自歡喜。」不知是筆，不知是墨，不知是淚，不知是血，但覺得鬱鬱勃勃、蒼蒼凉凉，迎面而來。如讀沔水、雨無正諸什。希真再拜道：「叔父清誨，小姪深銘肺腑。」雲威又道：「你那令親處，「你那」放得妙。只道是「你那」令親，那知是我那舍親。萬一不能藏躲你，你可即便回到我家來。竟說是回來，真是家人父子。那時卿姑同來不妨，今之不留卿姑者，以希真尚欲瞞人也。那時卿姑不妨同來者，無可藏躲，來此避秦之地，更不必鬼名鬼姓也。說得入情入理。這里自有內眷，有好郎君我相帮留心。真是家人父子。今日便從直不留你了。」收到本位。說罷，便叫小厮進來道：「你去傳諭他們，預備兩席酒筵，須要整齊。一席今晚家裏用，一席備在青松塢關武安王廟內，妙哉。風雲莊乃一部大書英雄出現之所，作者隱然引一精忠大節之關壯穆為之領袖，真是眼高于頂。明日五鼓，我親到那里與王大官人祖餞。」小厮應聲去了。雲威對希真道：「我不合欺眾人，說你已于清早去了，免他們只顧來聒噪。我道第二日鄰人一個都不來，原來為此，真無筆不到。原要多留你，不道你就要去。既如此，你明日去倒緩不得，恐吃人看見。」希真稱謝領諾。那些莊客都在背後說道：「不過一個過路的人，又非瓜葛，這般親熱他做甚！」此句非閒文，蓋深明雲威平素門清如水，不比宋江、柴進之謀為不軌者，終日以招致英雄為事也。雲威去把寫與兒子的家信拆了重新寫過。是。雲龍知麗卿是女子，也不敢來厮近。是。

看看天晚，雨歇雲收，天上現出皓月，房櫳明靜。（欲寫離別，先寫夜景。）擺上酒筵，比昨日的更是齊備。四人坐下，雲威、希真細談慢酌，各訴衷曲，說不盡那無限別離之情。麗卿、雲龍對面相看，都低着頭不做聲，顏色慘悽。（卓然大雅，毫不犯淫狎氣。）雲龍叫小厮取那張琴來，就座上操了幾段客窗夜話，那月光直照入座來，（何物妙才。直寫到此，寫雲龍又有別才，與祝永清善書映激。）希真歎賞不止。麗卿雖不善琴，聽到那宛轉淒其之處，不覺落下淚來。（麗卿不善琴而能落淚，麗卿之妙也。以麗卿之不善琴而能使之落淚，雲龍之妙也。）雲威止住道：「不要彈下去了。」（好。）酒筵已散，四人散坐，看那月光已自下去了，雞鳴過幾次。雲威與希真一夜兀自眼淚不乾。（偏以兒女態寫英雄。）那莊家已起來，在外伺候。莊客去備好那兩匹馬牽出外面，點起十幾個火把候着。雲威只得叫雲龍進裏面去，同幾個小厮搬那行李、兵器出來。（直等火把點齊，方肯將出行李來，寫雲威厚誼戀戀。）希真、麗卿已裝束停當。雲威送過家信，希真收了。又取一百兩銀子送作盤費，希真那里肯收，吃雲威硬納在包袱裏面。又把十兩碎銀子賞與莊家道：「大哥累你，包袱內又加了些乾粮，重了。這些微禮送你作酒錢。」雲龍便去把隨身佩帶的一口昆吾劍取來，贈與麗卿。麗卿道：「兄弟，我自有寶劍，你不可割愛，我不敢受。」雲龍道：「姊姊既這般說，這鈎子送與你罷。」便把那嵌花赤金鈎子解下來，繫在麗卿的青錞劍上，（真寫得好。）麗卿只得收了。父女一齊謝了，就此拜辭。希真又叫麗卿進去辭了伯母，便起身要走。雲威已叫另備兩匹馬，祖孫二人同送。雲威問道：「賢姪投沂州，你那令親姓甚名誰？」（何必至此始問？行文求奇，不得不然耳。）希真道：「小姪襟丈姓劉名廣。」雲威道：「可是住在沂州府東光平巷做過東城防禦的？」希真道：「正是。」雲威呵呵大笑道：「賢姪何不早說！行李挑轉，請進來，我還有話問你。」不知雲威說出甚麼話來，且看下回分解。

范金門曰：寫雲太公與希真相語一段，感慨而不涉于悲憤，愛慕而不涉于阿私；一番勸慰，一番誥誡，却全是天下公論，絕無一己私謀，讀之但覺滿紙雲濤悲壯之氣。視彼宋江者，無論其胸襟之邪正，判若天淵；即就言辭而論，早已詹詹小言，等于爝火矣。

李逵所遇之李鬼，麗卿所遇之嘍囉，同以八九十歲老母為辭，乃李逵深許其為養娘之人，而麗卿以為你有老母，誰教你做這勾當？其設心相去如此，此李逵之終于強盜，而麗卿之所以卒成正果也。

邵循伯曰：寫離鄉情致，總從慘淡處一路着筆，人情大抵然也，而況于逃難乎，而況于閨閣女子之逃難乎？文能推陳出新，竟從殺人放火入手，寫得興會淋漓，是麗卿真本色，是仲華真手段。

第七十七回　皂莢林雙英戰飛衛　梁山泊羣盜拒蔡京

話說陳希真父女二人辭別要行，雲威問到劉廣的來歷，大喜，重復留住道：「賢姪且慢行，我有話要問你。你何不早說，你原來同老夫是親戚。」（奇。）希真又驚又喜道：「請問何親？小姪實不知，失瞻之至。」雲威笑呵呵的指着雲龍道：「你道你的襟丈劉廣是那個？便是他的岳父。」（奇妙。）希真大喜道：「幾時訂的？」回顧麗卿道：「原來你秀妹妹許在這里，真不枉了。」麗卿亦喜。雲威道：「昨日所說，正月裏定的。（劉廣已落職也。）小兒天彪在景陽鎮，與令襟丈最為莫逆，一時義氣相投，便結了兒女親家。寫信來問我，（好。）我有何不肯。（論爵位則天彪為總管，劉廣僅一防禦，相去甚遠；論際遇則一方現任，一方落職，又相去遠甚。乃由豪傑視之，若無其事者。嗟乎，近世之姻婭閥閱必論軒輊，財帛必較錙銖，真可鄙可歎。）老夫因聞得令甥女絕世的聰明，（又出一位英雄。不意征鞭已策之際，還有一位英雄出現，大書特書，筆法奇絕。）又說兵法戰陣無不了得，究竟何如？賢姪是他的姨夫，必知其詳，何不對老夫說說！」（讀者亦曰老夫願聞。）希真笑道：「若問起小姪這個甥女兒，（賣弄得絕倒。）卻也是個女中英雄。小姪四年前到他家見過，果然生得閉月羞花。（未言其才，先稱其貌，奇。）他別的在其次，天生一副慧眼，能黑夜辨錙銖❶；（麗卿能空手入白刃，慧娘能黑夜辨錙銖，真是絕對。）白日登山，二三百里內的人物都能辨識。（怪極。）自小心靈智巧，造作器具，人都不能識得。甚麼自鳴鐘表，木牛流馬，在他手裏都是粗常菜飯；一切書史，過了眼就不忘記。

---

❶ 錙銖：錙、銖均是古代最小的重量單位。比喻極微小的數量。錙，音ㄗ。

今年十八歲了。十六歲上他老子寄信來說，有一老尼要化他做徒弟，他爹娘都不肯，忽一日，竟不見了他，各處訪覓無踪，夫妻二人哭得個要死。（暗用聶隱娘故事。）過了半年，忽然自己回來，說那老尼把他領到深山古洞裏，教他一切兵法戰陣、奇門遁甲、太乙六壬之術，半年都學會了，老尼送他到門口。劉廣忙出去看，那老尼已不見了。（老尼更奇。）從此後越加聰明。劉廣夫妻二人愛他不過，叫他做『女諸葛』。（麗卿綽號女飛衛，慧娘綽號女諸葛，又是絕對。）他小字慧娘，乳名又喚做阿秀。（後出姓名，如龍點睛。）便是他兩個哥子劉麒、劉麟的武藝也了得，與他父親無二。」（忽帶表劉麒、劉麟兼表劉廣，都妙。）雲威聽罷，大喜道：「寒舍有幸，得此異人釐降。」回顧雲龍笑道：「你還不上心學習，將來吃你渾家笑。」雲龍低着頭，說不盡那心裏的歡喜。（其實得意。）麗卿對雲龍笑道：「兄弟，你原來又是我的妹夫。」（越加親熱。）雲威道：「我們已是至親，不比泛常，賢姪一定要去，卿姑可在這里盤桓幾日，賢姪再來接他不妨。」（何等親熱。）希真見雲威如此厚誼，真不過意，便對麗卿道：「我兒，祖公公這般愛你，你就在此住幾日罷，我總就來接你。」麗卿一把拖住老兒的袖子（入神之筆。）道：「我不，（句。）我要跟着爹爹走！」（真是妙筆。寫麗卿之孝，毫無一絲半點的腐氣，而已臻第一義。真是妙筆。）雲龍道：「姊姊何妨在此，勿嫌簡慢。」（雲龍又留，妙。）麗卿道：「爹爹在這里，我便也在這里。」（其言愈妙。）希真笑道：「祖公公看，活是個吃奶的孩子。（其實可愛。噫，天下之為人子者，皆如是熙皞成風，尚何言哉。）既不肯在這里，須放了手。」（想其還拖住袖子，真入神之筆。）雲威見他父女執意不肯，只得繇他們去，因說道：「日後千萬到寒舍一轉。」父女二人謝了。

看那天色已將黎明，眾莊客將火把照出了莊門，大家上了頭口，都到了青松塢關王廟前下了馬。那壁廂已有莊客在那里伺候。大家進了廟門，那酒筵早已擺好。麗卿看那廟裏關王的聖像，裝塑得十分威嚴。（此句人皆以為閒文可刪，不知最為要緊。一者風雲莊乃英雄出現之所，借壯穆為領袖，前批詳之矣，此處不能不實註一筆。一者見麗卿之孩子氣天真爛熳，長者有事他偏暇豫。一者見麗卿素不拋頭露面，玉仙觀之往，非比隨常婦女時常入廟燒香也。）雲威與雲龍替希真父女把了上馬杯，又說些溫存保重的話，少不得又流了些別淚。天已大明，雲威還要送一程，希真再三苦辭。雲威又同希真拜了幾拜，方纔灑淚上馬，（情深如許。）叫道：「龍兒，你多送一程。」雲威作別，帶了幾個莊客先回家去了。（此書自此以後，雲威不復再見矣。每於明窗獨坐，燈下長吟，忽憶此人，真令人心醉魂死也。）雲龍在馬上陪着希真父女，談談講講，緩轡而行，不覺已是十餘里。望那前面都是一派桑麻，平陽大路，（隨筆布景，都成妙文。）希真道：「賢姪，古人說得好：送君千里終須別。前途路遠，請賢姪就此止步罷。後會不遠，愚伯告辭。」雲龍只得跳下馬來，把轡繩遞與莊客，在草地上撲翻身便拜。希真父女也忙下馬回拜了。希真道：「令祖盼望，賢姪早回府罷。」雲龍道：「伯父閒暇便來舍下，不可失信；姊姊一路保重！」（知姊姊未必再來也，但屬其保重而已。）說罷，淚落下來。（為麗卿流淚也。）麗卿也流淚道：「兄弟如有便人，把個信來。我爹爹到府上時，或同你再會也。」（麗卿老實人，以為希真必定來。）希真道：「免你姊姊記罣，（你姊姊，妙。寫希真十分看中雲龍，又令讀者神注劉慧娘也。）勤寄信來。請早回府罷！」（再勸一句。）大家上馬分手。那雲龍立馬在路口，直望得希真父女不見影兒，方回馬怏怏的循舊路回去，（洛神賦云：心震蕩而不怡，千古相思語，當以此為第一。）縱馬加鞭，好半歇到了家裏。（同此十餘里去時，緩轡而行，不覺已到；歸時縱馬加鞭，好半歇方到，此等處非俗筆所能為也。）雲威因落了一個通夜，早上無事，却去安息了。（好。）雲龍不敢去驚動，便去母親處請了安。雲夫人與眾僕婦談論麗卿，稱羨不已。（餘音嫋嫋。）過了幾日，風會也回家，得知此事，懊悔不迭，道：「可惜我回來遲了，不能與他相見。」遂與雲威商量去做那件事，（何事偏不說明，奇。）不題。

卻說希真父女離了風雲莊，奔上大路。行了半日，方遇着人煙，（足見前夜莊客之謊。）大家去打個中伙。那莊家笑道：「這幾日在他家裏，大酒大肉把胃口都吃倒了，竟不覺餓。」（雲威之待希真，千言萬語也說不盡，只就莊家說一句，便已神完氣足，文章之妙如此。）希真嘆道：「『桃花潭水深千尺，不及汪倫送我情❷』；萍水相逢，承他這般厚愛，且喜又是親眷。」麗卿道：「爹爹說還要到他家，孩兒卻未必再來了。」（麗卿之老實如此。）希真道：「癡兒子，嘴這般說，得知有無此日？我只待你有了良緣，終身有託，（意中有失去雲龍之嘆。）我便逍遙世外。四海甚大，何處不可以住？且因緣遇合，怎說得定。」（寫希真真是風塵之外。）當日父女同那莊客行了一站，晚上到了一個鎮上投宿。那客店卻不是黑店。（倒點一筆，妙。）當晚希真把包袱解開打鋪，父女二人都吃了一驚，（奇。）只見那包袱裏面的衣服都換了新的，皆是錦緞製造；又有一套女衫、百褶羅裙；衣服裏面又有兩枝金條，每枝約十餘兩重；又有一對鳳頭珠釵、一對赤金纏臂，約四五兩重。餘外還有乾糧等物。希真道：「這是怎麼說起！」嘆道：「真難得他這般厚待我，日後卻怎生補報他？」麗卿道：「他送孩兒的這些物事，孩兒想不如轉送了秀妹妹罷。」（麗卿真能。忽然想到秀妹妹。）希真道：「也說得是。我到了山東，也帶些土儀回敬他。」當夜安寢，次日起行，一路上曉行夜宿。麗卿果然聽他老兒吩咐，再不去射蟲蟻兒，（反挑下文一句，妙。）幸而那幾程路上，蟲蟻兒也不多。（又挑一句。）一日，早行不多路，面前又是一座大嶺。父女縱馬上了嶺。那嶺卻不比飛龍嶺，（又將前文一點。）卻是平安路途。（有此四字，讀者再不料又有下文也。）上得嶺來，只見左邊一帶都是皂莢樹林，行了半歇，還過不完。麗卿道：「這條嶺好長。」希真道：「就快完了。」那莊家道：「前面那樹低下去的所在，便是下嶺的路。」（如畫。莊家許久不開口，應得用他。此嶺已完，只道無

---

❷ 桃花潭水二句：唐李白贈汪倫詩。全文曰：「李白乘舟將欲行，忽聞岸上踏歌聲。桃花潭水深千尺，不及汪倫送我情。」

所事矣，不料又有妙文在後。行到水窮處，坐看雲起時，文境似之。希真用鞭梢指着道：「卿兒你看，望去那座青山，轉過去便是沂州府的城池了，文中有畫。你那姨夫就在城裏。偏鑿實一句。明日此刻光景好到也。你到那里須斯文些，不可只管孩子氣，吃表嫂兄妹們笑。」數語情景都有。麗卿甚喜，因問道：「爹爹，沂州城裏的風景，比東京何如？」回顧東京一筆，妙。希真道：「開封府是天子建都的所在，外省如何比得。」正說着，麗卿道：「爹爹你先行一步，這匹棗騮馬只管撩蹶子，想是肚帶太扣得緊了，待我與他鬆鬆。」希真應了一聲，又說道：「長路頭口肚帶不可太緊，朝你說過多次。」一面說，一面同那莊家下嶺去了。看他設法把麗卿落後。這麗卿跳下馬來，倚了鎗，翻起踏鐙，掀起披韉，用手去摸了摸，三條肚帶都不甚緊；何也？又去看那後鞦，也不緊。何也？又加後鞦一句，文有步驟。麗卿罵道：「你這亡人，不是討打麼！肚帶、後鞦都好好的，何故撩蹶子？不要惱起我的性子來，拷折了你的狗腿！」對馬說話，與馬評理，奇極。說罷，又去那邊掀起看了看。咦，怪不得！原來早上備鞍子的時節不留心，把替子一角反折轉，人坐上去，那馬被鞍孔裏的皮結子墊得疼，故只管撩蹶子。吾讀至此，不覺慨然太息。嗟乎，相馬、愛馬、騎馬、調馬如麗卿者，而於自己之坐騎猶有時不能得其隱曲，然則為民牧者桁楊刀鋸，顧可顢頇措施乎。麗卿看了笑道：「你這廝忒嬌嫩，三字論馬，奇文得未曾有。一點委曲都受不得！」忙去二字妙。解了肚帶，揭鬆鞍子，弄熨帖了，仍就扣搭好，已有好半歇。希真去遠矣。麗卿提了鎗，翻身騎上，抖抖轡繩，走得沒幾步，忽聽得潑喇喇一聲，奇筆，令讀者眼光霍霍。路旁右側竄出一個老兔兒來，攔麗卿的馬頭橫竄過。麗卿一時又手癢起來，前回只顧射蟲蟻兒，只為此處襯托，卻還不落正文，奇妙。忙挂了鎗，取出弓來，抽一枝箭，搭在弦上，那兔兒已竄入林子裏去了。麗卿便縱馬追入林子，那兔兒早竄出林子那邊，往青草裏鑽了入去。麗卿追過林子，不見了兔兒，料想鑽入草裏，沒處尋覓，說聲「可惜」，「恐爹爹等得心焦，去了罷休！」忽然收落。便兜轉馬回舊路，忽聽得頭頂上又是潑喇喇一聲。愈奇。複一筆作章法。麗卿擡頭看時，只見一隻芝麻角鵰，劈出林子來，只在那樹梢邊旋磨，側着頭往地下看，好似在草裏尋東西一般。寫鵰又是神情逼肖。麗卿笑道：「就取你來耍子。」收住馬，帶敘馬。想道：「射他別處，萬一不死，到吃他帶箭飛了去，不如射他的頭。」寫麗卿神射，真是綽有餘地。便扭轉柳腰，翻身向天，用杜詩。拽滿弓，颼的只一箭。那鵰正在盤旋，見箭來，急避不迭，寫鵰直寫入性情。射個正着，衝上去倒跌下來，加「衝上去」三字，用筆曲折奇拗。撲的直落在對面深草裏。麗卿大喜，跳下馬，插了鎗，用那張弓撥開深草，把那隻鵰提了出來。看時，只見那枝箭正射中下頦，箭鏃從眼珠中穿出。麗卿拔出了那枝箭，收入壺裏，弓也收好。弓箭至此，始是總結。提着那隻鵰走到平地上，看了看笑道：「你這廝撞着我該悔氣！」反說是鵰撞他。那鵰忽然兩翼翅拍拍的撲起來，雙爪亂抓。麗卿恐抓傷手，忙丟在地下。待他顛撲過了一陣，真是寫生手。卻使個拏法，雙手去捉定了翼翅，反並着，提在手裏。滿手都是鮮血，就去他的毛上掤了掤，稱贊道：「好一副翎翮，倒有幾枝箭好配。」真是淘氣。走到馬邊，解了韁繩，拔起鎗，騎上了馬，一面走回原路，一面看那隻鵰。忽然又收落。

忽聽得三個「忽聽得」，俱突兀而起。有人說話，麗卿回頭看時，只見一個少年，面如冠玉，唇如抹硃，騎着匹銀合白馬，手執一張彈弓，頭戴一頂軟紗武士巾，身穿鵝黃戰袍。背後兩三個跟隨，數內一個掮着口三尖兩刃刀，飛奔過來。那少年見麗卿提着那隻死鵰，鵰。吃了一驚，大喝道：「兀那小廝！你這鵰那里來的？」麗卿見叫他小廝，怒道：「鵰是我射來的，干你屁事！麗卿先怒，妙。你敢來問我怎地？」那少年大怒道：「這是我的獵鵰，方纔追一個兔兒到這里，你何故敢射殺他？」註明。麗卿道：「你的獵鵰，有何憑據？射殺了，你待怎的？你莫非是剪徑的惡強盜，來奪我的鵰！（反說是奪他的。）識風頭趁早走，再挨教你同冷豔山的賊漢一樣！」（姑娘得意語。）那少年氣得咆哮如雷道：「你是那里來的賊蠻子，（暗照東京口音。）且殺了你，與我的鵰償命！」一面說，一面拽滿彈弓，一彈丸劈面打來。麗卿霍的閃過，那少年連放數丸，都被麗卿躲過。毆得麗卿性起，撇了那隻鵰，（鵰。）雙手挺鎗，拍馬來刺那少年。那少年忙丟了彈弓，搶過三尖兩刃刀來急架忙還。戰了兩個回合，麗卿喝道：「且住！（忽然一頓，奇極。）這里草又深，樹根又多，（處處不脫皂莢林三字。）不是放馬之處，揀個空濶所在，并個你死我活！」那少年道：「空濶處，再過去就是，你敢同我去，誰來怕你？好漢子不許暗算人。」（每遇一英雄出現，必有一番聲口，此又是一樣。）麗卿道：「啐！（一字絕倒，不脫姑娘腔。）量你有多大本領，值得暗算你。」二人縱馬前行，不上百十步，已見一片空濶的綠蕪芳草地。那幾個跟從人同上去，數內有一個往別處跑了去。（至忙中補一筆。）麗卿同那少年到芳草地上，放開對子，刀來鎗往，鎗去刀迎，二人足足戰了三十餘合，全無勝負。麗卿暗暗喝采道：「這廝好武藝！」那少年也暗自吃驚。二人又酣戰了十餘合，正在性賭命換（四字新。）之際，（特加此句，以見下文之險。）只見又一個少年，手舞雙鐧，騎一匹黃馬，如飛也似的趕來，大喝道：「那里來的野蠻子，敢這般無禮！」先來的那少年大叫道：「兄弟快來，一同殺這賊！他射殺我們的鵰，還要口出狂言。」那後來的少年大怒，兩條鐧直上直下的劈進來，也十分勇猛。麗卿敵住兩般兵器，只辦得抵格遮攔。得個空子，偷轉右手，抽出那口青錞寶劍來，左手輪鎗，右手使劍，（鎗劍至此合寫一通，以便結束。好筆力。）狠鬬那兩個少年。這一場廝殺，比那冷豔山前更是凶險。（連次提照上文，妙筆。）那麗卿殺得渾身大汗，沒半點便宜。（此句寫兩個少年。今番遇着對頭也。）那兩個少年也使盡本事，不能得他破綻。（此句寫麗卿。）麗卿暗想道：「這兩個果然利害，不如詐敗，待他趕來，用回馬箭射倒他一個，那一個便好收拾。」忽寫麗卿打筭，憨態如畫。沒奈何只好用暗筭矣。心裏這般想，怎奈三匹馬旋燈兒也似的厮併，兩個英雄兵器都不偷閒，一時脫身不得。絕倒。

正在難分難解之際，又特加此句，更見下文險極。只見又一個大漢飛馬橫刀殺來，大叫：「賊子不得無禮，我來也！」急殺，急殺，麗卿奈何。麗卿道：「我今番休也。」不但姑娘急，讀者亦替你急。那大漢趕到面前，看了他們三人一看，大叫道：「快住手！都是自己人！」奇。三人都收了兵器，定睛看那大漢，更非別人，便是那陳希真。真妙。那兩個少年看見，叫聲：「阿呀！」滾鞍下馬道：「那陣風吹你老人家到這里？」撲翻身便拜。更奇。希真忙下馬還禮道：「賢喬梓可好？」那兩個少年道：「這位少年將軍又是那個？這般英雄了得！」二劉亦心服。希真笑着，看了麗卿看，對二人道：「你道他是男兒？這就是那女飛衛。」此句之妙，真不可言語形容也，尤妙在這就是三字。兩個英雄大驚大喜，連聲喝采道：「原來就是卿妹妹，快請見禮！」麗卿在馬上喘息方定，弄得個不知所以，只得跳下馬來，問希真道：「這二位是誰？」希真道：「你還問哩！這就是你兩個表兄。這使刀的是你大表兄劉麒，這使鐧的是你二表兄劉麟。」麗卿連珠箭的叫「得罪」，道：絕倒。「二位哥哥何不早說，反怪別人。險些吃我做出歹事來！」還要說大話。二劉忙唱個無禮喏，麗卿也唱了個喏。絕倒，對雲龍偏道萬福。希真道：「你說鬆馬肚帶，我先走了一步，等你竟不來，我只得倒尋轉來。直尋過嶺的那邊，沒你的踪跡，重復又走轉來。騰挪出厮殺許多時候。想你必在林子裏又射甚麼蟲蟻兒，故尋進林子來，叫得個喉乾。忽聽得喊殺之聲，一抹地追尋來。只道你遇着歹人，卻為何同二位表兄厮殺？」補敘希真一邊，簡潔。麗卿道：「孩兒無意中三字嫵媚之極。射了一隻鵰，那知是二位哥哥的獵鵰。孩兒又不認識，故此相鬧。」厮殺乃云相鬧，妙語。那從人已尋着那隻死鵰，鵰。在旁邊提着道：「這就是。」小人挑嘴如畫。希真看見罵麗卿道：「你這丫頭番番闖禍，你自己看可惜不可惜？我折斷你的手指頭纔好！」劉麒、劉麟忙說道：「沒事沒事，不值什麼。方纔要他償命，此刻又說不值什麼。姨夫因何到此，卻又同表妹齊來？且請到舍下相敘。」希真道：「一言難盡，且到府上再說。二位賢甥為何到這里？」二劉道：「姨夫不知，如今舍下不在沂州城裏了。只因家父落職之後，吃那青苗手實錢，追逼不過，只得把祖遺的一所房子變賣了賠償，傷心。另買了一所房子在鄉間。此去下山落北十里，胭脂山下，地名安樂村便是。此地名安樂村，英雄韜光養晦于此，可以為無患，與世無爭矣。而禍災卒相尋而至，人生世上亦如郭令公所言，所仗惟天而已。甥兒兄弟無事，來此射獵消遣，順便操演武藝，所以帶着軍器，無一漏筆。卻遇着姨夫、表妹。」希真感歎不已，說道：「我還有一擔行李在前面，我去招呼了他，一同到府上去。」二劉道：「我們同行。」大家都不騎頭口，從人牽了那四匹馬，一齊步行出了林子。只見那莊家等得不耐煩，挑了擔兒倒尋轉來，看見希真、麗卿歡喜道：「小官人尋着了，在那里這半日？」莊家實屬可愛，我倒不忍捨他。希真道：「正是。」希真見那莊家，驀然記起一件事來，待走下了嶺，只見路旁一個村落酒店，希真對眾人道：「你們在此畧等一等，我同這莊家酒店去說句話。」眾人應了，都立定脚。希真邀那莊家到酒店內，盪了兩角酒，希真開言道：「大哥，累你遠來。我方纔知道我那親戚不在沂州府，已到泰安州去了。我此番要到泰安州去尋他，現在有伴同去，大哥不必同往。我賬已同你算清，省。就此分別。」說罷打開包裹，取出了那包碎銀子，抓了一大把與他道：「這是送你的酒錢。」又抓了一大把，道：「那日飛龍嶺上累你受驚，這些是與你壓驚的。」好。那莊家那里肯收，道：「小人蒙二位官人指教多少秘傳，恩同父母，其言不俗。沒得孝順你老人家，那敢再受賞賜。」真好。特與前回到地頭多把幾個酒錢與我之言反應。希真道：「這算什麼！江南那條路，我不時要走，後會有期。」莊家只得收了，說道：「小人無緣，不得常同二位官人在一處。（其言真不俗。）官人再到敝地，務到舍下光臨。」說罷，朝希真撲翻身拜了四拜，希真忙還禮。莊家道：「小官人處也去辭辭。」（鬱勃可愛。）希真道：「不必，我說便了。」莊家那里肯，便會了酒錢，（細。連酒錢都自己會，妙。）挑了行李到大路邊，去麗卿身邊，跪倒就拜。（妙。）麗卿不知所以，忙扶住道：「做甚，做甚？」（絕倒。）希真道：「我兒快回個禮，這位大哥辭了回去也。」麗卿道：「你為何不送我們到地頭？」希真道：（希真代答，好。）「我們自有伴，不必央他了。」那莊家把行李都交代明白，希真取出那張承攬還了他。莊家抽出了那棗木扁擔，又把自己的包裹拴在腰裏，唱了兩個喏道：「二位官人保重，後會有期。」說罷，自己去了。（用莊家始畢。特撰出一個莊家，只為老大包袱拴在腰裏厮殺不靈便耳，卻費去無數筆墨。不得不省則省之，不得不費則費之，作文顧不難哉。）麗卿道：「爹爹為何不叫他送到？」（麗卿直心人。）希真道：「有個道理。這些行李，仍就馬上梢了去。」劉麒道：「何用如此，叫這些伴當們相帮拏了回去。」眾莊客一齊動手，兩個包裹兩個人背上；一切零星，提的提，掮的掮，搶得罄淨。正是俗語說得好：只要人手多，牌樓擡過河。（妙語。）劉麒請希真、麗卿上馬，大家騎了頭口，一齊奔安樂村來。劉麟道：「哥哥，你陪姨夫、妹妹慢慢來，我先去報知爹爹。」說罷，加鞭如飛的去了。

希真、麗卿看那座胭脂山，果然明秀非常，靠山臨水，一帶村烟。（絕妙畫景。）還未到村口，那劉廣已同劉麟迎上來。希真等下馬相見，大喜，齊到莊裏。劉廣的母親、劉廣的夫人、劉麒、劉麟的娘子并慧娘，都出來相見，廳上人滿。（寫得鬧熱。）都敘禮畢，坐下，各道寒温。劉母道：（先用劉母開口者，見劉廣彬彬有禮，長者前不敢僭越也。）「大姑爺那陣順風得到這里！這秀丫頭的占數真靈，（日後卻又不信，何也。）他是說今日必有遠方親戚來，再不想到是你。」（老嫗又有老嫗聲口。麗卿看那慧娘，生的娉娉婷婷，好像初出水的蓮花，說不出那般嬌艷。麗卿暗暗吐舌道：「天下那有這般好女子！」（夾敘法。麗卿此日連遇敵手。）「你在家幾時動身？」（接前言，妙。蓋劉母只管一邊與希真說話，麗卿一邊只管自看慧娘，神情俱活。）希真道：「本月初一日。」劉母道：「也走了二十多日了。這個小官人是誰？」（劉母憒憒。）劉廣對道：「這就是麗卿甥女，喬粧男子。」劉母道：「哦，也有這麼大了，今年幾歲？」希真道：「十九歲了。」雖是十九，還是孩子氣。」劉母道：「年紀本小。」劉麒、劉麟道：「卿妹妹一身好武藝，孫兒們都敵不過。」（二劉之言，眉目俱動。）劉母道：「你們省得甚麼。（毫不為意，寫老嫗渾沌。）卻為何扮男子？」（絮絮叨叨，無一句正經語，確是老嫗。）希真道：「路上便當。」只見麗卿立起身來，對希真道：「爹爹，已到了姨夫家，還假他做甚！（妙語。）由孩兒改了粧罷，這幾日好不悶損人。」（無非妙諦。）希真道：「何用這般性急，少刻也來得及。」劉廣道：「此事何難？」就對劉夫人道：「你快去領甥女去改扮了。」麗卿甚喜，便隨了劉夫人、兩位表嫂同到樓上，把男粧都脫了，一把揪下那紫金冠來，（快極。一揪字活畫麗卿。劉母與希真絮叨亦復三日不得了，四日不得休。幸虧姑娘豪爽，借此發揮，橫空隔斷，此羯鼓解穢法也。）仍就梳了那麻姑髻，帶了耳璫。那劉麒、劉麟的娘子開了箱籠，各取出幾件新鮮衣服與他粧扮起來。劉夫人又取出一雙新鞋子來道：「甥女嫌大，再小些還有。」（以腳取人，失之麗卿。）麗卿笑道：「阿耶，慚愧殺人！這雙我還穿不着！（見笑。）別樣學男子不來，若論這雙腳，卻同男子一樣。」眾人都笑。（作者極力寫麗卿無妙不臻，而獨不與之以文墨，獨不與之以金蓮，乃愈見其妙也。俗筆不知。）麗卿粧點好了，劉夫人同二位娘子仔細觀看，果然賽過月裏嫦娥、瑤臺仙子，（世人稱絕代佳人必用此八字，究竟誰人見來？思之絕倒。）十分歡喜。（世事有不可解者，如男子歡喜看女娘固矣，乃婦人亦歡喜看女娘，何哉？）劉夫人對兩個媳婦道：「這兩表姊妹，怎樣生就的！（合贊一句，妙筆。怎樣生就要問你。）卻又各自歸各自的麗兒。」（益歎造物之奇，作文不當如是耶。）劉夫人同二位娘子引麗卿下樓，到廳上。劉母見了，也甚歡喜，笑道：「同我們秀兒真是一對。」二位娘子道：「卿姑娘用的那兩般兵器：一枝鎗、一口劍，更是驚人。」（鎗、劍至此總結。）原來劉麒、劉麟的娘子，也是將門之女，也會些武藝，只是苦不甚高。（帶敘二位娘子，為後回伏筆。）劉母對劉夫人道：「你不要在此敘濶，（阿婆聲口。又二位娘子之言如不聞也。）且去厨下看看他們，沒甚菜蔬，就把那兩隻黃婆鷄宰了。（豈有持長齋念佛之人，而教人殺生乎？老婦之愚可笑。）你妹夫總是一家人，不比外客。」劉夫人應了聲，兩個媳婦都同了進去。（真寫得好。）

那劉母同希真談論家務，絮絮叨叨，一直到晚。（偏又健談，劉廣竟未開口，妙。此書敘事，往往不由人料。如此一會，任是何人筆墨無不先寫陳、劉各訴心事，此卻偏將劉母夾在前頭說無數閒話，不但文氣不廹，而劉廣之孝，一家雍順景象又都渲染出來。）廳上擺上酒餚、菓品之類，眾人讓坐。希真道：「太親母請先坐了，小輩們好坐。」劉母起身道：「大姑爺穩便，我持長齋，不便奉陪。我兒陪你襟丈多飲幾杯；秀兒也呌他在此陪姊姊，我進去也。」說罷，柱着拐兒轉入屏後去了。陳希真同女兒坐了客位，劉廣同兩個兒子、一個女兒坐了主位。希真道：「太親母精神康健，同四年前一般。」（還說閒話，妙。筆有情致。）劉廣嘆道：（一「嘆」字寫盡孝子聲口。）「近來也衰弱了些，得了個胃氣疼的症候，不時舉發。（為後回伏筆。）小弟境遇又不順，累他焦憂。（先自責，好。）老人家近又持長齋。幸虧這沂州城裏有一個姓孔的孔目，名喚孔厚。（又出一位英雄。）此人醫道高明，時常邀他來醫治，但吃他的藥，一服便好，只不能除根。據孔厚說必須開葷，方能全愈。老人家一意信佛，終日念高王經，（絕倒。）那里勸得。那孔厚（忽收到孔厚。）是曲阜縣人，大聖人的後裔，現為沂州府孔目，為人秉性忠良，慷慨正直，專好抑強扶弱。本府太守高封那廝也懼憚他，小弟那塲官司也深虧他。」（打到正文。）希真道：「小弟正要問襟丈，何故為一塲屈官司落職？」劉廣咬牙切齒道：「不說也罷，說起來教人怒髮冲天。高封那廝是高俅的族分兄弟，被梁山上殺的高廉，是他的親哥子。他也識些妖法，（為後回伏線。）專一好的是男風。他標下一個隊長阮其祥，生得一個兒子，名喚招兒，眉目清秀。那阮其祥要鑽挖小弟這東城防禦缺，把他兒子獻于高封做伴當，情投意合，遂無中生有尋我的錯處，把我無端褫革，又要把我家私抄扎。幸虧那孔目一力保持，買上告下，方成得個削職。那廝得補了東城防禦，輔佐着高封，無惡不作。小弟歸農之後，那廝就把青苗手實錢追逼甚緊，沒奈何，我把那沂州城裏的房子變賣了，搬來這裏。兩個外甥也時運不濟，我也無志於此了，意欲挈眷到東京投姨夫處，另就機會，（希真方投劉廣，劉廣又要投希真，關筍得好。）恰好姨丈到此。」一面說，一面叫劉麒道：「你把那卷宗取來，與大姨夫看。」（陷害之計，只此虛寫足矣，必要鑿實某計，則笨伯也。）希真接過手來，看了看大畧，也不禁忿氣上奔，罵道：「這賊子的心腸好毒！」（虛寫，妙。）劉廣道：「高封這廝自己年輕時，也從男風上得了功名，後來反把他孤老害殺。這等狠心，實是少有。」麗卿問希真道：「爹爹，什麼叫做南風？」（絕倒，真把人都笑殺。雖是作者戲筆，然卻形容盡麗卿之在東京深處閨閣毫不見外事也。以極猥褻之筆，反寫出極莊重之人，豈非怪事。人謂此書寫麗卿最難，不知只須用四字作訣。何四字？曰：「赤子無知」。作文不知轉筆，聖歎所謂老鼠入牛角也。轉筆有痕跡，亦非善於用轉者也。玆借麗卿一句科諢，便拋去阮其祥，帶起東京心靈。筆妙真不可及。）希真笑喝道：「女孩兒家不省得，便閉了嘴，不許多說！」劉麒、劉麟、慧娘都忍不住暗笑。（姑娘日後曉得了，自己也要想得笑。）麗卿肚裏想：「不省得便問聲也不打緊，不值便罵。最可恨說這種市語！」（一發絕倒。）劉廣道：「卿姑（便就從麗卿身上架到希真一邊矣。）同你爹爹來，家中都托付那個？」希真嘆了口氣道：（也是嘆口氣。）「不瞞姨丈說，小弟此刻已無家了，特帶了小女來投姨丈，望乞收留。」（突兀悽惋。）劉廣同兒女都吃了一驚。劉廣道：「卻是為何？」希真指着麗卿道：「只為這個孽障，一言難盡。」劉廣叫道：「姨丈，我與你異姓骨肉，平素做事，大家看見肝膽，今有話只管說。我這左右都是心腹，凡是我用的人，沒一個敢懷異心。（凡一位英雄，必另有一番氣象。劉廣此言又非別人所能道，真有李將軍三軍共眠之風。）你便犯了彌天大罪，也沒那個敢去出首。（數語寫出一員材將。不要吞吐，直說不妨。」希真便把東京高衙內那一節事，細細說了一遍，「因防追捕，特往江南繞道走，得遇令親雲子儀，盤桓數日，故走了二十多日方到此地。今不意姨丈亦在失意之際，怎好滋擾？要投別處，又無路可奔。」直引起猿臂寨來。說罷，吊下眼淚來。英雄失路，托足無門，真是傷心。劉廣父子四人聽罷，都甚驚嘆。劉廣道：「姨丈寬心，方纔小弟雖這般說，然舍下也還支撐得定，何爭二位在此。」希真稱謝。劉廣道：「但只是此地也難存脚。用筆飄忽。秀兒這妮子他會望氣，嘗說此地不久當有刀兵殺戮。逗得妙。往常說的休咎都驗，也不能不信。我想此地有甚刀兵？若論猿臂寨來借糧打劫，那苟桓又同我相識，真渡得妙。不成知我在此地便下得……。」其詞未畢。希真驚問道：「怎的苟桓當真落了草？」劉廣道：「正是。那猿臂寨的真祥麟、范成龍都尊他做頭領，招集了四五千人，在那里打家刧舍。我恐他去投梁山入夥，屢次寫信去止他。關防得妙。他也時有信來，又動問姨丈，感激姨丈的洪恩，同父母一般。埋伏得妙。我想便是他來，有雲天彪渡到雲天彪。鎮守景陽鎮，當他的咽喉，他也一時未必到得這里。」希真嘆道：「那苟桓、苟英弟兄二人，被童貫屈殺了他的父親，映射劉廣。無窮的怨毒在心，也怪他不得，怎能得他報了仇，歸正才好。說起你令親雲總管，他老子有封家信，托我寄與他，必須親到，不知景陽鎮離此多遠？」順便補出路程。劉廣道：「有七十多里，他此時也不在任上。聞得蔡京調他去攻打嘉祥縣，許久不聞動靜，正不知幾時歸哩。作者寫希真一邊甚忙，蔡京一邊只得暫擱起，又恐冷落，故時時提照此處，直說許久不聞動靜，以見其筆之善遮蓋也。許久不聞動靜，自是劉廣關切世務語，功名中人也，希真則不然。一員兵馬都監代他護理印務，此信不如由他那里發官封寄去。」自坐席吃酒至此，一幅文章極平淡無奇，卻最難着筆，有無數人物、關節必須此處交代，以便作後回線索。太詳則詳不得許多，太畧又畧不得，看他穿針度線彌縫無跡，竟是無縫天衣，足見匠心之苦。希真又稱揚雲威的義氣，此以下皆閒話矣，畧畧遞過，卻又不肯寂寞。麗卿道：「那雲龍兄弟的武藝也好。也好者僅好，而有所未盡之詞。那表人物，與二位哥哥相仿。（帶起二劉。）秀妹妹好福氣，得這般好老公，誰及得來！」（姑娘不鳴則已，一鳴驚人。）慧娘被他說得臉兒沒處藏，低下頭去。希真喝道：「你這丫頭，認真瘋了！路上怎的吩咐來？偌大年紀，打也不好看，只好縫住了你這張嘴。」麗卿被罵得笑着臉，不敢做聲。（嫵媚。姑娘今日千支不好，連碰老大釘子。）劉廣也笑起來，劉麒、劉麟道：「卿妹妹的武藝真及不來。飛龍嶺、冷艷山我們雖不曾見，便是我那隻鵰一箭便着，真是賽過飛衛。」（二劉為麗卿解嘲耳，反提起他錯處來，妙絕。）劉廣笑道：「不見你們兩個四五月天氣，顛倒去放起鵰來！」（本無此事，不能無此文，故自註而自解之。）麗卿道：「奴家委實冒失，把哥哥的愛物壞了，爹爹那里去尋架好的，買來送哥哥。」二劉連說：「不打緊，妹妹切勿放在心裏。」希真笑道：「哥哥當真還想你賠，你下次手少熱些就是了。你看秀妹妹比你還小一歲，便恁地斯文，你也學學他。」劉廣笑道：「姨丈誇獎，卻不曾見他也是孩子氣。」（落到慧娘。）希真道：「賢甥女聰明絕世，那木牛流馬怎樣緣故會走？」（仲華最愛打聽。）慧娘道：「甥女怎敢當得『聰明』二字，只不過依成法畧變化些。（這就是聰明絕世也。）那木牛流馬妙在機括不多，運動靈變。（八字非深知木牛流馬者不能說。）武侯❸老師（奇稱。）的法兒，大都如此。」說罷，回轉頭去，對身邊那個養娘低低說了幾句，（又是一樣美女身段，妙極。前傳將此數字寫冠勝，便覺有一片神威。此處用以寫劉慧娘，便覺有一種端莊秀媚，筆墨之怪何至于此。必如此方算得用書。）養娘答應了聲，就去了。

不多時，只聽得側首耳房裏，幌硠硠的銅鈴亂響。房門開處，一個青獅子竄出來，直撲到筵前。麗卿只道是個真的，嚇了一跳，連忙跳開。（活麗卿。）那獅子走到天井裏，搖頭擺尾、張牙舞爪的跳舞，慧娘挪

---

❸ 武侯：即諸葛亮，字孔明，三國蜀漢政治家、軍事家。被劉禪封為武鄉侯。傳曾革新連弩，又製造木牛、流馬等。

步上前，去獅子項上拍了一下，便四隻脚立定了不動。希真同麗卿近前觀看，只見絨線織就的毛衣，樟樹雕刻的頭額，燒料石的眼珠，象牙牙齒，大紅湖縐舌頭；自背至地高五尺，自頭至尾長八尺；項上套一串茶杯大小的溜金銅鈴，身上脚上又有許多小銅鈴。好看。慧娘叫那養娘扶綽，寫慧娘嬌弱，妙。騎在獅子背上，坐穩了，把那獅子耳朵扭了一把，仍復行動。要進要退，要左要右，緊跑慢行，登高下低，都由人的主意。跳舞了一回，好看。慧娘又叫那養娘把那大紅舌頭取出了，不知那裏點撥着，那獅子口裏便噴出烟火來。更好看。那時天色已暗，黃烟紅焰分外明亮。戲彀多時，慧娘跳下來。麗卿問道：「是那個躲在裏面？」麗卿絕倒。希真笑道：「傻丫頭，都是做就的關捩子，卻有那個躲在裏面！」問慧娘道：「裏面的機軸看得見否？」慧娘道：「看得。」便叫養娘把毛衣掀起，裏面是榆檀木的架子。希真討火來照看，寫已夜，妙。只見肚裏不多幾樣事件，卻鬬心勾筍，一時也看不明白，歡喜得個麗卿不住的拍着手叫道：「妙阿，妙阿！好妹妹，幾時也與我做一個，好騎着耍子。」活麗卿。慧娘笑道：「我本做了一對，這一個就送了姊姊罷。」麗卿大喜。夾敘法。「索性把騎的法兒都教了你。只是日日戲弄，只得一個月用，機軸便磨壞了。今夜且放在這耳房裏，明日連箱子又加一箱子，妙。送歸姊姊處。看他如此大，拆卸了盛在箱子裏，卻沒得多少。」便叫養娘仍拏去耳房裏收了。忽然收了。大家重復入席，又吃了一會酒，慧娘道：「這便是木牛流馬裏化出來的。當年武侯征南蠻時，亦曾用過。三國演義喜附會，仲華更喜附會。騎了陣上也去得，預為鎮陽關鬼兵伏線，奇妙。只是不能厮殺。」如再能厮殺，麗卿不騎棗騮矣。希真稱讚不已，道：「真是個女諸葛！」與二劉讚麗卿對鎖。劉麒道：「還有家下舂米的木人，磨麥子的木驢，都是秀妹妹製造的。」偏又虛寫兩件，以作陪襯。劉廣笑道：「我恁般煩惱，他們卻恁般的開心。」希真道：「姨丈非是這般說。小弟想來，我們的絕技異能，都會集一處，天地生我們，決非無故。總結。靜待天命，必有一番作為。有何患乎喪乎之意。只是小弟無心塵世，所以張百戶來時，曾寄信問及家師消息，意欲相從入山。」如此引出信來。劉廣道：「正要告達姨丈，令師張真人已不在日觀峯了。令師弟王子靜來辭行，說從你令師到廬山去。篇終之事，預伏於此，有樓臺倒影之奇。你那封信到，知足下要留王子靜少待，無如他去在先，無從挽留。希真信中之言，此處隱躍微露，妙。我就托張百戶寄回信與足下，也是這般說。」希真聽罷，叫聲苦，不知高低道：妙。「姨丈大不該寄回信與我。小弟信上明明註着不候回音。極寫希真精細。你信內題及挽留王子靜的話，那張百戶沒處尋我，信尚在他那里，萬一漏在冤家手裏，必猜到我在此處。我想姨丈這里住不得，求姨丈怎生為我畫策。」極寫希真敏警。劉廣道：「姨丈多心，那里便有這般巧。」是劉廣語。慧娘笑道：「姨夫只管放心，甥女已替你占過一課，不害事。此封信必然漏泄，高俅必來追捕，「不害事」下接此二語，奇絕。卻追捕不得。姨夫只不可離此地，斷不遭毒手。」奇。希真不信，問道：「既是脫漏了，又來追捕，卻為何說不害事？」慧娘道：「便是這些奇奧。此課文書逢破，元武❹乘日，故知書信必漏泄，追捕必來。但此課是斬關奪鎖之格，最利逃走。又且天罡塞住鬼戶，貴人入天門，任他千軍萬馬圍住，也走得脫身，怕他怎地！」慧娘真是妙人。希真也熟悉六壬之術，當時問了慧娘的三傳神將，默想了一回，慧娘又解釋了一回，再虛虛找足一筆，妙。畧為放心。眾人歡敘至二更過方散。劉廣已收拾一間書房與希真安寢，麗卿在後面與慧娘同榻。劉廣吩咐眾莊客道：「陳老爺在我這里，外面不許走

❹元武：即玄武，宋時避諱，故稱「真武」，係北方之神，龜蛇合體。道教祀玄武，玄武像披髮，黑衣，仗劍，踏龜蛇，從者執黑旗。

漏消息。有人問，只說姓王。」眾莊客都應了。極寫劉廣材能伏人。看官牢記：陳希真父女自此以後，就隱姓埋名，住在安樂村劉廣家裏，不題。按下希真一邊，卻將劉廣也帶束一筆。

卻說那江南冷豔山，不必從冷豔山提頭也。因單提梁山則文氣太遠，而冷豔較近，故就其近者而取之，無他意也。被陳麗卿壞了兩個頭領，敗兵逃回山寨。眾頭目大驚，真是蛇無頭而不行，那個還肯思量去報仇，大家都要奪那把交椅，直鬧了十多日，你殺我砍。寫得強盜不堪。內中有一個頭目，叫做王俊，略有些見識，情知這般胡做，沒甚好賬，便帶了自己的幾個貼身伴當下山，投梁山上去。果不出他所料，那冷豔山正當鬧亂之際，忽然四面到了無數官軍殺來，又有風雲莊上的鄉勇夾在裏面，那里抵擋得住，一陣攻打，山寨破了，把那些男女綑的綑，殺的殺，收拾了個罄淨。這個名色，就叫做滾湯潑老鼠，一窩兒都走不脫。快絕。又作趣語。把那山寨一把火燒了，快絕。蕩滌得個光滑脫脫。快絕。含含糊糊補此一段，卻不說完，直待後回註出，妙筆。那王俊得知這個消息，叫聲「慚愧」，幸而預先走脫了，連夜扮做客商，逵山東梁山泊去了。

卻說梁山泊宋江因折了鹽山的施威、楊烈，十分懊惱，如此接入，妙。便叫分朱仝、雷橫就在鹽山駐扎，幫助鄧天保、王大壽鎮守。宋江與吳用商量，對眾人對眾人，妙。道：「我等山寨興旺，又得遠方的兄弟們朝向，如今壞了施威、楊烈，我若不與他報仇，別處的好漢，心都懈了。我要親提大軍，攻破滄州、東光二處，與他二人洩恨。」竟欲行齊桓、晉文之事。吳用忙止住道：前已商量，此又忙止住，妙筆。「不可。兄長所論雖是正理，但此刻東京兵馬正要來廝殺，戴宗、周通還未回，不知虛實，切勿輕舉妄動。」宋江怒氣未息，妙，不知做與那個看。吳用只得請眾頭領大家來再三勸解，方纔按住。真是妙絕。不數日，戴宗、周通都回，說：「趙頭兒命蔡京為輔國大將軍，統領二十萬大兵，於四月初四日出師，要來奈何我們。施威哥哥已被害了，兄弟與范天喜再三打算，竟無門路救得。」宋江、吳用大笑道：（妙筆，妙筆。）「只道是种師道來，還有三分懼怯他。若是那蔡京，真是胖子的褲帶，全不打緊。」（趣語。施威之仇刻不可耐，今知其死如不聞焉。真是妙筆。）遂設筵慶賀，聚集眾頭領，緩緩商議拒敵之策。（下文偏不說拒敵之策，專用拗筆。）席間周通（周通先說，妙。）說起陳希真父女恁般英雄了得，眾頭領聽了無不歡喜。（文章憎命達，魑魅喜人過。國家有用之材，乃至為寇賊欣羡，而君相不知，可勝浩歎。）周通又說到勸他入夥不肯相從的話，宋江對吳用道：「怎能彀得他父女也來此聚義，軍師有何妙策？」吳用搖頭道：「這個人不必去結納他，即使勉強收了他來，山寨中也用他不着。（深知希真之言，真乃莊子所稱宜置之無何有之鄉者也。）聽周家兄弟說他這般舉止，此人的胸襟真不等閒，可惜他心已冷了。卻也好，倘使他銳意功名，又有高俅的汲引，此刻早與我們作對頭過了，倒也是個大患。（不畏蔡京之二十萬，獨畏希真之一人。極寫希真。）如今他已遊心方外，隨他去休。」（料希真如見。）林冲道：「他說同小弟有仇隙，卻也一時想不起。除非是那年，我同他兄弟陳希義奪八十萬禁軍教頭之時，我用重手點壞了他。然當時大家都遞生死甘結，原說死傷勿論，況且他兄弟又隔了一個多月，自己病死的，卻怎麼記仇在我身上？」（希真此言，戴、周一問在第二回中，直至此處方答完。雖學前傳野猪林二公人問魯智深之法，卻無痕跡。）吳用道：「非也。他並不為此，這是他的飾詞。兄長既這般愛他不過，前日除非是小可在東京，或有降他的法兒。只是此刻正當用兵之際，我怎能脫身前去。（不出希真所料。）不然煩戴院長再去走一遭，齎了金帛，兄長懇切發一封書信，又加林兄一封謝罪的書信，速速的送去，然亦未必濟事。」（抑揚得妙。）宋江道：「既這般說，何不就等破了蔡京之後，軍師親去一行？」吳用道：「此人決不肯再住在東京了。他這般舉止，明是唱籌量沙之計，敷衍着高俅，得空便高飛遠走。戴院長的神行火速便去，尚未知來得及否，那里等得破蔡京。」

直是智多星。宋江聞言，便教聖手書生蕭讓修起兩封信來，端正了金帛，就打發戴宗、周通當日起身，仍去東京聘陳希真，（本文主，後文賓。）帶探軍情。（本文賓，後文主。）周通大喜。（周通着邪。）吳用道：「這幾日沿途必然嚴緊盤查，二位凝可遶路別處走。」（騰挪出希真半月功夫。）戴宗、周通領命下山去了。

這里宋江請吳用商量，呌林冲仍回濮州（林冲本在濮州，上文忽然在座，一時未解，故此處補出。）鎮守，再酌添兵將同去協力相助。（專重此處，極寫吳用善謀，能先事預防也。）這里第一撥，九紋龍史進、跳澗虎陳達、白花蛇楊春；第二撥，雙鎗將董平、鎮三山黃信、病尉遲孫立；第三撥，小李廣花榮、鐵笛仙馬麟、玉旛竿孟康；第四撥，撲天雕李應、摩雲金翅歐鵬、火眼狻猊鄧飛；第五撥，金鎗手徐凝、喪門神鮑旭、白面郎君鄭天壽。（五撥俱是一天罡領兩地煞。）宋江同吳用、公孫勝、呂方、郭盛、王英、扈三娘、薛永、穆春督領中軍。（中軍卻是三天罡領六地煞，章法都妙。此仲華第一次遣兵調將也。一措手便乃爾整齊，真不愧文壇名將。）統共挑選馬步精兵七萬，准備迎敵，只等蔡京到來，即便開兵。宋江道：「官兵有二十萬，軍師為何只用七萬，不敵他一半之數？」吳用道：「兵不在多。蔡京無謀，那怕他兵再多些，我只消七萬人足矣。」分派定了，遂傳令各營日日加緊操演，准備厮殺。（讀者至此，必以為後文有一場大血戰也。）

數日，戴宗、周通回寨說道：「小弟到了東京，已是三月二十九日，探聽陳希真已與高俅對了親，一時未敢造次去說（音稅。）他。忽到次日，得知陳希真把高俅的兩個承局、兩個轎夫殺了，又把高衙內的耳朵、鼻子割去，棄家在逃。現在各處嚴拏無踪，小弟只得稟覆。」宋江並眾頭領都吃了一驚。戴宗又將捉拏陳希真抄白的榜文呈上，宋江與眾人觀看，上寫着道：「殿帥府掌兵太尉高，為奉旨嚴拏叛逆大盜，懸賞務獲事：照得叛逆大盜陳希真，向充南營提轄，於政和元年勒休回籍。該犯與梁山渠魁宋江交通往來，欲為內應，圖謀不軌。旋經告發，本帥簽兵往緝，該犯情急，膽敢拒捕，殺傷在官人役，攜其女陳麗卿棄家遠遁。此等窮凶極惡之犯，法網難寬，為此奏准奉聖旨嚴拏務獲。」云云。又將陳希真父女形貌、裝束，細細開載，並畫兩幅圖形。宋江看畢，眾人無不驚嘆。宋江罵道：「高俅這廝無端推在我身上，可恨麼！此人到底不知往那里去了？」吳用道：「此人必先有安身的所在，然後逃走。（料希真如見。）我想枉是無處尋他，（似卸去矣，後文卻又抱緊。）且管我們破敵。」便問戴宗道：「蔡京那廝知他由那路進兵？」戴宗道：「小弟看他初四日啟行，一路隨了他來。（絕倒。）小弟先渡過黃河，探得官兵由定陶、曹縣進發。」吳用大笑道：「真沒見識，攻我這一路，不是來討死吃！」（人知聘希真是賓，探軍情是主，以為此段是主矣，不知其仍是主中之賓也。用筆之奧，真不可及。）遂傳令來日下山去迎官兵，這里留玉麒麟盧俊義并不下山的眾頭領，看守山寨。（宋江于晁蓋未死之時，每遇出兵，動輒云：哥哥山寨之主，不可輕動；及其自為山寨之主也，每遇出兵，動輒親往，而盧俊義不得與。小人之言不顧行，作者特書之，以著其詐也。）

本日殺牛宰馬，祭了旗鼓。眾頭領散福暢飲，（寫眾盜目無王章，又見吳用智畧，真有先勝後戰之能。）說話間論到官階陞遷。（一篇正意偏從閒話說起。）戴宗道：「俗語說得好，朝裏無人莫做官，真是不差。那蔡京的女婿梁中書做北京留守，失了城池、倉庫，折了無數軍民，御史議他削職，也算從輕發落了。他丈人再三設法，與他遮護，在官家前隱瞞着，只降了個知府。如今已銓河北薊州府知府，赴任去了。小弟看見他動身，一路地方官趨奉迎接，好不威風。」（先將迎接逗一句，妙。）話未說完，只見吳學究鼓掌大笑道：「妙哉！賢弟何不早說？（奇。）卻在這里與他起偌大潮頭。（奇。）你早說了，退蔡京只須一人足矣，何用七萬兵馬！」（奇。）宋江並眾人驚疑不信，問道：「軍師有何妙計？一個人卻用那個？」吳用道：「只消鐵叫子樂和兄弟去，（更奇。）如今還來得及。」便去宋江耳邊低低說了幾句，「只須叫樂和帶了如此行頭，如此如此行事，那怕蔡京不退！樂和走不快，叫戴宗同去。」宋江、盧俊義、公孫勝聽罷，都大喜，連稱妙計。（上文只低低對宋江說，此卻三人齊聽見，活畫當日情景。）

忽山下李立店內，差人來報冷艷山被官兵破了，（憑空插入。）頭目王俊逃出來求見，現在店內等候。宋江等大驚，忙喚王俊進見。那王俊叩頭叅見畢，哭訴：「四月初九日，有兩個軍官過飛龍嶺投宿，鄧雲、諸大娘不合去撩撥他，（罪在強盜也。）吃他併了合店人，放火燒了店屋。鄺、沙二位頭領領眾追趕，都吃他害了。山寨無主，被官兵打破，大夥都沉沒了，小人逃命到此。」宋江聽罷，只叫得苦，看着吳用說不出話來。（妙。宋江權術竟有山窮水盡之時。何不怒氣不息，按捺不住耶？）吳用道：「什麼軍官如此利害？你可曾見怎生模樣？」王俊道：「小人雖不親見，（曲折。）聽說如此如此形貌、裝束，不知他的姓名。」回顧幾個伴當，對宋江道：「他們數內有從九松浦得命回來的，都曾見來。」（曲折。）盧俊義、公孫勝驚道：「莫非就是陳希真父女？」（用盧俊義、公孫勝猜好，不然宋、吳一邊太密矣。）宋江叫取那抄白榜文畫像，來與王俊等觀看。那幾個伴當一齊說道：「一點不錯，是這般裝束，竟是他兩個。」（妙。）宋江大怒道：「我倒這般企慕他，他反傷我的羽翼，此仇如何不報！」吳用勸道：「此刻卻顧不及，只好緩商。」（妙。）宋江便將王俊一干人在部下聽用，一面吩咐樂和、戴宗下山依計行事。這一條計上，有分教：二十萬貔貅❺，俱作虎頭蛇尾；一百八大蟲，依舊舞爪張牙。不知甚計策，且看下回分解。

范金門曰：此一回用意最曲。何言之？投劉廣則竟投劉廣矣，而以射鵰發其端；留住

---

❺ 貔貅：音ㄆㄧˊ ㄒㄧㄡ，古籍中猛獸名。比喻勇猛的軍士。古代行軍，或舉起畫有貔貅的旗幟以警眾。

則竟留任矣，而偏有王子靜一信以起踢蹭不安之意；擬托足於劉家，而劉廣適逢落職；將寄信於景陽，而天彪適赴嘉祥，寫遇合之艱澁，實文筆之紆廻。拒蔡京，求希真，若風馬牛。仲華紐合攏來，雙行夾寫，絕無枘鑿之痕，真是奇筆。邵循伯曰：全部書中，寫陳希真是何等人物，煌煌乎一個禮賢下士之宋江不思搜羅於未遇之先，豈非漏筆？若竟千方百計一邊硬拉，一邊硬推，又成了呆板筆墨。文寫得極意愛慕，極欲羅致，而偏因事機之不偶，徒殷想望，真所謂不即不離；又緊接入天兵征討，不暇多說，愈見筆陣縱橫。中間夾敘閒文，班斕五色。如慧娘之青獅子，劉母之黃婆鷄，參錯寫來，融成一片，無不絕妙。

第七十八回 蔡京私和宋公明 天彪大破呼延灼

話說蔡京辭了聖駕，帶領二十萬雄兵，浩浩蕩蕩，殺奔梁山泊來。大軍渡過黃河，蔡京與眾謀士商議道：「梁山泊重兵都屯在嘉祥、濮州二處，我兵不如直攻梁山，由曹縣、定陶進兵。」一個謀士道：「呼延灼、林冲都最利害，（畏其利害而避之，豈知你道不利害者之更利害耶？）我兵抵梁山，那兩路來接應，我兵豈不是三面受敵？晚生的意思，不如發前部兵馬先進，太師領大隊為後應。」（寫笨打算。）蔡京依了他的主意，便分前部驍將帶領八萬人馬，先往梁山進發，蔡京自統大兵十二萬，駐扎定陶。那曹州府知府張觷，係蔡京親戚，當時軍營叅見畢，蔡京邀他進後帳私禮相見。張觷道：「前日楊龜山在我處，曾說起，據他的見識，大兵不宜由定陶竟取梁山，戰必不利。」蔡京大喜道：「原來楊龜山先生在你處，快請他來！」張觷道：「他因探親來此，我故與他相見，他昨日已去了。」蔡京忙叫記室寫了書信，差一個從事賫了聘禮，同張觷追上去，「務要請他轉來。說我蔡京軍務在身，不能親到。」（蔡京此一節却可取。）那張觷同那從事領命，飛奔追去。

卻說那楊龜山，名時，字中立，劍南郡將樂縣人，性至孝，熙寧❶年間舉進士，是明道程夫子❷的

❶ 熙寧：宋神宗年號，西元一〇六八－一〇七七年。

❷ 明道程夫子：指北宋理學家、教育家程顥，人稱明道先生。

門人，他與謝良佐、呂大臨、游酢❸，稱為「程門四先生」。後因見奸臣當道，政事不好，遂告休隱於龜山，人都稱他為「龜山先生」。當日因探親在曹州，張鷖卻也認識他，親去見他，（寫楊龜山尊貴。）問及軍情之事。楊龜山但說道：「大軍若直出曹縣、定陶直攻梁山，必受其困。」那楊龜山也恐蔡京來逼請他，所以聞得蔡京來，早已走了，竟回龜山去。誰知蔡京差人兼程追上，務要他轉來。楊時起先也推有病不肯就聘，怎奈蔡京連次書信追來，（蔡京可取。）末後一信有幾句說道：「先生無意功名，獨不哀山東數十萬生靈之命乎？」（小人偏能測君子之心。寫蔡京信畧露一斑，妙。）楊時被他這一句也說得心軟了，（寫盡大儒。）又想了想，便當時應允。楊時有一門人，隨在身邊，當時問道：「先生常說蔡京是個奸臣，為避着他，隱在巖谷，今日卻為何就他的聘？」楊龜山嘆道：「你不知道，老死巖谷原非我的本心，蔡京雖是個奸臣，今日卻難得他這般謙下，天下沒有勸不轉的人。（寫聖賢便活是聖賢。）或者我的機緣，在此人身上，也未可定。（孔、孟心事一筆提出。）蔡京不諳兵法，門下多是諂佞之輩，決非宋江、吳用的敵手。我若執意不去，那二十萬大兵性命不知何如。（一片婆心。）且去走遭，看他待我何如，合則留，不合則去，主意是我的，有甚麼去不得！」（堂堂正論。）當時楊龜山便同張鷖及那個從事齊轉到蔡京軍營。蔡京聞他來了，大喜，傳令開門迎接。相見敘禮畢，蔡京以上賓之禮待楊時。（雖是小人扳附，卻是可取。）蔡京開言問道：「本閣久仰先生大德大才，如渴如饑，先生卻何故遠遁山林？」楊龜山道：「實因晚生常有采薪之憂，不能侍奉左右，勿罪。」（此雖閒話，然照應下文，不得已也。）蔡京道：「本閣奉聖旨提大兵征勦梁山，宜先取何路，應如何進兵，求先生教我。」楊龜山道：「太師明鑒：宋江那厮起先不過潛伏草澤，今擅敢割據

❸ 游酢：程門四先生之一。酢，音ㄗㄨㄛˋ。

州縣，倘使這廝兵力不足，何敢如此？確切時勢以立言。所以此時賊勢的猖獗，較從前更甚。那廝不取別處，單據嘉祥、濮州者，明是恐官兵直取他巢穴，故把重兵立成犄角。明白顯亮。若由定陶直攻梁山，正中他的機會。據晚生愚見，不如發精兵先攻嘉祥。是極。嘉祥城小壕淺，呼延灼勇而無謀；更兼南旺營的百姓都是威勢脅逼，不得已而從賊，天兵到處，必然反戈，先透一筆。嘉祥唾手可得。得了嘉祥，林冲不來救則勢孤，必為眾賊厭棄；來救則濮州可圖。攻倒了這兩處，梁山還有什麼倚仗？數語領起全部精神，不止為蔡京劃策也。今舍此兩處，先圖梁山，那水泊遼濶，正面山勢險惡，鄆城一帶港汊又多，即何濤、黃安陷沒處也。急切攻打不下。那廝把嘉祥、濮州兩路精兵抄襲後面，雖是我兵分做先後二隊，進去容易，退出卻難。萬一前路救不出，二十萬大兵先失陷一半了。所以竟攻梁山之計，恐防不穩。」議論透徹。蔡京聽這一席話，大喜道：「先生真是妙算。」遂傳令依計而行，把那先發的八萬人馬撤回，改攻嘉祥縣。楊黿山又道：「天津府總管鄧宗弼、開州統制張應雷、武定府總管辛從忠、廣平府總管陶震霆四人，都有大將之材，望太師重用。更有那景陽鎮總管雲天彪，晚生也認識他。此人之材，彷彿春秋時的郤縠，此人若在軍中，必能使上下一心，一句治已。盜賊膽寒。」一句克敵，極寫雲天彪。一賢進而羣賢相引而至，正所謂拔茅茹以其彙征吉也，勿謂稗官無經術。蔡京道：「雲天彪乃种師道最得意之人，小人門戶之見，諒聲口如畫。必不差，我叫他獨當一面，攻梁山泊的後路。鄧宗弼、辛從忠二人今年斬了楊烈，擒了施威，我也十分愛他。陶震霆、張應雷，也有人說起武藝甚好。」又出兩位英雄。便傳檄文調鄧、辛、張、陶四將來軍前聽用，不日陸續都到。蔡京看了四個英雄威風凜凜，大喜，便叫四人為前部先鋒，領兵攻打嘉祥縣。四個英雄得令，帶了八萬人馬，旋風也似的殺奔嘉祥縣去了。寫得聲勢，是寫鄧、辛、張、陶，非寫蔡京也。不但當日官兵磨拳擦掌準備厮殺，即今日讀者亦莫不舒腰拭眼，等看厮殺也。

楊時又勸蔡京調雲天彪亦到嘉祥，不必帶景陽鎮兵馬，蔡京也依了。這里蔡京將大軍屯扎定陶，只等濮州的動靜，便乘勢進兵。

不到一二日，忽然接到河北天津府一角公文，上面插着雞毛。（奇筆。）蔡京拆開觀看，不看萬事全休，一看把那蔡京嚇得魂飛天外，魄散九霄。（奇文。）看官也忙驚問道：「什麼事？」（奇極，弄筆如戲。）這事也不關緊要，不要着忙，（奇筆。）且把那申文讀與眾位聽。（奇筆。）上面寫着道：「河北天津府知府為申報失陷命官緊急軍務事：某月某日，有新任薊州知府梁世傑，挈官眷由卑府所轄鹽山縣地方經過。行至伏虎岡地面，遇一夥歹人，假扮鹽山縣知縣，帶領假扮人役，沿途殷勤迎接，酒內用蒙汗藥，將該知府梁世傑并上下一切人等，盡行蔴倒，（梁世傑貪嘴。）用車載劫入鹽山。卑府半途聞知，急會同滄州兵馬都監何武，（隨手捏一人名，妙。卻又語帶詼諧。）督兵勦救。不防有梁山之大盜朱仝、雷橫伏兵兩路突發。官軍大戰不利，都監何武陣亡，（何武真不耐殺，真是何武之有。）卑府亦遭重傷，折兵無數。現在探聽鹽山羣賊已將梁世傑等劫入梁山。卑府不敢隱瞞，除申報河北制置司外，合肅稟明憲臺，作主施行。」（奇文。伏虎岡一段虛寫，妙。）蔡京看罷魂靈兒還不曾叫轉，忽又報梁山泊宋江差人下戰書。（疾。）蔡京大驚，忙看那封皮上寫着「蔡太師開拆」。（駭人。）蔡京拆開看時，（謹如尊教。）上寫着：「梁山泊天魁星義士宋江致書於蔡太師閣下：（駭人。）宋江因奸臣擅權，（當面罵得暢快。）不容人進步，（妙語。）故啟請眾位豪傑聚義山東，一同替天行道，上應天星而列位，下隨人忠而抒誠。（忽作駢句。）天既與之，人不能廢。（咄咄怪事。）初未嘗得罪於執政❹，不知閣下何故興此無名之師？（妙。）夫佳兵不祥，戰者逆德。（絕倒，極腐爛語，一入宋江口，便十分尖刻奇極。）宋江不喜戰鬬，

❹ 執政：當政者，執掌國家政事的大臣。

（惡。）只得邀請，（邀請，絕倒。）令坦❺薊州太守（存其官，妙。）梁君暨令愛恭人光降敝寨，（謙得絕倒。）與之商議。（商議，妙。）蒙慨發尺素，祈閣下暫息雷霆，怡情富貴。（惡極。）如不獲命，宋江不得已願借重令坦并令愛之尊首祭旂，尊血釁鼓，（尊血，絕倒得未曾有。）慢散兒郎，（四字雅極。不曰嚴整部伍，而曰慢散兒郎，真視蔡京如股掌中物。）以與閣下相戲。（妙。）閣下勿將官家作推，（此一轉尤妙。）閣下調元贊化，秉國之鈞，（惡極。）有所指陳，官家❻焉有不允。（惡極，妙極。不但要他退兵，兼要奉託他永遠保護梁山，妙絕。蔡京平日所得以為榮者，不料今日如此受累。）今日戰與不戰，悉請尊裁。（總束一筆。）守候回玉，書不盡言。」（書語惡極，橫極，妙極。）封套內又有梁太守并蔡夫人的親筆信一封，都是哀求老兒丈人退兵救性命的話。（宋信詳，梁信畧，都好。）

蔡京看了，驚得個一佛出世，二佛涅槃❼，口裏只叫道：「這卻怎好？這卻怎好？」半日沒擺佈處，（妙。）只得叫請楊先生來商議退兵。楊龜山道：「太師差矣！（四字大義凜然。）天子（特提二字，比梁世傑、蔡夫人何如。）親臨太廟，託付太師重權，非同小可。縣君與貴人失陷，固是失意事，太師獨不聞樂羊啜中山之羹❽，袁公箭射親兒，這兩個君子，豈真無骨肉之情哉！只為迫于大義，不敢以私廢公。（動之以義。）今太師為一女壻、女兒，輕棄君命，二十萬大兵無故捲旂，豈不為天下所笑？」（又以名動之。）蔡京道：「我也深知此是正論，怎奈本閣這個小女十分孝順，最可人意，（活畫舐犢。只提蔡夫人不提梁中書，妙。）不值便這般下得。」說着，吊下淚來。（活畫。）楊龜山道：「太師若要生

---

❺ 令坦：稱對方女婿的敬詞。

❻ 官家：宋代人稱皇帝為「官家」。因宋代皇帝姓趙，亦稱「趙官家」。

❼ 一佛出世二句：佛教謂出世為生，涅槃為死，即死去活來之意。

❽ 樂羊啜中山之羹：樂羊忍食子羹。樂羊，戰國時魏將，其事見於戰國策中山策：「樂羊為魏將，攻中山。其子時在中山，中山君烹之，作羹致於樂羊，樂羊食之。」

全貴人、縣君，火速進兵，宋江必不敢就下手。是極。明之于忠肅純用此計，故英宗得以生還，庸夫惡能知之。晚生料鄧、辛、張、陶四將勇冠三軍，雲天彪持重多謀，這五員虎將、八萬雄師，取一嘉祥縣，如大炬之燎鴻毛，就着落五將身上，務要生擒有名賊將一二人，與宋江兌換縣君、貴人，看他如何！妙計。真所謂制人而不制于人。今一退兵，縣君、貴人必無生還之日矣。」其言如見，惜庸夫之不悟也。前是論理，此是論勢；義名俱不能動，再以利動之。蔡京未及回言，楊龜山又道：寫楊時盡忠盡言。「即使萬有不幸，縣君、貴人遇害，捉住宋江時，碎割碎剮，報仇有日。並非晚生心狠，把他人骨肉不關自己疼癢。」是道學語。有諸己而後求諸人，無諸己而後非諸人，使楊時而當蔡京之地，吾知其必剛斷無疑也。蔡京不做聲，搖着頭只是嘆氣。活畫。楊龜山情知勸不轉，勸之以義以名以利俱不動，是絕物也。前云天下沒有勸不轉的人，是儒者一片熱腸，未嘗須臾忘天下也。此又云情知勸不轉見吾心之無可盡，只可抽身而退也，寫盡聖賢樂天憫時並行不悖氣象。便道：此以下見龜山之明哲保身也。「如要退兵，須得有名，堂堂正正的，休吃天下人說太師怕強盜。」看官須知：此言是楊中立深恐朝廷損威，並非為蔡京畫策。夾入自己語，妙。「只是晚生夜來肺病大發，軍中醫藥不便，求給假回山將息。」蔡京道：「這個自然。答前半截語。但是先生如何便去？」楊龜山道：「委實有病。」再三告辭。蔡京也明知不投機，虛留了一回，便厚以金帛相贈。楊龜山初時分毫不受，因見蔡京有不悅之色，極非待賢之禮。只得畧受了些。寫中立有權。當日辭了蔡京，竟回龜山。按楊中立所隱之龜山實是在福建延平府，非山東之龜山也。仲華非不知之，特欲便于作文，胡亂牽扯耳。他處亦偶有正史實事，然年月亦多顛倒，讀者勿笑其失據。一路便將蔡京所贈的金帛散給貧民。好。直到後來宣和元年冬十一月，徽宗徵他為秘書郎，他方出仕。後來做到右諫議大夫，兼侍講、國子監祭酒。高麗國王都聞他的名，託中國的使臣路允迪問候，享壽八十餘歲，成了一代大儒，配享孔廟。人多有議論他不該就蔡京之聘，不知他實出于不得已也。無故附會，正為此句耳。蔡京、高俅、宋江，一類人物也。寫宋江之一無所長，前傳盡之矣。而此書寫蔡京、高俅亦一無所長，所以深貶之也。然竟寫其一無所長，不惟交鋒對仗，兩邊不稱，而且行文寂寞，全無神采，故于高俅一邊極寫孫靜，極寫程子明，以惡黨助之；而蔡京一邊又恐相犯，乃不寫其黨，乃特寫楊時並雲天彪等數賢才以助之，遂無一筆相同矣，具見苦心。宋、蔡交兵之時，無端拉入龜山先生作一小傳，無端飄然而來，又復飄然而去，寫得十分出色，卻不在三十六人之數，真乃妙文、妙筆。

閒話休題。且說蔡京送了楊龜山去後，（去了一厭物。）便同眾謀士商議。一個謀士道：「要救貴人、縣君❾，自然還是退兵。」（四字妙，一似確乎不拔者。）一個謀士道：「也須要他還了人再退。」（此人差強些。）蔡京道：「只是班師無名，恐官家見責。」（楊龜山云恐天下笑，是以羞惡之心動之也；蔡京云恐官家見責，直是欺君矣。）一個謀士道：「值甚麼！（三字竟似王婆對潘金蓮語。）現在天氣暑熱，軍馬多病，太師奏上一本，只說軍營瘟疫盛行，求降旨班師。官兵離鄉背井，聽說歸家，誰不願從！」（反照下文。）蔡京道：「此計大妙！但我不便奏，童貫與本閣最好，我寫信去托他轉奏。」（一。）一面又發移文與河北制置使，教將薊州太守被刼一案，且從緩動本；（二。）一面飛檄雲天彪、鄧、辛、張、陶五將，且慢攻打嘉祥縣；（三。）一面寫回信與梁山泊，說：「只要放回梁太守、蔡夫人，本閣便退兵。」（正文在第四。以三層旁文襯出正文，妙筆。）又差一員心腹官員，能言舌辯的，同了梁山的送信人去。不數日，宋江又有回信，差一個小嘍囉（傷哉。堂堂太師與盜賊書信，差到官員，不惟官員而且心腹官員；而強盜與太師書信，只差嘍囉，不惟嘍囉而且一個小嘍囉，寫得宋江橫行之極，蔡京無恥之甚。）同差去的官員一齊來，（並寫不堪。）說道：（連書信帶口傳一齊寫。）「太師如果班師，便送太守、恭人回營，決不食言。（第一次應承。）先將恭人的親隨一人發還。」（妙。）書後又寫一行道：（特將書中再詳一筆。）「太師如果願戰，望先示師期。」（還要釘一句，惡極。特表此句以見退兵實是蔡京非宋江也。）蔡京看罷，便叫那蔡夫人的親隨私問道：（要着。）「縣君怎地苦，他病尚未全好，（寫出嬌嫩。）郡馬貴人好否？」（急問女兒，畧帶女婿，是蔡京語。）那親隨道：「縣君與貴人被刼了去，眾頭領都佛眼相看，並且置酒壓驚。（先揚，妙。）爭奈那玉麒麟盧俊義記得前仇，（故曰人情留一線，日後好相見。）定要把貴人處死。眾頭領都勸阻不住，（世傑奈何，急煞蔡京。）連宋江的號令都禁不得。（更急煞。）幸虧楊志、索超二人抵死相

❾ 縣君：古時婦女封號。宋以五品官員之母、妻為縣君。

救，再三哀求。又令蔡京一寬。盧俊義兀自怒氣不平，將貴人綑翻，打一百背花。又令蔡京一急。打到四五十，卻得楊志覆在貴人身上哭求，索超奪去棍棒，知己之感，令人淚落。眾好漢都勸，方纔放了。令蔡京一寬。已是皮開肉綻，昏暈幾次。如今楊志、索超領去將息，極寫楊、索二人，卻用虛筆，妙。卻也還轉了些。縣君雖是吃些驚恐，卻未曾受苦，病已好了。」想是碗空病也，不然為何一嚇就好？觸手生趣。不料盧俊義、楊志、索超三人傳，卻于此處作結，大奇。蔡京聽罷，潸然淚下，不放聲大哭，還算他忍得定。便發回信，應許宋江，聖旨一下，即便退兵；又寫信與蔡夫人、梁太守，慰他二人寬心。不數日，天子詔到，說道：「據樞密使童貫奏稱，蔡京軍中瘟疫盛行，人馬不安，如果屬實，着蔡京核實奏聞，暫且班師，毋得俄延，以重朕愆⑩。朕惟夙夜修省，祈禳天休⑪，詔到，蔡京即便遵行，用示朕體恤將士之至意。」詔好。蔡京得詔大喜，便傳令各營遵旨班師，並飛檄雲天彪等即行收兵。各營軍將聽令，無不駭然，都說道：「養兵千日，用在一朝。此八字亦甚平，令入軍士口，則甚奇。我們都要建功報効，卻怎地不見半個賊兵，就無故班師？」與前謀士之言反應，極寫王師有勇知方，極與前傳相反。不數日，宋江又有信到，說：「太師退兵過了黃河，即送梁太守并恭人回營。」第二次應承。輕輕加入過黃河三字。蔡京大喜，傳令剋日班師，大事去矣。挑選幾員驍將斷後，還斷什麼娘的後。拔寨竟退。過了黃河，屯扎了，一面覆奏天子，吳用之計只等他如此，然後變卦，妙。一面差人問梁山催討梁太守夫妻。頓挫，妙。宋江回報，必待攻嘉祥的兵馬都退盡，方肯送還。第三次應承。又輕輕加入一層相難。蔡京連忙連忙，妙。飛檄催雲天彪等退兵。

卻說鄧、辛、張、陶四將，那日得令，帶領八萬兵如飛也似殺奔嘉祥縣。陡然接入。呼延灼接戰不利，閉

---

⑩ 愆：音ㄑㄧㄢ，過錯。

⑪ 祈禳天休：祈請上天的赦罪。禳，音ㄖㄤˊ，祭禱消災。

城堅守。（虛寫一句，妙。）四將圍住，八面攻打，一時難克。忽報景陽鎮總管雲天彪奉檄前來助戰。（看官，須着眼此處，並非雲天彪正傳。）四將大喜，出營迎接。原來雲天彪在景陽鎮上，正打探大軍的消息，（此句必須補出，以見良將關心。）忽接到蔡京檄文，教他赴嘉祥節制四鎮，一同攻打，無須自己帶兵等語，便將兵符、印信都交與都監護理，自己帶了隨身五百名砍刀手，星夜奔赴嘉祥縣來。（寫得聲勢。）鄧、辛等四將接入。看那天彪生得面如重棗，鳳眼蠶眉，龍行虎步，美髯過腹，聲如洪鐘，四將十分驚喜，（補出天彪狀貌。）各行禮叅見。天彪忙答禮道：「何故如此？」四將道：「小將奉太師鈞旨，受總管節制，應得如此。」雲天彪謙遜了一回，當時問起軍情。四將答道：「連日攻打不能得利。」天彪便乘馬出營，看了一回，入來說道：「此處城小壕淺，必為吾等所破。（正與楊龜山之言相符。）但城裏錢粮充足，恐一時難拔。（此卻楊龜山所未及言，畢竟遙聞者畧，親臨者詳也。）俄延時日，防那廝有救兵到。」鄧宗弼道：「防濮州林冲來救。但蔡太師現把大軍屯在定陶，那廝未必敢離巢穴。」（寫宗弼。）天彪道：「林冲不來，也須防梁山來救。小弟愚見，攻打此城，不必用八萬人的全力，只須五萬人足矣。小弟願領三萬人去屯在城北，呃住他的咽喉，休吃那廝來救。南旺營的百姓皆有義氣，（此語可歎。天下焉有無義氣之百姓哉，豈獨一南旺營哉！）不得已從賊，（又與楊龜山之言相符。）若以大義招撫，必然歸降。降了南旺營，嘉祥勢孤矣。素來只道蔡太師無謀，今先攻此處，卻甚有見識。」（寫天彪。）鄧宗弼道：「他聘請楊時為軍師，楊時與他定的主意。」天彪驚喜道：「怪得！（二字一片神理。）龜山先生在軍中，我們不枉了一番氣力。」（用筆之妙，如廻風渾合。豪傑樂為豪傑用如此。）只見張應雷、陶震霆起身稟道：「雲將軍為三軍司命，豈可輕離此地！小將不才，願領三萬人馬去守要害，誤事甘當軍令。」（出二人傳。）天彪大喜，就分三萬人與二將同去。

卻說那張應雷、陶震霆二人，都是河南鄢城人。兩個是姑表弟兄。生得八尺以上身材，四十以內年紀。那張應雷使的是一柄赤銅劉，重五十斤；那陶震霆使兩柄棗瓜鎚，每柄重三十斤。張應雷現為河北開州統制，陶震霆現為廣平府總管。兩個都是拔山舉鼎的英雄。當日得令，帶了三萬人馬，到城北要路去鎮守。（此一段不十分寫鄧、辛二人者，以鄧、辛二人第一回中已出現過也；亦不十分寫雲天彪者，以此處尚未入雲天彪正傳也。然則特為張、陶二人立傳無疑矣，卻又霍地把二人撇開，用筆拗折，人不能測。）這里雲天彪同鄧宗弼、辛從忠一應驍將率領五萬人馬，將嘉祥縣東南西三面圍定，只留北門不圍。（所謂圍師必缺也。此處正是寫張、陶二將。）架飛樓，豎雲梯，弓弩鎗礮，悉力攻打。（寫得熱鬧，為前傳官兵不濟吐氣。）呼延灼同彭玘、韓滔百計守禦。連攻了數日，（省。）呼延灼等都有些困乏，守城兵卒傷了許多，（極寫嘉祥不難取，不難取而不取，所以深著蔡京之罪也。）忽然蔡京的飛報到來，叫且休攻打，「靜候本閣軍令，毋得故違干咎。」（可恨。）天彪與鄧、辛二人都吃一驚，道：「怎地這般沒主意，忽起忽倒？不遵軍令，又是我們錯。」鄧宗弼、辛從忠道：「再是兩三日，此城必破。今無故退兵，真是可惜！」天彪道：「可不是麼，如今只好丟開。」遂把兵馬約退了。呼延灼見官兵忽然退了，也不知其故，（真不可解。）只恐有計，不敢便出，只望南旺營來策應。雲天彪與鄧、辛二人在中軍帳內說道：「凡是攻城，全仗一鼓銳氣。今牽延着，不許我們動手，養成敵人氣力，一旦那廝的救應人馬到來，卻怎生取得？」（自古奸臣在內，大將必不能立功于外，況奸臣親將兵耶。）

正說間，轅門外來報道：「外面有一壯士，口稱是南旺營人，名喚楊騰蛟，斬了王定六、郁保四，帶了百數人，前來投誠。」（又出一位英雄。來得突兀。）天彪大喜，傳令叫進來相見。那楊騰蛟提着王定六、郁保四兩顆首級，（王定六、郁保四了。）直到中軍，伏地請罪。天彪忙叫「請起」，賜位坐了。小校上前接了那兩顆首級。（細。）眾人看那楊騰蛟，是個彪軀大漢，青黑色面皮，眼有神光，果然英雄。天彪問道：「壯士何方人氏，怎生斬得這兩名賊將？願聞其詳。」楊騰蛟道：「小人姓楊雙名騰蛟，祖貫南旺營人。小人父親砍柴為業，年老做動不得，靠小人打鐵營生，養贍着他。（又是個孝子。）小人有些膂力，生平最好鎗棒武藝，也畧識些文字。（為寫親供伏線。）南旺營村前村後五七百家，都識得小人。（所以鬨得動。）叵耐去年梁山泊那夥鳥男女來煩惱南旺營，俺那里寡不敵眾，吃那廝平吞了去。那廝是什麼單廷珪、魏定國霸佔住了，眾百姓都不怯氣。（應楊龜山、雲天彪之言。）那廝見小人好武藝，（又是一副聲口。）要小人做親隨。小人看父親病在床上，恐吃他害了性命，沒奈何忍口鳥氣，只得依了。（真好。）那知小人的父親吃他一嚇，竟病重死了。小人一發恨那廝，屢次想殺他，只是沒個帮手。今見相公們（三字囫圇得妙。）領兵到來，那廝兩個正待要來救嘉祥縣，要小人同這王定六、郁保四做前部，眾百姓攛掇小人為頭，小人暗地裏集下四五千人，（見其做事精細。）約定時候，是小人刺殺這兩賊，殺了他二千多人，餘黨都散。那單、魏二賊吃他逃走了，特將首級來相公前請罪。」（寫得楊騰蛟鬱勃可愛。）雲天彪道：「這是壯士的大功，怎說是罪！」眾人都大喜。天彪便叫辛從忠督兵前往南旺營，安撫百姓復業；（要着。）一面備文申報蔡京并將王、郁二首級解去，留楊騰蛟在軍中。

候了多日，不見蔡京教進兵。（可恨。）天彪與鄧、辛二人十分焦躁，張應雷、陶震霆也等不過，只管來問信。忽蔡京有緊急公文到，眾皆大喜，（與後大驚相照。）忙接來看，卻是因瘟疫奉詔班師的話，眾皆大驚。鄧宗弼、辛從忠道：「費了若干錢粮，到得這里，為何不戰而退？」天彪道：「錢粮在其次，一路兵差徭役，百姓膏血都用盡了。」（即寧亡己之財，不忍傷民之力也。寫天彪儼然大儒。極寫蔡京誤國殃民。）張、陶二將也回中軍，說道：「有甚麼瘟疫！暑熱天氣，數十萬人難保無人生病，這也算不得，此中必有別情。」便將來人細問，來人道：「聞知是太師的女婿梁世傑同女兒被梁山上擄去，太師恐他傷害，謊奏朝廷，只說有瘟疫退兵。」張應雷、陶震霆一齊大怒道：「放他娘的屁！是張、陶二人聲口。我等那個沒有老小，單是他為一己之私，廢天下大事，我等便死也要滅了梁山方回！」極寫張應雷、陶震霆。其語甚壯。天彪喝道：「二位將軍休要胡說！詔書已下，豈可抗違。天彪純是大儒。但是眾位不伏氣，小弟設一計，殺他一個落花流水，然後退兵。」眾人大喜，大小軍士都叫道：「如要厮殺，我等情願死戰！」極寫王師義勇，力反前傳。有如此之將，有如此之兵，而甘心退避，所以深著蔡京一人之惡也。天彪便吩咐四將如此如此；一段暗寫。又給楊騰蛟提轄職銜，着他帶一枝精兵，埋伏在嘉祥縣東門外臥龍山內，吩咐道：「我一退兵，呼延灼必叫別將守城，親自來追。我預使人打着梁山旗號，假作兵敗逃回，賺他開門，妙。卻又故意露出破綻，教他看出，更妙。卻不是賺他開門。誘他來趕殺。待他出了城，你只看號火四起，便并力攻打東門。軍前多用佛郎機，此城必破。倘或那厮竟被賺開門，你也看號火起，便來策應，也是你的功勞，不得有悞！」楊騰蛟領令去了。一段明寫。天彪傳令軍馬一齊圍城，鼓譟攻打。呼延灼忙上城督兵守禦，不及一個時辰，官兵一齊退去，當時捲旗俱走。天彪真妙。呼延灼已得梁山信，知蔡京講和退兵；又見單廷珪、魏定國一齊奔入城來，知南旺營已失，王定六、郁保四遇害，正忿怒之時，見天彪等一攻便走，愈怒，便叫開城追趕。彭玘道：「這厮恐有計。」略一頓挫。呼延灼道：「非也。這厮定是得蔡京的號令退兵，恐我追趕，故先虛作攻打一番，以便退去。已在天彪算中。也料得不差，只是天彪手段高，故料不着耳。我想那王定六、郁保四的仇如何不報？追上去殺他一陣，也稍出口悶氣！」便提雙鞭上馬，叫單廷珪、魏定國守城，同彭玘、韓滔帶領兵馬開城追來。雲天彪拍馬舞刀轉身迎戰，不數合，拖刀便走，可知。呼延灼驅兵追趕，只聽號砲響亮，鄧宗弼左邊殺來，辛從忠右邊殺來，三面夾攻。呼延灼望見本城火光沖天，虛寫，妙。無心戀戰，忙收兵回去。三路兵一齊追轉來。三路不十分寫，妙。呼延灼到得城邊，只見吊橋拽起，一聲鼓響，滿城上都是官軍旗號。一位英雄立在敵樓護欄邊，正是楊騰蛟，指着城下罵道：「直娘賊！你來！」城上亂箭雨點般射下。奪嘉祥縣是楊騰蛟功勞。呼延灼大驚，同彭玘、韓滔奪路繞城而走，望正北投梁山去。追兵漸遠，走不上十里，忽然山鳴谷響，兩彪軍殺出來，正是張應雷、陶震霆，大叫：「賊子休走！我在此等候多時了！」呼延灼、彭玘、韓滔一齊來迎，張、陶二將各奮神威，酣戰三人，五十餘合不分勝敗。二人則十分寫，妙。背後楊騰蛟也到。那楊騰蛟使一柄蘸金開山斧，十分利害。楊騰蛟亦十分寫，妙。當時陶震霆敵住呼延灼，張應雷敵住韓滔，楊騰蛟敵住彭玘，捉對兒厮殺，三軍大戰。只見張應雷賣個破綻，讓韓滔一刀砍入來，攧到分際，張應雷右手倒提銅劉，左手伸開虎爪，揪住韓滔勒甲絲縧，生拖過來，摜在地上。眾官軍上前按住，活捉了去。擒韓滔是張應雷功勞。呼延灼、彭玘情知不是頭，不敢戀戰，回馬便走，三位英雄一齊追趕。陶震霆趕呼延灼不上，馬好故也。便掛了雙鎚，背上卸下那桿溜金火鎗，火藥鉛子已是裝好，當時扳起火機，上面自有瑪瑙石自來火。陶震霆雙手擎鎗，鈎動火機，樸通一鎗，對呼延灼打去。這回也是呼延灼命不該死，那一鎗卻打在那匹馬的後跨上，一顆鉛子直穿入馬肚裏去。那馬倒了，把呼延灼掀下地來。陶震霆上前去搶，吃那邊救了去。呼延灼落馬是陶震霆功勞。可惜那匹御賜踢雪烏騅，竟死在陶震霆手裏。御賜之馬此時呼延灼安得而騎之乎？仲華故急擊殺之。雲天彪擁大隊都到，追殺了一陣，一齊收兵回嘉祥縣。呼延灼大敗虧輸，單、魏二人也引敗殘兵馬奔來，會在一處，商議不如且回梁山。恰好大刀冠勝領兵來救嘉祥縣也是虛寫，又作補筆，妙。遇着呼延灼，知嘉祥縣已失，冠勝道：「那廝大勝之際，銳氣甚盛，我卻素知那雲天彪用兵如神，（襯出雲天彪。）我軍新敗，若再去攻打，戰必不利，不如且回大寨商議。」當時定了主意，一齊回梁山泊去了。（按下呼延灼一邊。）

卻說雲天彪等五員大將，并南旺營的好漢楊騰蛟，收聚得勝兵，掌鼓回嘉祥縣。進了縣城，天彪傳令安撫軍民，將錢糧、倉庫一齊查盤封好，申文飛報蔡京，說道：「小將等遵太師軍令退兵，叵耐呼延灼猖獗廝逼，小將等回兵大戰，呼延灼敗走，收復嘉祥縣，生擒賊將韓滔一名，斬首八千餘級，特此報捷。」一面將韓滔用囚車釘了，就差鄧、辛、張、陶四將解去，并請委文武官員來嘉祥治事，自己同楊騰蛟分兵在嘉祥縣權且鎮守。（井井有條。）

卻說蔡京已把大軍退過黃河，只等梁山上放回梁知府、蔡夫人，（俗語所謂想閻王放鬼回來。）忽接到雲天彪捷書，說義民楊騰蛟斬了王定六、郁保四，恢復南旺營；接連又得捷報，雲天彪恢復嘉祥縣，生擒韓滔，押解前來。蔡京肚皮裏叫不迭那苦，口裏卻說不出，（苦極。極寫天彪不為蔡京用。）只得，（只得一。）與幾個心腹謀士預先商議定了。不日鄧、辛、張、陶四將解到韓滔，來稟見蔡京，四將齊說道：「小將營內仗太師洪福，兵馬卻都不病。（惡極，妙極，勝于打，勝于殺。）遵大令退兵，叵耐呼延灼追逼不捨，（四字妙。）小將等情急，（二字妙。）回兵迎戰，那廝敗走，棄了嘉祥縣而去。（棄了，又妙。）小將等捉了韓滔，斬首八千餘級。（偏要再說一遍，氣殺蔡京。）雲天彪恐嘉祥縣復失，在彼分兵鎮守，不敢擅離，請太師速委員弁下去。」蔡京怎敢說他們錯，（苦極。極寫鄧、辛、張、陶不為蔡京用。）只得，（只得二。）做出大喜之狀，（苦極。）慰勞了四將，叫去各回本任，與雲天彪一并聽候號令，一面委心腹員弁二人，私下囑咐了，（伏後文。）去嘉祥縣接印管事。只得，（只得三。）買下一個頂替兇身充作韓滔，趁黑夜綁出轅門，斬了號令。王、郁兩顆首級，早已換過。

（苦極。）卻私地將韓滔藏入後帳，開了囚車，請出來，（只得，四。）再三陪罪，說道：「並非蔡京背盟，（堂堂太師，乃至賊前稱名，尚何言哉！）實因路遠，號令呼應不及，以致衝犯了好漢。今暗地裏送好漢回梁山，小女、小壻望乞照拂。」韓滔謝了。蔡京便將王、郁兩顆首級，用香木匣兒裝好，（只得，五。）差心腹數人賚了，護送韓滔一同回梁山去了。（寫得蔡京真是狗彘不食。接連五個「只得」，極寫天彪等五將不但不為蔡京用，且反能用蔡京，真妙。）

卻說宋江探得蔡京已奏准退兵，大喜，正要商議要留梁世傑夫妻為質當，（可見不干雲天彪之事。幾番應允，忽然背盟，世傑夫妻竟不能生還，果不出楊黿山所料。）忽報大刀冠勝領兵轉來，呼延灼等都敗上山來。宋江大驚，忙接進來。眾人齊稟道：「南旺營兵變，王定六、郁保四被害，雲天彪用詭計破了嘉祥縣，韓滔遭擒，折兵一萬二千人。」（雲天彪處只斬首八千餘級，而此云折兵一萬二千餘人者，蓋八千之外也有活捉的，也有逃走的，也有鎗礮轟擊，墜濠落塹，踐踏成泥，屍首無存的，自然有一萬多人矣。若天彪處斬首八千餘級，梁山泊亦折兵八千餘人，不但不成文，抑且無此事。）宋江大怒道：「這廝安敢反覆不常！」即叱喝：「速把梁世傑夫妻捉出去砍了，與我王、郁兩位兄弟報仇！」正是：蔡相已成平地虎，中書又作釜中魚。不知梁世傑夫妻二人性命何如，且看下回分解。

范金門曰：此回專頂上文梁世傑而來。若入手便寫大兵臨境，宋江立時挾制，則一氣說完，味同嚼蠟矣。若寫蔡京用分兵壓境之法，則身分又不確肖，特表出一楊黿山，綰緊兩頭，能使前因後果入情入理，真如一幅山水，繪出奇峯天外也。

以鄧、辛、張、陶之威勇，以雲天彪之將才，加以黿山先生經劃其間，又有天兵二十萬，而反為宋江所挾制，是真活畫一個蔡京。

奉詔班師，徒自痛罵一番，怏怏而退，非天彪也。置明詔于不問，奮勇除賊，四將可以有此論，天彪不能有此為也。攻殺一陣而後退，是天彪平心以出之，仲華熟審而書之。

邵循伯曰：一百單八人，厥罪維均，或病亡或病死，或受傷而歿，或戰敗而擒，固然隨時隨事，弭筆而書，但宋江為渠魁，死于最後，何人當死于最先？讀此回，竟以郁保四、王定六開刀，意者殆先去其保，定十全之勢歟。

第七十九回　蔡太師班師媚賊　楊義士旅店除奸

卻說宋江大怒，要斬梁世傑夫婦。吳用忙勸住道：「哥哥容稟：王定六、郁保四已死，韓滔兄弟尚在他處，今殺了他女壻、女兒，蔡京絕望，必將韓滔傷害。不如留他兩條命，誘他放回韓滔，再作商議。句句不出楊鼂山所料，寫得蔡京不惟無恥，抑且無智。且差人去責問蔡京為何背盟，他若不明道理，再斬二人不遲。」宋江便將梁世傑夫婦叫到面前喝罵，嚇得夫妻二人伏在地上抖做一堆。吳用道：「你二人快寫信去，問蔡京為何背盟！」梁世傑道：「奴，奴才就寫。」可憐，可歎。前傳猶是石秀罵，此則竟是自己稱矣。夫妻二人就在階前，鋪紙磨墨，苦極。肐搭搭的寫完，呈上與宋江看了。宋江又指二人罵道：「看你丈人老兒此番對答何如，倘不在理，便立宰你兩顆驢頭，祭我的大將！」喝叫「牽去！着楊、索二位頭領處管押！」又發一角移文，橫極。並梁世傑夫妻的手書，差人賫去蔡京。還未送到，接得緊。早接到蔡京的差官送來韓滔，韓滔已回，大事又去矣。並王、郁兩顆首級。宋江喚入，差官伏地請罪，呈上書信。宋江怒忿忿地拆信看了，雙眉豎起大罵道：「蔡京奸賊，四字固是千古定論，然出自宋江之口，猶為雄快。安敢欺我！我倒有心放還他女壻、女兒，他反奪我城池，可惡殺才！城池是你的？傷我大將，怎說得過？」差官磕頭不止道：「請大王息怒容稟：太師何不竟稱蔡京。實不敢背盟，實因路隔遙遠，軍令招呼不及，以致誤傷頭領。今太師自知理屈愆重，傷心。特差小官膝行請罪，傷心。倘蒙赦回了貴人、縣君，太師情願送還嘉祥縣、南旺營，傷心。已囑咐了該處官吏，大兵到時，一鼓可下。」補出蔡京私下囑咐員弁一節。言未畢，宋江愈怒道：「放你娘的狗屁！不堪。我等一百八位好漢替天行道，義同生死，不爭被你們一起傷損我兩個，此仇豈有不報！誰稀罕你還嘉祥縣、南旺營！」便傳令：「立斬梁世傑夫妻，將兩個驢頭付他帶回，着蔡京來，刻日交兵。」駭然。差官未及開言，只見吳用、公孫勝一齊諫道：串就無疑。「請哥哥息怒。此事委實不干蔡京之罪，但他只如此陪禮，卻不能輕恕。梁世傑夫妻且暫免其死，監禁在這里，問蔡京如何理會。」宋江道：「既如此且看二位軍師面上，蔡京須要依我三件事，明是商量串就。便送女兒、女壻還他。還說肯送還，真是欺騙小兒。半件有違，教他休想！」差官道：「莫說三件，三十件都依了。」宋江道：「一件還我嘉祥、南旺，自不必說；一件仍要十萬金珠，作王定六、郁保四祭奠之禮；強盜奠儀竟與太師生辰綱相掇，可歎。非寫強盜要學太師，實因太師之無異于強盜也。一件三個月內，就要雲天彪、楊騰蛟二人的首級照面。這三件趁早去說，等你回話。」差官諾諾連聲，奔回去見蔡京。沒多日，差官轉來說：「三件事太師都依了，只是雲天彪是种師道得意之人，种師道在官家前最有臉面。雲天彪得他庇護，根基深厚，搖撼不得，只可覷機會卜手，亦不過弄他落職。若取他首級，太師怕不肯，實恐力不能及。至于楊騰蛟首級，必當獻上。」只為女壻、女兒而獻朝廷疆土，殺朝廷命官，蔡京之惡無以復加。宋江道：「既這般說，也罷。只是你太師反覆不常，今把梁太守夫妻權居在我處，我佛眼看他，教你太師放心。等他三件事完畢，再還他不遲。」勢所必至。那差官那敢再說，只得領了言語，回覆蔡京去了。

卻說蔡京因梁山泊變卦，深恨雲天彪入骨，恨得奇。及差官回營，聽了宋江這番言語，又見女兒、女婿仍討不到手，一發懊恨，懊恨那個，誰教你送還韓滔？與心腹謀士商議道：「雲天彪那厮仗着老种的勢，枉是動搖他不得，楊騰蛟卻好收拾。我想不如取他這里來殺了他，將首級把與宋江，換我女兒，件件依他到底，看他還有何說！」（呆鳥！不但依他到底，你便依他過頭，他也不來依你，奈何？）那謀士道：「弄他這里來，若尋事殺他，恐多延時日，且又費事；若暗地害他，又恐耳目眾多。太師不如差心腹勇士去取他，伴他同來，只就路上如此行事，豈不機密？」蔡京大喜道：「此計甚妙！」便喚那心腹勇士劉世讓，吩咐道：「與你令箭一枝、扎諭一封，到嘉祥縣問雲天彪討取義民楊騰蛟來大營聽用。到半路上，須如此結果他性命。首級不必將來，便同此書信送至梁山上宋江處，回京來繳令，自有重賞，切切不可洩漏，首級休教腐爛，（照夏天。）不得有悞。也不必帶伴當，恐走風聲。」劉世讓道：「聞知楊騰蛟那廝武藝也了得，小人獨自一個恐降他不落，（先逗一句。）且不能禁他不帶伴當來。（又逗一句。）小人意見，有一個兄弟叫做劉二，（又增出一個人。）也有些武藝，做事靈便。不如教他扮做伴當，同了小人去，也好做個帮手。」蔡京道：「可行則行，須要小心。」便將劉二叫來看了，即便准行。劉世讓弟兄兩個當時收拾起，領了令箭、公文，投奔嘉祥縣來。

蔡京班師回朝，不日到了東京，面聖謝恩，同童貫朋比為奸。官家竟被他們瞞過，只道真有瘟疫。不日，河北制置使奏到梁世傑中途失陷的本章，天子怒道：「這廝敢如此無狀，且待將士休息，朕當親統六師，勦滅此賊。」原來天子不知蔡京、梁世傑是翁婿，（遠遠為一百十一回伏線。）況且河北制置使的奏章故意遲延日期，天子如何想得到？（補筆，好。）朝中有曉得的，都畏蔡京的勢，無人敢言。蔡京竟把收復嘉祥縣、南旺營斬王定六、郁保四的功勞，盡行冒了去，（蔡京不堪已極。）只將擒韓滔的功歸於雲天彪等，僅奏請加了一級，官兵將弁，毫無獎勵，按下慢表。

且說雲天彪在嘉祥等候新任文武官弁到來，即將兵符、印信、錢糧、倉庫、城池、地方都交代了，對楊騰蛟道：「足下忘生捨死，建此奇功，蔡京竟置之不問，且連軍士兒郎們的犒賞，半點俱無，人人怨嗟。我也恐青雲山、猿臂寨兩處的盜賊，乘我不在景陽鎮，竊發滋事，先引一筆。須得早回。這里嘉祥縣、南旺營兩處，是梁山泊必爭之地。我看那兩個官員都是蔡京之黨，那廝們害百姓有餘，禦強盜不足。你若仍歸南旺營，日後必受人謀害。南旺營的百姓也甚可憐，我已曉諭他們都遷移了，省得遭梁山蹂躪，只恐有根生土養的一時遷移不得。足下只有一個人，如不見棄，何不同下官到景陽鎮去，日後圖個出身。下官得足下相助，多少幸甚！」愛才如己有，真好雲天彪。楊騰蛟聽罷，再拜流涕真堪流涕。道：「小人蒙恩相擡舉，願終身執鞭隨鐙。只是小人昨夜得了一個怪夢，奇文。夢見一個黑面虬髯的大將，手持青龍偃月刀，好像關王駕前的周將軍模樣，對小人說道：『你有大難到，切戒不可飲酒，不可帶伴當，放心前去，臨時我來救你。』說罷驚醒，滿屋異香，卻不知何故。」雲天彪想了想，也解不出。

正說話間，忽報蔡太師有令箭差官到。天彪接入，拆看了公文，知是要楊騰蛟「赴京授職，毋得觀望」等語，雲天彪也一時不道是計，甚是歡喜，寫天彪性直，確是君子心腸。便繕了申覆文書，叫楊騰蛟收拾起，同了劉世讓起身。天彪吩咐楊騰蛟道：「足下一路保重。我想你所說之夢，莫非應在此行？你就不可帶伴當，從此戒了酒。只是你有功無罪，又且與蔡京無仇，不成他來害你？那知竟有此事。但是此輩心胸亦不可測，上文寫天彪性直，此忽寫其心細，正是不逆詐，不億不信，抑亦先覺者矣。你到了東京，只算到東京，卻不料在半路，此天彪機警不及希真處。見風色不好，即便退步到我處來。」騰蛟頓首拜謝道：「恩相放心，便是蔡京肯用小人，小人亦不願在他那里，好楊騰蛟，作者極力寫出三十六人無一人出奸黨之門也。今日只是令不可違。小人到京，不論有無一官半職，誓必辭了，仍來投托麾下，便肝膽塗地也不推卻。」（真肝膽相照。想見騰蛟血性，想見天彪得人。）天彪大悅，又取三百兩銀子送與騰蛟作盤費，（此非閒文，亦非寫天彪慷慨情厚，實為徐溶夫作地也。）又贈良馬一匹、寶刀一口，（刀馬先提一筆。）騰蛟都收了。（直爽。）拜辭了天彪，當時提了那柄金蘸開山斧，跨了那口寶刀，同劉世讓都上了頭口，起身往東京去。雲天彪公事都畢，仍帶了那五百名砍刀手，回景陽鎮去。眾官兵、百姓都捨不得天彪，沿途大擺隊伍，（官兵。）扶老携幼（百姓。）的相送，哭聲震野。天彪在馬上也灑淚不止。（結天彪一邊。）那天彪所分一半大兵，得蔡京號令，只等山東制置使堵禦兵到，都隨了本部將領回京去了。（結官兵一邊。此一段不但作者多忘，即讀者亦不留心，見此書之妙也。）

卻說楊騰蛟同了劉世讓一同上路。正是五月初的天氣，十分炎熱，三人都赤了身體。那劉世讓見楊騰蛟身邊有三百兩銀子，又不帶伴當，心中甚喜，（狗才。）一路與劉二商量，趨奉着他。那劉世讓本是個篾片走狗的材料，甜言蜜語，無般不會。那楊騰蛟是個直爽漢，只道他是好意，不防備他。世讓說道：「楊將軍，你此番到京，蔡太師一定重用，小可深望提挈。」騰蛟道：「你說那里話！你前日說你已是太師得意近身人，怎的還說要人提挈？」（駁得是極。）劉世讓道：「楊將軍，你今年貴庚？」（看他被人駁倒，便架到別處去。）楊騰蛟道：「小可三十七了。」劉世讓道：「小可今年三十六。」便撮着嘴唇上兩片掩嘴鬚笑道：（活畫。）「楊將軍如蒙不棄，小可與你結為盟弟兄，尊意何如？」騰蛟大喜道：「劉長官見愛，小可萬幸。只是小可不過一個鐵匠出身，怎好攀附？」（是楊騰蛟語。）劉世讓大笑道：「兄長休這般說！便是小弟也因鐵器生涯上，際遇太師，得了本身勾當。」（好貨。）看官，凡是篾片走狗的話，十句沒有半句作真。他見楊騰蛟說三十七歲，他便說三十六歲；見楊騰蛟說鐵匠出身，他便說鐵器上際遇。那楊騰蛟是個直性男子，那里理會得？當時心中大喜，暗想道：「我為人粗笨，又是初次到東京，正沒個相識。此人雖是武藝平常，註出。人卻乖覺。騰蛟差矣！性直人與乖覺人相交，焉有不上當者哉！我到東京，即有人暗算，我也好同他商量。」寫騰蛟不惟不猜疑，反欲重託，以見下文之事突出意外，其怒自不得遏也。當晚投宿，楊騰蛟便教店小二預備香燭、紙馬，買下福禮，邀了劉世讓，結拜證盟了，反是騰蛟上緊，妙。何等豪爽。二人便兄弟稱呼。就在那院子中心葡萄架下，點夏景。散福飲胙❶。劉世讓道：「可惜兄長不肯吃酒，今日我二人結了異姓骨肉，兄長何妨吃幾杯？」楊騰蛟暗想夢寐之事，也不必十分拘泥，妙。是楊騰蛟，是英雄豪傑。胡亂吃幾杯打甚緊，便說道：「我不是不肯，委實吃下去便頭眩顱脹，心裏不自在。既賢弟這般說，我便吃幾杯。」當時取個盞子放在面前，世讓先敬了一杯，便把酒壺交與劉二。那劉二殷勤伏侍，騰蛟再不識得他卻是真正弟兄。妙，請世人看看。店小二進來說道：「二位官人歡聚，何不叫個唱的粉頭來勸兩杯？」劉世讓道：「最妙，你去叫了來。」不多時，店小二引着一個花娘進來，後面一個鴇兒跟着。劉二忙去掌上燈來。那花娘上前折花枝也似的道了兩個「萬福」，便上前來把盞。那店小二自去了。劉世讓道：「你叫甚麼名字？」那花娘道：「婢子小名阿喜。」楊騰蛟道：「你會跑解馬❷否？」是騰蛟聲口。阿喜道：「婢子不是武妓。」二字當是仲華捏造，恰似已曾有過者，妙。世讓笑道：「哥哥老實人，到底不在行。此事不在行也，沒甚見笑，可惡。凡是跑解馬的武妓，他那打扮都是單叉褲，不繫裙子，頭上穿心抓角兒。」你曉得了便怎麼？阿喜道：「近來武妓好的絕少。有得一二個有名的，都是東京下來的。」聞中便乘勢引動陳麗卿夜襲沂州一篇文字。騰蛟道：「原來如此。」四字一片神威，正是鷽鳩笑大鵬，大鵬未之知也。阿喜問劉世讓道：「二位大官

❶ 飲胙：飲酒、吃肉。胙，音ㄗㄨㄛˋ，祭祀用的肉，泛指肉。

❷ 跑解馬：耍馬術。

人上姓？」問二位大官人上姓，卻只向這邊說，見那邊不在行，便不去瞅睬，活是花娘身分。世讓道：「那一位官人姓楊，我姓劉。你好一副喉音，請教一枝曲兒。」那鴇兒便遞過琵琶來。阿喜接過來告個罪，便去世讓肩下坐了，世讓肩下，妙。不惟世讓好淫，花娘湊趣，抑且坐位本當如此。把一隻腳擱在膝上，把琵琶放在腿上，第一個身段。挽起袖口，第二個身段。抱起琵琶來，第三個身段。輕輕挑撥，和准了弦索，第四個身段。忽然十個指尖兒抓動，第五個身段。增入「忽然」二字，妙。寫盡勇士赴戰場之槩。宛然一個粉頭在紙上。四弦冰裂，四守奇而新穎，探之似在喉際，卻不經人道過，何也？先空彈了一套溜板兒，第六個身段。于未頓開喉嚨之前，先騰挪出若干身段，不但善于養局，要知作文之法一悟此訣，則一枝筆桿上天入地，無不由我。即如此書第六回中，雲龍、麗卿鬬棒一段文字，先各顧自己理了幾路門戶，即用此法也。此法在在都有，亦不能一一指出，細細察。其一部大書，從第七十一回至第一百四十回，通盤結搆亦只用得此一法耳。再細細察之，不惟此書如此，就是古今來無數大著作、大文章，無非用此訣也。就是無知小兒弄筆塗鴉，亦間有一二處偶合此訣也，就是天之日月運行、寒暑往來，地之山川起伏、江河盤紆，人之因緣睽合、治亂相尋，無不過通用此訣也。而其顯而易見者，莫如作文，然則文之為物，顧不妙哉。金門此批有益于讀書子弟不少。脫令全不如此，便是以石擊石，確然一聲，雖竭師曠之聰，不能審其音韻矣。頓開鶯喉，唱了一枝武林吳學士新製的哀姊妹行惜奴嬌。唱道：

夢繞青樓。嘆蓮生火裏，絮落池頭。忽然記起在南旺營忍氣吞聲服事單廷珪、魏定國時，真堪浩歎。

一任你嬌紅溫玉，「一任你」三字，掉下多少志士幽人的淚來。誰竟逢杜牧❸風流。非不遇雲天彪，爭奈急被蔡京裹了去。

堪愁，薄命紅顏君知否？仁者之言。縱橫萬里之才，乃至性命懸于鼠輩之手，可歎！

那裏個匹鴛鴦聯翡翠，此時三十六人已盡降下塵世矣，特海角天涯風雲未會耳，因緣不到，其苦如此。

下塲頭，只落得花殘月缺儘人憔悴。忽然落到劉世讓身上，令城狐社鼠一時氣焰都盡，真仙乎之筆，真仁者之言，絕妙好詞。每見朝士喜作歸隱詩、禪伯咏，唱脂粉詞俱是不就本行出色也。近時妓者多喜歌清宵怨一闋，既歎虛花，音節凄楚，而沉湎火坑者全不念及，反以之供談笑。嗟乎，欲聖賢經典不作，故紙何可得耶。

❸ 杜牧：晚唐著名詩人，有樊川文集傳世。

唱畢，世讓喝采一番。寫世讓。阿喜笑道：「粗喉嚨獻醜。」騰蛟道：「你可有戰場上的曲兒麼？」問得奇絕。歌舞之地驟聞此語，真如獅子頻呻，蒲牢大吼。寫盡楊騰蛟，寫盡英雄壯士。阿喜道：「畧有幾套。」妙。騰蛟大喜，寫盡英雄壯士。道：「請教妙音。」便自己滿斟一杯，一飲而盡。請讀者看金門說瞎話否，又用此訣矣。阿喜便又撥動琵琶，唱一枝馬陵道的中呂粉蝶兒。唱道：

打一輪皂蓋輕車，按天書把三軍擺設，妙，妙。誰識俺陣似長蛇。妙。「誰識俺」三字，寫盡韜畧元機。端的個角生風、旗掣電、弓彎秋月，妙，妙。喊一聲海沸山裂。其聲從紙上聞。殺得他眾兒郎，不能相借！真是絕妙好詞。方讀一闋幽艷，接讀一闋武壯；忽然小青題詞，忽然魏武橫槊，筆墨變換之奇，真令人目不暇瞬。嗟乎，吾何能贊哉！按借字原本係救字，叶作計夜切。葉懷庭製譜，竟改作借字，便于注目，今從之。

那四條絃索錚錚的爆響，果然像金鼓戰鬬之聲，夾敘琵琶，妙筆。歡喜得楊騰蛟一疊連聲的喝采。寫盡英雄壯士。字字鑽入心裏耳裏，焉得不喝采。阿喜便收過琵琶，執壺來二人前把盞。楊騰蛟連吃了五七杯，忽然想道：「不要太高興了。」天下浪子到得意濃時，記得此句，何至喪身亡家哉。那劉世讓便把阿喜抱入懷裏，儘意的囉唣。不堪注目。楊騰蛟看不慣那惡模樣，把眼去看別處。劉世讓見了，就把阿喜推開，小人之可畏如此，吾願天下君子留心。道：「兄長再吃兩杯。」騰蛟道：「我吃不得了，賢弟寬用。明日是端陽佳節，我和你暢飲。」忽然點出端節，忽然遞到明日，忽然應許暢飲，筆勢如龍蟠鳳舞。世讓道：「這般說也罷，取飯來。」阿喜道：「婢子還有事去，不在此吃飯了。」世讓便去身邊摸出五兩一錠銀子道：「這是楊大官人的。」又摸出照樣一錠道：「這是我的，你將了去。」阿喜收起，道個「萬福」，謝了，同鴇兒出去。楊騰蛟道：「怎的要賢弟壞鈔？」劉世讓道：「休這般說。小弟同哥哥知己弟兄，一切銀錢，你的就是我的，我的就是你的。好說。我無時向哥哥討用，主。小弟有時不知幾時有。哥哥只管來取，賓。計較什麼。」不知放那里的屁。此語騙不得俞仲華，卻如何想騙

（楊騰蛟，騙天下人耶？仲華止此數語便把天下無數陰險而無才之小人，貪利忘義的惡肺腸，盡行剜出，能使已見劉世讓之楊騰蛟讀之而寒心，未見楊騰蛟之劉世讓讀之而氣沮，真有功于世之文。）楊騰蛟道：「兄弟，休怪我說你，（劉世讓一片狡詐之後，接入此語，奇極，能令宵小奪魄。）似你這般英年，正當要熬煉筋骨，將來邊庭上一刀一鎗，全仗身子做事。不爭這花色上滑了骨髓，不但吃人笑話，抑且自己吃虧。賢弟須要依愚兄的言語。」（何等愛惜。騰蛟愛世讓以義，世讓害騰蛟以利，相映得妙。）世讓笑道：「遵教！我也不過逢場作戲。」

正說話間，只見那鴇兒、阿喜拏著燈燭着地照進來，（奇。）店小二也隨在後面。世讓道：「你們尋找甚麼？」（是他先問。）阿喜道：「一枝翡翠玉搔頭，不知怎地脫落了。」（急遽如畫。）楊騰蛟驚道：（一「驚」字寫出騰蛟慈祥。）「方纔還見你插在鬢邊。」劉世讓道：「我卻不留心。」（妙。）劉二道：「你出去時還在你頭上。」（寫出劉二。靈便之說不謬。）阿喜聽得這話，心裏越發驚惶，（可憐。）道：「外面都尋徧了不見，只道二位大官人與婢子作耍，故意藏過了，故尋進來。」（活畫。卻是伶俐女子聲口。）楊騰蛟道：「誰與你這般惡耍！便是作耍，此刻也還了你。（真不愧老實二字。）且不可心慌，要在總在。」（安慰語，寫盡慈祥。）那劉世讓便把椅子、板櫈都拖過一邊，相帮亂尋亂照。（是他帮尋。）店小二、劉二芸田也似的地面上尋看。（妙。）楊騰蛟也看了，不見。（妙。三段卻是三樣：上一段假，下一段真，中間一段一真一假。）只見那鴇兒指着阿喜咬牙罵道：（狠惡之狀如見。）「糊塗屄裏挖出來的賤坯子，倒你娘的屄運，（何句不可罵，務要牽累其父母哉。）心肝裏不知對付那里！回去剝了你娘的屄皮使用！」（處處連爹帶娘。鄭板橋歎曰：孰非黃帝、堯、舜之子孫，真仁者之言也。）那阿喜嚇得面如土色，立在那邊不住的抖。（可憐。）鴇兒上前一個耳光子，（不堪。）打了個蹡踵，啼哭起來。楊騰蛟不過意，（寫盡慈祥。）便問：「你那搔頭值多……」（其詞未畢。）劉世讓連忙踢騰蛟的腳，連忙丟眼色，騰蛟不便再問。鴇兒挽着袖口罵道：「你哭，你哭！」又要上前打。店小二架勸着，一陣兒都出去了。（此時葡桃架下共是六個人，寫來卻一人是一人身分，一人是一人聲口，一人是一人性情，規模絲毫不走，卻又不多幾句，豈非奇才。）劉世讓對騰蛟道：「這是衙院裏的苦肉計，兄長去保他則甚！」不堪。劉二道：「此等老把戲，小人見得最多。」久仰。楊騰蛟半信不信，只聽得外面不知是拳頭、板子、巴掌一片價響，鴇兒平頭的罵嚷，粉頭的啼哭討饒，眾人的勸解，攪做一片。不堪。京都口技無此精妙。楊騰蛟忍不過，立起身要出去看，寫盡慈祥。吃劉世讓、劉二勸住了，好半歇方得平靜。結。劉世讓道：「夜不淺了，請哥哥安歇了罷。」騰蛟道：「再乘涼片刻何妨。」二人又談說了些閒話。劉世讓便訴說家下十分窘急，老母有病不能贍養，來了。騰蛟道：「賢弟何不早說！」便去取了一百兩銀子送與世讓。世讓也不謙讓，逕直收了。小人之可畏如此。非怪其逕直收也，怪其偏欲竊取君子受之之法也。如能害了騰蛟，三百兩都是你的，何爭此刻之一百？全不想到殺汝璧將焉往，世讓不及戎州婦人多矣。三人歸寢，當夜無話。

次日一早起身，正是那端陽佳節，一路上只見家家戶戶都插蒲劍艾旗❹。此句不但點綴時景，且因家家戶戶四字便見人烟稠密，映出騰蛟、世讓兩邊都不能下手。惟其筆妙，故有此閒中布置。二人在馬上說說講講，正是五里單牌，十里雙牌，用前傳語，妙。不覺走了多路。二人忽然說到夜來阿喜歌唱之事，真是妙筆。不知其結上文歟，不知其起下文歟，真能隨筆灑揮，無不如意。騰蛟道：「十五歲的女孩兒，實是虧他。阿喜年紀忽于此處補出，用筆狡獪。卻總不脫楊騰蛟語氣。那枝玉搔頭終不知怎的，寫騰蛟之勇不奇，寫其勇而又仁則奇。想其見一人一物不得其所，便爽然自失，真是英雄而兼道學，宜其見重于雲天彪也。賢弟聰明，所見諒必不錯。」只見劉世讓笑着，懷裏取出一件東西與騰蛟看，奇文。道：「這廝們該晦氣！昨夜我們不但不出錢，反得了他的。」何等僥倖。楊騰蛟一看，認得是那枝翡翠玉搔頭，吃了一驚，問道：「怎的到你手裏，卻為何不還了他？」實是可怪。劉世讓笑道：「這廝自不小心，他坐在我懷裏時，便脫在桌子腳邊。我見

---

❹ 蒲劍艾旗：蒲劍，昌蒲的葉子形狀似劍，故稱。舊俗端午節掛在門上，謂可避邪。艾旗，艾草的葉子似旗，有香氣，亦是端午節掛在門上之物。

他去了不查起，我便收拾了。真能幹。衙院中白受人的錢財多哩，叨他這點惠，值甚麼！」好良心。楊騰蛟聽罷，不覺心中勃然大怒，那把無明火燒上了焰摩天，正要發作，忽然一個轉念道：「且慢！二字寫盡騰蛟身分與諸英雄不同，惟其胸中有此二字，便生出多少斟酌，所以能與單廷珪、魏定國相處半載，卒克成其大功也。尚父有言：鷙鳥將擊卑飛斂翼，猛獸將搏弭耳俯伏，真是大英雄大豪傑的手段。希真在東京一段仿佛相似，然細察之，實又不同，真不知其故。這廝既是這種人，「既是」二字活寫出前日悞認是好人。枉是勸化不轉，是。同他論理亦無益，不如剪除了他。是。快事。這里人烟稠密，不便下手，且敷演着他。」是。便笑道：「兄弟，你忒愛小，這搔頭能值幾錢。」騰蛟妙人。世讓道：「看不得，也值二十來兩銀子。」好便宜，發大財也。劉二道：「管他值多少，總是白來的。」此恐劉二冷落也，別無他意。楊騰蛟心內十分懊恨道：「不道我楊騰蛟這般瞎了眼睛，錯認了一個賊，當做好人。還少說了一個。我想這廝在蔡京手下這般得勢，還要貪這小利，平日不知怎樣詐害百姓。確。如今若除了這賊，卻救多少人！確。嗟乎，天下只此一楊騰蛟，焉能除得許多賊耶。這里人多，我想過了金銀寨，地廣人稀，今日還趕得到，劉世讓不便下手之故，卻借楊騰蛟補出，用筆狡獪至于如此。明日就那里路上，砍了這廝，寫騰蛟未卜其夜，真妙。卻投別處去。蔡京擡舉我，要他則甚！字字鳴金戛玉。有理，有理！」本寫劉世讓算計殺楊騰蛟，偏要硬寫騰蛟算計殺劉世讓，筆之詭奇，正如以針對針，以鏡照鏡，以刀砍刀。孫子曰：善戰者其勢險，其節短。吾謂善文者亦如此。此等處真不知仲華如何算出。思量定了，便對世讓道：「賢弟，我們今日趕緊走，到得金銀寨，明日好趁黃河早渡。」世讓應了，心中暗喜。當晚果然到了金銀寨，投了客店。

原來那金銀寨是個僻靜所在，只得三五家小店。世讓私地裏對劉二說道：「這獃漢趕緊奔來此處，想是死期到了。我連日嫌人多，不好下手，今到這里，你把那蒙汗藥端正在手頭，今晚就用。讀者為楊騰蛟捏把汗，只為上文騰蛟意欲在明日方動手也。正是閻王註定三更死，誰敢留人到五更！」句句說騰蛟，卻句句應在自己身上，絕倒。劉二道：「此地雖是小所在，到底有人，不如明日路上動手。」世讓道：「不過三五個人家，湊不到二三十人，誰敢攔擋我！況此去鄆城縣只得五十里，投梁山最近。楊騰蛟之脫身報官之路程，偏又從世讓口中註出，仲華不是文人，直是文怪。你只依我去安排。」商議定了，世讓來對騰蛟笑道：「我等賞端節，卻在夜裏。」騰蛟也大笑。真是針鋒相對。那店裏房屋甚窄，騰蛟獨自一人在西邊一間安了鋪，世讓同劉二在東邊那間安了鋪。幸此一句，救了騰蛟性命。世讓便將酒殽擺在自己房裏，掌上燈燭，邀騰蛟過來暢飲。劉二已預備下兩角酒，把一角有藥的放在騰蛟面前。險極。騰蛟也一心要殺劉世讓，更不轉變，險極。黑夜閉戶讀之，覺得陰風慘慘，令人毛戴。想道：「這賊有些氣力，不如就今夜灌醉他，就這里砍了他，省多少手腳。」險極。處處針鋒相對，愈拶愈緊。那劉二便把那有藥的酒與騰蛟滿斟一杯，險極。一步緊一步。又將那好酒斟在世讓面前。世讓舉杯道：「哥哥請。」騰蛟便一飲而盡。險極矣。急殺讀者，騰蛟奈何。不飲萬事全休，飲了便怎麼？一飲了那杯酒，便覺得天旋地轉，渾身發麻，阿也，這便怎處？虬髯將軍果來救否？急殺讀者。便道：「兄弟，我吃不得了。這杯酒下去，好不自在，我要睡了。」世讓道：「哥哥如此量貴，且去睡睡。」騰蛟忙走入房內，倒在床上。世讓輕輕對劉二道：「藥發了！且慢動手，待他透了。」妙。那楊騰蛟在鋪上，說不出臟腑難過，心裏明白，身子動不得，想道：「不要是中了痳藥，這卻怎好？」心裏正急，忽然紅光滿眼，一陣異香撲鼻，心內頓覺清涼，奇妙。卻與他家稗官撰神捏鬼不同。安然無事。但覺得腹內異樣的攪疼，裏急難忍，便去窗外天井裏更衣。卻又好了，奇。方立起身，隔窗子只見劉世讓同劉二兩個捏手捏腳的趲進房裏來，手裏都拏着利刀。險極。世讓叫道：「哥哥好些否？」騰蛟隱在黑影裏不做聲，只看那世讓、劉二笑道：「已着了道兒！」兩口刀一齊剁下，卻砍了個空。二人驚道：「眼見臥在床上，卻怎的刀剁下去不見了？」寫得閃爍可愛。劉二道：「必是藥少，他醒得快，到後面去乘涼。我去看來！」世讓道：「我在此尋覓，你去誘他來。」二人一齊搶出房去。騰蛟吃了一驚，叫聲：「慚愧！多虧神天保佑，這廝倒來捋虎鬚！」當時大怒，便從窗子檻上輕輕的跨進房去，抽出那口雲天彪贈的寶刀，奔出房來正迎着劉世讓，騰蛟大喝道：「賊子焉敢害我！」世讓大驚，措手不及，急忙一閃，早被騰蛟砍着腰胯，倒在地上。好個勇士。騰蛟搶進一腳，踏在胸脯上，罵道：「直娘賊！我與你無冤無仇。」世讓叫道：「不干我事，蔡太師的差遣。」騰蛟罵道：「貪婪無厭四字罵得確切。的惡賊！正要除滅你，你卻先來撩我，教你識得我，吃我一刀！」說罷，肐察一刀，割下劉世讓的頭來。足矣，多寫便費筆墨也。

那店小二同幾個火家，雖關了店門，還未睡，聽見後面熱鬧，都點着燈火來照看。只見楊騰蛟殺死一個人，在血地上，身首兩處，嚇得跌跌爬爬，都叫起撞天屈來。活畫。楊騰蛟提刀上前，喝道：「那個敢叫，叫的便與他一刀兩段！」眾人見他勇猛，俱不敢響，抖做一堆。活畫。楊騰蛟道：「你等不要慌，還有一個不曾收拾。」便去店家手裏奪了燭臺，翻身撲入後面園裏去。那劉二見騰蛟殺了世讓，心碎膽落，不敢往前面來，逃轉園裏好個幫手。爬牆，絕倒。身子方過得一半。吃騰蛟趕上，左手撇了燭臺，右手提刀故也。拖定後腿，扯離了牆頭，往草地上一摜，只聽得「撲」的一聲，跌得個發運章第十二！即前傳發昏章第十一之次篇也，真是絕倒。動撣不得。騰蛟去一把揪了頭髮，曳到前面，那幾個店家早都開門出去，喊叫鄰舍，活畫。叫得幾個攏來，卻都在店門外廝覷，不敢進內。活畫。騰蛟高叫道：「既有高鄰，同店家齊請進來，有話說。我不是歹人，休得懼怕！」一片神威，想見其生平學問，又是一樣。眾人聽了，方敢進來。店小二道：「楊爺殺了人不打緊，害怕語。只是苦了小店。」眾人道：「壯士貴鄉何處？不連。既做了事，不連。與我們做主，不要就走了。」活畫眾人。楊騰蛟左手揪着劉二，右手把刀指着眾人，一片神威。說道：「眾位聽者：嗄。我楊騰蛟頂天立地的好漢，再不連累平人，你們放心。且取繩索來，把這個活的綑了，聽我說。」楊騰蛟這席話上，有分教：銷聲匿迹，武士權歸巖壑；辨奸折獄，文官顯出經綸。不知楊騰蛟說出甚麼話來，且聽下回分解。

范金門曰：送回韓滔，送回王、郁首級，梁夫妻不放還也。即不送回韓滔，送回首級，梁夫妻亦無非不放還而已。就使不擒韓滔，不斬王、郁，梁夫妻亦總是不還，此千古有識者之所共知也。況黿山先生勸其進攻，已明示其端，而又有雲天彪以及四將可以疆埸戮力，若不還韓滔而加以再擒盜，且梁夫妻或可生還，亦未可知，何蔡京昧昧乃爾，仲華與蔡京並未覿面，何能知其心曲如是，想仲華亦從世上庸碌人中體貼出來，一曰兒女情長，一曰當局者迷。

邵循伯曰：欲以梁夫妻為永遠質當，而無端遺禍於楊騰蛟，此誠城門失火殃及池魚也。及使劉世讓行刺，而殺機反先自楊騰蛟起念，事機之變換，洵不可測；更可異者，殺戮之轉關，不用長鎗大戟，而用歌妓之玉搔頭，奇矣。

第八十回　高平山騰蛟避仇　鄆城縣天錫折獄

話說當時楊騰蛟叫眾人取了繩索，將劉二四馬攢蹄綑了。那劉二已慢慢的暈了轉來。（恭喜。）騰蛟對眾人道：「我姓楊名騰蛟，南旺營人氏。因斬了梁山王定六、郁保四，建立軍功，蔡太師取我進京授職。不知為何，這兩個狗頭起意要將我謀害，我不能不結果他。今趁眾位在此，特留這個活口，（精細。）一者與我做個干證，二者脫了眾位的干係。眾位休慌，我不肯攪亂了絲走，且借副紙筆來。」店小二忙去取來放在面前，楊騰蛟道：「那位高鄰請執一執筆，替我寫寫。」眾人推出一位老者。那老者沒奈何，只得應道：「老，老漢寫就是了。」楊騰蛟把刀擱在劉二的臉上，喝道：「你這廝因何起意要謀害我？不從實說，剁你一堆肉醬！」劉二哼道：「好漢，不干小人之事。蔡太師吩咐要好漢的首級，送上梁山宋大王處，小人們不敢不依。小人再不敢做這歹事了，好漢高擡貴手，實因家有老母，（妙，妙，真是不厭其複，但覺其妙。）時常有病，昨日曾對好漢說過，求饒狗命。」騰蛟道：「咦！你主人的老母，干你鳥事！」劉二道：「實不瞞好漢說，劉世讓是小人的親哥子，（如此轉出，妙。）因要害好漢，喬扮做主人伴當。」騰蛟聽了，央那老者一句句依直寫了，教眾人都書了名，着了押。楊騰蛟把那供單看了一遍，又取出劉世讓的包袱打開看時，只見幾件衣服，（先見別物，妙。）三百兩散碎銀子，并騰蛟贈的一百兩銀子，也原封不動在內。（可歎。）騰蛟又搜出蔡京與宋江那封信來，妙。就燈下拆開看了，罵道：「奸賊焉敢如此！」遂把來揣入懷裏，另取紙自具親供，寫道：

具親供人楊騰蛟，本貫南旺營人，年三十七歲，某年月日隨大軍征討梁山，斬賊將王定六、郁保四，建立軍功。詎料蔡京欲救其女婿梁世傑，差心腹劉世讓、劉二，將騰蛟誘至金銀寨地方，欲取楊騰蛟首級，獻於宋江。奸謀敗露，楊騰蛟知覺，將劉世讓登時殺死，遠颺走脫，並不干金銀寨店小二及一切鄰佑等人之事。現有劉二活口供單可質。精細。所具親供是實。

寫罷，便把自己行李收拾，牽了馬，提了大斧，預備要走。眾人見這親供，又見他要走，一齊叫起苦來，道：「壯士，你方纔說不害我們，今卻不與我們做主，我們便死也不敢放壯士去。」又對店小二道：「這是你家的事，不要害別個。」神情活現，蓋懼怕楊騰蛟，只好訂住店小二也。騰蛟道：「胡說，不成我償這廝的狗命！有劉二的活口，我的親供在此，你們都洗得脫。」說罷，便取贈世讓的那一百兩銀子與眾人道：「這銀子原是我的，與你們做官司本錢觳了。餘外是他的，不干我事，不去動他。真是財帛分明大丈夫。回想劉世讓你的就是我的，我的就是你的之言，真堪大噱。梁山上雖有魯達、武二之正大光明，亦不能如此。你們攔定不許我走，惱了我的性子，再砍幾個，我也仍就走了。」店小二磕頭搗蒜也似的道：「楊爺吩咐，怎敢不依。只是官府前怎容得小人分辨，說殺總是我們放走了兇手。」眾人都拜求不已。楊騰蛟沉吟半晌，說道：「有了，我再與你們一個憑據。」便提了那開山大斧走出店來，奇文。叫眾人隨了出來，把火照着，去溪邊松樹裏，揀了一顆拱斗粗細的老松，掄開大斧，乒乒乒乒只得三五斧，妙。若出俗筆，定是一斧頭了賬矣。那一顆松樹虎倒龍顛，往溪裏倒下去，眾人都吐出舌頭。楊騰蛟道：「官府來檢驗，把與他看。這松樹還吃不起我的鉞斧，何況你們的頭頸！」眾人都不敢則聲。騰蛟又道：「你們休要疑惑，我也是走得脫時落得走，我在前面探聽，如果累眾位吃屈官司，分辨不脫，我再挺身投首不遲。蔡京這封信，索性也送了你們，也好替我剖白。」始知上文必須走出店外，不為松樹，正為此也，不然竟吃劉二看見矣。眾人都拜謝。騰蛟提了斧，重復同眾人進店，指着劉二罵道：「我要救這一干人，造化你這直娘賊！」劉二一邊找足。又索性把劉世讓的屍首剁成十七八段。劉世讓一邊找足。快絕。自是楊騰蛟行逕，不但希真不然，即好殺如麗卿亦不然也。可惜那枝翡翠玉搔頭，在劉世讓身邊一齊剁碎了。偏有此閒筆，趣甚。楊騰蛟當時收拾起，便取了蔡京那枝令箭，精細。點起燈籠，撲翻身拜謝了眾人，飛身上馬就走。又英雄又無賴，寫得可笑。眾人誰敢攔阻他，看他遠遠的去了。看他，妙。

楊騰蛟離了金銀寨，仍復往東，往東者，足見其初心一定要回轉投雲天彪也。一路馬不停蹄，有路便走。四字寫盡逃人。五月天氣夜最短，百忙中夾敘時令，非仲華不辨。看看曉星離地，東方發白，腹中好生饑餓。夜來原不曾吃東西。細認那個所在，已到了棲霞關熱鬧的地方，說道：「卻怎地岔出這里？」妙，活寫出心慌，活寫出走夜路。又想道：「雖是雲總管有這言語，此句突如其來，真妙。足見起先一出店門，一心要奔雲天彪，更無別念，至此方另轉頭，重復商量也。西廂記借廂篇「你不與我周方，恨煞你這法聰和尚」，同此一樣句法。叫我去投奔他，只是此刻我已殺了人，追捕得緊，急須連累了他，不如休去。按定一層。只是不投奔他，卻往那里去托足安身？翻起一層。仔細思量，不如竟去投首❶，也落得出個好名聲。又按定一層。卻只可惜爹娘生我這副銅筋鐵骨，奇語。又學成全身十八件武藝，不曾與皇家出得半分氣力，不爭便這般罷休。」又翻起一層。在馬上躊躇半響，好生委決不下。看看太陽離地，人家店面都漸

❶ 投首：投案自首。

次開了，妙景。只見左側一間生藥鋪也下了排門，有人出來懸掛招牌。奇極，亦復與正文何預。猛然記起一個人來，如此跌出，令人歎絕。不覺笑道：「我獃麼，現放着鉅野縣我的知己好友徐溶夫，我同他幼年莫逆至交，此人義氣深重，必能救護我。近來他在高平山鄉賣藥度日，屢次有信來叫我去耍子，如今正好去探望他。只是他十分貧困，我又怎好去累他。我想把這二百兩銀子帮助了他，在他那里暫避幾時，再作道理，他也好了，我也好了。」主意已定，便下馬去尋個吃食店，沽了兩角酒，切了三五斤牛肉。騰蛟問過賣道：「這里到鉅野縣還有多少路？」過賣道：「進這棲霞關，往南走，順着官塘六十五里。」騰蛟道：「這里到高平山鄉多少路？」過賣道：「這卻遠哩。你若到了鉅野，再到高平，還有五十里；若不往鉅野轉，從孤雲汛分路，腳下去只得八十餘里。」騰蛟問了備細，特敘此段以見徐溶夫入山之深，入林之密，真如野鶴閒雲，非風塵所能物色也。又見楊騰蛟此去藏身之固。便會了錢鈔，騎馬到關上來。關尚未開，等了好歇，方纔放砲開關。那棲霞關是個險峻要害，堵禦的將弁兵丁果然森嚴。少刻，一位將官坐出來放關。楊騰蛟下馬，捧着令箭上前道：「蔡太師軍令，到城武縣公幹。」那將官連忙起身，請過令箭來驗了，見是真實，便問差官名姓。騰蛟揑造了個鬼名字，那將官便吩咐註了面貌冊。註畢，那將官拱一拱手道：「差官請。」楊騰蛟收回令箭，飛身上馬，倒提金蘸斧，徑闖過關去了。那將官與眾人猜疑道：「這差官好古怪，既是奉大令，卻不叩關，直等我放他，又自己下馬，卻是何故？」妙。直寫出楊騰蛟草莽新進，不諳軍律。楊騰蛟騙過了棲霞關，奔上官塘大路，一氣走了四十餘里，已到了孤雲汛。騰蛟問高平山的路，有人指引道：「往這小路上向東去再問。」騰蛟走了一程，想道：「我這般裝束碍眼，方纔關上那將官只管朝我看，想是有甚破綻動疑，寫騰蛟精細中帶冒失，冒失中又帶精細，確有此等人。不如改扮了。」

便開包袱取出那條單被，把令箭、鉞斧齊包了，軍裝衣服都換下，方纔慢慢的前進。一路都是鄉村小路，真是大路生在嘴邊，奇語。騰蛟陪着小心，見人便問，隨灣轉灣，到了高平山。只見萬樹蟬聲，夕陽西下。麗句。那楊騰蛟一抹地尋着了徐溶夫家裏，二人會面大喜，各訴離懷。自此以後，楊騰蛟便隱藏在徐溶夫家，不題。

再說金銀寨客店內一干人，見楊騰蛟去了，只得商量着人到南村去請張保正，邀他親來。原來那南村還有五里多路，特註此句，以見起先不能報明保正。店小二與眾人只得哀求劉二方便。劉二道：「你這廝們螃蠏把來放了，雞蛋倒把來縛了。我不曉得，我是苦主，見了官府，我有分辨處。」句句咄咄逼人。見騰蛟凶猛，便搖尾乞哀；見眾人怯弱，便揚眉張膽，此等人真不知何氣所賦。眾人越慌，又求觳多時，劉二方纔道：「要我方便也容易，你們把楊騰蛟的親供，并勒我寫的供單，都燒了，只說他劫我的財帛，殺死我的哥子。你眾人來救，他已得贓逃脫，並把那一百兩銀子還了我，真可謂造次必於是，顛沛必於是。我便包你們都沒干係。」一個老者道：「且等保正來了商議。」劉二道：「你等既要我方便，須解放了我。」眾人怕他行兇，卻不敢便放。正俄延着，只聽得門外人聲熱鬧，那張保正騎着馬，帶了十幾個莊客到來，店外下馬。眾人一鬨出來，把張保正圍住，備細訴說了。張保正道：「這一起無頭公案，你們須精細著。劉二這話由他不得，快。這知縣相公葢青天，不是胡亂蒙混得的，先借保正口，虛點葢天錫。一個顯了底，大家都洗不脫。劉二放刁，有我對付他。快。你且再把那親供另寫一副假的，這一百兩銀子大有關係，切不可與他。」眾人大喜，一齊到裏面。張保正叫解了繩索，放了他起來。原來那劉二吃楊騰蛟這一攛，左邊大腿擗脫了臼，行立不得，店小二忙掇把椅子與他坐了。店小二終是懼怕。你看他還大剌剌的裝孌虎❷。那張保正板着臉道：「劉客官，你休要拏捏我們，不要倚仗着你是個苦主。你弟兄兩個行歹事，須知敗壞了，想在那個身上來翻本？（妙，妙，快絕。）我們無故為你拖累，口供便依了你的，那楊騰蛟一百兩銀子，你休妄想，（快絕。）就是你的也要借我們用用。（愈快。）你不順從，就此刻送你上西天，教你回不得東京。（上西天，回東京，絕對。）我們左右只不過會了一塲人命。」（無句不快絕。）劉二見不是頭，便道：「你們既依了我的口供，我再說什麼？」張保正做個眼色，叫眾人把那兩張假口供，當他的面燒了，一面自具稟單，蓋了鈐記，叫人飛奔到鄆城縣去報官，天色已是大明。（楊騰蛟已過棲霞關矣。）

卻說那鄆城縣知縣姓蓋，雙名天錫，祖貫汝南人氏。他父親曾任河北滄州太守。那年梁山泊宋江、吳用要收朱仝上山，用計叫李逵殺死太守那個小衙內，（不惟冤仇分明，實能與前傳打成一片，真妙。）便是蓋天錫的同胞兄弟。那太守捉拏朱仝不得，後來接高唐州高廉移文，收捕柴進的老小，帶訊出殺小衙內一節，方知是吳用毒計，不干朱仝之事。（處處搭連前傳，打成一片，一似真有其事者。）太守切齒痛恨，過得幾時，因老病告休，退歸林下，臨終吩咐天錫道：「吾生平愛賢重士，自謂文教武功畧省一二，不能大得志，今日將死，（又沒煞一位英雄。）這佩刀賜你，我看你日後必然發跡，梁山泊害你兄弟之仇不可忘了。你有日能替朝廷出力，捉住吳用、李逵、柴進那廝，（公憤。）就把我這口刀剮那廝們，洩我一口無窮的怨氣。」（私怨。用李晉王故事。）天錫哭拜收了。三年服滿，由進士銓選山東鄆城縣知縣。那蓋天錫年方二十六歲，身長七尺五寸，論武藝也騎得劣馬，盤得硬弓，文才自不必說。獨有一件及不來的本領，最善長的是決獄斷案，不論甚麼疑難訟事，經他的手無不昭雪，（遂與三十六人中，另樹一幟。）因

❷ 㜸虎：做出嚇人的樣子。㜸，音ㄑㄧㄚ，女子故作姿態。

此上人都呼他為「還魂包孝肅」。到得鄆城不久，便就興利除害，風清弊絕，吏民無不歡喜，又呼他做「葢青天」。那日葢青天正升廳理事，忽接到張保正的稟報，說金銀寨有過客殺人，兇手在逃一起事件。葢天錫見是命案，怎不當心，即標委案下縣尉，帶領了書吏、衙役、刑仵，速往前去檢驗報來，並查兇手下落。（論律則知縣遇人命重案，理應親往，何得只委縣尉；論文則葢天錫係正腳色，豈可因事外之？劉世讓調遣耶，事之所不必有，而文之所不可無者也。）當時那縣尉領了知縣的堂諭，帶了一干做公的飛奔到金銀寨來。到那客店內，將劉世讓的屍骸湊好，扛放平明所在，如法檢驗，一一填註了屍格。那縣尉喚齊眾人，將大槩情形問了一番。眾人都說兇手楊騰蛟武藝利害，膂力過人，眾人不能擒捉，吃他逃走了。又將砍倒的松樹指點與縣尉看，縣尉也是心驚。當時責令保正備棺木將劉世讓屍首浮封了，一面多派公人開具楊騰蛟腳色，四散查拏。天已將晚，（須知此句不是臨時揑造，上文劉世讓已說過金銀寨離鄆城五十里也。）縣尉將案內有名應訊之人并劉世讓行李、馬匹等物，一齊帶了，連夜回鄆城來。那劉二因閃了腿，行走不得，只得取扇門板擡了他。（活死屍。）

次早，葢天錫升廳，縣尉稟覆了退去。天錫將尸格供單（此是縣尉供單。）看了，便喚劉二上來訊問。劉二道：「小人劉二，與劉世讓同胞兄弟，世讓是哥子。今年某月某日，蔡太師差哥子劉世讓，賫令箭往嘉祥縣，提取楊騰蛟進京，小人同行，隨身帶有六百多兩銀子。取了楊騰蛟正身回程，五月初五日行至金銀寨客店，不料楊騰蛟見財頓起不良，乘小人等睡熟，將銀兩竊取，希圖逃走。吃哥子驚醒看見，當時吆喝，起身捕捉。騰蛟情急，擅敢行兇殺死哥子世讓，打傷小人右腿，搶去銀子、令箭，即刻脫身逃走，眾人來救不及，求相公伸冤。」那葢天錫看那劉二生得蠅頭鼠面，滿臉奸詐，已有五分瞧科；又聽他這番口供，一發動疑。又親驗了劉二的傷痕，當時叫帶過一邊，（不即駁，妙。）叫店小二一干鄰佑上來。店小二道：

「小人在金銀寨，領公牌開設客寓。本月初五日，有東京差官劉世讓，又一軍官楊騰蛟，同着這伴當劉二，（與劉二同胞弟兄之說不符。）齊到小人處投宿。當日天晚，他三人俱在後面吃酒，（與劉二睡熟之說不符。）小人同夥計在前面算賬未睡，忽聽後面喊叫，急去看時，見楊騰蛟已將劉世讓殺死。小人喊起鄰佑，怎奈楊騰蛟兇猛，捉他不得，他又砍倒松樹一株做樣，小人等害怕不敢阻他，吃他走了。」眾鄰人也都這般說，又道：「實是小人等力弱畏死，不敢擒捉，並非故意放走兇手。」蓋天錫聽了，叫張保正上來，（也不即駁，妙。）問道：「這節事你必盡知底裏，有無別項情節，從實說來，不許隱瞞。」（真是虛堂懸鏡。）張保正道：「小人家離金銀寨五里，四鼓時分，（又與劉二即刻逃走、店小二算賬未睡之說不符。）店小二差人來報說，他店內有客人殺死人命的事。小人急忙奔到金銀寨，那楊騰蛟已逃走了。據劉二說是楊騰蛟搶他的銀兩，殺死事主，絜贓在逃。小人亦曾再三盤問，劉二矢口不移。不知有無別項情節，求恩相研問劉二。」（半吞半吐，確是乖覺，公人確是奸猾老吏。）蓋天錫聽罷，忽然大怒喝道：「虧你這廝充當保正！怎敢與眾人串就，欺瞞本縣？」張保正道：「小人怎敢欺……」（其詞未畢，妙。）天錫喝道：「你這廝還敢強！現放着縣尉檢驗屍格，劉世讓只有腰跨一傷與斬斷頭頸一傷是生前，其餘俱是死後，決不是一時砍的。我又驗劉二傷痕，見他手足腕上都有繩索綑傷痕跡，（竟是天外飛來，其實只在眼前，妙極。）此是從何而來？眼見楊騰蛟不是一殺了人便走。至於搶銀一節，亦大有可疑，楊騰蛟既搶此銀，卻為何劉世讓包袱內，又剩此三百餘兩？他敢道嫌多不好一總將去？（讀之解頤。）顯然有別項情弊。你從五鼓候縣尉至日中，難道竟毫無風聲消息？便是劉二不肯說，這店小二一干人必有些在眼裏，（方擠到店小二一干人身上。）他們豈肯瞞着你？你不實說，我先斥革了你的保正，再夾斷你的腿。」張保正磕頭道：「恩相明鑒：小人如何識得到，只求細審原告。」畢竟乖。天錫道：「你這廝還支吾推托。」吆喝皂隸：「整頓夾棒，先把這店小二夾起來！小二招了，不怕你這廝賴那里去！」店小二慌了，大叫道：「青天老爺，小人招也，招也！不干小人事。」遂把那楊騰蛟怎樣寫親供，劉二怎樣勒掯❸，小人等不依他，又恐怕被他連累，一是一、二是二的都說了。張保正也磕頭道：「小人也教店小二等不許欺瞞相公，爭奈他們畏懼劉二誣扳，央求小人。小人一時不忍，殉着情依了。今被恩相勘出，罪該萬死。他現有憑據在此。」遂將楊騰蛟的親供，並劉二的口供呈上，好。又說道：「楊騰蛟臨走，又留一百兩銀子，與眾人做官司本錢。小人等不敢擅受，一并呈驗。」好。蓋天錫看了道：「胡說！楊騰蛟正身在逃，這一面之詞何足為憑，眼見是你們得他這一百兩銀子，賣放了兇手。」此非寫蓋天錫多疑，若不着此句，便似蓋天錫親眼看見，成何文理耶。張保正道：「恩相不信，現有蔡太師的書信，係楊騰蛟留下，現在店小二處。」店小二便把那書信呈上。蓋天錫細看，認得是蔡京的親筆，圖書也不錯，更不消蕭讓、金大堅摹倣。暗忖道：「楊騰蛟那廝，我也多聽人說他是個義士，「義士」二字與「那廝」二字不連屬，正惟此方是天錫測度意思，不然竟是天錫左袒騰蛟也。此段若出俗筆，必寫天錫左袒騰蛟。殺了梁山賊目，投誠大軍。如果貪財忘義，何如仍向梁山？一。況且據說他武藝了得，並非走不脫，卻又留此一百銀子買囑什麼？二。那蔡京往往陷害平人，三。這節事必有蹊蹺。我且研訊這劉二。」便把張保正一干人隔開一邊，叫劉二上來，問道：「你哥子在蔡太師手下做甚官職？」劉二道：「驍騎都尉。」天錫道：「他武藝如何？」竟問閒話，妙。劉二道：「卻也了得。」天錫道：「比你怎樣？」劉二道：「小人卻不及

❸勒掯：勒索；非志願的強逼行為。

哥子。」天錫道：「你兩個人為何卻還對付他一人不過，反吃他殺人走脫？」劉二道：「楊騰蛟那廝，委實兇猛異常，小人弟兄兩個都輸了。」天錫道：「他還是先傷你，先殺你哥子？」劉二道：「他先打壞小人，小人動撣不得，哥子一人敵他不過，被他害了。」天錫道：「他殺你哥子之後就走，還是俄延着？」劉二道：「他得了手便搶去銀兩、令箭走了，眾人也不攔他。」竟說不攔。天錫道：「現在眾人都供你攔他不住，追上去吃他打壞；此一誘，好。確似眾人懼怕劉二，自脫干係的聲口。又說並不曾見有銀兩搶去，此是逼他冒認一百兩。到底怎樣？」劉二道：「小人實是先被打壞，喊叫眾人，又都廝看，由他走了。搶去六百多兩銀子，眾人明明都看見，只因楊騰蛟就將一百兩送與眾人，所以眾人相帮他廝賴。」又要眾人出力，自己又一毛不拔，確有此等鄙夫，確有此等笨貨。天錫道：「我也因追出這一百兩銀子，心中有疑，所以問你。妙，一似左袒劉二者。是你的可認識？」劉二道：「為何不認識？」便威風起來。天錫就將這銀子與劉二，認定絲毫不錯。入阱矣。天錫道：「你二人從東京到嘉祥來回盤纏，也用不到六百多銀子，不要是你浮開❹，日後捉住楊騰蛟追贓不出，須是本縣的干係，你不要累我。」劉二道：「小人浮開甚麼！這六百多兩銀子，是太師發出來採買物件的，並這盤纏一總在包袱內，着。怎說沒有？相公不信，現有太師是見證。」怕人。見知縣軟，他便硬起來。天錫道：「真個有，本縣怎好不與你追，一味軟。只恐你將別樣銀子算在太師項下，不得不問個明白。」一味軟。此是誘其還出銀子欵識。既誘之以利，又尊之以勢，鼠輩焉得不入彀中。劉二道：「都是太師府裏領出的，着。都是內庫的銀兩，着。有甚兩樣出來？着。譬如相公的倉庫錢糧，敢怕也有甚兩樣？竟當面搶白矣，畧畧得手，便放肆如此，可恨可畏。如今只求捉得兇手，諸事俱明白了。」不捉得不知便怎的。天錫道：「你既被他先打壞，動不得，他然後搶銀

---

❹ 浮開：不實的開銷。

子，你這手足上的傷痕，又是那個綑壞的？」忽然撇去銀子，單擒傷痕，有驚蛇脫兔之妙。劉二吃了一驚，半響道：「這是那廝怕我不倒，又綑了我。」天錫道：「你這廝老大脫卯，自不識得。他綑你，少不得有一時半刻；你方纔又說他搶了銀子，即刻就走，眾人救不及。你前言不對後語，現有你的口供在此，眾證確鑿，你自去看來！」便叫張保正一干人齊來質對，把那兩紙供單擲下去！劉二暗自叫苦，方知着了眾人的道兒，便道：「小人不識字。」賊。天錫哈哈大笑道：「你詐那里去？」就叫書吏讀與他聽。劉二聽罷，叫起撞天屈來，道：「這是何人捏造的？又非我的親筆，賊。又沒我的花押，賊。怎便作得真？」眾人都道：「你老實認了罷，省得害別人。這葢青天相公前，比你再高些的也漏不過。」補寫天錫平日以見其決此獄如巨鼎之烹小鮮，不足以盡其才也。劉二叫道：「你這廝們得了贓，賣放兇手，卻捏這字據陷我。」天錫道：「你這廝不用贓不贓，現在這一百銀子都是碁子塊兒，上有嘉祥縣軍餉的戳記，與你那三百餘兩內庫印子迥別，奇想。怎說不是兩樣？駁得快。楊騰蛟既要搶刼，不好連包袱齊搶去，卻又留些還你？你這廝一虛百虛，不用強辨了。」劉二已是心怯，又請原銀看了看道：「小人方纔不看明白，這是景陽鎮總管雲天彪贈我們的盤費。」臭。天錫大怒，喝令掌嘴。兩邊虎狼般的公人，一聲答應，一個上前綁了手，一個揪住頭髮，將頭按在膝蓋上，一個舉起黃牛皮的掌子，偏細細寫，妙。一聲呼喝，向那左邊面頰上足足的盦了二十個大巴巴。暢快。劉二叫屈叫皇天道：「苦主這般吃虧！」天錫大怒道：「便活打殺你這狗才值什麼！」喝聲再打，掉轉頭來右邊又是二十個，暢快。方纔放了。只見滿口流血，那張臉湯泡屁股也似的紅腫起來。天錫道：「你既稱你哥子怎般了得，又有你相助，尚且近楊騰蛟不得，卻怎說這些老弱男女賣放他？還有一個憑據在此，莫非也是他們捏造的？」

便把蔡京的原信擲下。劉二見了，唬得魂不附體。「你既不去謀害人，無故自己的親弟兄喬扮甚麼主人伴當？一層。包袱內帶這一大包蒙汗藥何用？一層。真是一筆不漏。你這廝狐假虎威，將蔡京來唬嚇本縣，快絕。本縣就先將你處了死，叫那蔡京識得我，快絕。不問你招不招！」快絕。原來宋朝的法律，待守令最寬，知縣官便治得人的死罪，所以蓋天錫敢說這話。當時劉二見堂訊利害，一層。干證確鑿，一層。又恐天錫認真做出來，一層。理屈詞窮，抵賴不去，只得招認了。因說道：「實是奉上差遣，蓋不由己。哥子的冤枉，求相公伸理。」天錫當堂錄了供，喚過押司來疊了文案，一面加緊責令公人畫影圖形，嚴拏楊騰蛟。處處寫天錫不肯回護騰蛟。對張保正等一干人道：「叵耐爾等通同欺瞞本縣，本當重責，姑念因人受累，又是熱審減刑之際，從寬豁免。日後休得如此！」省。眾人叩謝。就着張保正領了店小二一干人回家保釋，再候呼喚。完保正、店小二一干人。楊騰蛟的一百兩銀子，封寄入庫。完銀子。劉二着去城隍廟內安置，令醫士調治，細。令公人伴着他，行李、盤纏、馬匹俱發還收管。細。完行李等物。

不日，押司將申詳文案辦齊，天錫過了目，畫稿蓋印。那捕捉公人來稟：「楊騰蛟不見影跡，只有棲霞關面貌冊上，開載初六日卯時，有一蔡太師的差官王福騰蛟捏造鬼名姓，此處補出，閒細。奉着令箭過關，口稱到城武縣公幹，面貌、一衣裝、二馬匹、三軍器，四與所拏未獲之楊騰蛟符合無二。守關將官驗得令箭是實，放他過去。」天錫道：「多應那廝仗着令箭，撞關到城武、鉅野一帶去了。移文過去，一同緝捉。我本為另有一起公事，正要上府，何必上府，只要敘出張嚳一番議論耳。順便就親解了劉二去。」叫縣尉權理縣事，自己帶了護從，解劉二到曹州府來。不日到了曹州，那曹州府知府張嚳，平素最敬愛蓋天錫，上司下屬可稱莫逆。當日蓋天錫見了張觷，參謁都畢，天錫稟到劉二這一起命案，將文書送上。張觷看了，便請天錫內廳敘坐，開言道：「這起案被蓋兄如此勘出，足見明察秋毫。只是依下官的愚見，卻照直辦不得。」何必定出張觷，只要文勢抑揚耳。天錫道：「若照劉二的原供，楊騰蛟是用強劫搶殺死事主，獲到案時，照律定罪，應得斬決梟示。今照此真情議罪，楊騰蛟不過一時忿怒，擅殺有罪之人，尚到不得死罪。一輕一重，出入懸殊，若不照直辦，卑職怎敢，望太尊三思。」處處寫天錫只是原情定擬，毫不回護楊騰蛟，與近世掌刑名者救生不救死之見，相去雲泥。張觷道：「並非說不當如此辦。此中有老大碍手處，蓋兄且聽下官說這情由。」那張觷說出這段情由來，有分教：奸邪太師，反感知縣恩德；避難豪傑，直共日月爭光。詩云：既明且哲，以保其身。其斯之謂歟！愈出愈奇。

范金門曰：突出一勇士，欲寫其智與藝之卓爾不羣，甚難事也。蓋前傳魯達、林冲、武松輩既已各各出色，今欲於此數子之外獨開生面，將如何下筆哉！仲華放筆寫出一楊騰蛟，而絕不相犯，無他邪與正之辨也。

余初讀此回，而知楊騰蛟必與于雷將之列也。何也？不殺劉二，為鄉人作明證，有神人之慈；不動其碎銀三百兩，有神人之正；砍大樹以示力，有神人之勇；誅梁山賊目，宜其第一個開手也。

邵循伯曰：若寫一暴厲知縣，則嚴拏凶手，拷掠鄉民，而反矜恤苦主，亦天壤間屈枉之習談耳。若寫個平庸知縣，則顢頇了事，周旋完案，更無足觀。文特以「青天」二字贈盏天錫，竟大膽攏出蔡京信來，遂不覺蓬蓬勃勃一段奇文矣。然立此一意，下回極難收拾。

第八十一回　張嚳智穩蔡太師　宋江議取沂州府

卻說張嚳對蓋天錫道：「足下所定之案，原是真情實理。只是此刻的時風，論理亦兼要論勢。真千古不刊之至論。蔡京權傾中外，排陷幾個人，全不費力。楊傲山所云：老賊報復之巧入于至神者是也。你此刻官微職小，如何鬭得他過？枉是送了性命，仍舊無補于事。真千古不刊之至論。前明東林諸君子騈首就逆璫之戮，真是何苦，此吾所痛恨而痛惜者也。只論是非不論成敗，此腐儒怪僻之行，名教中之大魔也。君非昭烈，位非丞相，才非葛公，權非征討，必欲以守先待後之身，無端供惡人刀鋸卒之，奸宄不損毫末，而反陷吾君以害賢之名，此智者所甚不取也。仲華亦嘗與余興論及此，未嘗不拊髀太息，而惜其好勇之過。今讀至此，知仲華有感而發，其垂戒也深矣。聖人云：邦有道，危言危行；邦無道，危行言遜❶。確然證據。若只管直行過去，聖人又何必說這句話？孔子未做魯司寇，不敢去動搖三家❷；鄭子產不到時候，不敢討公孫晳❸。後來畢竟孔子墮了三都❹，子產殺了公孫晳。足見聖賢幹事，亦看勢頭，斷不是挐着自己理正，率爾就做。足下如今將此案如此辦理，蔡京可肯服輸認錯？

---

❶ 邦有道四句：孔子語，見論語憲問。意思是說：國家政治清明，說話正直，行為正直；國家政治黑暗，行為正直，說話謹慎。

❷ 三家：指春秋後期掌握魯國政權的三家貴族：孟孫氏（一作仲孫氏）、叔孫氏、季孫氏。

❸ 鄭子產不到時候二句：鄭子產，春秋政治家，曾在鄭簡公時執政，實行農業和法律改革，頗有成效。公孫晳，鄭國公子。

❹ 墮了三都：毀壞了三都違制的城牆。墮，音ㄏㄨㄟ，拆毀；毀壞。

足下之禍，即在眼前，那時足下無故捐了身子，卻貪得個什麼？（至理名言。）蔡京雖是我的至親，此事卻並非我帮他。」（反推一句，筆氣飄颻。）天錫道：「太尊之論，固是至言，但是此案如何辦理，不成當真照了劉二的初供？」（抑揚，妙。）張嚳道：「非也。此案只要不去傷觸蔡京，（妙。）只辦做劉世讓、劉二竊取楊騰蛟的銀兩，（妙。）騰蛟看破，與世讓理論；世讓不服，反毆傷騰蛟，（妙。）騰蛟一時性起，殺死世讓在逃。（妙。）如此楊騰蛟拏獲到案之時，仍問得個擅殺有罪人之罪。（妙。）我卻將這封信還了蔡京，私下寫信去勸誡他，叫那廝知罪。（更妙。）古人又說得好：小人當令他畏懼，不當使他懷恨。（真是妙論。）蓋兄休要疑心下官帮助他，（再剖一句。）須知此事不但你我遠禍，也須要周全楊騰蛟的性命。（此語反從張嚳口中表出，皆作者善用避實擊虛之法。）據你說來，楊騰蛟倒也是個好男子，若認真擒來辦了他，豈不可惜。（是。）蔡京處我薦楊龜山與他，他為女婿、女兒之故，竟不能用，便見得他膽虛氣餒。（料透蔡京。）我此一封信去，管教唬嚇得他不敢十分追究。（妙。）我雖與他親戚，實不肯趨奉他。（再三剖一句。）他班師之際，無故要將我敘入軍功，我再三辭脫，他有怪我之意。（特補此句，見千古權門賞罰之私，悉在言下，仲華真洞曉世故者也。）我也不久便謝職歸家，不肯戀戀于此了。」（真高。）蓋天錫聽罷大喜道：「太尊高見，真非常人所及，卑職遵教便了。」當時天錫將文書都改換了，仍呈與張嚳，天錫辭了回鄆城縣去。（收過天錫。）

張嚳升廳，喚過劉二來順了口供。此時劉二已是搓熟的湯團，不由他不依。（省。）張嚳辦了轉詳文書，將劉二送到山東制置使處，轉解入京；一面飭各處捉拏楊騰蛟。（也帶一筆。）張嚳又備細寫了一封書與蔡京，正要差心腹人送去，忽門上來報：「登州太守蔡攸進京過路求見。」張嚳笑道：「好來得湊巧，着他進來。」原來蔡攸是蔡京的兒子，是張嚳的姪輩，又年幼時曾從學於張嚳。當時蔡攸進來叅拜，張嚳扶起，賜位坐了。寒暄慰勞都畢，張鶚屏去左右，對蔡攸道：「怎的你父親掌握朝綱，卻做出這般荒唐事來？」蔡攸道：「爹爹為姐夫、姐姐無故退兵，姪兒也甚駭異。」張鶚道：「豈止此！」便把楊騰蛟一起事說了一遍，取出蔡京與宋江的原信與蔡攸看。蔡攸見了笑道：不驚反笑，奇極。「爹爹做這等事，豈不是活得不耐煩！如今怎的了？」駭異殺人。蔡京不臣，蔡攸不子，一筆寫盡。張鶚道：「還問怎的！深怪之之詞。幸虧落在鄆城縣知縣蓋天錫手裏，竟讓美於蓋天錫，寫張鶚心地如青天白日。他來連夜與我商量，如今定了如此如此的公案，可好麼？」蔡攸叩頭流涕道：「深感老恩師救了我爹爹的性命。此恩此德，何以報之！真所謂揜其不善，而著其善者矣。我爹爹愛家姊真是性命一般，小姪亦屢次幾諫，父母有所愛亦未為失德也，何必諫。寫蔡攸之不孝，更不必寫其忤逆悖亂，已是天下第一梟獍。筆之圓活含蓄並駕史遷，夫何愧耶！今日做出這般事來，想都是手下人撮弄。」張鶚道：「這信我本要還你父親，如今你已見了，也是一樣，把來燒燬了。我另有書一封，你寄去與你父親，勸他楊騰蛟一案，切勿再題。真妙。你父親無故退兵，糜費無數糧餉，軍民怨聲載道；今又因此一案，物議紛紛。你父親若再追下去，一旦激出事端，我卻拼擋不住。」書中便是此數語，不知者以為其書用虛寫，何嘗用虛寫耶。蔡攸道：「老師吩咐，一一去說便了。爹爹這封信，仍帶去還他好。」幸災樂禍，待其父且然，何況他人。張鶚道：「萬一失誤，留他則甚！」便取火來燒了。完蔡京書信。當晚張鶚留蔡攸酒飯，張鶚酒興微酣，問蔡攸道：「賢契可曾學跑路否？」奇，匪夷所思。蔡攸道：「姪兒卻不曾學。」張鶚道：「此事最要緊，為何不學？奇極。我有學跑的妙訣：兩腿上各縛鉛條兩枝，各重四兩，帶着鉛條飛奔，一日三次。鉛條日逐加重來，路也日逐加遠來，熬煉得一年半載，解放鉛條，便舉步如飛，行及奔馬，豈不妙哉！」奇極。讀者幾疑張鶚要學神行太保。蔡攸笑道：「姪兒出入有人護從，旱路有轎馬，水路有舟楫，此事卻學他則甚？」張鶚道：「咳，你那里曉得！這是我為你的身命打算，你卻看得不打緊。（其語愈奇，幾乎奇殺。）天下大事，被你家的老子攪亂得是這般規模了，天怒民怨，四海之人都恨不得食你父親的肉，你還想安穩得到底哩！一旦賊發火起，你父親必第一家遭殃！（張鬻何用費心，那知他令郎主意已定了。）所以我勸你趁早學會跑路，臨時也好逃命。」（真是妙極，真是絕倒。）蔡攸聽了，默然不語。停了片時，張鬻亦自己覺得嘴閒多說，便托醉散席，歸寢。次日，張鬻送了蔡攸起身，獨坐想了夜來那番話，忖道：「我卻是何苦！我勸誡蓋天錫危行言遜，自己卻去犯他，不如同他撒開了。」又挨了幾日，竟遞病本，辭官歸鄉去了。（完張鬻。如此人物，偏不收入三十六人之內，見其筆力之大。）那張鬻本貫福州人，日後蔡京敗露，他仍復起用為劍南太守，破巨寇范汝為，救了無數生靈，眾百姓無不感激。這是書外之事，不必題他。（張鬻傳以倒補作結，又是一法。）

卻說蔡京自差劉世讓、劉二去後，眼巴巴的只等成功報來，好救女兒、女壻。望了多日，忽接山東制置使咨文：楊騰蛟殺了劉世讓，打壞劉二遠颺，嚴拏未獲；劉二半途患病已死（省）等語。蔡京見了，叫不迭那連珠箭的苦，（絕倒。）正與謀士商量，怎生嚴緝。不數日，蔡攸到來，將張鬻的書信呈上與老子看，又將上項事說了一遍，蔡京又驚又愧。（絕倒。）蔡攸故意鋪張（妙筆。）說道：「各處的人民都知道此事，痛恨爹爹。眾口一詞，說如果拏了楊騰蛟送與梁山，大家都要進京叩閽❺，擊登聞鼓。孩兒想姊姊與姊夫到底是外人，不如棄捨了罷休。」（真妙。）原來蔡攸素日深恨他父親久佔相位，（恨得奇。）更恨愛着姊姊、姊夫，待自己淡薄，（「淡薄」二字更奇。）所以把這話來唬嚇他老子。俗語說得好：奸臣生逆子，天理昭彰。（為上文註一筆，為後回伏一筆。）那蔡京果然惶懼，深恐嚷到天子耳朵裏，（顧題目。）只得不敢認真，只移文與山東制置使，行個海捕文書。劉世讓、

❺ 閽：音ㄏㄨㄣ，宮門。

劉二本無家小，省。屍棺就着地方埋葬。完劉世讓、劉二。山東制置使見蔡京不上緊，把這起案也放慢了。安頓楊騰蛟。蔡京只得屢書「蔡京只得」，以見作惡人之苦。差心腹人報知宋江。那心腹人到了梁山，見了宋公明，呈上書信，還要寫書信。說道：「並非蔡某不盡心，爭奈機緣不巧，至于如此。頭領不信，鄆城一帶俱可探聽。所許十萬金珠，業已辦齊，因路途遙遠，起解不便，不如就近鹽山交納，令坦、令愛上當之地，應得謝土。此刻想已解到矣。務望放還小女、小婿，感恩無涯」等語。蔡京固屬邪人，然較之小康，猶有人心者也。宋江對來人道：「你太師的心事我也盡知了，實是苦了他。十萬金珠之力如此。以十萬金珠只買得這一句好話，哀哉！但是我王、郁兩兄弟平白遭殺，此仇怎容不報，你那貴人、縣君未便送還。竟是永遠監禁。你太師如不放心，我叫你看了去。」便叫請梁世傑、蔡夫人到面前，道：「本欲放你二人回去，無奈我王、郁兩兄弟的仇人未到，且暫留你二人多住幾日。你夫妻二人便算了我的女兒、女婿，就此刻拜認了，真是絕倒，不知仲華如何打算出。我同你爹爹、丈人一般愛惜你們。徐青籐云昨日羅剎，頃刻菩薩，真是活奸雄、活強盜。只是書信來往須從我這里過目，不得私通消息。又難一句，真乃森羅殿上赴筵席也。你二人心下如何？」二人怎敢不遵，況已是出於望外，當時拜倒在地，稱宋江為「爹爹」、「泰山」，叫得一片響。妙。宋江便吩咐打掃寬綽的房屋，與他夫妻二人居住，撥人去伏侍，衣食器皿供應不缺，並留來人也暫住幾日。宋江宴會眾好漢，也叫他夫妻二人來吃，坐在宋江肩下。絕倒。極榮幸、極不堪，一并書之，妙筆。不數日，鹽山有文書到，說已收到蔡京金珠十萬。宋江大喜，便吩咐蔡京的來人道：「你只如此去覆你的太師。我想不久是六月十五，你太師的生日到了，真妙不可言。我有些禮物付你帶去，與太師慶祝。真是絕倒，又不知仲華如何打算出。自此以後，太師、強盜遂成一家矣。雲天彪、楊騰蛟的首級，總望太師留意，有心不在遲。前云只限三個月，此云有心不在遲，竟是無日期矣。寫宋江原不為王、郁二人報仇，妙筆。貴人、縣君在此叫他放心。」差官只得領了禮物、俗例所謂轉腳果子也。書信，回東京去回覆蔡京。蔡京得了這信，真是無可如何。

卻說宋江打發差官去後，對吳用笑道：「軍師此計，果然大妙。蔡京竟被你牽制得動展不得，東京一路兵馬不必憂矣。」（總結蔡京出師一篇文字。可見不專為王、郁二人報仇。）便擇日安葬了王、郁二人，對眾人流淚道：（妙筆。）「我等一百八人聚義，不料先壞了兩個兄弟，（吾改西廂曲贈之曰：破題兒第一個。）怎不傷心！若有日捉了雲天彪、楊騰蛟，剖心瀝血祭奠他。」眾人無不感歎。吳用道：（宋江能欺眾人，獨不能欺吳用，妙筆。）「王、郁兩兄弟為大義捐軀，雖死猶生，（駕馭眾人語。）況招賢堂上又添多少新弟兄，仁兄休要煩惱。」宋江便道：（字法。）「軍師說得是。」

卻說眾頭領因蔡京退兵，酬神謝將，連日歡飲。鹽山、清真山、青雲山的頭領，都遣人來申賀。那招賢堂上，除施威、楊烈、酈金龍、沙魔海、鄧雲、諸大娘已死之外，尚有青雲山的艾葉豹子狄雷、瘦臉熊狄雲、餓大蟲姚順、鐵背狼崔豪，清真山的錦鱗蟒馬元、鐵城牆周興、飛廉皇甫雄、黑纏神王伯超、鬼見愁來永兒、烈絕大郎赫連進明，鹽山的截命將軍鄧天保、鐵槍王大壽，并東京范天喜，共是十三位好漢的坐位。（總一筆。）宋江記起冷豔山的事來，（一落千丈強。）對吳用道：「酈、沙二位兄弟遇害，仇尚未報，陳希真那廝不知逃往那里去了。」吳用道：「前日曾聞王俊說，他那挑行李的人說，到山東沂州去。那廝真在沂州，也未可定。」盧俊義、公孫勝一齊道：「哥哥容稟：昔日漢光武不因伏隆之仇殺張步，天下豪傑歸心。（羣盜之推尊宋江如此，而無知小厮猶欲以招安了事，何其不知烏之雌雄耶。）今陳希真雖殺了酈、沙二位頭領，也是出于不得已。倘能尋着了他，還是勸他來聚義好。願兄長思之。」宋江道：「他如果肯來，卻勝于酈、沙二人遠矣，我豈肯再記前仇。只是知他在那里！」吳用道：「多敢在沂州。兄長如此愛他，小生願親自同戴院長往沂州踹緝❻，撞着了他，憑三寸不爛之舌，說他來入夥。」（驚天動地之文，必冉冉而來。）宋江大喜，周通便道：「陳希真父女的模樣，小弟都認識，願同軍師一往。」（周通好笑。宋江等只顧說希真，周通卻帶起麗卿，妙。）吳用道：「如此最好。只是再得一位勇力的兄弟（見得周通不濟。）同去更好，萬一那廝真個說他不動，竟刺殺了他以絕後患。」（遠遠作一百十一回之引。若謂着此一句，以見日後希真與宋江作對不為負知己則誤矣。庚斯扣輪去金君子，猶謂非義，況希真未受宋江實惠，何碍于作對乎。）李逵便大叫道：「既如此，我同了你們去！」（寫鐵牛真是祥金自躍。此段本是過接，難免冷淡，故借鐵牛發科。）吳用道：「你奇形怪狀，恐吃人疑，卻去不得。」李逵道：「你要我裝聾作啞，便用着我，今去殺人，偏不許我上前！」（前日騙盧員外，奇形怪狀何等奇貨可居；今日刺陳希真，不道奇形怪狀又老大受累。然則人欲學君子之不器，顧不大難大難耶。前傳盧俊義傳李逵恒提，此句章法不斷，猶非難事，此則并前傳打成一片，乃真為難耳。）戴宗道：「我們此去，都是作神行法，你要去便同了我們走。」李逵叫道：「阿也也！讓你們去罷，我是不要作興！」（反說別人作興他，奇絕。）眾人都笑。吳學究便教行者武松同行。宋江送他們四人去了。

次日，只見呼延灼上廳，俯伏在地，啟請道：「小弟前日失機敗事，兄長只從薄譴罰，感愧交并。小弟自思：既是蔡京有言，肯送還嘉祥縣、南旺營，小弟願去收復二處地方，以蓋前愆。不知兄長肯再用小弟否？」宋江連忙扶起道：「賢弟前日失機，原是公罪，故暫革去五虎將之職，法律如此，不敢狥情，賢弟休怪。（補前文所無。見山泊軍令之嚴，煞是可畏。）我正欲收復二處地方，賢弟願去，有何不可。明日便與賢弟餞行，仍與單廷珪、魏定國、彭玘、韓滔同去。」呼延灼大喜。（當有事于安樂村之日，忽入此段，筆有餘勇。）

第二日，宋江正調遣人馬，要送呼延灼起兵，忽山下朱貴差人報上山來道：「店內有一軍官，自稱呼延綽，說要求見宋頭領，并呼延灼頭領。」（索性再夾入一件事，恣橫之極。）呼延灼便起身稟道：「此是小弟堂房兄弟，

❻ 踹緝：跟蹤搜捕。踹，足跟。緝，搜捕。

向在延安為廉訪使，端的一身好武藝。今到此處，不知何事。」宋江忙叫請上來相見。小嘍囉去不多時，引那好漢上來，先參拜了宋江，又與呼延灼相見。宋江看那呼延綽，生得面方耳大，膀濶腰細，果然英雄，便問道：「壯士遠到荒山，有何見諭？」呼延綽道：「小人向在延安府充當廉訪使，叵耐本官上司苛求太過，一口氣上殺了那廝，亡命江湖。又是個干犯名分的人。因聞得宋頭領招賢納士，替天行道，家兄在此深蒙提挈，為此斗膽來投奔麾下，亦望招安乎？望賜收錄，充一名小卒。」宋江大喜，便教與眾弟兄相見，就在招賢堂上坐了第十四把交椅。便叫與呼延灼為先鋒，一同領兵往嘉祥縣、南旺營去。呼延灼等領命，帶領人馬，殺奔嘉祥、南旺二處，那蔡京的兩個心腹官員，聞梁山兵馬到來，便開門投降，可歎。迎接呼延灼兵馬。百姓只得扶老攜幼，焚香迎接。可歎。呼延灼、呼延綽、單廷珪、魏定國、彭玘、韓滔一齊入城。呼延灼便傳軍令，盡洗嘉祥、南旺兩處的百姓，以報昔日背叛之仇。真咄咄怪事。可憐那兩處的軍民，不論老幼男女，直殺得雞犬不留一個。可歎，果不出雲天彪所料。雖是寫梁山敷毒，實深著蔡京之罪也。差呼延綽回山寨報捷。宋江大喜，並不問洗滌百姓，著宋江之惡。便仍叫呼延灼等五人鎮守嘉祥縣、南旺營，復了舊職。自此以後，梁山兵馬每破了城池，常洗滌百姓，實是從這一回開手。筆挾風霜，竟是老吏斷獄，因思此等辣筆，惟檀弓偶見之耳，仲華真茹古而化者也。

不覺已是六月盡的天氣，吳用同戴宗先回山寨。於吳用訪希真時，偏能橫空插入一段事，總是筆力洪大，如此兼包并舉，毫不累墜也。宋江忙問陳希真的消息，吳用道：「小弟等四人在沂州府城裏城外各處尋覓，竟撞不見他，如今倒另尋出個好機會，報與兄長得知。」閃爍飛舞。于事則是撇去希真，於文仍是抱緊希真，妙，妙。宋江問：「什麼好機會？」吳用道：「小弟看那沂州城內錢糧充足，各鄉村人民富庶，帶起安樂村。此句卻嫌與青苗手實之言不符，亦此書之小疵也。高封那廝貪婪不仁，人人怨嗟。所謂國必自伐也。若攻取了來，山寨中卻有一二年用度。」公孫勝道：「此事雖妙，只是雲天彪這厮好不利害。他鎮守在景陽鎮，正當要路，此去恐難得意。」（先從公孫勝一襯。）吳用道：「我也見到此，雲天彪在景陽鎮勤于訓練，（此句言其政。）深得軍心，（此句言其德。）此去真要小心。（再從吳用一襯。）我已計較定了，那景陽鎮東北上有一山，名曰神峯山，正當沂州、景陽衝的要路，我等先將一枝兵馬守住神峯山口，着那厮們接應不迭，方可取事。不但此，（三字飄忽。）現在雲天彪復興烽火高墩，我等若從本寨發兵前去，不惟吃他預先防備，更恐兗州府飛虎寨的官兵半路上邀擊，我們也老大不便。（先插一句在此，為後文不急報仇伏線。此隔年下種法，便好放寬筆去寫猿臂寨，良工心苦，至于如此。）我想不如就近發青雲山的兵馬前去，狄雷兄弟了得，他那里有一萬七八千人，（青雲山兵馬數目此處先出。）都精壯可用。（于本題只不過免調梁山兵，加意寫青雲耳，卻已預為祝玉山遠遠作襯，筆陣之奇，真有如李衛公之六廂觸處成頭也。）我來時已留武松、周通在彼等候，（方註出武、周二人不同回山之故。）這里再請幾位頭領去相助，成功必矣。」宋江大喜道：「軍師真是高見，此事還須得軍師親自一行。」便首點霹靂火秦明。（首點霹靂火者，蓋下回一大篇文字是楔出陳希真，而此刻之希真如龍之潛，如蠖之屈，特用霹靂前去，如春雷之啟蟄也。）這里派沒羽箭張清、董平、徐凝、丁得孫、龔旺、黑旋風李逵、陳達、楊春、孔明、孔亮、呼延綽、白勝共十三位頭領，（十三個頭領只三人敘出綽號，為後文渲染也。）只帶百餘名嘍囉改扮了，隨着吳用齊到青雲山來。狄雷等迎接上山，酒筵歡聚。次日，吳用傳令，教沒羽箭張清、雙鎗將董平帶同徐凝、呼延綽、丁得孫、龔旺共領七千兵馬，攻打沂州府，「但見東門內火起，悉力攻打，（暗藏密計。）那沂州府兵馬都監黃魁武藝了得，須防着他。」（黃魁名字此處先出。橫空插入一個人名。）張清等領令去了。（正兵第一撥。）又對狄雷道：「雲天彪那厮了得，他若來救沂州，必過神峯山，你可同武二、楊春領三千兵去把住山口，休要放他一人一騎過去。直等我大事成功，即來接應你收兵。切勿輕與他戰。」（極寫吳用精明材幹，以襯天彪、希真諸人，此等妙意似駕前傳之上。）狄雷領令去了。（堵禦兵第二撥。）又教跳澗虎陳達同孔明、孔亮、周通共帶二千兵馬，在胭脂山各村莊上收羅油水，就移兵去接應秦明的兵馬，同去助張清攻城。沂州鄉莊只有安樂村、臥牛莊又橫空插入一個地名。最富庶，就教霹靂火秦明同崔豪、姚順帶二千兵馬，先打兩處莊子。侵掠兵第三撥。第三撥忽作兩段寫，變換妙。秦明、陳達等領令去了。郤教白勝帶領二十名精細嘍囉，扮演了趁進城去，探聽消息，東門內覷便放火，接應張清的兵馬。裏應兵第四撥。白勝領令去了。派令將畢，李逵大聲道：「這番又用我不着麼？」迴應戴宗語，文氣環抱。吳用笑道：「我早留下一項差使，正要派你去，你郤先嚷起來。」妙。李逵問：「甚差使？」吳用暗忖道：「此人太莽，去亦無功，先逗鐵牛無功。但教他去遊奕村落，助助聲勢，亦無妨礙。」妙。便道：「你可帶領步兵三百名，沿途哨探接應。」遊奕兵第五撥。李逵欣然領令去了。妙。吳用在青雲山寨坐等捷報，寫得好。按下慢表。他處皆有此四字，獨此處見其奇妙者，為其如此風馳雲捲之勢，偏能按住了，慢慢地說別項事也。

郤說雲天彪自那日由嘉祥起程，一路上觀看形勢，儒將氣象。甚是遼濶，見有舊設烽火高墩，盡皆坍壞。可歎。此寇賊接壤之地也，猶尚如此，況其他乎。因想到梁山強寇貪婪無厭，吳用又詭計絕人，如其遍處尋衅，兗、沂二州亦可逕到。沂近應，兗遠應。現在雖無其事，亦當早備不虞。因即咨檄各處，一「即」字，寫天彪思患預防，隨處留心。將烽火臺各復舊制，傳令守汛弁兵加緊防守，毋稍疎忽，遇有賊盜，遞相舉報。應吳用語。不日間回到景陽鎮，護理官送交印信，各營官弁齊來稟安。天彪便問道：一「便」字，寫天彪憂勤保國，無日忘懷。「近日青雲山、猿臂寨二處強徒尚知斂跡否？」青雲近應，猿臂遠應。眾將對道：「匪徒畏相公虎威，近日毫無舉動。」天彪道：「雖如此，汝等總宜格外防守，不可懈怠。」眾將諾諾稱是而退。兩段令天彪起程到任時不寂寞耳。不知何故，令讀者心目中覺沂州有此公，可以有恃無恐。妙筆。護理官請內衙復敘，并送交雲太公書信而去。落太公家信。天彪拆閱家信，得知太公身安，甚為欣慰；好。并知陳希真父女現在劉廣處一事，落到希真。歎息不已。正欲消停數日，命駕往訪。這一日，沂州府高封差人投文，并帶出高封。因府城修整完固，移請督同閱視。天彪即於次日進城，會同查閱，果然城郭如新，磚石堅固。點出沂城堅固，為青雲攻城不得，猿臂突城甚難張本。高封治酒相請，接談之間，都是套談，並無關切。只因一佞一忠，平素本不相合，不過共事一方，各完門面而已。為天彪惡了高封，高封撤調天彪張本。其餘各官稟安道候，不必細表。又因拈香拜客，住了兩日出城，遂傳諭繞道到安樂村，便拜劉宅。

不多時到了劉家，公人投進名刺。劉廣正與希真在後堂閒談，見了雲天彪的名刺，便對希真道：「雲親家來也，我與你同去見他。」希真欣然，即偕劉廣出廳相見。天彪已在廳上，希真看那天彪，果然天表亭亭，軼類超羣，心中先已敬佩。好。天彪見希真仙風道骨，儀度非常，好。二人為書中之柱，此處先作對寫，真好筆力。便向劉廣道：「這位想就是東京陳道子兄了。」劉廣道：「正是。」希真道：「久欽山斗❼，未識荊顏❽，今日駕臨，實為深幸。」天彪道：「渴慕大名，相見恨晚。小弟前在東京，極欲奉訪，因公程迫促，無緣相遇。難得仁兄適到此間，真天賜也。」初見通款，必不可少。彼此欣然就坐。劉廣道：「親家嘉祥一役，威震人寰，未知幾時回署的？」天彪道：「因人成事，一無功績。暗指蔡京班師，未能遂意。方於旬日前返署，現因公事由城裏而來，專誠奉候兩兄。」希真道：「不敢，不敢。在尊府蒙太公厚誼，多多打攪，本欲趨叩臺階，因知閣下王事勤勞，尚未進謁。」天彪亦道：「豈敢。」又道：「家父來示，云及仁兄到此原委。小弟於未接家信之前，先見東京殿帥府一角公文，即為仁兄之事，并牽連令愛，甚為驚異。可見關切。料想其中必有不

❼ 山斗：泰山、北斗，喻所尊崇欽慕之人。

❽ 荊顏：對自己的謙稱。

平之事，語氣渾融，確是天彪。正在無計。到底如何起衅，再望細談。」劉廣道：「一言難盡。總而言之，高俅該死！」語氣悲憤，確是劉廣。希真遂將麗卿打傷高衙內說起，從頭至尾，直說到冷豔山遇賊，雲太公相留，現在權避此處的緣故，細細說了一遍。天彪歎道：「世事不平，英雄遭屈。所歎者，大不僅為希真一人惜也。難得賢父女如此有才有勇，甚為敬佩。當今天子聖明，必有昭雪之期。與乃翁語若合符節。即如親家懷才不遇，亦是暫且之事耳。稍帶劉廣一筆，宛然三人聚談。仁兄樂天安命，毫無怨尤之氣，真是可敬。」天彪巨眼，兼描出希真神氣，妙。希真道：「吾兄過獎。小弟因遊心方外，已無心於世，故爾一切榮辱得失之事，勉強看開耳。」妙。正說間，頓斷妙。劉麟出來告請「太親翁便飯」。劉廣便邀天彪進內廳去，希真亦同進去。只見裏面酒筵早已擺好，彼此相遜入坐。三人席間暢談。酒至數巡，天彪對希真道：「吾兄超遊物外，固是高曠，接前論。但據吾兄這副奇才，似宜先為朝廷出一番大力，然後恬退，方是正理。」正大之論。劉廣道：「小弟也這般奉勸道子。據道子說來，實是道味已深，世味已淡。」妙。不冷落劉廣。希真道：「弟非不知君臣大義不可輕棄，好。但因時運一定，不能妄求。妙。更兼自幼好閱丹經，參究秘笈，性之所近，專在於此。真妙。至於今，日引月長，箇中元理，畧解一二，愈覺愛戀不能忘懷。真妙。承吾兄之勸，只好看日後機會何如，再行定見耳。」妙，妙。天彪歎息不已。三人又復縱談一切，情投意洽。希真又提及太公相待之情，天彪因記得太公信中命其照應希真，太公信中語此處點出，寫太公真是情深如海。便道：「仁兄在此，離敝署不遠，弟意欲屈吾兄過臨，盤桓朝夕，千萬勿卻。」希真欣然領諾。妙。劉廣亦道：「相去無多，可以常來常往，彼此皆不寂寞。」天彪邀希真而希真不辭，劉廣不留，寫出三人相知之至，俗筆不知也。三人說說談談。酒飯畢，天彪遂命備輿，邀希真同回景陽鎮。

二人辭了劉廣，一同起行，不多時同到了景陽鎮署內。天彪邀希真到一所精舍坐地，從人看茶，二人坐談。希真看那裏面兩旁架上，圖書卷帙，魚鱗也似排着；先寫圖書卷帙，後寫大刀，紙上活現一員儒將。正中間供一幅關武安王聖像，又供一部春秋，博山爐內焚着名香；寫得天彪真是輕裘緩帶，名士風流。桌案邊架子上，豎着那口青龍偃月鋼刀，套着藍布罩兒。青龍刀上卻用藍布罩著，不但不犯梨花古定鎗一段，又寫出天彪不以刀鎗為事，自有神武不殺氣象，真妙筆也。天彪指着那部春秋道：「小弟不揣愚陋，竊著春秋大論一編，隱括二百四十二年之事，尚不曾脫稿。活寫儒將。昔年泰山居士孫復⑨，曾著春秋尊王發微十二卷，便是我的粉本⑩。雖是極寫天彪，亦見作者自命不凡。我看那孫復之論雖好，卻嫌他有貶無褒，殊失聖人忠厚待人之意。今我此編，頗與他微有不同。」論孫復之弊亦是。說罷，便取那稿本與希真看。果然議論閎博，義理淵深，天彪之儒、希真之仙，華嶽並峙，兩人結局於初會面時早已寫定，好筆力。希真十分驚服。那天彪與希真食則同案，寢則同榻，十分愛敬。合寫一筆。希真每念起劉廣那封回書在張百戶處，忽然提起。深自憂慮，時常對天彪說起。天彪道：「這不妨事。仁兄恐此地不穩，不如仍到舍下家父身邊去。令愛或在此，或同去都好。只是目下天氣炎熱，且待秋涼動身。」希真猶豫未定，有時回劉廣家看看，慧娘時常把術數勸解，總為後文映帶。希真只得暫住在雲天彪處。光陰迅速，不覺已是七月初旬天氣。梁山準備來也。只因這一番，有分教：羣居家小，忽遭意外干戈；失勢英雄，另建草茅事業。

畢竟後事如何，且聽下回分解。

---

⑨孫復：北宋初年學者。曾隱居泰山，世稱泰山先生，著有春秋尊王發微。

⑩粉本：樣本。

范金門曰：此回緊接上文，若非極力挽回，將置蔡京於無地矣。使上臺是個奸黨，勒今周全，改知縣之詳，沒私通之信，則天錫之忠直不顯，亦蔡京之罪惡不彰，乃寫出一張嚳極力調停，不觸不背；又寫出一蔡攸，適逢其會，不即不離，自是煞費苦心。

剛因私信幾乎闖出潑天大禍，而又差人致書於宋江，寫蔡京蒙昧昏聵，於斯已極。不獻楊騰蛟首級，先獻上十萬金珠，宋江那副面孔，那番說話，真寫得好看煞人。

讀本回借收羅希真一事，渡到沂州，歎其文機之曲折；讀下回即借攻取沂州一事，逼起希真，又歎其文勢之迴抱。合而觀之，真是妙筆如環。

全部傳文，雲、陳對寫，此時初次會遇，卻用一儒一仙相並而論，遂以定終篇之局，筆力橫絕。

吳荔裳曰：梁山一百八人，列星聚義，固久已自謂同生同死者矣，今驟焉而殺其二，其叫囂號怒也亦宜。然王定六、郁保四其最下者也，叫囂號怒直至此回王、郁二字方不見面，迨其後林冲、秦明、董平、武松輩之死，皆數語而了，於此可悟習見不怪之理。

第八十二回　宋江焚掠安樂村　劉廣敗走龍門廠

卻說陳希真在雲天彪署內盤桓，光陰迅速，已是七月初旬天氣。那劉廣家中老小安閒無事，（先書此四字，反擊下文，妙筆。一向閒殺麗卿。）慧娘、麗卿與二位娘子商量，安排酒脯瓜果，一同乞巧。（韻事，妙筆。上一篇山摧嶽倒而來，此一篇海沸江翻而應，中間過接關筍處，偏用兒女娓娓之事，真是神于文，鬼于文，非惟讀者所不能料，恐并非史遷、耐菴之所能料也。）慧娘道：「我們今年乞巧，不如到後面曬臺上去，（特為此耳。）又高又涼快，有風。今年的七夕，月姊與天孫同度，（絕妙好詞，妙絕千古。更妙在切定慧娘熟諳天象，聲口更不易得也。遂令落霞與孤鶩齊飛，不得專美于前。）巧雲飄渺，必定分外鮮妍。」眾人甚喜，便叫使女、養娘們預先把曬臺打掃乾淨。次日正是七夕，看看天晚，（將敘乞巧矣，忽又頓住，盡態極妍。）劉廣已命劉夫人備下酒筵，同兩個兒子請劉母出庭來，慶賞七夕。（橫空夾入劉廣等一段事，妙。）劉母道：「我今日早上高王經未誦滿，晚上要補足。（絕倒。高王經輕輕一逗。不補足不知誰來追討過，老婦之愚何處無之。）既如此，生受你們，我出來畧坐坐便了。」（又橫空夾入劉母一段言語。）那希真已在景陽鎮吃天彪留住。（又橫空夾入希真、天彪一番交情。）麗卿、慧娘、二位娘子，便將那紏辦的（紏辦二字，妙絕，雅絕，韻絕。）香花、瓜菓酒醴一切供養，你一盤我一盒的都將出來，（一）叫養娘們先去插了香燭，（二）盛了淨水，（三）將供養都去鋪陳好了。（四。偏要將乞巧一事逐件細寫，並不顧前篇之成羣狼虎、毒魔、狠怪風馳電捲而來，讀之令我駭絕，令我毛竦，人即有才，人即好奇，何至于此。）劉夫人見他們要去乞巧，預先安排酒飯，着疊他們先吃了。（四段之後，又橫空夾入一段事情。）慧娘為首，同麗卿等人去稟告了劉母、爹、娘，去後面乞巧。劉母、劉夫人都笑道：「恭喜今年乞個好巧，你們大家都吉祥如意。」（偏又書此四字，反擊下文，奇妙無比。誰能于血濺屍橫、神號鬼哭之文之前，先夾入如此嫋娜文字耶，其殆天才歟。四人歡歡喜喜，都來到後面曬臺邊。麗卿一向性急，撩起羅裙，踏着梯子，三腳兩步先跳上臺去了。偏又夾寫麗卿天真爛熳。這里二位娘子道：「秀姑娘腳小走不來，我們一個在先，一個在後，扶綽你上去。」偏又夾寫慧娘孱弱。兩段並寫麗、慧之妙俱見。慧娘道：「不必，二位嫂嫂先請，我有養娘們扶持。」二位娘子便先上去了。偏又夾寫二位娘子逕直。上得臺來，只見麗卿在那里四面瞭望，喝采不迭。奇絕。回頭看二位娘子道：「二位嫂嫂，太陽落山好久，怎麼天上還是這般通紅？你看這些房櫳樹木，好像籠罩在紅綃紗帳裏的一般。」異景。二位娘子道：「便是奇怪，卻從不曾見。」說不了，慧娘已上臺來。慧娘上來寫得有步驟，便令賓主自分。三人正指與他看，如畫。只見慧娘定睛細細一望，大驚失色，叫聲：「阿呀！」驚得往後便倒，面如土色。驚人絕筆，蓋世所無。杜老云語不驚人死不休，其仲華之謂乎？三人同兩個養娘都吃一驚，連忙扶住，問是什麼。慧娘道：「我等合家性命，早晚都休也！真是妙筆。你等不知這炁❶不是什麼紅光，這炁名曰赤屍炁，兵書上又喚做灑血。二字怕人。這炁罩國國滅，罩軍軍敗，罩城城破，所罩之處，其下不出七日，刀兵大起，生靈滅絕，俱變血光。卻怎地罩在我們村莊上？接連三個這「炁」，五個「罩」字，如風雨齊至，讀之毛戴。我們這些人卻怎好也！」三人都將信將疑，還要問時，慧娘道：「快請爹爹上來。」麗卿道：「我去！」飛跑下去了。

不多時，引着劉廣上來，慧娘與二位娘子把這話細說了一遍。慧娘道：「吉凶在天，趨避由人。孩兒常對爹爹說，此地當遭刀兵，想是就應在此時了。望爹爹做主，速速攜家遠避，可免大難。」劉廣沉吟半響道：「我兒，你果然看得准麼？」難怪劉廣遲疑，實是稀有之事。慧娘道：「孩兒受師父指教，自己又叅悟得，那

❶ 炁：音ㄑㄧˋ，同「氣」，道家用語。

得有錯！快把細軟先收拾起，我看這兵已老，二字奇。起得不止一日了，看來還挨不到七日，多則五日，少則三日，吉凶便見。」一步緊一步。劉廣道：「我們一時搬到那里去？只有定風莊忽橫空插入一個地名。劉廣亦算到此。鄉練李飛豹，又橫空插入一個人名。我同他認識。雖然認識，卻不甚親近，忽又撇開。怎好就去投托？想來除非到你孔叔叔家裏。我們且下去商議。」眾人都下了高臺。此時亦註明某人先下，某人後下，養娘們收拾鋪陳，則真是笨伯矣。劉廣同夫人說了，夫人道：「秀兒的話比神仙還靈，奇語。天下莫靈於神仙矣，今比神仙還靈，固何物耶？怎好不依！我們趕緊收拾，慢慢稟告婆婆。」劉廣道：「有理。」眾人都點燈燭，紛紛亂亂去集疊細軟。眾莊客都知道了，也有信的，也有笑的。那劉母正在佛堂面前跪念高王經❷，絕倒。見他們交頭接耳價紛亂，便起身查問。偏又愛管閒事。劉廣不敢隱瞞，只得實說了。是劉廣身分。劉母坐下道：「你去叫了秀兒來。」把慧娘叫到面前，劉母道：「你這賤人發甚麼昏！無緣無故攛掇你老子搬家，待要搬到那里去？我請問你！」慧娘道：「稟告祖母，孫女委實識得望氣，今見刀兵將到，大災臨頭，故勸爹爹請祖母避難。」劉母罵道：「放屁！什麼大災不大災！一家灰火，移入別家屋裏，從新再搬回來，還想回來。遺亡物件，再吃別人笑話。你這賤人着什麼邪！單是你會望什麼娘的氣不氣，天下不會望氣的人，都好死光了不成？」偏駁得有理，絕倒。劉廣道：「方纔那氣果是奇怪，孩兒也從不曾見過。母親卻不看得。孩兒往常也聽得他們出過師的說，軍營中不論城池、營寨，有血光黑氣下罩，皆主凶兆。特加此句引證，以見劉廣不是專倚女兒。又兼本村社廟前老柏樹夜哭，又虛寫一個預兆，妙。多人都聽見。秀兒之言，凝可信其有。」劉廣第一番勸駕。劉母便罵劉廣道：「你這畜生也來混說！偌大年紀，聽個女孩兒驅遣，連我前都不來稟明，七夕佳節卻歐我動氣，仍回顧七夕一筆，

---

❷ 高王經：即高王觀世音經，謂觀世音救生經。

妙。不然上文俱是恨筆矣。那個再敢亂說搬家，我老大拐杖每人敲他一頓！」罵得劉廣諾諾連聲，不敢再響。劉母直罵到二更天，方去睡了。念經甫畢，即便罵人，功德安在。省些力氣罷，准備明夜辛苦。劉母第一番阻擋。慧娘到劉夫人房裏來，向着娘垂淚道：「孩兒是為一家性命的事，祖母如此阻擋，怎好？不成束手待斃？」少刻，劉廣同兩個兒子進房來。劉廣問慧娘道：「我兒，你果然不錯麼？恐你萬一拏不穩，認真弄出笑話，卻不是耍處。」難怪劉廣疑惑，卻是深表慧娘。用筆曲折。慧娘道：「阿呀，連爹爹都疑心起來，這事怎好？孩兒如果看錯，由爹爹處治。」劉廣道：「既如此，我們趁老奶奶睡熟，大家連夜先把要緊的東西打疊起，把車子裝了。」回顧劉麒、劉麟道：「你兄弟兩個帶幾個莊客，先押運到沂州城內孔厚叔叔家裏去。明日便寫信去景陽鎮，追你大姨夫回來，老奶奶不肯動身，也好央他代勸。」二劉領命，大家都去收拾，瞞着劉母忙了一夜。天色未明，已將那些東西滿滿裝了兩輛太平車子，二劉便帶了五七名莊客，押着運了去。早上劉母起來，劉廣領着夫人、慧娘、兩個媳婦上堂請過了安，劉廣上前求告道：「老娘容稟：非是孩兒亂聽秀兒的話，只因青雲山和那猿臂寨帶說猿臂寨，妙。兩處的強人，時常有心看相這幾處村莊，只懼憚着雲親家鎮守景陽，帶表雲天彪，妙。不敢蠢動。不是孩兒誇口，若自己不落職，亦不怕那些賊男女怎的。帶表自己，妙。如今無尺寸之權，英雄無用武之地，可歎。我這莊上又沒個守望，萬一那廝當真來，卻怎生抵擋？劉廣第二番勸駕，只就人事上推測，並不再提休祲。不知文者不過以為天道遠，人道邇，附于子不語怪之例而已；其知文者則曰：慧娘望氣，無非借來鬬筍入港，帶表慧娘才藝耳。一經鬬入，便隨手丟開，不必只管纏定不放也。所以下文慧娘、劉母口中亦俱絕不提起。或問：然則下文又有雕攫鴿子一事，何也？曰：此是逼緊一筆，與上文鬬筍無涉。孩兒願奉請老娘，到孔厚家去暫住幾日，另尋個穩善的所在遷移。」那劉母隔夜的氣還未曾消，聽了這話，未及開口，慧娘又說道：「萬一那廝們有見識，先截住神峯山口，再煩惱此地，景陽鎮呼應不及，莫說這幾個村莊，便連沂州府也搖動。（極寫慧娘。便將沂州保全之功，歸于雲天彪，妙筆。）聞得那山口營汛❸上只得五十幾名官兵，濟得甚事！」（此處先點出山口官兵之數，真是極妙之筆。卻又留一半與後文寫天彪。寫慧娘出色驚人，真有羽扇綸巾運籌帷幄氣象。）劉母大怒，指着劉廣罵道：「你父女兩個（指一個罵兩個，妙筆。）都敢是失心瘋了！好端端居在家裏，無故見神着鬼，（因歎聖人立法，初未嘗教人邀福，遵之實能遠禍，使劉母能守三從之戒，何至于殺身哉。）夜來我這般訓誨，（謝教。）大清早又來放屁。佛祖云：（放屁下接此三字，奇文，讀之絕倒。）家有高王經，兵火不能侵。（奇文。嗟乎，佛又何罪，每歎緇流造作，大藏內典架樑充棟，皆可以此推之也。）我每日如此虔誦，佛力維持，什麼刀兵敢到這里？（奇極之談。）不見上面所載，當年高歡國孫敬德誦了千遍，臨刑時刀都砍不入。（確有證據，可笑之極。）我活了這七十多歲，永不曾見過甚麼是刀兵，（奇極之談，寫老婦便活是老婦，每歎承平日久，庸臣偷安，猶存此等見解，何怪愚婦人哉。）你們這般嚼舌！」慧娘笑道：「都要見過，方纔算是有，孫敬德砍不落頭，祖母又幾曾見來？（真駁得快。）這等說，天下兇惡囚犯只要會念高王經，都殺他不成了？（與劉母天下都死光之言對鎖。）祖母不聽爹爹的言語，恐後悔不及也，望祖母三思。」劉母氣得暴跳如雷，拍着桌子大罵：「賤婢！把我當做甚麼人，這般頂撞！將什麼兇惡囚犯來比我麼？」（老羞變怒。）劉廣同夫人齊喝慧娘道：「小賤人焉敢放肆，還不跪下！」慧娘只得跪了。劉母連叫：「取家法來！」劉夫人只得捧過戒尺來，跪下道：「婆婆息怒，待媳婦處治這賤人。」劉母劈手奪過戒尺道：「誰稀罕你獻勤，好道撲殺蒼蠅！（好狠。）教這賤人自己伸過手來。」二位娘子一齊跪下去求，那里求得。

卻說麗卿當夜將希真的法寶行頭收拾了，又帮他們（三字妙，寫麗卿身無長物。）集疊了一夜，早上梳洗畢，正在樓上掠鬢，聽得下面熱鬧，忙趕下來。胡梯邊撞着劉麟的娘子道：「卿姑娘快來，只有你求得落，老奶奶打秀姑娘哩！」麗卿忙趕到面前，雙膝下跪道：「太婆看丫頭面上，饒了秀妹妹罷。」（麗卿能。）慧娘已是着了

---

❸ 營汛：軍隊駐紮（防）地。汛，音ㄒㄩㄣˋ，汛地。

好多下，劉母見麗卿下跪，連忙撇了戒尺，扶起道：「卿姑請起，不當人子。」便罵慧娘道：「本要打脫你的手心皮，難為卿姊面上饒你這賤骨頭，起去！」慧娘拜謝了麗卿，哭著歸房去了。劉母又把劉廣夫妻痛罵了一頓，弄得合家都垂頭喪氣，誰敢再說。（劉母第二番阻擋。）麗卿與二位娘子都去看慧娘，只見他靠在几兒上，臉向著裏只是痛哭。麗卿笑道：（別人哭，他偏笑，絕倒。）「秀妹妹煩惱則甚！什麼娘的刀兵不刀兵，那怕他千軍萬馬團團圍住，我那枝梨花鎗也攪他一條血衕堂帶你出去。」（此與慧娘慰希真之語正復一樣，一則尚智，一則尚勇，寫來都入妙。只帶一秀妹妹，其餘許多人卻奈何。）二位娘子道：「秀姑娘且莫性急，從長計較。」（妙，天然是二位娘子語。）慧娘道：「我只恐時不待人，（四字真大有見識，大有學問語。古今來多少人誤在此處，故曰需者事之賊也。）早得一刻是一刻。大姨夫不知幾時來，也好與他設法再勸。」麗卿笑道：「太婆真不肯去，我倒有個計較：（願聞。）太婆最喜飲高粱燒酒，一醉便睡。待我去勸他，把來灌醉了，扛在車子上，不由他不走。（真是絕倒，覺得等大姨夫之迂。）便是半路上吃他醒了叫罵，已是白饒。」（一發絕倒。想仲華之與麗卿亦如謝靈運之見惠連佳句絡繹而至也。實是暗用齊姜遣重耳故事，而驟讀之令人不覺，豈非奇手。使有其事固是快事，即無其事亦是快文。）二位娘子笑道：「這卻使不得。」引得慧娘也笑出來。不說慧娘只盼望希真回來，心似油煎，不覺挨到天晚，養娘來請吃晚飯，慧娘只得來到面前。劉母兀自板着臉沒好氣。眾人正吃飯時，只聽潑剌剌一聲響，一隻鴿子鑽入屋來，隨後一隻角雕追進來，抓了那隻鴿子，奪門而去。（又偏能再添一個預兆，真是出奇無窮。）麗卿放下飯碗道：「可惜，可惜弓箭不在手頭，造化這亡人。」（偏又夾麗卿一段。）慧娘大驚，推開椅子大叫道：「快走，快走，難星已到了！」（暗用劉誠意故事。）眾皆大驚，只見劉母搖搖頭歎一口氣。（神情逼肖，妙極，妙極。）慧娘跪倒面前，拖定祖母的衣服，（可憐。）磕頭搗蒜也似的道：「祖母，祖母，我並不虛謬，再挨着，都是刀頭之鬼！」（慧娘第一番勸駕以春容，大雅之慧娘至于如此，神情逼肖。）劉母回轉手，椅子邊撈過枴棒，向慧娘沒頭沒腦的劈過來。（劉母第三回阻擋，竟不開言，筆法又變。）

劉廣夫妻都手足無措。

正吵鬧間，只聽莊外鑾鈴響亮，一人飛奔進來，（奇文。）氣急敗壞，正是陳希真。（以足智多謀之陳希真至于如此，神情逼肖。）大叫道：「禍事了！青雲山賊兵遮天蓋地價殺來也，景陽鎮官兵都起。我來時臥牛莊已都沉沒，賊兵已在桃花堰，就要到此處，我們飛速快走！」（共五十一字，作一句讀。其聲如疾雷破山。橫空又添出一處地名，奇橫之甚。）原來桃花堰離安樂村只得五里。（再註一筆，一步緊一步。）眾人都大驚失色，劉母立起身道：「當真？」（二字又是神情逼肖。磕睡醒了。）劉廣道：「叫莊客們快備頭口。」希真道：「腰間帶些盤纏，手頭細軟也備些。」慧娘道：「細軟早上已都運到孔叔叔家裏去了。」（竟無一人回答劉母，妙。神情逼肖。）正說間，只聽得莊外人喊馬嘶，（嚇殺。）只見劉麒、劉麟都歸跑進來道：「賊兵已在攻打沂州，城門都閉，車子進不去，現在只好寄在龍門廠雷祖廟內，留幾個莊客同車夫在彼看管。賊兵就到，為何還不走？」（又是五十一字作一句讀。）慧娘發恨道：「那里肯依我的話，直弄到如此！」（真是可恨。）劉母嚇得只是發抖，說不出話。（刀兵竟不怕高王經。）劉廣上前道：「母親，母親，你休要懼怕，我們大家管住你。」眾人亂紛紛的紮抹，（一）備馬，（二）取兵器，（三）點火把。（四）希真道：「且休亂，定個主意，怎樣保老小？」（寫希真。寫得極調理。）劉廣對兩個兒子道：「你等同我管住祖母，餘外丟開。」（寫劉廣。寫得極孝順。）劉麒、劉麟怎敢不依，便對二位娘子道：「母親全仗賢妻護持。」（寫二劉。寫得極悽惋。）二位娘子應道：「丈夫放心，再得大姨公助我們方好。」希真道：「這個自然。」（寫二位娘子。寫得極慷慨。）麗卿道：「我只好管着秀妹妹。」（寫麗卿。寫得極親熱。）劉夫人道：「丈夫須要小心。」（寫劉夫人。寫得極恩愛。）慧娘道：「我跟定卿姊不妨事，爹爹、母親不必記罣。」（寫慧娘。寫得極敏警。）劉廣扶持劉母上了頭口，那劉母口裏不住的「南無佛，南無法，南無僧。佛國有緣，佛法相因，常樂我靜。人離難，難離身，一切災殃化灰塵」，（不見得。近又移此三句屬白衣咒，真是沒考究。）

顛三倒四價念那高王經。（寫劉母。寫得極懵懂。）此刻安樂村各家已都得知了，霎時間一派哭聲，攜兒挾女，覓母尋爺，分頭逃難。劉廣家內婦女并使女、養娘們，幸而都會騎頭口；二十多莊客都省得武藝，各持兵器護從。那劉麒的娘子使一口雁翎刀，劉麟的娘子使一對雌雄劍，（百忙中夾寫二位娘子武藝。）忙忙亂亂，出得莊門。只見麗卿早已綽鎗挂劍，騎在棗騮馬上。（此回麗卿不用弓箭，便省而不寫。百忙中又夾寫麗卿高興。）只聽西邊村莊上喊聲大震，鼓角喧天，賊兵已到。（急殺。）眾百姓拋兒棄女，自相踐踏，各逃性命，哭聲震天。火光影裏，已望見「替天行道」的杏黃旗，（絕倒。真可謂善戲謔兮，不為虐兮。）當頭大將正是霹靂火。（大書綽號而不書名，其為震起希真之意無疑矣。點出秦明。）劉母、劉夫人心膽俱裂，大家一齊取路，投東而走，欲過大谿木橋，轉灣往南去。只見橋上人已擁滿，兩邊都擠落水去；不移時橋梁壓斷了，滿溪裏都是人。劉廣等見了，只得沿着山再往東走。已到安樂村東邊盡頭，只見林子裏飛出一片火光，無數賊兵都在火光背後，正是黑旋風李逵的步兵，順風胡哨殺將來。（點出李逵。）東風正大，黑烟捲來，人馬皆驚。劉廣叫道：「左有高山，右有大水，前有烈火，後有追兵，這卻怎好？」（故作險筆。）希真忙叫一個莊客，就地下挖起一把沙土來，念動真言，運口罡氣吹入撒開去，只見一陣怪風，飛砂走石，把火頭倒吹轉去，燒得李逵并那些賊兵叫苦連天，各逃性命。（旋風遇着罡風，絕倒。）劉廣等趁勢闖出村口。行得不遠，又一片喊聲，擁出一二百兵馬來。只見麗卿挺鎗躍馬，大喝一聲，當先衝殺過去。這里眾英雄各奮神威，帶領莊客，舞劍掄鎗，一擁殺上。好一似虎入羊羣，那一二百人都落花流水的散了。（先寫小勝作一折。）

眾英雄護定老小，只顧往前走，前面已是丁字坡。那條大路，一頭往南，一頭往北。劉廣回顧老小人等，幸喜一個都不失散，並無損傷，稍為放心。（先反振一筆。）殺聲漸遠，（劉母以為高王經之力也。）大家都下馬就坡上少息，商議投奔的所在。望那安樂村已變做了一座火焰山。（完安樂村。）慧娘問希真道：「大姨夫來時，可知道神峯山口失陷不曾？」（只顧第一要着，出色寫慧娘。）希真道：「我也恐賊兵在那里堵截，對你公公說。（出色寫希真。）你公公說不妨，已預先准備了。（出色寫天彪。卻不知怎樣准備，偏不說明，一路疑陣，妙。）倘得那里不失陷，你公公必能來救，賊勢不久便退。我等若迎上去投他，一則路遠，二則賊多，又恐殺不出。不如先投定風莊去，（撇開天彪一路。）那里有碉樓濠塹，李鄉練又同你爹爹認識。」劉廣道：「賊兵驟來，我恐府城裏不作准備，吃那廝們打破，那肯便退。」希真道：「不妨，城裏已有准備也。昨夜雲令親的青龍刀嘯響了一夜，（又補寫一預兆。虛。）早上正同我說吉凶，日中便接着沂州的飛報，說孔厚拏獲了梁山上的細作白日鼠白勝并嘍囉十五名，（出色寫孔厚。不全捉住，妙，以便報信與吳用也。）稟交高封，審出情由。這賊兵都是青雲山來的，城裏已點兵守城。接連又得你的書信，我即忙回來。」劉廣道：「我等細軟家私，都運在龍門廠神霄雷院，不如到龍門廠去。」希真道：「我說定風莊近，投北去恐撞着賊兵。」（此數語只要點出龍門廠在北也。定風莊原是陪客，故不著明，妙筆。）慧娘道：「方纔我們出來是酉時，此刻走得沒多路，不過酉末戌初，天馬在午，正南大吉。」（偏又夾寫一段慧娘術數。）劉廣道：「既如此，就投定風莊。」（不着此句，劉廣幾為守錢虜，與劉母之戀鄉鬼，何以異哉！）說不了，只見正南上火光沖天，喊聲大起，逼近來。（奇。幾疑慧娘失算。）眾皆大驚，劉廣忙扶了娘上馬，眾人一齊都上馬，投北便走。（卻不投定風莊，變換不測。）不多時，撞着一隊賊兵，（徃北走果遇賊兵。）正是陳達、孔明、孔亮的兵馬，來接應秦明、崔豪、姚順，同去打城。秦明等刼了安樂村，正殺過來，合兵一處，將劉廣、陳希真等一班英雄老小，都裹在亂軍之中。那知道正南上的兵馬，倒是他們的救星，（誰耶？或疑雲天彪。不明不白露此一句，令讀者昏悶，妙不可言。）他們卻反投北去，也是數該如此。當時眾英雄在亂軍裏面，彼此不能相顧。（自此以下與三國演義中之長板坡極易相犯，看他處處避開，另立旗幟，真天才也。）

話內單表劉廣同兩個兒子，緊緊護着劉母，（純孝血性，讀之令人下淚。）只往前廝殺。攔頭一員賊將，乃是跳澗虎陳達。當時陳達大喝道：「你是甚麼鳥人，敢在大軍（名曰大軍。）內亂攪！」劉廣更不答話，拍馬舞刀直取陳達。陳達正抵敵不住，（見笑。）斜刺又來了旄頭星孔明，雙鬭劉廣。劉廣奮勇廝殺，孔明、陳達敗走。劉廣回頭不見了劉母并兩個兒子，心裏甚慌，急轉舊路殺回來，一口刀逢人便砍，竟尋不見母親。劉廣越慌起來，遏不住心頭亂跳。（以劉廣之勇何至便受傷。特加此句，以見其純孝性成，方寸先亂，不覺失手，筆墨曲折之至。）不防黑影裏弓弩射來，一枝箭正中腰窩，坐不住鞍轎，跌下馬來。（急殺。）背後陳達已到，舉刀劈面就剁。（急殺。）說時遲那時快，卻得劉麒的娘子一馬趕到，大喝：「誰敢動手！」挺手中雁翎刀敵住陳達。那孔明又轉來相助，劉廣已跳起身來，掄刀步戰，希真也保着劉夫人趕到。三位英雄，兩馬一步，又殺退陳達、孔明。劉廣道：「我的娘在那里？」（如聞其聲。）又要殺轉去。希真道：「太親母好像（好像，妙。確是亂紛紛地錯誤景象。）已在前面。」劉廣便轉身往北追。希真道：「你受了傷，步戰不便，我的馬讓你騎。」劉廣便騎了希真的馬，（直爽。）希真步下提鎗保護。

且說孔明、孔亮、陳達（又增一孔亮。）聚在一處道：「這是一夥甚麼人，如此猖獗？休吃他走了。」便吶喊殺攏來，聲聲吆喝：「不要放走這幾個牛子！」後面又有崔豪、姚順的人馬擁上來，（又添出崔豪、姚順。）四面賊兵圍住。希真、劉廣、劉麒的娘子保着劉夫人，苦戰不得脫。劉廣只叫得苦，希真一時也用不迭那都籙大法。（用不迭都籙大法，正點出都籙大法也，俗筆烏知之。）正危急時，只見孔亮一邊人馬大亂，火把叢裏一位女英雄殺入來。（必定是姑娘，我總猜得着。）你看他撕去紅紗衫兒的兩隻袖子，（妙人、妙事、妙筆。何等爽利。）赤着兩條雪藕也似的臂膊，（奇極，妙極。）舞動梨花鎗，縱開棗騮馬，好一似降魔的哪吒太子，風掣電捲衝進來。（百忙中偏要夾此一段丰韻筆路，卻又纖不傷雅。）眾人見麗卿到來，大喜，忙護着劉夫人殺上前來接應。麗卿大吽：「爹爹見秀妹妹否？」得了麗卿又失慧娘，真悶殺人。此句妙在無人答應。孔亮不識高低，便去抵敵，吃他一鎗對心窩裏刺個正着，一鎗便中心窩者，言易取之甚也。翻觔斗撞下馬去，一道靈魂回梁山泊去了。真是絕倒。同此十個字，奈何封神演義用之便覺惡俗討厭耶？孔亮了。賊兵亂竄。希真道：「我兒前面開路！」眾人護着劉夫人，奮勇殺開一條血路，透出重圍。希真順便奪一匹馬騎了，大家離得賊兵已遠。那劉母、劉麒、劉麟、劉慧娘、劉麟的娘子，一切莊客、僕婦、養娘，俱失陷在賊裏。陳達、崔豪等見他們勇猛，不敢便追，恰好秦明也到，大家說有如此一夥人，孔亮被他壞了。秦明大怒，便要奮力追上，事所必不可無。忽報：「正南上一彪鄉勇，為首一個軍官是長髯大漢，正南上又點出一個軍官，且註出形狀，究竟是誰？十分利害，周通哥哥抵敵不住，敗下來，傷了好些人。」秦明轉怒，便同陳達、崔豪、姚順、孔明殺奔正南大路去，不來追趕希真等人。文所必不可有。正南上兵馬亦復何用，只為此耳。不然梁山賊兵雖不專尋希真、劉廣作對，然竟聽其殺傷兵馬，突圍潰陣，來去自如，安有此理耶？

卻說希真、劉廣等都去溪澗邊鵞卵石灘上息下。星光下劉廣中的那枝箭，透入數寸，拔出來血流不止。希真看了箭瘡如此深，也大吃一驚。暗裏又辨不出血色，不知有毒也無。劉夫人忙撕下細衫兒的裏襟與他裹定。劉廣道：「我娘的性命好道休也，一口只咬定娘，寫盡劉廣天性。我再去尋來！」希真、劉夫人一齊勸道：「你這般傷痕，去不得了。」劉廣喝道：「你是媳婦，也這般亂說！」「也」字妙。連希真都喝在內。猶言希真是外人，不是親生兒女，怪他不得這般亂說，你須是他的媳婦為何也這般亂說。不喝夫人，非也；喝夫人，而並喝希真，亦非也。重喝夫人，而不喝希真，而希真自有可喝之處。在希真亦不能辭其喝也。此忠恕之道，所以最為利害也。只此一句，便寫盡劉廣胸中許大學問。因歎晉襄公朝王于温，率師伐衛，豈不哀哉！便忍着疼痛，提刀上馬，怎奈疼痛難忍，跨不上鞍轎，跌倒在地。希真、劉夫人忙去扶住。希真道：「姨丈依我言語，你們在此，待我再殺轉去，務要尋了太親母出來。」劉廣咬着牙齒，點點頭。麗卿在旁叫道：「爹爹在此保護，不要離開，孩兒總還要去尋秀妹妹，（第一件事。只重秀妹妹。）麗卿接應他們，（第二件事。）一同救了太婆出來。」（第三件事。卻將救劉母最要緊之事，偏放在第三件臨了一層帶說，寫麗卿真是妙筆。）希真道：「既是你去，須要小心。」麗卿綽鎗上馬，重復殺入虎窟龍潭去了。（真高興。）劉麒的娘子已帶重傷，戰鬭不得，撇了刀倒在露水灘上（不脫夜裏，妙。）廝喚。（束劉麒娘子一筆。）劉夫人流淚，一面按摩劉廣的箭瘡，一面念誦着道：「天地佛爺，可憐見婆婆一生好善，丈夫孝敬無罪，得能轉凶化吉，垂佑則個！」劉廣果然覺得疼痛減了些。（暗用伏皇后故事。束劉廣、劉夫人一筆。）希真自去灘上那鵞卵石堆裏，只顧口誦真言，步罡踏斗價禁咒。（束希真一筆。）只見正南上天都通紅，哭聲不絕。劉廣等了許久，不見麗卿消息，更耐不住，又要上馬自去。忽見一人匹馬單刀奔來，希真只道是賊，忙提鎗在手，再近來一看，卻像是劉麒。劉廣、希真齊叫道：「我們在這裏！」（只一夜景都不草草，豈他書所能。「齊叫」，妙。）劉麒下馬，見了爹娘甚喜。劉廣道：「祖母那里去了？」劉麒道：「孩兒保着祖母尋爹爹，不意祖母、兄弟都失散了，孩兒尋了幾次不見，又恐爹娘有失，追尋到此。」劉廣聽罷大怒，拏過刀來便殺劉麒，（妙。）慌得希真連忙奪住。劉廣罵道：「畜生，叫你保護祖母，你撇下他，自己走了，（竟寃是撇下，妙。）誰要你來看我！」（劉廣純孝天成，令人起敬。）嚇得劉麒俯伏在地，不敢則聲。希真道：「姨丈息怒。」劉廣又罵道：「如今用不着你這畜生，待我自去！」便飛身上馬。希真、劉麒忙追上去，不到得一望之地，劉廣箭瘡迸裂，又跌下馬來，暈了過去。希真、劉麒忙去靠住，叫了半響，纔醒轉來。劉夫人也趕到，哭着叫道：「丈夫耐耐！」便對劉麒道：「我兒，你快去罷！」劉麒連忙提刀上馬，仍回舊路。劉麒的娘子看見，痛哭不已。（都寫得出神入理。）劉麒趕到亂軍中，沒命的殺進去，來往尋覓，可憐那里見個踪跡？忽然撞着麗卿渾身血污殺將出來。麗卿道：「哥哥見他們麼？」劉麒道：「別人由他，只是我失陷了祖母，（竟自己認罪，極寫劉麒。）爹爹要斬我。我救不出祖母，回去不得了。好妹妹，帮我同去尋尋。」麗卿道：「我方纔遇一員賊將，載了四五車的婦女，（此所謂替天行道也。）我恐秀妹妹也在內，（麗卿只重秀妹妹。）殺敗那員賊將，（竟不知是誰，妙。）只見車內都是別人家的婦女，（補出無限情事。）鄰舍王美娘亦在內，（偏又揑造一人。）我也無暇救他，再殺轉來，卻撞着你。（似收落矣，卻又颺起，極文章之致。）我聽那壁廂喊殺連天，鎗炮震動，這些狗男女都紛紛投南去，不知是那里的兵馬同他廝殺。（又不明不白露此一句。）我和你索性望正南上去尋，或有些踪跡。」二人便一齊縱馬往南去，將近丁字坡，天已黎明，只見滿地男女老少的屍骸縱橫，血流成渠。（此所謂替天行道也。）劉麒道：「我祖母多敢是休也，這卻怎好？」麗卿道：「不到黃河心不死，索性再上去，尋不着也是無法。」正說着，只聽山坡上有人呌道：「哥哥、妹妹快來！」（奇。）二人擡頭看時，只見山坡上一個小庵，劉麒認得是白衣觀音庵。（就借高王經生色，妙。）只見庵前一人開門出來，手持黃金雙鐧，喊呌他們，正是劉麟。二人大喜，忙縱馬上山坡到庵前。劉麟道：「你等衝散後，我同渾家（猶呼二字，傷哉！）保着祖母衝殺不出，祖母胃腕病又發，他坐的馬又壞了，是我挾了祖母，投這庵內，將祖母藏在佛櫃裏面。我孤掌難鳴，只得關了門，從門內張望，（自是劉麟行逕。）盼個人來，同救祖母出去。」劉麒大喜，便同麗卿進庵下馬，佛櫃內扶出劉母。那劉母哭道：「雖承你們救我，我卻不願活了。是我透心糊塗，不識好言語，（豈敢。）累你們遭此大禍。你們顧自己去，由我這老骨頭死罷。」劉麒跪下垂淚道：「祖母休說這般話。爹爹、母親眼巴巴的盼望，請祖母就去。」劉母哭着問道：「我那秀兒心肝肉怎的了？」（其聲酸楚，我不忍讀。寫劉母之愚，乃不失其賢，世有怙終不悛到底、不肯認錯之人，視劉母可愧矣。）麗卿道：「正還不曾……」，劉麒忙接口道：「秀妹妹已在前面，祖母放心。（劉麒可謂善養志矣。）趁此時賊兵稍散，快請動身，再挨着恐那廝們掠進庵來。」（或問何不就藏在庵內，卻又出去？故以此解之。）劉母道：「我胃口疼得緊，騎不得頭口。」劉麒道：「孫兒背了你去，只是將甚麼兜縛？」劉麟便去僧房內尋看，那幾個和尚影也不見，卻尋出些酒肉來。（觸手成趣。）大家都餓了，就亂吃了一回。勸劉母吃些，劉母那肯破葷。（和尚偏吃葷，在家偏吃素，世事顛倒往往如此，可歎。）把那幾匹戰馬，都去後面菜地裏由他啃嚼。劉麒、麗卿問道：「二嫂也衝散了？」劉麟垂淚道：「他已身帶重傷，又同一個賊將廝殺，失手死在亂軍裏了。我救祖母要緊，那里還顧得他。」（完劉麟娘子。此篇累書母慈、子孝、夫義、婦順，將彝倫攸敘之事，夾入干戈戎馬中並寫，絕世奇搆。作者何必留此缺陷哉！然必寫得梁山損兵折將，這邊一無所失，不惟無此文，亦且無此事，他書皆然，此書獨不然。劉麟娘子陣亡只用虛筆，不與於強盜也。）說罷，止不住痛哭起來。劉麒、麗卿大驚。

眾人又悲哭了一回，劉麒便將大士面前兩掛長旛扯下來，（比誦高王經罪福如何。）兜了劉母，背上，紮縛得牢了，便提了三尖兩刃刀上馬。劉麟、麗卿都上了馬，各拏了兵器保護着。出得山門，遠遠的望着胭脂山腳西邊大路上，那些賊兵將打劫的油水，大小車擔解回山寨去；（補點打劫實事，不可少。）正南上喊殺連天。（又補點正南上兵馬。兩層一虛一實，妙。）眾人下了山坡，一路投北去，幸喜不遇賊兵。麗卿見路上已是太平，便道：「二位哥哥保了太婆去，我再去尋秀妹妹。」（老實人又說出來。）說不了，喊聲大起，一彪賊兵斜刺裏衝出來，阻住去路，比夜裏的更是利害。原來正是狄雷、武松、楊春，搶神峯山口不得，（不知為何搶不得，此處卻不說明，妙。）奉吳用號令，知白勝失陷，（此句顧孔厚。）景陽鎮官兵已出，（此句顧雲天彪。）速來接應秦明、張清等，火速收兵，所得油水先運上山。（照到吳用。天彪、孔厚之功如此。再提油水一句，以見梁山此番原不虛出也。）也是劉母、劉麒難星入度，巧巧撞着。麗卿大叫道：「二位哥哥顧着太婆跟我來！」（畢竟姑娘驍勇。）便左手舞鎗，右手抽出青錞寶劒，旋風兒也似的捲過去，大喝：「讓路！」（四字聲勢之極。）二劉保着祖母一齊衝過去。麗卿正遇着武松，步馬相交，狄雷、楊春三面夾攻，眾嘍囉一齊來助，二劉保着祖母，只好各顧自己混戰。（二劉一邊不脫不粘。）麗卿見賊兵愈多，不敢戀戰，長嘯一聲，徃橫頭闖去，開一條血路走了。（寫得麗卿真是生龍活虎，不必得勝，已是十分出色。）狄雷等三人驚訝道：「那里殺出這一個女子，卻恁般勇猛，竟被他滑了去！」有幾個嘍囉道：「正不知那里來這女子，聽說在大軍中混殺了一夜，沒人近得他。」（補敘麗卿一夜戰鬬，精光閃爍，力透紙背。）武松道：「如今軍師號令，去接應秦明要緊，這女子只好由他去。」三人便催兵徃南殺去。只見東邊一陣兵馬，吶喊揚威殺來，正是沂州府都監黃魁。見解了圍，引官兵追到，（非寫黃魁，寫天彪、孔厚也。）與狄雷等兩軍相遇，開旗大戰。

卻說麗卿（忽接麗卿。）一抹地鎗挑劍砍，衝出重圍，卻撞到西邊大路上。（本欲投北卻撞到西邊，寫亂軍中混戰，真是入神，不然不成其為亂軍矣。）回看劉麒、劉麟、劉母都失散了，便縱馬到那土岡上瞭望，只見各處烟塵障天，喊殺之聲盈耳，那隊賊兵都投南去，並不見劉母等人的下落。麗卿想道：「厮殺了一夜，救不得一個人出來，怎好回去？爹爹便不罵，也須對不過二姨夫！方纔那兩個（只說兩個，足見楊春不在話下，妙筆。）不知是什麼強盜，（強盜則強盜耳，又有什麼強盜哉！）到也了得。（可見厮殺一夜並無對手。）不要管他，再殺上去，尋他們不得，便多砍些頭顱來也好壯觀。」（絕倒。寫麗卿越戰越勇，煞是可愛。）便插了劍，（細。）雙手掄鎗，拍馬下了土岡，仍復殺轉來。（讀之如見，霜隼下晴皋。）未到一望之地，只見樹林內轉出五七十嘍囉，把許多婦女都反翦了，連連串串的牽着走，後面老大的桿棒趕打。那號哭之聲，那里聽得！麗卿又恐慧娘亦在內，便大喝一聲，奔上前，殺散了嘍囉，細看裏面，卻又沒有慧娘。（忽作一折。）正待轉身，只見後面又是許多嘍囉，擁着一個大王。（其他皆稱賊將，獨此人稱大王，不惟為後文發笑，抑且與前傳相映成趣。尋慧娘卻見一個大王，妙。）那個大王頭戴撮尖乾紅凹面巾，鬢邊插一枝秋海棠，赤着上半截身子，露出一身肐膪虬筋，（獨此一句，與前傳異者，蓋前傳是招親，此則是厮殺，又表出天熱也。）繫一條銷金包肚紅搭膊，着一雙對掩雲跟牛皮靴，騎一匹高頭捲毛大白馬。獨與大王詳寫裝束，直抄前傳。原文令人記起桃花莊招親時，真是絕倒。看他直抄前傳，卻又不必全用，真是妙筆。聖歎先生在，當又註之曰高興。麗卿卻不認得，那大王便是小霸王周通。麗卿不認得周通，周通卻認得麗卿，真是妙筆。每歎癡心浪子自己迷戀所愛，便深期所愛者必然顧盼，又烏知所愛者之毫末不知耶？觀於周通可以誡矣。那周通馬旁邊一個嘍囉，背上馱着一個女子，麗卿看見吃了一驚。此句先出，真是設身處地出神之筆。那女子大叫：「卿姊救命！」果然是劉慧娘。同是一句，只一顛倒，便是彼此一齊看見也。更與三國演義趙子龍之見甘夫人再不相犯，真是妙筆。麗卿便來搶奪。

看官聽說：原來周通並不幹正經，只帶領嘍囉各處搶擄婦女。這慧娘自半夜里與麗卿失散之後，在亂軍中不見一個親人，心急意亂。其時天昏地暗，星斗無光，那里辨得東南西北，必加此數語，方令慧娘之奇門遁甲無從施技，不然與前天馬在午之言不合矣。想見安放之苦。幸虧得一雙慧眼，看黑夜如同白晝，便縱馬加鞭，只顧望黑地裏無人處亂走。以慧娘之智，一失先幾尚窘迫如此，人奈何不慮遠哉。凡寫一事一物必窮其極，方淋漓盡致。如此一篇寫眾英雄俱寫到智窮力竭，而眾英雄之才愈顯，必如此方稱妙文。不防遇着二三十火把，都是周通部下的嘍囉，當時把他捉了去，獻與周通。周通把火來照看，那曾見過這般美貌娉婷，歡喜得渾身發寒噤，奇語。魂靈兒飛去半天裏，奇語。忙吩咐不許綁壞了，何等溫存。只叫一個老成嘍囉馱着，廝傍着馬前走。待之以殊禮，絕倒。周通當時恨不得就回山寨，絕倒。真是摹神之筆。只恐吳學究埋怨，只得勉強再巡邏着。慧娘在那嘍囉背上正沒法尋死，恰好正撞着麗卿到來。

當時周通卻認識麗卿，一見了大喜，自玉仙觀前一別，月瑄五更，輾轉之情，時勞夢轂。彼固以為大僥倖也。叫道：「我的心肝，那里不尋遍，你卻在這里！」便拍馬舞鎗來捉麗卿。不度德不量力，寫來絕倒。可謂貪而無厭。麗卿正挺鎗奔過來，交馬不到兩個回合，被麗卿一鎗刺中肩窩，赤膊身上一發受用。一個倒栽葱拄下馬去。不濟。麗卿那有工夫去殺他，此處卻深賴慧娘救命。忙順手帶定了那匹空馬，本是作者希圖後文省筆，卻寫出麗卿伶俐來。便來奪慧娘。眾嘍囉見搠翻了周通，發聲喊，撇了慧娘，一鬨都散了。那周通連滾帶爬逃了性命，前面那幾個嘍囉救了去。麗卿忙拉慧娘騎在周通的馬上，（此事又絕倒。）保着他投北就走。（寫麗卿之志只在得慧娘，妙。）只見背後一騎馬追來，大叫：「二位妹妹少待！」麗卿、慧娘回頭，只見卻是劉麟，也殺得渾身血污，氣急敗壞到面前道：「哥哥與祖母竟不知去向了，這卻怎好？我本要再尋轉去，怎奈賊兵都是生力軍，越殺越多；戰馬又受了傷，實在支持不得也。」（收劉麟，好。）麗卿道：「我已尋得秀妹妹，只好先送了他到前面，再作商量。」（收麗卿，好。寫麗卿一得慧娘，其餘都在度外，妙。）慧娘流淚道：「卿姊既說大姨夫也在前面，（此倒補法。）快去與他商量，必定有妙策，（寫慧娘只是心折希真，妙。）好歹要救祖母、哥哥出來。」（收慧娘，好。卻已照起下篇矣。）

大家都奔到夜來的那石子灘上，卻又不見了希真、劉廣一干人。（到此又作一折，出人意外。）麗卿大驚，（三人中只有麗卿到過此地，故獨麗卿吃驚也，一筆不浪。若出俗筆，定是三人一齊吃驚。）道：「明明記得是此處，兀那不是二姨夫折斷的那枝血箭還在，（情景宛然。「血箭」二字，新。）他們卻都到那里去了？」（連我也不知。妙批。）眾人正驚疑間，只見後面塵頭大起，風吹胡哨，鼓角震天，大夥賊兵追來，望去何止一千餘人。（奇絕。上文已都收落矣，忽然一折，又陡起風濤，人即好怪，怪何至此。）只聽得一片聲叫：「陳麗卿想逃那里去！」（竟叫出名姓來追，奇極，怪極。露此一句，再休想是救兵也。）此時麗卿、劉麟都已人困馬乏，劉麟的戰馬已倒，眼見是走不脫。（再送足一筆。）便使人不乏，馬不倒，也只得麗卿、劉麟兩個人，又要保着慧娘。這兩個便都算了三頭六臂的哪吒，也怎生與這一千多生力兵馬相持？（讀之令我心魂俱死，公已自註，無煩我批也。）務要問個明白，只好請看下回。（住法又是一樣。）

邵循伯曰：劫掠村坊，至耐庵祝家莊觀止矣。筆陣縱橫，文勢參差，煞是可觀，乃其來踪去跡，鬭榫接縫之處，純是長鎗大戟，絕無緩帶輕裘。讀仲華此篇，覺得干戈之中寓以秀麗，慧娘之智警，劉母之樸誠，麗卿之憨勇，不事描頭畫角，而一種宛轉悠揚之致，簇簇生新。此中夾寫殺人放火，仍不覺其扞格，妙矣。

范金門曰：耐庵寫祝家莊，如幽燕老將，氣象沉雄；仲華寫安樂村，如三河少年，風流自賞。

七夕望氣，如陳希真在家，必能使劉母遷徙；劉母一遷，而此書無事矣。逃難之際，如陳希真不在列，則前後安排，從中策應，又將何人任之？文獨移開希真於先，又復插入希真於後，絕不覺其有意粘脫，是大費經營處。

麗卿醉遣劉母一議，實是妙策。蓋劉母年七十矣，一世倭纏，安望其來日忽然明白乎？性命既在呼吸，行權即以守經，劉宅之人，畏不敢為，殊嫌愚孝不足取。此際若使希真在場，諒必勸行此策。

佛門以戒殺為第一，茹素即戒殺之意。殺生因於食肉，故以茹素杜殺生之源也。今世老婦人可怪，虔心茹素，乃至點油不敢沾唇，而庖厨烹宰，或教子婦為之，甚乃身自為之。如是而猶嚚嚚然自命為奉佛之人，一有災禍，反致怨於佛之不祐，不亦誣乎？先君子寫劉母，特於數回以前，先着宰黃婆鷄一事，命意自有在也。以宰黃婆鷄之人而念高王經，則經自經，人自人，初不相通，一旦禍至，時運適然，經亦不得而庇之矣。破家喪身，又豈經之罪乎？特筆之以告天下之奉佛誦經者。男龍光註。

第八十三回　雲天彪大破青雲兵　陳希真夜奔猿臂寨

卻說麗卿等三人正尋不見希真、劉廣，心中惶懼，只見後面大隊賊兵追來。看官須知：這一路賊兵，並非憑空揑造，你道是那幾個？便是張清、董平、徐凝、呼延綽、龔旺、丁得孫。（第一撥，此處點出。使來者而是末將猶可，偏又是彼軍之上將，然則麗卿、劉麟、慧娘奈何？）原來這六籌好漢正攻打沂州城，忽接吳學究的軍令，說機謀已洩，景陽鎮救兵都到，攻必不利，速速收兵，會合各路，全師歸山。（寫吳用見可而進，知難而退，得風便轉，十分把細矣。而雲天彪卒能勝之，所以極寫天彪也。）六籌好漢急忙遵令退兵，來到此地，正遇着周通帶傷來見，訴說遇見陳麗卿，吃他傷了一鎗，（自己討出來的，對那個說。）投北去了。（尚有不捨之意。）隨行的嘍囉又說道：「得知孔亮哥哥也吃他壞了。」六籌好漢一齊大怒道：「這賤人焉敢如此！我等就追上去，誓必生擒活捉了來。」周通道：「這婆娘果然了得。」（親自領教過。）張清道：「那怕他了得，叫他先吃我一石子。」（石子也輕輕一逗。）董平道：「周兄弟平日只管說起陳麗卿怎樣了得，我倒要會他。」呼延綽道：「小弟上山無寸箭之功，願擒了他來獻與眾位。」徐凝道：「我也隨了你們去。」四籌好漢（六籌之中，又挑出四籌最高者。）吩咐龔旺、丁得孫將人馬去接應各路，又多派軍漢送周頭領先回山寨將息。（恨不得先回山寨，今如所願矣。不惟患金瘡，還恐成單思病。）這里四人帶了一千人馬，飛風追來，聲聲只叫拏住陳麗卿。麗卿對劉麟道：「事已如此，不得不同他拚個死活。」（姑娘到底不弱。）劉麟道：「正是。」（表劉麟。）慧娘跳下馬來道：「二哥、卿姊，休要顧我，這馬二哥騎了去。」

那慧娘便看看兩邊，決意要尋個自盡。表慧娘。決意自盡，一時又無自盡之具，看看兩邊，真善設身處地也。正忙亂間，那賊兵已逼近來。再送足一句險，妙不可言。麗卿、劉麟正要放馬，忽聽背後刮剌剌起一個震天震地的驚霆霹靂，貼着地往前面打過去。句法亦似驚霆霹靂，謝朓驚人句恐未必過此。又妙在貼著地打過去，真是異樣精彩。吳穀人詩云：霹靂不從空，仲華想從此句得來。只見霹靂到處，那灘上的鵞卵石子平空飛起，隨後希真一馬飛到。真驚魂動魄之句。希真又念念有詞，向巽地上呼風，只見狂風大起，竟是孫大聖的手段。那灘上布過罡氣的石子，遮天蔽日價起來，隨著狂風滿天飛舞，驟雨雹子般的落往那賊兵隊裏打過去。張清一個沒羽箭，卻引出無萬無千的沒羽箭來，奇絕之筆。那些賊兵魂飛魄散，喊不迭的神靈垂祐，又只恨爺娘不與他生個銅頭額、鐵脊梁。真是愈用愈妙。只見連人帶馬打倒無算。張清頭上也着了一下，鮮血迸流，孫大聖收銀角大王云：乖兒子，自己也來嚐嚐滋味。幾乎落馬，身上不消說得。四籌好漢都伏鞍而逃，歡喜得個麗卿撲著手不住口的喝采。希真見石子落盡，賊兵都退，方收了風勢，一篇大文字，以都籙大法起，以都籙大法結，知其特為希真書也。對劉麟等三人道：「我道此地凶多吉少，把姨丈等都先護送到神霄雷院，並照劉廣箭創，文外有字。急忙轉來尋你們。這些賊果來尋死，卻吃我先准備了。如今祖母、大哥、二娘子都何在？」劉麟道：「都失陷了。」希真傷感不已，說道：「如今且同回神霄雷院，再計較。」四人便都起，劉麟仍把那馬與慧娘騎了，細。到得那神霄雷院。那龍門廠是僻靜之處，先註一筆最有力，真是妙手。有許多得命的百姓也在。被幾個莊客先看見，便道：「老爺等都在後殿的樓上。」四人齊進去，劉夫人正叫莊客們去行李內尋出些金創藥，與劉廣、劉麒的娘子敷治，見他們進來，忙問消息。四人細說前由，劉廣、劉夫人、劉大娘子聞知劉母、劉麒失陷，不知生死，二娘子陣亡，一齊放聲大哭，眾人無不悲慟。劉廣便教慧娘起一數，看看吉凶。慧娘拈着符頭，掐指尋紋，心中大驚，口裏不敢便說，但云：「災星尚未退，不久便有救。」卻私對希真道：「此課大凶，祖母與大哥俱有牢獄之災，殺身之禍。大哥或有救星，祖母本命乘死炁，挨不到六七日了，這便怎好？」希真聽了這話，一發焦急，對劉廣道：「我等都已人困馬乏了，且過一夜，明日我同卿兒再去尋覓，務要得個實信。」劉廣頓首拜謝。（須知虧得一箭生全了劉廣，不然以廣之孝，勢必追尋其母，不死不止也。）慧娘道：「孩兒看此地天英星坐鎮，有吉無凶，居幾日不妨。」當晚希真意欲收視內觀，開闢元關，探個吉凶消息，爭奈整日價廝殺勞頓，百神擾亂，再也澄不下。

且慢表希真、劉廣都權息在雷神廟，卻說張清等四籌好漢兵馬，吃希真的都籙大法一陣石子打得七零八落，逃走了性命，查看軍士，打死了小半，其餘帶傷者無數。董平、徐凝、呼延綽也畧傷了些。大家說道：「不料這賤人卻會妖法，（只道是麗卿，妙。）早知不去惹他。」（誰教你惹，可發一笑。）正說間，只見小校來報道：「狄雷頭領殺敗黃魁，秦明頭領也得了勝。那些鄉勇都退入定風莊去死守，請眾位將軍速去策應，定風莊就好破也。」董平大喜，對眾人道：「若打破了定風莊，錢糧卻不少，須速前去。」便請張清領帶傷的兵馬後面屯住，卻與徐凝、呼延綽三個頭領督令精兵，前來助戰。

且說那定風莊的鄉練使李飛豹，自前半夜率領鄉勇來勦賊，殺至丁字坡，遇着秦明廝殺，（方註出正南上的兵馬是李飛豹。）直戰到天明後，賊勢浩大，（狄雷等來接應故也。）黃魁的官兵又退，抵敵不住，退入定風莊。秦明、狄雷趕到，四面圍住攻打。（總要顯出雲天彪耳。）碉樓上灰瓶金汁、弓弩鎗炮，雨點也似的往下打。（李飛豹利害。）漸漸也支持不住，莊裏哭聲喧鬧，幸虧黃魁又來聲援。那黃魁雖然驍勇，爭奈兵微將寡，那防禦阮其祥上起陣來全不濟事，只望後面退。（帶寫阮其祥。）正在支持不得之間，忽報西南上殺氣沖天，鎗炮動地，景陽鎮官兵齊到。（寫得聲勢之極。）狄雷忙領兵迎敵，只見那官兵旌旗嚴肅，部伍整齊，（不寫天彪，卻先寫其戎行，妙筆。）也是心驚。兩軍便交鋒合戰，景陽鎮的兵馬端的如虎如羆，（只管寫其兵馬，妙筆。）中軍隊內五百名砍刀手，捧出一員大將，鳳眼蠶眉，綠袍金鎧，青巾赤面，美髯飄動，騎一匹大宛白馬，（偏是白馬便與他手不同。）倒提偃月鋼刀，（雲天彪千呼萬喚始出來。）大罵：「無端草寇，焉敢犯境！」（其罵與他人不同。）楊春拍馬來迎，只一合，天彪青龍刀起，楊春身首異處。（殺人也另具一副筆墨。楊春了。）狄雷見天彪斬了楊春，大怒，掄兩柄赤銅鎚，直遶天彪。天彪揮刀迎戰，十餘合勝敗不分。（表出狄雷。）武松舞戒刀來夾攻，天彪不慌不忙，施展神威，大戰二賊。背後秦明也到，忽聽得景陽兵陣後一個號砲，飛起半天，（寫天彪出色驚人，又是一樣。）兩旁喊聲大振，左有謝德，右有婁熊，兩位團練使（謝德、婁熊此處出現。）分兩路抄出，截斷歸路。只見天彪的兵馬翻翻滾滾，變成常山陣勢，銅牆鐵壁價裹來。（極寫天彪，真寫得出。）秦明、武松、狄雷困在垓心，死戰不脫，虧得董平、徐凝、呼延綽狠命殺入來，謝德、婁熊抵敵不住，吃救了出去。卻又遇見黃魁，大殺一陣。李飛豹望見官兵得勝，也放下弔橋，開了莊門，領鄉勇來助戰。只見陰雲四合，慘霧漫漫，半天裏一團黑氣罩下來，空中無數精兵猛獸、力士天丁紛紛殺下，（奇極，妙極。不但當時董平等又疑只道是麗卿作怪，即今日讀者亦無不疑是希真來助天彪也。）乃是沂州府太守高封帶領三百名神兵親到。（原來卻是此公。亦是三百名神兵，妙。高封妖法先於此處一逗，則下回不突。）雲天彪只顧驅兵掩殺，那陣裏的鎗砲，好一似轟雷震電着地捲去。青雲山的賊兵那里擋得住，殺得大敗虧輸，棄甲拋戈而逃。高封追到五里，便收了法。原來高封的妖法，只有五里路好使，再過去便不靈；（註得奇，又註得妙。奇在妖法又有里數限制，妙在筆法又有分寸，不致受駁於人也。蓋聖歎先生嘗稱前傳不寫鬼神之事，以為力量過人，才如仲華，又豈肯明知之而故犯之耶？然避之而不犯，仲華之才也；犯之而無害，仲華之才又兼巧者也。故於高封妖法則限之以里數，都籙大法則限之以張真人之誡語，此皆苦心孤詣，始有此節制之師，否則勢必至如封神演義之不通不止。）便是當年他哥子高廉的妖法，亦只有七里路好使，（又能替前傳註一筆，更奇更妙。）卻怎及得希真的都籙大法，包含先天真乙之妙，變化無窮。（又帶贊都籙大法，已逗起後一回，令讀者心神躍躍。）當時天彪直追過臥牛莊方回，斬獲無數，奪了許多器械、馬匹，大獲全勝。原來天彪自初八日中午得了孔厚的飛報，與希真商量，料道賊兵必從鰲背疃來，堵截神峯山口。那鰲背疃雖是條正路，卻兩邊樹木叢深，百草豐茂。（忽用孟德成句，用來恰好，妙。）天彪即火速傳令，就叫那山口營汛裏五十名官兵，（以五十名兵當三千人，非天彪不辨，然亦非仲華不辨。）先去就彼放火，燒斷賊兵進路。狄雷等領兵殺到鰲背疃，吃大火阻住，只得遶道由皂莢嶺（皂莢嶺又一現。）進來。比及趕到山口，天彪已領大隊兵馬渡過神峯山了。謝德問雲天彪道：「恩相在先，何不就在皂莢嶺埋伏，截殺狄雷，豈不大妙？」（謝德豈真好問，因恐讀者不解，特註明耳。）天彪道：「你那曉得兵貴養氣，不在遇敵便鬪。（二語卻是仲華捏造，一似有所本，妙。推其意祇是軍有所不爭耳。）若先與狄雷廝殺，把人馬都用乏了，怎好救此地？只圖贏狄雷，卻棄了沂州府，豈不是貪小失大，正中吳用的計。」謝德拜服道：「恩相神算，真不可及。」（仲華自己拜服自己。）這一塲勝仗，幸虧得孔厚先捉住了白勝，斷了內線，城中先有准備；又虧雲天彪救兵來得早，雖失了幾個村莊，卻不吃賊兵全得了便宜去，皆二人之功也。（大書特書，點睛之筆。或問：何不並書？希真曰：此兩篇題目只是要趕走希真，並非為希真立功，雖有與希真商量一語，亦只是照應上回希真向慧娘傳述一段耳，別無他意。所以燒斷鰲背疃全出天彪主意，希真並不叅贊一詞。天彪一邊先作一小住法。）

且說賊兵敗回青雲山，宋江正差時遷來探聽消息，吳用大驚。（吳用大驚亦是難得，四字前傳所無。）查點人馬，壞了孔亮、楊春二位頭領，傷了張清、周通二位頭領，失陷了白勝一位頭領，李逵被火燒去髭鬚，風沙瞇了兩眼，先已救回山寨。（還李逵下落，怪道陣上不見他。鐵牛幾變火牛，絕倒。）其餘馬步頭目軍兵，折了五千餘人，此外中箭着鎗受傷者無數，雖打破幾處村莊，得了許多錢粮油水、金銀子女，卻是功不補患。（連篇累牘寫此二回，只為猿臂寨發軔耳，豈為梁山泊得采耶。）吳用大怒道：「吾自用兵以來，未嘗遭此大敗。（通知你個信，這是第一次。）今誤了眾位兄弟，皆我之罪。」一面差戴宗、時遷先回梁山報信，「我隨後就回，誓必興兵滅了沂州府、景陽鎮，以報此恨。」便問狄雷道：「白勝兄弟失陷在城內，怎生去救得他出？」狄雷道：「聞得那東城防禦阮其祥這人最貪財，高封最聽信他。小弟差人去他那里多費些金銀，通了關節，先留了白勝的性命，再去刼牢救他。」（此計偏從狄雷說出，避熟之法也。不要一相情願，那里常似濟州大牢，恁地僥倖。）吳用道：「正合吾意。我恐沂州城內經此一番，加緊防備，（此句預透在此，以顯下文希真之能。）倘刼牢不便，不如誘他解上濟南，就半路上救他也妙。（吳用一邊也補一計，不令偏枯。）須要機密小心。」便留周通、張清在青雲山養病，李逵兩眼已好，同了吳用回梁山。

卻說戴宗、時遷回梁山報與宋江，宋江大怒，便要盡起山寨兵，前往報仇。戴宗道：「軍師就回，待他來商量。」不日，吳用同眾好漢一齊回山，宋江便議起兵。吳用道：「要報此仇，非大隊兵馬，必不濟事。雲天彪那廝極會用兵，更兼高封有妖法，須得公孫先生一行。（讀者至此，多疑下文定是宋江、吳用、公孫勝與雲天彪、高封大戰，陳希真、劉廣等于中出力，建立軍功，從此發跡也。嗚呼，此向來稗官結撰之極熟、極爛、極臭，俗不堪者也，豈仲華之錦心繡筆而顧出此耶。）只是這一番厮殺，若非曠日持久，不能成功。東京一路，雖不必憂，也防趙頭兒❶另委別個，（照种師道、高俅。）可叫梁世傑夫妻再寫信去，托他丈人周旋。（蔡京竟為梁山作馬牛用。）別的都不害事，我只恐大隊兵馬一出，運糧之路甚是不便，兗州府飛虎寨的兵馬雖不敢十分猖獗，他若來刼我糧草，阻我歸路，這個伎倆卻能。（梁山終於受制猿臂，只在此句。）那時瞻前顧後，卻甚費力。那飛虎寨總管真茂，（無端捏此一人，妙。）雖也有些武藝兵法，卻為人狐疑不決；那兗州知府，更不在話下。小生之意，不如先去打破了兗州、飛虎寨兩處，一者絕了後患，二者也好取那里錢糧使用。（本欲攻沂州，忽變做攻兗州，如此收住梁山一邊，真是嘔心之想。）那時長驅大進，直

❶ 趙頭兒：指皇帝。因宋帝姓趙，故稱。

搗沂州，還怕甚麼！收落正意。猿臂寨仍不歸順，便一總勦滅了他。」帶說猿臂。宋江道：「此計最妙。」當日便點李應、杜興、孫立、孫新、顧大嫂、樂和、鄒淵、鄒閏、解珍、解寶、時遷，共十一位頭領，此一番點將，吾之歎服仲華之才真無以知其際矣。人只知前回吳用預防兗州、飛虎寨等語，以為隔年下種，作此時之收割也，又烏知此時之收割，仍為一百六回至一百十回中之下種耶？前回之下種，不過收住梁山，放筆去寫猿臂寨，其結構已非俗士所可擬；而此處之下種，直發放出一百六回至一百十回中無數奇怪筆墨，又豈善讀書者所能料哉！何則此處之十一人，其前十人皆內叛祝家莊之人，祝永清之大仇也；其後一人乃害祝氏之罪魁禍首，亦祝永清之大仇也。乃祝永清者僅於第七十八回中畧露三字，至其本傳，距此尚隔數萬餘言，而兗州、飛虎已為冤家聚族待殲之地矣。楞嚴經言人未受生，阿賴耶先往？因緣可畏，令人不寒而栗。今不過搦數寸之管，紙上布置耳，何以祝永清未來而茲十一人先往？果報可畏，亦令人不寒而栗耶。夫統造化者莫如道，而載道者莫如文，豈不信然。此等處非俞仲華做不出，然亦非范金門批不出。帶領馬步軍三萬，吳學究為軍師。吳用另寫，見其意在十一人也。倘若得了兩處，便分派十一位頭領鎮守。恐另寫吳用之意讀者不醒，再按實一句。尅日興兵，又差楊雄、石秀往青雲山助狄雷，救白勝，偏又調開二人，妙絕。按下慢表。收過梁山。自張清等攻打定風莊至此，皆過接文字也，若作正文讀，是不善讀書者也。

卻說那日雲天彪大敗賊眾，掌得勝鼓收兵，會合了高封、黃魁，天彪請高封五字書法。速發號令，撫救百姓，一面申報都省，並查勘被難地段人口，分別賑卹。完焚掠一篇文字。天彪又對高封道：「李飛豹這人，才勇出眾，堪以重用，屈在鄉練，卻是可惜。」高封道：「我早晚便保舉他陞授團練，調去沂州城外西安營把守。」特補此語何也？蓋安樂村離沂州遠，定風莊離安樂村近，日後希真襲沂州，李飛豹在定風莊如何策應？苦心裁量，方有此筆。起襲沂州一篇。人以為李飛豹發跡，安知是李飛豹結局耶？兩段寫天彪，一是愛民，一是薦賢，都好。

天彪別了高封，領兵回景陽鎮，發放三軍都畢，即忙差得力軍弁，去探聽劉廣家口人等的消息。正要退衙，只見轅門官稟道：「沂州有一差官，說有機密事稟見相公。」奇。雲天彪喚來，只見那人相貌清奇，吏員打扮，向天彪聲喏施禮。天彪一看，在劉廣莊上也曾會過，認得是沂州的當案孔目孔厚。天彪大喜，忙下座答揖，讓到客廳相見。天彪道：「先生何事到此？沂州保全，幸仗先生之力。」天彪說閒話，妙。孔厚道：「小吏有機密事稟報。」天彪道：「左右皆吾心腹，但說不妨。」（此與前傳寫冠勝意同。）孔厚道：「阮其祥那廝苦死要與令親劉防禦作對，昨日在亂軍中撞着劉大公子背負着祖母逃難，他竟把作賊人擒捉。劉大公子寡不敵眾，連劉母都遭那廝擒去，卻特地瞞着總管。阮其祥又買通白勝，誣扳劉防禦父子作梁山內線，拷逼劉防禦的財帛。（高、阮正意在此。）大公子不招，已吃了刑法，連劉母也下在班館。今日又接着高太尉文書，說東京捉着了陳希真家內王蒼頭，從張百戶處追出劉防禦的回書，已知陳希真藏匿在劉廣家，提出劉公子來審問，公子抵死不肯承認。高封將劉母請入後堂，甜言哄騙，劉母卻被他賺出來。（劉母不濟。）現在嚴拏劉廣、陳希真，那劉母并大公子眼見難活。小吏官微職小，拗不過，因想總管相公是他至親，特地偷身來此商量，怎生救得。」天彪聽罷大驚，想了半響，說道：「我無別法，只有去向高封處替他二人分剖。（此事豈分剖所能了然，自是天彪語。天彪只能用兵，其餘乖巧處俱不及希真。）但他二人此時不知在何處。多感先生大德，請先回府，下官即來也。舍親在獄，山高水低，還望足下照看。」

天彪送孔厚去了，獨坐書齋，半響沒擺佈處。（是天彪。）正待喚從人備馬上府，忽報劉二公子到，求見。（接縫甚緊。）天彪大喜，忙接進來。劉麟拜見畢，訴說：「全家避難在龍門廠雷祖廟內，家祖母并家兄都失散了，本要去投孔厚，（此句必須補。孔厚近，天彪遠也。）因小妹慧娘說城中殺氣甚盛，為此不敢去。（只借慧娘術數一語，便撇去孔厚省力之至。卻又暗照下文。）家父說只好聒噪太親翁，來此暫住幾日，再購房產。」天彪道：「賢姪只知其一，現在宅上另有一起奇禍，孔厚纔去。」便把上項事說了一遍。劉麟大驚，幾乎跌倒，便道：「太親翁可好相救？」天彪道：「事不宜遲，你速去請你爹爹一干人，先來我處躲避，便避不得，也送到我父親處。令祖母、令兄，我再設法去救。（不知何法，看到下文可發一笑。）我棄了官也不打緊，（好天彪。）好歹要與高封剖個曲直。（義氣深重固是可敬，然祇是直項老虎，更無絲毫計較，確是雲天彪身分。）你快去！我便上沂州府也。」劉麟忙出衙上馬，飛奔回龍門廠去了。這里天彪帶了三五十個親隨，都是關西大漢，各跨口腰刀，飛迸沂州。

卻說劉麟一口氣到了雷祖廟，報知此事，眾人一齊大驚。劉廣叫苦道：「這卻怎好？既蒙雲親家高誼，不如就去。他與高封同僚，或說得下。」（是劉廣。）希真道：「斷乎去不得！去了不但自己無益，反害了雲親家。（此言景陽鎮不可去。）若到雲太公處，千里迢迢，帶着老小逃難，更不穩便。（此言江南不可去。）高封那廝怎肯聽人情？雲親家不去說還好；今已去說，雲親家為人心腸耿直，性如烈火，素來又看不得高封，不來頭與高封鬧起來，這禍愈速。（此言同僚也說不下。）我想這事，皆是我來害你，怎敢不生條計，救太親母、賢甥還你？」（是希真。）劉廣道：「姨丈怎說這話！你只要有妙策救得我的娘，要我怎地，我都依你。」（伏下文。）正說間，只見雲天彪着體己人到。劉廣喚到樓上，那人呈上書信，說：「家老爺快請二位老爺并官眷，速到景陽鎮去。現在城裏、（一處。）城外、（一處。）各鄉村，（又一處。）挨門逐戶查拏二位老爺。若不趁早動身，必遭毒手。」希真荅道：「雖承尊上救援，我們委實去不得，去了兩邊不美。我寫回信與你，多多拜謝尊上。」希真便寫信謝天彪，又勸他從長計較，切不可與高封惡識，便將信付了那體己人。那體己人又苦勸了幾番，（不可少。）劉廣、希真是不肯，那人只得領了回書去了。慧娘道：「此事藥線最緊，既要救祖母、大哥，又要避得自己之難，是（慧娘。）大姨夫速速定計。」（慧娘一逼。）希真道：「自然。」麗卿道：「孩兒不如同爹爹趲進城去，刺殺了高封、阮其祥兩個狗頭，豈不完結了！」（是麗卿。此非寫麗卿，因麗卿冷落許久，畧一點綴耳。姑娘目中真無難事。）希真道：「你不要來亂說。」希真打發一個精細莊客趕進城去，到孔厚家探消息。那莊客領命，又恐天晚趕不出城，急忙去了。（敘事至此等處，最易忘記昏曉，他偏不忘記。）

當晚劉廣、慧娘、劉麟等，都在後殿樓上商議，陳希真獨自一人在樓下千迴萬轉沒個生發，心裏念裏只有走那一條路，（那一條路，奇。）只是礙着道理，又不好向劉廣說。（奇極。）遶着那迴廊走去走來，地皮都踹光了，把一個足智多謀的陳道子，弄得半籌都拍劃不開。（想作者之慘淡經營，若寫石秀、魯、武輩，何必如此。）只見月色盈堦，銀河耿耿，（偏有此閒筆，卻活寫出一人愁思。）希真不覺走近雷祖面前，看那香爐邊有一副盃珓❷。希真動個念頭，便向神前跪倒，叩頭無數禱道：「弟子陳希真與劉廣終能報効國家，不辱令名，當賜弟子一副立珓，聖、陰、陽三者俱不算。」禱罷，捧過盃珓望空擲去，月光下只見那副盃珓壁直的立在堦下，希真吃那一驚。只聽胡梯上腳步響，看時卻是慧娘下樓來。慧娘道：「大姨夫主意若何？」希真道：「未得良策。」慧娘道：「甥女有個見識，不好便向我爹爹說。我想只有猿臂寨的苟桓，認識我爹爹，又感激大姨夫的洪恩。他那里有四五千兵馬，事到其間也說不得，何不竟去投奔他，哀求他發兵，打破沂州，只救俺祖母、哥哥何如？」希真嘆一口氣道：「我想了許久，也只有這條門路，方纔如此向神靈禱告。」指着堦下道：「兀那不是一副盃珓還立着。」慧娘看了，也是驚異。希真道：「事不宜遲，便去向你父親說。」希真收了盃珓，叩謝神恩，便同慧娘上樓。只見劉廣坐在那床上只是哭，（寫劉廣作依依孺子態，真是妙筆。）劉夫人、劉麟、麗卿都坐在旁邊。希真道：

---

❷ 盃珓：占卜吉凶的用具。用兩片蚌殼（或以竹、木製成其形）投空擲於地，視其俯仰以決定吉凶，稱為卜珓或擲珓。珓，音ㄐㄧㄠˋ。

「襟丈怎樣計較？」（先探劉廣，妙。）劉廣道：「我主意已定，高封那廝止不過要我的家私，我把帶來所有的都與了他；再不肯時，我便挺身而出，繇他碎刀萬剮，只要他完我的活娘便了！（寫劉廣純孝血性，真非第二枝筆所能到。英雄如劉廣何至愚如蔡京，且反出蔡京下哉！豈非徐元直所云方寸已亂耶。與蔡京同是一副眼淚、一般計較耳。而金糞之別如此，可見君子小人之情同，而用情之地其不同如此。「活娘」二字新奇，「我的活娘」四字真是一字一淚、一筆一血，卻又反映下文「死娘」，其運筆之妙，真乃不可方物。）這幾個孽障，都託與姨丈罷。」（此句是慈。）劉夫人、劉麟、慧娘聽了，都放聲慟哭。希真道：「你這卻是甚麼意見！你便捨了一百條性命，也救不出太親母、大賢甥。」（希真卻連劉麟說，是。）劉廣道：「依你卻怎地？」陳希真道：「我有妙計，恐你依不得。」劉廣道：「我已說過，不論湯裏火裏都依你。（再應一筆，妙。）我此刻箭瘡已好，竟無痛苦，（只道是要厮殺。照箭瘡一筆，妙。）你快說！」（加此三字，劉廣之焦急，希真之難言，神情俱透，妙筆，妙筆。）希真就把投苟桓求救的計說了。劉廣聽了，淚如雨下，（寫盡劉廣忠孝。）叫道：「襟丈，（如聞其聲。）聽我說！我同你都是大宋臣民，活着是大宋的人，死了是大宋的鬼，你怎說這沒長進的話，豈不是上辱祖宗，招那萬世的唾罵？」希真道：「襟丈，你也聽我說。須知忠、孝不能兩全，你依了我，報効朝廷有日；不依我這計，眼見太親母有殺身之禍，如何解救？況這事藥線甚緊，那里去躭擱十日半月，再遲疑一時半日，遭了那廝毒手，悔之晚矣！」（即李令伯所云，盡節於陛下之日長，報劉之日短也。運用來卻毫無痕跡，妙筆，妙筆。）慧娘道：「大姨夫的話也說得是，望爹爹權且依了，（「權且」二字，妙。）祖母的性命要緊。」（數語寫盡慧娘乖覺、伶俐。）劉廣道：「日後卻怎的？」希真道：「日後再說日後的話。」

說不了，只見到孔厚家去的那莊客逩回來，喘着氣說道：「老爺快走罷，高知府要帶做公的親來此踹緝了！」（驚人。）麗卿跳起來道：「這廝親來最好，（更驚人。姑娘更耐不下去矣。）捉這廝來先與太婆、哥哥償命！」（自盤古迄今，從無有未殺人先償命之理。奇極，妙極。）希真喝住了他，劉廣忙問：「老太太、大衙內怎地了？」莊客道：「老太太、大衙內險被高封斬了，已自上了綁索，只爭不曾開刀，卻吃阮其祥勸住了。」奇絕之事，奇絕之筆。眾人大驚，問其原由，莊客道：「雲總管見了高封，替老爺再三分剖，爭奈高封全不容情。雲總管發怒，與高封爭執，果不出希真所料。要與高封到都省質對。高封也怒，立意要先害老太太、大衙內，與白勝一齊斬首。幸虧此句。阮其祥說斬了白勝一干人，恐老爺到案沒把柄，因此纔都放了，仍舊監下。這都是孔老爺對小人說的。孔老爺又說，此廟內切不可再存留，高封正猜疑此地，要親來稽查，請老爺速避到別處再作計較。孔厚一邊再逼。城裏實是盤詰得緊，小人進去吃查問了多次。」城中一邊再截。為夜襲伏案，非閒文也。只見劉廣霍地立起身便要下樓，陳希真扯住道：「襟丈往那里去？」劉廣道：「去看看我娘，便死在一處，到也安耽，哥哥與我報仇。」真所謂其愚不可及也。此與魯達救史進語相似，但彼為朋友，未免賢者過之。劉麟、慧娘都跪下痛哭。夾寫。忽呼「哥哥」，想見神志顛倒。希真那里肯放，說道：「姨丈，你不要心亂，但依我言語，管要救太親母出來。」劉廣道：「依你便怎麼？」活是神志顛倒。希真道：「你依我方纔的言語，如救不出太親母，我誓不立於天地之間。」與前回勸阻劉廣之言大相逕庭，雖是寫希真血性，實惟劉廣有以激之，孝思不匱，永錫爾類，想見聖功之速。劉廣道：「既是姨丈拏得穩，全仗着你。如此，我們就走。」便去喚醒那幾個莊客、車夫，每讀歐陽永叔秋聲賦結語「童子莫對，垂頭而睡」數語，嘗歎有心人與無心人相去如此，而筆之閒敏無所不到，今至此再見之矣。套好那兩輛太平車子；劉麒娘子傷痕未愈，也載在車子上；其餘眾人都上了頭口，點齊火把，連夜動身投猿臂寨去。希真見劉廣身體無事，甚是歡喜，說道：「我也在軍營裏多年，每見箭瘡如此深重，多是性命不保，今姨丈如此好得快，豈非孝感所致。」此段非閒話也。使劉廣箭傷不重，何以止其尋母；使劉廣而箭瘡太重，則數日內將要大厮殺，如何動掉也。算出此語，想見裁剪之難。眾人連夜奔走，天色發白，已到蘆川渡口，覓了船隻，渡到那岸。劉廣對劉麟道：「此去猿臂寨不遠，你可先去報信，不要造次，我等在此等候。」劉麟領命，掛了雙鐧，縱馬前行，一二程路，到那山南燉煌❸邊。只見林子裏一棒鑼響，跳出五七十嘍囉來，喝道：「兀那牛子，留下買路錢，放你過去！」劉麟高叫道：「列位好漢，我非過客，是苟大王的故交，來探望他的。」眾嘍囉道：「說了姓名，好去通報。」劉麟道：「我姓劉名麟，排行第二；我爹爹劉廣，與苟大王、范大王都是至好。」眾嘍囉道：「原來是劉防禦的二公子，快去通報！」

卻說苟桓，表字武伯，河南衛輝府人氏，乃是戰國時名賢苟變的後裔。苟變有大將之材，子思夫子❹也器重他，薦於衛君，衛君不肯用。到宋朝，這一支派流在衛輝。那苟桓的父親苟邦達，政和年間曾為殿前都虞侯，端的是忠良正直、不畏權勢，時常去惡識童貫，童貫恨他入骨。那時童貫主謀，要與女真國金邦講和，夾攻遼邦，天子准了。苟邦達苦諫，天子不從。童貫就在天子前進了讒言，便將（便將，字法。）苟邦達下獄。童貫深恨苟邦達，與趙嗣真商議用計，在官家前奏稱：「臣在遼時，曾見苟邦達時常遣心腹人與遼主往來，饋送禮物，有他的親筆呈覽。」天子聽了一面之詞，又見揑造親筆，不覺大怒道：「怪道這廝要與遼邦講和！」（沒主意。）便傳旨將苟邦達綁出市曹處斬，眾臣都求不下。可憐那苟邦達一片丹心，匡扶社稷，竟被奸臣陷害，軍民無不流淚。那時陳希真已做了道士，聞朝廷要斬苟邦達，大驚，連夜見高俅，求他聖上前求救，那里救得？童貫知道苟邦達還有兩個兒子苟桓、苟英，武藝了得，（又添出一個苟英。）恐日後為害，又假傳聖旨，捉拏苟邦達的眷屬進京，除滅了以杜後患。苟邦達的夫人閉門自盡，只拏了苟桓、

❸ 燉煌：此是指用木、石、磚等砌成的障礙物（基礎）。

❹ 子思夫子：戰國哲學家。姓孔，名伋，孔子之孫，傳曾受業於曾子，其學說以中庸為核心。

苟英兩弟兄到來。希真一聞此信，又素知苟桓是個英雄，再四哀求高俅設法救拔他兄弟兩個。原來高俅自富貴之後，最好風水，（懸空騰去，活是史遷。卻又調侃世人不少。）見希真有塊墳地在東京城外鳳凰山內，端的水抱沙環，龍飛鳳舞，（絕妙風水贊。）多少高手地師都說此地當發十八世公侯將相，（絕倒。十七世則有餘，十九世則不足，不知從何處丈量測算來，有何憑據？而人偏信之，何哉！一嘲地師笑話云：地師贊歎一富翁新塋云：此地六十年後不發宰相，我願跪受阿翁掌責。我相地七十餘年矣，此事肯說謊耶？聞者絕倒，附此以博一粲。）希真卻葬了他的渾家。高俅方纔（「方纔」二字有關目。）曉得，正要商量謀算他的，一時不便開口。適值希真來求他救苟桓兄弟，高俅假醉着笑道：「仁兄要我救苟桓不難，須知重賞之下，必有勇夫。（下作。）仁兄肯把那鳳凰山的牛眠佳城相讓，我立救苟桓。」希真便一口應承，認真把渾家的靈柩移去別處葬了，將那地獻於高俅。（寫希真大義，令人灑淚不止。不惟大義抑且通達，希真棄了此地，日後不失封侯。高俅得了此地，乃至日後竟無葬身之所。然則人不義，命自安徒，逐逐於巒頭理氣，不亦大可哀耶。）高俅得了那地，大喜，（見其非為希真出力也，不然高俅竟是好人矣。）連忙設法與希真定計，差心腹人依計就半路上放了苟桓、苟英，只做了個中途脫逃，也免不得費了些錢財，買通了童貫的左右。高俅又去裏外打點，童貫前彌縫。童貫卻被瞞過，便各處行文嚴拏。那苟桓、苟英得了性命，兄弟商議投逩何處去，苟英道：「不如去投真將軍。」（又出一個英雄。）兄弟二人夜行晝伏，趕到馬陘鎮，來投指揮使真祥麟。那真祥麟乃是苟邦達舊日帳下的將弁，山東曲阜縣人氏，受過苟邦達的恩惠，最有義氣，一身好武藝，深曉兵法，為人精細。當時收留了苟氏弟兄。住了多日，怎奈緝捕得緊，真祥麟便棄了官職，（表出真祥麟。）同了苟氏兄弟，逃奔山東沂州府蘭山縣范成龍家。那范成龍與真祥麟至好朋友，也是能文能武，（四字妙。）深通算法，最有家財，好結交英雄豪傑，開一個騾馬行，又在本縣充當里正。怎奈那騾馬行仗，官府科派徭役十分煩重，范成龍有時被人攛掇（此句費多少苦心。）不如落草，范成龍卻不肯下得。（多少苦心。）那日真祥麟領了苟氏弟兄投逩到來，祥麟說起是舊日的小主，范成龍見了甚喜，便藏了他三個人在家裏。范成龍又與劉廣相厚，引了他們三人見劉廣。劉廣說起希真遷葬獻地與高俅的話，並將出希真稱贊他兄弟二人的書信，苟氏弟兄方知性命全是希真再造，（寫希真不肯市恩，真妙。）當時放聲大哭，遙望東京叩頭，對天證盟誓，願為希真効死。那范成龍的父親曾做過開封府尹，曾將高俅發遣過。（應前傳。）高俅富貴，欲待報仇，范成龍的父親已死，數日內新任蘭山縣知縣到任。那知縣卻是高俅的一個門客，到任後放衙點卯都畢，那知縣便細察范成龍的祖貫、腳色、履歷。范成龍聞知風聲大驚，便與苟桓等三人商議道：「這廝如此查察我，必然要與高俅報仇。我若不及早預備，必受其害。科派又煎熬不過，我想就不如權去落了草罷，不知三位肯同去否？」苟桓等三人想了一想，實是無路可奔，（有層次。）嘆口氣，只得應了。三人問到何處去落草，范成龍道：「我常說起投北二百五十里那猿臂寨，有平地雷強大力，（平地雷怎敵得天上雷？）聚集七八百人霸佔了，我們就去投他入夥。」真祥麟道：「仁兄與他向不通欵，且先發封信去。」范成龍道：「他若不肯容留，就併了他。」（又是范成龍聲口。）商量定了，便將家財暗暗收拾起，將妻小先運開了。范成龍同苟氏弟兄、真祥麟都帶了兵器，點了五七十名沒老小的土兵，只說奉知縣相公的密諭去訪拏盜賊。到得猿臂寨，那知強大力那廝正如鄧飛所說「不成器的小廝」，（即用前傳，趣甚。）果不肯容留他們。吃那真祥麟用了條妙計，誘他下山，四籌好漢攢他一個，活擒了過來，招降了那七百多人，奪了山寨。（苟桓等取猿臂寨，不寫順取者，避希真一段也。）范成龍見苟桓人材智勇，件件不及，便讓苟桓坐了第一把交椅。那強大力受傷深重，將息不好，死了。（了。）那苟桓同范成龍、真祥麟并兄弟苟英，連本山七八百嘍囉，并帶來的五七十名土兵，不上一千人，佔了猿臂寨。招兵買馬，積草屯糧，數年來漸嘯聚至四千多人，也免不得打家刼舍，搶奪客商。作者不能為苟桓解，正其不能為梁山寬也。梁山上屢次來招致他們，眾人都不肯從。劉廣亦有書信，勸他們不可通梁山。應七十七回。

到了這日，苟桓探知梁山上來攻打沂州府，恐他來攻山寨，小心防備。後又探知梁山兵被雲天彪戰敗回去了，眾人都放下心。當晚苟桓得了一夢，夢他父親苟邦達，金冠玉珮，叫苟桓道：「此處卻不免稗官習氣，金門最不喜。明日大恩人到了，速去迎接。上帝憐我忠耿，已封我為神。何必如此。苟邦達不過借以楔出苟桓耳，豈真有此人哉。何故提起，提倒說個不了。且忠耿成神亦理所固有，一一註之，曷勝註耶。你也在天神數內，此句卻要補出，不然苟英一邊何以不做夢耶？切勿背叛朝廷，錯了念頭，壞我的家聲。」苟桓驚醒。敘猿臂寨一段來歷，已累盡筆墨矣，何苦又夾入此一段哉。次日，正與眾好漢說起，都甚詫異。苟桓道：「我的大恩人只有陳提轄，幾日前聞知人說起，他惡了高太尉，不忍便呼其名，見苟桓一片心。逃亡不知去向，正在此憂苦，莫非是他到也？」范成龍道：「梁山兵馬焚掠了安樂村，那劉廣家不知怎的了？一人有一人心事。他與陳希真至親，必有些風聲，賓。何不差孩兒們去探劉廣的消息？」主。苟桓道：「是極。」正要差人下山，忽然報上山來道：「劉廣的二公子劉麟，單騎到此求見。」眾人都吃一驚，范成龍叫苦道：「想是劉廣家都沉沒了，只逃得劉麟來也。」忙迎接上山。劉麟訴說：「家父同姨夫陳希真，被官府強盜四字連寫，可歎。逼得無路可奔，齊來投托大寨，望乞收留。」苟桓聽見陳希真三字，那一天歡喜從九霄雲裏滚下來，忙問道：「我的大恩人在那里？」八字聲淚俱有，音節悲酸，不忍再讀。劉麟道：「同家父齊到了蘆川渡口。」眾人都大喜。苟桓連忙吩咐兄弟苟英：「跟隨劉公子，迎上去接恩公并劉將軍來。」又吩咐道：「須要穿了青衣去。見了恩公，務要親身執鞭隨鐙，勿得怠慢。」苟英領命，隨了劉麟先去了。苟桓連忙點齊合寨大小兵馬，盡行全身披執下山，五里外排隊迎接。自己也連忙換了青衣，（疊寫連忙活，表出苟桓一段驚喜，手忙腳亂來。）同真祥麟下山去接希真，請范成龍守寨。范成龍道：「大哥與眾頭領都去，小弟何得落後，願一齊去。」（論理則苟桓自迎恩人，不敢邀范成龍同去，禮也。論文則眾人日後皆是希真將佐，今日自當一體迎接，名分也。卻於范成龍身上折出波紋，妙。）苟桓大喜，便一同下山。

且說苟英隨同了劉麟，到了蘆川渡口迎着希真一干人。苟英上前叅拜了，便來執鞭。希真那里肯？讓苟英騎馬，苟英也不肯，大家都下了頭口步行。劉廣的家眷都隨在後面，一齊往猿臂寨進發。不多時已近山前，只見路旁無數兵馬，旌旗蔽野，刀鎗如林，一齊俯伏，高稱「迎接」。那苟桓擎着香爐，跪在路旁，希真忙上前扶住，回拜道：「老漢有何德能，敢勞如此恩禮！」苟桓那里肯起，擎着兩汪眼淚道：「垂死囚徒蒙恩公全活，今見金容，如覩天日。」希真再三謙讓扶起來，從人上前接過香爐。（細。）苟桓又與劉廣等相見了。八個嘍囉擡上一乘暖轎，請希真坐了，眾人都騎了馬。苟桓傳令發放，號砲飛起，眾軍大呼虎威，一齊起去，散了隊伍，面前頭踏執事，開鑼喝道，把希真擡上山去。希真看那猿臂寨果然雄壯，左有蘆川，右有虎門，後面靠着崢嶸山，面前一望盡是良田桑木，水深土厚，直接青雲山；山上要害之處，都有關口，松杉樹木圍抱不交，各處都有鎮山砲位，吊掛着礧石滾木，精嚴無比。（此段與前傳魯達、楊志上二龍山同一文法。）好多時，（三字表出山寨深遠。）方到了山寨。那里又有迎接伺候之人，鼓樂喧天，寨門大開，把希真的轎子飛擁擡上正廳。眾人都到。苟桓弟兄扶了希真出轎，去正廳中間擺一把虎皮交椅，納希真去坐，二人納頭便拜，堦下大吹大擂。希真大驚。這一番有分教：烟霞笑傲清流，權作綠林豪客；錦繡城池街市，變成血海屍山。且請看：報仇雪恨英雄士，放火偷營娘子軍。不知希真所驚何事，且看下回分解。

范金門曰：回目曰大破青雲兵，此意中事宜，分中筆墨也。下句云奔猿臂寨想入非非矣。其中翻翻滾滾，一波一折，寫到恰好地位，不知幾費經營，六籌好漢齊來攻擊，非希真之罡氣不可。既而殺敗黃魁，賊勢浩大，非天彪力戰不可。殺楊春，擒白勝，激怒吳用，趁此伏兗州，賺劉母，提蒼頭，罪坐希真，趁此奔猿臂。蟬聯相接，水到渠成，遂成鐵板註腳。

寫天彪破賊處，着墨不多，而紙上有聲有色，凜然生動。

惡宋江之為盜，於是作此書，乃宋江未損毫末，先驅其書中之上等人物以入於盜，此大雄氏所謂現身說法也。希真、劉廣計無復之而奔猿臂，與一百八人之計無復之而奔梁山，其情相同。至于天親在難，死生呼吸，盜則生，不盜則死，千迴萬轉，無路可出，乃始萬不得已，倉皇涕泣而從之，問彼一百八人者，有是乎？不過一身之寃抑，絕非有父母之難，而欣欣焉相隨於盜，尚可恕哉！

第八十四回　苟桓三讓猿臂寨　劉廣夜襲沂州城

卻說苟氏兄弟二人，當日將陳希真推在中間交椅上，撲翻虎軀拜倒在地。希真大驚道：「居中之位，豈是我坐的！」苟桓道：「恩公容稟：不但小人弟兄兩條狗命，出自洪恩救放，便是小人的祖宗，都蒙延綿，並累及老夫人窀穸❶不安。此恩此德，真是重生父母，再造爹娘，苟桓摳出心肺，也報你不得。只就今日，便是良辰，請恩公正位大坐，為一寨之主。苟桓兄弟二人，願在部下充兩名小卒，不論刀山劍樹，恩公驅遣，只往前去，誓不回頭。」（血性人語，令人下淚。）希真道：「小弟投逩二位公子，一者求救劉舍親之令堂太夫人，二者逃脫自家性命。二位公子若要如此，是不容小弟在此了，情願告退，斷難遵命。」苟桓再三要讓，希真那里肯。劉廣道：「陳舍親怎肯僭上，苟將軍從直好。」苟桓道：「既如此，且權分賓主坐了，再有商議。」（此是一讓。）當時眾英雄分賓主兩邊坐下，劉廣老小并麗卿自有范成龍家眷接入後堂去款待。希真請苟桓弟兄換了衣服，（細。）苟桓開言問道：「不知恩公因何與高太尉相惡，棄家避難，願聞其詳。」希真把上項事細細說了一遍，「此刻不意反累及劉舍親令堂、令郎，都陷在縲絏❷，望乞將軍救

❶ 窀穸：音ㄓㄨㄣ ㄒㄧˋ，墓穴。

❷ 縲絏：音ㄌㄟˊ ㄒㄧㄝˋ，亦作「縲紲」，縛繫犯人的繩索，引申為監獄。

援。」苟桓道：「恩公與劉將軍放心，此事都在苟桓身上，管要救老伯母、大公子出來，殺了這班貪官污吏，與眾位報仇。」（救援之外，又添說一報仇，寫出苟桓胸懷，並且領起下篇。）劉廣叩頭拜謝。

當晚苟桓殺牛宰馬，大開筵席，與希真、劉廣等接風。席間，苟桓又復擎杯灑淚，求希真坐第一位交椅。（此是二讓。）希真道：「公子聽小弟下情：念希真本是江湖散客，又且獲罪在官，怎敢僭越？公子隆情，深感肺腑，讓位之言，休要再題。聖人云：名不正，則言不順。希真若受了此位，名、言何在？只求公子救了劉舍親令堂、令郎，希真雖死，九原感激不盡。」苟桓見希真必不肯受，心生一計，當夜席散，喚過苟英來吩咐道：「我看恩公文武雙全，勝我十倍，我不當居他之上。（有此言，見苟桓不以官路做人情也。）他不肯受，我有一計在此，你明日依我如此如此，不由他不從。」苟英領命。次日，希真早起，梳洗畢出廳相見，苟桓弟兄卻都不出來。（妙。）不移時，只見苟英慌慌張張跑上來，到希真面前跪拜道：「家兄命在呼吸❸，求恩公速去救援。」（奇極。）希真大驚道：「此話怎講？」苟英道：「求恩公隨小人去，一見便知。」眾人皆驚。希真疑惑，卻也有些瞧科❹，（是希真。）便一同隨了苟英，從正廳左首側門外轉出去。沒多路，便是操軍的大教場，甚是空濶，兩旁都是楓樹林。只見最高一株楓樹杪上，赤膊吊着一個人，（奇。）真祥麟、范成龍并十數個頭目，都立在樹下。希真近前看時，吊的那人正是苟桓。（奇。）那苟桓把一手兩腳總縛了，吊掛在樹上，只一條索頭生根，散着右手執一把利刀。（奇。）希真大驚道：「公子何意？」苟桓高叫道：「恩公聽稟：我

---

❸ 呼吸：頃刻；刻不容緩。

❹ 瞧科：看出門道；料到。

受你天地洪恩，夜來都說完了。省筆。恩公不容我讓位，我便一刀割斷了繩索，拚得個粉骨碎身，報你的大德。」奇妙之至。說罷，便把刀鋒擱在繩上。妙。慌得希真沒口的答應道：「遵命，遵命！快請下來！」苟桓道：「大丈夫休要翻悔，請立盟言。」希真忙應道：「不翻悔，不翻悔，快請下來！我死在刀劍下，決不翻悔。」言顛語倒，確是情急。劉廣、劉麟都也急得呆了。帶敘，妙。

苟桓見希真應了，真祥麟、范成龍纔教人盤上樹去，解了苟桓下來。于是眾英雄擁希真上了演武廳，居中坐了，眾人一齊參拜。希真滴淚道：「眾好漢如此見愛，不料希真尚有這般魔障，自是希真語。容我拜辭北闕❺。」眾人忙設香案。希真望東京遙拜道：「微臣今日在此暫避冤仇，區區之心實不敢忘陛下也。」說罷，痛哭不已，遂與前傳晁、宋即位，再不相犯。眾人無不下淚。希真轉身拜謝了苟桓，又謝了眾人，然後到正廳上坐了第一把交椅。讓苟桓坐第二位，苟桓那里肯，苦苦的讓劉廣坐了。苟桓再要讓時，希真、劉廣齊說道：「公子再要如此，我等情願告退。」苟桓不得已，坐了第三位。范成龍坐了第四位，真祥麟坐了第五位，劉麟坐了第六位，苟英坐了第七位。後堂陳麗卿、劉慧娘兩位女英雄，也排了坐位，共是九位頭領坐了。束一筆。眾頭目軍兵都來參拜畢，希真開言道：「眾位弟兄兒郎聽者：嗄。陳希真今日蒙苟大公子讓位，一切章程俱照舊例，不必改移。便與宋江大異。我與劉防禦、苟大公子同掌兵權，各無異心。甥女劉慧娘參贊軍機，劉麟甥與小女陳麗卿護衛中軍，范將軍兼管倉庫。大家務要齊心努力，今日便昭告了天地、本處山川神祇。」並無望日後招安為朝廷出力等語，而日後行到天下，莫不共諒之。眾人齊聲領諾。行禮都畢，希真又道：「並非希真大權在手，作事先

❺北闕：皇宮北面的門樓，指代朝廷。

私後公，實緣劉防禦的母親、兒子陷在囹圄❻，命在呼吸，若不急救，必誤大事，今欲諸位協力同去。」自是希真作用。完劉廣家私。

廳上廳下一齊應道：「悉憑主帥驅使，誰敢規避！」希真便教劉廣將家私將出，盡分俵❼眾頭目嘍囉，眾軍無不感激。軍識曰：軍無賞，士不往；軍無財，士不來。聖人亦云：何以聚人？曰財。每恨腐儒不諳斯義，謬謂銅臭，羞稱。此等怪見，濟得甚事。希真問眾人道：「我欲救劉太夫人當用何策？」先問他人，妙。苟桓道：「本山孩兒們，經小弟時常教鍊，精熟可用，一憑大哥調遣。」希真道：「此事只好智取，不可力敵。我昨日已差劉防禦的得力心腹，到孔厚家探聽，若能彀他將太親母、麒甥解去都省，我等于路上搶奪，此是上策；可見希真之智不在吳用下。如其不能，便料到不能，勝于吳用。我想後日是中元佳節，沂州城內慈雲寺蘭盆勝會，香火最盛，四方的香客，一項，人。三教九流，又是一項，人。買賣趕趁的，又是一項，人。雲屯霧集。我們挑選下精明強幹之人，扮演了混入城去，索性瞞了孔厚。須知不是希真要瞞孔厚，實是仲華要表孔厚。如此看書，斯為善讀者。請掩卷猜之，無不謂下文定是效前傳火燒翠雲樓故事看書者。兵到城下，裏應外合，必能成事。此計如何？」眾人齊喝采道：「此計大妙！」也。希真道：「只是探事人還不見回報，好不煩悶。」

卻說那探事人到了孔厚家，孔厚方知劉廣、希真等都落了草，吃了一驚，歎惜不已，只得將來人留下，去堂上探聽動靜。那高封自將劉母、劉麒拏到之後，與白勝煅煉成一片，一意要捉住希真、劉廣，與高俅報仇。對阮其祥道：「劉廣謀叛在逃未獲，叵耐雲天彪與他兒女親家，一味扛帮。我要上濟南都省，面稟制置使，休教那廝搶原告。」阮其祥已得了青雲山的金銀，一意與白勝方便，便攛掇道：「太

---

❻ 囹圄：音ㄌㄧㄥˊ ㄩˇ，亦作「囹圉」，牢獄。

❼ 俵：音ㄅㄧㄠˇ，散發。

守便親解了這一干人犯去，以便質對。」得了金銀，連高封的性命都不顧，小人之可畏可恨如此，世之人奈何樂與小人伍哉。高封搖手道：「不可，不可！此去都省，必從青雲山經過，那廝們中途搶劫，即有官兵防護，到那里已是寡不敵眾。高封偏賊。我到都省，將這案情稟明了，這干人犯便于本地處斬，高封偏能。再拏陳希真、劉廣。我又恐那廝們扮演了來劫牢獄，劫法場，賊甚。我已出了告示，各門嚴緊稽查。今年慈雲寺的蘭盆會，不准舉行，狡猾。自希真定計至此，皆作者之製題也。製題製到枯窘之極，自然有妙文出來。不可又似那年江州城、大名府兩處，都吃那廝們着了手去。故意翻前傳，妙，妙。我又派心腹人在牢裏監督，防那廝越獄。步步精細，青雲山不足道，猿臂寨奈何哉。你再去添選五十名精壯兵丁，管守獄門；又請都監黃魁，各城門小心防守。」極寫高封狡猾。無一言囑孔厚，何也？想見薰蕕之不同如此。高封便帶領扈從上都省去了。阮其祥暗暗叫苦道：「這不是敗了我的勾當？」妙。密地裏遞信與狄雷去了。先寫阮其祥，妙。孔厚知這消息，也暗暗叫苦道：「劉母、劉麒的性命怎好也？」妙。阮其祥、孔厚叫苦一齊寫來，妙絕。兩相映擊，一邪一正，真不辨其誰賓誰主。便歸家對劉廣的心腹道：「此段冤獄，非有大腳力的人救不得。我想只有都省檢討使賀太平，又出一位英雄。他看覷得雲天彪極好，便。我與他也有些瓜葛，便。制置使前最有臉面。便。叫你主人寬耐幾日，好歹要尋他的門路，救老夫人、大公子的性命，你便將了這封回信去。」孔厚在書信後，又寫了十數行，勸劉廣、希真但得救了劉母劉麒，千萬離了綠林等語。真是君子，和而不同。此三十六人之所以迥異於前傳一百八人也。

來人不敢怠惰，飛風回猿臂寨。希真等得了此信，見沂州府劫牢不能下手，眾人都大驚，是眾人。劉廣只是痛哭。是劉廣。希真把眉峯綴了半響，是希真。問那心腹人道：「城裏慈雲寺的蘭盆會既不舉行，城外法源寺的舉行否？」真是無中生有，一落便起，絕妙文情。那心腹人道：「小人也看過告示上，妙絕，情景如生。只禁止城裏慈雲寺，卻不見有禁城外法源寺的話頭。」妙。希真笑道：「既這般說，法源寺的蘭盆會一准舉行，我們就往那里，此城仍好破。」劉廣道：「法源寺在城外，又與城相隔五六里的路，（遠近此處註出。）便到了那里，卻恁能入得城去？」希真道：「你不曉得，我起先之計，原要大隊兵馬前去，裏應外合一鼓而下，像那年吳用破大名府救盧俊義的故事。（妙，妙。此非希真學吳用，實是仲華避耐庵也。自己下註脚，文情奇絕。）如今這廝既這般狡猾，我就另換一副局面。（妙，妙。）我等挑精壯人馬，仍扮演了，走的走，坐船的坐船，去赴蘭盆會，就半夜裏舉事。只是這般鐵桶的城池，沒個內線如何破得？（忽又折出一難。若出前傳定是假手孔厚。）城裏黃魁利害，若不用上將去，如何敵得？如用上將去，姨丈與麟甥的面貌，誰不認識？（撇開兩個。）范將軍亦是本地人，恐防打眼。（又撇開一個。）苟氏昆玉卻又人地生疏，口音不對。（又撇開兩個。）只有真將軍熟悉江湖上的勾當，又伶俐材幹，可以去得。（似落矣，下文忽又撇開，妙。）只是他一個人孤掌難鳴，必須再着一個同去。（似撇開矣，卻仍粘定，妙。極文章搖曳之致。）我想來，除非叫小女麗卿，如此改扮了去，那廝們雖然盤查得緊，此卻未必料得。又妙在他是東京口音。」（真妙。）劉廣道：「計雖好，只是怎好叫甥女如此裝束？」希真道：「不妨，叫他來我吩咐他。」遂將麗卿喚到面前。（如此層層頓跌，方跌出麗卿來，何等鄭重。）希真道：「我兒，你前日不是說要踅進沂州城去，刺殺高封、阮其祥？（妙哉，真不知是情生文，文生情。）如今用你的妙計，就着你去。」（想見希真之用人，想見仲華之用筆。）麗卿大喜道：「幾時去？」（三字眉飛目舞。）希真道：「你休高興，我料你殺他不得。」（忽又抹倒，奇妙不可言。）麗卿道：「爹爹說那里話，量這些男女何足道哉！這廝兩顆驢頭，都在我鈔袋兒裏，指尖兒一撮便到手。」（只探囊取物四字耳，發揮來何等鮮豔。）希真道：「你那里曉得，此刻畫影圖形拏你，誰不識得你是陳麗卿！未進城門，先吃拏了，怎想去刺他？如今只要你喬粧改扮了去。」麗卿道：「改扮便改扮，值什麼！」希真道：「恐你不肯。」麗卿道：「有何不肯！」希真笑道：「我要你喬粧跑解馬的武妓，你可肯？」（絕倒。）麗卿笑道：「阿也，爹爹不是說笑話，我好端端的女孩兒，沒來由怎教我去扮粉頭，這卻恁的使得？」希真道：「我兒，天理良心，天下通行。（奇句。卻又腐極，妙。）不是為父掂斤估兩，你太婆、大哥端的為着我們爺兒兩個，遭此大難，你不去救他，誰去救他？況且不過賺進城門，片刻工夫，又不叫你認真去做武妓，左右是個假扮。」麗卿道：「雖則假扮，孩兒一生話靶。」希真道：「再沒人說起。」只見劉廣道：「賢甥女，你救得我的娘，真是我的大恩人，也受老拙一拜。」便向麗卿下跪，流淚不止。慌得希真連忙扶住，叫聲「罪過」，又叫麗卿道：「好兒子，依了罷，也記得太婆日常待你的好處。」麗卿又想了想，笑道：「爹爹寬心，姨夫不要煩惱，我都依也。（爽利之極。）只是扎抹了形景難看，大家卻都不許笑我。」（嫵媚之極。）希真道：「你幹正經事，誰敢笑你！」希真便對真祥麟道：「真將軍可與小女扮做兄妹，諸事照應他，休教漏出馬腳。」（寫得希真灑脫。）真祥麟辭道：「既是小姐肯去，足以敵得黃魁，小將不必同行。」（寫得祥麟自好。）希真道：「真將軍休避嫌疑，老夫便與你二人同往。」祥麟方纔應了。（好。）只見慧娘出來對希真道：「姨夫教卿姐這般扮演，雖是一時片刻，賺進城去，萬一遇着個不曉事的，認真要留住跑解，那時做又做不得，不做又要露馬腳，怎好？」（借慧娘作一難。）祥麟道：「不妨。小姐扮演了，再將一方帕兒束了頭額，伏在鞍轎上，詐作有病。有人要做買賣，我有言語支吾他。（借祥麟生一解。）只是沒個做鴇兒的卻不像，卻着那個去好？」苟桓道：「我看就是王頭目的妻子尉遲大娘，生得黑麻面皮，身軀長大，兩臂有千斤之力，也識得些武藝，也是東京人氏，現在寡居，（四字撇去王頭目。）此人可以去得。」真祥麟道：「不差。」便將尉遲大娘喚來，叅見了希真、麗卿。麗卿歡喜道：「我正少個伴當，你果然去得，快去扮了鴇兒。成功之後，必重用你。」尉遲大娘叩頭謝了。

商議已定，希真便請苟桓權理事務，與范成龍、劉慧娘同守山寨。傳令共點一千五百名軍漢，配搭了身材相貌，一大半扮了香客，分做水旱兩路：旱路令苟英統領，都用車馬駝轎，往太保墟進發；水路用二十多隻拖篷船，由蘆川逆流而上，便將劉廣、劉麟父子二人藏在裏面。好。一小半多扮了各行趕趁的，裏面的領袖都是苟桓的心腹。好。希真吩咐密計道：「你等不可結做一陣走，都要三三五五，陸陸續續，十五日黃昏，到法源寺前取齊；挨到三更，便來沂州北門外策應。」又挑選了二三十名精細嘍囉頭目，「都要沂州城內有親眷相好的，各人自使見識，此句內，包藏無數事。預先混進去，或是客店，或是親友家存身，臨時齊來北門內接應。成功後重賞，誤事者立斬。」對劉廣道：「你與麟甥、苟英帶了孩兒們，一到北門外，不可近城，亦不可離得太遠，細極。只先帶三五十人近城門邊，就對着敵樓往半天裏放旗花。即流星也。北人名旗花，又名起火。如此調遣而號令反從城外起，便與前傳之打無為軍、攻大名府再無一筆相犯。我同真將軍、麗卿在裏面見旗花起，便斬關奪鎖，接應你們。奪了城門，方把大隊人馬擁進去。苟英不必進城，恐李飛豹來策應，就好抵敵他。此處教苟英敵李飛豹，後文卻是搶靈柩。姨丈同麟甥破進牢去，救得太親母、大賢甥出來，便下船先走。下文偏不先走，偏去劫州衙。真將軍把住城門，切勿遠離。」此處教真祥麟把住城門，下文卻是去助麗卿。叫麗卿道：「卿兒，老實對你說，教你去殺高封是假話，高封並不在城裏。因恐那兵馬都監黃魁利害，特教你去都司前截住他，休吃那廝來策應。此處教麗卿截黃魁，下文卻又捉阮其祥助陳希真。你不認識路，有人引你。我又恐你一人支不住黃魁，臨時我來帮你。此處希真要帮麗卿，下文卻是去戰飛豹。得了手，你先走，我後出來。」此處希真說後出來，下文卻是先出來。下文處處與此處變幻，正所謂無印板文字也。仲華深得耐庵之法矣。寫希真定計救劉母、劉麒之外，餘無所求，而下文劫州衙，擒阮其祥，皆其意外之逢，真是但得無虧損于世，復何爭，活寫出知雄守雌氣象。嗟乎，英雄斂手，即神仙如希真者，即不欲御風泠泠，霞舉軒，何可得耶。我愛其人，我愛其人。麗卿笑道：「與這等匹夫廝殺，何用爹爹帮？那廝既要替高封強出頭，便先結果了他！」妙語。舜之命羣臣也，餘皆無言，獨夔開口。希真之遣眾將也，餘皆無言，獨麗卿開口，皆極妙章法。

那日正是七月十四日，眾人都去紛紛的依着密計安排了各色行頭。當夜無話。次日一清早，希真對真祥麟道：「我不可與你們一陣走，我扮做個賣西瓜的行販，從別門進去，到北門內來兜你們取齊。」又吩咐麗卿道：「你那枝梨花鎗恐防打眼❽，不可帶去，只選兩口好樸刀，配在擔兒上。那青錞劍也好充做行頭，佩了去不妨。」劉廣道：「我這兩日不知怎的，只是心驚肉顫，神魂不安。」先寫一個預兆。眾人道：「只因你記罣老伯母、大令郎之故。」真祥麟去打扮了，頭戴一頂撮尖瓜瓣帽，穿一領印花布鬬衣，繫一條鴨綠纏肚包，一對三藍繡花護膝，腿上都纏了鸞帶，腳蹬一雙細針打子扳頭蹽鞋，寫出花拳繡腿。仍把一領青衫兒罩了身體。祥麟忽變靈龜，絕倒。那希真將五柳長髯打了辮結，蓬了頭髮，挽個揪角兒，穿一領碁子布的破小衫兒，戴一頂舊草笠兒，赤了雙腳，着一雙多耳麻鞋，又取些烟煤，把渾身皮肉都擦成黎黑之色。妙極，細極。豈有渾身如玉之行販哉。靈心妙意，無微不到。那辦事的嘍囉已整頓了一副籮擔，把八個大西瓜盛在裏面。好。麗卿早已糚扮好，「早已」二字，寫盡麗卿爽利。不去索性不去，既去更不粘滯。妙，妙。又討些脂粉，塗抹了花面，妙筆。脂粉上加一「討」字，寫盡麗卿天姿國色。平日不藉鉛華治容，真妙。老兒塗煤，女兒塗粉，一黑一白，相映成趣，絕倒。儼然是個東京武妓。三人裝束獨麗卿不用實敘者，緣前回阿喜文中，已實敘過也。以前之閒文作此處之實事，遂令此處三人裝束虛實相間，妙。不惟此也。前阿喜文中雖實寫裝束，而文中實無武妓；此處虛寫裝束，而文中實有武妓。不論善讀書不善讀書，但讀至此處，回憶前文，胸中目中莫不其有穿心抓角、單叉褲筆之靈妙，真如鏡花水月，匣劍帷燈。尉遲大娘扮了鴇兒，伏侍麗卿。尉遲打扮不必細寫者，非正腳色也，故仍粘定麗卿。都結束停當，總束一句。正待要下山，只見真祥麟一疊連聲叫起苦來，不知高低，奇筆，奇筆。說道：「主帥此條計，委實行不得，內中有個老大毛病。」奇極，奇極。眾人驚問：「有何毛病？」祥麟道：「主帥不知，凡是江湖上

❽ 打眼：引人注目。

的勾當，不論跑解、（主。）走索、（賓。）串社火⑨、（賓。）使鎗棒賣藥，（賓。偏加入三句陪襯，令文氣滋潤。）都要投托地方上有勢力的戶頭，先去叅拜了，求他包庇，名喚坐靠山。坐了靠山，方准做買賣。（亦如薛永之于揭陽鎮然。）沒有時，別的不打緊，（用筆抑揚。）怎當得那些破落戶潑皮們的囉唕，忍耐又做不得，不忍耐又做不得。小將不妨事，胡亂同他們鬼混，小姐金枝玉葉，如何去得？」（將要動身矣，忽又從祥麟口中生出一難，奇文曲筆，非人所料。）希真道：「阿也，此事我也不想起，卻怎好？眾位可曉得沂州城內可有甚土豪？」（引起一段妙文來。）劉廣想了想道：「有了。（借劉廣生一解。）沂州城內有一個万俟通判，名喚万俟春，與他兄弟万俟榮，（又增出一個兄弟。）兩個是沂州城內有名的土豪，（此家時辰到了。）專一結交當道官府，並那些不三不四的，欺壓良善，無惡不作。（只八個字，便令下文盡行殺絕，毫不為過。）四方走江湖的，并那些不成才的閒漢，（亦陪一句。）都去投迮他，恰好正住在拱辰門內。」說不了，范成龍道：「敢是那厮綽號司馬師、司馬昭的？」劉廣道：「正是。万俟春眼泡下生個黑瘤，人都叫他司馬師。」（特加此語，以便下文麗卿容易認識也。）希真道：「拱辰門是那一門？」（一縱。）劉廣道：「便是沂州城的北門，喚做拱辰門。」（即擒。）希真道：「如此說，便去叅拜他。」麗卿道：「誰耐煩去叅拜那畜生！那個敢來囉唕，先把來開刀，就動起手來。」（暗照下文。）希真連忙止住道：「我兒，快不要如此，此去最要機密，切切不可任性。」麗卿笑道：「我不過這般說。」祥麟笑道：「姑娘不要躭憂，到那里我自有見識，不用你去叅拜。」商議已定，大家一齊下山。慧娘道：「爹爹、二哥小心，天可憐見但得祖母無事，先飛報個信來。」說罷，啼哭不止，（如此點逗，真妙。）劉廣也不知其意。苟桓、范成龍送了眾人動身，回山寨把守不表。

---

⑨ 串社火：扮演雜戲。社火，舊俗在節日裏扮演的各種雜戲。

卻說希真等離了猿臂寨，行不到五七里之遙，只見大路上一個人背着包裹、雨傘，氣急敗壞飛奔而來。走近前，希真、劉廣認得是孔厚的心腹莊客。希真忙叫：「主管那里去？」那莊客見了劉廣道：「恰好此處迎着劉老爺，家老爺有緊要信一封在此，老爺請看。」劉廣忙接過手，只見信面上寫着：「內緊要事件，飛送劉老爺親拆，毋得刻遲。」劉廣大驚，把不住心頭亂跳，拆開時，只見信內云：「老伯母連日胃腕病大發，高太守不准小弟醫治，又不准保釋。太守到都省去，阮其祥把持更甚。老伯母竟於十四日戌時在班館仙逝。」（完劉母。）只讀到這里，劉廣大叫一聲，往後便倒，口噴鮮血，不省人事。眾人忙扶住喚救，半晌劉廣換轉氣來，怒髮沖冠，跳起來抽出腰刀，向路旁一塊頑石上亂砍，大罵：「高、阮二賊，我捉住你，不碎嚼你的心肝肺腑，誓不為人！」只見刀光落處，火星四射，那塊頑石竟被他剁得粉碎，（寫劉廣精誠出色之至，一似真有其事者。）眾人無不駭異。劉廣插了刀，喝令嘍囉們快行。希真道：「消停着，待我再看信內還有甚言語。」只見下文道：「小弟現將屍身領出，備棺草草殯殮，停柩在東門外地藏庵內，意欲便兄長來取。大賢姪無恙。此實天災大數，見信伏望萬萬珍重。」希真看罷，喚過一個精細嘍囉，私地裏吩咐了言語，便對莊客道：「累你遠來，我等不便寫回信，就托你轉覆貴主人，多多拜上，竟于二三日後，我等自來迎取靈柩便了。這人是劉老爺的體己，着他同你去，就在地藏庵內伴靈。」又取些銀兩賞了那莊客，教他們先去了。劉廣問道：「此是何意？」希真道：「我等此去，便搶靈柩。只是地藏庵內尸棺甚多，知道那一口是？所以我叫這孩兒去先認定了，臨時便好動手。又恐孔厚知覺，故假意說是去伴靈。」（的的妙算。）便吩咐苟英道：「你不必進城，只帶二三十孩兒們逕去地藏庵搶了靈柩，便到船上等我們，別項事都不必管。」苟英領命。衆人齊到蘆川渡口下了船。劉廣父子便在船上，逆流而上；希真同祥麟、麗卿、苟英都渡過那岸，奔太保墟去。

且說劉廣父子二人率領衆頭目、軍漢，假扮香客，駕船到了法源寺泊定。那法源寺的蘭盆會，果然熱鬧，有十數處的燈棚，都有焰口壇場，鐘磬悠揚，人聲喧鬧。蘭盆會為此篇引線，不能不點綴數語，卻又不可多說，如此恰好。那些遊人、香客、賣買人等，挨挨擠擠。但是山寨中人見了，都大家會意。包藏無數情景。劉廣、劉麟恐人打眼，都睡在船艙內，不上岸去，只等夜深動手。好。按下慢表。

卻說那太保墟，乃是城外一個三六九的市集，都是空的房屋廨宇。希真一干人到了那個所在分路，希真對苟英道：「你只管去法源寺前等候，與劉廣一齊舉動，不得有悞。」苟英去了。希真對麗卿道：「我先進城去，你同真將軍後來，諸事聽他的話，切勿使性。」希真便挑了西瓜擔兒先走，又恐吉凶難定，密誦真言，喚幾名黃巾力士在暗中隨護。那二三十名嘍囉，已是陸續趲進城去了。得空便補一筆，包含無數，真妙不可言。

話中單說真祥麟請麗卿上了馬，尉遲大娘跟隨着，祥麟把行頭擔兒挑了，一行三衆往拱辰門進發。不多時到了拱辰門外，城牆上果然掛着捉拏希真父女并劉廣的榜文，畫着他們的面貌。閒筆能到，寫來卻又絕倒。祥麟見天色尚早，就都去那槐陰下坐了乘涼，只等候到黃昏，混進城去。有許多閒雜人圍着來看，此等處點綴必不可少，雖逐件繳還，卻又不可太繁，見作文之難也。果然有那些子弟們就要做戲，來問價錢。如畫。真祥麟陪笑臉回覆道：「小人們尚未進城去叅拜靠山，不敢開手；待叅拜了，再來伏侍列位。」前文是要麗卿詐病，此卻推在靠山，筆筆換，筆筆靈。衆人問道：「你們靠山是誰？」祥麟道：「是城內万俟大官人。」衆人聽是万俟春，誰不懼怕，都不敢再說。好。麗卿恐人看出破綻，便裝做有病的模樣，靠在尉遲大娘肩胛上，把粉臉兒藏了。好。眾人看了許久，也都散了。好。句句是閒筆能到，卻句句必不可省，此等章法能細讀前傳者自知。看看日落西山，天色已晚，敵樓上起鼓攢點❿，敵樓時辰到了。將閉城門，祥麟等起身，到門前對門軍聲喏施禮道：「小人等是東京下來跑解的，特到城裏慈雲寺趕趁。」妙，確是遠方來的。啟過長官，方敢進去。」那門軍道：「你們來得沒興，慈雲寺的蘭盆會今年不舉行，待進去恁的！」祥麟故意驚問道：「卻是為何？」門軍道：「你不見知府相公的告示，他不准舉行，我知道為何。」聲口欲活。又一個門軍道：又一個，妙。「法源寺的蘭盆會鬧熱，城裏多少趕趁的都出去，你們不到那里去，反進城去則甚？」真是無妙不臻。祥麟道：「既這般說，祇是小人有個孤老万俟大官人，他正月裏便訂下我們，說中元節必要到他府上。如今沒奈何，只好去叅拜他。他肯發放我們，明日一早再到法源寺去。」眾門軍見他們一行只得三眾，又說是万俟春的門眷，果然不疑心，便說道：「你們既要進去，趁早走，就要關城了。」反催之，妙。祥麟又唱個喏，謝了，領了麗卿等進得城去。只見希真早在城根下坐着等待，籮擔裏還剩了兩個西瓜。妙。不妙在賣完，妙在尚剩兩個也。四顧無人，希真輕輕對祥麟道：「前去四五家門面，那倒垂蓮八字牆門，門前有許多轎馬的，伏一筆。便是万俟春家。我來做挑擔的火虞，你去遞手本叅謁。」真祥麟便把擔兒遞與希真，希真把那籮筐併做一個擔兒挑了，又說道：「那廝家裏有喜慶事，聽說是與他娘慶壽，觸筆而來。恐他乘興要做戲，你須要回覆得好。」祥麟應了，拏著手本，走到万俟春門首。那時候天已昏暗，各處都掌上燈火，城門已關了。險筆。祥麟到了門樓內，向一個大肚皮的門公聲喏畢，叉手立在一邊道：「小人東京跑解的，兄妹二人并火虞、

❿ 攢點：攢集更點。

鴇兒一行四眾，初到貴地，特來叅拜大官人。望爺方便，稟報一聲。」說罷，袖裏取出一錠五兩重的門包，道：「些小微物，孝敬爺買碗茶。」那門公接了銀子、手本，道：「你那粉頭為何不來？」祥麟道：「稟爺知道：小妹路上感冒風寒，現在發瘧，今日正是班期，身子燒得狠，不能來伏侍，明日一早叫他來伺候，恕罪則個。」那門公把手本一擺，遞與旁邊一個年紀輕的管家道：「你去替他稟一聲。」（大懶使小懶。）

那小管家拏了手本，走上花廳去。原來万俟春弟兄與他娘上壽稱慶，萬俟春適有要緊公事，（甚麼公事？）到推官衙裏去，只有万俟榮在家裏待客。正要安席，那小管家將手木到面前稟了。万俟榮問道：「那粉頭為何不來？」小管家道：「小人也曾問他，他說粉頭有病，明日一早來叅拜。」万俟榮喝道：「胡說！（橫。）既是有病，來做甚買賣？到我這里敢擺架子！對他說，粉頭親來便罷，不肯來時，連夜趕出城去，休想城裏存腳。」（橫。）眾賓客都笑道：「是呀，既有病做甚買賣。」（活畫。）小管家忙應了出來，埋怨祥麟道：「你這厮真不了當，惹二官人發作，吆喝下來，說不叫了粉頭來，連夜趕出城去。你莫道城門關了，官人們要開便開，（橫極。）沒來由害我淘氣！」把手本摜在地下。祥麟喏喏連聲，拾了手本陪罪道：「爺息怒，小人便去喚了來。只是叅拜還可，若要他做戲伏侍，委實支持不得。」那門公道：「你快去喚了來，閒話少說。」祥麟轉身出來，對希真說了道：「此事怎好？」希真緺眉半響，對麗卿道：「好兒子，沒奈何胡亂去叅拜了。」麗卿那里肯。（妙。不可少。）希真道：「我有一個計較在此，包叫你不吃虧。」便吩咐祥麟道：「你再取三十兩一錠大銀，向那個門公如此托他。求得脫更好，倘或不能，我兒聽為父的話，只管去叅拜，休要性起。那厮如果囉唣無禮，你也不必動武，便走出天井，仰天叫一聲『雷神何在？』我放霹靂助你。休說這幾個狗頭，便連房屋都轟倒他的，着那厮們沒處討命！奇語。你放心去，倘耐得住，切勿輕試。」麗卿笑道：「爹爹休要哄我。」偏又狡猾。希真道：「你胡說！我幾時哄你過？」麗卿道：「既如此，我就去。」便隨了祥麟前行。希真不放心，挑了擔兒也跟上去，尉遲大娘也牽了馬隨在後面。希真暗暗捏訣念咒，向空作用，將一個巨雷祭在空中，只待麗卿呼喚，便放下去。險。方到得門首，只見正南上來了一叢火把，數十對纓鎗，擁簇着馬上一個官人到來。祥麟等連忙靠後。那官人到門首下馬，相貌十分鄙俗，希真等卻不認識是誰，只聽傳呼道：「防禦大官人到了！」裏面開中門迎了進去。等了半歇，從人散了，祥麟方引麗卿進前。祥麟又捧一錠大銀送與門公，說道：「小妹已喚到了，但是委實病重，望爺在官人前方便。」門公接了道：「你們候着，我與你去稟來。」甚矣，銀子之妙也。麗卿詐作病相，尉遲大娘扶綽着他，一步步挨到門樓下那條濶櫈上坐了。麗卿便靠在旁邊那張桌兒上，假意兒氣喘。妙。眾人燈光下，見麗卿的相貌，都吃一驚。麗卿斜睃着眼，看那大廳旁邊一帶花牆。側首圓洞門內便是花廳，必要麗卿親來，只為此耳。天井裏擺着許多花卉，廳上掛紅結綵，燈燭輝煌，裏面許多笙歌雜技，吃得好不熱鬧，那伏侍走動的穿梭價來往。門公進去多時，還不見出來。虛寫，妙。只聽得府衙前靖更⓫砲響，各處的梆聲雨點般的打起來。麗卿等得心焦，按着那股氣。總為下文作地耳。又是許久，門公纔出來，吩咐祥麟道：「僥倖你們，二官人適有正經公事，與防禦相公講話，免你們的參見，手本已收下了。既是大姐身子不自在，不敢。且去將息了，不敢。明日早來伺候。叫個打雜的同你們去，對門王小二客店裏吩咐了，與你們安息。二官人包庇，沒人

⓫ 靖更：結束打更，即將天明。靖，通「靜」，安定。

敢來問你們。」（一錠大銀，其力如此。）祥麟唱喏，謝了門公。麗卿早已立起身便走，只聽背後有人發話道：「不見這樣粉頭，大剌剌地人都不保，明日和你說話！」（總為下文作地。）希真生怕麗卿發作，低低道：「我兒休去保他，正經事要緊。」麗卿忍着一肚皮氣，只不做聲。希真暗暗的念動真言，收了那神雷，同到斜對門的飯店裏。那打雜的吩咐了王小二自去了。王小二對祥麟道：「你們造化，後面三間歌樓俱空着，儘你們去住。若是往年蘭盆會的時節，你們同行住滿，休想如此自在。」希真等便掌燈到後面歌樓上去，果然清雅。祥麟去安頓了行李擔兒，麗卿叫尉遲大娘將馬去後面喂好，希真搬上飯來，大家吃飽了。希真去樓上將那側首的吊窗掛起，暗暗叫聲「慚愧」，原來那吊窗緊對拱辰門的敵樓，望旗花極便。那時已是二更，希真叫他們都去畧睡，養養精神。（悟一子讀之，必註曰可憐也。）祥麟在樓下安歇，希真在那窗口邊望外面時，只見滿天星斗，月色盈街；（一段，見。）聽那万俟春家簫管歌唱，呼么喝六的喧鬧。（一段，聞。）少刻，只見城牆上數十騎人馬，燈籠火把擁簇將來，乃是都監黃魁親來巡查，高叫各窩舖小心看守。漸漸行查近來，從人喝道：「兀那樓窗裏為何不息火？」希真忙把燈吹滅了，黃魁巡查過去，（又一段，見。）更樓上已交三更。（又一段，聞。）希真眼巴巴望那旗花不見飛起，心中焦急。（反折一句。）那條街上同那兩邊小巷人家并客寓內，已是伏下了二十多個嘍囉，也在那里盼望號令。（照應外面一句。此段真補得天衣無縫。）希真進裏面房裏，剔亮殘燈，看麗卿、尉遲大娘卻都睡着，樓下真祥麟兀自做聲。（照應裏面一句。有心人與無心人相去如此，可歎，可羨。）轉身出來，只見一道亮光射入窗來，忙去看時，那敵樓對出數十道旗花，好似金蛇閃電，往半天裏亂竄。希真大喜，忙叫醒麗卿道：「你們快起來，好動手也！」麗卿、尉遲大娘一軲轆爬起來，麗卿便佩了青錞劍，希真拈條樸刀先走。正到胡梯邊，忽聽有人打店門。希真立住腳道：「且聽是甚麼人。」（百忙中，偏有此頓挫。）只聽店小二起來開門，好似一個人提燈籠進來，叫道：「那新來的粉頭在那里?大官人纔回來，叫他去伏侍，防禦相公也要見他，快去!」（不知其為餘波歟，不知其為起源歟，真妙不可言。橫極。）只聽得祥麟道：「小妹兀自病重，還不曾出汗，支撐不得。」那人喝道：「放屁!大官人吩咐，誰敢拗他!（橫極。）便是病也要去，快叫他起來，不必梳洗，就隨了我去。」（橫極。）希真回頭叫道：「我們只顧下去。」三人一齊搶下樓，只見祥麟還同那管家支吾，希真挺着樸刀上前，大喝道：「你這廝休不生眼!我非別人，便是各處查拏不着的陳希真，（快絕又絕倒。）今在猿臂寨做大王，扮做跑解來打這城池，不干你事，快逃命去!」那管家吃了一驚，正待問時，只見希真背後鑽出麗卿，（鑽出，妙。）手起劍落，一個斜切藕，尸首劈做兩半邊，罵道：「賊畜生，教你認識粉頭!」（疾。可惜劈得快，已是不聽見。）嚇得店小二屁滾尿流，往櫃臺下鑽入去。希真便懷裏探出那串百子砲仗，就燈火點着，丟出街心，乒乓乒乓響起來。附近的嘍囉先來接應，真祥麟抽出短刀殺出去，尉遲大娘去後面提口樸刀，牽了棗騮馬出來。那敵樓上的看守軍官（忽從敵樓上軍官倒插入，奇妙之至。）見城外旗花亂起，正要查問，不防希真已領嘍囉從馬道上殺上來，一刀一個，剁下城去，砍斷吊橋索子，就敵樓上放起火來。真祥麟早把甕城內的軍士殺散，扭斷鐵鎖，拽開城門。劉廣望見城門大開，吊橋放下，點起一個號砲，後面的人馬齊到，吶一聲喊，擁進城來。苟英早帶領嘍囉撲到地藏庵去搶靈柩。

卻說麗卿提劍跳出街心，（忽從麗卿順接入，奇妙之至。）本待要同希真殺到城上去，忽見對門万俟春門首燈燭輝煌，轉了個念頭，大踏步竟奔万俟春家來。（妙人妙事，妙筆妙文。）搶進門樓，（竟不消人扶綽，絕倒。）那大肚皮門公攔住喝道：「休要亂闖，且待通……」，還未說完，劍光飛下，剁倒在一邊。那一個驚得呆了，待叫橫抹過去，早已了賬。直奔到花廳上，万俟弟兄正同眾賓客杯盤狼藉，猜拳行令，吃得快活。那防到跳進一隻母大蟲來，粉頭來不了。不分好歹，一劍一個，排頭兒砍去，只見尸骸亂跌，血如泉湧。快活。也是那些孽障惡貫滿盈，難逃大數。百忙中偏要夾入論贊。當時麗卿見下面交椅上一個落腮鬍子，眼泡下一個黑瘤，正待掙扎，料道是万俟春，上前對頂門一劍，腦袋劈開，連交椅都剁倒了。只苦了那些歌童舞女、供奉的人，大半都嚇得僵倒了，那里走得動。只見一個人往屏風邊躲，正是方纔那馬上的官人。麗卿趕上去取他，那人把椅子來抵格，大叫：「我是朝廷命官！」好貨！虧他說。麗卿停劍問道：「甚麼官？」那人道：「小人是東城防禦使。」麗卿猛然記起道：「你敢是阮其祥？」那人道：「便是下官。」尚鳴得意。麗卿大笑道：「正要尋你，十門齊掛榜，你卻在這里！妙語，與城門上榜文相映成趣，真是絕倒。仲華最喜開生面，不拾人牙慧，如此等處是也。若出他手，定是踏破鐵靴無覓處矣。不必掙扎，隨了我去。」與管家之言相應，絕倒。一把奪去了椅子，抓小雞也似的把阮其祥提了出來。還有幾個殺不及的逃出去，正遇着尉遲大娘同十數個嘍囉殺進來，算子爆都放倒了。麗卿道：「這個人與我綑了帶去！」尉遲大娘忙叫嘍囉解下條搭膊，把阮其祥反剪了。麗卿吩咐就花廳上放火，只見希真帶了些嘍囉趕進來道：「你不去幹要緊，旁人殺他則甚？」麗卿道：「孩兒捉得阮其祥了，原來就是此人。」可謂久仰防禦大名。希真見了大喜，叫押了出去，對麗卿道：「我兒快去幹正事。我已探得黃魁還在衙內，你去都司前截定，休放他出來。」麗卿便連忙出門上馬，尉遲大娘遞過那口樸刀。只見火光照天，本寨兵馬都擁過去，麗卿自有嘍囉引路，殺到都司前去了。忽然收過麗卿。希真恐李飛豹來，忙去城門邊接應。忽又收過希真。

卻說劉廣同兒子劉麟帶了人馬，逩府衙前大牢來。那五十多名官兵因阮其祥不來，大半都回家去度中元⑫，偷懶的畢竟有造化。只得頭二十人在牢門口，睡夢中驚醒，都逃走了。劉廣等打破牢門，直殺入去，裏面的節級牢子都得了阮其祥的金帛，通知消息，見他們殺進來，只道是青雲山的人馬來救白勝，妙，妙。便先動手把高封派來那管牢的心腹人殺了，妙，妙。開了匣床，放出白勝。白勝提着枷，從牢眼裏鑽出來，火光影裏卻一人都不認識。妙，妙。白勝大叫：「眾位頭領，我在這里！」妙，妙。正撞着劉麟。劉麟喝問道：「你是何人？」白勝道：「小弟便是白勝。」劉麟聽得白勝二字，怒從心起，手起一鐧，白勝不備防，打得腦漿迸裂，死在一邊。白勝了。白勝如此了結最好，省去後文無數筆墨。人知其灑墨如戲，烏知其惜墨如金耶。劉廣未必去尋白勝，務要白勝死，不如叫白勝尋出來，能文者自知之。白日鼠白勝卻黑夜裏死得不明不白，絕倒。節級牢子們見不是頭，欲待逃走，那里逃得，那五六十嘍囉殺進來，好一似滾湯潑老鼠，掃個罄淨。劉廣打進牢房，大叫：「我兒劉麒何在？」連叫十數聲，那曾有人答應。故作驚人之筆。各處籠門都打開，囚犯數內細看，更沒有劉麒。故作驚人之筆。直尋到獄底章字號，方纔尋着。原來那章字號，是牢獄中最吃苦的所在，人家子弟文理不通，父兄強令應試，皆是坐章字號也。看那劉麒時，已是一絲兩氣，那里還像個人形。劉廣見了，淚如雨傾，寫盡慈父。石子灘上何必不罵，章字獄底何必不哭？寫豪傑性情，純乎天真。忙打開匣床，解了繃扒。劉麟上前扶起來，馱在背上，寫盡悌弟。一齊出了牢門。劉廣對劉麟道：「你先送你哥哥到船上去，我不把高封的老小洗滌了，怎出這口怨氣！」正說間，只見真祥麟飛也似趕來道：「劉將軍，小弟已將阮其祥那廝一門良賤殺盡了，暢快。砍了許多頭顱在此。只不見阮其祥，有的說那廝已被卿小姐擒捉了。老伯母靈柩，苟二公子已送去船上了。有此註解，便知麗卿之擒阮其祥，劉廣之劫牢，苟英之搶靈柩，真祥麟之殺阮其祥老小，皆是一齊動手也，敏警不可言。我此刻到都司前接應小姐去。」劉廣大喜道：「你快去，我就來。」劉廣領着眾人吶喊一聲，

⑫ 中元：舊俗以陰曆七月十五日為「中元節」。

殺入府衙，雖有百十個做公的，那里敢抵敵？一直打入宅門，迸到上房，見一個砍一個，見兩個砍一雙，將高封一門良賤五十多口，不留一個。令我歎想孟子所云殺人父兄；感應篇易刀兵相殺之言。將箱籠只揀重的扛擡了便走，放把火箕結了總賬。箕結之後永不起利。劉廣吩咐頭目，先把輜重運了去，自去接應麗卿。

卻說黃魁睡夢中聽得喊聲大震，跳起來見滿天火光，連起來報無數賊兵進城，放火刼獄。黃魁大怒，不大驚而大怒，顯得是個勁敵。忙叫備馬，不及披掛，提了那柄七十斤的開山大斧，帶了本衙內值宿的三五十名軍漢，迸出衙來。只見火光中，一個女子帶領嘍囉躍馬橫刀殺來。黃魁大怒，掄斧衝殺過去，麗卿挺樸刀迎住。戰了十五六合，麗卿暗暗稱奇道：「這厮好武藝，想必就是黃魁。叵耐這口樸刀不着力，不如誘他來追，用拖刀計斬他。」麗卿撥馬便走，黃魁縱馬追來，只聽背後一人大叫道：「黃將軍不必動手，看小將來斬這賤人！」奇，誰耶？總之，筆筆不從人間來。黃魁正回頭看時，不防那人一鎗刺來，正中咽喉，死于馬下。那人便是真祥麟。妙，麗卿卻吃他白罵了一句。眾軍漢都驚散了。麗卿見了大喜，便撇下那口樸刀，叫從人拾起黃魁那柄大斧來，接過手稱贊道：「好傢伙，就暫用他。」便同真祥麟殺轉來，正迎着劉廣。劉廣得知除了黃魁甚喜，便對麗卿道：「賢甥女委實辛苦了！你先行一步，城門邊會你爹爹去，我同真將軍斷後。」麗卿便殺迸拱辰門，只見劉麟在城門邊把守。劉麟再見。麗卿道：「我爹爹那里去了？」劉麟道：「我送了大哥下船，轉身來接應你們，大姨夫教我把住城門，他自帶領孩兒們去抵敵李飛豹去了。我爹爹在那里？」麗卿道：「同真將軍斷後就來，你且在此，我去接應爹爹來。」

麗卿便飛馬出城，只見喊殺連天，李飛豹工率領人馬與陳希真大戰。不寫希真戰飛豹，而曰飛豹戰希真，深予飛豹也。麗卿大叫道：「爹爹，我來也！」衝開士卒，掄斧直取李飛豹。李飛豹雖則英雄，怎當希真父女二人併他一個，不能招架，回馬便走。麗卿棗騮馬快，追上去，一斧劈下，飛豹措手不及，劈中坐馬後胯，（必先傷馬者，寫飛豹不易取也。）飛豹掀下地來。希真追到，連聲喝住，麗卿第二斧早下，砍入胸膛，鮮血飛出，可憐一位英雄竟喪黃沙。（完李飛豹。飛豹之死出人意外。所以者，何緣上文之幻出飛豹者，特借以掣轉秦明等人，不使其窮追希真耳。今已用畢，可以繳銷矣。然又不使其默默而盡，特又留此恨事，皆作者命意命筆之妙也。）希真埋怨道：「你這丫頭忒個手饞！（二字新奇。）他已走了，務要追上殺他！」麗卿道：「爹爹好道，有些夾腦風，（奇絕之語，莫孝順如麗卿矣，乃有時而唐突其父，愈覺其天真爛熳，遂令天下之繁儀多文、心議腹誹者，皆宋江之歸也。）既同他厮併，卻又不許殺他，還同他講仁義哩！」（用子魚駁宋襄語。）希真道：「你那曉得此人也是個忠勇漢子，（「也」字自負不小。）又與二姨夫相識，對仗時只得同他性命相撲，不能讓他。他已走了，追去殺他，卻是何苦？今已如此，不必說了，快去接應了他們同回。」（借希真一段話，作李飛豹贊語，皆史記筆法也。）那些官兵見壞了李團練，正是蛇無頭而不行，也都退了。（官兵之敗，總不肯寫得十分狼狽，是此書正題目。）希真、麗卿回馬，只見劉廣父子、真祥麟已都出城，收齊兵馬，聚在一處，（總收。）齊到太保墟。天已大明，回望城裏烟火不絕。城中雖然還有幾個軍官，見黃魁已死，又不知賊兵多少，誰敢來追趕。孔厚得知搶了劉麒并劉母的靈柩去，情知是劉廣、希真幹的事，只叫得苦。（補筆周到。）希真等收兵回山。劉廣下船，只見劉麒臥在艙裏，（照顧劉麒。）眾嘍囉把阮其祥綑得粽子一般，丟在劉母的棺材旁邊。（照顧阮其祥，並照出劉母棺材。暢快。）劉廣把樸刀柄沒頭沒臉的亂劈，罵道：「腌臢殺才，今日也落在我手裏！」真祥麟擋住道：「一頓打殺，倒便宜了這厮，帶回山去慢慢的收拾不好。」劉麒呻吟道：「爹爹休要結果他，待孩兒割這厮。」眾頭領開船，恰好南風正大，扯起風帆，又是順水。（極寫快意。）眾好漢並那兵馬也有坐船的，也有岸上走的，（寫得紛紛亂亂，極妙情景。）齊回山寨。還未到蘆川，只見喊聲震天，一標人馬攔住去路，眾皆大驚。正是：方纔報得仇讎恨，又怕重逢甲冑來。不知來的究是何路兵馬，且聽下回分解。

范金門曰：寫苟桓讓猿臂寨，奇而正，簡而暢，真老手筆。

前傳打大名府一篇，輝煌譎詭極矣，作者徑欲拔趙幟立漢幟，是何等膽識。乃細按之，亦無他謬巧，只是推陳出新一法，遂覺另起一番生色。篇中原要照吳用打大名府故事一句，只得另換局面一句，是作者明度金針處。

麗卿扮武妓，可謂異想天開。因有高封禁蘭盆，查出入，嚴防守，遂覺此一扮，確不可拔，因想其未落墨時，不知先有高封禁蘭盆，而後有麗卿扮武妓耶？抑先有麗卿扮武妓，而後有高封禁蘭盆耶？運思之幻，搆局之奇，不可得而測之矣。

万俟一段，描摹世態，口角身段，無不逼肖，惟核其命意，不過欲令阮其祥之遭擒，出於意外耳，何必將此事累累二千餘言，填塞篇幅耶？然反覆環觀，終不忍割愛。

劉廣之襲沂州，為救母也。即用一日連救母故事以點綴之。若有意，若無意，即離盡妙。

邵循伯曰：万俟之靠山，黃魁之查夜是烘托法；阮其祥被擒，李飛豹被殺，是變換法。

第八十五回 雲總管大義討劉廣 高知府妖法敗麗卿

話說希真等正收兵回猿臂寨，忽路遇一彪人馬，忙着人探看，原來正是苟桓。因希真下山，放心不下，深恐有失，便教范成龍、劉慧娘鎮守山寨，自己領了二千人馬前來接應。極表苟桓。當時見了，俱各大喜，一齊渡過蘆川。劉廣扶了劉母的靈柩，失意。麗卿親自押了阮其祥，得意。又將一乘轎子擡了劉麒。失意。真祥麟把阮其祥老小的首級結在一處，并高封的家私，一總擡上山來。得意。苟桓吩咐搭起廬廠，停了劉母的靈柩。收苟桓。劉麟將劉麒送入後堂將息。收劉麒、劉麟。當日將劉母棺木打開，屍骸尚未變壞，哭得個劉廣死而復蘇，遂用香湯沐浴，另換一具好棺木，鳳冠霞帔收殮了。收劉母棺木。希真傳令合寨軍士盡皆挂孝，收希真。請苟英主治喪事。收苟英。劉廣要碎剮阮其祥祭劉母，希真道：「高封那厮必來報仇，待捉了高封，一同祭奠。」便將阮其祥監下。收阮其祥。劉廣謝了眾頭領，又特向真祥麟、麗卿拜謝道：「此行實是委屈了將軍與賢甥女，皆劉廣之罪。」收真祥麟、陳麗卿。劉廣一番悲傷辛苦，不覺箭瘡又發，去醫治將息。收劉廣卻借箭瘡上讓出下文麗卿。凡一番下山，或出戰之後，必將用過人物點卯一通，一一收拾，亦如器皿用畢逐件收起也。章法精嚴之至。希真將高封家私一半收入庫內，充作軍餉，一半分賞眾頭目、嘍囉。完高封家私。

次日，希真升廳對眾將道：「我等打破城池，高封那厮必來報仇。他不打緊，我只恐雲天彪來。這人智勇超羣，難以輕敵，須勇猛上將統領前部，那一位肯當此任？」若劉廣箭瘡不發，定是劉廣去矣。話未說完，只見屏門後跑出陳麗卿來道：「爹爹要出兵打仗，孩兒願做前部先鋒。」妙。不知者只道仲華只管要用麗卿，那知此番卻是收藏麗卿也。用意妙絕。希真道：「我兒，你雖有些武藝，且在帳下聽候軍令，先鋒你做不來。先鋒不全是武藝，也要省得戰陣上的事務，性靈機警，隨敵應變。你這個性子，如何去得！」麗卿道：「爹爹時常說起先鋒的勾當，孩兒聽都聽熟了，那個是陣上學會的。妙舌。但不信孩兒做這一次與你看。」妙絕之言。先鋒又是好做來看的，不是麗卿說不出。覺前傳李鐵牛試吃素之言粗矣。希真未及回言，只見真祥麟上前稟道：「告稟主帥：此番破沂州府，實是虧殺姑娘，功勞最大，此次先鋒理合委他。」麗卿道：「可知是哩！四字絕倒，活麗卿。爹爹想：你要孩兒做粉頭，我都依了；我只不過要做個先鋒，八字奇妙，一似謙卑之甚者。爹爹都不許我，教孩兒如何氣得過？」此語如麗卿開口便說，覺得掂斤估兩，便不為奇，妙在祥麟一言提動麗卿，忽然記起，遂寫盡麗卿天真渾噩，將前日喬扮武妓極難堪之事，已是太虛雲過，毫無粘滯，毫不着相，真仙乎之筆也。夙具慧根人往往如此，葢作者之寫麗卿胸中擬就一位天仙化人，然後命筆，遂令末回箭園點化一段文字，迎刃而解也。眾人都道：「小姐英雄無敵，做先鋒正當其職，求主帥便委信牌，我等都願奉讓。」欒廷芳與麗卿爭先鋒隔此尚有無數文字，而此處先已反照，起筆之靈妙真如麢羊掛角，不能尋其踪跡也。希真道：「我兒，既是眾位將軍都保你，你須要小心在意，軍務重事，不是作耍，休要挫我的銳氣。非是為父作難，你須知用兵之時，賞罰最要緊。我此刻同你是父女，一領了信牌，照公辦事。你萬一違悞了軍法，我也救你不得。莫說是你，便是眾位將軍，都是我至交弟兄，當用兵之時，亦是如此。不然，他們何故推我為首，坐這第一位。」暗用晉悼公即位數語，想見希真英霸之氣。麗卿道：「不勞爹爹吩咐，孩兒都省得，斷不違悞軍法。萬一違悞了，爹爹只管處治；就是犯到了斬罪，爹爹也不必哀憐。若是畏刀避斧便能長壽，生起病來不死人了。何等痛快淋漓。吾願人咸佩此語，盡忠盡節，豈異人任哉！每歎偷生倖免之徒，大限到日，命終屬纊，回憶此言，真聚九州鐵，鑄不成一大錯也。就是陣上一刀一鎗，山高水低失陷了，命裏註定，爹爹也休記罣❶。（慷慨悲壯，令人起舞，讀之當浮一大白。麗卿愛其父乃至不肯字人，而今如此云云者，正如臨深履薄，並戰陣無勇為非孝二語，皆出曾子口也。若作好勇鬭狠解，則大悞矣。）爹爹且把先鋒事務付與孩兒。」（再抱一句。）眾人見麗卿這般說，無不稱羨。希真見麗卿如此決烈，亦甚歎息，（皆極其咏歎，而文氣又甚疎宕。）便捧過信牌付與麗卿，又吩咐些話，（虛神都到。）當廳叅授了前部先鋒，麗卿領了信牌。希真又命真祥麟為前軍左翼，劉麟為前軍右翼，明日便同麗卿下山，往燉煌南首下寨，等待高封。苟桓道：「恩公教前軍下寨，為何不據守蘆川，卻緊靠燉煌，何也？」希真道：「高封不知兵法，又不受雲天彪節制，報仇心切，必先渡蘆川。誘他過來，邀擊最便。（兵法所謂絕水必遠水也。）先擒了高封，（直視高封如無物。）便好一心對付雲天彪。今若守定蘆川不過敵人攻我不進，勝負未定，相持日久，糜費粮草，不是勝算。（此書凡寫希真用兵，只是設法陷人乘虛襲取；寫天彪用兵，只是長拒大覆，聲罪制討。天彪純是王道儒風，希真全是英雄雜霸，二公性情不同，而用術亦各異，獨怪仲華搦管為文，俱是憑空結撰，既能寫一希真，又能寫一天彪，兩人用兵大小凡數十戰，各不相犯，目為天才，何過之有。）若是天彪一人掌兵，我早把住蘆川了。」（真是妙人妙筆。）苟桓聽了，甚是拜服。當晚眾頭領酒筵暢敘，（或謂劉母在堂，斯其為子卯也，大矣。予曰：以苛禮繩強盜，強盜不落草矣。）席上說起可惜壞了李飛豹這籌好漢，（欒廷玉尚有回生之日，李飛豹竟已矣。）大家都歎息不已。（餘韻嫋嫋。）麗卿笑道：「你們早對奴說了，須不做出來。」（總是別人不好。）劉廣道：「雲親家處，我已修下一封書，備極苦衷，差一能言舌辯的心腹人寄去，求他不可發兵。」（補前文未及。）希真道：「你如此雖好，卻未必濟事。此人忠義如山，必不肯殉親戚之情。此事寔是虧了孔厚，我已差人去如此如此，勸他也來聚義，（不必有此事，不可無此文。）不知他肯否。」（亦補前文未及。）

不說次日麗卿等領兵下山扎寨，且說沂州城內文武官員、軍民人等，嚇得心膽碎裂，誰敢出頭。直待天明，不見響動，那西城防禦使萬夫雄，（極懦之人，偏與以極壯之號，絕倒。）方纔點兵上城，把各門都關了，查拏城中恐有

❶ 記罣：記掛。罣，同「掛」。

餘黨躲匿。可笑。那護印的推官，率領夫役，撲救了餘火。孔厚稟請推官安撫百姓，休教驚惶。那推官問道：「這夥賊兵是那一路？」活畫。孔厚道：「他刼牢救了劉麒，打殺白勝，搶去劉婆的棺材，怕不是劉廣被逼情急，四字書法。結連了猿臂寨的賊兵，幹出這事。暗暗歸咎高封，妙。如今太尊又不在城，相公速發通稟，一面移咨景陽鎮總管，預備征勦。」推官道：「孔目說得是，我也道必是這些鳥男女。」活畫。當時查點拱辰門，殺死守門軍官、軍士五十多名，被傷未死者十多名；完拱辰門一段。牢裏節級、牢子并太守心腹人，俱被殺死；各囚犯除白勝身死之外，其餘都乘機越獄逃脫；完牢內一段。太守官衙上下主僕男婦俱遇害，衙署家私俱遭搶刼燒燬；完府衙一段。稱太守、稱遇害者，推官文中語也。兵馬都監黃魁、西安營團練使李飛豹俱陣亡；完黃魁、李飛豹兩段。阮其祥遭擒，全家被害；完阮其祥一段。於阮其祥削其官，春秋書法。万俟春、万俟榮兄弟同莊客、親隨，共三十餘人被殺，又殺死賓客二十餘人，房屋被燒，家財被刼；完万俟春一段。王小二客店內被刼去錢財，殺死万俟春家人一名。完王小二客店一段。万俟春、王小二處橫加入打刼家財，寫小人乘機扳誣，筆底如鏡。公人、軍士陣亡者四百餘人。一段。其餘百姓人家，都無傷損；一段。倉庫錢糧，亦俱不動。一段。于數段實事之後，又補入三段虛事，妙。那推官查點畢，叫押司書吏疊了文案，繕發文書，通詳都省，移咨景陽鎮，迎報高太守。

卻說雲天彪正設法要救劉母、劉麒不得個計較，又差人到龍門厰神霄雷院，探得劉廣一干人不知去向，甚是驚疑。補筆周緻。那日中元節，景陽鎮上也有幾處蘭盆會，餘波。天彪派軍官彈壓。半夜後，報東北上有火光，望去似在沂州府城裏。第一起只報火光，尚未定何處。天彪登高望時，吃了一驚，對左右道：「我望這火光中有殺氣，定是兵火。」急差探馬去打探。比及黎明，各營汛塘房雪片也似報來道：「有賊兵直陷沂州城焚掠。」第二起只報賊兵焚掠，尚不說何處賊兵。天彪大驚，便傳令點兵。少刻，探馬回來，報稱是猿臂寨的兵馬攻破沂州，殺死官吏，刼牢放火，搶刼倉庫而去。第三起已知是猿臂寨矣，卻還不說出希真、劉廣。亦加入搶刼倉庫，見一時傳聞之訛。接連沂州推官的公文也到，拆看時，方知是陳希真、劉廣勾連猿臂寨，攻城刼獄。第四起方出全文，章法精嚴之至。天彪勃然大怒道：全是雲長氣象。前傳寫冠勝那得有此。「是非曲直，朝廷自有公論，鼠輩焉敢造反！」大義凜凜，讀之鬚髮皆動。就傳號令起本部軍馬，征討猿臂寨，尅日興師。嗟乎，公之春秋大論不可槩見此其一則乎？忽報劉廣遣人下書，天彪愈怒，將來人喚入。見書面上寫着「雲親家」字樣，天彪大怒道：「背叛之賊，與你何親！」將書擲於地下。正大光明，可畏可敬。來人道：「家主並不敢造反，只因……」截住，妙。天彪喝道：「休要巧辨！他攻破國家禁城，殺死朝廷命官，搶刼倉庫，怎說不是造反？饒你性命，寄信與他，趁早伏闕請罪，或有生路；如再執迷，官家便是他親爺，也恕他不得。」言官家且救你不得，何況親家耶？句句憤激，卻又字字惻隱，寫來真是妙絕。既深惡痛絕之，卻又為其畫策生路，方是君子心腸，不然竟是小人之反臉無情矣。喝左右：「將來人叉出去！」更不容分辨。書信把來毀了，便吩咐那兵馬都監小心鎮守，防青雲山賊兵乘虛再來。自己便點標下指揮、防禦、團練、提轄共發馬步官兵三千，大刀濶斧往猿臂寨進發。未及半路，後軍流星馬追到，報說都省有緊急火牌到，并有青州馬陘鎮總管魏虎臣同來。奇峯突起。天彪吃了一驚，便取火牌來看，上寫道：

檢討使賀，仰景陽鎮兵馬總管雲天彪知悉，照得奉制置使扎開：據沂州府知府高封禀稱，已革防禦使劉廣，窩藏在逃奸民陳希真，膽敢為青雲山盜賊內線，煽惑勾連，同為鬼蜮。硬語盤空。該總管雲天彪，與劉廣係兒女姻親，難保無容隱偏護情弊，合請撤回等因。高封之可恨如此！據此覆查雲天彪容隱偏護雖無實跡，表出賀太平。然究與劉廣姻親，理應回避，未便在青雲山左近駐扎。只愁青雲不慮猿臂，見高封之愚。查有青州馬陘鎮總管魏虎臣，堪與對調。為此飛檄魏虎臣前往更替，所遺馬陘鎮缺，着雲天彪迅即前往接任，一面咨請樞密院劄付。牌到即便遵照，毋違！奇文。

天彪看罷，歎道：「我豈肯如此！高封鼠子把小人待我。」不深尤高封，寫盡心平氣和、樂天知命氣象。便傳令收兵。岳武穆詩曰：出師未捷班師急，相國翻為敵國謀。春容大雅，令人企慕無已。天彪並未與劉廣交兵，而提綱大書討劉廣，深予之也。天彪心腹人諫道：「相公既已出師，且待擒了劉廣，豈不白了心跡，又滅倒高封那廝的口？」近亦頗有以此病武穆者。天彪道：「爾等不知，陳希真足智多謀，料事如神，我如今去征他，一時難滅，希真畏天彪，天彪亦畏希真，兩峯對峙，寫來真是好看。曠日持久。萬一勝他不得，那時無私有弊，一發吃他們口實。真老成練達之見。況且近日軍官們多不遵上司約束，紊亂紀律，我豈可效尤。直是郭令公、岳武穆心事矣，廉將軍亦有愧焉。天彪所慮甚大，嗚呼，天彪且然，況武穆耶？魏虎臣夤緣高俅，到此地步，又沒才幹。敘出魏虎臣來歷。他與高封兩人，若去征猿臂寨，必死于陳希真之手，卻無故害了這些兒郎，可歎！我有個外甥祝永清，他從五郎鎮調補此處，將次可到。他十三歲時，我曾見過他，近聞得他十分英雄了得。可惜我已去了，又不能與他相見。」無端插入，在文法不得不然，卻又寫得情致纏綿，文能生情，豈不信然。卻並不向虎臣囑託一語，知驥騏不為庸奴用也。眾人無不歎息。

候了兩日，魏虎臣到了。天彪便將兵符、印信都交割了魏虎臣。那魏虎臣問起地方情形，天彪將方略要害、軍民風俗，說了一番。所對非所問，妙。虎臣又問道：「此地每年出息❷何如？」見天彪不省，只得老實再問。悲夫，天涯茫茫，豈獨一魏虎臣哉。天彪變色道：「總管差矣！天彪為一方大將，替朝廷鎮守封疆，只曉得有賊殺賊，無賊安民，偌大經濟只八個字，其實只

❷ 出息：收入。

六個字，奇筆。從不省得什麼是出息。總管既論出息，何不做商賈去？」愧殺天下人。說罷，起身便走，也不告辭。極寫天彪神威難犯，又為上文惡識高封渲染。虎臣滿面羞慚，心中甚是懷恨，對左右道：「這人如此不通世故，日後必遭大禍。」反以高眼憫天彪，絕倒。許青士有言，君子憫小人之詐，小人未嘗不苦君子之迂。誠哉是言。天彪次日束裝，起身赴青州去。景陽鎮的軍民人等，那里有一個捨得他去，家家焚香，戶戶祖餞，扶老攜幼，直送出三十里外，哭聲振野。不可少。史稱關壯穆驕士大夫而得士卒心。作者之寫天彪直從此等處落筆，因歎前傳之寫冠大刀真小兒號啞矣。到了沂河渡口，天彪辭了眾人下船。眾人直望到船不見影，方痛哭而回。日後紳耆等又在沂河口建一亭，名曰「望來亭」，盼望天彪再來。寫得淋漓盡致。天彪于路上方探知劉廣因高封害了他母親性命，怨毒難忍，方報仇雪恨，並不搶刼倉庫，也甚歎息，不覺潸然淚下，真是仁至義盡。便到青州馬陘鎮赴任去了。收過天彪。

卻說高封從都省回任，半路上迎着沂州推官的飛報文書，拆開見是劉廣、陳希真打破城池，全家被害，驚得跌下車來，五內皆裂，痛哭不止。那阮其祥的兒子阮招兒，隨在高封身邊，聽得他老子被擒，也撒嬌撒癡，要高太守報仇，醜。哭個不了。高封兼程趲路奔回沂州，那推官同孔目孔厚、萬夫雄及一應屬下官吏，齊來迎接。高封到了府衙，但見一片瓦礫，地上供養着無數棺材。高封哭得死去還魂，便擇日治喪殯葬。也不等都省文檄轉來，便權在城隍廟坐落，點齊本部官兵，只留一千守城，其餘都令出戰。令萬夫雄為前部先鋒，趙龍、錢飛虎、孫麟、李鳳鳴四提轄為左右輔弼，隨手撮出四人，卻以龍、虎、麟、鳳配趙、錢、孫、李，似諧非諧，妙。不似他書動輒離不得龍、虎也。用孔目孔厚為行軍叅謀，着。起兵五千，征勦猿臂寨；并移文景陽鎮總管魏虎臣，一齊興兵。魏虎臣得了那角移文，好似囚犯見了提牢虎頭牌，心裏十五個吊桶打水七上八落，絕倒。怎敢不依，只得勉強提兵出神峯山，安營下寨，探望動靜。絕倒。此時青雲山若再發兵襲沂州府，必能得采，惜笨賊之無謀也。

卻說孔厚自沂州遭刼之後，在外辦公彈壓，並不回家。寫孔厚賢勞。那日領了知府鈞旨，着他為參謀，當晚回家整頓行裝。只見孔厚的娘子出來道：「官人出去後第三日，有一個人，不知是誰，敲門進來，撂了一包物事在地，回頭便走，更沒言語。奴盼你不回來，不好開看，寫出孔厚家範。約莫是金銀之類。」奇。孔厚取來，打開看時，見是一錠赤金，重一百兩，攔腰剪斷；又有一把青草，更無別物。孔厚會意道：「這明明是劉廣、陳希真勸我也去落草，同心斷金之意。應前希真語。雖是他們愛我，此事我如何做得！」便吩咐娘子道：「你把這金子收好了，不要用他。又是孔厚身分。我此番隨高太守出師，生死未卜，你與我看着孩兒。」又是孔厚聲口。娘子吃驚道：「丈夫何出此言？」孔厚道：「賢妻不知，太守雖用我為參謀，那陳希真乃智勇之士，我萬不及他。此言帥不如彼。他手下的頭領都了得，此言將不如彼。高封又不得軍心，此言兵不如彼。戰必不利。我回來是人，不回來便是鬼也，其音極酸楚又極悲壯，當白衣冠送之。你撒開我。」又是孔厚氣象。寫孔厚又是孔厚，真正才子。娘子聽了，啼哭不已。孔厚當晚收拾了行裝，孔厚不哭。次早便隨高封出師。一「便」字，寫盡孔厚英雄決烈。

高封提了五千人馬，帶了隨身法寶，三百神兵，先引一句。殺奔猿臂寨來。將近蘆川，前軍探馬來報說：「賊兵將船筏盡拘到北岸，靠燉煌扎三個營寨。我兵水路船少，難以濟渡，請令定奪。」高封傳令去各村莊捉拏船隻添足，渡過去。孔厚諫道：「陳希真那廝頗曉兵法，他不守蘆川，反退保燉煌，必然有謀。兵法云：絕水必遠水。我兵先渡，他萬一半渡攻我，怎好？」孔厚不謂無謀。高封道：「他把船隻都拘到北岸，明是懼怯。既誘之以利，又示之以弱，高封焉得不墮術中。極寫希真。賊眾不滿四千，我兵半萬有餘，況且下官道法元通，再提一句。怕他怎地！若不渡過河與他決戰，守到幾時去？」孔厚再三苦勸，此三十六人之迥異於一百八人也。高封不從。孔厚道：「太尊不依小吏之言，戰必不利。」高封大怒道：「你焉敢阻我銳氣？我曉得了，你與劉廣最好，今日從中替他掣肘。我不念你前日擒白勝之功，（將前文一提，妙。）立斬你的首級號令軍前！」遂取過簿冊，把孔厚的職名一筆勾銷，喝令：「逐出營去！從此斥革，不准復充。」（既逐去天彪，又逐去孔厚，欲不身死人手可得耶？）孔厚出營嘆道：「忠言逆耳，替這等愚夫決策，原是我錯。」遂回沂州，帶了妻小回曲阜縣去了。（收過孔厚。此篇因催逼希真已歸猿臂，則一切用過人物例應收拾，而收拾孔厚最難。今即借高封將孔厚如此安頓，真乃良匠苦心。）

高封逐去孔厚，便叫萬夫雄領五百兵先渡北岸安營，「我提大兵隨後進發。」當夜高封在蘆川南岸下寨。高封在中軍帳內，只是悲傷老小，那里睡得穩。那阮招兒只把雲情雨意撩撥他，高封就與他淫戲散悶。（寫盡好淫之徒，真是無醜不備，令人嘔惡。）刁斗❸方傳四鼓，忽聽得北岸喊殺連天，忙出帳看時，只見火光蒸天價紅。高封大驚，又不見探馬報來，便點齊兵馬殺奔蘆川。天已黎明，猿臂寨兵馬都已退去。（極寫希真。）有幾個識水的敗殘軍士，赴水逃了性命回來，報道：「苦也。四鼓時分，賊兵分三路來劫營。中一路是一員女將為頭，萬夫雄與他交鋒，只一合，吃他刺殺了。左右兩路是兩個少年，也了得。（劉麟、祥麟也。）我兵都沉沒了，帳房、器具、河裏的船隻，都被奪了去。那廝得了勝，仍回燉煌寨裏去了。」（麗卿也能，寫麗卿正是寫希真。虛寫，妙。所以然者，此回是要收藏麗卿，非欲鋪張麗卿戰功也。）左右對高封道：「那女將就是陳希真的女兒陳麗卿。」高封大怒，傳令斬伐木植，就蘆川上搭起五座浮橋，提兵渡過北岸下寨。（中計矣。）高封對左右道：「好笑麼，孔厚那廝只管說渡不得，防他半渡中邀擊我們。我如今已過來了，那廝可敢來？（還要誇口。）且掘好了濠塹，排密鹿角❹，我明日便直搗那廝巢穴。」（說得如此容

❸ 刁斗：軍中用具。銅質，有柄，能容一斗。白天用來燒飯，夜則擊以巡更。

易。當夜無話。（一夜南風，不言可知。）

卻說麗卿斬了萬夫雄，將首級送去希真處報捷。希真聞天彪起兵，正預備小心迎敵，（兩面都到，妙筆。）續後探得天彪被調到青州去，止有高封自來；又接麗卿捷音，大喜，便請苟桓、范成龍守寨。劉廣、劉麒雖已病好，希真卻不肯叫他們出戰。（先安頓一句。）這里帶領劉慧娘、（首點劉慧娘者，冤有頭債有主也。）苟英，（不必全師俱出，妙。）提兵一千下山。（猿臂寨又添一千。）

且說麗卿報捷，希真還未得回信，忽報高封親領兵來搦戰。麗卿便要迎敵，真祥麟道：「既是高封親來，且待主帥親來定奪。」（寫祥麟。）麗卿道：「此等小輩，何足道哉！待奴家一鼓擒了他，省得爹爹費力。」便傳令出營迎戰。祥麟勸不住，私對劉麟道：「姑娘雖然勇猛，只是輕敵者多敗，（極寫祥麟精細。）我同你去接應他要緊。」劉麟道：「將軍說得有理。」便一齊領兵都出。

卻說高封怒氣填胸，惡狠狠地帶領兵馬搦戰，殺過一派栢樹林，（栢樹林三字先在此處插入，妙筆。）望見一片平原，排成陣勢。只見猿臂寨兵馬蜂擁而來，當頭一陣紅旗，捧出一員女將，騎着棗騮馬，全裝披掛，（麗卿披掛上陣，是頭一次寫。）近身數十騎，俱是女兵。原來麗卿自到猿臂寨，便挑選頭目、嘍囉中的妻小婦女，不論美醜，但是有氣力武藝的，拔做親兵，親自教他們武藝，輪班扈從，教尉遲大娘統領，號為「紅旗女兒郎」。（好名色，絕妙好辭。較之娘子軍、夫人城，更為鮮豔。）年紀都是二十上、四十下。當日出迎高封，高封左右道：「這正是陳麗卿。」高封大罵道：「你父女二人犯了彌天大罪，本府前來征討，你焉敢抗拒！」麗卿大怒，挺鎗驟馬，直逩高封，趙龍、錢飛虎、孫麟、李鳳鳴一齊迎戰。麗卿展開那條鎗，好一似雲飛電掣，四將抵敵不住，都敗下陣來。高封見

❹ 鹿角：軍事上防禦障礙物。因用樹木做成，杈枒似鹿角，故稱之。

了，掣出背上那口寶劍，敲動聚獸牌，念念有詞，麗卿已趕到面前，高封撥回馬便走，喝聲道：「疾！」念念有詞，喝聲道「疾」，出自前傳，已屬奇文，今仲華偏于中間夾入字句，將八字隔做兩截，真乃奇妙。麗卿正引兵追過去，只聽得豁碌碌一聲響亮，面前湧起一座惡山，擋住去路，不見一個敵兵。寫妖法不但與他書不同，且並與前傳不同，奇才奇才。麗卿與女兵們都吃了一驚，看那山卻又不像個真山，那峯巒餶飿❺也似的湧起，上面都是黑毛，毿毿的會動。後隊都叫起苦來，原來霎時間，四面八方都湧出山來，團團圍住，更沒條出路。另是一種奇離筆墨。麗卿大驚道：「這是恁地原故？」是麗卿。尉遲大娘叫苦道：「這是妖法，人力如何敵得！」麗卿聽是妖法，忙叫道：「你等不要慌！句句出奇好異。我常聽得爹爹說，凡遇妖法，皆是虛妄，一似確鑿有此情理者。休要怕他，只顧隨我殺上去！」吾讀至此，未嘗不掩卷歎息。悲夫，仲華之才豈可以升斗量哉。正待殺上，忽又一聲響亮。這聲響亮非同小可，真個是地裂山崩，只見對面那座山豁地分做兩半邊，句句出人意外奇才。中間無數夜叉鬼怪、羅刹猛獸，隨着狂風惡霧，蜂隊價擁出。為頭一個魔王，身長二三丈，眼如明燈，手持鋼叉，直搶過來。那女兵并一切頭目、兵將等，心膽都裂，魂飛魄散。麗卿大怒，道：「什麼邪魔敢來犯我！」更是驚人。拈弓搭箭，對那魔王咽喉射去。弓弦響亮，那魔王中箭往後便倒，寫到此際，偏尚有如此頓跌，真是奇絕之才。那些鬼怪猛獸看見，回頭便走。麗卿驅兵掩殺，只見風霧俱散，那四面高山仍現出平地。看見那高封領着兵馬，屯在那邊栢樹林內土岡上，忽又收落，妙之至矣。栢樹林又一閃。鬼怪猛獸都化作旋風不見了。索性極力放鬆，大奇大奇。你道這是何故？忽對看官說閒話，奇妙不可解。只因麗卿原是雷部中正神降凡，第六回中不是交代過？絕倒。我總記得。因他在天上時，本有飛罡斬祟的分權，雖經轉刼，靈光不昧，那些邪魔外道怎敢近他，自然害怕，都紛紛逃避。又細註一遍，然則高知府妖法敗麗卿將虛語耶？當時高封

---

❺ 餶飿：音ㄍㄨˇ ㄉㄨㄛˊ，宋代的一種麵食，一說即「餛飩」。此處用其諧音，做「骨突」（突出）解。

在岡上，見麗卿破了他的法，便另使個作用，拘那天丁力士殺下。那天丁力士見了麗卿，卻都不敢下來，只在半空中廝張。（奇幻之極，真是得未曾有。第二次再一頓跌。）麗卿在下面往來衝突，（「下面」二字，是從高封眼中落筆。）望見高封，便引兵殺入栢樹林，（再一閃。）來搶土岡。（極寫麗卿驍勇，以見非遇妖法，決不致敗。）高封見了大怒，便把劍來刺破左臂，吸一口熱血，仰天噴去，這個作用名喚「混海天羅」。（戛戛獨造。）真不比尋常，只見半空中結成遮天大的一團黑氣，分明是一座泰山，軟咍咍當頭壓下。可憐麗卿縱然英雄，難逃此厄。（偏作驚人之筆。）那團黑氣把麗卿并一彪軍馬都裹在裏面。那時真祥麟、劉麟的接應兵都到，（偏有工夫去寫真祥麟、劉麟。）望見那黑氣比窰烟還濃，腥臭難聞，人人嘔惡，不能殺入去相救，只在外面叫得苦。那麗卿在黑氣裏如同昏夜，伸手不見五指，但聽得四下裏鬼哭神號，那一股血腥臭比爛屍還利害，夾鼻子沖來，那里受耐得住？急得三尸神炸，七竅生烟，衝突不得，把梨花鎗亂掃亂劃，磕頭碰腦，又都是些樹木，不能動步，（急殺。）頭盔早已落地，萬縷青絲披散，繞住了鎗桿。（急殺。）當時麗卿也不望有性命，忽然打了個寒噤，覺得丹田內一道熱氣沖上頭頂，一派紅光火雲也似從顖門裏湧出來，衝得那黑氣四散紛飛。（寫得精靈之極，紙都浮動。）麗卿掙不定主意，伏在雕鞍上昏迷了去。（精靈之極。）

尉遲大娘同眾女兵嘍囉忽開眼看得見人物，尋那麗卿時，只見他伏在鞍上，（尋字真是設身處地，俗筆斷無。）忙去叫了幾聲。麗卿心裏卻理會得，運過氣來定定神看時，身子在栢樹林內，兵馬都聚在一處。（設身處地。）那黑氣化成濃霧，蒸籠也似的把他們罩住。那些妖兵鬼卒在虛空中往來奔馳，卻都不敢攏來。麗卿道：「這廝妖法好利害，我今番吃了虧也，且收兵回營。」尉遲大娘道：「四面黑霧圍住，東南西北也沒處辨，又沒個羅經，曉得那方是歸路？」（忽又生一難。）麗卿看見林子那邊一株枯樹，忽地心靈機巧，便去那枯樹上周圍摸了一轉，奇。指着一方道：「這邊是正北方的歸路，只顧衝殺出去！」奇極。尉遲大娘道：「姑娘怎地曉得？」麗卿道：「我們交兵時，太陽不過辰刻。這枯樹一面熱一面冷，那曬熱的一面必是東方。」真匪夷所思，較祝家莊之白楊樹轉灣，更為奇妙。眾人聞言大喜，便一齊奮勇往正北衝殺。只聽得喊聲大起，金鼓振天，高封早已引兵追來。機括甚緊。麗卿不敢戀戰，引敗兵奔走，又只見迎面飛起萬道金光，震天震地價霹靂響亮，急殺。真是出奇無窮。一隊兵馬殺來。麗卿大驚，看那為首一人身騎白馬，穿一領皂衣，披髮仗劍，左手執着那面乾元寶鏡，認得是他父親陳希真。妙絕。麗卿大喜，大叫：「爹爹快來救我！」希真把丹田內的罡氣都運在乾元鏡上，那鏡面放出金光萬道，射入黑霧，只見半空中紙人紙獸紛紛的落下來。霎時間，把那些黑氣掃得絲毫不見，但見滿天都是祥雲瑞氣。妙筆。希真見了麗卿大驚道：「你快回營去，厮殺不得了。」麗卿引兵回營去了。恰好高封已到。

原來高封見混海天羅還迷不倒麗卿，心中大怒，帶了拘魄金繩，領着神兵來捉麗卿。追到分際，見法被破了，大吃一驚，正撞着希真。希真已收了法寶，挽起頭髮，挺丈八蛇矛，來戰高封。高封祭起那拘魄金繩要捉希真，希真見了大喜。喜得作怪。說時遲那時快，希真右手持矛，忙將左手結個真武訣，向那金繩一指，那拘魄金繩倒飛了回去，把高封綑下馬來。絕倒。晦翁必又註曰：即以其人之索，還綑其人之身。苟英驟馬去捉，卻吃趙龍救了去。希真麾兵掩殺高封的兵馬，特書高封兵馬者，避官兵二字也。是此書正旨。真祥麟、劉麟也一齊殺來，不漏。大敗高封。那錢飛虎被苟英一刀斬於馬下，錢飛虎完。高封敗回營去。希真也不追趕，收兵回營，依舊換了裝束，細。升帳查點麗卿領去的兵馬，三停折了一停。希真道：「喚麗卿過來。」麗卿上帳，俯伏請罪。希真道：「你這丫頭一味鹵莽。我聽得高封親來，忙傳令叫你且慢出戰，已阻擋不迭。」補前文未及。如今不是我到，險送了性命。」便對眾將道：「前日小女叅授先鋒時，我原曾說過，若失機敗事，定按軍法。今日非我護短，委是高封妖法利害，人力不能抵敵，小女這塲敗北，情有可原，可否從寬饒恕？」希真做作，真是可愛。眾將齊聲道：「主帥怎這般克己？小姐天性忠孝，上陣交鋒，不顧生死，便是真個失機，也要從寬將功折罪。此是推原平日。況且高封妖法利害，誰不見來，卻怎怪得小姐！此是就論今日。主帥若將小姐治罪，眾人心都不安。」希真對麗卿道：「既是眾位將軍前都請命過了，恕你無罪。」麗卿謝了起來，又謝了眾將。眾將見希真軍法嚴明，無不欽佩。夾入此段，遂令事有公私，文有曲折。

希真方對麗卿道：「我兒，你怎好也？你可曉得，你的陽壽只有七日了。」驚人之句，劈空而來。麗卿與眾將都大驚道：「此話怎說？」希真道：「你今日遇着的那妖法，名喚『混海天羅』。雖是妖法，卻是採取天象鬼宿中的積屍氣凝鍊而成，得人血接引，立能感召，生靈吃他裹住，只消六個時辰，魂魄散盡，屍骸為泥，說得可怕。將前文再註一遍，妙筆。必須從希真口中註出，方為合法，若從高封口中自說，真呆鳥矣。我所以趕緊來救。如今為時不久，我看眾人都不怎地，一句撇去眾人，便極。你為何已是真神離了舍？你可覺得自己身上有甚景象，快對我說。」麗卿道：「孩兒被那黑氣罩住，眼不見物，腥臭難聞，施展不得手腳。正在著急，忽然發了一陣寒噤，覺得丹田下一股熱氣沖上來，顱門裏冒出紅光，孩兒便似酒醉一般昏運了去。尉遲大娘相叫，方醒轉來。看那黑氣已是散開，便往北衝殺，卻得爹爹來救。先將前文細述一遍。此刻只覺得頭顱劈開價疼痛，身子燒得狠，精神恍惚，好似在雲霧裏一般。」然後將本文發端。希真叫道：「苦也！這是你的根器厚，所以得這先天真乙元神飛出來，與那妖氣對敵。又將前文補註一遍。妖氣戰退了，飛出的神光不能歸舍，七日之後，性命決不能保，又無藥醫得，這卻怎好也？」故作險筆。眾將聽了，都大驚失色。麗卿流淚道：「孩兒死不打緊，是麗卿語。撇得爹爹怎好？」反說是撇爹爹，確是純孝聲口。須知與前文「山高水低，爹爹休要記罣」，正是一副聲口，並非兩樣意思。如此體認，斯善讀書者矣。慧娘哭道：「卿姐三長兩短，奴也不能久存了，寫得慧卿直是陳雷膠漆。姨夫可有方法救得？」希真道：「你等休亂，且取我這乾元鏡與他照看。如鏡裏沒影子，還不妨事；若是有影，連我也沒法。」奇妙。眾人問其原故。希真道：「我這寶鏡，乃先天虛靈之體，不落後天氣質，所以不論仙佛神聖，并一切鬼怪精靈，凡是無形之物，都能照見；一切有形質血氣之類，照去反沒影子。若人照見了影子，便是形質將壞，去鬼類不遠也。」真說得圓通。說罷，便教眾人與麗卿照看。眾人照時，只見那鏡子內，空空洞洞不存一物，妙喻。果然都沒有影子。先寫眾人照，妙。又照麗卿時，大家都叫起苦來，單單只有麗卿有個影子在內。故作險筆。希真也忍不住流下淚來，便把麗卿抱入懷內，取那鏡子與他廝並着臉兒再照。希真叫聲：「慚愧！還有救星。」眾人都歡喜，忙問：「怎的救法？」希真道：「雖然有影，卻四肢五官都模糊不清，真元尚未傷盡。一得便轉。事不宜遲了，卿兒快同我回山寨，我自有作用救你。只是此地軍事怎撇得？」慧娘道：「姨夫放心，只顧帶了卿姐去。高封無謀之輩，甥女不才，略施小計，捉這廝到手，儘足有餘。前因劉廣箭瘡讓出麗卿，今又因希真有事讓出慧娘，皆極妙裁製。擒高封不必用希真者何，劉廣傳中事也。曷為不用劉廣？蓋高封非劉廣敵也；不用劉廣而用慧娘、麒、麟，猶之用劉廣也。猶曰是區區者，付之兒輩為之耳，何煩乃翁耶！真乃意妙，筆妙。只是高封妖法，卻不能敵他。」希真道：「不妨。這廝煉習的不過是三山九候之術，只有那混海天羅最利害，已吃我破了，其餘俱不打緊。所以用高封妖法者，只用其逼壞麗卿，免得與祝永清見面耳。既已用過隨手收去，不必分外鋪張也。故下文俱略略點綴而已。我留一法物與你，足以破他。」便喚軍士們尋一隻黑犬來殺了，何處得來？將血盛入器皿內。希真把來禁呪了，又將些符籙燒入，取羽箭三百六十枝，將犬血塗蘸了箭鏃；又于弓弩手中挑選三十六人，都要命中帶六甲的，每人領了十枝箭去。吩咐慧娘道：「如那廝用妖法，便教這三十六人將這法箭射過去，任他是甚麼外道，都化烏有。」慧娘大喜。希真便將兵權交與慧娘，帶了麗卿回寨。

劉廣、苟桓等聞知都大驚，忙叫劉麒來迎。希真見了劉麒，歡喜道：「賢甥恭喜好了。」形擊，妙。劉麒道：「甥兒好的，卿妹妹怎麼說起？」希真道：「且到寨中再說。」到得寨內，劉廣等忙來動問。希真將前因說了，大家看麗卿時，臉如蠟裹，精神困頓，倒在椅子上。劉廣大哭道：「為與我報仇，累賢甥女遭此大難，人非草木，怎不傷心。」不可少。希真道：「姨丈且勿悲傷，速叫人備一間淨室，四壁要不漏些屑亮光，只于頂上開一圓孔，大如雞子，透入天光；再要蒲團一個，大銅鏡八面，牀舖一所。其餘俱不用。」劉廣遵命，頃刻備完。希真領麗卿進了暗室，叫他將頭髮兩路分開，挽了一雙丫髻，盤膝坐在蒲團上，將顖門對了圓光，瞑目端坐，虛靜凝神，又教他內觀秘法。無意中先作末回傳道之引，妙筆。倘身體困倦，上床睡不妨，但醒了便坐，倦了便睡，全憑自然，晝夜不息。飲食用老婦人按時饋送。將那八面大鏡，按八卦方位，圍着蒲團，安放房內。周圍十二雷門，都書了符籙，布了罡氣。又吩咐道：「你須要耐心靜守，坐過七七四十九日，自然無事。悶殺。這七日內最要緊，我日日在此照看你。寅、午、戌三時，我來步罡三遍，替你收攝。倘那圓孔中有火光飛入，或現五色雲霞，便是你元神歸也。只顧內觀，休去看他，他自能尋竅返舍。你若看他，驚動了他，便又飛去也。切記，切記！這景象不止一次，見一次元神便復得一分，守到不見，他便全歸也。再將這乾元鏡放在身邊，自己照看，倘影子漸漸淡了，以至不見，那時性命全到手了。亦不可多照。」麗卿句句都聽了。希真方出來，又誦真言，喚下多名黃巾力士，在虛空中輪班保護，防那外道天魔侵擾。

希真都安頓了，對苟桓、劉廣道：「慧娘與高封厮殺，再得那位去助他？」（希真豈真恐慧娘才力不勝耶？實是仲華恐文章不熱鬧耳。）劉廣道：「我去活捉高封。」希真道：「你箭瘡纔好，休要激沖他。」劉麒道：「甥兒已將息好了，身體無事，願代爹爹去。」苟桓道：「小將願同劉大公子去。」希真大喜道：「二位去極好。麒甥身體乍愈，須要保重。」二人便領了五百人馬，連夜下山去了。這里不說希真早晚照應麗卿，與劉廣、范成龍看守山寨，但不知劉慧娘怎生勝得高封，且看下回分解。

范金門曰：人之相知，貴相知心。夫所謂知心者，非必賦性之同然也。氣質各有其類，就其類而體會之，則心心相照矣。天彪之討猿臂，希真預知之，劉廣尚欲以信達意，是未知天彪者也。葢天彪惟知大義，故希真聞其來，惟思抵禦之策，不達委曲之衷，是就其大義一類而知之也。小人之識則不同，不必另尋他事，即如高封，逆料雲、劉為姻戚，而使之迴避，是不特不知天彪，并不知有大義者矣。自與魏虎臣一對調，則希真之見識不爽，天彪之情義兩全，而一切戰陣之事，亦易於着筆矣。仲華真智者也。或曰：天彪之調開，其偶然者也；使天彪終于不調，而與希真作難，則如之何？金門笑而答曰：有批在九十回後。

欲揚先抑，欲抑先揚，事機之一定也。文法亦然。將除高封，焉得不縱其所欲，顯其技能耶？至全部勝仗，半歸麗卿而不令稍有敗衄，用筆亦不公矣。今麗卿之敗，即借高封之法，在麗卿雖敗而不失其武，在高封雖勝而未得言威，兩邊斟酌盡善。至麗卿守神暗室，又藉以迴避祝永清，用筆真有如環之妙。

第八十六回　女諸葛定計捉高封　玉山郎請兵伐猿臂

且說慧娘送希真去了，當晚帶領數十騎，教劉麟保護出營，到一高阜處，吩咐手下人把那新製的飛樓裝起來。慧娘坐穩了，二十人拽動繩索，樓內四小卒攪起樺車，那座飛樓豁刺刺的平地湧起四十餘丈，眾人無不駭異。那慧娘在飛樓上，往下觀看高封的營寨，只見各帳房燈火照天，（一句見。）梆鑼喝號雨點蛙鳴價的熱鬧；（一句聞。）又看那營後蘆川上五座浮橋，也有些燈火，（又一句見。）蘆川的水湯湯（音商。）的響。（又一句聞。本是觀看，却夾敘兩層聽，妙。）又把那兩邊的形勢看了，（此一層虛。）笑了一笑，（只四字，便將慧娘滿腹韜畧元機寫盡，絕世奇文。）吩咐四小卒把樺車銷釘拔去，那座飛樓豁刺刺的溜了下來。慧娘同劉麟回營，對眾人笑道：「高封這廝全不知地利，背水扎營，又當着天竈❶，破他時真不費力。今夜若去劫營，便可了賬。只是孩兒們都辛苦了，且將息着，僥倖這廝們再寬活一夜，明日取他不遲。」（直寫得慧娘目無全牛，遊刃有餘，絕妙之筆。如此寫便與前傳破高廉之文再不相犯。）正說間，忽報苟桓、劉麒二位頭領都到。慧娘甚喜，接入相見。慧娘把明日破敵之計說了。苟桓道：「姑娘見的甚是。只是我不去劫他營，也要防他來劫我。」（寫苟桓。）慧娘道：「那廝吃主帥破了他法，今夜未必敢來，然不可不防。」遂將那三十六名弓弩手

---

❶ 天竈：古代兵家稱大谷之口為「天竈」。吳子治兵：「無當天竈，無當龍頭。天竈者大谷之口，龍頭者大山之端。」

調在前營，防高封用妖法刼營。這里吩咐軍政司暗備火攻器具，那知這夜高封竟不來。（力避前傳。）次日早晨，慧娘傳令道：「今日巳時必有西風，二哥可將蘆葦、乾柴載大船五隻，另用小船二十隻，帶領五百名水軍，在蘆川上流埋伏，高處探望。但等妹子收兵，便乘順風駕火船，燒他的浮橋，斷高封歸路。二哥深知水性，可當此任。（第一撥調遣是水路斷敵軍歸路，後文偏又虛寫，妙。此處敘出劉麟識水性。）真將軍領一枝人馬，多帶飛天噴筒、火毬、火箭去栢樹林內埋伏，只看浮橋上火起，這厮們必去救，（料敵如見。）便領兵直搶他的左營，燒他的寨柵。高封回兵來救，真將軍且退，（妙。）放他過去，（妙，妙。）却繞出栢樹林後掩殺。（妙，妙。）那時他軍心惑亂，不敢厮殺，不死于火必死于水也。（第二撥調遣是旱路，刦營後文却半虛半實，妙。）大哥病體初癒，未可衝鋒，領一枝兵去蘆川下流高官墳埋伏。高封敗走，必走這條路，大哥就彼擒他。高封遇着高官墳，不死何待？（隨手捏一地名，隨手註解，妙文，妙文。第三撥調遣，是埋伏兵，後文却全用實寫，妙。蓋此篇只重劉麒親捉高封，故用實寫也。）二位苟將軍相助奴家，領正兵出戰，（見前調，三路皆奇兵也。）須要如此如此，（又虛寫一計，妙。）後面樹林內多用旌旗，教他疑惑，不敢窮追。」（又要他來追，又不許他窮追，寫慧娘操縱自如，的的妙人。）調遣都畢，真祥麟道：「那有全營兵馬，一齊都出戰之理？」慧娘笑道：「與這等無謀匹夫厮殺，何必盡如法。」（極寫慧娘。）當時苟桓、真祥麟見慧娘遣兵調將，用計微妙，甚是吃驚，喝采道：「真不愧是女諸葛！」（劉麒、劉麟無一言者，天下豈有兄不識妹者哉！）當時都依計而行。慧娘同苟桓、苟英領兵直叩高封寨前挑戰。

却說高封被希真綑倒，搶回營來，眾人都解不開那拘魄金繩。高封將解索咒念了幾遍，那條索子只是解不脫。（妙。）高封驚道：「這厮的真武訣有雷門罡氣在內，我的法寶被他禁住了。若待十二雷門旋回本位，須得一個週時。只好等待天明，取太陽真炁破他。」那高封直綑了一夜，（暗暗註出不來刦營之故，妙。慧娘若知道，連夜刼營擒捉時，繩索都不勞帶

（得。）尋思道：「我的法術修煉多年，到處無敵，却不料陳希真這廝有如此法力，怎得勝他？可恨魏虎臣這狗才，我一力舉薦他來守景陽鎮，（補前文未及。）他只袖手旁觀！」便叫軍政官再行公文，去催魏總管進兵；一面中詳制置使，請嚴行申飭魏虎臣按兵不動之罪。

挨到天明，偏又是個陰天，不見太陽。（絕倒。）高封又沒有驅雲的本領，只好忍耐，等一個周時。將近辰刻，聽得營外金鼓吶喊之聲，報進來有賊兵討戰。高封被綑綁，動展不得，（妙。）令緊守寨門，休要出戰。慧娘見高封不出，教軍士們辱罵許久時候，恰是正午，高封的拘魄金繩方纔脫下，手腳都綑腫了。看那金繩時，靈氣散盡，已是無用之物。（免其再綑別人，非浪筆也。）高封便領兵出營對敵，只見猿臂寨兵馬排成陣勢，苟桓兄弟分列兩旁，居中劉慧娘身乘銀合白馬，淡粧素服，揚鞭大罵道：「高封賊子！你害我祖母性命，如今自投死地，早早下馬受縛，免得姑娘費力。」高封大怒，捏訣念咒，把劍向空一指，只見黑雲蓋下，狂風大起，半空中成千成萬的飛刀，雪片也似劈下來。慧娘便教那三十六名弓弩手，把希真的法箭望空射上去，發不到百十枝箭，早風雲皆散，那些飛刀紛紛飄落，原來都是蘆葦葉。（看他收過麗卿之後，高封妖法再不肯十分寫。）高封見法被破了，叫孫麟、李鳳鳴出馬，苟英出迎，畧戰數合，慧娘便鳴金收兵，將人馬退了。（寫慧娘用兵又是一樣，不是希真不是天彪，真化工鑄物之才。）高封道：「這廝無故收兵，莫非有謀，（此非寫高封乖覺，特表慧娘之藐視高封也。）且叫探看。」回報沒有埋伏，高封方驅兵追趕，慧娘領着兵馬只顧走，更不回頭。（慧娘妙。）

高封追了一程，只見小校來飛報道：「前面雜樹林內有無數旗幟隱現。」高封道：「我料這廝必有埋伏，且休追趕。」只見猿臂寨的兵馬，抹過樹林轉灣去，都不見了。（慧娘妙。）那時秋高氣爽，風聲甚大，吹得那些樹上的紅葉都颯颯的飄下來。（是閒筆，實非閒筆，妙絕。）後軍忽然發起喊來，高封大驚，忙問何故。軍士道：「望見本營火起。」高封道：「休要驚慌，快收兵回。」便叫孫麟、李鳳鳴斷後。（還要斷後。）眾軍漢急行沒好步，氣急敗壞。正走間，只見本營敗殘兵馬奔來道：「苦也！上流頭一隊火船，乘着順風衝來，燒燬浮橋。（水路火兵先現，妙。）我等去救時，不防旱路上栢樹林內，又殺出一路賊兵來偷營。西風正大，怎敵得他順風縱火，大營已被他奪了去也。」（兩路先虛寫，妙。）眾軍齊聲叫苦，高封魂不附體。趙龍道：「小將也勸太守不要背水下寨，（補前文未及。「也」字尚帶孔厚，好。）如今浮橋燒斷，怎尋歸路？」高封道：「我原要置之死地而後生。」（臭極。）便大叫道：「眾軍將聽者：我等已無歸路，何不隨本府死戰！」（還要死戰。）對趙龍道：「這廝全兵都出，燉煌必然空虛，可乘虛奪了他的，再做道理。」（夯貨。）趙龍道：「此計大妙！這廝必料我回救大營，半路上截我，我偏不由他打算，（足見高才。）竟奪他的燉煌。正所謂攻其無備，出其不意。」（臭對臭，沒藥救。妙在二人剌剌不休的引兵書，真堪絕倒。）高封大喜，便引兵殺逩燉煌。正走得高興，（絕倒。）只聽得軍笛嘹喨，（奇極。此等處，純乎施耐菴矣。）山坡下轉過一位絕代佳人，乘馬緩轡而出，（奇妙不可言。）只得十餘騎護從，（寫得慧娘不但是綸巾羽扇，抑且輕裘緩帶矣。）正是慧娘。（慧娘忽又于此處出現，妙絕。）慧娘道：「高封，你已渡過蘆川，可想還有活路哩！（妙，妙。）倒不如早早受縛，也不過一死，（妙，妙。）却不省了許多驚恐力氣。（絕倒。實是將正經話告訴他，惜愚人之不悟也。）你待要奪我的燉煌，不要想失了心。」（妙，絕倒。慧娘又有慧娘聲口，其敏妙處與麗卿全無絲毫雷同，化工鑄物，誠然，誠然。）高封大怒，（何苦。）見慧娘沒多幾人，便回顧眾將道：「上去捉這婆娘來，再與劉廣說話。」（獃鳥。）眾將吶喊搶殺上去，慧娘回馬便走。（純是孔明變相。）忽然一聲號炮，苟桓、苟英兩路殺來，（苟桓、苟英再現。）兩翼下萬弩齊發，矢如驟雨。那弩便是諸葛連弩，慧娘遵依舊法改造過。原來諸葛孔明的連弩，是一臂一弓，一弓發十矢，每一發十矢齊出，矢長八寸，匣內共容矢八十枝；慧娘改作一臂三弓，每一弓發三矢，三弓並發，九矢齊出，矢長一尺五寸，匣內共容矢七十二枝，弓硬箭細，又遠又准。（考工記所無。）慧娘一到猿臂寨，便畫出圖樣，教巧手匠人連夜打造，（「連夜」二字補救得好，不然破沂州擒高封俱不延時日，巧手匠人又不多，焉有如許弩矢耶。）名曰「新法連弩」。（寫得有憑有據。每寫到鬧熱時夾說閒話，是仲華習氣。）當時連弩亂放，把高封的兵馬射倒無數。高封抱頭鼠竄，孫麟早射死在亂軍中。（完孫麟。）苟桓、苟英驅兵掩殺，迎頭又撞着真祥麟殺回來，（前教真祥麟繞出栢樹林後掩殺，此却殺回來迎面截殺，可見慧娘用兵不用印板，仲華用筆亦不用印板。或曰只是金門與仲華護短，或者仲華偶失照應耳，然則數行之間，仲華健忘如此，却如何撰此一大部耶？）兩面夾攻，殺得高封七零八落。李鳳鳴被祥麟一鎗刺死。（完李鳳鳴。）高封用一用妖法，便吃那法箭射掉了。（虛虛找足一句，妙不可言。）慧娘傳令：「只顧搶奪器械、馬匹，休去追他。」（慧娘妙。）苟桓道：「再一陣戰就擒住了，何故放走他？」慧娘笑道：「怕這厮走到那里去，（妙，妙。）落得送與大哥處擒了，也教我大哥出口氣。」（直視高封如釜底遊魂。）眾皆大笑。慧娘收兵回營，吩咐軍士們將器械、衣裝都收拾起，（妙。）整頓一輛檻車，封皮先標好，（妙。）只待囚了高封，一齊回山。（妙。）又遣人報上山去，請劉廣先將劉母靈前打掃潔淨，待高封解到，就好祭奠。（妙，妙。寫慧娘真是的妙人。）降兵并活捉的，都另監一處。

却說高封引敗殘兵往東逃走，回顧追兵已遠，看手下只剩三百多人，大半都是帶傷，哭聲不絕。高封仰天大呼道：「我高封有何罪，一敗至此！」（死而不悟。）便下馬少息，對趙龍道：「我兵不得過河，（過來得好。）且順着下流，到沂水縣去討船隻，渡過岸回府，調兵再來報仇。（還想報仇。）制置使劉彬總是我哥子的門生，（此處點出。）未到得治我失機之罪，（此所謂小人懷惠也。）況有魏虎臣坐視可推。沂水縣不知還有多少路？」便問：「此地是何地名？」有軍漢認識道：「這里是高官墳。」高封心驚道：「這地名不美。我姓高，又在此為官，（久仰。）

高官墳莫非是我死地？」死地固矣，因歎墳字猶有葬身之地，何可得耶？說不了，喊聲大起，山凹裡一彪軍馬殺出，為首一籌好漢橫着三尖兩刃刀，分明是二郎神下凡，大罵：「腌臢害民賊，想逃那里去！」高封見是劉麒，魂飛天外，即堦下拷打之囚徒也。上馬便走。趙龍知道劉麒武藝了得，當年應武舉時曾吃過虧，百忙偏作閒趣。到此怎敢抵敵，保着高封逃走。劉麒追上，趙龍心慌手亂，抵擋得五七合，被劉麒連臂帶肩，砍下馬去。完趙龍。高封逃到蘆川岸邊，跳下馬，懷中探出一件東西，抛入水內，只見一條鼉龍浮起，高封騎上鼉龍，亂流而渡。高封妖法再作一餘波，妙。劉麒追到，高封將到中流，劉麒忙掛了刀，卸下彈弓，搭上一粒銅丸，拽滿釦子，一彈丸打中高封肩胛，一個觔斗扗下水去，鼉龍已不見了。恰好上流頭二十餘隻鑽風船，衝波激浪價飛下來。船上站着一籌好漢，赤條條穿着條犢鼻褌，手拏一把鈎鏈鎗，正是劉麟。當時劉麟見高封落水，撇了鈎鏈鎗，跳下水去，將高封捉上岸來，取繩索綑了。早聽慧娘之言，不但少吃一彈丸，抑且少吃一肚皮白水。劉麒大喜。擒高封只在麒、麟、慧娘身上，章法絕妙。那三百多兵已都投降，兄弟二人歡歡喜喜解高封回營。慧娘將高封下了檻車，齊掌得勝鼓回山寨。慧娘領眾將繳令已畢，寫得躊躇滿志。希真、劉廣大喜，當夜先將高封同阮其祥一處監下。上司屬僚，絕倒。二人相對，不知作何語。

希真傳令將投降的官兵並活捉的，共一千二百餘人，高封的兵，傷了五分之四。盡皆釋放，各賜酒食壓驚，受傷的急與醫治。希真撫諭道：「你等休要疑心，我並不造反。只因高封這廝殘害百姓，四字加在是我仇人句上，妙。想見希真作用。是我大仇人，不能饒他。你等都是清白良民，為這廝受累，我心不安。你等可都回去，免得父母、妻子懸望。有不願去的，我也重用。又留一句，妙。悉聽你等之便。」寫希真英霸固也，乃能一筆不犯，豈非高手。眾軍都流涕拜謝，內中大半有老小的都願回去，有小半願在山寨。希真便將要回去的都送下山，只將衣甲、器械、馬匹都留下。苟桓道：「山寨正在招兵，恩公何不都把他們留了?」希真道：「強用人者不畜。（語出素書。）我開發他們去了，不惟杜絕後患，（妙算。）且教他們去傳揚我山寨仁義。（鳴謙所以利用行師也。）日後官兵再來，其勢必散，受我所制。」（已吊動下篇景陽兵變之虛神，妙。）眾皆歎服。真祥麟道：「還有阮其祥的兒子阮招兒，是高封的兔子，小將已活捉在此。這個逆種，休要輕饒。」希真教帶過來，眾人看時，只見那小雜種生得杏眼桃腮，打扮來又標致。又有一樣作怪，不知怎的，那臉龐兒却活像真祥麟的模樣。（絕倒。不惟寫出小雜種，反添出祥麟丰韻。）正是夫子貌似陽虎❷，只是邪正不同。希真又細細看了看，大喜道：「快解放，休綁壞了！（奇。）不要殺他，留了我有用處。」（奇，奇。）劉廣道：「這等逆種，姨丈留他則甚?」希真道：「我自有用處，眾位不知。快去備間房屋，將好飲食調養他起來，休要驚壞，我自有用處。」（疊連說我有用處，正不知是何用處。）眾人都不解其意。（連我也不解其意。讀者試掩卷猜之，如希真好男風安有是理耶，不然又有何用處?）次早，劉廣將劉母靈前鋪陳起，側首又設立劉二娘子的靈位，將高封、阮其祥週身洗淨對面縛了，跪在劉母靈前。劉廣率領兩個兒子親自動手，將高封、阮其祥剖腹剜心，祭奠了劉母。（生時持長齋，死後請他吃人肉，絕倒。）眾頭領都換了素服臨祭，劉廣都謝了。祭畢，將高封、阮其祥的屍首搬出去，（不曰拖而曰搬者，屍首已碎不能拖也。）做一堆燒化了。（若出梁山諸公定留作下飯矣，豈肯燒耶。）

（沂州府一篇大結尾。）教慧娘就那焦原山下崢嶸谷左近，選塊吉地，并選個吉日，（風水先生又現成。）安葬了劉母。劉廣對希真道：「我等本不欲拒敵官軍，今殺了高封，難保無官兵再來。倘來時，索性再敗他一陣，教他日後不敢正視我。」（此語與本傳正旨不符，抑且非劉廣語氣，特借以逗動下文耳。「我本不欲拒敵官軍」是救筆。）希真道：「此言有理。」便教真祥麟領五百兵鎮守燉煌；（舊人新職。）麗卿將息未愈，教劉麒代理前部先鋒，在山南下寨，（新人新職。）其餘都照舊職事。（省。）劉麒坐了第六

❷陽虎：又稱陽貨，春秋時魯國大夫季氏的家臣，面貌酷似孔子。

位，劉麟排在第七，苟英排在第八，連麗卿、慧娘共是十位頭領坐位。畧作一小束。又差細作到東京、梁山兩處，探聽消息。為後伏線。希真每日寅、午、戌三時進麗卿的淨室，步罡踏斗，替他收攝神氣。到那七日頭上，雖然無事，尚兀是昏暈了一二次。如此寫好，不然竟是兒戲矣。到二十日後，希真將乾元鏡照看那麗卿時，見他元神已收復了大半。希真喜道：「這遭不妨事也。好個妮子，根器恁地厚實，此後我不必日日扶持。」此句抽出希真，為後文出戰地。又吩咐道：「你越要安心靜養。這乾元鏡切勿時常照，將房子照得通亮，元神得了亮光，又要往外飛走。」麗卿都應了。補足麗卿一段不可少。希真又叫人採買青銅，叫冶匠鑄就銅鐘一口，高一丈三尺，重五千四百斤，上面都是雷文雲篆寶籙天書。又來作怪。鑄成，便築壇祭煉。眾將問要此何用，希真道：「眾位休問，日後自見。」妙。自此以來，猿臂寨日日操演軍馬，整頓軍務不題。

却說魏虎臣屯兵神峰山不敢便進，只探聽高封勝負，欲待高封得勝，他方進兵。好個幫手。雖連接高封的公移催逼，他只不敢動。妙。那日探得高封兵敗遭擒，全軍覆沒，嚇得魂靈兒逍遙于無何有之鄉，奇語。便收兵回景陽鎮。躊躇不決，想道：「都說這景陽鎮怎樣一個美缺，不料地面如此不平靜，起初鑽謀他則甚？」苦也。意欲告病休致，又捨不得目下地位。官又要緊，財又要緊，命又要緊，真是苦殺。不多日，都省飛檄下來，催魏虎臣進兵，句語十分嚴重，却還不知高封陣敗。急得個魏虎臣大小便只顧往下廝逼。奇語。當日只得升廳，聚集眾軍官商議進討之策。魏虎臣道：「上憲若知道高知府被害，這個擔兒都丟在我身上。絕倒。叵耐劉廣這廝十分猖獗，只知劉廣不知陳希真，想其胸中毫無黑白。我想此等草寇，亦不用大隊兵馬都去，此句不知與上文如何接連，胸無點墨之人往往如此，正不知仲華怎生體貼出來。爾等誰去收捕？倘不能勝，那時本帥親統大兵，與這廝決一雌雄。可謂八面威風，讀之真堪絕倒。爾等有何良策？」又哀求一句，真是活畫。當時自都監以下，大書。一切大小軍官，聽魏虎臣這片言語，都面面相覷，做聲不得。真是人人泥塑，個個木雕。妙。半響，加此二字分外精神。不覺惱了階下一位少年英雄，階下二字傷心。走近階前「走近」二字下，却只是階前，哭殺英雄。聲喏打叅，厲聲高叫道：「相公休要耽憂，小將不才，願請發精兵二千付與小將，到猿臂寨生擒陳希真獻于麾下。」三十四字作一句，其聲如龍吟虎嘯，從紙上聞。魏虎臣與眾將都吃一驚，書法。看那人時，年紀不過十八九歲，臉如傅粉，唇如丹砂，聲如鸞鳳，分明是一位哪吒太子，正是那本貫儀封人，玉山祝永清。原來祝永清向在五郎鎮做防禦，因此地防禦鈌出，調他過來補授，正在魏虎臣標下，傷心。到任沒多幾日。所以與雲天彪、陳希真都不會着。前回雲天彪曾提及，此處直出便不突。魏虎臣屯兵神峰山時，亦不曾調他。一發可歎。當時魏虎臣把祝永清相了一相，奇。彼以為鄭重其事也。沉吟半響，活畫。說道：「本帥本要用你，因得知劉廣是你親戚，此事碍着。」先以朋黨疑之。祝永清道：「上覆相公：劉廣雖與小將有親，却不甚近；便近，他此刻已背叛朝廷，還去認他做甚！小將前去，便連劉廣首級一齊取來。」大義凜然。魏虎臣道：「只是你年紀太輕怎好？」活畫。又以年紀輕之。祝永清那股火從丹田裏迸上來，叫道：「相公！不是小將誇口，只借精兵二千，悉憑小將主意，只重此句，正所謂將能而君不御者勝也。嗟乎，庸人烏足以知之。如空手回來，甘當軍令。便責下軍令狀！」其語愈壯。魏虎臣道：「他那里有四五千人，現在高知府五千多兵馬都沉沒了，將前文一提，妙。你說只帶二千人如何彀？」寫庸將便活是庸將。方纔云此等草寇不用大隊兵馬，此又云二千人不彀，活寫出胸無主持之人，真如化工肖物。仲華嘗致力于知言之學，覩于此可覘其所得也。祝永清道：「若是他處官兵，不好說相公麾下。就派上二萬，小將也不敢去。只此地軍馬係雲天彪相公調練慣的，于祝永清傳內帶表雲天彪，真是銅山東崩，洛鐘西應。況又是相公接手，此語可憐，在人廡下其苦如此。他那里人雖多，都是烏合之眾。小將因聞知得陳希真那廝亦善用兵，不然還不消二千人。」其語愈說愈壯。魏虎臣見無人肯擔此任，只得用他，哭殺英雄。便取了軍令狀，問道：「何日動身？」（活寫庸將。）永清道：「還挨甚麼日子，今日請發大令，明日就走，還怕官兵甚麼放不下！」（愈說愈壯。）魏虎臣道：「明日是往亡日，不利興師，（活畫庸將。）後日大吉，便在教場點齊人馬，送你起行。」方纔傳號令，教各營軍馬，後日一早教場聽點。祝永清大喜，（何至大喜，哭殺英雄。）辭了總管回營，收拾軍裝，心中暗笑道：「待我擒了陳希真，好教那廝們吃驚！就被那廝們冒些功去，也不值甚麼。」（猶以為不足見吾技也。寫祝永清，又是祝永清身分，不是希真，不是麗卿、慧娘，不是雲天彪、劉廣。）當夜無話。第二日各營得令，都吃一驚，道：「怎麼叫一個孩子典兵，豈不誤事？」（真是一軍皆驚。）第三日，魏虎臣大排頭踏，到了教場。那挑齊的二千人馬，都備行裝在教場裏伺候。祝永清全裝盔甲，請了號令。魏虎臣祭了大纛，付了兵符并花名冊，把了上馬杯，賞了一副花紅表裡，派了兩員團練、四員提轄輔佐。那兩個團練便是謝德、婁熊。又把四十貫錢、五十瓶酒，分賞眾軍。（醜殺彼尚以為大賚也。）魏虎臣道：「我按寶鏡圖，選定今日午時，軍馬出西南方生門，大吉。」（寫庸將便把庸將徹底寫盡。天官時日，名將不法，暗將拘之。戚南塘有言：使善奕者坐凶方，不善奕者坐吉方，畢竟善奕者勝。一言闢盡矣。）祝永清只得遵依。挨到午時，三個號砲響亮，鼓角齊鳴，三軍一齊動身，那些軍將們的父母、妻子，少不得啼哭相送。（他處稗官，此句俱未寫過。）祝永清引着人馬往西南走了一遭，仍復轉來，歸東北大路，（好笑。）往猿臂寨進發。魏虎臣并眾將巴不得他成功了。（俗諺所謂天壓下來，望長子頂也。）當夜安營之時，永清教把那軍令狀寫作一面大旗，豎在中軍帳前，（永清真能。）傳諭各營道：「諸君聽者：我祝永清雖官微職小，今當重任，軍令是朝廷定制，不能不申明一番。諸君倘有過犯，莫怨不才作威，便是不才的至親，也不能救他。不才自己犯罪，也無人替得，軍法無親，各宜凜守。」就叫軍政官寫下扎劄，各營都付一通。謝德稟道：「各軍因魏相公到任後，錢粮還支不到手，人人怨悵，怎好？」永清縐眉道：「這也難怪魏相公，我聽得那運粮通判好生怠慢。如今公事要緊，只等凱旋後，賞賜外多加一分請奉，包在我身上。（真虧他撫馭，永清真能。）你再去曉諭他們。」那團練出去了，永清嘆了一口氣。當夜永清親自出營查看，果然了得，真個是：令嚴鐘鼓三更月，夜宿貔貅萬竈烟。靜蕩蕩的都遵他的號令，心中甚喜。（未及克敵先自治兵，而平素無尺寸之權，緩急收萬全之策，寫永清真是將才。未寫出陣交鋒，先插此段，真絕妙文心。）

不日到了猿臂寨，前面探馬報來道：「有一隊賊兵來了。」祝永清傳令把兵馬約退二里，就靠山臨水，扎下了營寨，點了兩隊人馬，吩咐兩個團練的計策，（居然將才。）說道：「倘是陳希真親來，得他中計，擒住了，功勞大家有分。」（謀定後戰的是良將，功不自專的是君子。）遂引兵出陣迎上去，正遇那枝人馬，當頭一將正是劉麒，橫着三尖兩刃刀。只見那祝永清立馬陣前，端的好裝束：一頂噴銀紫金冠，束住一頭綠雲髮，後面一掛如意銀牌，垂着五寸長短元色流蘇；穿一領白銀連環鎧甲，襯着白緞子戰袍，繫一條束甲獅蠻帶；脚穿一雙捲雲戰靴，騎一匹銀合馬；手裏提一枝四十斤重鑌鐵煉就的水磨鏡面方天畫戟，左邊腰下懸一口龍泉紅鏐寶劍，一張青樺皮雕弓放在麒麟囊裏，右邊一壺白翎鑿子箭。旌旗影裏，映着那傅粉臉兒，周身上下雪鍊也似的白，冠上又一顆酒杯大的紅絨楊梅毬。（于雪白中加入一點紅，絕妙點綴。）立在陣上，望見對面隊伍整齊，也暗暗喝采，（夾寫希真一句。）高聲喝道：「兀那賊子，出來見我！」那劉麒橫刀縱馬而出。原來二人雖有瓜葛，却未會面，故大家都不認識。劉麒罵道：「你這厮奶牙未退，漿水兒還不長足，便到這里來討死麼？」永清大怒，驟馬挺戟，直衝過來。劉麒拍馬舞刀迎住，戰了七八個回合，永清抵敵不住，拖戟敗走。劉麒見他武藝低微，追上去，官兵抱頭亂竄。劉麒招呼軍馬，吶一聲喊，一齊并力追趕，永清引了敗兵逃命。趕了一程，遇着兩邊山脚，劉麒恐有埋伏，使人探了却並無一人。（寫劉麒。）永清已去了一段路，劉麒再追。看看追上，前面已是永清的營寨，劉麒傳令放連環鎗砲。只見永清的後面一層人霍地分開，前面乃是一片白地，鎗砲都打入空地裏去，並不見一個人，連永清也不見了。（極寫永清，又是入妙。）劉麒大驚，情知是計，（上文仲華不肯說破，我也不敢批出。）即要退兵。只聽號砲響亮，戰鼓齊鳴，永清的兵抄兩邊殺來，劉麒的人馬大亂。永清飛馬挺戟，直取劉麒，劉麒奮力來迎，戰了數合，大吃一驚，方識得他的真實本領。幸虧劉麒武藝還敵得他過，却不敢戀戰，回馬便走。永清追來，前面謝德、婁熊截住去路，劉麒道：「這番沒命也！」忽然喊聲大起，鎗砲震天，劉麟、苟桓、范成龍一齊殺進來，（夾寫希真。）救出劉麒，且戰且走。祝永清追殺一陣，劉麒等大敗虧輸，折了許多人，帶敗殘兵馬，奔回猿臂寨去了。

祝永清這一陣只八百人，敗陳希真兵馬一千五百，（註明。）真是個少年良將。當時掌得勝鼓回營，將猿臂寨的兵，生擒二百多人，斬首三百餘級，奪了許多戰馬、器械。查點官兵，只十幾人帶傷，不曾壞得一個。當時傳令把首級號令，申報魏虎臣，（其實得意，有得他說嘴。）把那生擒的都解了去。（極寫永清了得，以襯希真。）眾兵將見祝永清如此英雄，無不敬服。（總束一筆。）

却說陳希真聞官兵殺來，傳令教劉麒迎敵，自己正議點兵接應，忽見劉麒敗回，伏地請罪。希真怒道：「你為何挫吾銳氣？時常講論兵法，難道連埋伏計都不識得？」劉麒道：「那廝並不用埋伏計，他詐敗，甥兒追上，用連環鎗攻打，不知怎的他變了片空地，人馬却從兩邊抄出。我兵大亂，止遏不定，故此失利。」希真也吃一驚，道：「這是虎鈐陣。（希真口中註出。）景陽鎮什麼防禦，能用此陣？」劉麒道：「那廝是個美貌少年，武藝了得，却不知其姓名。」苟桓道：「我已探得，叫做祝永清。」希真大驚，道：

「原來是他來了，怪道你們着他道兒。麒甥起去，下次將功抵過。」劉麒叩頭謝了，立在一邊。劉廣道：「他在五郎鎮，如何到這里？」希真道：「想是近日調來。天下就有同名同姓，那得相貌、武藝如此都同。既是他來，須得我親自走遭。」

正商議間，真祥麟也敗上山來道：「祝永清提兵殺來，把燉煌奪去。小將兵少，抵敵不住，現已逼近寨前。」眾皆大驚。希真道：「請慧娘出來。」慧娘到面，忽又報來道：「祝永清遣人下戰書。」（都虛寫。）希真批來日交鋒對陣。希真問慧娘道：「敵人慣用虎鈐陣，怎樣破他？」慧娘道：「何不用燕尾陣？」（不但必須用慧娘，且無此便令希真如三國演義之寫曹瞞，動輒云正合吾意也。）希真笑道：「我也正這般想。（寫希真。）只是我前日見你那燕尾陣，却勝似我的，可惜將弁們新學會，尚未熟諳。我只好照顧陣前，陣後須得你親自去指撥料理，（有麗卿之與雲龍比武，少不得慧娘與永清鬥陣。）我纔放心。」慧娘道：「甥女上陣，必須要人照管，卿姊姊又不曾好，怎處？」希真道：「你勿憂，我已安排定了。」便向劉廣道：「襟丈同麟甥護持令愛。」劉廣應諾。希真又到淨室中對麗卿道：「你小心在意將息，我去破敵，不日就回。」麗卿笑道：「孩兒近日照鏡，影子全隱了，精神力氣覺得與平日無異，（好乎？）此刻出戰也去得。我想何必定要守到四十九日，好不悶損人。」希真道：「你休要亂說。多的日子過了，恁地性急，又生後患。」麗卿應了。（補入此段，日後放出麗卿，自不突如其來。）希真誡飭各處嚴緊守禦，留真祥麟、苟英守山寨，自同劉廣、劉麒、劉麟、苟桓、范成龍、劉慧娘，點了三千兵，同到山下對着永清的營盤，結下三個大寨。

當夜在寨安息，劉廣說計道：「此人既與我有親，何不寫封信去，以理勸他？」（是劉廣。）希真笑道：「你看得伏他這般容易！此人義烈不減雲天彪，我想收伏他，好歹要片心血。我有一計，須如此如此。」劉廣道：「此計太險，恐行不得。」希真道：「不妨，我算得他定，正好在他身上用。」（不知甚計。）便傳齊眾將，將前半截的計說了，（奇。）眾將都依令去行。次日，祝永清對兩個團練道：「我這虎鈐陣有好幾番變化，我料陳希真被我勝了一陣，他必不防我再用此陣，我却偏要重用一回。（已在希真算中。）不必定要詐敗，只須交戰濃酣，汝等便分兵鉗他的後隊。只怕那厮們會用燕尾陣，（真是兩智相合。）却也難勝。今日陣上汝等看我的畫戟為號：那厮們如不用燕尾，我把畫戟一擺，你們只顧把虎鈐抄去；我若不擺，切不可胡亂，只去陣後作奇兵伏着，接我的正兵。他若識破不追，我無大勝，亦無大敗。」（的的妙算，而希真又駕乎其上，奇矣哉。）商量定了。（處處寫永清謀定後戰。）兩家各飽餐戰飯，一齊合陣。永清點了一千二百人，希真仍是一千五百人。兩陣對圓，希真全裝結束，挺丈八蛇矛出馬，大叫：「請對面陣主答話！」只見兩面盤金白繡旗開處，祝永清立馬陣前，亭亭一表，希真暗暗喝采。（與前祝永清暗暗喝采作章法。）希真橫矛馬上，欠身問道：（妙。）「祝將軍，你莫非是風雲莊雲威老相公的令外孫祝玉山麼？」永清道：「然也。（聲大而洪。）你既知我名，為何不降？」希真道：「我久聞將軍大名，（妙。）正要拚個你死我活。（妙，妙。）鬪你不過，降你未遲。」（妙，妙。）永清怒道：「你這厮莫非就是陳希真？」希真笑道：（妙。）「上有皇天，下有后土，不敢相欺，老夫便是。」（十六字真絕倒，真視永清如弁髦。）永清大怒道：「你這厮，朝廷有何負你，你敢背叛？」希真笑道：（一邊只是怒，一邊只是笑。）「朝廷怎樣待得你好，你這般帮他？」（絕倒。極非希真心中語，極是希真口中語。）永清大怒，罵道：「殺你這沒良心的賊子！」（一邊只是忠憤。）把畫戟往後一擺，直衝過來。希真唏唏笑道：「哥兒，（輕薄。）老夫正要請教你的武藝。」（一邊只是儒雅。）交馬戰了十餘合，不分勝負。希真道：「且住，我有話說。」二人各收住兵器。永清道：「你有甚話？」希真道：「上覆將軍，希真也是朝廷赤子，戴髮含齒的人❸，實因奸臣逼迫，無處容身，到此避難，須不比梁山上宋江，有口無心。（帶前傳。）望將軍開一線之路，哀矜則個。」永清道：「好漢，（叫此二字，已是心動。）我前你須使不得乖覺。你既自己明白，何不歸順？不肯，便快把首級與我帶去。」希真罵道：「你這廝顛倒不識好歹，看矛！」又戰了十餘合，希真撥馬回陣。（寫希真不在一刀一鎗上見長。）永清忖道：「這廝並未輸，為何就走？莫非是計，不可追他。」只見劉麒出馬，又戰了十餘合，又撥馬便回。苟桓又來厮殺，范成龍亦出馬夾攻，苟桓便回。（俱隨手變換。）永清忖道：「這厮們武藝又不平常，却為何不肯力戰，莫非要溜我乏？」只聽得本陣一片鑼響，永清忙撇了范成龍就回，這邊范成龍也不追趕。

永清回陣，問押陣官道：「何故鳴金？」押陣官道：「後隊來報，左首林子裏有猿臂寨旗號，恐有埋伏，故請將軍回來。」（如此寫好。）永清道：「既這般說，且把陣脚扎定，防他衝突，待二位團練將軍動靜。」說不了，一騎馬飛來報道：「兩位團練抄進去，都失陷在賊兵的陣後了，六百人馬一個都出不來。」（陣法都用虛寫，與前不複。）永清大驚，忙傳令後隊先退，自己在陣上斷後，緩緩收兵。那知希真並不追趕，却在陣前大吹大擂，吹打着那將軍得勝令，明明是送他歸營。（希真真是妙人，絕倒。）永清兵馬退遠，希真方纔收兵。永清道：「這厮為何不追？」正走着，左首林子裏戰鼓大起，喊聲大振，一派旌旗蜂擁殺出。永清拍馬前來迎戰，只見那彪伏兵殺到一望之地，擺下隊伍，齊齊立着，却不殺上來。軍前大將乃是劉麒、苟桓，（二人又于此處出現，妙絕。）豎起一面大白旗，上面大書八個字道：「陳希真義釋祝防禦！」永清看見，又驚又怒，欲待上前厮

❸ 戴髮含齒的人：意謂是真正的男子漢。

殺，又恐中了計，只得回營。却安然無事，半個兵馬都不失悞。永清嘆道：「我一時負氣，魏虎臣面前誇下海口，不料陳希真果然利害。他明明得了勝，却不肯殺過來廝逼，這不過是要招致我。（料希真亦如見。）希真，希真，你枉自用了心計！雖承你愛我，（五字血淚都有。）要我祝永清降你，除非海枯石爛。（寫得永清如怒馬不肯就羈。如此却是進不得。）如今折了兩員團練，六百多人馬，怎好回去見總管？（如此却又是退不得。）不料我祝永清死于此地。（不過小挫便算到不能生，非永清不知也。蓋進不能戰，退不能歸，已是死地，却又不生異心，真好永清。）除非用這一條計，看他何如。（寫永清更無可商之人，真是鶴立雞羣。）只是他見利不動，怎麼處？」（料希真亦如見。）看官，原來陳希真用那燕尾陣，恐祝永清識得，不來上鈎，特將連環一字露頭，待他虎鈐抄來，却都兜入燕尾。那裏面自有劉慧娘相機施行，一個個都生擒活捉了，不曾走脫半個，叫做：皮笊籬下荳兒鍋，一撈一個罄淨。（科諢，絕倒。）陣裏的元妙，只有希真、慧娘二人識得，其餘都是依計行事。永清竟被他瞞過。（公自註。）那祝永清十分納悶，心中想道：「就用這計，即被他識破，我也無害，況他正小覷我。（此句却料錯，蓋希真口裏小覷你，心裏實不小覷你也。）我正好乘他不防備攻進去。」（帶伏下文正計却又不在此，而下文正計不見，偏見此計用筆狡獪。）當時傳令，教各營預備，明日辰牌拔寨都退；又叫那四個提轄，都與了錦囊密計。當夜永清悶悶不樂，燈下披甲觀書，（絕妙畫圖。）忽一牙將來報道：「兩位團練同六百軍士都回來了，（奇絕。）在轅門外候令。」永清驚道：「怎得回來？快喚他兩個進來，叫眾將都在轅門外候着。」（精細。）永清當即傳雲板升帳，只見謝德、婁熊背剪着進來，伏地請罪。永清忙下帳來，親解其縛，扶起道：「非干二位將軍不勇，皆我不識陣法之故也。」（愈是聰明人愈肯自認錯，然又非聰明而有德者不能。）問起如何得歸，謝德、婁熊道：「說起羞殺人！被他擒去並不傷害，反用酒肉欵待，一切軍器、馬匹、盔甲都送還，不知是甚麼意思。又有書信一封呈上。」永清道：「書且慢將出來，（永清精細。）且把那些軍士都點扎歸伍。」永清都親自過目看了，（精細。）退了帳，特喚謝德、婁熊問道：「怎地被他活擒？」（永清留心。）二人道：「奉令抄到他陣後，只見兩行疎疎朗朗的人馬，側斜列着。小將們看得不在眼上，便衝殺進去。他忽地捲了過來，裏面無數人馬，重重疊疊，都是門戶。小將們眼都花了，地下絆馬索繃滿，無一個立得住腳，都被他捉了去。」（燕尾陣却從此處補出。）永清聽罷，嘆服道：「此人的才學十倍于我，可惜朝廷不知，（不說不用，只說不知與令外祖官家不虧待人，真是一樣聲口。）這廝心腸也忒變得惡。」便取那信來看，上面寫道：「避難罪人陳希真致書于防禦大英雄祝將軍麾下：（大英雄上特加防禦二字，惡。）竊念希真系出名門，授京畿南營提轄，征討西夏❹，亦獲功績。草木有心，何至背恩若此。無奈權臣煽威，四海雖大，無希真立錐之地，若不為瓦全，則先人血食，由我而斬，罪戾滋重。夏四月，道出風雲莊，得瞻令外祖子儀世叔，并見將軍所書洛神賦❺，（妙，妙。）心醉神馳者數月。」永清看到這叚，却吃一驚。（此日永清吃了許多驚。）再看道：「令外祖諄諄訓廸，言猶在耳。今萬不得已，伏處草莽，苟延殘喘，未敢忘朝廷累世厚恩，效宋江之為也。將軍過聽，興師問罪，希真不敢與將軍抗。且希真非不能為宋江之所為也，假使將軍之主帥魏虎臣（惡極。）親統大軍，辱臨敝寨，（謙得妙，佔得又妙。）非希真狂誕，當使其匹馬不還。今欲保全首領，不得已驚侮部曲❻，敬歸麾下，敢謝萬死。希真虎口殘魂，不足為將軍用武也，惟

---

❹西夏：宋人對党項羌所建大夏政權（西元一〇三八－一二二七年）的稱呼。與遼、金先後成為與宋朝鼎峙的政權。西夏政權都興慶府（今寧夏銀川東南），傳十一主，共一百九十年，後被蒙古所滅。

❺洛神賦：三國魏曹植作。此賦以傳說中關於洛水女神洛嬪（宓妃）的故事為基礎，通過作者的幻想，塑造出洛神這個美女的形象。

❻部曲：古代軍隊的編制單位，這裡用作軍隊或士兵的代稱。

望將軍哀憫鑒察，速賜解圍，則再生之德，無任感激。倘得奸佞伏誅，罪人無辜，侍教有日。天日在上，希真心口不符，顧他日肉腐平原，血膏斧鑕。書不盡言。陳希真哀鳴頓首。」永清看畢，暗想道：「這厮也到過外祖家。」又把那信看了幾回，心中惻然。忽然大怒，罵道：（寫永清機變。）「這厮欺吾太甚！」把信與諸將看了，對眾人道：「這賊明是買服我。」便傳令點一千二百人馬去劫寨，叫那兩個團練看守本營，四個提轄分六百人接應。吩咐道：「如見火起，并力進攻；他追來，須如此如此。」把以先錦囊都收回了。已是三更天氣，自己引六百人，啣枚勒馬，竟襲陳希真左營。（不取中營便有意。）只見三座營裏，燈火照天，便喝令拔起鹿角，吶喊一聲殺入去，却是個空寨。永清知有準備，便把兵馬約退，忽然號砲震天，火把齊明，漫山遍野兵馬殺來。永清傳令道：「按隊收兵，亂動者立斬！」壓定人馬，那六百人並不驚惶，緩緩而退。（寫永清見變不亂，絕世將才。）只聽得敵兵大叫道：「主將有令，祝永清由他自去，誰敢驚壞了他，（驚壞，妙。真視之如小兒。）軍法從事。」（希真真是妙人。）永清又羞又怒，拍回馬大叫道：「陳希真好男子，出來與我戰三百回合！」由你喊破喉，沒人保你，那敵軍只顧自己吶喊。永清氣壞了，（驚倒不驚壞，氣倒氣壞了，絕倒。）只得回兵，那四個提轄已來接應。永清回頭看那陳希真的兵馬，好似兩條火龍一般，捲入營去，並不來追。永清歎道：「陳希真真大將之才也，可惜，可惜！」回到營裏暗想道：「我本不去殺他，只道他不備防，得一勝仗便好回兵，（註明。）却又吃他料着，又不肯追上來。他這般多謀，只軟困我，怎生贏得？這厮既發此信，必然不肯出戰，如何死守得過？」坐坐想想，天已明了。忽報魏總管處有差官到，與差去的人同來。永清連忙接進。

那差官將着官兵的犒賞等物，并賜與永清大紅戰袍一件，（永清穿不着。）又慰勞信一封，上寫著：「汝初出陣，便大敗賊徒，斬獲頗多，本帥甚慰，現在記汝之功。陳希真、劉廣能生獲更好。說得個容易。蕩滅之後，且勿旋凱，青雲山強寇跳梁，汝可以得勝兵進勦。功成之後，一并從優保舉。」等語。隴且未得，便先望蜀，寫小人使人求備如畫。又加此一逼。永清設酒欵待差官。那差官動問近日軍情，永清道：「方纔去刼他的營，吃他知覺了，不能取勝。」差官道：「總管相公日日盼望捷音，將軍切勿怠慢。」永清道：「陳希真那廝，尚有尺寸可取，吾欲用緩功收伏他。」便修了謝賞稟封，內并稱述「陳希真才有可取，心肯歸順，殺之可惜，意欲招安」等語。雖是自留腳步，已有不殺希真之意。那差官少不得要需索好看錢，各項開銷，可歎。永清只得竭力發付與他。哭殺英雄。差官去後，永清料希真必不出戰，真是智能。想了一想，只得寫了一封信，差人送去希真營裏。希真聞知永清差人來下書，便恭敬迎接，厚待來使。看那書之意，乃是寫著「朝廷之恩必不可負，君臣之節必不可虧，祖宗之名必不可辱，竊據之事必不可為。如肯革面投誠，必有自新之路」等語。真是寫得懇懇切切，言言珠玉，字字龍蛇。信用虛寫，使與上文不犯。信後面又批了數行云：「永清受命征討，有進之義，無退之辱。軍讖曰：萬人必死，橫行天下。今永清有君子二千人，能令必死。倘永清得遂橫草⑦之烈，君亦不利。君如執迷，永清先死，君噬臍繼之矣。」又實寫數語，更妙。希真讀罷，大喜，重賞來使，止問：「祝將軍近日起居安否？」並不提起軍務之事，殷勤送來人出去，也不發回信。希真真妙。劉廣道：「襟丈太費手腳。既要他降，昨日他來刼營，何不就擒了來，以禮勸他？」寫劉廣直以反襯希真之智。希真笑道：「你不看見他退兵時的閒暇，後面必有准備。若去追趕，必中了他的機會，他斷不肯輕臨險地。你猜着我，我猜着你，真是好看。即使擒住了，禮勸他，也決不肯降。我如今只教他心

⑦ 橫草：踏草使之倒仆，比喻極易之事。

服，方能收他。」正說着，忽報：「小姐在轅門外求見。」（此時可以放出麗卿也。）希真笑道：「叫他進來。」只見麗卿全裝披掛，（久不見姑娘丰采，真盼殺人。）帶着幾個女兵，上帳來叅見父親。不知麗卿到來有何故事，且看下回分解。（俗子讀至此處，又見下回提綱是玉山郎贅姻猿臂寨，必謂下文定是麗卿與永清交戰，陣上眉來眼去，向來一切稗官之結搆也。）

范金門曰：捉高封一事，避開陳希真，而使慧娘建功，用意新穎。

邵循伯曰：拘魄金繩，有十二時辰綑縛，陳希真豈有不知？乃不授意於慧娘，因而生出後幾段文字，是文家善於停蓄處。可擒不擒，必假手於劉麒以彰報復，是循天理以行事。將擒高封，而又幻出一鼉龍涉水事來，能使妖法不遺漏，水軍不虛設。

范金門曰：由高封忌雲天彪而出一魏虎臣，由魏虎臣庸碌無能而出玉山郎，玉山郎為希真意中人，這段收服文字焉得不慘淡經營。

邵循伯曰：玉山郎伐猿臂寨，麗卿必無不出戰之理，但百年伉儷匪以玉帛相見，而以興戎，是不祥也，具見前回藏過麗卿之妙。

第八十七回　陳道子夜入景陽營　玉山郎贅姻猿臂寨

話說希真聞麗卿到來，便傳令宣他進帳。麗卿帶着幾個女兵上帳來，叅見父親，道了萬福，又見了眾將。希真見麗卿精神復元，較前更覺充滿，（找足。想紅鸞入度，氣色更佳。）心中甚喜，便道：「癡丫頭不在山寨，來此做甚？」麗卿道：「一者孩兒足足坐了四十九日，（深厭之詞。）已將息好了，來爹爹前請安；二者聞知得甚麼祝永清（甚麼，妙。），了得，孩兒要會會他，同他分個上下，決個雌雄。」（八字細思，真是絕倒。自然姑娘是雄的占在上面。）希真道：「這事用你不着，你回去同真將軍牢守營寨。大姨夫并眾將、表兄，我且不要他出戰，何況你。」慧娘道：（用慧娘答，妙。）「姨夫要收降祝永清，只以智取，不用力敵。」麗卿笑道：「爹爹慣做氣悶事。（連東京一段還記着難忘，真是絕倒，不是姑娘再說不出。）兵來將擋，為何不同他厮殺？既是爹爹要活的，（要活的，絕倒。）也容易，孩兒不去弄殺他，（弄殺，絕倒。）只活擒來便了。」（無一字不解人頤。）希真頓着腳道：「不要你管，只顧替我回去！」（替我，妙。）帳上帳下侍立的將弁，都暗暗的笑。麗卿恐怕老兒發作，只得退下來。忽然又轉身道：（真是妙絕。）「爹爹如要出戰，千萬來叫孩兒！」（嫵媚極矣。）希真道：「曉得了，會來叫你。只顧回去，快走！」慧娘送麗卿出去，麗卿道：「秀妹妹，如果爹爹出陣，不來叫我時，你把我個信，待我抄入那厮陣後，殺他個落花流水。」慧娘道：「姨夫自有妙算，軍營裏論不得家人、父子，姊姊切不可去亂做，着姨夫收羅不來。」（慧娘語又妙。更妙在末一句，確是軍師聲口。）麗卿笑道：「我怕不省得，不過這般說。」辭了慧娘上馬，帶着女兵怏怏而回。

却說永清的差人回營，說希真如此形狀，永清嘿然。守了兩日，永清那里耐得，便提兵馬來攻打希真的寨子。那希真鎗礮弓弩，守得鐵桶也似，那裏攻得進。一連攻了好幾日，沒個破綻，永清十分納悶。那魏虎臣不得捷音，只管雪片也似文書來催進兵。差官來一次，便滋擾一番，永清被他頭也吵昏了。可憐那祝永清是武職，爵位又不大，平素又不貪贓，那裏來得錢財，真弄得個左支右絀。（傷心。）最後來的一個，乃是魏虎臣的體己幹辦，叫做沈明，比前來的更兇，勒定了要若干銀子，方肯去回話。祝永清那裏打算得出，只得陪話道：「長官，並非我小氣量，須念我永清此次係是苦差，那裏是賺錢之處。我身上一切使用，都是公帑。（奉身用度悉仰于官，永清真有諸葛君之風。）兵馬錢糧，絲毫不能侵蝕。長官能格外矜全，（可憐。）永清感泐❶在心，實非昧良之人。此刻現錢實將不出，長官肯容納，我這口紅鏐寶劍係傳家之寶，價值千金，你權且將去做質當。我凱旋後，便來贖取。（寫永清尚不忍捨。）你如等不得，竟去賣了，我也不怨。」（到此處已是沉痛割捨，尚不能滿其慾壑，悲夫！）那沈明那里肯收，發話道：「祝防禦，你是曉事的！你說是苦差，偏我這差是甜的？自古道：天無白使人，朝廷不差餓兵。既要我替你出力，却又這般扣算。你不要把冷債抵官粮，（是何言歟。）這口鐵劍，（二字不堪。）一時叫我賣與那個？（寶劍不能哭，奈何！）祝防禦，你得勝後也指望高陞，不要大才小用。」（真咄咄逼人。）永清忍氣吞聲，（可憐。）說道：「長官，非是我扣算。你看我的簿書上，錢粮支銷之外，有多餘的，你便儘數取了去。委實無從措辦。」沈明道：「也，也，也！你這話明是撞我！總管相公不過叫我催你進兵，並不叫我來查賬，你

❶泐：音ㄌㄜˋ，銘刻。

擡這話來壓我。祝防禦，你便絲毫不添，我也不好再說，便就此告辭了，你的干係你自己去剖。」（咄咄逼人。）沈明正發作時，忽聽得一片吶喊。（奇。）永清大驚，忙出帳看時，原來眾兵將聞得此信，俱大怒說道：「我們在此不顧身家性命，他却來鬼混，便殺了這厮！」一齊擁入中軍，鼓噪起來。永清喝住道：「你們何故？」眾軍道：「我們要殺差官。」永清掣劍在手道：「上司來人，誰敢無禮！我等強殺是他的屬僚，（真是守名分之言。）（仲尼與定、哀比德，豈可同日而語，而仲尼事君無不盡禮，守名分故也。此書正旨每於此等處流露，讀者不可不察。）你等既要妄為，先殺了我。」（寫得永清勇不犯上，真是可敬。）眾軍都不敢動。（未有名正而言不順者。）兩個團練上前稟道：「眾人非敢作亂，實為主將抱不平。」永清插了劍，（細。）道：「雖是諸君愛我，實是害我。差官我自開發，不勞眾位躭憂。」兩個團練又道：「今眾人情願公派了，開發他去。」永清道：「這如何使得！諸君隨我在此同與皇家出力，只因我才力不勝，以致不速成功，（勞謙君子萬民服也。）豈可因我累及你們。那個是有餘的！」眾軍大呼道：「我們也出師幾番，那有將軍這般分甘共苦。今日便要我們的性命，有誰不肯，將軍不必躭憂。」那眾官兵不由永清主意，都紛紛歸到帳房，各人攢湊銀兩，須臾積少成多，都堆在面前，便請那差官出來，同他說明了。那沈明一來見銀兩比所要之數差不多，二來也怕激變，真當做出來，便笑着說道：「都為將軍的考成，並非沈某一人落腰。魏相公前你放心，我會替你包荒❷。」（反承他情。）永清陪笑謝道：「全仗長官周旋則個。」那沈明收了銀兩，帶了從人，回景陽鎮去了。永清送他出營，回中軍升帳，便叫軍政司：「把錢糧銀兩透支了發還眾軍，將來有侵蝕後患，都我一人承當。」軍政司稟道：「營裏粮米草料只敷十餘日，屢次行文去催，終不見到，怎好？」永清

❷ 包荒：周旋；承擔。

道：「我自有道理，你只管發與他們。」眾軍無不感歎。永清又恐他們心變，親去各營伍安撫一番，偏把許多意外事，架在料敵決勝之前，可歎。方纔字法。議出戰之事。永清道：「我等粮盡，利在速戰，諸君鼓勵銳氣，隨我去攻打寨子。」

當日永清提兵來希真營前挑戰，希真只不出來，由你叫罵，只推耳聾。永清守到天黑，不見一個敵兵，只得回營。第一日。次日又去叫戰，希真還你個老主意，只是不出。永清沒奈何，仍就收兵。第二日。到了第三日，永清叫眾軍預備衝車攻打。旗門開處，先放出四五輛衝車，直衝過去，却都顛入營前濠溝裏去了。永清知不濟事，不敢再放，喝令眾軍搬泥運土去填濠溝。怎敵得土闉❸上的鎗砲，撒豆兒般的打來。吃打殺了些軍漢，其餘的都逃了回來。只見希真營裏一個號砲飛起，營門大開，永清只道他出戰，便約齊隊伍等待。往營裏望去，遠遠中軍帳上，希真同眾將飲酒，帳下大吹大擂的作樂。永清大怒，叫把那三百斤的蕩寇礮，對營門裏打進去。這里方點旺門藥，希真營裏早豎起十幾層的軟壁，那礮子雷吼般的飛進去，吃那軟壁擋住，都滾入地坑裏去了。聽那裏面鼓樂並不斷絕，真是絕倒。把個永清的肚皮幾乎氣得繃破。只見希真的營門閉了，土闉裏面忽然湧起一座飛樓，離地數丈。那飛樓上端坐着一位美貌佳人，手拏着一柄羊脂白玉如意，指着永清叫道：「祝將軍聽者：我乃劉將軍之女劉慧娘也。陳將軍叫我傳令與你，道你辛苦了，且請回去將息；若要交手，你選個好日子，再來納命。」絕倒。慧娘妙，正是希真妙。永清大怒道：「你原來是雲龍的老婆！識荊。我看雲龍兄弟的面上，不來射你。你快去叫陳希真早早歸降，倘再執迷，打破寨子，連你父女性命都不保，休怪我無情！」慧娘唏唏笑道：「玉山郎，妙稱。你休恁的逞能！我同

❸ 土闉：用土疊成的城門外的曲城。闉，音ㄧㄣ。

你是仇敵，誰稀罕你留情！（妙，自是慧娘語。）你既技癢，要射便射。」（妙，天然是慧娘語。）永清罵道：「賤人，不識起倒❹！」認真一箭颼的射上去，那慧娘面前霍的飛出一片五色雲牌，乃是生牛皮緝就，彩色畫的，擋住了那枝箭。永清轉怒，叫放鎗礮。慧娘叫四健卒拔去樺車銷兒，那座飛樓豁喇喇的溜下去了。看看天晚，永清忍着一肚皮氣，只好回營。希真並不來追趕。（第三日。看他連寫三日攻打，前兩日畧，後一日獨詳，更無一筆犯複，妙。）永清想道：「善攻者敵不知其所守，總是我不會攻他。（行有不得者，皆反求諸己，真是聖賢學問。）那劉廣的女兒果然奇巧，可惜都做了賊。」（忽然可惜慧娘。）

次日一早，永清也不去攻打，便離了大營，帶着百十騎軍馬，團團去看那猿臂寨的形勢。只見各處防護得嚴密，歎息了一回，回到營裏對眾將道：「此地果然急切難攻。我的意見，若肯容我在蘆川上流屯扎，左依高山，右據蘆川。把沂州官兵調赴景陽鎮，彌補額數；我們的錢粮，就在沂州滙支。各處附近村落都移徙了，由百姓自己據守險要，着那廝無處看相。他要出來搶刼，我就縱兵厮殺；他不出來，我只乾守着。不過一年，那廝粮盡，餓也要餓殺他。（此計若行，希真成釜底之魚矣。）只是魏相公怎肯信我的話？（可歎。）再不然，還有一法，我等把兵馬四散屯開，分頭據險。那廝攻我們不能，不得不分頭把守，教他猜不出我何處進兵。我却忽聚做一處，攻打他一路，（孫子所謂以我之十攻彼之一也。）便擒不到陳希真，也殺他一個五星四散。然也須二十餘日，方好成功。」謝德道：「此計大妙，但只是粮草不敷。」永清道：「我已差人賫信去沂州府乞借，尚未回來。」

正說話間，轅門官報進來道：「陳希真遣人下書。」永清喚入，拆信來看，上寫道：「聞將軍大軍

❹ 起倒：進退；好歹。

缺糧，特奉上糧米二千斛，以便相持，幸勿阻却。」（希真真是絕倒。）永清大怒道：「匹夫怎敢小覷我！本當斬你的頭，今借你口去說你主將：早晚必為我擒，何得相戲！我不殺你，快走！」忽然又叫來人轉來道：「你再去說，如果他肯歸降，但有山高水低，我一力承當。（何等愛惜。）我頂天立地，決不食言。（反賭誓與他。）如其不能，早來納命。快去，快去！」來人抱頭鼠竄而去。須臾，左右說：「那廝並不把糧車收回，都丟在營前空地上。」（妙。）永清去看果然，便傳令都放火燒了他的，遂與眾將商議分兵據險。忽報：「魏相公處又有差官旋風般的來也！」永清大驚，（可憐。聞敵兵來倒不驚，上司差人來便大驚，為上司者尚可問乎？）連忙接入，乃是沈明的兄弟沈安，賫着一角公文，封着一口劍，（奇。）遞與永清。永清拆封看時，上寫着道：「汝自立軍令狀，討這差使，（反怪其多事，是何言歟？）只道汝有多少了得。（反笑說他，可惡之極！）如今一月有餘，糜費無數錢糧，（何從糜費？）只捉得幾個小賊算甚麼！（把前功一筆推倒。）現在合鎮紛紛謠講，汝受陳希真賄賂，不肯進兵。（希真反間，躍然言下。）雖無確據，（放寬一步，好。）然究竟何故按兵不動？如所云『陳希真才有可用，欲以緩功收伏』，此言吾誰敢，豈汝所得做主，甚屬混賬！（何至如此嫚罵。）今封來劍一口，再限汝三日，如不能擒斬陳希真，速將汝首來見。檄到如律令。」（奇絕，怪絕。）永清看罷，氣得說不出話來，少久開言道：「並非永清按兵不動，連日在此攻打，不能取勝。長官不信，帳上帳下大小將弁那個不好問。說我受賄賂，一發影跡俱無。」沈安道：「那個我不曉得，只是魏相公鈞旨，叫我守候立等捉陳希真，三日後捉不得，便請將軍尊裁。我也是奉上差遣，盍不由己。」永清道：「長官勞頓，且去將息，我自有道理。」遂着人去看待。

永清仰天大歎道：「我祝永清忠心，惟皇天可表。我本欲報効朝廷，不意都把禍患兜攬在自己身上，（千古孤臣志士一齊痛哭。我直如此命慳！罷了，罷了！如聞其聲。死于法，何如死于敵？寫得永清勇不犯上，事如此庸闇主帥，心終不變，令人欲泣欲拜。嗚呼，安得有其人哉！做小卒的且為國家死難，反以一防禦為朝廷厚遇，君子人歟，君子人也。大宋祖宗鑒我微臣今日之心；其音如石裂。天彪阿舅，你不去，我何至有今日！」忽然憶到天彪，滿紙嗚咽，語氣不屬。便召眾將齊集，把檄文與眾人看了，說道：「主帥如此嚴切，我如何再活得去？明日便是我致命之日，不要害了別人。」便把兵符、印信交付謝、婁二將軍，「明日我只單鎗匹馬殺出去，不回來了。」眾軍一齊流涕叩頭道：「望將軍從長計較。便要出戰，我等同去，便死也甘心。」永清道：「不可。諸君功名遠大，豈比我一事無成。其言酸鼻，不能卒讀。我意已決，諸君不要阻我。」眾人見勸不住，都流淚而散。當晚永清叫預備了香案，朝東京遙拜了官家，又朝本鄉拜了，止不住淚如泉湧，回顧兩個親隨道：「我豈怕死！只恨的是這般死，陳希真不知誰來收伏他。此人日後必為天下大患，但願他那封信是真話纔好。忽然憂天下，忽然憂希真，竟把自己置身局外。大哉永清，仁哉永清，令人感歎不絕。我幸有哥子萬年，又出一位英雄。祖宗之脈不斷，梁山泊的大仇也只好望他去報。我也無甚不了的事，只有雲龍兄弟托我寫一手卷，未曾與他寫。今日却不攜來，只好另取紙寫與他。」便叫磨墨。執着筆相了一相，一時觸動，便把諸葛武侯的後出師表寫上。極妙，渲染。前人頗有疑後出師表非武侯所作，仲華曾辨論之。今又大書于此，知其意有在也。筆如龍蛇夭矯，一氣揮完，誦了一徧，筆墨淋漓。然後著欵道：「儀封祝永清絕筆。」又看了看，嘆道：「好死得不值！」把來捲好。又寫了三封書信：一封與雲天彪訣別；一封與兄萬年托以宗祠香火；一封與師父欒廷芳。寫畢，都與親隨收了，便命取酒來痛飲，低着頭週身看看，流淚道：「你明日此刻，好道粉碎了。」感慨悲壯。又看那口紅鏐寶劍道：「你不值伴我，何苦吃別人賤你，明日送你到萬年兄處去。」又飲了數杯。自己餞自己。寫永清更無同心同德之人。

聽外面更鼓，已是三更五點，頭目來稟請過六次口號。忽見一個牙將入帳來密稟道：「適纔伏路兵捉了一個奸細，他說是主將的至親，有密計要見主將，小將們不好綁縛他。」永清疑道：「是誰？你見是怎般模樣？」牙將道：「他把青絹包臉，不許我們看。他說恐走漏消息，待見主將，方肯照面。搜他身邊，也無兵刃，現在帳外候着。」永清叫押進來。只見那人身長八尺，凛凛一軀，青絹包臉，身穿一件大袖青衫，垂着手，立在面前。誰耶？永清道：「你是誰？與我何親？有甚密計？」那人道：「我是將軍至戚，今特不避刀斧，來獻此計。將軍依我，管教立擒陳希真，只在今夜成功。」奇絕，幻絕。永清大疑，不但永清疑，讀者亦疑。聲音又聽不出，問道：「足下究係何人，莫非是劉廣？」我也疑是他。那人搖頭道：「不是，不是。機密不可洩漏，將軍叱退左右，我與將軍照面。」永清又叫身上搜了，果沒有暗器，永清精細。便叫從人都迴避，立起身，撳着劍靶，精細。說道：「有話但說。」只見那人不慌不忙，撮去了青絹，露出臉來，永清在燈光下一看，吃了一驚。你道是誰？更非別人，便是陳希真的正身。詭秘至此，真令人歎絕。永清喝道：「你這廝貪夜來此何故？」強弓怒馬。希真道：「特遵將軍教言，來此請死。」永清大怒道：強弓怒馬。「你休這般舉止，快回去，明日與你陣上相見。」永清又奇。希真道：「將軍容稟：不用陣上陣下，希真也是好男子，陣上吃你擒斬，我也不甘。好。大丈夫一身做事一身當，豈肯連累別人。希真被奸臣污吏逼得無處容身，明明是說永清。不意反害了將軍左右為難，今特就英雄前請死，伏乞尊裁。」說罷，跪在地下。又慷慨，又宛轉，又悽楚，永清那得不入其彀中。永清道：「好漢，你如今肯歸降了？」妙。永清只宜如此。希真道：「將軍教希真歸降那個？妙。除非官家降詔，我便歸降；不然，那怕蔡京、童貫、高俅都來，希真願與他決一死戰。妙，妙。竟擡得永清天子之下只有一人。我若肯降，須帶了大眾在陣前面縛，豈肯一人夤夜到此？今只是佩服將軍，不忍二雄並滅，凝可我亡。你要斬便請刀斧，要囚便請檻車。希真死在英雄手裏，誓不縐眉，只是不降。」（妙極。）永清沉吟良久道：「罷，罷，罷！殺你我不仁，救你我不義。（至正之論。）陳將軍，你日後果能不負前書之言，不忘君恩，我祝永清死也瞑目了。」（竟是申生對狐突語。）說時遲那時快，一面說，一面颼的抽出那口紅鏐劍，往喉嚨上就勒。慌得希真忙搶上，扳住臂膊叫道：「將軍快不要如此，希真實為來救將軍！將軍如此，希真罪愈重大，請先斬希真。」說罷，放聲大哭。永清道：「將軍，你莫非要我降你？」（着。）希真道：「希真已誤，焉敢再誤將軍。將軍去就，我不敢定，只求早決了希真。」看官，自古道：惺惺惜惺惺，好漢愛好漢。永清已是佩服希真，又見了這般光景，心裏忖道：「不道世上竟有這等奇人，（必着此語，方是心服，想作文描題之難。）我若逕直滅了他，不但吃天下笑，就是良心上也下不得。（希真之計早已料到此處也，妙，妙。）只是他的真假還測摸不得，（忽又蕩漾，絕妙文機。）待我再探他一探。」永清道：「這等說，只是我做負心人怎使得？」（永清乖。）希真道：「何妨，我自己情願。」永清道：「既如此，瞞生人眼，暫屈將軍縛一縛，景陽鎮山高水低盡在我。」說罷，便出取繩索。（永清真乖。）希真道：「這有何難！」跪在地，反剪着手待縛。（希真更乖，真好看煞人。）永清見他面不改色，撇了繩索，抱起希真，推在座上，納頭便拜道：「陳將軍，我祝永清今日心服了你也！倘蒙不棄，願終身執鞭隨鐙，供作僕隸，萬死不辭！」（希真用計至此，始十分圓滿。）希真答拜道：「亡命希真，無處容身，作此避罪之舉，將軍前程遠大，豈可如此？還望將軍雄裁！如蒙見愛，得收殘骨歸土足矣，豈敢怨悵將軍。」（永清合攏來，希真却推開去，妙。）永清道：「將軍何出此言！永清蒙將軍屢次生全，我今日凝可碎屍萬段，豈忍傷害你，只望將軍收錄。」希真道：「既蒙見赦，願聽教言。」遂磕頭拜謝。永清道：「陳將軍且慢，也須要依我三件事，我便傾心吐膽歸降了。不然，情願自死。」（希真合攏來，永清却又推開去，妙。）希真道：「莫說三件，三十件都依得。」永清道：「第一件，你既說暫時避難，不敢背叛朝廷，日後必須受招安；第二件，梁山泊係永清切齒深仇，你不許和他連好；第三件，你日後俄延着，不肯歸降朝廷，我就飄然遠去，你却不許留我。（又忠孝又瀟灑，真好永清。）這三件依得依不得，只此刻便求明示。」希真笑道：「將軍口裏的話，都是希真心裏的話。我若背叛，何不竟去投梁山？他那里怕容我不得，何苦自立門戶？梁山泊不是閣下的對頭，却是希真日後的贄見禮。（妙語。）前二件依了，第三件自不必說。」永清大喜，二人同拜了九拜，立起身，永清道：「陳將軍不可久留，便請歸營，明日交鋒，永清賣陣受擒便了。」希真道：「不可！將軍一世威名，豈好如此！」永清沉吟道：「既這般說，將軍暫留，明日並馬同去便了。」永清讓希真坐地，仍叫蒙了臉，各訴心腹。（每於漏盡酒闌，挑燈危坐，讀至此處，真有白骨起立，孤魂醒之樂。）聽更鼓已是五更二點，少刻兩個團練入帳稟問道：「主將，此人來獻何計？」永清道：「便是我的恩人，依他的妙計，恰能擒陳希真。明日便見分曉。」二將無言各退。

天將黎明，忽聽得營外吶喊震天，戰鼓齊鳴，報進來道：「這番賊營裏兵馬來了。」（「這番」二字仍映上文，妙。）永清便傳令迎戰。營前營後大小官軍，齊聲願出，永清便叫都去。謝、婁二將忙稟道：「那有全營兵馬都出之理，萬一有伏兵刼營，怎處？」永清道：「二位將軍不知，上陣自見。」遂發砲出營，另備一匹馬與希真騎了，並馬而出，眾人都不知其故。出營列成陣勢，只見劉廣躍馬橫刀，大叫：「祝永清，我家陳將軍怎地了？」（寫劉廣。）希真縱馬出到垓心，撒去青絹，叫道：「姨丈，我回來也！」眾皆大喜，官軍皆驚。永清隨在後面，帶了親隨，也到垓心，勒回馬對本陣大叫道：「諸君聽者：不是我祝永清心變，只因魏虎臣逼我太甚，陳希真大恩大德，輕入虎穴來救我的性命，我因此感激，已歸降了他也。諸君回景陽鎮，替我代回報魏虎臣，日後遣將調兵，不可恁地性急。（反訓誨他，妙。應得訓誨。）我去了！」說罷，竟歸希真陣裏去了。這邊謝、婁二將並眾軍都大驚，只聽得一聲大喊道：「我等沒家小的情願隨祝將軍歸降！」有六七百人都紛紛的迸了過去，謝、婁二人那里止得住。其餘的在陣上，望着那邊磕頭不已，都放聲痛哭，永清在那邊也下馬答拜。希真大吹大擂掌得勝鼓，擁簇着祝永清回營。（其實得意。）這邊謝、婁二位團練只得收兵。二人對那四個提轄說道：「此事怎了？我等回景陽鎮如何回話？魏總管心地窄狹，極多猜疑，我們身上怎得乾淨？看來大家都隱瞞着，只說祝將軍同那干人都失陷遭擒了，此計如何？」眾人都道：「也只好如此，不然怎了。」大家計議了一回，便去請那差官沈安出來，都求他包荒。那沈安聽說反了祝永清，也吃了一驚；及見眾人求他如此撒謊，他拏捏着，那里肯擔承。（不過要銀子耳。）說道：「這個血海的干係，我擔不起。你們要說，自己去說。」眾人再三哀求，他只是不肯依允。惱得謝德性起，颼的抽出那口腰刀，順手一揮，沈安早已變作兩段，（快絕。）罵道：「看你這廝依允不依允！」婁熊把他手下的人都結果了。四個提轄道：「殺了他，怎了？」謝德、婁熊齊說道：「怕怎地！大家說他降了賊，眾口一詞，瞞得實騰騰地。倘走了風，魏虎臣不能相容，大家反他娘。」（暗逗一句。魏虎臣固尸居餘氣耳，然正惟永清去後，眾人方敢公然戲侮之。賢才之足重如此。）眾人商議定了，遍告各營，拔寨都回景陽鎮。謝、婁二將尚未動身，眾軍已紛紛的先走了一半，前呼後叫，諠譁不止，一路搶奪粮食、牛馬。謝、婁二將那里禁止得。（祝永清在，何至如此。如此寫祝永清，真有隔牆畫美人之妙。）不說官軍都回景陽鎮。

却說陳希真得了祝永清，如獲異寶。原來希真早有細作在景陽鎮，買通魏虎臣的近身人，（虎臣之無用如此。）凡永清營裏的虛實，都盡知道；又布散謠言，說他受賄，離間得他上下不和，然後收了他。古人說得好：奸臣在內，大將斷不能立功于外。況魏虎臣又是他的上司，一發掣肘。當時希真迎進大營，到中軍帳上，希真先拜道：「我陳希真素無貪着，今見將軍，遏不住心中歡喜。」（妙是希真語。）永清拜道：「小將無知，屢次觸犯威嚴，幸蒙收錄，正如披雲見日。」（妙是永清語。）又與眾人都見了。（省。）希真待永清以上賓之禮，對眾將道：「祝將軍，老夫將性命換來的，諸位將軍幸勿輕視。」眾皆大笑。當日殺猪宰羊，大開筵席，奏軍中得勝之樂，（起先用礮打，誰知此刻自己也在座。）犒賞三軍。又差人打探官兵都拔寨去遠，也收兵回山。真祥麟、苟英率領眾頭目來迎。（特避開麗卿。）希真道：「小女如何不來？」（恐讀者忽過，且有疑其掛漏者，特註明之。）真祥麟道：「姑娘嫌悶，帶了隨身女頭目，到山後圍獵耍子去了。」（豈有聞父親來而不迎接，然與題目關碍，故特遣之，却又寫得儒雅。）眾人都到了正廳上，希真開言道：「祝將軍，希真實敬愛你不過，與你結忘年交如何？」永清道：「小將何敢妄僭！既承雅愛，願拜將軍為師。」希真還要謙讓，眾將都道：「祝將軍之言是也。」當日祝永清拜希真為師，執弟子禮。

眾皆大喜，連日慶賀。希真把那新降的六七百人，都安頓了。（細。）永清道：「弟子在此安居，家兄萬年在永壽司寨，弟子投降，官司必然累他，怎好？」希真道：「賢弟所慮甚是，何不就屈賢弟一行，勸他同來聚義？」永清道：「不可。我這萬年家兄性最耿直，非言詞所能動，（表出祝萬年。）只好用計誘他來。」希真道：「計將安在？」永清道：「魏虎臣的兵符雖已交出，他的印花❺弟子却有在這里，就描摹了他，捏造一角公移到永壽司寨總管處，調他星夜來此助戰。弟子再親筆寫一封告急書信，他聞知弟子受困，必不怠慢；誘他到張家道口，請幾位將軍刼了他來，那時再以禮勸他，自然歸降了。」希真大喜道：「此計最妙。你便寫起信來，我有心腹人去。」永清又道：「我這萬年哥子本事也了得，要生擒他甚不容易，（寫祝萬年。）須遣上將去纔好。」希真道：「我自有道理。」便當時做好假文假信，差心腹人到永壽司寨去行事。這里希真差劉麒、劉麟、真祥麟三人同去張家道口刼祝萬年。希真吩咐道：「如此如此，用蒙汗藥麻得翻更妙；如不能，再和他力戰。」眾人領命，都扮做客商去了。

希真道：「賢弟共有幾位昆玉？」永清道：「弟子同胞弟兄三人，長的是萬茂，便是祝朝奉；次的就是萬年；弟子第三，却是同父異母。起先弟子族分最盛，親堂弟兄有二十餘人，子姪不下數十。其餘繁支，不能悉紀，也有三四百人。自那年遭梁山泊狂賊蹂躪，只剩得弟子兄弟兩個了。（傷心字句間，有啜泣之音。）幸虧同叔父在東京，若同在一處，也必不免。」說罷，切齒豎髮，眼中流淚，希真亦歎息不已。又問道：「賢弟與令長兄，何年紀相遠？」永清道：「弟子係是庶出的。弟子嫡母雲氏，就是雲威外祖的姪女，只生萬茂兄一人。弟子庶母共三人，長王氏，無出；次張氏，生萬年兄；（又是庶子。）弟子生母李氏，年庚最小。先君諱太和，在日曾官拜都虞侯，晚年來隱居山林，瀟灑詩酒。弟子生母係姑蘇元和縣人，詩詞翰墨無不精妙，最得先君的寵愛。（不是永清說不出。此書慣于空寫人物，令讀者想像。如郭英之絕世英雄，李氏之絕代佳人，皆是。）凡是弟子的史書文墨，皆出自慈訓，並不受業他人。（麗卿師其父，永清師其母，絕妙韻事，絕妙文心，絕妙對仗。）先君見背，弟子那時方十五歲。先慈封股治療，不癒，哭泣失

❺ 印花：印有圖案的公文印箋。

明，每日只飲蜜水數杯，哀毀而歿。又是節婦。次年弟子便同萬年兄隨叔父進京，家中就遭了大難。」希真聽罷，又起敬歎息，問道：「令兄都是萬字頭，賢弟為何取永字？」永清道：「因先生母的諱是『萬珠』二字。」亦如杜少陵生母名海棠，終身不賦海棠詩也。希真道：「令叔今在東京作何貴幹？」永清道：「做祥符縣的縣丞，今年二月因病不在了。」原非正脚色，隨手放倒。

永清說明譜系，希真驀然想起一件事來，用筆跳脫。問道：「賢弟可曾完姻否？」永清道：「四海飄蕩，功名不就，哪里講到聘定妻室。就為宗祀起見，也一時不得良緣。」希真道：「賢弟，你少坐。」希真忙入後堂，叫從人道：「請姑娘出來。」麗卿聽得老兒呼喚，笑嘻嘻的忙出來，問道：「爹爹呼喚孩兒，必有事故？」只道是廝殺。希真道：「為你這孽障的終身大事。我往常看你的姻緣在此地，今日有了，與你尋得頭好女婿。」麗卿驚道：「爹爹又要把我許與那個？」「又要」二字，絕倒。一似常把他許人者，葢高衙內一節，尚魂驚魄動也。希真笑道：「便是雲龍的表兄祝永清。他果然英雄，配得你過。我兒，你歸了他，我也完了一條心，不知你心下如何？你若依允，我便出口。」麗卿道：「爹爹怎說這話！你年過半百，又沒有個兒子，只一個女兒，孩兒主意已定，要伏侍你到老，一世不嫁了。」真好麗卿，令人起敬。想見作者力避從前稗官陋習，嘔心嘔血，方有此文，讀者慎勿忽諸。希真道：「雖然難得你這番孝心，但是婚嫁男女大事，如何廢得。如今他又無家舍，招贅在此，同我的兒女一般。親熱。你兩個都孝順我，我無子而有子，你無夫而有夫，豈不是兩全其美！」麗卿道：「爹爹既這般說，由爹爹與孩兒做主便了。推倒一切稗官女將自己招夫的醜筆。只要他待得爹爹好，孩兒就把身子托付他。爹爹看得中，量必不錯。」希真聽了大喜，當即出來對永清道：「老夫有一言，未便啟齒，賢弟須要依我。」永清道：「恩師有何清誨？」

希真道：「賢弟既無妻室，老夫只有一個愛女，小字麗卿，今年也是十九歲，與賢弟同庚。若論兵機韜略，却遠不及賢弟；若論武藝，也還去得。賢弟不嫌寒微，老夫願備粧奩，招你為婿。」永清聽罷，連忙道：「恩師容稟：久聞小姐乃是女中丈夫，永清何人，敢攀附神仙！」希真笑着說道：「我意已決，你不必過謙了。不用恩師弟子，竟翁婿稱呼罷。」（千里怒龍，至此方合。）永清拜謝。希真遂遍告眾位頭領，眾頭領都來賀喜。希真便商議擇吉日合巹，永清道：「弟子有下情告稟：（閃爍，妙。）弟子有期服未滿，須明年三月，方好合巹。」希真道：「既如此，就依你明年三月，只是我也有一言。」（閃爍，妙。）正是：百年伉儷雙珠合，千里姻緣一線穿。有分教：兩個多情種子，合成千古美談；一對絕世英雄，配就神仙眷屬。不知希真說甚言語，且看下回分解。

范金門曰：讀招降祝永清一篇，悲歌當泣，動人心脾。其始也，志決身殲，絕無憤怨寃苦之語；其繼也，心悅誠服，亦無替天行道之妄。一百八人中又無是也，是又現身說法之一則。

夤夜入敵營，古人亦嘗有之，而希真之來，則更為奇險，是極寫其知人之明。

洋洋萬餘言，以干戈起，以婚姻終，絕不見其筆端之生硬，自是文入妙來。

邵循伯曰：天下事無論大小，總有一個不得不然的理路。凡理路不清之人，或能闖出意外，倒使人不及料；若心地明白者，無不從此不得不然之路上來也。祝永清之降，即此之謂矣。魏虎臣之不問軍情，儘力催逼；沈明之苛求財貨；沈安之坐索性命；而陳希真者，偏能剛以禦之，柔以收之，凡理路中入，鮮有不歸心向往者矣。書中命意措詞，無一字跳出情理之外。

余髫年從學於徐也陶先生，歲終先生有一戚，鄙俗人也。來假錢十貫，先生無所措，躊躇久之曰：我惟佩文韻府一部，爾可將去質戥之，明年贖歸可也。其戚怒曰：此言欺我太甚，這幾本書所值幾何？就是上號白紙未曾累字者，亦不過千文而已，何能當我十貫之用耶？艴然而去。今讀永清以紅鏐寶劍抵與沈明，而沈明謂為鐵劍，賣與那個，確是韻府不及白紙者也。嗟乎，天下之不遇識者，豈特韻府、寶劍哉！人才中十居其九耳，慨然。

第八十八回　演武廳夫妻宵宴　猿臂寨兄弟歸心

話說當時希真對永清道：「你既說明年三月合巹，我都依你。只是我有一言：我這小女，也是一員猛將，摧鋒陷陣少他不得。我這里廝殺用兵，早晚說不定你二人免不得相見，那里迴避得許多。我的主意，先擇個吉日，你們二人先拜見了，兄妹相稱，可以省得迴避，陣上又好照應。你不必只管稱弟子了。」眾將都道：「主帥之言極是。」希真道：「後日是重陽佳節，又是大吉日，便可行禮。」永清叩頭拜謝。當晚眾頭領都公糾酒筵❶，與永清賀喜，永清歡喜得一夜睡不着，想道：「久聞女飛衛的英名，但不知他的性格何如。若武藝雖好，性子嬌悍，也屬無趣。（反添出愁來。）真難得陳將軍這般愛我，怎生報答他？」日子最快，已是重陽了。一早，那廳上廳下都掛燈結綵，永清換了一身華服，上廳來先叅拜了希真。眾將都齊，劉慧娘也在內。（絕倒。）當中點起臂膊粗的龍鳳蠟燭，焚起一爐妙香。希真叫：「請姑娘出來！」少頃，環珮丁東，十幾個女兵都插花帶朶打扮着，（偏只寫女兵打扮，妙。）捧擁麗卿出堂。永清望見，吃了一驚，低下頭去。（反寫永清害羞，妙。）二人拜了，又同拜了希真。眾人都見了禮。論年紀一般，都是十九歲，永清乃是五月初一日建生，麗卿乃是四月初九日建生，那日過飛龍嶺冷艷山正是他的生日。（妙筆妙至此乎？一盤人肉饅頭，許多烏男女性命，只算與姑娘上

❶ 公糾酒筵：眾人共同連合的酒筵。糾，「糾」的異體。

壽。永清小二十一日，呼麗卿為姐，永清為弟。敘禮都畢，大家讓坐。希真同女兒坐了主位兩席，那邊客位上，永清第一位，劉廣第二位，（無有挾重服赴吉筵之理，固是仲華疏漏，然亦只好如此。）慧娘在劉廣肩下坐了第三位，苟桓第四位，苟英第五位，范成龍第六位，共八桌酒筵。（二劉與祥麟不在，故不列。）階下奏動細樂，安席已畢。麗卿仔細看那祝永清，（偏是麗卿仔細看，妙。）生得伏犀貫頂，鳳目鴛肩，臉如傅粉，唇如丹砂，嘴角邊微微的現出兩個窩兒；戴着頂爛銀束髮紫金冠，穿一領盤金白緞蟒袍，繫一圍紅底金鑲白玉帶，腳踏一雙烏緞朝靴，端坐在那邊，果然是座玉山一般。（詳。）麗卿暗暗道聲：「慚愧！果然是個英雄。看他這般氣概，將來怕不是個朝廷的棟梁。他若不被魏虎臣那廝驅迫，怎能得他到這里。（心知肉痛之言。幸虧魏虎臣，姑娘得此佳偶。不感他反去罵他，不當人子，天下有勞而無功者皆此虎也夫。）奴家把身子託付了他，真不枉了。爹爹真好眼力！」（忽然感激爹爹。）那永清偷眼看麗卿，（偏是永清偷眼看，妙。）真是畫兒上摘下來的一般，（畧。）怎不歡喜，自忖道：「天下世間那有這等人物，我今日莫非當真撞着神仙了！」（已伏終篇。）那劉慧娘（忽然夾入慧娘，非寫其眼饞，益借他總束一筆也。）見那永清也是喝采，暗想道：「遠看不如近覷，（提照上文飛樓答話，妙。）他兩個人好福氣。（妙語。）不知我那雲龍比他何如？」（「我那」二字霸佔得妙。雲龍幾時賣與你的？不羞。）酒至數巡，食供數套，當日眾英雄歡飲，直至二更始散。（暫且收落頓挫，妙。）

連日眾頭領輸肩❷辦酒賀喜，儘日價暢敘，不覺到了九月十五日。那日涼颸捲起，氣爽天高，眾英雄都在廳上高會。興濃酒闌，劉廣教眾頭目、裨將（自劉廣發科，妙。）就筵前舞鎗弄棒，比試取樂。眾頭領都歡喜，各出金帛利物打采。那永清酒後耳熱，便起身對希真道：（看他如此折出，便不突如。）「小婿放肆，願舞劍樽前，以助一笑。」希真大喜。永清脫去那件白蟒，露出裏面襯衫，從人捧上那口紅鏐劍，走下階去，眾人都讓開

❷ 輸肩：一個挨著一個；輸流。

了。永清使開那口劍，擊刺有法，進退非常。麗卿暗笑道：「你看他（不知叫那個看，絕倒。）在我前賣弄精神！（奇語。）我休教他獨自逞能。」（奇語。）也起身對老兒道：「孩兒要與兄弟並舞。」（真是妙事。）希真笑道：「我料得你必要獻醜。」麗卿便叫侍奉的稗將：（本自有女兵，偏用稗將，蓋作者特用郭令公故事也。）「取我那口青錞劍來。」便脫去了那件大紅對襟三藍繡花衫，卸去了鬢邊的兩排黃菊，（點九月。）簪緊了那麻姑髻，按一按珍珠抹額，扎起了百摺宮裙，抹去了釧兒，露出那大紅洋金窄袖襯襖。（麗卿裝束却于此時詳敘，又妙。）那員稗將捧過劍來，麗卿接了，也走下階去。永清見他來，忙收了劍，立在一邊。眾將都立起來，希真道：「同舞何妨？」二人謙遜了一回，大家放開步位，理開解數，竟是一對穿花蛺蝶，寒光四射。廳上廳下，無不喝采。舞彀多時，希真笑道：「收了吃酒罷。」二人那里肯住，各要顯本事，漸漸的蓋緊來，呼呼呼的只聽得風雨之聲。少刻，化作兩道白光，（寫劍術，真寫得出。）一邊白光裏影着一個猩紅美女，一邊白光裏罩定一個玉琢英雄，（絕妙好辭。）風車兒般旋轉。眾人看得眼都花了。又好多時，二人慢慢的一齊收住，從人上去接了兩口寶劍。二人又見了個禮，一齊上廳來。眾人大喜。希真哈哈大笑，（其實得意。）便親賜他們兩杯。二人都拜謝飲了，各歸坐位。眾樂工奏着細樂勸侑，又是數巡。永清啟請希真道：「小婿貪而無厭，（奇語。）聞得姐姐的弓箭穿楊貫蝨，一發求賜教。」希真笑道：「今日大家歡聚，又不是賭賽。過幾日，到教塲裏去比試。」永清謝了。（霍地收落，恐文氣太逼也。）麗卿暗想道：「你看他（仍用此三字，妙。）這般考覈我，怎地待我索性顯個本事，好叫他死心塌地。」（真是妙語、妙文。）又吃了回酒，眾英雄都已面帶春色，大家起身散步。麗卿私下對劉廣道：「姨夫，你攛掇我爹爹到教塲裏去。」（妙。）劉廣點頭笑道：「我理會得。」便對希真道：「這幾日教塲四面經霜的楓林，火錦一般赤，（好。）何不去賞玩一番？」希真道：「有理，大家都去。」就往大廳西首穿角門過去，沒多少路，到了大教場。（前日救苟桓時曾走過，讀者記得否？）眾人到了演武廳上，看那丹楓，喝采一番。麗卿對希真道：「爹爹，兄弟說要比箭，何不就比？」（即入，妙。）希真笑道：「我曉得你有一點本事，再隱藏不住。叫他們設垜子。」從人忙去取了幾副隨用的弓箭。兩個伴當去演武廳前按了步數，掛起三個金錢，一字兒橫着。（奇筆。）那金錢只得茶杯大小，是麗卿常射的。麗卿便去挑選了一副好弓箭送與永清道：「請兄弟先射。」（儒雅。）永清謙讓，希真道：「自然賢婿先請。」永清接了弓箭，道聲：「有僭！」原來永清的箭也是百發百中，却不及麗卿的神化。他只道麗卿也不過如此，（妙。）酒後高興，也要賣弄，便吩咐那親隨到垜子邊，把金錢取了一個，（奇筆。）又退了十幾步。那親隨將金錢高擎在手裏，遠遠對永清立着。（一發奇。）永清拏着弓箭，側立在演武廳心裏，搭上箭，輕舒猿臂，（身分都有。）扣滿了，覷定那親隨手裏的金錢，（奇絕，警絕。）眾人都替那人捏把汗。只見霎的一道寒星，往那金錢眼裏穿過去。（好看。）麗卿也暗暗的喝采。（極寫永清。）永清不慌不忙，連發三箭，都從那金錢眼裏穿過。（總一筆，省。）那親隨人這般伏侍慣的，擎着那金錢神色不變。（奇筆，異想。）眾人齊聲喝采，劉慧娘也吃一驚，忖道：「那日飛樓上虧我有准備，險些被他射個透明窟窿。」（又將前文一提。）永清當時把弓繳還。麗卿接了，便取兩枝箭，一枝把來插在腰裏，一枝搭在弦上。（胸中已有成竹。）那親隨人見是別人來射，連忙避開。（入理之至。）麗卿却走出廳下月臺上去。希真道：「你到那里去射？」眾人都下廳來。只見麗卿把着弓箭仰天看了一看，（奇。）霍的扭轉柳腰，拽滿了雕弓，颼的一箭往那天上射上去。（奇。却是何故？）那枝箭直竄入半天雲裏，力盡了掉轉頭往卜落來。（奇筆，奇筆。）說時遲，那時快，那枝箭方掉轉頭，落得沒多少，麗卿早搭上第二枝箭，颼的又射上去。（奇筆。）箭鏃對箭鏃，射個正着，錚的一聲，把上頭那枝箭激開去，離却數丈。（分寫，妙。）兩枝箭都掉轉頭，滴溜溜的一齊落下來，廝並着插在教塲心裏。（合寫又妙。真是異樣筆墨，異樣精彩。）眾人那一聲驚采，（「驚采」二字新極，一向不經人用。）暴雷也似的響亮。永清大驚，上前拜服道：「姐姐豈但是飛衛，真乃天神降凡也。」（彼此。）麗卿連忙答拜。眾人大喜，都仍上廳坐了。永清暗喜道：「我得此人為妻，何願不足，更有何求，真不知是那世裏修得！」（飽滿充足之言。賈大夫事却倒用轉妙。亦感魏虎臣否。）希真道：「秋色實屬可愛，我們就把酒筵移來此處。今日團圓日子，慶賀酒筵，便從今日圓滿。」（不得此句，只管吃到何日了！）

當時演武廳上擺好，添些菓品，撤去了歌舞，眾人都脫去大衣，換了便服，歡飲至晚。月光上了，眾人都告辭，謝了散去。只剩希真、永清、麗卿三人，從人掌燈火上來。麗卿道：「今夜好月色，爹爹，我們多坐坐去。」（姑娘真卓然大雅。）希真道：「最好。但我看你們二人都拘拘束束，尚未盡興，何不洗盞更酌。」永清道：「泰山敬客，自己也未暢飲。」于是吩咐整頓了杯盤，三人重復入席。希真又飲了數杯，看他二人都斯斯文文，各無語言，希真暗想道：「他們碍了我，有心腹言語不能暢敘，我不如避了。」（好老兒，真善體貼。）便說道：「我兒，你們今日是姐弟，將來不久便是夫妻，不必只管拘束。我明日五更要去祭煉那九陽神鐘，（忽將九陽鐘一提。）不陪你們了。」二人都留道：「正要孝敬爹爹幾杯，怎的便去？」（不可少。）希真道：「不必，我正事要緊。」便吩咐那幾個稗將并眾女兵道：「你們好好伏侍。」希真起身便回去了。

永清、麗卿二人送了，轉身來又都行了禮，讓麗卿大首。麗卿道：「我是主人，那有此理。」永清道：「休論賓主，只是姐姐居大。」麗卿笑道：「恭敬不如從命，今日我權且僭你。」（不但直爽，抑且深明日後之必不僭也，真是粲花妙舌。寫麗卿不挾貴，執婦道，又是出色。）二人對面坐下，女兵輪流把盞，那些稗將都按劍侍立。二人各訴心中本領，十分入港。正是：洒落歡腸，更不覺醉。永清問道：「那一位姑娘是誰？真妙。是不是那日在飛樓上的劉慧娘？」麗卿笑道：「你知道了還問他則甚。便是雲龍兄弟未過門的娘子，還有那個。」至今讀之，如初出香口。永清稱贊不已道：「好個聰明女子，果然奇巧。」麗卿細問永清家中的事，永清又細細的告訴了一遍。麗卿聽到他母親刲股療病，絕食完貞，不覺滴下淚來。何其情深如此。兒女私情偏能從純孝上落筆，仲華心思固何物哉。永清也灑淚不止。又說到全家遭梁山泊屠戮，只見麗卿那兩道柳眉殺氣橫飛，奇語。說道：「兄弟，將來奴家生擒了宋江那賊子，交與你碎割。」寫得慷慨悲壯，令人起舞。永清感激稱謝。二人又痛飲一回，說些閒話。

永清道：「姐姐，這般好月色，我同你閒步一回。」麗卿道：「妙哉！」便吩咐備馬。永清要步行，他偏要騎馬。二人都到月臺上，已是三更天氣。那冰輪正當天心，照耀得那教場一汪水也似的清涼，天下妙景何可少，此妙筆寫之哉。將臺上那面帥字旗，隨着微風蕩漾，沉沉夜色，萬籟無聲。麗卿見那旗竿頂上錫打的平安吉慶，忽然想起，問永清道：「兄弟那枝方天戟有多少斤重？」永清道：「四十斤。姐姐的梨花鎗多少？」麗卿道：「比你的輕四斤，三十六斤。」永清道：「姐姐這般神力，何不再用得重些？」麗卿笑道：「兵器又不在斤兩上分高低。古人說得好：四兩能撥千斤重。當年呂布何等了得！有句老話：不知那里聽來。三國英雄算馬超，馬超還是呂布高，他那枝方天戟，只得二十四斤。你看見的，你去稱過的？無稽之談，牢不可破如此。關王八十二斤的大刀，他也敵得過，何在輕重！」永清點頭。寫麗卿胸無點墨，却愈顯得他嫵媚。其筆之妙，真不可解。從人備好了馬，牽到月臺下。永清見那匹棗騮，稱賞不已。麗卿道：「我這馬，有名叫做穿雲電，你那匹銀合也了得。」永清道：「這是匹大宛馬，戰場上也熬過幾次。」奇語。二人都上了馬，從人遞過馬鞭，細。八個馬蹄，踏着月色，絕妙好詞。緩緩而行，從人都追陪着。永清道：「我們都在玉壺中也。」（妙語。）一時興發，抗聲歌道：「姮娥搗藥靈霄闕，碧海亭亭澄皓魄。（想到希真知遇，麗卿奉陪，都在眼前，真令人眉飛目舞。）猶似人間離別多，上弦纔滿下弦缺。」（想到雲天彪在何處，雲威、雲龍在何處，欒廷玉、欒廷芳、祝萬年皆在何處，祝家莊、東京在何處，真令人悲從中來，灑淚不止。）麗卿聽罷，笑道：「兄弟，你對着月亮，（對着月亮，妙。）呀呀唔唔的念誦什麼？好像似讀唐詩，（他不知如何識得，却又以唐以後無人做詩，奇絕。但是詩便硬派他是唐，絕倒。）又像說這月亮，（說這月亮，更妙。）什麼上弦下弦！今夜的月亮鏡子般滾圓，（真是吉祥文字，宜其能彌補人間恨事也。）那里還像一張弓？」（強作解事，一至于此。句句不脫本行話，一妙也；只知弓上有弦，則弦字再不能移置他處，二妙也；自己不通反去扳駁他人，三妙也；月已圓矣，更不料其再有缺時，四妙也。）永清笑道：「對此月色偶動心曲，胡亂口占一絕，污了姐姐的玉耳。」（牛耳耳，何玉之有？）麗卿笑道：「我不省得什麼叫做一絕兩絕。」永清道：「原來姐姐不善吟咏。」（豈敢。）麗卿道：「你不要打市語，（打市語，絕倒。）只老實說。」（反怪人不老實。）永清道：「便是做詩。」麗卿大笑道：「好教詩來做我！老實對你說，（只好獻底。）字，（句。）我也認識幾個，便叫我寫也還寫得，（還要賣弄。）只是苦不甚高。（好說。）像你與那雲祖公家寫的四幅束絹，（以為永清此外再無筆墨也，可笑。）亂撇亂劃的草書，却沒幾個認識。」（問詩答字，妙。）永清大笑，說道：「姐姐恁般風雅，為何不讀讀書？」麗卿笑道：「書，（句。）我爹爹也教我讀過一本孝經，後來又教我什麼孫子十三篇，解說與我聽，裏面都是些用兵的法兒，（惟恐他人不識得。）這幾年也忘了些。（耄而志昏矣。此句是專指孫子十三篇也。因有用兵之法尚不全忘，若孝經則盡還先生矣。或曰：子何以知之？金門曰：但看此句字法，如連孝經齊說則「也」字下，必有一「都」字。）我是這般愚笨，你休要怪我。」（未成夫妻，先憂失寵，何物妙筆竟寫到此。此十一字乍讀之，覺其鬱勃可愛，細繹之轉覺其凄楚可憐。蓋其意即崔雙文憐取眼前人之句也，特華樸不同耳。悲夫！予嘗讀文種對句踐君不忘臣，臣竭其力數語，不覺歎息。彼烏喙之主不足道矣，獨念張生之與雙文，永清之與麗卿，豈猶未得其隱曲，何其要結至此耶。然則人生世上，承人寵愛，益可恃乎哉。）永清道：「姐姐說那里話！姐姐是天上神仙，永清（也是妻前夫名，情在則然也。與梁中書夫婦其雅俗真有雲泥之判。）得侍奉左右，偌大福力，怎敢說怪字。」麗卿笑道：「神仙早着哩，我爹爹恁般講究，尚不得到手。」（提前照後，真有足躡華峯，左顧滄海，右瞻河源之才。）永清見他這般天真爛熳，四字麗卿定評。十分歡喜。不覺已到教場盡頭，照牆邊二人兜轉馬並立着，遠望那座演武廳，濛濛的裏面燈燭輝煌。何物文心，至于如此。永清回頭，見那座參宿❸已從東方高高的升起，稱贊道：「妙呵，你看參星這般明亮，月光都奪他不得。參星大明，天下兵精，且多忠臣良將，何愁天下不太平哉！」忽提起「天下太平」四字，奇。麗卿道：「便是今夜半點雲彩都無，月亮星斗分外明亮。兵馬時常操演，自然精熟。」所對非所問，真是絕倒。永清笑了笑，又看了一回，二人並馬而回。麗卿道：「兄弟，你可會空手入白刃麼？」看他合寫二人，真是華、岱並峙，各不相下。永清驚道：「聞有此事，並不曾見，那里去學？我師父欒廷芳弟兄也想學，却無處訪師。姐姐，你可會得？」麗卿道：「是我家祖傳，有甚麼不會。」永清大喜。麗卿道：「這個法門學會了，那怕刀鎗劍戟麻林一般，空手鑽進去，不但無傷損，還好奪他家伙使用。只是這個法門最妙最險，只此一語，一似仲華亦會空手入白刃者。才子胸中何所蔑有。要練習得極精極熟，方好應用。倘有絲毫生疎，為害不小。天下何事不當如是耶？仲華可謂言近指遠矣。此等妙文，雖莊子養生主不是過也。我家世代祖傳，不教外姓。奴家從十四歲上學起，如今已是成功，你不信問他們這幾個。我時常教他們把亂鎗只顧搠來，我奪得他們一枝不剩。這法門，是越王時一個處女傳留下的，也是一個處女天造地設，有此故事應用。那人想是個仙家。兄弟你要學，我便教你會，你却不許去傳人。」父子之恩，總不敵夫妻之暱，麗卿且然，可歎。永清歡喜得跳下馬來，就草地裏拜倒。極寫永清好學。麗卿也忙跳下馬答拜道：「折殺奴家。」二人便不騎馬，往演武廳步行。永清道：「又聽說姐姐能空手接箭，可有此事？」麗卿道：「便是這空手入白刃裏的法兒。莫說一副弓箭，便是四五張弓射來，我兩隻手也接得及。若是百十張弓，却不能接，只好把鎗挑撥。你但不信，你此刻射，我接與你看。」永清

❸ 參宿：星名，二十八宿之一。宿，音ㄒㄧㄡˋ。

道：「何必試。」

二人上了演武廳，散坐下，從人獻茶。永清道：「小弟有件東西要送姐姐，一則表心，二則權當聘禮，姐姐恰用得着。」（出奇無窮。）麗卿問是何物，永清道：「姐姐猜猜。」麗卿笑道：「你肚裏的東西，我如何猜得。我用得的，無非是釵釧首飾。」永清道：「不是。」麗卿道：「不是，決定刀鎗、弓箭、軍器之類。」永清笑道：「也不是。對你說了罷，乃是兩副猩紅黃金鎖子連環女甲。那甲又軟又輕，莫說道刀鎗、弓箭，就是鳥鎗鉛子，急切也鑽打不入，端的賽過⿰犭唐猊❹。那兩副甲，是在先我姪兒祝彪，託我家叔東京製造的，要與他渾家一丈青扈三娘做聘禮。量了身材，家叔替他選了上等材料，尋東京第一等好手的甲匠，費煞工本造就。尚未寄去，家下已遭大難，那扈三娘已降了賊。此甲一時賣又無人要，家叔故後，萬年兄到永壽司寨去了，是小弟收藏着；小弟又補授五郎鎮的防禦，不便攜帶，寄放在師父欒廷芳家。我想如今只有姐姐用得着，小弟意欲稟明泰山，去取了他來奉送，順便邀欒師父來聚大義。姐姐道何如？」麗卿大喜稱謝，說道：「既蒙見賜，何不明日就去？」（乃爾性急。）永清領諾。麗卿道：「殘餚尚在，我們終了席。」（貪杯至此。）永清道：「小弟有酒了。夜色已深，小弟告辭，姐姐也請歸寢罷。」麗卿道：「你請自便，明日再會，我還有事哩。」（不知何事。）永清別了，上馬而去。

麗卿立在滴水邊，看他出教場去了，重復轉身坐下，心中說不盡那歡喜，叫溫了酒，獨自又吃了十幾杯。覺得酒湧上來，吩咐收拾了，步出月臺邊兒上立着，叫取張椅子來，女兵連忙放在他背後。（放在他背後，妙。蓋

❹ ⿰犭唐猊：獸名。疑即「狻猊」，獅子。狻猊，音ㄙㄨㄢ ㄋㄧˊ。

椅子去就人，非人去就椅子也。摹神之筆。麗卿斜靠着坐下，一隻左臂軃❺在椅背上，一隻右腳擱在膝上，仰面看那輪皓魄，喝采不已。眾人簸箕圈的侍立着，不敢擅離。麗卿回顧眾人道：「我生平最歡喜的是月亮。天造地設，有此妙語。這般月光下，兩陣交鋒，豈不有趣！」奇癖。自來寫女將未有如此着筆者，安得不傾倒我仲華也。說罷大笑。醉態，妙絕。又說道：「我東京的箭園，不知那個在那里造化。」感慨淋漓。眾人都應道：「正是。」麗卿又笑着問道：「你們看我的本領，比祝郎何如？」一個女兵會摟溝子，插嘴道：「姑娘強多哩！祝將軍與姑娘，真是才郎配佳人，天下沒有。」又說姑娘強，又說配得過，不連不屬，活畫。麗卿道：「放你的屁！怪得無禮。我是家人，他是野人不成？帮得不通。豺狼還有虎豹哩。」活畫醉人。眾人見他醉了，誰敢則聲。麗卿喉嚨裏汩的一聲，望着地下吐出一口來，叫道：「取碗茶來吃！」一個女兵忙捧過一盞來。麗卿伸着嘴伸着嘴，絕倒。呷了一呷，罵道：「討打的賤人，這般熱茶教我怎吃！揪這賤人去月臺下跪著！」一疊連聲的催喝，那個敢拗他，只得推那獻茶的女兵去月臺下跪了。又罵道：「賤人！今日不來打你，明日和你算賬，舌頭被你燙得生疼。」又一個去取了杯涼茶來，一飲而盡，纔不做聲。絕倒。少刻，又看着月亮說道：「我常聽得人說月亮裏面有個嫦娥，是什麼后羿的渾家；又說那后羿一手好弓箭。真是匪夷所思，妙極文心。卿葢合嫦、羿為一人矣。到底不知是真的假的？」眾人那個敢答應。絕倒。忽低頭看了看，問道：「月臺下是那個伏着？」活畫。眾人道：「便是那獻茶的翠兒姑娘，罰他跪着哩。」麗卿笑道：「饒他起來。」那翠兒磕頭立起，麗卿笑道：「你上來。」翠兒走近前，麗卿道：「你去，你來你去，真是活畫。你把，你去把那枝梨花鎗取來。出奇無窮。下次須要小心。」不連。翠兒掮了鎗來，麗卿霍的立起身，把那件紅繡衫倒褪下來，一

❺ 軃：音ㄉㄨㄛˇ，下垂。

團糟遮與一個女兵，提了鎗，跳下月臺，眾人只得跟隨着。麗卿把那枝梨花鎗掂了掂，月光下爛銀也似的烱亮，口裏說道：「鎗呵，我仗着你輔佐我的爹爹，日後掃蕩盡了梁山泊那班狗男女，我爹爹得見官家，那時你也安閒了。」（悲壯淋漓。忠孝固其天性，却偏于酒後着筆，文章至此歎觀止矣。）說罷，就那月亮地下丟開解數，颼颼的飛舞，眾人忙都避開。麗卿舞了一回，綽鎗在手道：「眾位將軍，那個取件兵器來，與奴家鬪幾合耍子？」眾稗將一齊控背❻道：「小將們怎上得姑娘的手。」麗卿道：「耍子何妨，我不戳傷你們。」眾將道：「小將們怎敢放肆。夜色已深，請姑娘將息罷。」麗卿喝道：「胡說！今日若出師打仗，你們也這般怯夜！既不敢來，速帶我馬來。」正要上馬，只見遠遠的幾對紅紗燈，眾人道：「主帥來也。」麗卿忙把鎗丟與一個女兵，那女兵不防備得，吃碰了一交，連忙爬起，額角上打起了老大一個疙瘩。（絕倒。）麗卿呵呵大笑，罵道：「無用丫頭，怎去上陣！」少刻，希真已到。一個忙把那衫兒與他披了，麗卿上前道個萬福，已有些捉脚不定。原來希真並不曾睡，正叫人來看他們。有人稟道：「姑娘醉了，還在演武廳上。」只不敢說他纏不清。希真早已明白，便親來看他。當時希真說道：「這丫頭怎的噇得這般醉！此刻為何還不去睡？」麗卿道：「孩兒正要去了。」希真道：「我恐你酒後鬧事，特來看你，快上馬回去。」麗卿道：「不用騎馬，我會走。」希真道：「不要充硬好漢，只管騎了去。」麗卿告了個罪，上馬。希真道：「酒越醉，禮數越多。你先走。」那馬馱着麗卿，幾個女兵隨着去了。希真待他已去，便對眾人道：「嗣後凡是姑娘飲酒，看他有七八分醉，便來稟知我，不可待到十分。」（此句不過借作收科，無甚精義。）眾人領諾。希真自去安

❻ 控背：彎腰打躬。

歇，眾人皆散。

次早，永清入後堂謝筵，因說道：「昨夜小壻貪杯醉也。」希真笑道：「你還好，你那夫人着實噇多了。」便叫左右去看姑娘來。且說那麗卿正起來梳洗，忽見那個女兵包着頭，臉都青腫，驚問道：「你同那個廝打？」眾人都笑。麗卿見笑得蹊蹺，又問道：「莫非我昨夜醉了，怎的打了你？」一個說道：「並不打，姑娘把鎗丟與他，他接得不好，打了一交，姑娘還笑他沒用。」麗卿大悔道：「你看我刦恁地吃到這般醉，都忘了。你餘外不妨麼？」（姑娘真是仁厚可愛。）那女兵笑道：「沒事。」麗卿道：「休教爹爹得知，你們大家隱諱些則個。」（希真家教、麗卿規矩都到。）正說時，適值希真來喚。麗卿出堂見了禮，與永清相見坐了。希真果然說了他兩句，麗卿笑道：「往常永不如此，昨夜不知怎地，（妙舌。）下次再不敢了。」（真好。又可敬，又可憐，又可愛，遂與前傳魯達、武松身分再不相犯。）希真道：「並非禁你不許飲酒，只是要有繩墨。（寫希真忽爾嚴父，忽爾慈母，真好。）年輕女孩兒，那好如此！」麗卿道：「兄弟說有兩副甲要送孩兒。」（脫節得妙，想見王顧左右而言他的光景。麗卿只顧甲。）永清便把前言說了一遍，希真甚喜，道：「久聞令師欒廷芳英雄了得，（希真只顧欒廷芳。）得他來此相聚最好。但不知欒廷玉今在更生山何如？只是賢壻此時不可去，早晚得令兄萬年來時，須你在此好說話。」永清道：「泰山所見甚是。」

當日午刻，（疾而省。）報上山來道：「真將軍等已刼了祝萬年將軍，解上山來了。」（虛寫，妙。）希真大喜，即把永清藏了，（妙。）引了眾將下山迎接。到了關下，只見真祥麟、劉麒、劉麟等一干人，刀鎗擁簇着一乘轎子，擡著那位英雄，已是繩穿索綁。希真連忙下馬，埋怨眾人道：「叫你們好好相請，為何如此無禮！」一面上前扶出轎來，親解繩索，拜倒謝罪道：「陳希真叅謁。瀆冒虎威，敢謝萬死。」眾將都拜。祝萬年連忙答拜道：「頭領何故如此？聞知舍弟永清與你交鋒，今怎地了？」又是一種聲口、身分。希真道：「請將軍到敝寨，有話說。」不對，妙。萬年道：「我與頭領有何話可說？既有話，便請講。」真是另具一副。希真道：「此處非講話之所。希真並不曾與令弟交鋒，辨得好。忽對，又妙。必須到小寨一行。」萬年想道：「已到這里，便上去何妨。」遂穿了衣服，一同上山。希真另備好馬，請他騎了，一同到了正廳上，大家講了禮坐下。萬年開言道：萬年先問，妙。「頭領有話但說，永清稱他耿直，果然。此處非萬年坐地。既蒙不殺，領教了，便好告辭。」希真道：「我與令弟永清，係異姓骨肉，親愛無比，豈有爭鬬之理。」此段純是所對非所問，又是一法。萬年道：「我與你何親？希真云與令弟有親，他却攬在自己身上，蓋兄弟之親即我之親也，豈有別哉。寫萬年友愛，又是一副筆墨。你既不與我的兄弟廝殺，我的兄弟現在何處？」一口咬定兄弟，活畫友愛血性。希真便教：「請祝將軍來。」永清即從屏風後轉出拜道：「哥哥可好？」萬年一見大驚，上前捧住道：何等親愛。「兄弟何故在這里？」永清便把歸降陳希真的話還未說完，萬年大怒，與大驚作章法。就那從人身邊抽出口腰刀，便要殺永清，何等義烈。吃眾人擋住。說時遲，那時快，奇絕。此時安用此六個字耶？看到下文真欲失笑。只見屏風後麗卿捉劍直逩過來，大喝道：「你這廝想殺那個！」真是絕倒！百忙中偏要夾此，趣筆。想字更下得奇。想殺且不能，況許你真殺耶？希真連聲喝退，眾人勸他進去。只見萬年雙眉豎起，大罵永清道：「辱沒祖先的畜生，何面見我！」寫萬年義烈又是一樣，令人灑淚不止。永清跪在地下道：「哥哥請息怒，聽兄弟一言。」萬年把刀指着兄弟道：「你說，你說！看你講出理來！」永清道：「哥哥不知其二。」遂把魏虎臣怎地逼迫，陳希真怎地捨身入虎穴相救，不由人不感激，細細的說了一遍。一面把魏虎臣的催牒，奉與萬年觀看。魏虎臣真是一用兩便。萬年聽了，二字照顧好，不然但看牒文書信，則前一片言語為唾餘矣。又把那牒文看了幾回，縐着眉，只把頭來搖。永清又把未發的那一封信，與他訣別的言語，遞上去。萬年把封皮拆了，讀了一遍，不覺手裏那口腰刀跌了落來，也跪倒地下，抱住永清，只是痛哭。永清亦哭，引得眾英雄無不下淚。（我至今讀之，亦為之下淚。）萬年道：「哥哥那知你這般苦。」（八個字，滴滴是血。）便轉身向希真等拜道：「舍弟深蒙將軍與眾頭領這般愛惜，但是愚弟兄不合都是大宋臣民，（不合二字奇絕，自是萬年語。）斷無在此地之理。何不把舍弟交還了我，同去隱落江湖，再生之恩，世世感戴。」（萬年真有首陽之風。）希真道：「將軍，天下那有這等好所在。如有，希真也願隨往。希真心事，你問令弟盡知。」（脫去好。）永清便將希真避難不得的話，並自己上山時約的三件事，都說了，「今哥哥不肯在此，恐官司遺累。」萬年嘆息不已，說道：「既這般說，我也只好權住在此，望陳將軍帶挈。」眾人大喜，重見了禮。

希真吩咐酒筵接風，大家各談衷曲。眾人看那萬年，也生得劍眉玉面，年方二十八歲，只是風流俊俏不及永清。真祥麟、劉麒、劉麟齊說道：「萬年兄好武藝，我等三人併他，兀自費力。幸壞了他的坐馬，方擒得住。用蒙汗藥，那里肯上鈎？」（補敘萬年英雄精細，不可少。）希真道：「得英雄到此，山寨有福。」萬年謙讓，忽問道：「兄弟為何叫主帥是泰山？」眾人把永清招親的話說了。萬年大喜，出席唱喏道：「原來主帥又是我的太親翁，怪道方纔說與我有親。不知小姐與兄弟年齒誰長？」劉廣笑道：「便是方纔提劍要同你廝併的那位姑娘。」（萬年問其年，劉廣答其人，穿插得好。）因說及麗卿的了得，萬年甚是驚異。希真笑道：「一發叫這瘋丫頭出來拜見了。」劉麒進去沒多時，引了麗卿出來相見了。萬年道：「適纔小將誤怪舍弟，一時麄鹵，小姐勿罪。」（奇語。君自責弟，與小姐何涉？謝得奇。）麗卿笑道：「虧你男子漢，半日方說得明白。嫡親手足，你也下得。」（還要只管責備，寫得麗卿糊離塗魯，真是絕倒。未曾過門便如此偏護，奇絕。）眾皆大笑。真祥麟、劉麒、劉麟方纔得知，（補綴周客。）都稱羨道：「果然才郎佳人，天下無雙。」（偏要複一筆，絕倒也。看着罵。）希真道：「自此後權且兄妹稱呼。」二人領諾。萬年對永清道：「我近來也對了頭親。」永清問是那家，萬年道：「便是師父欒廷芳做媒，是他的外甥女兒。姓秦，現在父母俱無，喬寓在舅母家。聞知得那女子也甚賢德。」（「也」甚妙，帶麗卿說。一句足矣，不必細詳其人也。蓋麗卿無出，永清又無子，特借此人為祝氏似續計耳，無他意也。前回郭英的娘子抱一個小孩子，亦是此意。）永清稱賀，便說起：「泰山要請欒師父來聚義。」（如此插入，最便。）萬年道：「你去不得，現在各處必然追捕。我代你一行，管請他來。聞師父近來情況也苦，正要去望他。」希真大喜。當夜無話。

次日，萬年便帶幾個原隨的僕從下山，去請欒廷芳。麗卿便囑咐帶那甲來，萬年笑道：「他肯來，便連老小一齊到，何在這副甲。」當時希真等送了萬年下山回寨，分派職事，與劉廣、苟桓商議：（希真山寨之主，作事且與衆共之，不嫌詢人，反襯宋江當年之目無晁蓋也。）真祥麟仍把守山南燉煌砲臺；（舊。）劉麒把守山北砲臺，照應山後事務；（新。）劉麟在東山下崢嶸谷口下寨，兼管水軍；（新。）劉廣、苟桓、苟英分做兩翼，在西山下寨；（新。）范成龍管理錢粮出入，一切倉廒；（新。）麗卿在中軍，做全軍兵馬總教頭，掌管操演陣法、一切功罪賞罰；（新。）劉慧娘亦在中軍，掌管一切工匠、器械製造事務；（新。）永清叅贊軍機。（新。）分派停當，招兵買馬，積草屯粮，打造刀鎗、弓箭，鑄鍊鳥鎗、大礮，又挑選巧妙匠人百餘人，交慧娘，憑他意想製造攻守器具。希真道：「我等自此後，凡是官兵來戰，只深溝高壘，可以守得，不許與他對敵。（特避前傳。猿臂寨自此以後永不與官兵對敵矣，故以此語關門。）若梁山泊來，便同他廝殺。」（點題。）范成龍道：「現在山上錢粮，不敷一年支銷。主帥又不肯去借粮，又不肯攻打州縣，萬一被官兵屯守要害，覷我便利，一過年餘，豈不困守死了？」（此下半篇之提綱也，却又將前篇永清妙計提照出來，用筆處真如羚羊掛角，無迹可尋。痛定思痛，險過思險，回想前日永清之謀，果用則猿臂寨不知作何變相。作者寫永清之才篇幅亦不勝書，只就旁敲側擊上推出精神，妙筆哉。希真道：「我非不知，但我自有主見。（領起下文。）攻城搶刼的勾當，我情願死也不做。」（歸正題目。）

不日，祝萬年回寨，見希真說道：「見過欒廷芳，勸他聚義，他起先不肯，（表欒廷芳。）小將再三說詞，他單身到此。現在山下蕭王廟內，不肯上來，（極寫欒廷芳。）要請主帥到彼一會。他說言語投機，方肯歸附。」希真道：「這有何難。」便同萬年、永清二人，帶了從騎下山來，（待以殊禮。）到蕭王廟見了欒廷芳，希真先拜，分賓主坐下。希真看那欒廷芳，生得方面大耳，虎背熊腰，海下一部虬髯❼，身上甚是藍縷，果然是個英雄。談論了半日，彼此都是天神下界，又係同部，自然情投意洽。（說欒廷芳只虛寫，好。）當下欒廷芳大喜道：「早知如此，相見恨晚。二位賢弟且陪陳頭領回寨，我歸家收拾了，便一齊都來。」希真甚喜。只見廷芳又低頭說道：「小可有一言奉告。」希真道：「願聞。」廷芳道：「實因舍下寒微，來此盤纏俱無。」（可歎。）希真矍然道：「我幾忘了。」忙教人山寨裏去取到黃金二鎰，又白銀二百兩，一併送與廷芳，廷芳收了。永清又道：「弟子所寄的兩副女甲，望同攜來。」（補綴妙。）廷芳道：「萬年賢弟已對我說了，我此番便帶來。」不說希真等回寨。

且說欒廷芳不日趕回家中，收拾起了，裝了兩輛太平車子，同了妻房并甥女秦氏，一齊起身，把些賬都還清了。（快活。）就把那兩副甲用油紙包好，放入箱內，外面又用粗木板箱護着，（寫得珍重，不但麗卿要喉急，即讀者亦等不得要看矣。）裝入車內。自己騎了那匹舊日的戰馬，行了一日，當日無話。次日重復起行，忽遠遠望見一簇人，都騎

❼ 虬髯：捲曲的面頰鬍鬚。

着馬奔來，手中俱有兵器，約有二三十眾。（疑殺讀者。）欒廷芳道：「歹人來了。」便約退了車輛，取那兩口日月鋼刀（雙刀此處出現。）懸在腕下。只見那夥人撲到面前，為首一個大漢，乃是個少年英雄，面如冠玉，軍官打扮。那人見了欒廷芳，叫聲：「阿呀！」翻身下馬，拜在道旁。廷芳觀看，不是別人，原來是欒廷玉的徒弟傅玉，現為東平都監。（又出一個英雄。）廷芳大喜，也忙下馬相見。廷芳道：「賢弟何往？」傅玉道：「奉樞密院劄子，調往青州馬陘鎮，補授馬陘鎮都監。」廷芳道：「可喜！那里總管是雲天彪。聽說那人英雄，而且仁義待人，你去他標下却好。你此去想是過更生山？」傅玉道：「正要順便去見師父。」（穿插入妙。）廷芳道：「最妙，我正好託你帶一封信。前面不是一座廟？我們就到那里去。」（為「馬上相逢無紙筆」下一注，真是設身處地。）眾人都上馬，（豈有主人立談而從人公然在馬上者？乃上文不便夾寫，此處補出，恰好。）車仗在路上等着。一行人都到廟裏，問廟祝討副紙筆，那廟祝見傅玉恁般軒昂，連忙捧過文房四寶來。（不但寫傅玉，兼襯出廷芳來。）欒廷芳備細寫了那信，交與傅玉。傅玉問道：「師叔如今挈家何往？」廷芳道：「不瞞你說，我因困守不過，（託詞。）已與陳希真相訂，投猿臂寨入夥去了。」傅玉大驚道：「師叔，你為何也起這念頭？（表傅玉。）只要清白，貧賤何妨？師叔既苦不過，何不屈到弟子任上去，（極寫傅玉。）將來好歹博個功名，何必失足綠林？」廷芳道：「承賢弟美意，但我也不盡為貧困，世上的酸鹹我也嘗些過。（沉痛。）那陳希真却不比別處草寇，他並不拒敵官兵，並不滋擾地方，他一心只指望勝得梁山，作贖罪之計，而且為人正直。（不似宋江權詐。）我到那里，倒有個出頭日子。況祝萬年兩弟兄也都在彼，昨日我已相訂了。賢弟繇我去罷！」傅玉見勸不住，又聞得萬年、永清兩兄弟也去了，（無限深情。）長嘆一聲道：「天道何故如此！」（雨無正首章，所以呼浩浩昊天也。）便叫從人取出一包銀子，送與廷芳道：「師叔權買些路菜。」廷芳道：「我盤纏儘有，你不要費心。」陳希真處何妨自討，傅玉處何妨推却。豪傑之手金帛如此，豈貪夫夢想得到耶。寫欒廷芳浩浩落落，又是一種氣象。便起身道：「奉託之事，望勿遲緩，相見有日。」說罷，便出山門，仍就掛了雙刀，傅玉相送上馬，揚鞭竟去。慷慨。傅玉嘆息不已。回頭見那廟祝候送，特寫其送傅玉也。銀子果何物乎，一旦無有，令英雄減色如此。傅玉吩咐謝了廟祝，帶了從騎，逕青州去了。於欒廷芳歸山時，夾敘一傅玉，忽然飛來忽又飛去，筆勢縱恣之極。

那欒廷芳上了大路，帶着老小進發，不日到了猿臂寨。眾英雄迎接上山，聚義廳上敘了禮。希真早已收拾了房間，當時安頓了廷芳的老小。一面叫山前山後都來叅拜了新頭領，殺猪宰羊，安排筵席。欒廷芳就把那甲箱取來，交代永清，當廳打開。麗卿已立在老兒背後。寫出喉急。開了箱，扯去油紙，取出那兩副甲來。只見霞光燦爛，寫得耀眼。渾身上下都是金鎖連環，九龍吞口，前後護心明鏡，周身猩紅襯底。眾人一齊喝采。希真便教麗卿披上。麗卿大喜，叫那稗將脫去了罩衫兒，偏寫稗將近身伏侍。幾個女兵上前，取那甲來披在身上，搭好扣子，果然又輕又穩。只道已畢。麗卿叫聲苦，不知高低，此處却如何用此七字，真是奇筆。盼望了多日，取來却穿不着。奇絕。不知為何穿不着，且待下回分解。

范金門曰：古云文入妙來無過熟，又曰意到筆隨，其宵宴一篇之謂乎？中間舞劍、比箭之點染風華，步月、評詩之情致纏綿，零批已詳，茲無庸贅。子獨喜其隨意所至，縱筆所之，清辭麗句，奇文警筆，層見疊出。以為無篇幅而實有篇幅，以為無範圍而實有範圍，洋洋灑灑，邐邐迤迤，直至四五千言而鶴頭卒不容輕斷，非妙手其孰能之？

天倫之樂，人生之最美而難得者也。越是英雄，越有情況，不過限之以時，範之以理而已矣。書中宵宴一段，以至情至理發為絕妙文章，又寫歡樂於干戈甲冑之中，是典題清做也，洵非妙手不辦。

此一回中為收羅人才關鍵。祝氏弟兄、欒氏弟兄胥由此來。其來也，又灑灑落落，不是一色，并迴環前傳，極有意味。如祝氏之記恨梁山泊，贈甲之帶顧扈三娘，都有一種天孫雲錦之致。

邵循伯曰：樂而不淫，哀而不傷，可以移贈此卷。

第八十九回　陳麗卿力斬鐵背狼　祝永清智敗艾葉豹

却說麗卿得了那甲，為何穿不得？原來那副甲長出頭二寸，（此句却是寫一丈青。）背面兩扇捲雲披風長過裙子，直拖着地。（絕倒，看你高興不？）衆人道：「可惜忒長。」麗卿道：「取那副來看。」欒廷芳道：「兩副都一樣尺寸。」（絕倒。）麗卿道：「這却怎處？」（悶殺。）希真笑道：「這也不難。你今年十九歲，身子還要長添哩，再過幾年便穿得。」（希真之語，一發絕倒。）麗卿道：「却如何等待得，（俟甲之短，人壽幾何？一世不嫁易，等待穿甲難。）我想可以改得。」便喚了甲匠來看。那甲匠道：「攔腰處獅蠻帶下有接縫，抽短來不妨，只是改掉可惜。」麗卿道：「你休管他可惜，只要改得看不出，（一。）仍舊要堅固，（二。）又要快。（三。自是麗卿性格。）改得好，從重賞你；倘改壞了我的，（二字佔定。）要你兩條腿回話。」（是掌管賞罰語。）甲匠道：「姑娘放心，小人用心做便了。」（姑娘放心，小人用心，對得妙。）當廳領了那一副甲去。麗卿吩咐尉遲大娘把這一副收好了，（為下回替換伏筆。）穿了衣服，拜謝了永清。

自此欒廷芳、祝萬年都歸了猿臂寨，權坐客位，（結二人傳。）每日辦酒筵慶賀。希真問起欒廷玉的消息，欒廷芳道：「家兄因那年祝家莊兵敗之後，落荒逃到小將處，一同到泰安府求發官兵報仇。叵耐那知府賀剛，（隨手捏一姓名，妙。其人至弱，而命之曰「剛」，反言也。）畏懼不肯發兵。家兄屢要自盡，經小將再三哭勸，（寫廷玉，又好。）就在小將署內住了，悔得大病了一場。（寫得英雄失路，可憐。）過得幾年，小將罷職閒居，家兄見小將家業蕭條，自去遊更生山鎮上，開了個酒肉飯店，不時有信來往，也說不甚賺錢。極寫英雄失路。梁山泊那厮，當年只道家兄已死，救改〈前傳〉好。也不來根尋。家兄恐被他識得，改換了姓名，別人也不得知，只有他幾個徒弟，如永清、萬年二位賢弟便曉得。」提照風雲莊永清說欒廷玉尚在一語。幾個字如字，皆照傅玉。希真感嘆不已，說道：「他這般情況，何如也到這里來，賢婿與尊舅那位肯去走遭？」廷芳道：「不勞主帥躭憂，小將來時，曾途遇他的徒弟傅玉，信內語，此處補出。小將備細寫了一封信去，他若得知與祝家莊報仇，寫得欒廷玉未嘗須臾忘郢。又知小將與二位賢弟在此，必然肯來。」希真與眾人聽罷大喜。萬年、永清齊聲道：「得師父、師伯來此相助，破梁山報仇有日了。」麗卿道：「這兩日秋高氣爽，正好用兵。姑娘胸無藏墨，而一開口無不大雅，即如此八個字，雖是絕世才人，不過如此。再落下去，天寒冰凍，動手不得。奴看眾兒郎近來陣勢技藝，也都純熟了，自敘功績。乘此際會，便起兵去勦滅了梁山泊那夥男女，姑娘目中意中真無難事。不但報了冤仇，也教官家識得爹爹是個好人。」無一字不奇，無一字不妙，無一字不快。聖歎未見此人，乃盛稱鐵牛，彼鐵牛何足道哉！希真道：「你不省得大事，休要多說。」

不日差往梁山去的細作回來，報稱：「梁山泊將兗州府、飛虎寨兩處都打破了，應八十三回。知府被殺，飛虎寨總管真茂戰死，為後回希真用計伏線。城池地方都被梁山奪了去也。」希真大驚。數日間，東京細作也回，報稱：「朝廷因宋江屢次攻打城池，天子震怒，特命种師道為山東安撫使，起兵征討梁山。」希真大喜，因對眾人道：「梁山泊勢燄浩大，他招致我們不得，必來攻打。這厮又并吞了兗州，運糧甚便，若由青雲山進兵攻我，勢甚利害。我這里兵微將寡，糧草又不敷，如何抵敵？青雲山正當衝衢咽喉，十分險峻。他若當做門戶，進戰退守，我等只好束手待斃。我的意見，乘种師道起兵，梁山泊照應西路官兵，天與我這機會，切不可失，可速去奪了他那青雲山，先佔了要害。自來兼強除暴必先翦去其羽翼。文王伐崇、伐密、伐阮，成湯伐昆吾、伐韋豕、伐葛伯，皆是也。南臨蘆川，北據虎門，這裏四週圍有肥田數千頃，就招撫流民耕種，梁山泊來攻時，我也進可以戰，退可以守。老种經畧相公三代名將，用兵如神，決能勝得宋江。我就到他軍前首先投誠，助他夾攻梁山，求他在天子前為我等開罪，那時也不怕高俅、為自己。童貫為苟桓。怎的奈何我們。此議如何？」眾將都道：「主帥高見極是。」劉慧娘道：「甥女每於夜色晴明之天，登山頂觀看天象，見青雲山東南方有白光浮起，下面必有銀礦，估來約有數百萬之數。若勦了青雲山，此礦亦好開作軍餉用。」希真道：「如此恰好。便是青雲山的錢粮，也甚富足。出師本意。只是那廝兵馬強壯，有一萬多人把守，急不易取。此句襯出永清。那位肯守山寨，老夫須自去走遭。」只見永清立起身道：「割雞焉用牛刀！小婿不才，蒙泰山這般愛憐，倘肯委用，願提二千人馬，永清用兵止消二千。代泰山一行。管取了青雲山，雙手獻上，以作進見之禮。希真欲將梁山泊作進見之禮，永清又欲將青雲山作進見之禮。只是便得了青雲山，那魏河以北張家道口，離得蘆川又遠，都是平原壙野，散漫無收，梁山泊大眾擁來，我兵少仍難把守。」已引起後文。希真大喜道：「賢婿肯去，吾甚放心。至於把守之說，我另有妙法。」已伏下九陽鐘。麗卿道：「既是兄弟去時，孩兒願同往。」何等親熱，不魖不魆，真是絕倒。欒廷芳道：「聞得狄雷那廝使兩柄赤銅鎚，有萬夫不當之勇，不可輕敵。」插入廷芳語，妙。廷芳之意蓋欲以狄雷之勇，唬嚇麗卿也。那知越激出他的火來，絕倒。為下文作引。麗卿叫道：「他也不過是個人，你們都好去，單是奴家怕什麼萬夫不當！我便活捉了這萬夫不當來，捉不得也割了他的頭與你看。我偏要去！」快絕。永清道：「姊姊同去最好，永清真善將將其任。詩曰刑于寡妻。只是要依着將令，不可混出主意。」想其數日相處，真領畧不少也。希真道：「我也為此放心不得。你既要去，諸事都要聽兄弟的號令，不可托阿姊身分。」麗卿道：「爹爹不怕碎煩，吩咐多次了。深厭之詞，不是麗卿再說不出。兵權在他手，那有顛倒做之理！他要我怎地便怎地，如何?」無一句不妙。眾人皆大笑。

當日議定了，永清領兵，請欒廷芳、祝萬年、真祥麟、陳麗卿四位英雄同往。挑選了吉日，已是九月盡、十月初的天氣，衰草風高，霜華日暖，點了二千兵馬，往青雲山進發。那甲匠已將那副甲改好呈上，麗卿看了甚喜，重賞了甲匠。希真把了上馬杯，送了他們起程，自己回寨。永清離山二十里扎下營寨，商議職事。欒廷芳要為先鋒，麗卿道：「這先鋒原是我的，你如何敢奪?」廷芳道：「姑娘雖是英雄，却不識陣上的利害。」自是廷芳不識高低語。麗卿道：「什麼利害，只有你上過陣!」駁得暢快。近來每見老宿往往藐視新進，惜其不遇麗卿也。廷芳冷笑道：「姑娘既了得，為何敗在高封手裏?」又是一激。麗卿大怒道：「高封只不過是妖法，並非人力，何足為憑!這也不是我短處，你如今敢和我併個輸贏麼?」廷芳道：「便與你比試，那個怯懼你。」是廷芳。麗卿越怒，便去尉遲大娘手裏掣過梨花鎗來。永清忙喝住道：「姊姊休亂弄!師父不可與他一般見識。此刻未到敵境，自己先這般亂，如何領眾?我今不必用先鋒，自有個道理。」麗卿道：「先鋒不先鋒且擱起，你師父笑得我高封都敵不過，他不曾遇着高封的妖法，只就本事上滅人。如今高封已死，不必說。我且同他分個上下，贏了他，先鋒不做，打甚緊!」寫麗卿好勝，聲色都有。永清離了坐位道：「泰山怎地吩咐來?姊姊既這般不伏氣，小弟情願告退，請泰山自己親來。」麗卿怒氣未息，一雙星眼只睃着欒廷芳，廷芳低了頭不做聲。真祥麟、祝萬年都來相勸，仍請永清升座。永清道：「我等把兵馬分做三隊：師父領了左隊，真將軍領了右隊。」二將領了號令。永清道：「請姊姊帮我護持中軍，妙。哥哥也一同在此。」妙。萬年領命，麗卿只不做聲。少刻退帳，三人都到後帳坐下，麗卿告永清道：「奴家要請枝令箭回山寨去了。」永清上前陪話道：「姊姊息怒，小弟有話奉告。」麗卿道：「你有甚話，你只帮護你的師父，我是無用之人，放了奴家回去罷。」一面說眼泡裏滾下淚來，（何至于此，活是孩子，活是女兒。）把臉回了轉去，只顧刓劍靶上的絲絛。（如畫。）永清只得陪着笑臉道：「望姊姊覷小弟之面，饒恕則個。他不合是我的師父，教我沒法奈何他。」萬年在旁邊道：「欒廷芳雖是我們師父，他武藝又不見高，莫說妹子，便是我等，他也及不來。」永清道：「可不是哩！小弟們不過一日為師，故意讓他些。」麗卿也明知是哄他，只好將就罷休，心裏總不如意。當夜永清與萬年商量，待麗卿睡了，請了欒廷芳來，把這事告訴了，因說道：「他是主帥的小姊，（清出名目，顯出尊貴。）老子愛同珍寶，不爭我們去得罪他；理正殺，也是我們的錯。明日出陣時，只好屈師父如此如此，哄他歡喜便了。」那欒廷芳也是懊悔，（好。）點頭應允了。當夜無話。

次日，欒廷芳見麗卿說道：「夜來小將言語冒犯，幸勿芥蒂。」麗卿道：「是奴家不識好歹。」永清大笑。（都是強顏。）忽探馬來報道：「青雲山差鐵背狼崔豪焚掠王家村，百姓都四散逃命。」永清便集眾人商議。真祥麟獻計道：「那厮既出外打刼，山寨必然空虛，我等就速發兵攻打他的巢穴，馬到可破；那厮聞風轉來，我等反客作主，必獲大勝。」（先寫祥麟，以襯永清。）永清道：「將軍之計雖妙，此處却用不得。那厮去打刼，必不肯全夥都下山。（此是論勢。）我泰山以仁義為重，只要除暴安良；百姓遭殃，豈可不去救！（此是論理。）乘那厮得意之際，不防備就去敗他一仗，奪了財物還百姓，顯得我們山上的恩德。激怒了那厮，教他來厮殺。只是崔豪那厮了得，非勇猛上將必不濟事，那位肯去當先，便算頭功。」說罷，看那麗卿，只見麗卿看着別處不做聲。（最役也夫人，而不謂摧鋒陷敵，必在姑娘無疑矣，偏幻出這副筆墨，狡獪難料。）欒廷芳道：（激出廷芳來。）「老夫願往。」永清道：「師父雖然英雄，恐非崔豪敵手。」明明說與麗卿聽。廷芳道：「輸了，甘當軍令。」明明說與麗卿聽。永清道：「雖則如此，我却不放心，煩真將軍也帶一枝人馬，半路上接應，明明做與麗卿看。我在此盼望捷音。這里便是青雲山上一齊來，暗逗下文。我同卿姊姊在此，也不怕他。」見他不肯出戰，便把鎮守功勞都讓他一人，真好丈夫。我是女子亦願嫁之。二將領令，各帶兵去了。永清與萬年請麗卿飲酒，共守營寨。次日報入寨來道：「崔豪那厮正刼了村坊，待要回山，欒將軍邀擊過去，殺敗了他一陣，子女、牛馬盡皆奪還百姓，二位將軍回營來也。」永清大喜，出營迎接。獻上首級無數，當時犒賞三軍。廷芳道：「崔豪那厮好了得，我幾幾乎戰他不過，幸虧真將軍來救，方纔殺退了他。」妙。真祥麟道：「可惜姑娘不去，不然總擒了那厮來。」妙。麗卿只不開顏，心中暗自冷笑道：「我又不是三歲孩子，這般哄我。他偏乖覺。你們只管去立功，干我屁事！我只礙着玉山郎的面皮，不然早回山寨去了。」永清見麗卿全不倸廷芳，心中不悅，麗卿之尊貴如此。眾將都心中不安。極寫麗卿尊貴。當日拔寨進兵，直扣青雲山下鸛鵲渡扎寨。晚上設筵慶賀，欒廷芳來辭席，稱說有病。永清驚道：「怎地兩個人都這般執拗。」便教萬年去看來。萬年到廷芳營裏，只見那欒廷芳仰臥在胡牀上，朝天吁氣。絕倒。萬年道：「師父何故如此？真當有病麼？」問得奇。廷芳歎道：「我半世落魄，今遇陳道子，只道有出頭日子，不合自己粗鹵，得罪了這位公主娘娘。絕倒。依你們夜來的話，特地放走崔豪，不敢貪功，看來也勾不轉。大丈夫何至受女孩兒的悶氣，我意欲投別處去。」萬年道：「師父豈值與小孩子一般見識，他不肯出戰，倸他則甚。」欒廷芳道：「非也。他是主帥的愛女，我強殺是他老子帳下的人，如今惡了他，便他老子待我好，我也沒趣。」萬年道：「師父且慢。待弟子再見兄弟說開，那丫頭如再執拗，便歸去告他父親；他父親再偏護，我們大家走。」是萬年語。無萬年此一阻，則麗卿激變，乃翁將佐不成人子矣。萬年遂去對永清說了。永清道：「我自有調處，你須依我如此，真祥麟我已吩咐過了。」萬年領諾。

却說那崔豪收拾敗兵奔回青雲山，告訴狄雷道：「兄弟打王家村，正得了采，不意攔腰殺出一路兵馬，為首一將，騎一匹劣馬，手用雙刀了得。可見廷芳敵不過是假話。兄弟吃他殺敗，把財帛、油水都奪了轉去。一路打聽，知道是猿臂寨陳希真差來的什麼雙刀欒廷芳。」用虛筆寫廷芳。那艾葉豹子狄雷正端正要自己慶賀壽誕，辦酒演戲快活，聽得這陣拗口風，氣得三尸神炸，七竅生烟，大怒道：「我同你一般做大王，各自吃飯，另開門。前日白勝兄弟吃他害了，我正要去報仇，只因不得公明哥哥的將令，權且耐着。補敘，妙筆。你倒先來撩蜂撥刺，此仇如何不報！」便傳令教兄弟瘦面熊狄雲，并那餓大蟲姚順、鐵背狼崔豪，一齊點兵下山，請病關索楊雄、拚命三郎石秀妙哉，筆乎？特提二人為祝家莊一篇洩憤，二人實禍首罪魁也。二位頭領，代守山寨。原來宋江、吳用聞知陳希真佔了猿臂寨，攻城刼獄，打殺白勝，吳用料得希真利害，狄雷不是對手；又聞得東京种師道起兵，特飛速差人止住狄雷，叫他且慢報仇，且待對付了种師道，然後親統大隊兵馬攻打猿臂寨。又恐怕希真先來攻青雲山，極寫吳用，以襯希真，真是瑜、亮並駕。叫楊雄、石秀就留在青雲山，助狄雷小心鎮守。原不叫他出戰。此段補敘，妙。

當日狄雷請楊、石二人守寨，正紛嚷間，忽報上來道：「猿臂寨兵馬已到山下鸛鵲渡扎營。」狄雷愈怒，當時點兵，如飛也似的下山，對面下營。崔豪上前聲喏道：「小弟敗兵之仇，如何耐得，願在前部。」狄雷准了。當叫崔豪挑戰，狄雷親出押陣。永清營內，真祥麟出馬。戰了二十餘合，真祥麟敗了回去，兩下收兵。真祥麟見永清請罪道：「小將委實敵崔豪不過。」麗卿貴重如此。永清大驚，便對麗卿道：「姊姊何不去見一陣？」麗卿笑道：「你的師父裝病，（裝病，妙。）却推我出去。我不與他爭能，只等你得了勝，一同歡喜回山。我去萬一也輸了，一發吃你師父笑。」（此幅如此寫麗卿，真所不圖。）永清道：「姊姊只不以公事為重。」麗卿道：「並非不以公事為重，奴家不因兄弟面上竟回去了，誰耐煩在這里。你們沒有我就不厮殺！」永清懊恨不已。天色已晚。次日，崔豪又來討戰，萬年道：「你們都怕，（罵得妙。）我去斬這匹夫。」當時提戟上馬，引兵出迎。永清等只聽得營外戰鼓齊鳴，（萬年戰用虛寫，筆法變換。）好半歇，萬年敗了回來，搖頭道：「是利害，我又輸了。」永清大怒道：（前大驚此大怒，筆法變換。）「備我的馬來！」當下裝束停當，叫道：「哥哥、姊姊看守着。」（永清戰連寫下去，筆法又換。）永清大開營門，一馬當先，列成陣勢，大叫：「崔豪出來見我！」崔豪大罵道：「你們這夥奴才，無故侵我疆界，快來納命！」永清大怒，拍馬掄戟來鬭，五六十合不分勝負，永清勒馬回兵。（永清戰獨詳寫，筆法變換。永清獨不寫敗，為尊者諱也。）崔豪回營。（忽又敘狄雷一邊，妙。）狄雷見崔豪連日得勝，甚是歡喜，說道：「崔兄弟雖不曾斬將，也殺得他屁滾尿流。好笑那厮們這般不經殺，也來生事。」姚順道：「那厮莫非是用計？」狄雷道：「這算什麼計！（人之為此計也，則謂之何。）明是不耐殺。明日我只須留崔豪兄弟在此把守，破他足矣，我便回寨去了。」（寫笨賊托大。）姚順、狄雲都道：「崔將軍連日辛苦，明日我們替換去戰。」（寫笨賊技癢。）崔豪殺得性起，高叫道：「何勞二位費手，我一個就掃盡了他，（寫笨賊高興。）大哥只顧回山吃壽酒快活。小弟破了他們，出口鳥氣，再來祝壽儘彀哩。」（寫盡滅此早食之氣。鬼門關上慶祝，儘彀趕得上哩。）狄雷大喜，吩咐兄弟狄雲同崔豪把守山口，退了那厮就來，（寫笨賊拏穩。）自己竟回山餪壽去了。（餪壽，絕倒。）次日崔豪教狄雲守寨，引了眾嘍囉，耀武揚威殺奔永清營來。（寫笨賊得意。）

却說永清回營，對麗卿道：「我戰了六七十合，絲毫不得便宜，那厮真個了得。」麗卿也是驚疑。

來了。永清次日早上對萬年道：「敵人這等利害，卿姊又與欒師父不睦，我們不如乘機退兵，請泰山自來，免得大敗。」萬年、真祥麟道：「我等也這般想。欒師父又要散火投別處去，乘此退兵，就勸他回山，主帥或有法兒留他。」真妙。麗卿聽了，心中也有些着急，絕倒。暗想道：「真個如此？四字寫盡姑娘乖覺。只是欒廷芳那匹夫忒小覷我，奴家原想同他鬥口氣，爭奈他們都要退兵，那匹夫萬一真個逼走了，他們說都是我六字妙。攪了局，爹爹責罰起來，如何當得？寫麗卿只有一個爹爹，捏得他扁，搓得他圓，更不受第二個人節制，真是妙人、妙筆。拷打一頓，倒在其次，萬一自此以後，永不許我上陣厮殺，卻怎好？二事較量輕重，真是絕倒。二者不可得兼，捨不許上陣，而取拷打者也。況他又是玉郎的師父，忽又鄭重玉郎。沒奈何只有奴家下頭低，別人下頭低，他卻不識得。讓這匹夫一頭罷。但是怎樣轉灣過來？」用筆奇抝。想了半歇，妙人，妙事。便問道：「你們都說那鐵背狼崔豪了得，到底怎樣一個人？」故意先問一句，妙，正意卻不在此。眾人齊道：章法。「那人穿一副鐵葉甲，騎一匹黑馬，頭頂烏油盔，臉如鍋底，使一枝筆桿渾鐵鎗，端的英雄。」崔豪的形狀到此處方描出，好。麗卿私下對永清道：「你這人好獃，奴家又不真與欒廷芳尋事，只因他倚仗着師父身分，眼角裏沒人。不趁今日打下他頭來，日後還放得他哩！此即想了半歇轉灣之妙算也，自己着別人的乖，還要使乖，真是可笑。奴家都為着你們。」承情，承情。永清呵呵大笑道：「原來為此，姊姊真自高見，小弟卻再想不到。永清又妙。如今他已不敢強了，姊姊開豁了他罷。」麗卿對眾人道：「不是奴家拏捏，叵耐欒廷芳小覷我，玉郎又不許奴家做先鋒，奴家一時氣不過，心就懶了。今我要會會那厮，只要欒廷芳押陣，奴家便出馬。此是正意。倘能斬了那厮，便省得退兵。」此是旁意。永清心中甚喜，說道：「前日不敢屈三字妙。姊姊做先鋒，一者不敢驅遣，二者礙着欒師父，明是哄孩子語。姊姊恕罪。要欒師父押陣，敢怕他不肯。」便叫請欒將軍來。「只是崔豪那厮了得，小弟兀自戰不過，恐姊姊也難取勝。」忽然反阻一句，又作反激，妙。麗卿道：「勝得勝不得你且莫管，我總去便了。」心願誠服之言，不知仲華如何體貼出？欒廷芳請到中軍，麗卿道：「玉郎有令，大方。要奴家出馬戰崔豪，請欒師父押陣，照應奴家則個。」所謂下頭低也。廷芳道：「姑娘上陣，小將應得奉陪。但是小將輸與那廝，尚不伏氣，意欲先戰幾個回合。倘再戰不過，望姑娘來帮。」麗卿道：「也好。」「也好」者僅好，而有所未盡之詞。永清甚喜，商議定了。適值轅門外來報，崔豪又來搦戰。欒廷芳掛了雙刀上馬，搖旗吶喊殺出垓心。崔豪見是他來，也格外當心，恐戰不過，寫笨賊膽怯。便拍馬來迎。來來往往，戰了十五六合，廷芳虛幌一刀，敗下陣去。廷芳真好。崔豪之頭，猿臂寨諸公俱持刀相勸，而彼方欲自逞，哀哉。三敗之後又一餘波。崔豪道：「這廝今日為何不濟，莫非有詐？」寫笨賊打算。正要思量追趕，只見對面陣上戰鼓大振，紅旗開處一員女將飛馬挺鎗，霍光價射到。如此放出麗卿，令人歎絕。崔豪連忙接戰，不上三五合，那里抵擋得住，大敗而回。麗卿驟馬追來，也防着他的暗算。偏有閒筆。先入之言，其重如此。那崔豪逃入陣裏去，那陣上亂箭齊發。麗卿撚着梨花鎗，攪開箭雨，箭雨二字新奇。直追入陣裏去。欒廷芳望見大驚，忙叫鳴金，一片價的鑼響，那里收得他住，姑娘真是妙絕。衝開敵軍，直殺入陣裏去了。欒廷芳大叫：「阿也，有此大驚大叫，方襯出下文拜服。我害了他！」四字前後，精神畢露。忙叫起鼓，上文忙叫鳴金，此處忙叫起鼓，對鎖作章法。合陣兵馬一齊上前接應。廷芳掄雙刀當先，一面差人速報祝永清，吩咐眾軍道：「救不得小姊，休要回來。」極寫欒廷芳，寫得如火如錦。正殺過去，只見敵軍陣裏大亂，那麗卿早已從西南角上殺出來，又殺出來。嘴邊咬着一顆人頭，奇文。殺得賊兵人仰馬翻，極寫麗卿，寫得如火如錦。廷芳吃了一驚，方識得他的本領。妙。麗卿將崔豪首級掛在鞍轎，與廷芳一同往前掩殺，賊兵大敗。至此方合。真有羣山萬壑赴荊門之勢。

却說永清聞報，忽接入永清，如怒峯劈面湧起。說麗卿單騎陷陣，深恐有失，忙傳令盡起大營兵馬接應，作大呼應法。只留祥麟帶中軍兵守寨。永清對萬年道：「倘卿姊已陷陣中，欒師父與他混戰，我們去救也無益。我和你速分兵兩路，抄他的營盤，卿姊的圍自解了。」極寫永清，寫得如火如錦。萬年道：「正是。」二人分頭殺去刼營，正遇青雲山敗兵逃回。永清叫火器兵當先，鎗礮如雷，往賊營裏轟擊，那邊萬年也放鎗礮攻打。原來狄雲見猿臂寨兵馬屢敗，不甚備防，竟被永清、萬年殺入，百忙中補注一筆，敘廷芳、麗卿之功也。奪了寨去。狄雲從亂軍中逃了性命。兩面夾攻，殺得青雲山的賊兵，屍橫遍野，血流成渠，剩了幾個好爹娘生下快腿的逃脫了。奇語。祝永清、陳麗卿、欒廷芳、祝萬年四人合兵一處，大獲全勝。總束一筆。筆大如椽。真祥麟率眾來迎，并結出真祥麟，筆墨散暇。掌得勝鼓回營。眾英雄都到中軍，麗卿提了那顆崔豪的首級，血淋淋地摜在永清面前，道：「玉郎認認看，不知殺不殺錯。」躊躇滿志之文，筆力極其充沛。吾改少陵之句以贈之曰：崔豪髑髏血模糊，手提擲還親丈夫。玉郎威震鸛鵲渡，人道我卿絕世無。真妙。眾皆大喜。欒廷芳上前，拜伏道：「姑娘，廷芳今日中心服了。怎的我們都戰他不過，遇着姑娘，馬到成功。」麗卿道：「偶爾僥倖，算什麼。心平氣和矣。你們都說他了得，我看並不見怎地。」少刻道：「哦，如聞其聲。我省得了。你們大家商量通了，特地讓我去殺他。」聰明人也。眾人都笑起來，麗卿亦大笑道：「却着了你們的道兒。」便向欒廷芳深深的道了個萬福道：「欒師父，奴家是這般孩子氣，妙。餶飿性兒，妙。麥桿爆仗。妙。看他一口氣認出多少錯來。你有年紀人，有年紀，妙。反教別人克己。幸勿罣懷。」欒廷芳笑道：「姑娘說那里話來，都是小將衝撞。」原來欒廷芳起先藐視他，後見他陣上了得，也當真敬服。結廷芳一邊。那麗卿見眾將這般讓他，倒好生不過意，極寫麗卿好勝，入神之筆。想道：「奴不過一個女孩兒家，他們却這般敬我，都是爹爹面上，可謂知本矣。奴家越要謙下纔是。」自己訓誨自己。補得好，不然上文幾于撒嬌撒癡矣。結麗卿一邊。麗卿又去謝了眾人。永清大笑道：方是真笑。「幸虧師父與姊姊作喧，倒喧出一場大利市來。本意只為哄姊姊，却弄成驕兵之計。」一篇正旨，此處揭出。眾人都大笑。總結眾人一筆。永清便傳令，拔營火速退兵。却又作怪。多少讀者至此皆疑退字是進字之訛，方知作者令人不測之果妙也。萬年驚問道：「我兵大獲全勝，正要進兵，攻打那青雲山一鼓可下，看得如此容易。何故退兵？」永清笑道：「這事哥哥不知，只管依我速退。」祥麟道：「我識得了。我願領一枝人馬在左側埋伏，待他追來，用計勝他。」却仍猜不着，妙。極寫永清。永清搖頭道：「不要埋伏，快快走，少刻賊兵追來也。」令人不解。麗卿笑道：「他同我爹爹一般脾氣，慣做氣悶事，絕倒。別人再沒處摸頭腦。絕倒。往常他同爹爹說話，我在旁邊聽，一句也不懂。寫盡希真，寫盡永清，寫盡麗卿，極妙文心。不依他，又是我們違令。」當時拔營都起，風馳電捲的退了。眾人都不解其意。

却說青雲山狄雷，正同楊雄、石秀、姚順等在山寨飲酒看戲取樂，寫笨賊快活。敗兵報上山來道：「苦也！四哥吃猿臂寨一個穿連環金甲的女將金甲此處又一點，足見此甲曜眼。追入陣來，斬了去也，沒一個人擋得定；大寨又被他兩路兵刼了，殺成一片空地。」狄雷聽罷，放聲大哭，眾好漢無不落淚。當時撤了戲筵，絕倒。狄雷咬牙怒目道：「我不滅了猿臂寨，誓不回山。誠如公言。齊發山寨的兵，大家都去。望楊、石二位頭領助我。」楊、石二人道：「這何消說。」忽又一起報來道：「猿臂寨拔營都退去了。」狄雷一發大怒道：「你得了便宜便走，好道教你走不脫，速去追趕。」石秀忙勸道：「那廝得了勝，反把兵退，其中必有詐。寫石秀乖覺。況且吳學究再三吩咐，說陳希真那廝詭計多端，不可輕敵。又提照一筆，妙。吳用、石秀都不知有祝永清，方是情理。他必是用埋伏計誘我們，石秀雖乖，也只料得第二着。我們去追，必中他機會。不如暫息一時之怒，我去飛報公明哥哥，起大兵來報仇。」狄雷大叫道：「崔家兄弟被他白殺了去，還這般慢騰騰地，我不就與他報仇，誓不為人。」石秀道：「既這般說，我們把兵馬先後分做兩起，倘有埋伏，却好救應，山寨必須分兵看守。」反照下文。

當下狄雷同石秀領第一撥人馬先發，楊雄同狄雲領第二撥隨後，𨔣姚順看守山寨，旋風也似來追永清。到了鸛鵲渡，亂屍堆裏尋了崔豪的沒頭屍首，大家哭了一場，叫擡回山去盛殮。狄雷道：「那女將不知什麼名字？」寫得狄雷粗忽。石秀道：「就是所說的那陳希真的女兒叫做女飛衛陳麗卿。那婆娘委實勇猛了得，我梁山上孔亮，也死在他手，今日又害了崔兄弟。只有是他，更要備防這厮會妖法。」又將前回石子陣一提，妙筆。又妙在還道是麗卿。狄雷咬牙道：「說起我也有些記得。那日我去接應張清，同武二撞着一個騎紅馬使鎗劍的女子，兀是贏他不得，想必是此人。我如今捉住這賤人，劈屍萬段。」當時催兵進發，一路却並無埋伏。前面探馬來報道：「猿臂寨的兵馬都在伍公坡，扎下三座營寨。」狄雷也勒住兵馬，等後隊到來，一齊安營。狄雷叫兵馬畧息，便要出戰，楊雄、石秀都道：「奔走辛苦了，明日交鋒罷。」狄雷那里忍得，說道：「他也是方到，我們乘此銳氣，便去攻打。」當時𨔣狄雲看營，點齊嘍囉，同楊雄、石秀一齊到永清營前討戰。永清提兵出陣，左有陳麗卿，右有欒廷芳、真祥麟。兩陣對圓，狄雷橫擺兩柄赤銅鎚出馬，大罵道：「你這小畜生，無故犯我大寨，傷我大將。」祝永清亦大罵道：「萬死殺才！你認得祝家莊的老爺麼？豈但搗你這巢穴，畧帶一筆，便接過去。連梁山泊一班橫死賊都掃蕩盡了，方泄吾恨。」正要出馬，只見欒廷芳一馬飛出，掄雙刀直取狄雷，狄雷大怒，奮雙鎚來迎。鼓角齊鳴，兩個好漢併了五十餘合，不分勝負。只見兩口刀如雙龍戲海，兩柄鎚似趕月流星。又戰了好久，永清見欒廷芳不能取勝，便拍馬挺戟，殺出垓心。楊雄、石秀一齊都出，這邊真祥麟也到，六員將捉對厮殺，戰鼓齊鳴。天色已晚，兩下裏只得權且收兵。永清回營，真祥麟笑道：「今日姑娘却恁地斯文。」麗卿笑道：「你們大家都讓我，我也讓你們一次。」眾人大笑。欒廷芳道：「狄雷果然了得，却怎樣勝他？」永清道：「一勇之夫，取他何難。」便吩咐眾將：「明日仍用虎鈐陣。」麗卿道：「你們今日見一匹好馬麼？」（突如其來，倒插一句在此，真好。）永清道：「在那裏？」麗卿道：「便是同真將軍廝殺的，那白面後生騎的那匹白馬。那將旗號上寫着不知是什麼命三郎？」（寫麗卿不識拚字，直應前文所云，字我也畧識幾個，真乃妙筆。）廷芳道：「便是那拚命三郎石秀，還有那病關索楊雄。」永清道：「這兩個便是害我家的火頭。」麗卿道：「咳，（如聞其聲。）何不早說，便先結果了那廝。」到了次日，永清對麗卿道：「今日用虎鈐陣，姊姊領正兵當先，須要如此。」麗卿點頭道：「我操演過幾次，理會得。」當時放炮出營。狄雷仍領楊、石二人齊來，射住陣腳。麗卿大叫道：「什麼拚命三郎，出來與你姑娘拚命！」（奇語。）石秀飛馬出陣，大罵道：「兀那婆娘，老爺正要對付你。」挺鎗殺來，麗卿迎住大戰。石秀雖然英雄，怎當得麗卿神力天生，鎗法敏捷，自己又增出解數，無人測摸得。（百忙中細註麗卿武藝，筆有餘妍。）三四十合，石秀漸漸抵敵不住。狄雷見了，正要出馬，只見楊雄早迸上去相助。兩個好漢雙戰麗卿，兀是遮攔多，攻取少。狄雷便拍馬奮鎚，三面夾攻。麗卿撥馬往斜刺便走，楊雄當先追來，却忘了他的弓箭利害。石秀在後面眼快，（寫石秀。）大叫：「休放暗箭！」楊雄急閃，（寫楊雄。）弓弦響處，左臂上早着。（麗卿放箭，却不從麗卿一邊寫，又是一法。）楊雄帶箭勒馬便回。麗卿收了弓，兜轉馬追來，石秀連忙擋住。狄雷見楊雄中箭，大怒，掄鎚來助石秀。眾嘍囉救回楊雄，狄雷那兩柄鎚直上直下劈進來。麗卿見他勇猛，又有石秀夾攻，聽得本陣不住的鳴金，只得回馬。（寫麗卿不肯詐敗，妙。）狄雷、石秀也怕他弓箭，不敢便追。（忽作一折。）麗卿立馬罵道：「兩個匹夫，敢這裏來領死麼？」二人大怒，一齊追來。麗卿畧迎了幾合，竟迸回陣去，那陣便退了下去。石秀道：「這廝無故收兵，恐有暗算。」寫石秀精細。狄雷道：「我們人馬多於他四五倍，補點好。怕他什麼暗算！」便回陣叫起鼓追趕。青雲山的兵吶喊搖旗殺來，猿臂寨的兵只顧奔走，忽然陣裏擁出一彪步兵，都穿着虎皮衣服，手執鋼叉，背着葫蘆，一字擺開。寫虎鈐陣，又換一副筆墨。只見那葫蘆裏都冒出黃烟來，霎時迷得對面陣裏不見一人。奇筆。狄雷恐是妖法，妙。叫：「且慢追！」勒住兵馬，聚在 處。只見黃烟散盡，却是一片空地，並沒一個人影。狄雷、石秀都吃一驚，正要發探馬，忽聽得連珠砲響，四面喊聲大振，猿臂寨人馬已抄兩邊殺來，賊兵亂竄，狄雷那裏收得住。左邊是祝永清，右邊是祝萬年，帶領虎衣壯士，旋風也似捲來。狄雷、石秀大敗逃回。石秀手腕已被萬年擂傷，鮮血淋漓。為下文作地。正逃時，只見一隊紅旗，麗卿迎面攔住。二人那有心戀戰，只管奪路而走。麗卿那些女兒郎，人人驍勇，個個爭先，寫麗卿勇猛，連篇累頁，亦不能盡，忽寫女兵，一筆抵千筆。痛殺了一陣。狄雲來接應回去。

狄雷領敗兵逃回，折了無數人馬，受傷的不算。那楊雄左臂被麗卿的箭把䐃肉穿過，取出箭桿，血流不止，臉都黃了。狄雷氣冲斗牛道：「罷了！罷了！反叫二位受傷，請回本寨將息，索性教姚順兄弟盡起本寨人馬來，與那廝併個死活。」已在永清算中。石秀道：「小弟不妨事，只請楊雄哥哥回梁山大寨去，便稟過公明兄長，多請幾位頭領來報仇。姚順哥哥鎮守山寨，是緊要事，離開恐人暗算。」寫石秀精細。狄雷道：「此刻官兵不敢覷探我們，姚順兄弟暫離不妨，只留七八百人把守，不害事。」便一面差人護送楊雄回梁山泊，一面差人叫姚順盡起山寨兵，星夜來助戰，石秀那裏勸得住。早有做細的回報祝永清。永清聞知青雲山的兵馬齊來，大喜道：「我料這賊必然中計。」便吩咐眾人道：「各處深溝高壘，休同他戰，只趁他的便。（孫子所謂可勝在敵也。）數日內，便奪他山寨也。」（極寫永清。）眾人都不信。永清一面申報陳希真。次日，狄雷惡很很的領了兵馬來挑戰。眾將依令，緊守不出，由他叫罵。狄雷連攻了三日，（省筆。）永清只同眾將高會吃酒，不去倸他。（便學令岳，絕倒。）第四日，忽報狄雷差人下戰書。永清喚進來，拆書觀看，上寫着道：「狄某與貴寨素無仇隙，不知何故興此無名之師。今狄某念兄弟情分，如肯將崔豪首級見還，情願拜投大寨，杜絕梁山；如不俯允，請出營來厮併。」（真妙。）永清看罷，對來人道：「梁山是我的切齒怨仇，楊雄、石秀更是火種頭兒，你主帥之言也難憑信。如果真心，先把楊雄、石秀的首級送來，我便退兵，永結盟好。」來人道：「楊雄前日送回梁山去了，石秀尚在營裏，家主曾說，如將軍肯准講和，便將他獻出，另備花紅表禮，一切犒勞奉上。」永清道：「既這般說，我也不是生事的。你去對你主將說了，但送出石秀，我便將崔豪首級送還，再登門陪罪。」便付了回信，來人領命去了。不多時，（可知。）轉來報道：「狄頭領差姚頭領來拜祝將軍。」永清吩咐開門迎接。姚順只帶十幾個伴當，搖搖擺擺進來，敘賓主禮坐下，呈上狄雷回書。寫道：「石秀那厮急切不能擒他，今晚灌醉，縛了獻上。恐不見信，先送姚順到貴營為質當。」永清看罷，大笑道：「狄頭領如此多心，我永清却最直爽。大丈夫一言既出，如白染皂，那有不信之理！崔將軍尊首，我已用木匣裝好，即先送歸。」當時將崔豪首級請出，點起香燭，眾好漢都拜了，（崔豪死後却大得便宜，絕倒。）當交從人送回。一面酒筵欵待，姚順喧得酩酊大醉，（狄雷未灌石秀，永清先灌姚順。）永清教扶歸廷芳營裏安寢。麗卿從後帳出來，對永清道：「爹爹教你取青雲山做險要，你却與他講和，得知他心是你心？今日退兵，他仍去帮梁山怎好？」永清大笑道：「姊姊真是老實人。斬狄雷，取青雲山，只在今夜，（極寫永清。）

那個說要退兵！這廝到我手裏來使乖，早哩。」麗卿又驚又喜道：「兄弟，你使甚妙計？」永清正說時，只見真祥麟來見道：「狄雷來講和，恐防有詐。」永清笑道：「待你說哩，我早已安排了。」便吩咐眾將如此如此，「大小軍卒隨身各帶乾糧，只破了青雲山方收兵。今日下半日，各歸帳房，將息精神，准備通宵厮殺。」（妙。自來稗官寫戰鬬，不寫到此。）麗卿大喜道：「你的聰明，真與爹爹無二，怪不得爹爹恁般歡喜你。」天色已晚，飽吃了戰飯，一應雜役人等都約退十餘里。（此句更細，一軍之中不皆戰士也。設身處地，方有此筆，小儒烏足知之。）取出姚順一干人，都就帳前斬了，大家分頭去幹事。

却說狄雷接了崔豪的首級，只道永清中計，便對石秀道：「石頭領真是妙算。」（石秀用計，只一點足矣。）便請石秀守寨，（手上有傷故也。）叫狄雲取永清左營，姚順取右營，（方知前之姚順是假的，特不註明，妙。前傳殺假黃信亦不註明，作者師其法。若務欲註明，是以呆鳥待讀者矣。）自取中路。二更時分，啣枚殺入永清營裏。撲進去却是空的，一人不見。狄雷大驚，情知中計，急忙退兵，却又並無埋伏兵殺出。（專用拗筆。特與他書不同。）行至半路，忽望見本寨火光冲天，數十嘍囉來報道：「不好也，吃敵兵刼了寨也。石頭領敵不住，落荒走了。」（忽然一筆閃去石秀，伏下文，真妙。）狄雷大驚，忙催兵來救。戰鼓振天，火把影裏，永清躍馬挺戟殺來，狄雷、狄雲、姚順一齊抵敵。喊聲大起，祝萬年從左邊殺來，欒廷芳從右邊殺來，兩軍混戰。欒廷芳鋼刀閃處，把姚順劈于馬下。（完姚順。）狄雷、狄雲死命殺條血路，領敗兵逃回青雲山，只恨爺娘生得腿短，一步跨不到。（奇語。方知永清退兵之妙。）走到天色黎明，人困馬乏，半路上遇着守寨敗兵說道：「石頭領在前面不遠，山寨已被賊兵攻破了。真祥麟堵住鸛鵲渡，回去不得。」狄雷、狄雲只叫得苦。狄雲道：「我們且會了石頭領，商議投奔公明哥哥處，再來報仇。」正催兵前進，忽然砲聲響亮，林子裏飛出一隊紅旗，麗卿大叫：「匹夫留下命去！」妙語。命不知是何物，留下了姑娘要他何用？如何將去？麗卿只此處畧一現，更不多着筆，妙，妙。狄雷大怒，把頭盔丟在地下道：「便死也要殺了你這賤人！」奮鎚來迎，狄雲隨後也來。祝永清等一齊追到，真祥麟也來接應。混殺一陣，狄雲被亂兵衝散，狄雷曉得不是話，大吼一聲，往西北上殺去走了。

永清到鸛鵲渡，收聚得勝兵，會合欒廷芳、祝萬年、真祥麟，攻打青雲山。那山上把守的頭目，情知抵敵不住，開關投降。永清准降，都進山寨，到聚義廳上坐下，把崔豪的棺木擡去焚化了。細。俗筆幾忘之。打破營寨，是祝萬年的功勞；殺姚順，是欒廷芳的功勞；詐稱青雲山已破，斷截狄雷的歸路，是真祥麟的功勞。一一註明，方知上文守寨敗兵之言，不是真信。打破了青雲山，日纔晌午，極寫永清用兵神速。數內單單不見麗卿回營。奇。永清忙叫人四下尋覓，並無下落。奇絕。永清十分驚疑，不知他到那裏去了。正是：軍中英俊逍遙去，陣外風雲遇合來。畢竟麗卿去向何方，且聽下回分解。

范金門曰：猿臂寨為希真肇基之地，而規模尚欠閎敞，又不可以割據城池，侵掠王土。青雲之役，自爾不觸不背，若旗開得勝，馬到成功，又嫌直致，因寫出欒廷芳、陳麗卿闘氣一段，委委婉婉，成一齣妙觀。祝永清確是儒將體段，欒廷芳確是老將體段，陳麗卿確是貴冑體段，一言一行，確肖其本來面目，是難能也。

伏欒廷玉、伏銀礦、伏梁山闘衅，俱不着痕迹，而自有劍匣帷燈之致。

第九十回　陳道子草創猿臂寨　雲天彪征討清真山

却說永清不見麗卿的下落，十分着急，忙叫查問。少刻，麗卿跟隨的那些女兵，隨着尉遲大娘都回來，一個不少。（一發奇絕。）都說道：「大軍混戰之際，姑娘追一員賊將，往正北上去。姑娘的馬快，婢子們趕不上，只好先回。」永清叫苦道：「怎地只是孩子氣，萬一失陷了怎好？（不惟替麗卿躭憂，自己也躭憂。）待我親去尋他。」真祥麟道：「將軍不可輕動，待小將去尋。」祥麟請了令箭，帶了百十騎人馬，並同尉遲大娘那幾個女頭目，往他去的那條路上追去尋覓。永清又請萬年也帶些人，分頭去尋。

原來麗卿在林子邊混戰之時，被他看見了石秀，挺鎗驟馬直奔過去。石秀見了大驚，帶着傷那敢迎敵，（方知萬年劃傷他手，不是閒文。）撥馬加鞭，落荒逃命。麗卿那里肯捨，很命追趕。（妙人、妙事。）幸虧石秀也騎的是千里名馬，那匹穿雲電，一時還追不上。（方知麗卿看見好馬不是閒文。）正是：前面的飛雲掣電，後面的猛弩離弦。一霎時追了二十多里，看看漸隔得近了，（此句是寫穿雲電，賓主混雜，救出法也。）麗卿便放箭射去，却還射不到。（句。）面前已是一座大嶺阻住，（急殺。）石秀順着大路縱馬上山。麗卿見他奔入樹林，也飛馬追上山來，那匹棗騮竄山跳澗，如履平地，有甚追不得。麗卿撲到林子裏，那石秀幾個灣轉不見了。（石秀與皂莢林的兔兒相似。）麗卿見林子那面路雜，沒處尋查，盤過山嶺，看那面嶺下一片平陽，有幾處人烟。麗卿想：「這厮莫非走那里去？我已到此，索性再去尋一轉。」

真尋不得，便饒了他。」真尋不得，不饒他待怎地？遂縱馬下山，順那平陽路張望。忽見左側山腳邊來了一個大漢，騎着匹點子高頭馬，紫棠面皮，頦邊幾根虎鬚，戴一頂萬字頭巾，穿一領醬色戰袍，繫一條元色戰裙。隨着四五個伴當，都跨口腰刀，挑着些行李。一個伴當掮着一口潑風九環大砍刀，都走到路口。那大漢見了麗卿，兜住了馬，只顧看他。作怪。麗卿往前行，那大漢隨在後面亦跟上來，不落眼的從頭至腳細看。更作怪。麗卿回頭道：「兀那漢子，有些傻角，不走你的路，只管看我做甚！」那大漢道：「咦，我自己生了眼睛，你敢不許我看？怕人看，不要拋頭露面。」妙語。麗卿大怒道：「你這廝到我手裏討野火麼？活得不耐煩，便上來領鎗！」那大漢哈哈大笑道：「多少了得女郎都見過，稀罕你這雌兒。」心中隱然有麗卿。麗卿大怒，挺鎗便取那大漢。那大漢忙搶那口大砍刀架住，兩人就那空濶所在，併了四十多合，兩邊毫無破綻。麗卿道：「你這廝好刀法！」姑娘佩服，諒必不錯。那大漢叫道：「且住，有話問你。」各收了兵器。麗卿道：「快說！」那大漢道：「兀那紅姑娘，奇稱。你莫非當真是東京陳提轄的令愛陳麗卿小姐麼？」麗卿道：「除了我，更有那個是他！」奇語，真是索解人不得。那大漢聽了呵呵大笑，滾鞍下馬道：「姑娘，你何不早說，想殺我也。」奇。撇了大刀，在草地上撲翻虎軀便拜。每遇一英雄出現，便極寫一番。麗卿恐有暗算，精細。逼住鎗問道：「好漢高姓大名？何處識得奴家父女來？」麗卿開口閉口總不遺其父，真好。麗卿亦會通文，大奇。那大漢拜罷立起身道：「姑娘自不認識我，我也只爭得幾日不會得姑娘。我便是江南風雲莊上的風會是也。」如此跌出，出人意表。麗卿叫聲：「阿也！原來是風二伯伯。」忙跳下馬，插了鎗，折花枝的拜倒。風會忙回拜了。麗卿道：「適纔姪女衝撞二伯伯。二伯伯却從那里來？」風會道：「從家鄉來。方纔恕小人無禮，姑娘何故一人到此？」麗卿道：「我那雲龍兄弟可好？（慧娘謂我那雲龍猶說得過，姑娘為何亦稱我那雲龍哉！）雲祖公安否？」（先問兄弟，後問祖公，妙。不對風會，只顧自己說，妙。）風會道：「都好。雲龍同我往他老子任上去，從此經過。他在後面那人家處修刀鞘就來，是我先行一步。」（多少苦心。）麗卿大喜道：「他在那里？」風會指着一處人家道：「他在那向，好道就來也。」麗卿道：「我們何不迎上去。」風會道：「何用性急。」叫一個伴當道：「你去看看雲官人，為何還不來。見他可說東京陳小姐在此。」那伴當跑上去沒多時，只望見那村口一個少年帶着兩個人，騎匹白馬，緩轡而來。風會道：「他已來也。」只見那伴當急跑上去，到馬前回指着說了幾句。（如畫。）那雲龍把馬加了兩鞭，潑剌剌的趕到面前，飛身下馬，與麗卿相見，滿面笑容道：「姊姊，那陣風兒吹你到這里？伯父安否？」麗卿道：「一言難盡。我爹爹為你的丈人被貪官逼迫不過。愚姊同你分手之後，無一日不記罣你。（此一段都是夾七夾八、顛三倒四、前氣不接後氣，活畫出暴見歡喜，活畫麗卿性情，妙絕。）我的爹爹沒奈何，權去猿臂寨避難，你的爹爹又錯怪了你的丈人。我又沒處得你個信。」（一路倭纏不清，真令人絕倒。其詞未畢。）風會笑道：「這些事我們都知道了，只請問姑娘何故一人到這里來？」（寫風會，又是一種性格。）麗卿道：「我憂得你苦。（此句是接前文，與風會語一齊說。）如今我爹爹要奪那青雲山用，（七字妙。）教玉郎兄弟領兵，昨夜殺敗了那廝們，有一個叫什麼拚命三郎，（什麼，妙。）說是我的仇人。（說是「我的」，絕倒。自己的仇人，却待別人說。）我要殺那狗頭，他却怕我，直追到這里不見了，兄弟可曾看見？（問得奇。）是個騎白馬的後生。」（補一句，更妙。）雲龍道：「却不曾打眼，想是落荒逃脫了，追也無益。」麗卿道：「造化了這廝，（卸去。）我們回去休。」（竟把風、雲二人當做同來的一家人。）風會、雲龍商量道：「我們就去轉轉。」麗卿大喜，就地上拔起鎗，（細。）飛身上馬。風會、雲龍也都騎了馬，帶了從人，都過嶺來，尋路回青雲山。風會道：「方纔見姑娘這般模樣，又帶着東京口音，（妙。）也有些疑心，那知果然是你。（補出看麗卿一段。）

姑娘真好鎗法，怪不得雲威相公都佩服。」（妙。）麗卿道：「二伯伯的大砍刀端的整齊，奴家那里攻得進。」雲龍驚道：「二位幾時交過手？」麗卿笑道：「我是不認識二伯伯，你又不來，我們好殺得熱鬧。」風會大笑。雲龍道：「姊姊方纔說什麼玉郎兄弟領兵，是那一位？」麗卿道：「便是你那表兄，會寫字的（四字為永清作考語，絕倒。）祝玉山。我叫他做兄弟，有時順口叫他玉郎。」雲龍、風會都驚訝道：「怎的玉山也到這里？」麗卿道：「來了多日了。」遂把永清的事從頭說了一遍。風會、雲龍都感歎不已。「如今我爹爹十分歡喜他，已把奴家許配了他也。（人謂其不害羞，我謂其光明正大，彼不待父母之命者，真害羞耳。）你那表兄果然了得。」（直應風雲莊中語，妙。）風會、雲龍都稱羨不已。雲龍道：「姊姊，你又是我的嫂子。」麗卿大笑。三人在馬上說着話，已走了十多里。只見左側擁出一彪人馬來，乃是真祥麟、祝萬年尋到。二人見了大喜，祥麟道：「害殺人的姑娘，（奇語。）那里不尋遍，快回去，把你那玉郎急壞了。」（你那玉郎，妙。）萬年道：「我們已在青雲山寨裏。」麗卿笑道：「奴家又不是三四歲的孩子，敢怕吃那個拐騙了去，他却恁般乾著急。（反怪別人尋錯。）既如此說，你們都來相見了，我先回去，叫他放心。」說罷，縱馬加鞭，竟自搶先去了。（作者只自顧章法耳，却寫盡麗卿天真爛熳。）萬年、祥麟、風會、雲龍四人相見，各道姓名，方知是一家人。（真妙，竟不辨誰賓誰主。）萬年與雲龍自幼曾會過，此刻也不認識。當時四人大喜，一齊回寨。

却說麗卿飛馬跑回青雲山，把關的忙去通報，放他上來。永清聽得，又喜又恨，見了麗卿埋怨道：「姊姊，你是怎地？軍營裏勾當，不是這般作耍。你萬一犯了軍令，教我怎生擺佈？」（只為此幾句，故放他先回來。）麗卿繳了令，說道：「不是奴家多事，一者看見了那仇人，放不過他；二者要奪他那匹馬來送你，（異想。）却吃那廝走了。」永清道：「可會着真將軍同二哥否？」麗卿道：「都見的。他們同風會二伯伯、雲龍兄弟一齊來了。我恐你記罣，先跑回來。」永清驚問：「怎地却遇見風會、雲龍？」麗卿把那項事說了，永清大喜，叫預備迎接。須臾，四籌好漢都到大寨，風會、雲龍與永清見了，欒廷芳也通了姓名，（細。）眾人大喜。風、雲二人方識得欒廷芳。（註一筆。）當晚就把賀功的酒席，與風會、雲龍接風。（一筵兩用。）席上永清說到被魏虎臣逼迫，與雲龍寫出師表的話，雲龍灑淚不止，眾人都歎口氣。（永清悲涼。）麗卿說起安樂村全家逃難的話，對雲龍笑道：「你那個渾家，我從千軍萬馬裏救出來，你却怎生謝我？」眾人都大笑。（麗卿武壯。）風會說到希真父女離風雲莊之後，「我等趁勢蕩滌了冷豔山，（蕩滌冷豔山，至此乃纔註明。文法之奇，幾於黃河九曲，濟水伏流矣。）我等都因此得了功名，子儀不敢與尊翁敘功，我等官爵皆出姑娘的威力。」（撲翻虎軀便拜，正為此耳。）麗卿不會說謙讓的話，只說道：「這算得什麼。」（可笑。風會慷慨。）眾人歡喜暢飲，至半夜方散。永清恐降兵為害，把來四散屯開，將親軍保護中寨。破了青雲山，得了糧米七十餘萬擔，戰馬五千餘匹，錢糧、器械、金銀、財帛不計其數。（出師本旨。）降兵四千餘人，有受傷的，都叫去醫治；戰場上逃脫的轉來，都准投降。一面將倉庫封好，一面飛報希真。

不日希真帶了五百多名壯士，將着犒賞物件到來。永清開關，大排隊伍迎接。（寫得威潤。）希真進寨升廳，慰勞犒賞都畢，退堂與風會、雲龍相見，大喜。只見謝德、婁熊都過來叅見永清，（奇絕。）永清大驚道：「二位將軍為何也在此？」希真道：「你出兵不久，景陽鎮兵變，二位將軍來聚義，那鎮上六千多官兵，都歸了我們也。」（虛寫，妙。）永清忙問：「怎地兵變？」謝德、婁熊道：「小將們殺了沈安，只說將軍是失陷在猿臂寨，魏虎臣倒被我們蒙過。怎奈魏虎臣那廝刻扣軍糧，一味貪惡，自己置造花園，不管別人飢凍，人人怨恨。罪在虎臣也。後來吃沈明那厮打聽出殺他兄弟，他去首告了。那魏虎臣來捉我們，吃小將們先得知，虎臣之無用如此。索性把沈明那厮也殺了，殺得好。同了百餘人投奔大寨。誰想那魏虎臣捉小將們不得，却把別個來晦氣。眾人大家不服，殺了魏虎臣，更殺得好。用魏虎臣畢。一齊反了。那兵馬都監也逃走了。難為他。小將們幸蒙收錄。」藏過一大段熱鬧書。永清聽罷，嗟訝不已。陳希真對永清道：「我接到你的文書，說青雲山一齊都來，料道你破敵必在早晚，難翁難婿。今日却成功了。那厮們必去梁山求救，萬一梁山上當真來，我為此放心不下，所以親到。慧娘甥女說這里有銀礦，我本要帶他同來採看，又好叫他在張家道口相度地脉，起造砲臺碉樓。那知這妮子聞得雲龍賢姪在此，却害羞不肯來。絕倒。麗卿不然。劉姨丈務要屈風二哥、雲賢姪到彼一敘，妙。賢姪休要推却。」雲龍道：「小姪亦不敢久居，恐家大人記念。既蒙家岳相召，小姪前去拜見，就在那里動身，此處不轉來了。」敘得簡淨。風會道：「此說甚是。你來走吳家疃，取路最便，我在那向客店相等便了。」雲龍道：「二伯伯何妨同去？」不可少。風會道：「不必，你們翁婿相見，少不得有番談論，不值我在裏面鬼混。」妙語。眾人都大笑。希真道：「卿兒，你在此沒事，可送了兄弟同去；兄弟起身後，你可同了秀妹妹來。」送了兄弟去，同了妹妹來，真好差使。麗卿道：「爹爹說梁山上那厮們就要來，一口咬定，妙。却怎地不許孩兒在此？」硬說不許他在此，妙。希真道：「胡說。梁山上來不來未定，便是來，你去了回來儘彀，不叫你落後。」雲龍當日拜辭了眾位好漢，帶了幾個伴當，同麗卿到猿臂寨去。這里希真與眾人相敘，一面多發細作，打聽梁山消息。

過了幾日，山下報上來道：「關外有兩個大漢，帶着三五十人，斬了狄雷，將首級獻上，要見主帥。」奇。伊何人哉！希真同眾人都吃一驚，問那兩個人叫甚名字，嘍囉道：「他有手本在此。」希真取來一看，大喜，原來就是欒廷玉。眾人無不歡喜。兩個人，却先知一個。希真同眾英雄一齊下山，到了關外，迎接上山，廳上重見了禮。希真看那欒廷玉，方面大耳，五柳長鬚，八尺以上身材。那個大漢面如鍋底，眼如黃金，鬚如鐵絲，聲如銅鐘，身長九尺，威風凜凜，眾人却不認識。希真道：「這位好漢高姓大名？」欒廷玉道：廷玉代答好。「是小人的結義兄弟，本貫南山鎮上人，姓王雙名天霸，祖上也是軍官。這位兄弟兩臂有數千斤實力，慣使一枝筆撾，重八十斤，江湖上取他一個渾名叫做『賽存孝』。極寫一位英雄。小人得了廷芳兄弟的信，便邀他同到貴寨聚義。行至半路，遇見狄雷這廝，正在那里剪徑，至死不改。吃小人兩個併了他，方知青雲山已是收伏，故而取了他的首級，逕投這里來，望賜收錄，願執鞭隨鐙，勦滅梁山。」必下這四個字，極寫欒廷玉。希真大喜道：「得二位英雄光輝小寨，破梁山有何難哉！」王天霸道：「陳將軍用小人時，萬死不辭。」萬年、永清來參拜欒廷玉，廷玉跪在塵埃痛哭不止。萬年、永清道：「師伯何故如此？」廷玉道：「尊府闔家性命都害在廷玉手裏，語甚慨直。有甚面目敢見賢弟。但願仗眾位英雄威福，報盡了冤仇，便隨令先兄於地下。」語甚悲酸。說罷，號哭失聲。寫廷玉真好。眾人再三勸解，無不陪眼淚。希真道：「仁兄雖是忠義，但必要如此小見，竟是婦人之仁了。自古英雄豪傑，誰無失算之處，祝舍親在九泉斷不怨悵仁兄。」萬年、永清都道：「何嘗是師伯錯，休要這般引咎。」眾人又再三說，廷玉方纔收淚立起。希真吩咐辦酒筵接風慶賀，叫大小頭目都來參拜了。希真又吩咐道：「狄雷也是一寨之主，那顆首級不要暴露他，以禮埋葬了。」自是希真仁義、權術都有。酈金龍、沙摩海却無此福。完狄雷。眾人無不稱贊希真仁德。次日，風會一定要行，眾人挽留不住，只得祖餞❶相送。希真又修了一封書與雲天彪，交與風會。風會謝了眾人，辭別了，帶着伴當，到吳家疃等待雲龍。

却說麗卿同雲龍到了猿臂寨，劉廣接上山去相見了。劉廣見女婿這一表人物，怎不歡喜，當時引到後堂，雲龍叅拜了丈母。劉廣的夫人見了，甚是歡喜，對劉麒的娘子道：「慚愧❷，不弱於祝永清。」麗卿暗笑。（妙絕。越諺所謂穩心湯團也。慧娘不知躲在那里。）當時問候都畢，仍出堂來。劉廣辦酒筵欵待，自不必說。住了幾日，雲龍再三告辭，劉廣只得備了些禮物相送，自己送到山下，又叫兩個兒子代送一程，麗卿亦要送一程，（真被他串殺。）四人同行。雲龍私下問麗卿道：「你那表妹到底怎樣一個？」麗卿大笑道：「不用記罣，比我好得多哩！他玲瓏剔透的心肝，那似我這般愚笨。（豈敢。別人問自己的渾家，誰來問你？夾在一處評論，奇絕。）可惜我恐姨夫要見怪，不然我該硬抱了他出來與你看了，好放心。」（妙絕。）雲龍大笑。天色將晚，劉麒道：「前面已是界外了，妹丈一路保重。」當時叫從人將帶來的酒席擺下，（補點好。）四人席地而坐，都把了盞，大家起身灑淚而別。雲龍星夜趕到吳家疃與風會取齊，一同到青州去，慢表。

却說劉麒等三人回猿臂寨，已是二更天氣，麗卿便催慧娘動身同到青雲山。（忙殺麗卿。）慧娘道：「姊姊趕甚死急，（絕倒。）明日也來得及。」麗卿笑道：「你那人已去了，還怕撞着那個？」慧娘道：「怎地姊姊只管這般風風失失，我也有些行頭要收拾起。不過去相度地脉，有甚緊急軍務，大姨夫又沒有限期與你。」

❶ 祖餞：即餞行。古時遠行祭路神叫「祖」，後稱設宴餞行為「祖餞」。

❷ 慚愧：驚嘆詞，有僥倖的意思。

麗卿笑道：「你那知我的喉急，萬一梁山上那厮們已到，爹爹同他們厮殺，卻吃別個搶了頭功去。」慧娘笑道：「你放一百二十個心，奇語。我同你賭：梁山上如果敢來，我輸與你。安穩睡覺去，寫慧娘。明日早行。」到了次日，慧娘叫侍女們帶了隨身行頭起身，飛樓、青獅無用處，不必帶着。真妙。劉廣愛惜女兒，不許他騎頭口，備了一乘飛轎與他坐了，寫慧娘又尊貴。點了百餘名嘍囉護送。那幾個轎夫該晦氣，麗卿嫌他們走得慢，直罵了一路。絕倒。麗卿豈有一路無詞者，然又無話可說，不如弄幾個轎夫與他罵罵也好消閒，作文苦心。到了青雲山，麗卿、慧娘同進山寨，慧娘與眾頭領都見了，希真便叫慧娘去探看銀苗。慧娘道：「白晝有日光映耀，看不清楚，須得夜靜。何不先去看築城的地基？」希真甚喜，便留眾將守寨，同慧娘帶了親隨壯士，連日下山相看地利。那山南原有一座空城，向駐一員捕盜巡檢，城內面開方五六里。後因移置別處，空城仍在。慧娘對希真道：「這座城卻也起得還好，就修理了，不必去改造他。卻用不着四門，東門把來塞了，西門、南門外面都做了子城。」用馬鞭指着道：「這北門外起造兩帶土圍，接連着青雲山腳，做個關防。」二人又進城去看一轉，只見那城門的門扇都無了，城裏的衰草撞着馬腹，一個人都不見，一間房屋都沒有。只有一座演武廳，也大半倒塌了，面前好似一個教場。照牆外邊又有一座破廟，有識得的說道：「是座關王廟。」實。後面還有個城隍殿。虛。二人看了出來，縱馬往南去。一路上慧娘叫侍女們捧着羅經，擎着標竿，他忽然騎馬，忽然步行，東邊去張，西邊去望，指指擂擂的說道：活畫一位地師。某處好造砲臺，某處好起碉樓，某處好掘壕塹，某處好設立燉煌。但說來的言語，希真無不合意，無不佩服。一連兩三日，把那周圍的形勢都看了，仍回青雲山寨。

眾英雄都動問形勢的話，慧娘只是鎖着柳眉，低頭不語。（慘淡經營。）希真道：「甥女沉吟甚麼，莫非為那張家道口？」慧娘道：「正是。甥女看這局勢，只有正北上的虎門最險要，兩山來龍逼緊當中一條路，靠着艾山，真像虎爪踞地一般。那里起造兩座砲臺，只消千餘人把守，任他數十萬雄兵，也攻打不入。那蘆川一帶接連猿臂寨，多設立墩煌碉樓，也把守得。（將說張家口難守，先說入虎門、蘆川兩路易守以襯之。）只是那張家道口亘連十餘里，平坦坦一個生根的所在都沒有。梁山泊若全夥往這里掩來，休說把守，便是逃避，急切也沒處躲。只有築一帶磚城，設立濠溝，直抵魏河，方是上策。這個工程又浩大，一年半載不得了。梁山上豈肯等我築好了城方來！」（特詳張家道口為後伏線，而其經營之法却將磚城先說，妙。）希真大笑道：「賢甥女不必躭憂，老夫早有安排了。只就那張家道口居中起一座高臺，要十二丈高低，上面葢造一座鐘樓，把我祭煉的那口五千四百斤九陽鐘運上去掛了。那怕宋江那厮們都來，他要走這條路，捉得他一個不剩。」（奇。）眾人都請問其故，希真道：「你等不知，我祭煉那口神鐘，正為今日之用。那口鐘上的符籙寶篆，都包藏先天純陽元炁，善能收攝有情的精神。一聲撞動，方圓九里之內，但是飛走活物，都如醉如癡，動撣不得。直待一個周時方能甦醒，却不傷性命。那怕你悶了耳朵，都不濟事。只要太陰元精秘字鎮住泥丸宮，便無妨害。我已製下幾千頂巾兒，與自己的人戴了，看守此鐘。那怕梁山的兵馬利害，除非他不走這條路，但來時個個上當。本師張真人時常吩咐我說：都籙大法不到危急時，不宜輕用，到得人力不繼之時用了，方不犯天律。（不是希真救兵之窮，實是仲華救文之窮也。）正是謂此。」眾人聽了，都各駭異。

不日，那往梁山探軍情的細作都回來道：「宋江已知青雲山破了，因聞雲總管引青州兵攻打清真山，十分緊急，老种經畧相公不日又要來征討，宋江却不敢來救這里。」（忽夾入細作一段，引逗下文，又令此處文氣疎宕，妙。麗卿大失所望。）希真道：「我也料那廝們未必敢來，但不可不防備他走冷着，各處仍要嚴密把守。」當晚慧娘要去看銀苗，希真恐他辛苦，叫他早睡。次日到夜分，希真吩咐多點火把，照耀着一同下山，直到青雲山東南山脚銀苗之處。看了一轉，指點了表記回寨。慧娘估來，約有五百餘萬兩白銀，靠裏面還有石青不少，可以採掘鼓鑄青銅，眾人都大喜。（甚矣，此物之妙也。誰有不喜者哉！）慧娘又把那起造砲臺、碉樓的圖形繪出，呈與希真。希真看了甚喜，便依他的法兒，蘆川一帶建立碉樓二十餘處，燉煌接連不斷；虎門設立一座虎爪關，關旁起兩座砲臺；正西上先起造那九陽鐘樓，一字兒造了四座砲臺，八座碉樓，面前都掘了深濠。就採辦木料，燒磚運土，叫祝萬年監工起造。叫劉慧娘做開銀礦的監督。慧娘道：「開銀礦的弊端最多，甥女不善查察，（往往內才有餘之人，外才反不足，仲華真知人。）求另派精明強幹之人。」希真道：「也說得是。」便教真祥麟去替出范成龍來做銀礦監督。希真又吩咐道：「冬令將到，天寒地凍，須要并工趕辦。」祝萬年、范成龍領命。（起造、開礦二事，先安頓一句。）又教欒廷玉、王天霸統領鐵騎，週圍巡查，防有官兵衝突；遇有散亡失業流民，便招撫入寨耕種。（欒、王二人新上山，未曾做事，應得差委。）不日，范成龍來報：「銀礦內石青下面，又掘出白堊❸無數。（此慧娘亦不及知，必如此寫方是情理。只一銀礦又陸續添出石青、白堊二層，墨有餘妍，筆有餘勁。）部下頭目侯達，係南昌窑戶出身，他說識得此堊，可燒磁器，棄掉可惜，特來稟知。」希真便喚侯達來問，侯達稟道：「小人祖籍南昌，世代慣燒磁器，小人也深曉得火法，因見此地白堊，不讓於定窑細泥，若燒起來，定得好器皿。」希真道：「果如此，也是本寨出產，各處銷售，可

---

❸ 堊：音ㄜˋ，白色土。

以添助軍餉。」就重賞侯達，派做磁窑總局頭目，侯達領命謝了。侯達又舉薦同鄉數十人，都是窑戶中塑坯、掛油、上彩等工匠，希真就都派作董事，教侯達管領。（無端夾入窑器一段，預為後文應用，妙。此書應用作料，往往預先准備，令讀者揣擬不到。如無端留阮招兒，無端燒磁器之類是也，真有胞胎化物之才。）范成龍將銀兩、銅斤煎出，陸續存庫；（結銀礦一段。）祝萬年督領夫役，晝夜兼工，建造各處碉樓、砲臺，修理新柳城池，俱草創完備。只有張家道口的鐘樓要緊，已刻日告竣。希真將那口九陽神鐘，由蘆川運到張家道口鐘樓上，依那選定吉日吉時懸掛。到了那日，希真率領眾頭領同到鐘樓懸鐘，宰太牢致祭。那鐘上披掛五色綵緞，鼓樂吹打，眾頭領依次行禮祭畢，三聲砲響，眾軍吶喊，用力拽起那口鐘，端端正正懸在正中，盤好了千斤鐵索，眾人無不喝采。（鬧熱。）希真對眾人道：「我用此鐘，原是一時應急之事，（偏不似他書之見神着鬼，乃偏能犯之，而又能避之，多少慘淡經營。）磚城仍是要用。只是今年天寒地凍，夫役勞苦，斷不可再興工了，只好開春動手也。」（結起造一段。）

希真又於青雲山頂建蓋一座萬歲亭，供奉大宋皇帝牌位，朔望❹率領眾頭領朝賀。凡議大事，必到萬歲亭上。（儼然張中丞之守睢陽。彼及時雨口口忠義，語語招安，何不為此。起造後又一餘波。）山寨中又添了欒廷玉、欒廷芳、王天霸、祝萬年、祝永清、謝德、婁熊七籌好漢，連前共是十七位頭領。（總束一筆。）永清私下稟希真道：「謝德、婁熊二人擅敢率眾造反，殺死官長，這等人心胸叵測，泰山用他，須要留意。」（以事而論，則以永清之循良智警，宜有此卓見；以文而論，賓主章法不可不分，讀至後回自見。）希真道：「賢婿之言甚當。但我只安放二人於身邊，聽候調遣，恩威並濟，不付他重權，諒他也不能為害。」（是希真。智驅術馭，希真猶有此等氣象。若天彪純是推心置腹，潛消默移矣。）希真遂命謝德、婁熊在帳前聽用；（此段安派職事，便從謝德、婁熊滾下，筆墨無痕。）請劉廣、

❹ 朔望：陰曆初一、十五。

苟桓鎮守猿臂寨；（第一段，根本重地。）倉庫、錢糧盡屯在猿臂寨內，聽候支用，着范成龍掌管。（第二段，錢糧倉庫。）劉麒把守虎爪關，統理砲臺事務，在猿臂寨北山下寨；真祥麟仍就鎮守燉煌，增添軍馬，在猿臂寨南山下寨；（第三段、第四段，鎮守險要。）兩枝兵馬，都做劉廣的輔翼，彼此呼應相通。（忽於中橫空將祥麟、劉麒總結一句，章法甚奇。）苟英專管九陽鐘樓，鎮守張家道口，屯積下千萬條麻繩，准備捉賊。（奇語得未曾有。第五段，鎮守鐘樓。）劉麟統領水軍，在蘆川下寨，兼理河岸一帶碉樓。（第六段，水軍。）祝萬年、王天霸駐扎新柳城。（第七段，犄角。）青雲山西面，最是衝當要路，是全寨咽喉，兵馬俱揀選精壯，教欒廷玉、欒廷芳兄弟二人統領鎮守。（第八段，把守總路。）陳麗卿仍領前部先鋒，兼領猿臂、青雲、新柳三營兵馬都教頭，掌管操演賞罰。（第九段，軍政。）恐梁山來攻伐，希真親自帶領祝永清提重兵鎮守青雲山，統轄三營頭領，并留劉慧娘亦在青雲叅贊軍機，兼督全軍工匠。（第十段，方題出中軍大帥。正如演戲家大將登場，必待旗鼓戒嚴，而後徐步而出也。）職事分派已定，眾頭領無不凜遵。希真派定各頭領職事之後，連發數十處細作，打探梁山泊的動靜，逐日操演人馬，屯積糧草，准備與梁山泊厮併，按下慢表。（此段非猿臂寨結煞語，故以打探梁山，准備厮殺，暫束一筆，遂作後文領筆，故提綱曰草創也。）

却說那日雲龍離了猿臂寨，到吳家疃會合風會，同投青州。（偏不從狄雲、石秀等順渡到梁山，偏從雲天彪一邊逆渡過，皆作者避熟就生之法也。）不說那曉行夜宿，一日行過了東泰山，一路聽得人說青州馬陘鎮雲總管統領官兵，攻打清真山，將次得勝。（奇文陡發。）風會、雲龍探聽得是實，雲龍對風會道：「我父親既不在青州，我們何不就去軍營裏相見？」風會道：「賢姪所說甚是。」便同取路投清真山來。

且說雲天彪自到馬陘鎮接任辦事，軍政一新。凡是魏虎臣屈抑之人，察其實有賢能，盡皆擢用；魏虎臣選拔之人，察其果無才具，盡行斥革。（虎臣固小人也，然其所黜未必皆賢，所用未必皆不肖，不加詳察一概反之，是固執成心，冤抑僥幸者多矣。如衡如鑑，其仲華之寫天彪歟。）游擊將軍曹松，本是土豪出身，無尺寸之功，只是趨奉魏虎臣，陞授今職。天彪見他弓馬平庸，性情乖張，便將他功名詳革。誰知制置使劉彬亦曾受他賄賂，曹松連夜托人去制置使處打點，反將雲天彪的詳文批駁下來。天彪差心腹人私查曹松的劣蹟。那一日心腹人查着曹松在娼樓賭博，暗地飛報天彪。天彪便親帶兵役，直掩至娼樓，捉住曹松，通詳都省。檢討使賀太平遂將曹松拏問治罪，（遂將二字書法。）劉彬也無法奈何。眾人無不稱快，凡受過曹松荼毒的無不頂仰❺。（一段斥革實事。）天彪一日因巡查鄉鎮，回衙渡一條溪河，在渡船上望見下流頭溪灘上一條大漢，（陡然而來。）在那里扳罾❻取魚。那大漢生得身軀長大，燕頷虎鬚，眼如曉星。（是條大漢。）那口大罾並沒有翻山架，大漢只將兩隻手扳起放倒，毫不費力。（是條好漢。先寫大漢形狀，次寫大漢本領。）天彪暗暗稱奇，不落眼的看那大漢。（極寫賢相愛才。）那大漢也看了天彪幾眼。（精靈。）不多時渡過溪河，天彪回衙，念着那大漢放心不下，（極寫賢相。）暗想道：「左右沒甚公事，且再去看來。」（英雄愛才，却如此寫來，妙絕。）便換了私服，帶了幾個伴當，離了本鎮，仍到溪河邊，遠望見那大漢還在那溪邊扳魚。（確是心愛渴念，惟恐失之光景，摹神之筆也。）天彪將從人藏在松林內，自己緩步行到大漢背後，遠看不如近覷，果然堂堂一表。（再按實一句。）那大漢却不知背後有人窺他，連扳了幾罾空，忽然自言自語，歎口氣道：「莫說去捉那些鳥強盜，魚兒尚且這般難取！」（語亦奇。）天彪忍不住叫道：「壯士，你好風流自在！」那大漢猛回頭，看見天彪，大驚，忙丟了罾，撲翻身便拜道：「小人有失廻避，相公恕罪。」天彪上前扶起道：「壯士幾時認識雲某？」大漢道：「本鎮總管相公，為何不認識？」

---

❺ 頂仰：擡頭仰視。

❻ 扳罾：拉網。罾，音ㄗㄥ，用竿支架的魚網。

省卻許多。天彪道：「原來如此。我方纔在渡船上，望見足下儀表非俗，料想是位英雄，公事已畢，特來訪你。你姓甚名誰，家住何處，為何隱落江湖？」那大漢道：「小人複姓歐陽，名喚壽通，又出一位英雄。本處人氏。魏總管相公在任時，小人曾充汛地上鋪兵，也考過幾次錢糧，因無錢財使用，不能得缺。饒你武藝通天，得缺必須錢財，可歎。後因傳遞公文錯誤，所謂君子不可小知，而可大受也。隊長將小人革役。小人家中㗫口又重，無計謀生，因生平深知水性，表出。胡亂在此取魚度日。」天彪聽罷，歎道：「惜哉！二字何等簡潔。今日我要重用足下，可從我否？」歐陽壽通跪下道：「恩相肯擡舉小人，便是小人知己，六字奇文，竟是對朋友語，可哭可笑。小人怎敢不肯。」又是歐陽壽通聲口，細按之，實與楊騰蛟不同。天彪便招呼從人，替壽通收拾了魚罾，細。另備匹馬與他騎了，一同回衙。何異後車之載。天彪又問壽通道：「我見你膂力非凡，你可學過武藝？」壽通道：「小人幼年曾拜八十萬禁軍教頭王昇為師，十八件武藝盡皆學會，便是師父的兒子王進，虛空一擊，奇妙非常。也敬服小人。」天彪甚喜。次日，天彪點軍下教場，將歐陽壽通比較考試，果然武藝出眾。藏過東郭比武一篇妙文。天彪便當廳叅授歐陽壽通為領軍提轄，先與記名，遇缺即補，留在身邊。一段擢用實事。黜陟之文，先用虛冒，後用兩段引證，而引證中仍是一虛一實，絕妙章法。曹松文中便將他功名詳革，便親帶兵役擒拏；歐陽文中便換了私服，便喚從人備馬，便當廳叅授，凡許多「便」字，活寫出天彪任賢勿貳，去邪勿疑來。天彪賞罰嚴明，大都如此，所以人人都畏服他。總束一筆。天彪又於公餘無事之時，與標下軍官開講春秋大論，以老儒寫大將，奇絕。不問賢愚無不感動。天彪講到那剴切之處，多有聽了流淚不止的。又一段教化。極寫儒將。不到數月，馬陘鎮上軍民知禮，盜賊無蹤。寫得天彪直是存神過化。

那一日，接到經略使种師道寄札，調他發本部兵馬夾攻梁山。天彪領了札諭，便與兵馬都監傅玉商議起兵，一面移請青州知府應付糧草。先預伏一筆在此。那些官兵的婦女老小，聞得雲總管要用兵，都趕緊把丈夫、兒子的冬衣做起，准備乾糧，只等候調發。妙哉，仲華之用筆也。描寫天彪連篇累牘亦不能盡，乃捨天彪而描寫官兵；又捨官兵而描寫官兵之婦女老小。正如小戎之詩，有勇知方遂令紙上活現出一員醇儒大將，烘染之入神者也。「冬衣」二字，又引起下文雪天。那青州太守魯紹和與雲天彪最稱莫逆，反映高封。同日接到种經略的咨札，教他應付雲天彪的糧草。當時魯太守到馬陘鎮犒軍，與天彪祖餞。席間魯紹和問道：「梁山泊勢焰鴟張，總管只帶八千人馬，天彪兵馬數目從紹和口中敘出。願聞進攻之策。」天彪道：「兵無定法，因敵制變，預先却怎說得。」紹和道：「請問大意，先進那路？」天彪微笑道：「弟有愚見，太尊試猜一猜。」紹和道：「若直搗梁山，恐清真山強徒來救，腹背受敵，不如攻清真山，馬元勢危，宋江必來救，反客為主，勝他何如？」即楊龜山先攻嘉祥之意。天彪大笑道：「太尊❼真知我肺腑也，愚見正是如此。只是太尊解糧，切不可由萊蕪谷經過，長城嶺一帶地勢最險，伏下回。恐賊兵在彼斷我糧道。太尊可由高梁屯繞道解來，那里與博山縣的青龍汛相近，即遇賊徒，官兵呼招便到，可保無虞。」楊龜山稱其持重多謀，信然。魯紹和道：「總管所見極是，下官遵依調度。」

不說魯太守回府。

這里雲天彪命傅玉為先鋒，并帶歐陽壽通提大兵八千，浩浩蕩蕩殺奔清真山來。清真山的為首頭領錦鱗蟒馬元，率領一萬多人前來抵敵。可想馬元如何對付得雲天彪，交兵不到兩三陣，被天彪殺得大敗虧輸，先虛寫，好。退入元武關，死命守住。關上弓弩、鎗砲、灰瓶、金汁十分利害，天彪連攻十餘日，不能取勝。又虛寫一筆，好。天彪與傅玉商議，傅玉道：「何不用木驢直抵關下，栽埋地雷轟打？」一百五回中事，先於此處提出，奇妙。天彪道：「此法雖好，只是關上賊兵甚多，木驢內能藏得幾人？萬一被他推下千斤石來，徒傷兒郎們的性

❼ 太尊：對知府的尊稱。

命。」此之謂持重。正在寨中商議，只見轅門官來報：「外面有相公的故鄉朋友風會同大公子齊到，在營外等候。」天彪大喜，教開門請進。風會與天彪相見，雲龍上前請過父親的安，稟知家中祖父、母親都安好。不待父問而先稟，可謂體親心矣。天彪聞知老小平安，甚為放心。軍事傍午之際，忽敘家務，妙。希真、劉廣書信尚在雲龍身邊不曾繳出，此句漏。吳荔裳曰：風會、雲龍之過猿臂寨，不過文章之過脉，非是正文，仲華欲人見之，特缺而不書歟。風會問及軍事，天彪道：「吾兒到此，破清真山必矣。只是這厮們死守元武關，攻打不入，未有良策。」風會道：「令郎賢姪有條妙計，何不用他？」此處寫雲龍。天彪便問：「龍兒有何計？」那雲龍不慌不忙說出那計來，有分教：少年英俊，獻上此日奇謀；大將老成，改作他年勝仗。畢竟不知雲龍說出甚麼計來，且聽下回分解。

范金門曰：天地生物須觀其發榮、滋長之時。區區猿臂寨，欲使之除大盜，復州郡，談何容易。是非集強兵、聚猛將，守之以城郭，充之以錢糧，何以固根本而建功立業哉！回中收景陽、青雲之兵卒，得廷玉、天霸為勇將，不侵王土而以荒郭為城，不俟打刼而以銀礦為產，天造地設，樹厥宏模，絕不蹈宋江前轍。

自希真夜奔猿臂寨，至此回草創猿臂寨止，約八萬言，余通讀數過，而歎仲華之筆曲而顯、旨深而彰也。何也？凡盜之勢，不得不抗官兵，不抗官兵，則束手就戮；不得不掠村邑，不掠村邑，則飢餓而死。自開闢以來，至於今日，無盜則已，有盜則斷不能出此二者，蓋亦迫于勢之不得不然也。然而抗官兵不忠，掠村邑不義矣。宋江知其然也，於無可忠義之中，而力求忠義之名，則文致其辭曰恭候招安，其設心亦良苦矣。仲華目光如炬，徑就其文致之辭，而厲聲折之曰：爾欲受招安，而不觀之陳希真乎？必如陳希真之不抗官兵，不掠村邑，而後可以受招安，爾宋江又安得妄想。宋江語塞，瑟縮而退，而餘為盜者，於是羣捨宋江而學希真。嗚呼哀哉！及學希真而又歎希真之不可學也。希真固有自此後不許與官兵對敵，及攻城搶劫，我情願死也不做之言，而跡其事實，則所以得免是二者，乃盡出於天幸，絕非人力之所為。脫令天彪不去，則以景陽之貔虎，而掃蕩猿臂，希真果將束手以就戮乎？天誘其衷，而天彪去，虎臣來；高封除，永清降。希真安然無事，遂得以不抗官兵自鳴矣。脫令師道不來，則吳用無東京之憂，得以兼顧青雲，希真無可圖謀，果將坐視糧盡而餓死乎？天誘其衷，而師道來，吳用縶；青雲滅，銀礦出，希真居然豐富，遂得以不掠村邑自鳴矣。有是二幸，而後保全其忠義，以受招安，而建大功，享隆名，則甚矣。招安之未易輕受，而盜賊之不可或為也。盜賊多矣，安必人人有希真之天幸哉！欲全忠義，何如不為盜賊之愈也。

追石秀而遇風會，來廷玉而死狄雷，文心變換，如春雲吐岫，出沒成章。

張家道口設立九陽鐘，人咸以此為彌補隙地，乃文中之賓；及觀下文，而知此即是主，誠不可測。

人謂雲天彪是將才，固也。吾尤謂雲天彪是福將，將伐清真而得勇將如歐陽壽通，得解糧太守如魯紹和，詎非天與之哉！耐庵寫林冲晦氣如彼，仲華寫天彪福氣如此。

第九十一回　傅都監飛鎚打冠勝　雲公子萬弩射索超

却說當日雲龍稟告天彪道：「孩兒同風二伯伯路上來，見那清真山向東一面，衰草連天，樹木叢雜，接連平岡不斷。因對風二伯說，何不用火攻破他。便是上面有礧木、滾石，火勢浩大，冲上去也不怕那厮們不走。此計不知可還用得？」天彪笑道：「我道是甚麼妙計，原來如此。我早已想到，所以不用者，有個原故：傅玉獻計不用，雲龍獻計又不用，只道真不用矣，那知後篇偏都用。甚矣，仲華之好欺人也。我早有細作探得這厮的巢穴十分堅固，莫說那東面平岡，你外面看他平坦，裏面却甚崎嶇，峽路內都是苦竹簽、鐵蒺藜，人馬難行。便是這元武關，裏面還有一座松門關，轉灣山凹之處都有砲位鎮守。攻破此關，還不能就掃平山寨。清真山形勢借天彪口中補出，妙。我久已想要用聲東擊西之計，雲龍只算到火攻，天彪却算出聲東擊西來。到彼縱火，誘那厮去救，此關可破。怎奈隆冬之際，沒有東風，逆着風頭，如何燒得！」索性駁倒，妙絕。眾人都拜服。天彪道：「早晚梁山救兵必來。我料賊兵來救，必經過西灝山。我兒與歐陽壽通領一枝人馬在彼埋伏，放賊兵過去，却從他背後殺出，縱火燒他輜重，我引兵來接應，必獲全勝。」雲龍領命，同歐陽壽通領兵去了，這里天彪與眾將并力攻打元武關。

却說馬元見官兵攻打得緊，梁山救兵不到，甚是驚惶，連夜差人飛奔梁山催救。那梁山泊宋江自併吞了兗州府飛虎寨，兵糧倍足。讀者只見其陡然接入，而不知其紆盤之勢也。得范天喜信息，得知官家又用种師道領兵前來征討，也甚經心。忙央梁世傑夫妻寫信，求蔡京斡旋，并應許种師道退兵，即送還梁中書、蔡夫人，（只管騙過去。）遣戴宗寄去。這裏與吳用商議退兵之策。正說間，忽報楊雄從青雲山回來，身受箭傷，眾皆大驚。楊雄到廳上，宋江忙問其故。楊雄說起：「陳希真來攻打青雲山，崔豪兄弟吃他壞了。（楊雄重在崔豪之死。）那廝得了勝，退兵而去。狄雷哥哥領兵追去報仇，小弟同去，吃陳麗卿射傷左臂，狄雷哥哥忿怒，盡起山寨兵與他厮併，送小弟回來，求公明哥哥發救兵。」說到分際，只見吳用一疊連聲叫苦道：「青雲山休也！（吳用只重青雲山之失。）教你們不要出戰，何故不聽我的言語？」（應前文。）眾人驚問其故，吳用道：「這明明是調虎離山之計，（祝永清之計直至此處方註明。）併力追去，正中他的機會。陳希真那廝詭計極多，狄家兄弟必死在他手也。种師道又要來，我脫身不得，怎去救他？」（為希真作地耳。）宋江道：「軍師在此，我自去救他。」吳用道：「哥哥且休輕動。我想此刻去救，已是不及了，且待戴院長回來。」不數日，石秀、狄雲都逃回，狄雲身帶重傷，訴說：「青雲山吃猿臂寨奪了去，那領兵的小後生名喚祝永清，便是祝家莊祝朝奉的兄弟。（快甚。）此刻陳希真招他做女婿，哥哥與姚順、崔豪都中他奸計，吃他害了。」說罷，宋江大驚，對吳用道：「我東路用兵，全仗青雲山做險要，今吃陳希真奪了去，我却怎好？」吳用道：「事已如此，不必說了。只是青雲山既失，兗州一帶都振動，深防那厮滋擾。倘或李應再失了兗州，真是心腹之患。（希真未行之事，又被他料着。）兄長可速發號令，教李應嚴緊鎮守。那兗州府城東鎮陽關，兩山陡立，中夾泗河，峻險異常，真是一夫當關，萬夫莫開。那里只消用精兵千人把守，再有飛虎寨呼應，希真必不能飛渡。（又出一難題目。）教李應切要遵守號令，不可再似狄雷烏強。猿臂寨來攻打關口時，若擅敢發一人一騎與他厮殺，不問是誰，定按軍法斬首。這里且待退了种師道，再與青雲山報仇。」希真形勢成矣。宋江依言，便差人到兖州府宣諭去訖。楊雄、石秀、狄雲都教去養病。吳用又道：「种師道領兵來戰，雲天彪是他信任之人，現統青州馬陘軍馬，恐老种教他策應，可速發細作去探。」細作去了。不入此段，則青雲方告敗，清真又告敗，筆墨得不複沓耶？

不到數日，連接清真山告急文書，說：「雲天彪攻打山寨，十分危急，求速發救兵。」吳用道：「果不出我所料。但他不直攻這里，先攻清真山，這明是掣我去救，反客為主之計。天彪之計又瞞不過他。如今却不能不去救。雲天彪極會用兵，必得上將去，方能敵得。」宋江道：「我與軍師都不能分身，却差誰去？」說不了，只見大刀冠勝起身道：「小弟不才，願請一行。」措詞用字仍不失前傳神采，既顧自己，又顧別人，想見仲華匠心之苦。宋江、吳用俱喜道：「須得冠賢弟智勇足備前去，吾方放心。只是天彪那廝也了得，須要小心。」冠勝道：「小弟也素知雲天彪善于用兵，武藝了得。前者救嘉祥時，不及同他交鋒，應前。今日正好會他。」天彪與冠勝真是對仗。當日冠勝奉了將令，帶領五千人馬，井木犴郝思文、醜郡馬宣贊為副將，殺奔清真山來救馬元。宋江與吳用、公孫勝整頓軍馬，摩拳擦掌，只等抗敵王師。處處不脫梁山逆命。

却說冠勝提兵，星夜來救清真山，不日來到西灝山地界。冠勝望見山勢險惡，樹木叢雜，恐有埋伏，傳令收住兵馬，且扎下營寨。先寫冠勝，以襯雲龍。冠勝親帶數十騎哨探，望見那山谷中隱隱有殺氣。冠勝道：「裏面必有伏兵，休要過去。」宣贊道：「既有伏兵，為何不殺出來？」冠勝道：「他待我們過去，便來抄我後路，刼我輜重也。妙，妙。若寫冠勝一來便中計，不惟不顯冠勝，且下文顯不出雲龍。每恨往日稗官一遇戰鬬文字，便寫一邊似鋼鐵，一邊似豆腐，不知有何趣味。因思此弊雖前傳亦偶有未免處，而仲華全然不犯，其力量為何如耶。今休使他出來，我便引兵堵住谷口，把守各處險路，捫殺這廝們。」又極寫冠勝，以襯雲龍。冠勝便回營點齊人馬，殺奔谷口來。

却說雲龍同歐陽壽通領兵埋伏谷內，探馬來報：「有賊兵從大路上來，打着梁山泊旗號，將要到此。」雲龍便親自爬上高阜處探望，只見賊兵遠遠的就空濶處屯住，又見有數十騎哨探了便回，忙下來對壽通道：「此計被賊人猜破也。這厮不肯前進，必來封我谷口。（妙，妙，真寫得好看煞人。）我等不如提兵出谷去，安營布陣，與他厮殺。若待他封住，進退不得，老大吃虧。」（雲龍能。）壽通道：「不得主公將令，怎好造次？」雲龍道：「若稟了再行，豈不悮事。如今一面稟，一面做，機會不可失。」（雲龍真能，不愧為劉慧娘夫壻。寫來却又不是祝永清，真妙。）雲龍便同壽通提軍出谷外安營，一面將改計之事飛報天彪；等得冠勝大隊殺來，雲龍安營已畢，布陣等待。（妙不可言。）冠勝吃了一驚，忖道：「這厮真有先見之明。」（「真」字有筋節。蓋此刻冠勝意中只知有天彪，不知有雲龍。若曰倒有見識，則所失遠矣。）便擺開陣勢，大叫道：「喚雲天彪出來！」雲龍縱馬橫刀出陣，喝道：「甚麼臭賊，敢來欺人！」冠勝道：「你是何人？」雲龍道：「雲總管公子，特來取你性命！」冠勝道：「乳臭小兒，非吾敵手，叫你父親出來納命。」雲龍大怒，拍馬舞刀，直取冠勝，冠勝舉刀相迎。雲龍武藝到底敵不過冠勝，戰到五六十合，漸漸氣力不加，刀法散亂。（又妙，俗筆不肯如此寫。）歐陽壽通見了，驟馬挺鎗，前來夾攻。郝思文飛馬來迎，敵住壽通。宣贊便從斜刺裏闖入官軍陣來。雲龍恐陣內有失，不敢戀戰，撥馬便回，冠勝隨後追來。壽通也恐雲龍有失，撇了郝思文便回。賊兵勢大，一擁殺上，官軍抵敵不住，陣勢大亂。冠勝正追趕得緊，只見山脚邊喊聲大振，一彪軍殺來，為首大將正是雲天彪。（來得突兀。）天彪挺刀飛馬，大喝：「冠勝背君鼠子，（四字罵得確切之至。）焉敢猖獗！」冠勝更不答話，（其實無言可答。何不曰君知我則報君，友知我則報友耶？）輪刀來迎。雲龍轉身來敵住宣贊，歐陽壽通亦轉身來敵住郝思文。天彪、冠勝交馬偏不一直寫下，偏夾入雲龍、歐陽與宣贊、郝思文廝殺，筆筆不由人。戰到分際，壽通賣個破綻，抽出八楞虎眼鋼鞭橫掃過去，郝思文急忙躲閃，正中頭盔，打得頭盔飛去，頭髮披散。郝思文膽落魂飛，落荒逃走。寫歐陽。

且說天彪大展神威，酣戰冠勝，鬬了一百多合，不分勝負。極寫兩邊。兩軍混戰。歐陽壽通追了郝思文一陣，勒馬便回，來助天彪，夾攻冠勝。冠勝抵敵不住，收兵便回。四字寫冠勝能軍。又遇傅玉從橫頭衝殺過來，合兵一處，殺退冠勝，收兵回營。原來天彪正要來接應雲龍，應上文。又聞知冠勝識破伏兵，雲龍改計而行。天彪大怒，令風會拒住元武關，自己同傅玉來策應，恰好遇着冠勝，大殺一陣。雖然殺退冠勝，也傷了些官兵。補註。寫冠勝利害。雲龍上帳，請違令之罪。天彪道：「此非你罪，教你獨領兵馬，原要相機行事。計已漏泄，速宜改圖，與其保守將令而敗，何如不遵將令而勝，此是一時從權。日後若無故更換我的號令，定按軍法。」戴少望所謂固守信則愚，與此論吻合。因信天彪將材，當出韓雍之上。天彪謂眾將道：「冠勝賊子，真吾敵手。來日交鋒，當用拖刀計勝他。」傅玉道：「冠勝是蒲州名將，豈不識拖刀之計。小將有件兵器，暗助恩相，決定勝他。」天彪道：「敢是你的流星飛鎚？」傅玉道：「正是。小將不敢誇口，這飛鎚端的百發百中。來日恩相與他交鋒，假用拖刀計誘他追來，待小將隱在旗門邊，用飛鎚打他。」天彪道：「此計也好。明日我能斬那廝更妙，如斬他不得，便用你計。」極寫天彪好勝。那夜朔風凜冽，天氣甚冷，半空中降下一天大雪來。天彪教各營加意防守，恐賊兵乘大雪來刼營，并知會風會，一體小心。那宣贊果然勸冠勝刦天彪的營，冠勝笑道：「賢弟休看得天彪如此好欺，此人只好用正兵勝他。」宣贊不信，自己冒着大雪去巡哨一回，果然見天彪壁壘精嚴，料想難攻，只得回營。又從冠勝一邊描寫一番，不惟冠勝不冷，且令兩面精神都到。

那雪接連下了兩日，不能開兵，第三日天色晴霽，天彪正要出戰，轅門上來報：「冠勝單挑相公廝殺，口出狂言。」天彪大怒，霍的提刀上馬，此句却是抄襲前傳。雖經抄襲，仍是精光閃閃，可見施耐菴力量。帶那五百名砍刀手，出營迎敵，就雪地上擺開。雪光照耀，兩張紅臉更是精采。傳玉亦提鎗上馬，腰帶三個飛鎚，隨在後面。冠勝橫刀躍馬，高叫：「天彪匹夫，今日必死吾手！」天彪一馬飛出，大罵：「背君禽獸，萬死猶輕，可惜我這口青龍寶刀砍你這狗頭！」天彪罵人，寫來又忠壯又風流，妙筆。揮刀直取冠勝。冠勝大怒，舞刀相迎。兩馬相交，在雪地上鬭經一百五六十合，只見一片寒光托住兩條殺氣，絕妙好辭。正是銅缸遇着鉄甕，毫無半點軟硬，兩軍看得盡皆駭然。此時傳玉已隱在牙旗邊，右手倒提着那顆流星飛鎚，眼睜睜只摽着冠勝。寫得精靈之極。郝思文、宣贊也恐冠勝有失，都縱馬到界限上防護。又照應彼軍一筆。天彪、冠勝又戰轂多時，大約已是二百餘合，大約，妙。天彪生恐馬乏，因恐馬乏收回，極寫天彪好勝入神。若不如此寫，戰到幾時去。只得虛掩一刀，詐敗回陣。冠勝大叫：「匹夫休使拖刀計，我豈懼你！」果如傳玉所料。驟馬追來。傳玉在旗門邊等轂多時，見冠勝追來，覷得親切，運動猿臂，一飛鎚摔去，喝一聲：「着！」寫得有聲有色。冠勝只顧天彪的拖刀計，不防有人暗算，只見銅環響亮，飛鎚早到，急閃不迭，胸坎上打個正着。冠勝幾乎墜地，回馬便走。天彪勒回馬追來，郝思文、宣贊殺出，死命敵住，救回冠勝。傳玉驅兵掩殺，五百砍刀手奮勇殺上，賊兵無心廝殺，盡皆逃走，吃官兵殺死無數，滿地都是紅雪。真是紅雪齊腰，強盜可以悟道矣。官兵齊掌得勝鼓回營。天彪方到中軍，只見風會差人來報捷，獻上黑綱神王伯超首級一顆。奇。快文絡繹而來，令人應接不暇。天彪驚喜，問如何斬得。來人答道：「風老爺因天下大雪，掘下十數陷坑，埋伏撓鉤手，假意退兵。王伯超開關追出，顛入陷坑，撓鉤手去捉，伯超情急自刎，殺死賊兵七百多人，特來報捷。」藏過一段妙文。天彪大喜，對左右道：「我的將佐都如此英雄，何憂盜賊利害。」遂發回文慰勞風會，將王伯超首級去軍前號令。忽報：「賊兵營內揚起白旛，軍士舉哀，想是冠勝已死了。」眾將大喜，便請天彪速去打營。天彪道：「且住。冠勝武藝了得，雖中飛鎚，尚能騎馬收兵，必不就死，此必是誘我。且去探聽虛實，不可妄動。」此之謂持重，然已為冠勝料得，真是好看煞人。向來稗官決不能到。眾將遵令。天彪自斬王伯超，打傷冠勝，軍威大振，賊兵盡皆喪膽。將前半篇總結一筆，再起下篇，筆力甚勁。

却說冠勝中傷敗回，忙叫手下人卸甲，胸前掩心的甲葉都碎了，傷痕甚重，吐血不止。郝思文、宣贊都急得手足無措，灑淚悲哭。冠勝喝道：「你們休這般婦人腔！我誤中奸計，死則死耳，軍中事要緊，速去彈壓，休教軍心慌亂。極寫冠勝。暗用來歙叱蓋延故事。強盜一邊何必如此極寫哉，實欲回護施耐菴也。嗟乎，作文誰有如仲華之苦心哉。吳荔裳曰：極寫冠勝，正是烘染天彪。快去報公明哥哥。」說罷，昏暈了去，半響方醒。宣贊忙叫隨營醫士調治。冠勝又道：「天彪知我受傷，必來攻營。索性將機就計，詐稱我死，揚旛舉哀，誘他來刼寨。即使那厮多謀料得，亦教他不敢正覷我。」天彪料冠勝處，又被冠勝料到，見得此計不重在誘敵，寔重在拒敵也。天彪反鈍一着，妙，妙。郝思文、宣贊都依計而行，一面飛報梁山。天彪果然哨探數次，見得是詐，不敢來攻。此非天彪被冠勝瞞過，實讀者被作者瞞過也。何則飛報梁山？梁山來救，快殺也需數日，此數日內若寫天彪來攻賊兵，賊兵把守得住，勢必費去老大筆墨，不如借此捺住天彪，何等簡捷，而粗心人讀之不知此仲華之善欺人也。不數日，吳用親帶秦明、呼延綽、董平、索超并精兵五千，星夜趕來。吳用見冠勝病重，忙叫用暖轎送回梁山將息，便教去搦戰。

早有細作報知天彪，說吳用帶五千兵親到。眾將道：「吳用這厮多謀，賊兵又增添，恩相須要仔細。」天彪綽着美髯笑道：「此等鼠賊，何足道哉！儼然關壯穆氣象，真是妙筆。這賊恐巢穴有失，利在速戰。現在天色嚴寒，我只守住險要不與他戰，待老种經略相公大軍渡過黃河，那廝腹背受敵，勢必瓦解冰消，馬元勢孤，必為吾擒。那時直搗梁山，易如破竹也。（真是妙算，料定吳用。豈料復有後事。）只是老种經略相公此刻可到黃河，不知何故，還不見軍報？」（輕輕將下文一逗。）正說間，來報有賊將挑戰，天彪只教堅守。次日，吳用又叫索超、宣贊挑戰，天彪又不出。一連三日。吳用對眾好漢道：「這廝不肯出戰，無非要等种師道兵來，教我腹背受敵。我若棄此而去，不但清真山不保，那廝若得了清真山，長驅直入，為患不小。（反擊日後棄清真山。）我又不得戴宗消息，不得不與他速戰。」沉吟半響，問左右道：「這廝糧草往那條道路運解，是否由長城嶺？」（也算到此。）做細的稟道：「探得他糧草從青龍汛、高梁屯運解，不經長城嶺。」吳用便喚呼延綽、索超吩咐道：「你二人分領兩枝人馬，虛張聲勢，去青龍汛刼糧。他若來救，你二人於半路上如此如此，休得有誤。」二人領計去了。吳用又吩咐郝思文、宣贊道：「天彪若自去救，你二人便去攻他營寨，隨後掩殺，奪他的險要。」（亦是妙算。）天彪連守三日，忽有伏路兵來報：「有一彪賊兵抹過桃花山，（即用前傳地名。）殺奔高梁屯去。」天彪道：「這廝見我堅守不出，却去絕我糧道。那里有博山縣官兵策應，但亦不可托大。」便教傅玉領一千兵去接應。（孫子曰：餌兵勿食。若遇陳希真必不如此接應，此天彪不及希真之處。）傅玉領命，帶了一千人馬飛投高梁屯來。將到半路，正是桃花山下，忽聽一聲砲響，一彪人馬殺出，迎面攔住，那賊將乃是呼延綽，大叫：「匹夫那里走，糧草已被我取了。」傅玉大怒，挺鎗來戰，呼延綽舞動雙鞭敵住。正酣戰間，官軍後隊大亂，又一彪賊兵殺出，正是索超。傅玉首尾不能相顧，領敗兵殺開一條路便走。呼延綽、索超乘勢掩來，傅玉搶過一根溪橋，官軍擠不過，都赴水逃命。賊兵齊放亂箭，官兵吃射殺無數。傅玉將敗殘兵馬拒住溪橋，正苦鬪之際，只見東北松林內飛出一枝兵馬，為首那員將，身披鐵葉甲，坐下捲毛赤兔馬，手提大刀，十分英雄，殺入賊兵，無人敢當，（奇絕。突如其來，伊何人哉！）賊兵大亂。眾官軍大叫：「傅將軍！既有救兵，何不乘此決一死戰！」（極寫官兵，卻是極寫天彪。）傅玉大吼一聲，衝過溪橋，官軍奮勇上前，亂殺賊兵。那大將正遇呼延綽，戰到三十餘合，呼延綽抵敵不住敗走，索超亦敗下陣來。傅玉並那員將追殺一陣，賊兵大敗而走。傅玉忙問那人高姓大名，那人道：「小將是大刀聞達，（此人忽于此處出現，奇。）現為博山縣提轄。」（又出一位英雄。只答得一半。）

正說間，只見天彪親自來接應。傅玉稟天彪道：「若非聞將軍來救，小將幾乎陷於賊人之手。」便引聞達見天彪。天彪甚喜，邀聞達同回營去。原來聞達曾向雲威處學過刀法，所以天彪認識。（捏得幾句，省去無數。）天彪道：「吳用這廝假用劫糧計誘我，我一時被他瞞過，累傅將軍輸此一陣。如今我即以假應假，（救敗妙策。）自己引兵來接應你，卻教龍兒與歐陽壽通埋伏兩山，待賊兵追來，兩路截殺。（妙策。）此刻好道得勝也。」說不了，流星馬報到：「賊將宣贊、郝思文追趕相公，吃公子與歐陽提轄殺敗。歐陽提轄用回馬鞭打折宣贊右臂，官軍大勝。請相公速去掩殺。」天彪忙催軍前進，殺得賊兵屍骸枕藉，血滿山溪。官兵掌得勝鼓回營。天彪問聞達道：「賢弟許久不見，聞你失陷大名府落職，（聞達一邊從天彪口中說出，文法一變。）正憂得你苦，你幾時復得提轄?」聞達道：「一言難盡。因那年大名府失守，小弟同李成都落了職。小弟在家無事，去一個相識哈蘭生，（又出一位英雄。）係歸化莊都團練。此人是個回子，有巨萬家財。小弟助他勦殺山賊二百多人，承他一力維持，方授今職。到任未久，今探得兄長在此勦賊，特稟准上司，領本標兵八百名，前來助戰。剛到高梁屯，恰遇傅將軍受困，一同廝殺，遂與兄相見。」天彪甚喜，道：「妙哉！我亦聞知得哈回子有萬夫不當之勇，端的是條好漢。帶表哈蘭生，筆曲妙。那天王李成此刻在何處？」忽添李成。聞達道：「此人現在閒居在家，要復本身勾當，只是沒個進步。兄長要用他時，可以喚他來。只是路途遙遠，一二日不能到。」天彪道：「我正在用人之際，他肯來最好。既是路遠，你可寫下一封書信，我自差人將了聘禮去請他來。」聞達領命，便修了信，天彪差一員軍官將了聘金去聘李成，不題。一面犒賞三軍，欵待聞達。

次日，天彪正與眾將談論，忽報：「老种經畧相公差心腹大將中候將軍康捷，單身到此，稱有緊急軍情，要見相公。」突如其來好。又出一位英雄。天彪驚訝道：「康中候親來，必非尋常軍報，快開門迎接。」看官，天彪因何這等鄭重？原來這康捷是老种經畧相公最得意之人。這人相貌奇異，生下地時，爹娘道是妖怪，不肯留他。經畧相公却與他緊鄰，極力阻住，留在身邊。長大來筋骨輕便，縱跳如飛；特與時遷賭賽，奇。又遇異人傳授神行之術，舉步有風火相助，一日能行一千二百里。又與戴宗賭賽。現授經畧府中候之職。敘出康捷來歷。老种經畧相公但有緊急事，便差動他。今差他到此，必有非常軍情。當時大開營門，康捷秉着令箭直入中軍。天彪接入，康捷高喝：「總管聽令：經畧使司有機密軍令，着馬陘鎮總管雲天彪火速退兵，毋得刻遲。有札諭一通，開拆細讀。」奇絕。却是何故？豈又似蔡京也。天彪吃了一驚。參謁畢，請過令箭，接了札諭，與康捷敘禮相見。眾人看那康捷，果然生得奇異，赤髮巨口，臉色青藍，眼珠碧綠，長不滿六尺，骨瘦如柴，腰懸八楞雙鐧，英氣逼人，都各駭異。百忙中敘康捷相貌，必不可少。天彪問道：「雲某勦殺賊兵，已是得利，經畧相公何故却又教退兵？」康捷道：「總管不知，現在朝廷准了童貫所奏，與金國講和，夾攻遼邦，平分燕雲❶。蔡

❶ 燕雲：指河北、山西等地。

京又奏稱梁山不過疥癬之疾，燕雲乃萬世之利，請旨將征討梁山之師移向遼東，天子也准了。蔡京又請招安宋江，令其征遼贖罪，天子却不准。（提動後篇。）如今經略相公聞知得梁山賊目有神行太保戴宗，一日能行八百里，深恐宋江先得知這個消息，併力來與總管對敵。賊勢浩大，總管兵少，難以抵擋。為此特差小可不分雨夜，飛報總管，火速退兵為妙。札諭上都寫明白，總管細看。」（趁手將札諭一點，妙。）天彪聽罷，歎道：「潢池❷豈是小害，却無故捨了，去結怨鄰國❸。（征遼實北宋大失着，此處妙，只畧議一句，嗣後絕不提及，深得斡旋之妙。）宋江這廝罪惡滔天，吳用、公孫勝都狡猾多智，生靈日遭塗炭。此時勦滅已不容易，還待養到怎地？」眾人無不歎息。天彪便傳令各營，並知會風會一齊收兵。傅玉、雲龍道：「顯然退兵，恐賊兵知覺。」天彪道：「清真山賊人吃風會誘斬王伯超之後，銳氣盡奪，此番公然退兵，必不敢再追；即使來追，我自有計。（伏筆。）便是吳用多謀，却也怕我。（托大語，是天彪聲口。）這幾番勝了他，必疑我退兵是假，未必敢追，所謂出其不意也。」眾皆拜服。天彪要欵留康捷，康捷道：「小將還要到灤陽一帶，檄催各路征遼軍馬。軍情緊急，不敢稽留。」便換了公文，依舊請了令箭，又討些乾糧，捎在包裹內，起身便行。天彪同眾將送他出營。康捷拱手一別，取出那風火輪來，踏上脚，作起法來，看他脚不點地，泛泛眼已不見了，（此處不過點出康捷神行耳，非正寫神行也。）眾人無不驚駭。天彪回營，只見雲龍問父親道：「此去到青州馬陘，可有甚險阻地利？」（領起後篇。）天彪道：「只有長城嶺最險，兩邊都是顛山亂石，後通萊蕪谷，當中只得一片空地，你問他莫非要去埋伏？」雲龍道：「正是。

❷ 潢池：積水塘。

❸ 鄰國：指遼國。

孩兒在彼埋伏，倘賊兵來追，爹爹如此如此誘他，必然中計。」天彪道：「此言深合吾意。你便領三千弓弩手去，依計而行。那里我原有滾木、石砲准備，你便取用。（原有滾木、石砲，補註得好，一是寫天彪平日武備精嚴，一是寫此刻省手，不然臨時措辦，老大費事也。）誘敵我自有計。」雲龍得令，領兵先去了。天彪見雲龍曉得兵法，心中亦是歡喜。（雲龍贊語。）沒多時，風會已從元武關收兵回營。馬元果然怕再中計，不敢來追。天彪便叫風會、傅玉、聞達、歐陽壽通四將，都授了密計，拔寨齊退。（此處寫齊退，後文誘敵時却錯錯落落，章法極變動。）

却說吳用與天彪這一塲厮殺，雖搶得些糧食、器械，却因宣贊被打壞，折了許多人馬，甚是懊恨。一面送宣贊回山養病，（又是一個。）正在思量計策，忽報官兵都拔營退了。吳用不信，親來觀看，果然都是空地，只剩得些濠塹烟竈。（寫兵退後景象如畫。）吳用笑道：「這厮必不便走，且休追趕。」發做細的去探聽。次日，做細的回稟道：「官兵只退得三十里，便安營下寨。」（天彪計也。）吳用對眾人道：「我說這厮必非真退。」次日又去探聽，天彪已拔營走了。晚間來報，說天彪又退了三十里下寨，吳用甚疑。（甚疑。）此時馬元、皇甫雄等已來與吳用相見，說道：「這厮們此番敢是真退，可趁勢去追。」秦明、索超也都踴躍要去。（漸漸放出好筆法。）吳用道：「且勿鹵莽，雲天彪智勇雙全，我等凝可走穩步。」（能令吳用如此，極寫天彪。）第三日，又探得天彪又退了，仍是三十里。連前三日，共退了九十里。（總敘一筆，作一小頓。）深林密箐之中各處搜探，並無一個伏兵。（極力反剔，極妙兵法，極妙筆法。）吳用暗想道：（暗想。）「莫非真退了？（漸漸而來。）他糧又不盡，銳氣正旺，敢是种師道有甚消息？只是戴宗尚不回，他却怎的這般得信快？莫非戴宗弄出事來？」好生疑惑，便對馬元道：「你且回山把守山寨，諸凡小心，我提兵緩緩的逼上去。」（也着了道兒。）馬元領命回清真山去了。（卸去馬元。）吳用便同秦明、索超、董平拔寨前進，也到三十里便下了寨。極寫吳用狡猾。一面飛報宋江，一得東京實信，便起大兵來相助。第四日，天彪又退三十里，吳用亦進三十里。竟似小兒之追蕩蕩馬，絕倒。

第五日，吳用正要拔寨起兵，忽報戴院長到。筆如驚電。吳用大喜，忙喚進帳，問東京消息如何了。戴宗道：「蔡京、童貫已奏准官家，調种師道去征遼邦，不到這里。小弟先已報知公明哥哥，公明哥哥已教盧員外、公孫先生鎮守大寨，上文頗疑康捷、戴宗同出京，即使康捷多走四百里，不應相去如許日子。讀至此始知其先從梁山轉，果到此遲也。章法周緻如此。自己帶花榮、徐凝、楊志、穆洪、歐鵬、燕順、李忠、周通一干弟兄，共起馬步兵五萬，先來對付雲天彪也。軍師再看蔡太師、范天喜的書信都在此。蔡太師已知范天喜入我們的夥，十分重用。」奇絕之事。吳用驚道：「這等說天彪是真退兵，他却如何先曉得？」秦明、索超高叫道：「不乘此刻追擒天彪，更待何時！」吳用道：「公明哥哥不日就到，待大兵齊集，一齊進兵，庶不悞事。」秦明、索超兩個火鬼那里肯歇，都亂嚷道：「我等兄弟吃他傷了許多，聽他自去，實不甘心。」所以還要加添頭也。董平道：「軍師往日用兵，怕那個來！似極贊吳用，實是極贊天彪，虛神圓足。今日為何一遇天彪匹夫，却這般畏首畏尾？便是天彪利害，軍師怕對付他不得，不乘此時追殺，却待他收兵回去，據了城池，再去攻打，却不是捨易取難？」索超道：「小弟受宋大哥厚恩，今日正要圖報，萬死不辭。」先說一「死」字，出口成讖。吳用拗眾人不過，只得依從道：「既是眾位執意要追，也須小心。此處雖無伏兵，前去山勢掩映，必有准備。吳用未嘗不狡猾。秦、索二將軍引精兵先進，我與董將軍在後面接應，以防埋伏。」一面又差戴宗回報宋江，速催大軍來助。

秦明、索超大喜，當時兼程倍道追趕官兵。次日便追上，見天彪之要其追也。只見官兵在前緩緩而行。秦明、索超催兵殺上，大叫：「雲天彪那里走！」只聽一聲炮響，左邊山腳下一彪人馬殺來，筆光閃爍。正是聞達、歐陽壽通，敵住秦明、索超。十餘合，聞達、壽通敗走。秦明、索超併力追趕，又一聲炮響，傅玉、風會殺來，再閃。大喝：「賊子那里走！」秦明、索超大怒，拍馬來迎。傅玉、風會戰了十餘合，撥馬便走，官兵棄甲拋戈而逃。秦明、索超正追趕間，聞達、歐陽壽通又抄在前面廝殺一陣，三閃。便望那樹林山路之中，落荒亂走，賊兵奪了無數糧草、輜重、器械、馬匹。探聽前面已是長城嶺地界，秦明、索超大喜，便將軍馬歇下，埋鍋造飯。忽作一頓，文氣曲折。正歇息間，忽聽得對面山里炮響，三閃之後，文法一變。秦明、索超親自上馬來看，只見那山坡上官兵擺開，正是傅玉、風會。一路寫來，只不見天彪，妙。傅玉大罵道：「賊子！我山後有數萬精兵埋伏等你，你敢殺上來麼？」傅玉妙舌。秦明、索超大怒，大驅兵馬掩殺過來，傅玉、風會回馬便走。秦明、索超追過山坡，只聽得連珠炮響，聞達、歐陽壽通分兩路殺來，傅玉、風會回馬來戰。將四將總敘一筆，文法極變，章法極整。秦明、索超總仗着兵馬多，全然不懼，註一筆。分頭迎戰。好多時，傅玉等四將繞着長城嶺而走。偏不竟入，偏繞嶺而走，筆筆變換。秦明、索超追殺一陣，天色已晚，忽報後軍流星馬到，報道：「二位將軍少歇，軍師有令，說長城嶺一帶山勢險阻，必有伏兵，且休追趕。軍師在後面依山下寨，請二位將軍也便下寨，再作計較。」借吳用精細，再作一頓。秦明道：「伏兵方纔都被我們殺退了。」來人道：「軍師又吩咐說，伏兵必非真敗，仍是誘敵。」天彪之計層層為吳用猜破，令讀者急殺。索超道：「軍師時常說，敗兵往往將斷後之兵詐作誘敵，教人疑惑，不敢追他。深通兵法之言，惜泥乎古而不通乎今，適足以悞事。天彪用計本意正為此也。今天彪這廝，莫非就是此計？若不去追，豈不吃他哄了？」秦明道：「索兄弟雖見得是，但是我二人的見識，怎及得軍師。既是軍師這般說，我等不可違令。」借秦明之言再作一頓。索超依言，便傳令就對着長城嶺的山口安營。（再重頓之，索性放下。仲華慣用此法，讀者自不察也。）

那夜朔風凜冽，天上又飄雪花兒，（處處點染，處處不脫。）但聽得山谷之中，神號鬼哭。（寫得森然。）秦明、索超遣人打探路逕，少刻軍士們捉了兩個農夫來。秦明、索超問道：「你既是本地莊家，可曉得此處路徑，這山口內可通那里？此地離青州馬陘鎮還有多少路？」兩個農夫道：「這長城嶺下山口入去，直通萊蕪谷，中有大片空地。出谷去不遠，便是馬陘鎮。（此句似引之入來。）只是山路崎嶇，雪深地凍，不便行走。（此句却又阻他不可入來，專用拗筆。阻他不可入，實是教他入來也。妙。）投東大路，甚是平坦，（即傅玉等繞山敗走之路也。）到馬陘鎮，却遠四十餘里。」索超道：「你可見有官兵進山口去埋伏麼？」農夫道：「山凹內雪沒着腳膝價深，谷風又大，若進去吃凍死。」（妙，妙，極力拒之。）索超大喜，賞了兩個農夫去訖。那知這兩個農夫，正是天彪的心腹人，雲龍差他來回話的。（輕輕點出。）索超却着了道兒，當時對秦明道：「有一計在此：我同你各分兵一半，你領一半從大路去追；我領一半偷過萊蕪谷，逕取馬陘鎮，截他的歸路，兩面夾攻，今夜必擒雲天彪也。」秦明道：「那農夫說山裏雪深路險，如何去得？」索超道：「非也。你豈不曉得唐朝的李愬❹雪夜入蔡州，生擒吳元濟的故事。今夜這機會正復相同。你只管依我，同建奇功。」秦明道：「那莊家說谷內並無伏兵，也難盡信，（是。）我等何不親自去探看？」索超道：「有理。」二人便上馬，帶領數十騎，冒着朔風進山口觀看，只見白茫茫的雪光，映着那山骨層峻。（寫雪景。）索超大笑道：「有甚伏兵！哥哥，你但看地下的雪一望如鏡，並不見一個人馬腳印，（何物文心，奇妙至此。）

---

❹ 李愬：唐憲宗時任唐、隨、鄧節度使。元和十一年（西元八一六年）率兵討伐吳元濟叛亂，次年冬雪夜攻入蔡州，生擒吳元濟。

伏兵怕他從天上飛下來不成？此真天賜我成功也。」秦明大喜道：「既如此，事不宜遲。」便速回營，分兵兩路，吩咐道：「爾等休辭辛苦，今夜成功，定有重賞。」眾賊兵都抖擻精神，摩拳擦掌，扱營都起，一齊動身。嗚呼哀哉，眾賊兵時辰到了。

不說秦明領那一半兵往東追去，單說索超領了這一半人馬，往山口內進發。果然山路狹窄，七高八低，雪沒着膝蓋，眾兵不能騎馬，都下來牽着走。索超也自己牽馬而行。那山川夜色，被雪光映曜，如白晝一般。寫雪景。好多時，行過山峽，前面四山環抱，地勢開闊，雪也淺了。又鬆透一筆。索超約定前軍人馬，待後軍到齊再進。那些兵都凍得把兵器夾在懷裏，肐搭搭發抖。寫積雪情形甚確。只見山頂上有四五處火光明亮，四面樹林內也有火光，髣髴人影走動。索超驚道：「莫非真有伏兵？」說不了，炮火連天，喊聲大起，礌石、滾木奔雷價倒下來，霎時間把山口塞斷。索超大驚，待要尋出路，只聽梆子亂響，四面雜樹林內萬弩齊發，箭如飛蝗驟雨。索超同那數千人馬，休想走脫半個，都射死在長城嶺下雪地裏。索超以雪地來，仍以雪地了，章法奇妙。通閱全部，收拾一百八人，無不各因其人之本來面目。仲華真有化工因物付物之奇。原來雲龍領那一枝埋伏兵，到了長城嶺下，相度地利，見那山口雪地平坦，全無人跡，就料到賊兵必來探看。他恐踏壞了雪地，吃賊人看出破綻，却不從山口入去，却繞出林外小路，盤上山去。將天彪准備的礌石、滾木，都運來山口應用，又教心腹人扮作農夫誘敵。當日盼得索超人馬入來，依計而行，果然着手。雲龍用計至此方一一註明，絕妙章法，絕妙筆法。

却說秦明領那一半人馬，正追趕官兵，忽見山谷中火光照天，人喊馬嘶，情知索超中計，忙收兵回來接應。只見山口塞斷，纔叫得聲苦，傅玉、風會、歐陽壽通、聞達早已倒殺轉來，賊兵亂竄。傅玉等四將把秦明困在垓心。（畢竟不見天彪，妙。）秦明身中四箭，死戰不得脫身，幸虧董平領生力軍殺到，救出秦明。官軍四將乘勢掩殺一陣，大勝而回。秦明、董平殺脫，踉蹌奔走，到得二龍山下，（又借用前傳地名，妙。）已是五更天氣。查點軍馬，連董平帶來的，只剩得五六百人，大半帶傷，朔風凜冽，血流成冰。（成冰，妙。）董平道：「軍師特教我來接應你們，早不聽軍師之言，果遭此敗。」秦明道：「不知索超兄弟吉凶何如？」（回顧索超一筆。）

正說話間，只聽得二龍山裏一個號炮飛入半天，山川動搖，無數官兵吶喊殺來。眾人大驚，看那山坡上火光影裏，現出一員大將，赤面長髯，青巾綠袍，手提青龍刀，身坐大白馬，賊兵見是雲天彪，心碎膽裂，紛紛的跌下馬來。（極寫天彪神威，入神之筆。）秦、董二人那里止喝得住。這正是：老鼠逢猫魂魄散，羔羊遇虎骨筋酥。不知秦明、董平性命又是如何，且聽下回分解。

范金門曰：耐庵繡虎之才，其靈心妙筆，千載自有定評，而余則獨怪其寫冠勝一段，醜態惡樣，不堪入目。以耐庵之才而出如此之筆，真不可解也。夫以從賊之一人，而力欲描摹一幅雲長變相，宜其釀成不通惡札矣。仲華亦常與余論及，今踵耐庵而立傳，則不便傷觸耐庵，自宜為之斡旋一番。篇中寫冠勝儒雅威濶處，皆十分出力，所以迴護耐庵也；而又以傳玉一鎚了事，省却全部無數葛籐，真是苦心孤詣。

余批此回時，適吳荔裳來，因共閱此篇。荔裳歎曰：一鎚直中心坎，所謂春秋誅心也。余大韙之，因識於此。

看他出大刀聞達處，無限氣概，無限精靈；又順便帶起李成，為後文作用，真是一舉兩得。

古人有言曰：將在外君命有所不受，然亦須視其將何如耳。雲龍不泥西灝山之伏，而谷口佈陣，終獲勝仗；索超不遵長城嶺之守，而雪夜行兵，竟致敗亡。此中得失之故，雖曰天意，豈非人事哉！

此回極寫天彪，而於吳用、冠勝、秦明、索超等，絕不減色，是大手段。

第九十二回　梁山泊書諷道子　雲陽驛盜殺侯蒙

却說秦明、董平敗到二龍山下，不防天彪領兵殺出，眾賊兵那敢抵敵，驚得大半跌下馬來。天彪見賊兵如此狼狽，便止住三軍且慢殺下。（奇。）天彪一馬當先，大喝道：「兀那鼠賊聽者：既然這等不濟，便殺盡了也空污我的刀斧，權饒你等性命，快去報知宋江，叫他早來納命。」便傳令將兵馬擺開，放一條活路，喝令賊兵快走。（奇極之事，奇極之文。總之，要十二分描寫天彪也。）董平、秦明只顧約束人馬，那有功夫回話，只得同眾人都逃走了。（留二人身分。）吳用引後隊人馬，接應了同回清真山去。（不漏吳用。）左右問道：「相公何故放走他？」天彪道：「只得三五百個帶傷的，殺了也於賊無損，也不算我強。放了他，教這廝們識得我的利害。」（天彪好勝如畫。其實勝于擒，勝于殺矣。）天彪將殘賊放盡，方收兵而回。（自是神武不殺，與宋襄公之迂濶不同。）雲龍同傅玉等四將都到，兵馬齊集，天已大明，奪得器械、馬匹甚多，（上文不寫，却於此處補入，又是一法。不敘斬獲，而單敘器械、馬匹者，為後文添設軍裝計也。）官兵大獲全勝。（一篇大文字點題處。）

天彪教且安營下寨，將息三日班師。（寫得從容。）一面將索超首級，先行解上都省；這里緩緩收兵，（極寫從容。）果然旌旗嚴肅，隊伍整齊，真個落日照大旗，馬鳴風蕭蕭。不日到了馬陘鎮，青州知府魯紹和親自出郊勞軍。天彪叫過風會、聞達、雲龍與太守見了，各通了姓名，太守大喜，當時把了下馬杯。慰勞都畢，同到天彪衙署，發放三軍。退衙，與魯太守行禮坐地，眾將侍立兩旁。太守開言道：「總管虎威出眾，制勝裕如，雖古之名將不及也。但不知賊勢強弱何如，請聞其詳。」天彪道：「決勝之策，果不出太尊所料。」應前篇。遂把決戰情形細述了一遍，「若是大兵不撤回時，眼見這賊難支，今實可惜。」太守道：「總管雖不曾勦滅這厮，却也殺得他落花流水，教這厮日後不敢正覷青州。」天彪道：「非也。宋江這厮假仁小惠，深得賊心，八字論定宋江生為月旦，死作謚法可也。然則天下之向往宋江者，皆賊也夫。來春必然犯境，須要加意防備。孫子說得好：『無恃其不來，恃我有以待之❶。』只是這番交戰之後，軍裝都有虧缺，雖奪得些器械、馬匹之類，仍是不足。若要彌補添修款項，庫中又不敷支銷，深是可憂。」自來稗官每寫到爭戰，只圖殺得鬧熱而已，再不打算到此。言未畢，只見聞達上前聲喏道：「相公勿憂，小將方纔所說那哈蘭生，有巨萬家財，常有報効朝廷之心，又與小將至交。待小將先往勸捐，無有不從。青州城內不少財主富戶，再勸捐些，便可敷用。」天彪、魯太守一齊道：「若得此人仗義，青州軍民之幸也，聞將軍速去走遭。」天彪又道：「宋江若來救清真山，恐他料我人馬困乏，連冬犯境，也未可定。歸化三莊與這里有犄角之勢，是緊要所在，聞將軍此去，致意哈公，賊兵來時，務要彼此策應。」為後回打正一村伏線。聞達領命，當日帶了伴當到歸化莊去了。天彪又叫傅玉提兵在城外安營，防梁山賊兵。着着顧到。

次日，魯太守開筵與天彪洗塵，盡歡而散。沒多幾日，哈蘭生遣兄弟哈芸生解三十萬銀子，同聞達到來。天彪見芸生也是一表好人物，大喜，厚禮欵待，將銀子收下，寫了回信，并實收文驗，送芸生去訖。這里魯太守去各富戶處勸捐，那些富戶却也好義，也捐湊到十餘萬之數。太守都造了花冊，報上都

---

❶ 無恃其不來二句：語見孫子卷八九變篇。

省。不到月餘，朝廷明降下來：雲天彪破賊有功，晉封加三級，加都統制銜；傅玉從優紀功；歐陽壽通實授提轄；雲龍授武翼郎；風會舊授武翼郎，今陞授振威校尉；哈蘭生助餉有功，急公好義，陞游擊將軍，遇缺即用。一應官兵有功及陣亡者，皆分別犒賞軫卹❷。青州助餉富戶，分別大小之數，從優獎勵。天彪見雲龍也敘功在內，便喚過雲龍吩咐道：「你看，眾將官都吃盡辛苦，你不過略動動，便同他們一樣。須要自識慚愧，休得辜負天恩。」（字字作金玉聲。）雲龍叩頭拜謝。（好。）天彪探得梁山兵馬都回，方收回傅玉。

次年春氣和暖，同魯太守協力同心，將所助軍餉，修築城池，添補軍裝；器械、馬匹有那梁山奪來的，也都編號收用。（結勝敵。所謂勝兵益強。）凡有軍士死傷之家，天彪皆親自去弔喪問病，軍民無不感泣。（結治兵。以上將天彪一邊暫束一筆，與陳希真草創猿臂同一章法。）天彪又發信與陳希真、劉廣道：「既要報効朝廷，建功贖罪，也須趁早了。」（「既要」二字，包藏劉廣來信中語，隱躍妙。）陳希真覆信道：「老种經畧相公遠征，佞臣在朝，恐不見容。待种經畧奏凱後，未為晚也。」（雖是補點希真，然早為後回張本矣。）天彪見希真信中之言，知是實話，（可見宋江是虛話也。）也不再催。不數日，天王李成已奉聘到來，天彪大喜，優禮接待。李成又薦他的朋友胡瓊，亦是關西好漢，天彪也收了，同養在衙署內。自此以後，青州、馬陘甲兵富強，馬皆長膘，人皆可用，（只此八個字，多少良將經濟在內，庸可忽視乎哉。）真個是金城湯池，一方雄鎮。且按下慢表。（結天彪一邊。）

再說那日吳用見秦明、索超進兵，那里放心得，便同董平隨後接應。果然索超失陷，秦明敗回。當時接應了回清真山，遣人探聽，回報索超并一千軍馬皆死在長城嶺下。吳用頓足叫苦道：「眾位兄弟不信吳某之言，果中奸計，今又喪一員大將，怎對得公明哥哥？」眾頭領無不傷感，遂到長城嶺尋着索超

❷ 軫卹：悲憫、體卹。

的沒頭屍身，用棺木收斂了，取回清真山。不日，宋江領大隊兵馬都到。宋江在半路便得索超死的信，大怒，催兵急進。到了清真山，先哭奠了索超一番，秦明送回山去養病，便與吳學究商議打青州報仇之計。吳用道：「天彪這廝多智，乘他新勝之後，軍馬不曾將息轉，我等就將這五萬生力軍速去攻打。若待來春，他修治城郭，養成氣力，就難動手了。」果不出天彪所料。宋江道：「軍師所言甚當。」便傳令次日興兵。也是天不佑他，連朝的大雪，翻翻滾滾下個不了，點水成凍，兵馬起身不得。宋江見這般大雪不止，心中十分焦躁。馬元連日整頓酒筵，與宋江解悶。那日正當飲酒之際，宋江說到那不能得志的話，長吁短歎，灑淚不止。不知怎樣方算得志，真咄咄怪事。曹瞞云：明明如月何時可掇，憂從中來不能斷絕。同此一樣肺腸，萬取千焉，千取百焉，後義先利，不奪不饜，正謂此輩。眾頭領再三勸解。忽報大寨有公文到，宋江喚入問時，果然是報稱五虎上將冠勝病亡。冠勝了。「果然是」三字，謂不出所料也。見宋江本是日日記罣，日日躭憂，虛神躍躍，妙筆。冠勝只如此了結者，因前傳寫得太好，難以收拾故也。作者省筆之法。宋江得了這信，大叫一聲，跌倒在地。眾好漢連忙扶救，半響方醒，放聲大哭道：「天喪我也！」替天行道之人，何至為天所喪。磕頭撞腦，痛哭不已。眾頭領無不悲傷。或問宋江之哭真哭乎，假哭乎？予曰：宋江而君子歟則全是真哭，無論矣；宋江而小人歟則前半是真哭，後半或不免於假也。何均是哭也，而有前後之不同歟？蓋前之哭猝然傷慟，其真也無疑；後之哭安知其非以眼淚羈縻人心耶？夫乍見之心真心也，真心即天理也，聖凡所共有者也。轉計之心偽心也，偽心即人欲也，凡人所有而聖人所無也。學問之道無他，保其乍見之心而已矣。豈惟宋江哭冠勝，即司城子罕之哭陽門。分夫吾今猶疑其未必是真眼淚也。夫子之稱凡民有喪，匍匐救之是美覘國，非美子罕也，舊註誤。此說仲華與予相左。仲華云：夫子只就情面上說所譽，有試美子罕，而未嘗深信子罕也，此說亦通。宋江因痛哭冠勝，又加連日憂悶，遂臥病上牀；更兼大雪初晴，天氣十分嚴冷，人馬凍死無數。吳用只得同馬元商量，到宋江榻前問候畢，請令道：「哥哥貴體如此，人馬又多凍壞，耗費許多錢糧，恐軍心怨嗟。想是天彪那廝數未該絕，不如且回大寨，再作計較，哥哥尊意如何？」宋江歎口氣，點頭應了。吳用便代宋江傳令班師。毛序始見之，必又批曰：此番一出，是特地來賞雪。將一乘煖轎，四平八穩的擡了宋江。馬元等送了宋江起身，仍復回山寨把守。吳用同眾頭領護着宋江竟回梁山，一路秋毫無犯。（四字實是寫強盜橫行無忌，聖歎論之是，已而癡人猶不肯信。然則前傳之橫攻四郡，此書之焚掠沂州，果皆秋毫無犯乎？此時一路雪景甚佳，惜宋江心煩慮亂，無暇賞玩耳。）不日到了梁山，眾頭領迎接入寨，都來問安。太公聞得宋江病重，甚是憂慮，早已約下地靈星神醫安道全，待宋江一到，便同來看視。（約安道全看病，眾頭領皆能為也，何必定出太公？蓋作者深表太公之愛江無所不至，而江竟毀體辱親，卒累及太公也。）宋江見了冠勝的靈柩，愈加悲痛。（只哭死友，而乃父視疾，置之不知，接連敘之，真是妙筆。此等敘事處謂亞於左、穀，吾不信也。）眾人再三勸慰。安道全按症用藥，調理醫治，次年正月，纔得復元。

那日正是上元燈節，梁山上眾頭領張燈設筵，請宋江到忠義堂上，一者起病，二者慶賞元宵。飲酒中間，宋江擎杯流淚道：（只是哭。）「我等聚義山東，替天行道，不料陳希真這賊道，竊據猿臂，奪了我的青雲山，狄雷等弟兄俱遭其害。去歲救清真山，又連傷大將。此讎不報，夜不安席。今我便要興師，還是先攻雲天彪好，先攻陳希真好？」（天彪、希真並提，自此句始，通篇大局已定於此。）吳用道：「小可已算定了，陳希真新定兩山，兵力未足。近聞那厮假行仁義，不肯借糧，據守空山而不為錢糧之計，此危亡之道也。（蓋銀礦、磁窰，吳用未及知也。）昨日探事人來說，那厮乘春暖，在張家道口起造磚城，晝夜併工。若待他磚城已成，攻取便難。可火速進兵，大隊並進。希真雖知兵法，我等兵多將廣，與他野戰，必能取勝。若吞滅了他，不但得其錢糧、地利，抑且收取沂州、莒州等處，易如反掌。沂州、莒州收取之後，山東一帶盡歸掌握，便是趙頭兒御駕親征，尚不足懼，何況雲天彪！（寫得可畏。然梁山有此志而卒不能成者，賴希真有猿臂寨故也。希真之功顧不偉哉。）至於此刻，雲天彪在馬陘鎮深得軍心，已養成氣力，不比去冬。那青州知府魯紹和，又恭儉愛民，文武一心，無隙可乘。若就去攻他，希真竊發，我先有內顧之憂，戰必不利。哥哥且再發信與蔡京，教他設法在天子前離間雲天彪，待搖鬆了他的根，破他便易下手。如今且先取猿臂寨，此司馬錯勸秦王棄周攻蜀❸之計也。」言未畢，只見狄雲出席哭拜道：「哥子狄雷為希真所殺，怨氣難消，望哥哥先報青雲山之仇。」原來狄雲傷痕將息已好，故此時在坐。（補筆周到。）宋江道：「軍師之言，正合吾意。狄雲兄弟休煩惱，我先滅陳希真，與你哥子報仇便了。」狄雲拜謝了。當晚席散。

次日，忠義堂上鳴鐘擂鼓，眾英雄齊集聽令。宋江正議那起兵之事，忽山下朱貴差人報上來道：「有一位官人，是新任萊州府知府路過山下，要拜見宋公明頭領，（知府拜強盜，奇。）且言有機密事相告，（更奇。）現在酒店候着。」眾人都驚訝，那嘍囉呈上名帖，上寫着道：「愚弟侯發頓首拜。」宋江道：「素昧平生，既是位知府，且教請上來。」來人去了。不多時，那知府帶了幾個從人到來，（宋江並不遠接。）宋江領眾人下廳迎接。只見那知府頭戴烏紗，身穿大紅員領，腰繫玉帶，腳踏皂靴，滿臉油汗，（如畫。何處來這個知府？）與眾好漢謙讓着上廳來。知府便開言問道：「那位是天魁星君忠義大王宋頭領？」（亦復言重。）宋江道：「不敢，小可便是。」（居之不疑。）知府便先下拜道：（自有知府以來，未有如此之不敦品者。）「聞名不如見面，見面勝於聞名。今日得瞻虎威，三生有幸。」（何也？）宋江忙答拜了，眾位好漢俱依次相見。宋江讓知府客位坐地，這邊宋江為首一字兒依次序坐下。那知府通問了姓名道：「久聞貴寨英才濟濟，還有幾位何在？」（足見關心。）宋江答道：「眾弟兄各有職守，只這數人聚在裏寨。」知府稱讚不已道：「皆濟世良才，朝廷柱石也。」（好說。）宋江道：「太尊貴鄉何處，榮

---

❸ 司馬錯勸秦王棄周攻蜀：司馬錯，戰國時秦國謀士。他以廣地、富民、博德為由，反對挑釁周（王朝），主張伐蜀。遂定蜀，秦益強。

任幾載？今日貴足躧下賤地，得近山斗，未識有何見諭？」知府道：「下官姓侯名發，再敘姓名。現授萊州府知府，因路過寶山，一來渴仰山寨大忠大義，好說。禮當晉謁；二來有一喜信，報於頭領知道。」奇。宋江道：「小可同眾弟兄俱在此避罪，怎當得『忠義』二字。好說。既不敢當，為何以此二字自名其堂耶？不知有何喜信，到得宋江身邊？」侯發道：「頭領有所不知，下官有一胞兄，名喚侯蒙，官任監察御史。素日欽慕頭領，只是無路通欵。好貨。去年十二月初一日早朝，因浙江妖人方臘造反，賊勢猖獗，官兵屢敗，邊報十分緊急，官家歎無將材可選。爾時家兄侯蒙，素知頭領忠義，不忘朝廷，妙。日日指望招安，妙，妙。當即面奏天子，保稱頭領有蓋世之才，必能勦滅方臘，求降一道招安旨意，敢請頭領建功報効。天子起先不允，家兄叩頭出血，願將全家性命保舉頭領，呆鳥。蔡太師亦出力奏請，帶出蔡京。官家方纔准了。現在勅家兄侯蒙為東平府知府，賫招安明詔前來寶山，此刻已渡黃河，不日可到。因下官先行，家兄有一信，先着下官寄上，請頭領們數日內切勿興兵攻打城池，恐天子見怒。」說罷，袖中取出侯蒙的書信，深深的唱個喏，雙手遞與宋江。

宋江聽了這篇言語，心中大驚。此驚不小。心中大驚，妙筆。接了書信，滿臉堆下笑來，妙筆。對眾人道：「好了，我等弟兄這遭得見天日了。」妙，妙。眾人大喜。是眾人。當將書信拆讀，讀罷滿眼流下淚來，禁不住失聲痛哭，只數行間，寫宋江忽驚忽笑忽哭，機械變詐令人不測，非筆之妙，斷不能為。道：「宋江與令兄並無半面之識，不意他這般錯愛我，正不知宋江那世修下的，粉骨碎身，報他不得。」忙吩咐李雲將山前斷金亭，改作迎恩亭，搭起蘆廠，懸掛燈綵，預備接讀綸音❹。寫宋江權術，至於如此。一面叫辦酒筵，欵待知府。侯發道：「下官赴任限期緊促，不敢久留，就此告辭。」

宋江併眾頭領那里肯放，再三欵住。當日殺牛宰馬，大開筵席。席間宋江又催李雲趕緊辦迎恩亭。妙。李雲道：「小弟已催儹夫役，三日內即可完備。」妙。侯發道：「家兄方渡黃河，到此尚有數日，頭領緩些不妨。」宋江道：「太尊那知宋江的心！此却是真話。數百年來無數聰明人知其心者，只有一金聖歎，又何怪乎太尊耶。我等皆造下彌天罪孽，蒙令兄提救，天子法外施恩，我恨不得今日便見天顏，那里還再耐得！」一派鬼話。此等處續貂者見之，又以為老實話也。侯發讚歎不已。後水滸諸惡扎且然，亦何怪乎侯發。宋江問道：「不知朝廷可招安陳希真否？」要問。侯發道：「不瞞頭領說，招安貴寨，家兄兀自費盡心血，又虧煞蔡太師的大氣力，方得官家准奏。實緣家兄欽佩大寨忠義分上。至於那陳希真，有何好處，誰耐煩與他出力！」宋江聽了，又稱謝不盡。當晚，留侯發在客房安歇。宋江便密請吳軍師到自己房裏，屏退左右，商議招安之事。筆法嚴冷。便字密字皆字法。直議論到三更後，忽傳呂方、郭盛二位頭領進房內說話。妙極筆法。次日，宋江遂當廳吩咐呂、郭二位頭領：「帶領五十名心腹伴當，賫了下程❺，一路迎上去，恭接天使，休要怠慢。」妙極筆法。遂字是字法，當廳吩咐是句法。呂、郭二人領命。那行裝禮物早已備好，書法。火速帶了心腹伴當下山去了。侯發再三告辭，挽留不住，只得設筵餞行。宴罷，宋江又送出一大盤金銀，本色貨。權當路費。侯發那里肯受，再三遜謝，方纔收了。老法兒。帶了原來的僕從，辭別下山。宋江直送過金沙灘，又把了上馬杯，戀戀難捨，又灑了許多別淚，方纔分手。如此不自在，何苦行機詐哉！回得山寨，東京范天喜的腳信亦到，信內稱說：「官家已准招安，全虧侯蒙之力，天喜夢裏。又虧太師極力周旋，方回得

❹ 綸音：皇帝的詔書。綸，音ㄌㄨㄣˊ，粗絲線。

❺ 下程：路費；金錢。

官家之意。太師又參奏雲天彪辜恩溺職，請旨降革。那知种師道先在官家前密保此人，天子竟聽老种之言，不准太師所奏。後又接到賀太平的本章，表奏雲天彪的軍功。天子召入太師，大加申斥，幾欲治太師參奏不實之罪，木梢駝得好。幸王黼等求免。今官家反將雲天彪晉封三級，加都統制銜」等語。宋江見了，愈加憂悶，筆法嚴冷。愈加字法。知那招安之信果是實了。凡人於失望不得意之事，初聞之猶冀其信之非真，必再得一的確之信方肯輸服，確有此種情形。此處妙在寫得出，又妙在藏而不露，真好筆力，嚴冷之至。差人去通知各處頭領，來忠義堂上赴慶賀筵席。惡人之苦如此。

却說李逵巡哨方回，聞知宋江要受招安，便來見宋江，大嚷大叫道：「做強盜不快活，鳥耐煩去受招安，又去受那奸臣的氣！又去受，妙。續貂者見之以為實然也。既要受招安，當初何必做強盜？」并剪哀梨，無此爽快。宋江喝道：「你這黑厮省得甚麼，却來胡說！」李逵道：「倒是我不省得！妙，妙。你早也說要受招安，晚也說要受招安，我只道你嘴裏只這般說罷了，那知你認真要做出來。妙，妙，真乃妙不可言。嗟乎，李逵之智豈真出一百六人之上哉！乃宋江以「招安」二字籠絡人，而人皆信以為認真要做出來。獨李逵深知其嘴裏這般說，何其睿知，所照無異秦臺之鏡也。蓋天下之理，惟真不能欺，惟真不能滅。李逵真人也，雖鬼蜮如宋江者，終不能欺之滅之。然則天下之人有不務實學，而強運其神智于逆詐，億不信者，何為也哉。續貂者亦在籠絡之內，其智不惟在聖歎、仲華下，且并在黑厮下矣。在江州時，你何不早說了，也免得我直跟隨你到這里，妙，妙，真乃妙不可言。辛辛苦苦弄得個場面，又要改頭換尾。只管說彌天大罪，既做下彌天大罪，須知沒處改換。即獲罪於天，無所禱也之言，而質言之，又有如許神妙。不要惱我性發，直趕到黃河渡口，一板斧砍翻那鳥侯蒙，把那個詔書扯得粉碎，看你們去受招安！妙，妙，真乃妙不可言。宋江、吳用籌畫半夜，那知鐵牛脫口便出。昨日那鳥知府僥倖，不撞着我，不然也一鳥斧結果了他！」我讀至此處，願做李鐵牛為仲華所殺，不願作鳥知府，為宋江所生矣。氣得個宋江說不出話來，半響道：「你看你看，這黑賊好道瘋了！不要道我認真不來斬你！」李逵道：「斬只管斬，我說總要說。」吳用道：「你這厮太不識起倒。浙江方臘猖獗，朝廷正要用人，你若去殺得人多，做個大官，只在眼前，你却不要？」（是吳用。）李逵道：「我在梁山泊怕沒處殺人，要去替趙頭兒出力！趙頭兒敢是你的親爺？」（吳用權術又籠他不住。）吳用對宋江道：「這廝真不通時務，嘴裏說得出，防他真做出來，且關鎖在一間房裏。待受了詔，再放他出來。」遂教眾頭領把李逵推了出去。（唬嚇不動，籠絡不住，真是沒法，只好如此收科。）宋江道：「我不念這廝舊日之情，真斬了他。」宋江便和眾好漢在鷹臺上擺筵，眾好漢俱開懷暢飲。（是眾好漢。須知內中只一個人不能開懷也，妙筆。）眾人道：「怎的公明哥哥酒量反不及往日？」（描出。）宋江笑道：「便是一來病後，（稍帶前文，妙。）二來真個歡喜得酒都喫不下去了。」（天下人論之，安有此理哉。譏詐之苦如此。）眾好漢飲至半夜方散。

次日，宋江道：「侯知府教我不要興兵，我想征伐猿臂寨，須不比攻打國家城池，興兵何妨？」（看他如此行為，豈受招安者哉。）公孫勝道：「哥哥之言甚是。貧道想：兵有先聲後實者。今我大振軍威，布宣朝廷恩命，勸希真歸降。希真若懼而來降，則日後在我掌握；若不從命，吾奉詔之後，據順討逆，必能滅他。」吳用、宋江齊說：「此計大妙！」宋江道：「須差一能言舌辯之士前去，誰當此任？」吳用道：「何用人去，但須一封書足矣。」便教聖手書生蕭讓，吩咐了柱意❻。那蕭讓頃刻寫起，將草稿呈與宋江、吳用觀看。那書信道：

梁山泊主替天行道天魁星義士宋江，拜書於猿臂寨陳道子閣下：忠義者，人生之大節；（一提忠義。）朝廷者，天下所依歸。人無強弱，反道者死；國無大小，背順者亡。自然之理，無足怪者。（看他劈手便提忠義天道，起偖大冒頭鎮壓

---

❻ 柱意：主意；意見。

（人，固是老奴長技。乃今日尚有被其鎮壓者，何不才之甚也。）江久耳盛名，知道子為忠義之士，（二提忠義。）屢欲奉教，會道子遭高奸之迫，江使奉書不得通，飢渴終莫能慰。（何等企慕，不知欲遣武松往刺之者，又是誰？）不謂道子不以忠義為念，（三提忠義。）棄我如遺，逞其才智雄據一方，撫祝氏之餘孽，與敝寨旗鼓相向，蠶食我青雲，毀傷我羽翼，恣意橫行，豈以江為木偶耶？方今天下豪傑上應天星，不期而會，此非江足重也。（文氣疎宕。）特以忠義之心，（四提忠義。）人所固有一唱百和，感應甚捷。（四字寫盡老奸妄自尊大。）是以聞替天行道之舉，莫不鼓舞歡欣，影從雲響。而道子獨中風狂走，自棄良時，恃有烏合蟻附之眾，甘為祝莊、曾市之續，竊為智者不取焉。且夫梁山之兵力何戰不勝，何攻不摧，固道子所習聞者。（剛從雲天彪手裏敗了回來，還要說大話，可笑。）況邇者朝廷明聖，赦江既往之罪，招安綸綍❼，已降九天，誅討不順，命江前驅。江奉詔兢兢，敢不祗遵。夫以忠義武怒之師，（五提忠義。）敵王所愾，掃蕩區區一猿臂寨，車輪螳斧之勢，童子所知也。素欽道子天姿英俊，用先布告。誠能明順逆之分，奮忠義之氣，（六提忠義。）倒戈束甲，共襄天家，江若仍修宿怨，願指泰山。（何等恢廓大度。）所貴知幾之士，不宜遲滯其行也。昔田橫❽得士五百人，議論不決而淮陰❾東下。道子固執迷復之凶，必有噬臍之悔。他日江為殿上臣，公作堦下囚，是豈江之志也哉！書不盡言，望左右留意省察。（通篇提起放倒總是忠義，辭嚴理正，其于希真也又十分企慕，十分愛惜，真是辭令妙品，無懈可擊。）

---

❼ 綸綍：皇帝的聲音（旨意）巨大而深遠。綍，音ㄈㄨˊ，大繩索。

❽ 田橫：戰國齊國貴族。秦末起兵，恢復齊國，被韓信所滅。漢統一後，募五百壯士占據海島，後自殺。

❾ 淮陰：西漢大將，淮陰侯韓信。

宋江、吳用看了，甚喜道：「正要如此寫，最好，不必更改了。」當時謄清封好，差一小嘍囉賫到猿臂寨去投遞。只見李雲來稟道：「迎恩亭、蘆廠都修蓋好了，只等恩詔到來。」宋江大喜，連日張筵慶賀。吳用道：「呂、郭二位兄弟去迎接天使，此時亦好接着，為何不先差人來通報，煩戴院長去探聽一回。」戴宗領命正要下山，忽報郭盛已回。只見郭盛氣急敗壞，奔回山來道：「哥哥禍事了！」眾皆大驚，（眾皆大驚者，宋江、吳用尚不驚也。）忙問有何禍事？郭盛道：「小弟同了呂方哥哥領命而去，已迎着天使。倒回轉來，到得曹州府地界，天使侯太守不合早在途間，喚下一個跑解的武妓，一路同行。這日到了館驛，晚間飲酒取樂，（奇文。）直到三更時分，伏侍的人都倦了。侯太守又叫粉頭在筵前舞劍，不料那婆娘舞到分際，手起劍落，砍死天使侯太守，（奇極。）將天子的詔書搶去，又砍翻太守的伴當數人。呂方哥哥得知，忙領人救護。（此時足下在何處？）那賊婆娘騎匹快馬，往山僻小路逃走，追趕不着。（讀者掩卷猜之，此武妓固何人哉？若麗卿耶？安有麗卿而作此事耶？若非麗卿耶，突如其來是何人哉！）呂方哥哥一面叫小弟回報哥哥，一面差人報知地方官。更不料那曹州府知府蓋天錫（蓋天錫忽又現。）反將呂方哥哥一干人都捉下了，又來追小弟，所以連夜逃回。」

宋江、吳用聞知失陷了呂方俱大驚，（書法。前書眾人大驚者，郭盛奔回，眾人意外之變也。此書宋江、吳用大驚者，呂方失陷，宋江、吳用意外之變也，極整。）叫苦不迭道：「這却怎好？倒害了呂方兄弟！」（倒害了字法。）吳用道：「這武妓不是別人，一定是陳希真的女兒陳麗卿。這賊道忌我們受招安，故教女兒來刺殺天使，搶去詔書，截我們的歸路。這廝打沂州時，亦是教女兒扮演武妓，裏應外合。這廝慣用此計，一定是了。」宋江大怒道：「軍師所料是也。（好笑。）這賊道屢次欺我，我與他勢不能兩立。」眾頭領無不咬牙切齒價忿怒。只有盧俊義道：「此時尚未分虛實。那封書去，陳希真若來歸降，他女兒總要見面，是他敢辨到那里去！若那厮不肯歸降，便勦滅了他的巢穴，活擒了陳麗卿來，不愁沒對證。只是此刻呂方兄弟失陷，怎生設法去救他？」宋江道：「天子明詔赦我等之罪，前來招安，我去恭迎詔書，不到得有甚干犯。此事竟寫信與蓋天錫討人，他若不還，便起兵先打破曹州府，救呂方兄弟。索性一不做，二不休。」吳用道：「蓋天錫那厮不通情理，若寫信去，他必要挑剔。我想為兄弟面上，也說不得，只有寫張訴狀去求告他。（能令吳用如此，極寫天錫。）他若不允，先禮後兵，直道在我。」宋江依言，便商量了寫起一張呈狀，差人往曹州府投遞。戴宗起身道：「小弟願去。」宋江道：「此去吉凶不測，不如差孩兒們去。」戴宗道：「我等同生同死，兄弟有難，戴宗焉敢愛惜身命！」（戴宗夢裏。）宋江依了，就差戴宗前往；又教取三百兩黃金帶在身邊，覷便使用。（伏。）戴宗領了呈狀、金子，並隨身盤川銀兩，下山去了。

却說蓋天錫自做鄆城縣知縣以來，大有政聲，賀太平保舉他坐陞曹州推官。那制置使劉彬雖妒賢忌能，貪財好利，却因蔡京感激蓋天錫還他通梁山的書信一節，倒囑託劉彬照應天錫，（張鸞之力也。）所以天錫作推官，劉彬並不作難，半文錢都不取。不然天錫是一個清貧縣官，如何到得這一步。（可歎。調侃官階黜陟不少。筆端有舌。）天錫自陞推官以後，愈加砥礪。那日得知朝廷招安梁山，宋江差呂方（不提郭盛，妙。）帶五六十人去迎天使，一路來俱稟報官府。（補前文未及。）天錫聞知這信，來見曹州知府道：「宋江有桀驁之才，與新莽⑩、黃巢⑪髣髴，（確。）不肯

⑩ 新莽：西漢末年王莽建立的朝廷號「新」，故稱「新莽」。

⑪ 黃巢：唐末農民起義領袖，曾攻占洛陽、長安等地。

居人之下。確今受招安，必非誠意。確又遣賊目迎接天使，狼子野心，恐有意外之變，太尊宜多派公人、弁兵防護。」確。寫天錫先事預防，真有經濟。那知府止是張嚳的後任，進士出身，年紀老邁，素性懦弱，更兼讀書太透徹了，絕倒。吾願天下老儒讀至此而一思也。循伯曰：金門太費心，老儒烏肯讀結水滸耶！左思右想，遲疑不決，不能聽天錫的話，不日不肯，而日不能，下字有分寸。竟由呂方過去。天錫歎惜不已。却也湊巧，當夜那知府同夫人好端端的飲酒，不覺一個鷄頭運⓬中風了，兩眼直視，口不能言。舉家着忙，一陣亂醫，求神拜佛，不到兩日，嗚呼死矣。可以死矣。但此輩生無益于天子，死無益于閻羅，奈何。

知府已死，天錫護理知府印務，一面申報都省。正是一朝權在手，便把令來行。天錫一接了印，更不辦理他事，自來英雄作事，必先顧要緊第一着。孟子曰：知者無不知也，當務之為急。此書凡寫無數英雄，皆當于此等處着眼，自是因才立論也。便當廳挑選本衙軍健一切做公的，共選了三百餘人，即刻起程，奔黃河渡口來，護送天使侯知府。同一知府也，乃葢知府如此用心，而侯知府尚在夢裏，可歎！探得呂方已迎着天使回轉，已過了東里司，伏。將到雲陽驛。天錫催儹人馬星夜迎上去，半路上接着凶報，說天使侯知府在館驛中遇刺身死，刺客係一武妓，逃走無獲。天錫聽罷，歎道：「早聽吾言，何至於此！」不驚而但歎，見不出所料也。此等字眼皆當於無字處尋。當時火速飭兵役掩捕。呂方正欲差人報官，不防葢天錫已到，盡被擒捉。呂方大叫無罪。天錫道：「你是梁山大盜，怎說無罪？」呂方道：「我雖是梁山上人，現奉天子明詔，已赦了我們。我來迎接天使，不料天使被刺，正要來報官，為何反捉我？」天錫道：「天使遇害，生死不明。你同天使在一處，不論有罪，亦是此案要證，為何不帶你去？」當時將呂方一干人都鎖了。侯蒙的伴當，除被殺七人之外，其餘亦有受傷的，都着將息。那不受傷的，分幾個同自己的僕從辦理侯蒙的喪事，餘外亦一同

⓬ 鷄頭運：雞頭米（芡實）做的食物，是南方特產。

帶回府城。天錫恐呂方等被劫，先在館驛屯住，移文營汛，調官兵一千多名，一路防護，數日調齊，方纔動身。〔解一呂方豈天錫如此小題大做耶？實欲騰挪數日，以便郭盛回山，戴宗下山，裁剪之處，人不得而見也。〕

天錫回衙，先將呂方等一干人都管押在班館內，也不上刑具，〔非厚待呂方也，為後文作地耳。〕發放各官兵回去，喚過僕從，問道：「呂方怎的迎接你主人，你主人怎的喚了一個武妓，却吃他害了？」僕從道：「小人的主人在定陶地界，便遇着呂方〔亦不見郭盛，妙。〕來迎接，獻上金珠下程。主人十分覷待他，教他隨了同行。這武妓是將到東里司路上撞着。那厮見了主人，便求見叅拜，他說曾伏侍過二主人侯發，說起二主人的行止，他都曉得，〔可知。〕便要伏侍主人。主人本不要他，亦是呂方說道：『曾見過這粉頭耍得好技藝，唱得好曲子，〔然則奈何說是麗卿耶？〕恩相一路寂寞，何不喚下了，也好解悶。』再三說，〔呂方之來，正是為此。〕主人依了，帶他到得雲陽馹⓭。當晚主人在館中賞花飲酒到三更天氣，伏侍的人都倦怠了，只得十餘人在旁伺候。主人又教那粉頭舞劍，不料那婆娘舞到分際，竟下毒手，害了主人，又殺傷眾人，將正中供的詔書搶去，跨馬竟走。小人等喊叫，呂方睡夢中驚醒，急領人追趕，已是不及。便教小人等報知相公，〔原來仍是教他自己人報官。〕他正要回梁山報知宋江，不道相公已是追到，捉住了他。」天錫道：「那武妓怎樣一個人，姓甚麼？」從人道：「那粉頭自稱姓陳，〔如果是麗卿，豈肯姓陳耶？〕是一個美貌女子，身軀長大，是一雙大脚，〔絕倒。竟要活畫一個麗卿。〕騎一匹棗騮馬。〔奇。莫非真是麗卿耶？〕多有人〔多有者，皆呂方所領之人也。〕猜疑那女子是猿臂寨陳希真的女兒陳麗卿，〔妙。〕到底不知是他否？」〔妙。〕天錫聽罷，低頭一想，冷笑數聲，〔寫盡智囊。〕吩咐預備下處，安息了眾僕從，也不去審問呂方。〔奇。〕次日一早叫備馬，帶了數十

⓭ 雲陽馹：此指雲陽驛。馹，音ㄖˋ。古代驛站所用的驛車或馬匹。

騎出城外，奇。把那府城週圍看了一轉，又把池濠也看了，何必今日方看，豈平日之天錫睡着耶？總不過欲形容出天錫官止神行耳。只是沉吟不語。奇。回到衙署，左右問道：「相公何不差眼明手快的公人捕捉那武妓？這是要緊人犯。」天錫道：「你們不省得，那武妓無處捉。」奇。當日天錫只是負着手在廳上，走來走去的思維。更奇。左右又問道：「相公平日斷案，如太陽照雪，怎麼今日如此遲疑？」天錫道：「我看此案洞若觀火。只是有一件事實是委決不下，張嚳太守又去了，更無一人商量得。反挑下文。此刻是何時刻了？」左右道：「辰刻後了。」天錫道：「天色尚早，吩咐備馬，我要到東里司去，一發奇極。尋那捕盜巡政張相公說話。」左右道：「張巡政相公夜來便來稟見，號房道天已昏黑，相公又有公事，教他今日來見，未曾通報。」省筆，若必待天錫到東里司，則迂矣。天錫罵道：「不省事的奴才！他來稟見，為甚阻擋？既在客館，快去請來。」左右不敢怠慢，忙傳雲板⑭，教請張相公入見。不多時張巡政請到。出一人物。

列位看官，你道這張巡政是何等樣人？姓張雙名鳴珂，本貫河南開封府人氏，乃是名門舊族。他的嫡親胞叔就是北宋朝烈烈轟轟一位忠臣義士、精忠大節、炳若日星的張叔夜。因鳴珂而敘及一部大書中第一位主人，覺通部全神振動，却仍是虛寫。作者於叔夜可謂鄭重其事，鳴珂亦因而增重。那天錫未成進士之時，曾在叔夜家就過西席，賓主最為莫逆。當日鳴珂請到，天錫降階迎接，鳴珂上前叅謁，天錫忙捧住道：「仁兄是我舊東人，只須私禮相見，何庸如此。」當時分賓主坐下。天錫正說起這件案，忽外面傳報道：「梁山泊宋江差人遞呈狀。」天錫吩咐：「將來人帶定，取呈狀來看。」須臾，左右將呈狀取進來。天錫、鳴珂同看那狀子道：「宋江避難水滸，罪應萬死。昨

⑭雲板：古樂器，形狀似雲，故名。舊時衙署與官宦之家，皆以打雲板來報事和集眾。

奉天子明詔，赦罪招安。宋江等正如撥開雲霧，重見天日，感激無際，誓願竭力捐軀，盡忠報國，死而後已。應前傳語。特遣呂方恭迎天使，亦不提及郭盛，何也？不期變生意外，天使遇害。此乃猿臂寨賊人陳希真，遣其女麗卿所為。彼深忌宋江投誠，故行此毒計。宋江願率領部眾，先滅此賊，一來報効朝廷，二來辨明是非。聞相公將呂方執下治罪，此事呂方實不知情，伏求釋放，感恩無極。」等語，呈詞甚是卑順。妙。宋江亦有卑順之時。非宋江卑順，實天錫利害。看罷，嗚珂對天錫道：「他事卑職不知，若說武妓是陳麗卿，則萬萬不是。那陳希真未曾落草，在東京時，卑職與他廝熟。那年征討西夏，亦曾與他同事數年。卑職常到他家，那麗卿從不廻避，見過多次，那模樣畫都畫得下。好。前日天使侯太守從東里司過，卑職去迎送時，就見他身邊帶着一個武妓，何嘗是陳麗卿，天然迥別。」老大一個見証。天錫道：「仁兄所說甚是。我也素知陳希真乃智謀之士，即使他忌梁山受招安，亦決不肯如此用計，留老大敗缺。但此武妓究竟是何處人，仁兄料得否？」嗚珂道：「卑職胡亂猜去，這女子多有是宋江差來的。宋江這猾賊包藏禍心，其志不小。八字道盡，道絕。朝廷首輔、草野渠魁，皆不足以滿其願。寫得宋江可畏如此。數語竟將千古奸雄寫盡，得遂其願者，惟趙頭兒而已，曹操亦只遂得一半也。他堂名忠義，日日望招安，只是羈縻眾賊之心，並非真意。天下愚人聽者。那侯蒙想以朝廷恩德招致他，真是夢裏。真堪一笑。天下愚人再聽。這廝恐詔書到山，擺佈不來，所以行此斷橋之計，計名奇。直將宋江、吳用半夜商量都提出來，妙。却嫁禍于陳希真，以遂其兼併之志。着。此書寫宋江之惡，大半援筆直書，不復作深文曲意者，天下善讀書人甚少也。太尊可道是否？」天錫大笑道：「仁兄所見，正與弟同。」嗚珂道：「此事本不難料，宋江亦是要人識破，好截斷了招安一路。此言更料得透。不然，這等藏頭露尾之計，亦最粗淺，吳用那廝亦深有機謀，豈非故意如此？」此作者自掩其跡也。天錫點頭道：「仁兄真高見。只是有一件事委決不下：天使在我境內遇害，責任非輕；那武妓無處擒捉，註明不捕武妓之故。雖捉得呂方，那廝恃無對證，必然抵死不招，麩審亦是無益。註明不審呂方之故。宋江來救呂方，必動干戈。賊勢浩大，我看此地城郭不固，池濠不深，斷難保守。註明看城之故。城中武將，只得都監梁橫可用，此處點出梁橫。他一人也不濟事。若不嚴治呂方，天使遇刺之案無着；若嚴究呂方，一郡之地難保。仁兄却怎地教我良策？」嗚珂沉吟半響，說道：「此處有一智謀之士，太尊何不問他？」是誰？令讀者眼光閃爍。妙。天錫道：「其人安在？」嗚珂說出這箇人來，有分教：奸邪伏罪，審明無限陰謀；官級連陞，幹出有為大業。畢竟說甚麼人來，且聽下回分解。

范金門曰：為冠勝、索超復仇，亦無非鏖戰幾場而已。文勢必然平直，今以宋江一病，權且收兵，極合頓挫之法。

書諷道子，亦明知道子之不受也，若不如此，不足以形宋江之詐，不可謂吳用無識，有失其本來。

一人閱是篇，至郭盛報武妓刺殺天使，予試問武妓是何人？其人率爾曰：陳麗卿也。噫，此人若司民牧臨訟獄，竊為蒼生危之。

侯蒙刺而呂方被捉，突出宋江意料之外，是極寫葢天錫。

邵循伯曰：刺殺侯蒙一事誤盡多少讀者，乍閱之以為陳麗卿者固謬矣。玩金門註中如果是麗卿，豈肯姓陳耶一語，便可大悟。但除却麗卿之外，無從着想矣，莫說後世讀者無從着想，即當時忠義堂上眾多好漢，亦居然憒憒，奇矣。總而言之，僅記得當堂差呂、郭去接，忘却三更傳呂、郭說話耳。仲華待人以厚，何不明敘於前哉。

第九十三回　張鳴珂薦賢決疑獄　畢應元用計誘羣奸

話說蓋天錫聞得張鳴珂說有智謀之士，急忙問是何人，鳴珂道：「便是本府押獄司獄官畢應元。（又出一位英雄。）此人足智多謀，也省得武藝，不在我二人之下，（連天錫、鳴珂齊寫，妙。）何不請他來商議？」天錫愕然道：「我竟不知。怪道常見此人一貌堂堂，儀表非俗，（畢應元形狀如此敘出。）我已有五七分敬他，原來果是個豪傑。」忙喚左右：「快取我名帖，（寫天錫愛賢，神情俱現。）請押獄畢老爺來。」須臾，畢應元到來，當堦聲喏施禮，天錫忙答禮，請上堂來看坐。應元道：「恩相在上，小吏怎敢坐。」天錫道：「正有事請教，豈可立談。」再三相讓，應元只得謝了，在側首斜着身子坐下。天錫將前情說了一遍，應元道：「詳報都省的文書去否？」天錫道：「天使遇害的初報文書早已發了，捉到呂方一干人的文書還未去。」（好。可見天錫有斟酌。）應元道：「如此却好。這件不難：那呂方，梁山上失了他無所損，（是。）我等捉了他却有害，（是。開口便見經劃。）小吏愚見，放了他去。」（奇。）天錫、鳴珂都道：「是何言也！這廝是有名劇賊，此案的要緊把鼻，如何放得？」畢應元道：「相公容稟：放了無害，只是有個放法。昨日見那呂方伴當內，為首的名喚錢吉，是個嘍囉頭兒。小吏見那人色厲膽薄，（犯此四字，不惟不能做強盜，并不能做嘍囉也。人其可不鑒哉！）其餘三十五人，更是無用之物。相公若依小吏時，但用一番犬伏窩之計，（此計吳用曾用之，以滅曾頭市。）待小吏先去私和那廝們打成一路，與他一同私逃，却在東門外埋伏人馬，連小吏一齊捉下，却不要去捉呂方。却將小吏同那厮們一處監下，小吏自有方法去漏他的真情實話來。妙。那時相公再提出來審問，小吏便是老大一個把鼻，那厮們賴到那里去！妙。解上都省，只說就捉得這干人，不必說到呂方，也見得相公能辦事。妙。那邊宋江得了呂方，必不加兵於此地，妙。豈不兩全其美！」天錫、嗚珂都喝采道：「此計大妙！」畢應元道：「還有一件事，稟知相公，那武妓也有些下落了，奇。那厮實是梁山上賊徒，男扮女裝。」天錫驚問道：「足下何處採訪得？」應元道：「有一雲陽驛掌內號的驛使在此。不必掌內號也，所以必掌內號者，便於熟覩耳。此人複姓鍾離雙名復環。取名妙。明明寫出天道好環必有報復也。乃翁走漏白楊消息，破祝家盤蛇路之計；今乃子亦走漏武妓消息，以破梁山斷橋之計，豈非天道哉！取名為此耳。本是獨龍岡祝家莊人氏，也曾在小吏家做過幾年莊客。不必在畢家做莊客也，必做莊客者，以便走報應元也。夜來是他來報說道，認識來接天使的呂方是宋江身邊之人，先說呂方身邊之人，妙。還有同是一般的一個人姓郭，只知姓不知名，妙。却不見同來。比後看見那武妓確是那姓郭的嘴臉，那聲音舉動毫忽無二。」鑿實，妙。嗚珂道：「他却從那里認識？」補入嗚珂一語，妙。應元道：「我也這般問他。他說當年梁山滅了祝家莊，曾教他父親俵散❶糧米，他也在內相帮，厮伴了五七日。只這二人在宋江身邊寸步不離，所以認得厮熟。如此挽合前傳，真令人歎絕。又說彼時只見眾人都叫他郭將軍，却不知他是何名字，不知怎的反是他害了天使。反是他，妙，確是常人聲口也。小吏見他如此說，已留下他在外面伺候，相公可喚他來細問。」天錫聽罷，對嗚珂歎道：「仁兄真料事如神也。」又對應元道：「足下之計甚妙，明日我便當廳簽發，將這干人與你管押了，便好就中行事。前之定計是寫畢應元，此句是寫天錫，下一段是寫嗚珂，蓋三位英雄一同議事，不應擡高一頭，捺倒一頭，以致頭輕脚重也。城中引兵埋伏，就請都監梁橫去。」只見嗚珂起身道：「何必去請梁橫，多的驚人動馬，卑職不才，

❶ 俵散：分發；發放。俵，音ㄅㄧㄠˇ。

願去幹這勾當。東里司數百名弓兵，都是卑職心腹，不致走漏消息。」（寫鳴珂。）天錫道：「仁兄去更好，如要體己公人，我這里儘有，不必東里司去調。（上文言東里司弓兵都是心腹，只要表出鳴珂耳，何必認真去調來也。）畢押獄之言，我已盡悉，不必再喚鍾離復環進來，（省。）事成之後，多賞他些金帛便了。」（鍾離老人之漏泄路徑是愚也，非有心為惡，故不必罰其子孫；又念其心本善仍賞之，分寸都好。）當時商議定了，已是下午時分，張鳴珂、畢應元都辭了出去。天錫陞廳，教把梁山遞呈人帶來。那戴宗懷着鬼胎上廳來，下面跪了。天錫吩咐道：「你梁山要釋放呂方回去，此事我專不得主，（一味軟。寫天錫作事不露鋒芒，真是緜裏有針，三十六人中另是一種氣象。）日後都省問本府要起人來，教本府如何回報。」便將宋江呈尾批判道：「爾梁山已知招安，只合在山寨恭候綸音，無端遣人迎接，殊屬多事。（妙。妙在輕責之也。）今天使遇害，兇人未獲，（妙。）爾所遣之人在場，（妙。並不提明呂方，免其執作把柄也。）合與應訊人等，同赴都省，候朝廷明降，（就把朝廷壓他，妙。）不得擅請釋放。原呈擲還。」（妙。其語並不尚剛柔，而讀之覺得朝廷威靈赫赫，何也？）又教取十兩銀子，賞與戴宗，（更奇，更妙。）道：「我也久慕宋公明是好男子，待他受了招安，再與他相見。你可速去！」戴宗見知府不肯放還呂方，卻又如此和顏悅色，明知求也無益，只得領了回批、銀子，謝了知府去了。天錫又教傳呂方上來吩咐道：「宋江來求釋放你，非我不容情，因你是此案要證，不爭放了你，教本府如何回話。我想你等眾好漢，雖未接到恩詔，朝廷已降恩光，你到了都省，不到得治你叛逆之罪。只要辨得明白，洗脫了身，那時或放你回去，或先留你在省，我你都沒干係。」便喚押獄畢應元吩咐道：「呂方這干人，在班館內狹窄，你領去管了，須要小心。我也素愛他們梁山上的好漢義氣，你休得苛虐他們。」畢應元領諾，當廳將呂方一干人並監冊簿子，領了下去。天錫見他們都下去了，暗笑道：「此計雖瞞不得吳用，若弄這班男女，卻值什麼！」遂退了堂。

却說畢應元將呂方一干人帶回司獄衙署，點過了名，監在一處。公人領呂方到那一個所在，呂方看時，雖是幾間小屋，却也乾乾淨淨，比府衙裏班館強多。當時眾人安放鋪蓋，正端整時，只見一個節級走來，說：「老爺吩咐，請那位呂頭領上去說話。」呂方吃驚，只得隨了那節級，直到上房。畢應元早已降階迎接，堂上酒筵已是擺好。應元請呂方上堂飲酒，呂方驚道：「小人是階下囚犯，怎當恩相如此？」應元道：「頭領休要過謙，只我小可雖是風塵俗吏，生平却最愛結交江湖上好漢。況頭領是忠義堂上來的，正有肺腑之談奉告，怎敢不敬。」便喚左右：「取酒來！先立敬頭領三大勸杯，然後入席。」呂方只得謝了，飲盡告罪入席坐下。呂方心下狐疑，暗忖道：「他這些光景，莫非是知府教他來探我什麼口風，須留心應對他。」（偏寫呂方亦乖覺，以襯應元之智。）只見畢應元殷勤相勸，呂方恐酒後失言，只推量窄，不肯多飲。應元回顧那親隨道：「呂頭領的伴當們款待酒食，你去照看，休教府衙裏人曉得。」親隨應了出去，呂方又起身謝了。應元議論些江湖上許多勾當，比較些鎗棒法門，呂方隨口應對，却處處留心聽着。（乖。）應元又問：「宋公明究竟怎樣忠義？久慕他是奢遮❷好男子，只是不能得見。」呂方遂將宋江如何尊賢重士，如何仗義疎財、濟困扶危，如今只是替天行道，只等受了招安報効朝廷；眾弟兄（帶說眾人。）如何英雄了得，上下一心，同患同難，說了許多好處。應元聽一句，點頭一句，聽罷，只是垂頭歎氣。（真裝得像。）呂方道：「相公何故感歎？」應元道：「我歎我沒緣法，不能到他那里，如能到得，便死也甘心。」（妙。）呂方道：「相公差矣！小人等是出於無奈，相公是朝廷命官，又遇這等好上司，何犯着學我們！」（乖。）應元道：

❷ 奢遮：出色；了不起。

「頭領還道蓋知府是個好人哩！」緊接，妙。呂方道：「蓋知府這般仁厚，怎麼不好？小人被捉時，只道不知怎樣動刑，那望到如此恩待。他捉住我們，也是有司責任，不得不然，也難怪他。」應元看看左右，叫都迴避了，便走近呂方，耳邊低聲道：「你死在眼前了，為何還不省悟？」妙，妙。呂方頂門上澆了一杓冷水，忙立起身問道：「此話怎說？」應元道：「你不要着慌，我細告訴你：蓋天錫那廝他待你如此，不是好意。他與陳希真最好，聞知陳麗卿刺殺天使，他却都要推在你們身上。捉到頭領時，便要嚴刑拷逼，反要在宋公明這邊追武妓的下落，是小可恐頭領受屈，使個見識稟道：這些賊骨頭抵死不認，拷殺也是無益。不如不去審他，只把口供文書做死了，一齊報解都省，劉彬、賀太平那里拼用些錢，只照初供辦理，顯得太守能辦事。呂方這些人，且用好飲食調養他，不要餓得難看。蓋天錫都依了我。頭領！叫一聲，妙。神情俱活。小可這計為要救你一時之急，希圖稍緩幾日，再設法救你。不想又是那一個短命鬼在知府前獻勤，他說既是口供都做死了，就將呂方一干人本地先處了斬。又恐上司批駁，叫我假和你通同，漏你們些機密事來做把鼻。妙絕。真是假裏還假，計中有計。只待我去報了，不過明後日，就要將頭領主僕下手，都省上已差人去彌縫了。那廝只顧自己沒干係，又要回護陳希真，行這沒天理的事。却不知小可倒真心要投大寨，奇逢偶湊，特將真情說與你。」呂方聽罷，急得手足無措，見畢應元這般說，再不料是假，便雙膝跪下道：「救小人一命則個！公明哥哥遣小人來迎天使，實無他意，不料遭此奇禍，只求相公救命。」應元道：「我也無法，除是三十六計走為上計，我設法放你走了，只是怎生走得？」

正商議間，只見親隨報道：「有一位官人來拜見老爺，他不肯說姓名，說老爺一見自認得。」奇。應元道：「既如此，請客廳上坐，我便來也。」應元便換了衣服，到客廳上來，見了那人，心中早已明白。那人看着應元便拜，應元答禮道：「有何見教？」那人道：「可借裏面說話。」此一段直用前傳柴進見蔡福文字，乃至一句不換，趣絕妙絕。應元道：「有話此處說不妨。」遂分賓主坐下。那人道：「押獄休要吃驚，絕倒。前傳此句何等精靈，此傳此句何等懵懂，真是睡裏夢裏，趣絕妙絕。在下便是梁山上天速星神行太保戴宗的便是。原來如此。今奉宋公明哥哥將令，差遣前來打聽呂方的消息。誰知知府不明，反將他拏下，監在押獄這里，一命懸絲，盡在足下之手。在下不避生死，特來告知：若蒙救得呂方性命，不忘大德；倘有山高水低，兵臨城下，將至濠邊，打破城池，不問賢愚，一概難活。久聞押獄是仗義好漢，好說。無物相送，三百兩黃金在此。倘若要捉戴宗，絕倒，無一句不學到，戴宗醜極。就此便請綑索。好漢做事，休要躊躇，便請一決。」真是絕倒。應元聽罷，鼓掌哈哈大笑，妙絕。道：「我道是甚麼大不了的事，值得這般大驚小怪。妙，妙。不似蔡福吃驚爾，戴宗奈之何哉。只不過要放呂方，算什麼大事！你且把三百兩金子交與我，落得叨惠。我便還你活活的一個呂方回梁山去。」戴宗聽了，甚是疑惑。應元攜着戴宗的手道：「院長且請裏面說話。」一面口裏念誦着道：「江湖上都稱讚忠義宋三郎，果然名不虛傳。」妙。真是越做越像。戴宗隨到裡面，與呂方相見了，說起知府不准呈狀之事。呂方道：「院長不知，此刻知府尚要如此如此，害我等的性命。幸虧畢恩公相告，方纔得知。」戴宗大驚道：畢應元不曾吃驚，戴宗倒先吃一大驚，妙。「似此怎好？」應元道：「事不宜遲，如今戴院長到此，正是天湊其便。方纔呂頭領既說院長神行法神妙，又能帶了人同走，補得好。你們二人何不先走了？」呂方、戴宗同說道：「好是好，只是害累了恩公。」應元道：「不妨事，我也久要投托公明哥哥，只恐貴寨不容。」戴、呂二人齊道：「仁兄便呼「仁兄」，已入阱矣。說那里話！公明哥哥愛賢重士，求賢若渴，巴不得英雄垂盼，現在招賢堂上又聚了多少位好漢，只恐仁兄不去。（然則又說要受招安也。）只是仁兄如何脫身？」應元道：「我有脫身之計，便棄了這官。二位哥哥先請，我的一切細軟都棄掉不要了，我有知府捕盜火籤在此，二位將了去，改作節級打扮，路上有人盤問，只說奉知府火籤緝盜。我這衙門後土牆外面是一條短巷，出巷便是東門大街，二位快走，只在一二里程外等我。我還要設法救出這一干孩兒們一發來。」戴宗道：「你怎生救他們？」應元附耳低言如此如此。二人大喜道：「真是妙計。」

正說間，只見一個來稟道：「知府相公差人來問老爺話。」應元大驚，忙將呂方、戴宗藏在側首套間內。那人已進來了，應元出去見他。呂方、戴宗隔板壁聽那人和應元好似分賓主坐下，從人遞茶上去，（夾入兩句聞文，情景俱有。）只聽那人問道：「呂方那干人監在何處？」應元道：「都在外面一處監着。」那人道：「知府相公吩咐之事，專等你回話。今教我來催你，休要怠慢。」應元答道：「方纔也盤問了一回，漏不出甚麼來。我想晚間把來灌醉了，只要將他山泊中的女將盤問一個真名姓來，便好做了。」又聽那人道：「我也見那口供單上填的是什麼一丈青，只不知一丈青的真名姓。」應元道：「既如此，我便盤他一丈青的姓名、年貌便了。」又聽得那人道：「押獄何故神色改變，聲音都發顫，（妙。）敢是有甚不自在？」（反解一句，妙。）應元道：「便是，（句。）我一則為此事委決不下，恐怕誤了本府限期；二則實是身上有些賤恙。」那人道：「既如此，押獄從容辦理，我去回知府話也。」便起身去了。應元送出去。戴宗、呂方在房裏聽得，都面面相覷，吐吐舌頭。應元轉身進來，呂、戴二人問：「此人是誰？」應元道：「是蓋天錫的心腹人，（詳。）休去睬他娘，我們走我們的。」（省。此等處落得省也，多說何為。）便將錢吉一干人都叫進來，說明了此計。眾人只是磕頭。應元便叫呂方、戴宗扮了節級，戴宗把那三百金子都付與應元道：「哥哥將了，我二人輕身好走。」(多謝。)(金子下落。)應元收了，便領呂、戴二人到後園土牆邊，掇張梯子，爬上去看時，慚愧，牆外苦不甚高。呂、戴二人張見巷內却好無人，先後跳下去，包裹、腰刀應元已隔牆擲出去。呂、戴二人拾來，背跨好了，出了巷，頭也不回，得命的一口氣奔出東門，到了一個涼亭子上坐下，已是申牌時分。二人一面縛了甲馬，一面說道：「真難得這個畢押獄如此仗義，山寨中又得一個好弟兄，(好笑。)我們在前面等他。他脫得身，我們纔放心同回。」二人縛好甲馬，戴宗作起神行法來，騰雲駕霧也似的去了。

却說應元放了呂、戴二人，暗地裏差人去報知蓋知府，便到前面去對錢吉等多人說道：「戴、呂二位頭領已得命走了，此刻時候不早，我們也就動身。我這里有知府的信牌，將你五十餘人姓名開上，只說奉知府鈞諭，解你們到城外良安營管押。我扮做押解官，你們都上了刑具，待騙了出城，我已有心腹人在城外，僱下五七十頭口，騎了便飛奔梁山去。」眾人都大喜。應元將他們都上了鎖鐐，自己全身披掛，提了兵器，備了乾糧、盤費，點起三五十做公的。只見幾個親隨在那里交頭接耳價議論，應元問何事，親隨稟道：「方纔在府前聽說，知府相公捉着了那個武妓，原來是個男子假扮，都說那人姓郭，是梁山上的賊。」(妙，妙。)應元偷眼看錢吉等人，俱各失色。應元道：「此刻可審訊否？」親隨道：「今晚都監相公請本府赴席，想是明日早堂審哩。」應元道：「如此還好。若今日要審，來提呂方，豈不壞了？(妙。)我等快走罷！」當時出衙門上馬，押解錢吉等一干人到城門邊。城上軍官來查問道：「畢押獄解這干人那里去？」應元道：「奉知府相公鈞旨，解去良安營收管，明日起五更解去都省，有信牌在此。」那軍官索取信牌看了，便放應元等出城。（何不就城門口捉住，作者恐嫌直致耳。）那時已是黃昏，城門上攢點，將要關城。應元帶了這干人出得城來，對錢吉道：「慚愧，却逃出虎穴狼窩也。（妙。）待過了前面涼亭，人烟稀少，與眾位鬆了刑具，騎了頭口好走。」眾人都似出了鬼門關，誰不歡喜。剛走得一二里路，只聽得一片喊聲，路旁擁出一二百人。為首那人身騎劣馬，手提大刀，全身披掛，正是張鳴珂，大喝：「畢應元，你領這干人想那里去？」應元道：「我奉知府相公吩咐，解這干人到良安營去，有信牌在此，你怎敢問我！」張鳴珂道：「胡說！現在你的家奴首告你通同梁山，放走呂方，又帶這干人私逃，知府教我來捉你，在此守候多時了，你辨到那里去！」應元更不答話，拍馬挺鎗來奔鳴珂，鳴珂揮刀來迎，那一二百人擂鼓吶喊，錢吉等一干人只叫得苦。應元、鳴珂戰了多時，鳴珂將應元擒下馬來，喝令綁了。那些應元帶的親隨并做公的，都四方逃散。（好。）錢吉等原帶着刑具，都走不動，（好。）不費擒捉。便叫點齊火把，一齊解回城來，叫開城門，紛紛的解到府衙。此時哄動了曹州城，都說好端端的一個畢押獄，不知怎的痰迷心竅，同梁山上賊人私逃，如今吃拏了，眼見難活。（點綴不可少，亦見天錫、應元用計秘密之處。）不多時，鳴珂將應元并錢吉等解入衙署，蓋知府已坐堂等候。眾人紛紛的跪滿廳下，天錫見了畢應元拍案大罵道：（裝得真像。）「你也有一命之榮，昧良至此，何故通賊造反？」應元只不做聲。（好。）天錫又罵道：「是我弄巧成拙，（妙。）不合委你這廝。你把呂方放走那里去了，究竟是何意見？」應元叩頭道：「恩相容稟。犯官……」，天錫喝叫：「掌嘴！」（越裝越像。）左右答應一聲，却不就動手。（妙。）應元忙改口道：「小人昔日曾受呂方救命之恩，（妙。確是狡辨聲口，錢吉等焉得不信。）今到此際，不得不救，一時膽大，將他放走了。望恩相施恩，小人甘罪無辭。」天錫道：「此等胡說，誰來信你！」便對嗚珂道：「此輩收在監牢裏終久不穩，本府主見即時都綁去市心裏處決了，只留那扮武妓的郭賊頭（妙。）解去都省。這廝們不必細審了！」嗚珂道：「稟太尊：今日是國家景命，（妙。）明日方可動刑。」（妙。）天錫道：「就是明日，且去收監。」當時將畢應元并錢吉一干人都是盤頭枷、觀音鈕、鬼吹簫、馬蝗絆❸，重重叠叠，鋃鐺鐐鐐，結實枷鎖了，推入死囚牢裏章字號獄底，都上了匣牀，收封好了。（妙。）却故意將應元匣牀同錢吉的廝並着。（好。）收封、放水都畢，籠門上了大鎖，當牢節級、牢子們都在外面安歇，牢門外四週圍提鈴喝號價守護。（寫出一座監牢，覺得愁慘氣象溢于紙上。）那錢吉見了此等光景，又見應元認真放走呂方、戴宗，那里料到是假，便歎口氣道：「我等死是分內，却累了押獄官人。」應元也歎口氣道：「莫非是劫數，只是我得見公明哥哥一面，便死也無怨。今如此了結，為着甚來？」說罷，哽咽了一會。（越裝越像。）又問道：「我們（二字妙。）山寨中，頭領有幾位姓郭的？如今吃蓋天錫捉住的是那位？怎麼武妓却是他？」（要着。）錢吉停了半響，（如畫。）答道：「押獄官人，老實對你說了罷，（來了。）那是我們山上賽仁貴郭盛。」應元故意驚道：「郭頭領何故刺殺天使？」錢吉道：「天使怎說是他刺的？」（狡猾。忽頓住，入妙。）應元見他不肯說，正要設法再問，只聽那邊一個人道：「錢大哥，你也省說些罷！押獄官人雖是自己人，不爭被外人聽了多惹是非。」（索性再頓，妙。賊中不謂無人。）應元道：「我們眼見上天路遙，入地路近，可想活到明日此刻哩！我與眾位弟兄前生有緣，今世一處結果，（妙。）但願來生仍聚一處。左右不想活了，還怕惹甚是非，落得說說解悶。」（妙。）數中大半吃應元說得悲哭，錢吉歎道：「我們到底不知還有救星否？」（確有此種情理心思，妙，自然搆得出也。）應元也歎道：「不怕眾位見怪，若

❸ 盤頭枷句：說明不同刑具的形狀和用途。

是呂方不去，公明哥哥念弟兄之情，必來相救。妙。今呂方已去，眾位雖是他心腹體己，到底差了一層，他豈肯為我們這三五十人興兵動眾！俗語說得好：愛將如寶，視卒如草。我們性命決是無望，妙。離間得好。況說明日就要處斬，即使公明哥哥肯來救，也趕不及。」緊逼得好。眾人聽了，大半失聲啼哭，小半長吁短歎，只叫「罷了」。內中一人道：「你們休要鳥亂，錢大哥報個時辰來，奇文。我來占個大六壬，看看吉凶，趣甚。到底有無救星。」眾人道：「正是，倒忘了你的課極准。」身陷縲絏，不能預知，何准之有。應元道：「也不必占課，你們還有一線活路好走，只我是無望了。」眾人問：「有何活路？」應元道：「眾位不知，這蓋天錫與公明哥哥有殺兄弟的切齒深仇，一心要與俺山寨作對頭，只苦不知山寨虛實。眾位既是公明的心腹人，何不投誠了，將山寨中不犯緊要之事，不犯緊要，妙，確是助公明的口氣。呈明幾件，蓋天錫必歡喜，留下你們性命，豈不免了殺身之禍？眾位肯時，此地張孔目我最和他相好，知府又聽信他，我便替你們托了他照應。只有我決無生路也。」妙。引誘得甚好。眾人歎道：「好怕不好，只是苦了押頭。」奇文。應元道：「何謂押頭？」眾人道：「官人不知，凡是宋大王的心腹伴當，都要有老小做當的，名喚押頭。倘若下山走泄山上機密，或投奔了別處，便將押頭盡斬，毫不寬貸。」如此驅策，想見宋江權術惡毒。應元道：「如此却也是難，只好由命罷。」便不多說。忽然撇開，妙人、妙筆。

看官，但凡人到將死，誰不指望生路。況這干人雖是宋江心腹，宋江覷待他們好，畢竟都是烏合之眾，那里是孝子順孫，便當真大忠大義。說破不值半文錢。妙，妙。眾人被應元幾番言語，都有些心活起來。錢吉便道：「只恐蓋知府未必真識得我，若真個識得我時，便與他出些力，也不枉了。」明是自己怕死，却仍說大話，活畫出色厲膽薄人氣象。應元道：「錢大哥，（錢大哥，妙。）如此一表人材，怕不動得知府。（迎其機而解之。）只是山寨中機密事，也泄漏不得。」（反阻一句，妙。）錢吉道：「如某幾樁事，說也無害。」眾人見錢吉鬆了口，便你一句，我一句，都吐些出來。（妙，如畫。）應元便乘機探問，郭盛與侯蒙有何仇隙，却去殺他。（只說郭盛有仇，妙。）問到這里，那眾人還有些遮掩。（寫眾人亦狡猾，以見非伏窩計不可，不然一夾棒了事矣。）應元故意發恨道：「叵耐郭盛這直娘賊，害了我等性命，（一句私。）悞了公明哥哥大事，（一句公。）怎肯與這廝干休。明日法堂上，我一口咬定了他，叫這廝吃個魚鱗細剮！」（妙。）眾人都道：「官人也錯怪了他，這也不干他的事，實是宋大王將令，教他如此行的。」應元道：「豈有此理，我不信！」（妙。）錢吉道：「官人，你那知道，宋大王實是盼望招安，只因奸臣滿朝，官家蔽塞，深恐受了招安，仍遭陷害。（此宋江之包藏禍心，不得不作此論。奈何俗子見之，便信為實，而有狗尾之續也。）那時虎落平陽，益發吃虧，所以不得已，只好將天使害了，（到手。）希圖再緩三五年，奸臣敗露，再受招安不遲。殺天使一事，並非我廝❹瞞你，（更妙。）便是山上眾頭領，也不得幾人曉得。（妙。）就是我們這幾人，也直到下了山寨，呂頭領悄悄知會的。（妙。）今官人活是我們會中人，死是我們會中鬼，說也不妨。（妙。）知府便不殺我們，也休要漏泄。」（妙，妙。）應元聽了，暗暗點頭，又問道：「既要行此事，却何故扮武妓？」錢吉道：「陳希真是我山寨對頭，落得推在他身上。」（盡數獻底，妙極。）應元見題目正旨已漏到手，心中甚喜，又問些閒話，聽來已是四鼓，便合眼養神。須臾天亮了，當牢節級等來開封放水都畢，忽聽一片吆喝道：「知府相公叫提梁山一干人犯聽審。」只見無數提牢手撲進牢來，將應元、錢吉等人皆帶出來。進得府衙，只見一個人出來傳話道：「相公鈞旨：只帶畢應元一人進去先審，其餘都押在儀門外伺候。」

---

❹ 我廝：我。廝，語助詞，無義。

提牢手一聲答應，便把畢應元脚不點地價抓了進去，儀門却就關了，許久不聽見裏面動靜。錢吉等都魂魄不得歸位，（奇語。）不知凶吉何如，看那光景，又不像處決，沒處討問消息，都懷着鬼胎。看來太陽曬下牆脚，忽聽大堂上雲板響亮，鼓聲傳出頭門，吹打三通，裏面一聲吆堂，只見「呀」的一聲，儀門開了。裏面喝叫：「帶進來！」提牢手將錢吉一干人牽着進去。只見儀門內兩旁邊槐樹陰下，排列着雄糾糾做公的，上面站的都是軍牢、皂隸、虞侯、差撥，個個如狼似虎；又只見廳下堦前，擺着肐膊粗細的夾棒、紫檀拶指、挺棍、腦箍、好漢架、美人樁、獨笏朝天、夜叉望海種種狠毒刑具，又預備下薑汁、酒、醋、新汲冷水、藥材、童便，一切噴喚昏暈等物，（加入一層陪襯，便令上段一切刑具楚毒生色，真如吳道子畫地獄屠鈎為之寒心。）看得令人魂銷膽碎。只見正廳上三副公案，分明是森羅殿上閻羅天子：當中那公案上，明晃晃爛銀的籤筒筆架，旁邊架起敕印，一色都是大紅披圍；旁側兩副公案，一樣體面。正中虎皮椅上坐的自然是蓋天錫；左邊的便是巡政張鳴珂；只有右邊坐的那一位，更非別人，便是昨夜一處監禁的那個畢應元，（趣甚。）已是冠戴的威威武武坐着。（再按一句。）眾人齊叫聲苦，不知高低，方曉得着了畢押獄的道兒。牢子將眾賊推在廳下跪了。只見畢應元竪起雙眉喝道：「兀那賊子們聽者！你們夜來那番話，我都一是一二是二的稟了相公，（絕倒。）不曾捏誣你們半句，（妙絕。）從實順了供罷。你們鬼也鬼，吃了老爺的漱口水。若牙磞半個含糊字兒，你們看那堦下的傢伙，便教你們每件嚐嚐滋味，我却不來奉陪了。」（趣絕。論理法堂尊嚴之地，不宜作此戲語，論文此等處不可無此戲筆也。）眾人都目瞪口呆，做聲不得。張鳴珂喝道：「還不快供！務要等刑法上身麼？左右准備着！」（天錫不發一言，是為得憲體。）堦下兩邊爪牙轟雷也似的一聲答應。錢吉等見不是頭，情知賴不去，只得都從頭到底供招了，痛哭哀求道：「實不干小人們之事，相公可憐，只說別處得這真情，休題小人供招，免得老小受害。」嗚珂將供單呈與天錫看了，天錫吩咐仍帶去監禁。不說錢吉等都懊悔不迭，到了監裏，彼此互相報怨。

且說天錫審了這案，便起身向畢應元打了一恭道：「此等重案，竟不煩一鞭一笞，便得水落石出，絲毫無遁，皆畢兄之功也。」應元拜道：「小吏皆仗恩相威福。」天錫道：「只是無故累了畢兄受此一通腌臢，本府實不過意。」應元道：「為國家公事上，如何論得。」天錫道：「雖如此說，禮不可缺，本府已備下了。」便教將出來。左右忙擡上花紅表禮，天錫當廳與應元簪花掛紅，親自敬酒三杯，吩咐將自己全副執事輿馬，送畢押獄回衙；又教兩班優人送去押獄衙內，演戲解穢；又將酒食、銀兩等物，賞了應元、嗚珂手下之人，及一切公人。應元、嗚珂謝了退出，天錫然後退堂。這里開鑼喝道，鼓樂喧天，將畢應元從府堂上送歸衙署。曹州合城軍民人等，方知是葢知府用計，都喝采讚揚不已。應前文，作章法。

次日，天錫復請嗚珂入署，商量道：「此案卷宗，我已教押司們連夜疊成，你看可着何人解往都省？」嗚珂道：「此案事情重大，況且難保這厮們不翻供。賀檢討是明白人，不用說了；只是劉彬非賄賂不行。卑職愚見，須得太尊親去，一者可以將細情面稟賀檢討，二者劉彬賄賂不足，也好求他商議。」何必定要天錫去？然高衙內就要來，不如趁此時撤去為便也。讀者見批內無故提出高衙內，知後回必有妙文，此金門奉承讀者之處也。天錫道：「仁兄之言甚是，然我想畢應元亦須同去。」撤去畢應元。嗚珂道：「卑職近聞亦有調動之信，想不久亦到都省，與太尊相見。」撤去嗚珂。天錫大喜，遂吩咐打造檻車，挑選公人，整頓行裝，帶印上省，委督糧通判代行公務，擇日起行。嗚珂稟辭，仍回東里司去。到了這日，畢應元已准備好伺候太守同行，兵馬都監梁橫來送。天錫囑咐道：「我不在此，一切事務將軍格外小心。」梁橫道：「此乃小將分內事，太守請無過慮。」遙起後文。天錫辭了梁橫，即便起身。只見天錫頭裹洋藍札巾，身披砌銀軟皮鎧，左邊跨一口浙鐵磬拔劍，右邊懸一根二十七節八楞銅鞭，穿一雙捲雲戰靴，坐一匹白額黃驃馬，伴當們掮着那口薄刃厚背通天雁翎七寶刀，端的人材出眾，相貌非凡。天錫裝束從此寫出。畢應元將錢吉一干人都下了檻車，一齊起解。眾百姓見天錫解這一干人赴省去，無不歡喜。又從百姓中點染一句。只因這一去，有分教：賢父母從此高遷，一方失怙；俗官員前來接任，百姓生災。不知蓋天錫此去如何，且聽下回分解。

范金門曰：聖門中片言折獄者絕少，何有於尋常官長乎？況降及後世，民情奸詭愈甚，稍不研慮，無情者皆得盡其辭。書中有蓋天錫之體察，張鳴珂之用計，畢應元之誘供，自可水落石出，尤妙周匝之中，不涉拖沓。

司獄關切呂方一層，收戴宗金子一層，支吾府衙來差一層，已足取信矣。加以放走呂方一層，偽押出城同被擒獲一層，同收牢裏一層，錢吉安得不深信哉！夫然後曲折用辭，餂出真情，畢應元歷盡苦況，俞仲華費盡苦心。

蓋天錫非不高明，何以必請教於張鳴珂？張鳴珂又何以必決策於畢應元？蓋此回實重在畢應元也。非重其受苦訪供，實重在放回呂方這個意思。

第九十四回　司天臺蔡太師失寵　魏河渡宋公明折兵

却說天錫、應元押解了錢吉一干人赴省，一路無話。不日到了濟南府，進得城來，頭站伴當引入公館歇下。提刑檢討賀太平早接到文書，已委員弁來查點人犯，收入監禁。一切公項使費，俱是畢應元去說合。那應元才本能幹，又善說詞，此次解犯費項，却不吃虧。（妙。按切時事極細。）當日，天錫換了公服，（照應前回打扮。）到檢討司前稟叅，恰好衙中發晚鼓時候，賀太平尚未退堂，當時放叅。天錫隨着那承局叅見了，遞上由冊摺子。賀太平看了，打鼓退堂，隨教天錫內衙相見，賜坐，問道：「此案人犯，儘可委員弁解送，太守何必親來？」天錫便將恐羣盜翻供，劉安撫處須得打點之事說了。賀太平道：「此說也是，但不知太守帶了多少打點銀兩？」天錫道：「五百兩銀。」賀太平道：「濟得甚事！（可歎。）這劉安撫是個極要錢的人，一切房費、盤費、過堂公款、硃墨紙筆都休算上，只是通內堂，極苦也須得一千兩銀子；兜底包到，裏裏外外，總須二千餘兩，方只看得過。」（五字可歎。屬下膏血已盡，上司欲壑難盈，不知多少苦况在內。）天錫道：「似這般怎地好？」（饒你經濟了得，遇此事無不棘手可歎。）賀太平道：「我也拮据得緊，不能全行替你成全。你再去商量得五百兩來，我遮莫與你輳一千兩帮助你。」（上下相孚如此，賀太平與劉彬相較，美惡立判。）天錫拜謝道：「得恩相如此成全，卑府方放下心。」

當下天錫辭了賀太平回到公寓，與畢應元商量，恁地再得五百兩。應元道：「前日卑職原說這點銀子不彀，補前文，妙。此刻若回曹州，往返多日，或曰：此刻如此拮据，畢應元既然料得，何不將戴宗的三百金子帶些上省，豈不便當？不知善處事者只須就地斟酌，不必挖肉也。不如想個樹上開花的法子，安撫衙內當案王孔目。卑職與他厮熟，有才能的屬員，未有不與憲轅當案者厮熟也。太尊只須立紙文書與他，待結案時交付，豈不省一番急迫。」天錫依言。應元便去見了王孔目說明，王孔目也依了。上下都打點明白，應元果是能員。那安撫使劉彬方纔掛牌放衆。打點明白而後放衆，機宜絕妙。天錫帶了由冊摺子，并檢討使的公文稟見。那劉彬升廳，驗了案由，問了備細，天錫一一稟了。劉彬教天錫且退，帶錢吉一干人上來審訊，錢吉等都供認了。省捷。劉彬將錢吉等收禁，遂與那幾個幕賓商議具奏，奏稱大略云：宋江不受招安，陽遣錢吉等迎接詔書，陰遣賊目喬扮武妓，刺殺天使侯蒙，搶去詔書。錢吉等懼罪自首，供出喬扮武妓之賊目郭盛，在逃無獲。好。臣伏查錢吉等雖屬賊黨，訊據不知情由，且見天使被害，畏罪自首，應姑免死罪，刺配沙門島。是。查取職名，侯蒙遇害在前，護理曹州府知府之推官蓋天錫任事在後，應免其失察之咎。是。前任知府某雖有失察，已死，無庸議。細。其賊目郭盛，訊據已逃回梁山泊，應俟就擒之日，歸案訊結。侯蒙之死，竟無一人抵命，可見咎由自取。是否允洽，伏乞睿斷等語。繕畢，便請賀檢討一同會銜具奏。賀太平道：「此案事關大盜逆命，鎮撫將軍張繼此處點出張繼，並敘其來歷，益為後文伏線故也。亦須知會他。」劉彬道：「檢討說得是。」就命備文移知張繼。那張繼是勳戚之後，世襲侯爵，鎮守山東全省地方。雖是督領重兵，為一方閫帥❶，却是為人懦弱無能，一切軍務大事，全仗夫人賈氏替他決斷。又是一個劉慧娘。

閒話慢表。當日劉彬依賀太平之言，移知張繼去訖，忽報新任曹州府知府從東京到來稟見。劉彬見

❶ 閫帥：一方軍事統帥。閫，音ㄎㄨㄣˇ，城門之檻，亦指閫外負軍事專責的人。

了手本大喜。你道這新任曹州府知府是誰？却是高太尉的兒子高衙內。(絕世妙文。)原來高衙內自從被陳麗卿割去耳鼻之後，(一落千丈強。)高俅謊奏稱是收捕陳希真受傷，官家准記其功，且賜醫藥。所以他不以為辱，反以為榮。得他老子之力，銓選曹州知府。那劉彬本是高俅提拔之人，今見高衙內，怎不奉承他。當時叅見罷，即請入內堂私禮相見，宴會贈送，自不必說。劉彬就教蓋天錫將曹州府印信交代高衙內，留天錫、畢應元在都省公幹。高衙內接了印信，辭了各上司，帶了僕從，(此句伏線。)得意揚揚到曹州赴任去了。早有細作報與梁山，那林冲在濮州一聞此信，便有攻打曹州之心。(筆如飢鷹下擊，絕世妙文。)看官且莫性急，按下慢表。(奇絕之筆。)

且說當日戴宗、呂方兩個離了曹州府，行了二百多里，方纔天晚。(寫神行。)二人卸去甲馬，尋客店歇了，就住在店內。等了三日，不見畢應元一千人到來，二人疑惑。戴宗道：「呂兄弟且在此等待，我迎上去看來。」當日戴宗拴了甲馬作起法來，仍轉曹州，正撞着蓋知府、畢押獄解錢吉一千人動身。(此句勝于戴宗去訪問。)戴宗大驚，飛忙回到下處，說與呂方。呂方也吃一驚，二人急回梁山，報知宋江。宋江見呂方已回，大喜，(筆筆森嚴。)遂罷攻打曹州之事。(此句劈空補入，可見宋江不惟不肯受招安，抑且痛恨招安，真乃筆筆森嚴。又可見天錫釋放呂方，大有斟酌。此處丟開攻打曹州，原是寫宋江不臣，天錫善謀，不道反喝起後回一句。書有如許用法，真令人歎絕、贊絕。)戴宗禀說前因，吳用便道：(吳用「便道」字法，見得吳用不吃驚也。)「此是番犬伏窩之計❷，錢吉等如何省得，必然被害。他既放回呂方，必然謊奏朝廷，反說我們不是。(「謊奏」、「反說」句，與「放回呂方」句，驟讀之似不連屬，豈知其筆如秦鏡，魑魅魍魎毫髮畢露耶。至此尚瞞大眾，險惡之至。)可煩戴院長速去東京探聽消息。」宋江道：「說得是。」(只三字。)戴宗領命，當日扎扮下山去了。宋江見呂、郭二人都回山寨，並無損傷，稍為放心，(妙筆。稍為放心者東京之信未得，不能大放心也。)遂簡鍊軍馬，觀看動靜。(筆筆森嚴，寫得可畏。)

❷ 番犬伏窩之計：抄老底之計。傳說有一種狗，能埋伏在野獸窩裏，待野獸歸來時捕捉。

且說戴宗直到東京，逕投范天喜家，具道來意。天喜道：「怎的山泊裏壞了天使，把這招安弄決裂了？」戴宗道：「你怎麼顛倒說是山泊裏壞了天使？這都是陳希真那賊道遣女兒來刺殺天使，阻我梁山招安之路，現有公明哥哥與太師的書信在此。」天喜道：「你休題太師！目下官家盛怒，已將太師貶去三級，現為工部侍郎了。」（奇文。此事只在天喜口中虛寫足矣，且預避後文天子斥奸一篇也。）戴宗驚道：「此却為何？」天喜道：「說也可恨。那日官家御司天臺，占望雲氣，忽見太陽中心有一顆黑子，有棋子大小，（奇文。）當問左右近臣。彼時道士郭天信在旁，侍陪聖駕。那廝深曉天文，（偏入此四字，以為後文慧娘一駁成趣。）當時奏道：『日中有黑子，是大臣欺蔽君王之象，恐宰輔侵權，望官家留意。』天子聽信此言，深疑在太師身上，恩禮漸漸衰薄。昨接到山東安撫司奏章，（論理則劉彬奏章由驛站而來，當不能赶在神行之前，論文則此奏章何可落後也。）稱說錢古等供認刺殺天使侯蒙之武妓，乃是我山寨中郭盛頭領。天子覽奏大怒，當喚入太師，大加申斥。那陳瓘、宋昭等一班兒從旁和閧，若不虧童郡王、高太尉力救，定將太師發配州軍編管，如今已降了侍郎。這不打緊，（四字妙絕，見二人擔憂受恐全不為蔡太師也，可畏。）如今官家又懸一口上方劍在至德殿上，有旨說再有敢奏招安梁山泊者，立斬不赦。（宋江自杜門路，果如所願。）此刻只等种師道征遼奏凱，便拜大將征討梁山。聖意已定，天怒難回，誰敢多說。」戴宗聽了大驚道：「似這般說怎好？現在公明哥哥有信，多多拜上太師，求他鼎力周全，兄長可怎生引我去面見太師？」天喜道：「太師此刻已是不在其位，況近日憂愁成病，未便引你去相見。這信。（句）我與你呈遞上去。」當晚天喜留戴宗歇在家裏，將書信傳遞入去。次早，太師喚天喜入後堂。多時，天喜回家，將了蔡京的回書，與戴宗說道：「太師吩咐多多致意宋頭領，千乞看覷我的女兒、女婿。（蔡京注意在此。）此刻雖失天寵，童貫與我心腹至交，我的事便是他的事，我重託他好歹在聖上前周全貴寨，眾位頭領放心為要。」又有許多金帛賞賜戴宗，戴宗收了。不敢怠慢，當時別了天喜，拽起大步，作法回梁山泊去了。一見宋江，備說一切，呈上蔡京回書。眾頭領聽了，俱各大驚。（書法見宋江並不驚也。）宋江聽了朝廷不准招安，蔡京却失了寵，又喜又憂，（俗物讀至此，必曰喜者，喜蔡京失寵；憂者，憂朝廷不准招安也。嗟乎，俗物之俗尚可救藥乎哉。善讀文者一二字便見梗槩，請問此句只一「却」字，為何安放下去也？）對吳用道：「可恨陳希真害了天使，劉彬這夥奸賊竟橫架在我身上，枉是冤屈難明。不如興師去打猿臂寨，擒得陳希真父女來，不愁沒分辨處。」（片帆飛渡。）吳用道：「兄長之言極是。小可所以說過，不乘此刻攻打陳希真，待他養成氣力，急切難圖。（直應第九十二回中語，章法連貫。）近日狄雲兄弟又病故了，（隨手抹去，何等乾淨。）此仇更當報。」

正說話間，忽報差到猿臂寨去的下書人回來，有陳希真回信帶轉。宋江喚入問道：「那陳希真如何？」下書人稟道：「那陳希真一見了大王爺的書信，十分欽敬，（妙。）留小人客館安歇。連留三日，酒筵相待。小人恐悞日期，苦辭要行，陳希真方付了這封回書，又與了小人好多金銀。」（想見希真作用，真乃妙絕。）宋江、吳用心中疑惑，（疑惑。）且看那信面封皮上寫得甚是謙卑，（妙。）却也歡喜。（歡喜。）當時拆信與眾頭領同目觀看，（希真之做作，正誘他如此耳。）只見上面寫道：

總督猿臂、青雲、新柳三營都頭領陳希真，謹覆書於梁山泊主宋公明閣下：嘗聞古人有言：浩浩陰陽移，年命如朝露。萬歲更相送，賢聖莫能度。（起得別致，真是不衫不履，睥睨一切。自有十九首以來，從無如此引用，奇絕巧絕。）撫易盡之光陰，而不於其間作消遣法者，愚人也。（公明何等正經，道子只是頑皮，妙。）希真有生之後，虎豹其姿，豺狼其性，目盡圖書，心通鬼物。四句自負奇絕，而末句尤奇。學范少伯對王孫雄語。幸生當盛時，光天化日之下，為無可為，駭人語。公明不安本分，躍然言下。遂移情方外，從事於導引辟穀❸，與夫朝菌蟪蛄❹，度長絜❺大，不過一消遣法也。既而見忤於當道，遂潛伏爪牙，苟全性命。不意公明方快心於沂州之野，蚩尤❻橫飛，驚霆不測；地軸震蕩，百川亂流；巔無安巢，淵無恬鱗❼。竟是枚乘七發。此等語，實是生填硬砌，惟其氣盛，所以不覺甚矣。文之尚養氣也。語意豪邁。俾希真失其棲遲，於是嘯聚猿臂，為逋逃淵藪。膾肝殺越，行所無事。駭死人語。希真初不知綠林為終南捷徑，絕倒，罵殺而盼望招安。逆天害道，公然行之者，亦不過為消遣法也。妙。希真既有猿臂，而公明之青雲山當我咽喉，希真規取形勢，欲戎馬出入之利，是以襲而取之。竟說應該取的。臥榻之下，原非人酣睡地，不足問也。一味蠻語，妙絕快絕。卓哉，公明！談忠論義，天下英雄莫不頫首❽。調侃不少。又蒙誼不遐棄，雖不肖如希真者，尚不憚以此二字諄諄惠誨，此固希真所未嘗習聞者也。文言之則為未嘗習聞，質言之則是不入耳之談也。雖然，往訓有言：不背所事曰忠，行而宜之曰義。又曰：智足以欺王公，而不足以欺豚魚；忠義足以感天地泣鬼神，而不足以動盜賊之心。何則？盜賊、忠義之不相蒙，猶冰炭之不相入也。公明聲聲忠義，道子聲聲盜賊，針鋒相對，一篇主腦。

---

❸ 辟穀：即避穀，不進食。

❹ 朝菌蟪蛄：即朝菌、蟪蛄，蟲名，生存時間極短。

❺ 絜：音ㄒㄧㄝˊ，用繩子計量圓筒形物體的粗細，引申為衡量。

❻ 蚩尤：神話中九黎族首領，能呼風喚雨。與黃帝爭帝，戰敗被殺。此指不守法之人。

❼ 恬鱗：安適之魚。

❽ 頫首：俯首，有欽敬之意。頫，即「俯」字。

希真與公明同為跋扈飛揚，千載定論，莫不共見為劇賊、渠魁，亦何所用其深諱？（語可截鐵，真令奸奴無從置喙。）以賊取賊，不得為竊；以盜攻盜，不得為討。（筆墨之奇，至於如此。）青雲本非公明所固有，希真取之不為貪，而公明不怒不為厚也。（彼言不修宿怨，此言不足為厚，毫不見情，真乃生薑樹上生，衝倒泰山不謝土，蠻絕霸絕，暢絕快絕。）天子未嘗以征伐命公明，而公明私自發難於猿臂不為順，而希真悉力拒戰不為逆也。（破他奉詔征討不順等語。前段申明以賊取賊不為竊，此段申明以盜攻盜不為討。）方今宋室無東周之衰，而公明欲以匹夫行威，文莊、穆⑨之事，希真竊疑之。（妙，妙。不料「替天行道」四字，受累如此，豈惟公明不及料；又豈耐菴所能預料哉！）夫天下（大開拓。）莫恥於惡其名而好其實，（盜賊。）又莫恥於無其實而竊其名。（忠義。）公明忠義之名滿天下，而不察殺人亡命，（殺閻婆惜。）有司所宜問，無故而欲效法黃巢，血染潯陽，（題反詩。）世人所宜駭，乃飲怨啣毒，報復盡情，行而宜之之說安在？（是。）嘯聚而後，官兵則抗殺官兵，王師則拒敵王師，華州、青州、東平、東昌皆天子外郡，橫遭焚掠；（宋江焚掠不止四郡，今只舉四郡者，以見皆前傳所有，並非仲華揑誣也。）黃鉞白旄，賞功戮罪，皆朝廷王章，俱為僭用，不背所事之說又安在？（是。）如是而猶自稱為忠義，希真雖愚，斷不能受公明教也。（索性駁得透。）且夫希真所為，非不大類公明，然逆料天下後世，必薄責希真而厚疑公明者，何哉？希真不敢樹忠義之望，而公明不肯受盜賊之名也；希真自知逆天害道，而公明必欲替天行道也。無鹽⑩自慚媸陋，人皆諒之；夏姬⑪自伐貞節，適足為人笑耳！（索性暢罵。）假使公明果能（果能，妙。）奉天子

---

⑨ 莊穆：即春秋時鄭莊公、鄭穆公，均為賢君。由於他們的強盛，使東周王室更加衰微。

⑩ 無鹽：即鍾無鹽，本名鍾離春，戰國齊宣王夫人。貌醜無比，但才德兼備，是有名的政治家。

⑪ 夏姬：春秋時鄭穆公之女。妖嬈美豔，生性放蕩，是有名的淫女。

明詔，鼓行而東，希真束手就戮，夫復何言；若乃假忠義之名，徘徊觀望，必有先公明而為之者。（日後之事，隱然自許。）公明自顧不暇，奚暇為希真惜耶？夙慕梁山強兵百萬，公明韜略淵深，倘惠然肯來，希真亦有羸卒萬人，靖壁以待。兩相攻殺，彼此無名，（真乃刀刀見血。）亦一消遣法也。（妙不可言。）或勝或負，等諸觸蠻之得失。所謂盜弄潢池，無足重輕者，何用假朝廷說忠義、陳天道，如此驚天動地為也？（說得雪淡。絕倒。）謹復左右，其熟圖之。（雷崩電掣遮不住，直到海濱無去處。何物仲華雄快乃爾。）

宋江看罷，大怒，（不得不怒。）吳用等也都呆了。宋江氣得面如噴血，手腳冰冷，（真氣。）不覺昏厥了去。（看仔細。彷彿武侯之罵王朗。）眾人忙喚，方醒過來。宋江大罵：「希真賊盜，我與你勢不兩立！」眾頭領無不大怒。只見李逵在旁冷笑道：（絕倒之事，絕倒之筆。真可笑。）「哥哥不聽我的言語，却吃這厮奚落。」（妙不可言，真乃句句真諦。）宋江大喝道：「黑厮省得甚麼，又來胡說！」李逵道：「我雖不懂文理，只看哥哥見了書信，氣得這般光景，必是那厮笑我們受招安。（笑受招安，妙語。）早知不聽那鳥知府哄，豈不是好！」（直與希真書下個註腳。寫鐵牛與前傳齊等。）宋江聽了這話越怒，要斬李逵。（氣極。）吳用喝道：「哥哥正在不快，你省說句，靠後去！」喝開了李逵，又對宋江道：「哥哥息怒，那厮依仗有些人馬，要和俺對敵。正要去擒他，他倒來吹毛求疵，定要洗蕩了那厮的巢穴。」（看他一路純是直抄前傳打祝家莊文字，知其特為義民洩憤也。）宋江道：「軍師說得是。」

次日，宋江教裴宣計較下山人數。正說間，忽報濮州林冲頭領差人投文來。宋江喚入，取信看時，乃是林冲探得高衙內做曹州知府，林冲記念前仇，要求公明准其起兵攻打曹州，擒拏高衙內，「千萬與兄弟作主」等語。真是神龍變化。宋江看了，與吳用、公孫勝商量道：「林兄弟此仇不容不報，只是攻打猿臂寨，這機會不可失，其勢不能兩顧，怎好？」吳用道：「可寫信與林頭領，勸他暫忍數日之氣，等打猿臂寨得勝之後，定然與他報仇便了。」公孫勝道：「林頭領每提起高俅陷害一節，怒髮衝冠，眼中冒火。今日仇人相見，分外眼睜，雖寫信去勸他，恐他未必忍耐得。貧道想，何不遣人去替他回來，同去打猿臂寨。妙哉！此篇主見全是與祝氏洩憤，所以調撥人馬竟直抄前傳打祝家莊文字，不易一字，作者之妙固矣。乃前傳打祝家莊盛寫林冲，而此傳之林冲已分駐濮州，若特特調回，未免痕跡，却借高衙內之事趁手掣回，又可作後文之引。筆之靈敏至於如此，吾欲飲上池水視仲華肺腑矣。一乃仇人離開眼前，二乃林頭領武藝超羣，須知少他不得，全不為此，讀者切勿為仲華瞞過。豈非兩全其美？」宋江道：「此論極是。」當日便令雙鎗將董平往濮州去替回林冲，這里且按兵等待。不日，林冲回到梁山，宋江接着道：「非是不許賢弟報仇，奈此番攻陳希真機會不可失，望賢弟助我。俟勝了希真，攻打曹州，報賢弟之仇，都在宋江身上，又說要擒希真父女分辯，處處寫宋江不受招安，嚴冷之至。賢弟休煩惱。」林冲領諾。當日便寫下告示，將下山打猿臂寨頭領分作兩起：頭一撥，宋江、花榮、李俊、穆洪、李逵、楊雄、石秀、黃信、歐鵬、楊林，共帶六千步兵，六百馬軍；第二撥，便是林冲、秦明、戴宗、張橫、張順、馬麟、鄧飛、王矮虎，又去兗州調回時遷，以備探路之用，原是白勝，因白勝已死，故以時遷代；又恐有痕跡，故以探路二字掩之。也帶領六千步兵，六百馬軍。兩起共是一萬二千步軍，一千二百馬軍。真是一字不換，惟人馬加添一倍者，蓋祝家莊題目小，猿臂寨題目大也。教宋清先備得勝酒筵，眾頭領歡聚一夜。宋江向吳用道：「那年我打祝家莊，好筆力。蓋上文直錄前傳不換一字，尚恐讀者一時未解，故特表出此句，以示作意。先是自己去，未能得利，幸虧軍師到來，助我成功。今仍欲煩軍師同往，早晚可以商議，未知可否？」吳用欣然領諾。吳用何必落後，作此兩番寫開哉？實欲綰成上文章法也。抹倒狄雲，替回林冲，添入吳用，皆是作者慘淡經營，所以毫無痕跡。嗟乎，席上尊客只知水陸新奇，烹飪適口，惡知庖丁揮汗如雨哉。便又派呂方、郭盛同行，又加呂方、郭盛。

宋萬、鄭天壽接應糧草。（真是一字不易。）盧員外並一切頭領鎮守山寨。當日宋江領眾下山，殺奔猿臂寨來，早有細作報與陳希真。

却說陳希真自從吞併了青雲山，又開得銀礦，煎煉銅斤；又招撫散亡流民，開墾地畝，四方無業飢民，多來歸附。又令侯達提調窑器，私通客商，發去各路銷賣，官府幾番也禁止不得，（補得好，再不至遺駁。）因此兵糧充足。眾英雄見希真並不劫掠而自豐富，都各歡喜。（寫出猿臂正大。）陳希真恐梁山來戰爭，將三寨錢糧計會一切事務，都委劉廣、苟桓在猿臂寨掌管，自提精兵駐札青雲山。那時正是三月中旬，天氣和煖，祝永清與陳麗卿已成合巹之禮，（恭喜姑娘。）正在新婚之際，連日慶賀宴會。自希真復了宋江信之後，乃集眾英雄議事。眾英雄禮畢，分班坐了。希真笑道：（開言便笑，活寫出此老滿腹經劃，目無難事。）「可笑宋江這廝把這等信來唬嚇我，（唬嚇，絕倒。）我等豈是受他籠絡的，吃我回他這封書，那廝見了不歐個死，也有九分沒氣。他必然興兵動眾，拚命而來，當如何對付他，願聞眾位妙策。」（希真豈無成見，再旁搜眾論，以求萬全。）只見慧娘答道：「邇年來梁山正強，兵精馬壯，今被姨夫一激，來勢必然凶猛。兵法云：避其朝銳，擊其暮歸。何不深溝高壘，守老了敵兵。待那廝退去，隨後掩殺，可獲大勝。」語未畢，只見祝永清道：「秀妹妹之言，雖合兵法，但我更有一計在此。我早料這廝要來，已差心腹人在魏河西岸，如此如此安排下了。（妙在先不說明。）今求泰山與小壻三千精兵，渡過魏河，背水下營。那廝若打從這條路來，先殺他個下馬威，再依秀妹之計堅守。」（定一篇之局。）希真大喜道：「你二人之計都妙。賢壻去時，三千兵恐不敷用，竟帶五千兵去。我在魏河這一岸，札營等你。」眾頭領聽了，無不忻然。慧娘道：「玉山兄既有此妙計，奴家索性再助你一件器械。」（妙哉，真正好看煞人。）希真問是何物，慧娘道：「甥女前日曾教水軍用捍水橐籥，可以伏居水底，（浪裏白條不足奇矣。）姨夫已准用了。（補前文所未及。）今就以此法變化，造成飛橋。此橋亦用黃牛皮做就。這橋若拆散了，軍士們身邊可以分帶；湊起來，頃刻成一座浮橋，千軍萬馬任意可渡。用畢，頃刻可以收拾，毫無形跡。（妙物。）奴已備好在此。今玉山要背水立營，這橋正得用。」永清聽了大喜。希真道：「且待梁山去的探子回來，便知端的。」不日，細作回來報道：「宋江等領一萬多人馬來廝殺也。」希真便傳令先將磚城工作停了，（妙。）張家道口，除苟英領三百兵鎮守鐘樓之外，不許存留一人。（妙。提出鐘樓。）一面去新柳營調回祝萬年；又去虎爪關調回劉麒；猿臂寨調回苟桓、王天霸，派謝德、婁熊權去代領。這里兵馬分作兩起：（也是兩起。）第一撥祝永清、祝萬年、陳麗卿、欒廷玉、欒廷芳、王天霸，共領步軍五千，馬軍五百，下山渡過魏河，背水下寨；第二撥只是希真同慧娘、劉麒、苟桓四人，領大兵隨後下山，就魏河東岸下寨。另撥一千軍，帶着飛橋，接應祝永清。分派已定，只等梁山泊軍馬到來。（寫得軒昂，讀之令人氣壯。）

却說宋江帶領人馬，殺奔猿臂寨來，離青雲山尚有二十餘里，下了寨柵。宋江在中軍帳裏坐下，和吳用商議道：「我聽說青雲山左側張家道口，四邊都無依傍，敵兵難以把守，我就那里長驅直進如何？」（先提張家道口。）吳用道：「不可。陳希真不比等閒之輩，豈肯留此大破綻，那里必有防備，（逗九陽鐘。）莫如夾魏河立寨。」（後落魏河，作文定法。）宋江道：「夾河為陣，他不肯來，我不可往，守到幾時去？」（逗背水陣。髣髴子上之遇陽處父也。）吳用道：「事難預定，只可相機而行。且先使兩個分頭去探聽路徑，纔可與他對敵。」宋江便差戴宗、時遷（却不用楊林、石秀，變換人，妙。若死定一字不換，却又何苦。）去探路。次日一早，戴宗回來道：「陳希真差他女壻祝永清同祝萬年領一枝兵，在魏河西岸背水下營，希真自己却在河那一岸，倚山札寨。魏河裏並無浮橋，亦不見一隻渡船。（奇妙在此。）祝永清的營盤係是五營，分東、西、南、北、中，海棠花式樣安札，背後緊靠着魏河。」（奇妙在此。）正說間，時遷亦回來，（時遷亦回。）說道：「小弟去張家道口打探，那張家道口空蕩蕩的並無一人一馬，（奇妙在此。）正在那里修造磚城，滿地堆着磚石，亦不見一個工匠，四面各處看探，人影也無。（奇妙在此。）只有十里遠近，正中間一座鐘樓，旁有幾間小屋，（補前所無。）想有些少兵丁居住，餘無別物。（妙。）任憑生人來往，亦不稽查。」（妙。）宋江、吳用聽了，甚是疑惑。宋江道：「這也作怪，却是何故？」忽報祝永清下戰書，（緊捷。）吳用批刻日交鋒。宋江道：「他背水札營，必有緣故，軍師怎樣勝他？」吳用道：「拔寨前進，我自有道理。就前面險要處安營，我兵初到，銳氣甚盛，休要鬬將，可與他混戰取勝。我兵即或不利，可以退守。（吳用未嘗不會。）那張家道口必有備防，休去保他。」（帶說張家道口。）宋江依言，當命三軍飽餐戰飯，拔寨都起，離祝永清不過三二里之遙，依着樹林，一字兒札下三個營盤。（兩起變作三營。）中軍是宋江、吳用、呂方、郭盛、林冲、花榮、李逵；左營是李俊、穆洪、楊雄、石秀、張橫、張順；右營便是秦明、黃信、歐鵬、楊林、戴宗、馬麟、鄧飛、王矮虎、時遷。安營已定，吳用對宋江道：「既與他混戰，可將軍馬分為四隊，（三營又變四隊。）奇正相生，必獲大利。」宋江道：「有理。」當時宋江與林冲、花榮、李逵領前隊；李俊、穆洪領左隊；秦明、黃信、歐鵬領右隊；楊雄、石秀、楊林、戴宗領後隊；只有吳用、呂方、郭盛、二張、馬麟、鄧飛、王英、時遷守營。分派已定，宋江正待領兵出陣，忽聽得右軍營裏喊聲大振，鎗炮震天，連次來報：「敵兵劫寨，已殺入圍子裏，兵馬不知從何而來。」（奇計奇筆。幾疑周亞夫從天而降矣。）宋江、吳用大驚，忙傳令道：「右營已中奸計，中軍、左營休動，切不可去救，（吳用真能。）那厮必有外應。但有外應賊兵來搶中、左二營，不問多少，只把神臂弓射去，休容他近寨。」（吳用真能。）道言未了，中營後面早已火發，糧草堆齊着，人馬亂竄。吳用只教休動，妄動者立斬，只將神臂弓、佛郎機保住中軍；又吩咐左營一樣如此。果然陳麗卿來搶中營，王天霸來搶左營，（猿臂兵將用倒點法，錯落有致。）三五番衝突，都被神臂弓射回，不能殺入。（吳用着實能。）那神臂弓是兩人分用一張，一弓發三箭，長六尺，發遠五百步，乃是宋朝利器。（百忙中偏要註神臂弓來歷。）當時祝永清、祝萬年從宋江營後殺出，乘勢縱火燒糧，也被神臂弓、佛郎機阻住，不能殺到中軍；（極寫吳用，然極寫永清矣。）只有欒廷玉、欒廷芳出其不意殺入右邊營內，逢人便砍。右營賊兵不及備防，吃欒氏弟兄殺得馬仰人翻，那馬麟、鄧飛、王矮虎、時遷都從亂軍中逃出性命。祝氏、欒氏弟兄四人，合兵一處，斬首無數，掌得勝鼓回營。麗卿、王天霸已收兵而回。這一陣殺得那梁山兵膽戰心驚，更不知猿臂寨人馬從何處殺入。（再振一筆。）細細查看，中營後面、右營圍子裏，都有七石缸大小地穴數十處，原來都是祝永清預先使心腹人掘下的地道，（至此方纔註明。）料得宋江必在此等所在札營，果然中計。當時查點損傷二千餘人，燒壞糧草、器械無數，幸虧軍師吳用鎮定中營、左營，不致失利。宋江大怒道：「祝小畜生焉敢如此！」便傳令起合營兵馬，前去厮併。只見探路兵來報道：「祝永清得勝後，便拔寨都渡過河去了，札營處只是一片空地，一物全無。」（妙極。）宋江、吳用驚訝道：「這厮又不備船隻，不搭浮橋，却怎生渡得這般快？」當夜宋江與眾頭領在寨中商議，都疑惑不定。

次日，宋江差人渡過魏河，直到希真營內下戰書。希真批來日渡河交戰，書後又批道：「夜來小婿行小狡獪，戲弄足下，幸勿介意。」（妙絕，趣絕。）宋江愈怒。次日，宋江嚴整隊伍，在魏河西岸擺成陣勢等候，希真並不出戰。（妙。）宋江着人去催，希真回書謝道：「小女于歸，今日正當彌月，（妙絕，趣絕。想此語從不用入戰書也。）敝寨設酒慶賀，無暇厮殺，故而爽約，望改期明日。」（絕倒，竟似擸債。）宋江怒極，氣得個李逵暴躁如雷道：「為何不渡過河去，怕他甚鳥！」宋江道：「兄弟也說得是。」便傳令搭浮橋渡河。吳用再三苦勸道：「哥哥，你忘了天書上明明寫着：臨敵休急暴，對陣莫匆忙；急暴難取勝，匆忙多敗亡。（真是絕倒之文。前傳只提五字已絕倒矣，此處偏添入十五字，似申明而非申明，似註解而非註解，重複扯長，鄙淺無味，天下真有此不通文字也。曾憶見好事者故作重複詩，與關門閉戶、掩柴扉相類，附此一笑。其詩曰：秀才學伯號生員，好睡貪鼾只愛眠，淺陋荒疎無學術，龍鐘衰朽駐高年。真堪大噱，然此猶是一句一意，不及此四句，只一意也。）古來兵家犯此取敗者，不知其數，兄長豈可蹈其覆轍。請暫息一時之怒，從長計較。吳某不才，管取一條計勝他。」宋江只得忍一口氣，收兵回營。次日，宋江又陳兵西岸，遣人去希真處挑戰，仍不見動靜。直至下午，希真方批回戰書道：「公明既善用兵，何不渡過東岸，一決勝負？希真若半渡邀擊，非丈夫也。」（妙。三次批戰書，一次妙一次。）宋江惱門都氣破了，對吳用道：「這賊道欺我太甚，當用何法攻他？」吳用道：「小可算定了，這厮欺我不敢渡河。我一面只顧搭浮橋，假作欲渡之勢，仍將兵馬分作兩撥，兄長領一撥，今夜悄悄從上流頭黃葉村渡過去，小弟探得那個村坊有百十家烟竈，多是漁戶，水勢尚淺，漁船甚多，可借他作浮橋。但必須另留一枝兵，射住岸口，方可過去。一到彼岸，先占地利，札下營寨，然後進戰。（寫吳用之能，以襯希真。）小弟自同眾兄弟從此地進路，兩面策應，此河可渡也。」宋江聽罷甚喜。（若聞飛橋更要喜。）

當日黃昏時分，宋江仍同花榮、李俊、穆洪、李逵、楊雄、石秀、黃信、歐鵬、楊林帶一半人馬，投黃葉村去；吳用分一半人馬鎮住河口，催督軍士鋪搭浮橋，假作渡河之勢。當晚宋江領兵奔黃葉村來，叫穆洪、石秀帶數十個嘍囉，先到村中去曉諭百姓：「休得驚恐，我不過借此渡河，決不煩惱村坊。（此非宋江假仁義，蓋恐打草驚蛇也。百姓亂竄，機密必然泄漏，故下文有妄動立斬之言。）各宜安靜，妄動者立斬。」穆洪、石秀領命去了。宋江到得黃葉村，已是初更天氣，那些百姓漁戶都來焚香迎接。宋江都安撫了，就叫借眾漁戶的漁船，趁月光下搭起浮橋。二更時分，早已完畢，宋江留黃信、歐鵬帶領弓弩手射住岸口，宋江同眾好漢渡過魏河東岸，果然神也不知，鬼也不覺。（非寫宋江能，直寫希真視宋江如無物也。妙，妙。）宋江甚喜，暗傳號令，人皆啣枚，馬皆勒口，順流迎下去。走得五七里，已近半夜時分，宋江同花榮相了地利，倚山傍水之處，住下兵馬。宋江對眾好漢道：「吾在此處安營下寨，希真堅守不出以為得計，今已入其內地，再奪得他幾處險阻，更有吳軍師策應，那怕這廝不敗！明日眾位弟兄與我努力！」（且慢，穩着。）眾頭領欣然領諾。

宋江正令軍漢們搬泥運石，掘濠鑿塹，安立營寨，忽聽半山裏一個號炮飛入雲端，四面喊聲大起，猿臂寨兵馬漫山遍野而來，梁山兵慌忙迎敵。（我說何如？）兩下交鋒，混戰了一夜，天色大明，希真方纔收兵。宋江帳房、器械失去無數，安營不得，只得屯在一個林子內。正與眾好漢商議間，只見戴宗趕來道：「軍師請大哥不如收兵回去，河口浮橋已被希真燒斷了。昨夜賊兵渡過河來劫營，吃軍師防備得緊，只傷了些伏路兵，不曾吃他得便宜。（此事借戴宗口中補出，與上文虛實相間入，妙。）特請大哥回去商議。」宋江道：「我已渡過此岸，正好與敵人決戰，何故退兵？」（不惟文有頓挫，且引起移攻張家道口，妙。）花榮道：「既是軍師如此說，定有妙計，哥哥須要依他。現在黃葉村的浮橋，得黃信、歐鵬把守，雖不妨事，恐再中那廝奸計，老大不便。」戴宗道：「那廝渡河並不用船隻橋梁，在水面上來去如飛，正不知是何故。」宋江與眾人都甚驚疑。宋江聽了這話，只得收兵回黃葉村。希真亦知宋江軍有紀律，兵勢未衰，不敢追逼，亦自收兵而回。既省且妙。

那宋江到了黃葉村，黃信、歐鵬接應，仍過了魏河西岸，令花榮、穆洪、黃信、歐鵬斷後，歸到大寨，吳用接入。宋江問吳用道：「賊兵雖與我混殺一夜，不過小失了些人馬、器械，並未挫動銳氣，軍師何故要我收回？」吳用道：「那廝昨夜亦來劫寨，吃我防備，不被他着手。我因見彼軍渡河不用舟楫、橋梁，大有可疑，真有神出鬼沒之機。為飛橋染出精神。深恐兄長有失，所以請回，從長計較。如果勝他不得，小弟愚見，不如且歸山寨，再候機會。若曠日持久，糧草不繼，兵馬守老了，一發吃虧。」吳用識慧娘之計。宋江聽罷，沈吟不語。眾頭領亦意見不同，也有說退兵是的，也有不甘心退兵的。寫出羣疑滿腹。看官，就是熟諳兵法的人，到此也難預決。究竟不知梁山兵進退如何，且聽下回分解。

范金門曰：文案之曲折，由於官長之賢否。既有賀太平為提刑使，是案必順理而行矣，乃幻出安撫使劉彬非錢不可，作一波折。及宋江欲求周全，偏使蔡京失寵而幻出一個童貫為蔡京知己，則藕斷絲連，奸臣餘氣，未盡消滅。逐層跌宕，委婉盡致。

陳希真答宋江書，英鋒四射，霸氣橫飛，令人一讀一擊節，一噴一醒然。能使巨奸生平心術、前傳通部關目俱一齊現出，豈惟盧員外落落數語，雖冀北檄漁陽摻不是過也。

憶余初見此篇，其時重陽已近，滿城風雨，而數知己俱絕迹，內子又抱有小恙，正無可奈何，忽石樵以蝤蛑越醪見貽，又驟得此文，急開小軒，持螯引觴，快讀數十篇，頹然傾倒，葢不知天地何如，不知我為何物也。

前傳盧員外答宋公語，已絕雄快矣，而讀之反似遜於此者。非其才有軒輊，亦非文有短長，葢盧員外語是以真鬬假，此則以假應假，一是正論，一是機鋒，同做一題目，而局法一換，便令文章另自出色，讀者不可不知。

下戰書未有如此篇，一而再再而三者，此中含有深意。未到猿臂時，聲聲口口要擒希真父女，分辨刺殺天使事；及到猿臂戰書傍午，行人交馳，却絕不聞提及一字，真要笑煞也。

邵循伯曰：讀希真回書，古氣蒼茫，議論蓬勃，宋公明一生忠義，抉摘入微。杭諺有之曰：惱羞變成怒，宋江之謂矣。書中大旨直破宋江之忠義，其用意猶淺，不諱自己之盜賊，其魄力更大也。嘗讀左氏傳而歎絕秦一篇，純是假得好；茲讀結水滸，而歎希真一書，純是真得好。

第九十五回　陳道子鍊鐘擒巨盜　金成英避難去危邦

卻說梁山大眾正在進退未決，只見宋江道：「我兵到此，豈可輕退！我想那張家道口，正是進兵之路，（落張家道口。）軍師在未發兵之先，曾說此路磚城未築，最易攻取，今日為何還不走這條路，卻又攻此地，豈不是舍易求難？」（代人劃策，往往遭此一駁。）吳用道：「我雖如此說，但事有變更。那張家道口平坦坦地，四面無處生根，敵人就用重兵把守，尚且不能擋我。如今他無故棄而不顧，方圓十餘里不立一營一柵，便是無謀下將，亦不至如此疎虞。我料這賊道必有意外詭計，切不可中他機會。」（吳用究竟是個軍師。）花榮道：「軍師之言雖是，然太把細了，也是一病。昔年漢末三分，諸葛丞相因西城難守，曾用空城之計，晉宣❶竟為所愚。今希真莫非就是此計？」（以花榮之見識，襯起吳用。）宋江道：「我也這般想，那廝必是故意如此。我等只顧大隊人馬殺去，就那里下寨，再觀虛實何如？」吳用又再三不肯道：「只有看透虛實，然後進兵，那有先進了兵，再觀虛實之理？（方是兵家至言，勝於天書遠矣。）兄長不聽吾言，必然有失。」宋江道：「我煩動眾弟兄到此，不得半點便宜，退兵實不甘心。」眾好漢都叫道：「我等既到此地，豈可不戰而退，願併力前進，死也不悔。」吳用吃逼不過，只得定計道：「既然要去，他那鐘樓必然古怪，不是號令，定是妖法。（也猜得是。）我兵不可全

---

❶ 晉宣：即司馬懿，三國魏傑出的政治家、軍事家，其孫司馬炎稱帝後，追尊懿為晉宣帝。

進，先差精壯軍，乘他不備，悄悄進去，拆毀了他那鐘樓，再進兵。」話未說完，李逵便道：「我去！」吳用道：「你去雖好，但你做事麄鹵，我再教時遷助你。你二人乘黑夜，帶五百人去拆了鐘樓，就放起旗花來報信。倘賊兵追來，休要迎戰，只顧回來。」二人領令。

當夜吳用請宋江暗傳號令，只留些少兵丁虛守老營，將合營軍馬悄悄移到張家道口，安下營寨。李、時二人引了五百精壯嘍囉，悄悄進口子去了。（去了。）宋江、吳用親在轅門外觀望消息。那夜陰雲四合，星斗無光，望那張家道口裏面，黑洞洞的不見一物，（妙。）只有那鐘樓上點着燈火，十餘里外都望見。（妙。）好半歇，約莫那李逵、時遷早已到鐘樓邊，許久並不見些動靜，也不見旗花飛起。（妙。）宋江、吳用一同直等到四鼓，不見動靜，（妙。）心中甚疑，又差幾個探路小軍去探聽。那小軍探了一轉，來回報道：「那鐘樓安然不動，（妙。）李、時二位頭領并那五百人影跡無踪，不知那里去了。（妙。）四週圍十餘里，都是空地，並無人跡。只有鐘樓上并幾間小屋內，卻有幾個人都睡着。」（妙，妙。）宋江、吳用聽了，都大驚。吳用道：「我說這廝必有詭計，如今天已大明，（天明借吳用口中順敘出，省力。）李逵等人一個不回，必遭毒手了。此路斷乎攻不得。」宋江道：「非也。（還要鳥強。）兩個兄弟進去，不見虛實，如何便捨了這條路罷休。我只顧進兵殺入去，死也要救兩個兄弟！」吳用且教去各村口處，捉得幾個鄉人來，問道：「爾等居此多年，可曉得陳希真在此建立鐘樓，是何緣故？」鄉人答道：「小人等雖居此地，實不知其細底。那鐘樓自起造到今，亦從未撞過。（補出一層，妙。）只聽得那些嘍囉們有四句歌兒念誦道：好個九陽鐘，只消一聲撞：賊兵來一萬，活捉五千雙。（特作此語，與盤蛇路相映。）亦不曉其意。」宋江道：「這廝多敢是惑人之術，休去保他，眾兄弟那位去打頭陣？」只見楊林、石秀、鄧飛、王英一齊應道：「小弟都願去。」宋江大喜，便令四員頭領分領四千兵馬，當先殺入，先拆鐘樓，再長驅大進。大書宋江一人主意，以見吳用精細。吳用無奈，只得將後軍分作三隊，隨後接應。中隊乃是宋江、吳用、花榮、穆洪、呂方、郭盛；左隊乃是秦明、黃信、張橫、張順、楊雄；右隊乃是林冲、李俊、歐鵬、馬麟、戴宗。分撥停當，楊、石、鄧、王四將當先進發。

卻說苟英仗九陽鐘震倒了李逵、時遷和那五百人，活捉了解到希真大寨。次日，正在鐘樓上觀望，只見一大隊賊兵約有四五千人，不知是誰，方是望見。飛奔殺來。苟英大喜，待他走入界限，便撞動神鐘，「鍠」地一聲，只見那四千人都馬仰人翻，七橫八斜睡在地下。妙。兩旁小屋裏奔出數百嘍囉，各帶麻繩，將眾人慢慢的綑縛起來，妙。一個個穿在槓子上，扛猪也似的擡了去。妙。宋江等在後面，望見大驚。秦明、黃信兩騎馬急忙飛搶上前去救，那鐘又是「鍠」的一聲，秦明、黃信連人帶馬也都倒了，都吃捉了去。妙。寫九陽鐘不事張皇，別有逸趣。宋江只叫得連珠箭的苦，無法奈何，只得收兵回營。宋江大哭道：「不聽軍師之言，果中這廝詭計。如今八個兄弟遭他擒去，性命在於呼吸，如何是好？」吳用道：「已中其計，不必說了。凡事勉強就主人之料者，事後每有此言。這廝詭計多端，又有妖法，不如暫與他講和，救回八個兄弟，再作區處。」宋江道：「與他講和，須一能言舌辯之士方好。」便問那個願去，只見帳下一人應道：「小人願往。」宋江看時，乃是冷豔山的頭目王俊。借用得好。宋江道：「我亦深知你的材能，正要重用你。你若救得八位頭領出來，決不負你。只是不可失我們梁山的體面。」帥師而來，求和而去，欲圖體面，抑亦難矣！王俊道：「爺爺放心，小人決不貽羞而回。」宋江當時修一封書，付與王俊。王俊領了書信，帶了四五個伴當，竟投希真大寨來。轅門小校報入中軍，希真喚入。

王俊上前禮畢，希真問道：「宋頭領差你來，有何話說？」王俊道：「宋頭領特差小人來講和。」希真道：「我原不曾來惹你梁山，爾主無故加兵，殊不合禮。不知爾主講和之意若何？」王俊道：「宋頭領傳言：陳頭領如肯放八位頭領回寨，即刻捲旗收兵，永不相犯。現有宋頭領書信在此。」希真聽罷，大怒道：「宋江匹夫，焉敢渺視我！我這裏兵強馬壯，戰將如雲，豈懼怕你這梁山，誰希罕你收兵！」（誰稀罕，妙。看得宋江不在眼上。）便喝刀斧手：「推出王俊斬了！」（蠻極，橫極，妙極！）王俊大叫道：「頭領且慢，聽王俊一言。」希真喝道：「饒你有蘇秦、張儀❷之舌，我這里也下不得說詞。速與我斬來！」刀斧手不容分說，將王俊推了出去。（蠻極，橫極，妙極！）祝萬年道：「兩國相爭，不斬來使，主帥為何斬他？」希真道：「不斬其使，不足以示威。」少刻，刀斧手獻上王俊首級。（王俊了。）希真教付與他的從人帶回，說道：「宋江要來打話，須着曉事的來，王俊無禮，我已斬了。」從人戰兢兢的道：「小，小人，去，去說。」當時領了首級，趕回營去報知宋江。宋江氣得目瞪口呆，做聲不得。吳用忿然道：「待小弟前去，憑三寸不爛之舌，好歹要救八個兄弟回來，死而無怨。」宋江那肯放他去，（宋江平常，吳用去何害也？）說道：「這賊盜不達情理，（絕倒。忠義之士卻逢不達情理之人，令人稱快。）萬一連軍師都害了，怎好？」花榮道：「不如小弟前去，那厮未必敢加害。即或害了，梁山少了兄弟，如九牛之亡一毛，軍師豈可輕動！」宋江亦不肯教去，花榮執意要行。吳用道：「花兄弟可以去得，我料那厮未必就害兄弟。但須見景生情，隨機應變。」花榮道：「小弟理會得。」宋江只得依了。

花榮當時帶了僕從，直到希真營來。希真聞是花榮，開門接見。（足見人以名重。）禮畢，分賓主坐下。花榮開

❷ 蘇秦張儀：戰國時著名的縱橫家，以善於辯說出名。

言道：「公明哥哥深仰將軍，欲通盟好，將軍何故見棄，致動干戈？昨日八位兄弟被留，我公明哥哥又遣人求和，將軍不聽，竟斬使毀書，不知尊意待欲何為？」希真道：「兩雄不能並立。我希真堂堂大丈夫，只有天在上，更無山與齊，豈肯寄人籬下？公明把『忠義』二字來哄我，（竟說是哄，妙極。自有「忠義」以來，未有受如此之囉唣者也。）我豈受他欺的？況舍親祝氏所得何罪，慘遭翦屠，尤志士所同憤，我正待助小壻報不共戴天之仇，焉肯與你講和！」（與上不曾惹你梁山語，矛盾得妙。）花榮道：「非也。當年祝家莊與俺山上作對，不能不和他廝併。今與貴寨須無仇隙，而將軍不肯相諒，率意謾罵，無故傷害和氣。及至交兵，將軍又不肯出戰，只仗詭計法術勝人，恐為天下英雄所笑。將軍如果執意，我花榮願與八個兄弟同就斧鉞，由將軍與公明廝併。天道難知，恐將軍未必定是勝，梁山未必定是敗也。望將軍察之。」（真是不亢不卑，又冠冕又儒雅。）希真道：「貴寨雖與我無隙，只是竊據爭奪之事，那里論得情理。（希真只是蠻話。）況小壻滅族之仇，豈有不報？兵不厭詐，我自有勝公明之計，將軍如何管得我來？至於八位頭領在此，我佛眼相看，並不傷害，只要公明曉事，我便送歸。一面只顧決勝負，公明不畏我，我亦不畏公明，何必講和哉！」（聲聲何必講和，目無梁山。）花榮道：「將軍尊意，待如何還我八位兄弟？」希真道：「梁世傑夫妻，碌碌庸材，你們尚且取了蔡京十萬金珠，兀自不肯放還；今貴寨八位英雄頭領，豈敵不過蔡京的女兒、女婿？（妙。）物有定價，（四字絕倒。）我亦只要八十萬金珠，還你八位頭領。」花榮道：「既如此，且待我回明了公明哥哥再說。」即時辭了希真回營，見了宋江，具言此事。宋江道：「一時那得許多金珠？」吳用道：「可一面到兗州支取，一面去本寨移動，兩處合來，何止此數。若破了猿臂寨，真所謂暫寄外府也。」（為利起見，吳用之言是真。）宋江道：「軍師之言甚善，速差人去辦，兄弟們的性命要緊。」為義起見，此言僞也。當一面去辦金珠，一面回復希真，帶下戰書。希真只不出戰。宋江五七番下戰書，責備希真失信，希真只是不保。

宋江與吳用商議：「他不肯出戰，這鐘又不能破，怎好？」吳用道：「我想要破妖法，除非請公孫一清來。」讀者亦想及此，而不知不然也。宋江依言，正待發使去請公孫勝，忽報鄭天壽解糧，有轟天雷凌振同來。宋江喚入，見畢，宋江道：「凌兄弟來此何故？」凌振道：「公孫軍師已知敵人有妖鐘擋路，我兵不能取勝之事。他說此鐘名九陽鐘，備先天純陽之氣，只有元黃吊掛可以破得，奈此寶現在二仙山羅真人處，一時不能去取。又引出一篇妙文來。特與盧員外相商，令小弟帶了幾種炮位來，倘能轟倒鐘樓，敵軍可破矣。」宋江大喜，當時點收了糧草，鄭天壽仍去轉運。宋江見糧草充足，可以久持，頗為放心。忽將糧草作一波折，不惟鄭天壽不漏，且令後文退兵不料。即令凌振就張家道口築起一座土山，將炮車載了一座劈山銅砲，數十名砲手推上山去，四面下了樁索。凌振去對準了照星，將火藥、砲子、門藥都裝齊備，只等宋江號令。宋江引眾頭領出了營外督看，宋江令凌振開炮，一面嚴整部伍，只等得勝殺入。寫得氣勢百倍，反襯神鐘利害。凌振領令舉火，三軍吶一聲喊，火機落處，只見火門內的火光，「耍耍耍」放花筒也似的冒出來。炮炸人少經見，不識仲華何以知之。凌振大驚，識得炮要炸裂，忙滾入山下土坑內去了。只聽得一聲響亮，大炮崩炸，天搖地動，那些砲子銅片滿空飛開，反把自家軍士傷了數百人。那些炮手逃得慢的，都被炮炸死。宋江只叫得苦，幸喜凌振脫了性命。宋江問凌振是何緣故，凌振道：「炮內毫無毛病，定是這妖法利害，炮不能傷。」吳用道：「我想妖法最懼穢污，何不將炮子污了打去，何如？」宋江道：「有理。」當取了些猪狗血、大蒜汁，將炮子染了，仍叫凌振再裝起一座紅衣架海炮，（劈山架海，對仗亦工。）炮上也塗了穢物，依就舉火開炮。這番不比前番，凌振早已備防，只將那藥線接着火門，點火之人早已避開。宋江與眾人都立在遠處觀望，只見藥線着到火門，那火藥依就冒出來，不多時，一聲響亮，大炮依然炸得粉碎，那座鐘樓安然無事。（絕倒。）幸防備在先，不曾傷人。早有守鐘樓的人飛報陳希真，希真聽得，即帶隨身將吏，都佩了太陰秘字，齊到鐘樓來。苟英迎上樓去，希真與眾人遙望梁山兵馬，只見陣勢如雲，卻都不敢前來。（為九陽鐘生色。）希真笑對眾將道：「吳用雖善用兵，豈知我的元妙。我這五雷都籙大法並非邪術，豈懼槍炮火具哉！」眾將俱拜服道：「主帥神機，真不可及也。」希真就命苟英將那神鐘連撞一百單八下，只見團團九里之內，祥雲靄靄，瑞氣紛紛。（妙。）宋江那枝兵馬雖在界限之外，聽得那鐘聲，兀自頭運心搖，立腳不定。（寫九陽鐘十分飽滿。）料知利害，只得收兵。希真望見賊兵都退，就吩咐在鐘樓上擺筵席，希真與眾英雄歡飲至半夜方散。（結九陽鐘。）不說希真回營。

且說宋江收兵，悶悶不樂，正與吳用商議進退之策，只見林冲滿面喜悅，領着一員新入夥的好漢，身長七尺，三十七八年紀，來叅見宋江。（突如其來，奇。）宋江見了那大漢，問林冲道：「這位兄弟是何處英雄？姓甚名誰？」林冲代答道：「這位兄弟姓戴名全，本貫曹州人氏，端的一身好武藝。因他鬚髮皆黃，江湖上都叫他做『金毛犼』。家中有巨萬家財，專喜結交豪傑，久要來聚大義。兄弟當年在東京時，亦曾會過，有一面之交。今高衙內這廝做了曹州知府，庇護家丁，又貪他的家財，將他尋事陷害，現在把他兄弟、兒子都捉入監牢，又來捉他，所以戴全連夜投奔我大寨。因聞知小弟同哥哥在此地軍中，所以竟到這里，特引他來見哥哥。」戴全又將高知府才庸性虐的行為，細訴一番，「現在兒子、兄弟在囹圄，命在旦夕，（何嘗為兄弟哉！小人會說冠冕話，往往如此。）望乞救援。」宋江聽罷，問吳用道：「難得這位豪傑兄弟來聚聚，怎好不去救他。只是我與陳希真相持，勝敗未分，棄之不甘，食之無味，勢難兼顧，如何方好？」只見吳用聽了戴全之言，大喜，叫道：（宋江對吳用說，而吳用又只顧自己說話，寫出三面議論光景。）「哥哥，這個利市真是天賜的，如何不去取！（妙筆。）所謂見可而進，（起下。）知難而退。（繳上。兩句成語，恰好關鍵。）這猿臂寨枉是無隙可乘，不如丟開去取曹州，一者殺了這班貪官污吏，為民除害；（上失其道，此事竟使賊盜居功，可歎。）二者為林冲兄弟報仇；三者得他的倉庫、錢糧，可助山寨軍需，豈不妙哉！」林冲亦求宋江道：「望哥哥移兵向曹州，替兄弟出這口無窮冤氣！」（直應出兵時之言，章法甚妙。）宋江道：「曹州也是一府之地，急切如何破得？」吳用道：「取曹州易如反掌。」遂附耳低言道：「只須教戴全和凌振如此如此用計，曹州唾手可得。」（此處妙在不先說破。）宋江聽了大喜，說道：「此計果然妙絕，且等金珠到來，救出八位兄弟，便可收兵。」不日，梁山、兗州二處，先後解到八十萬金珠。看官，這梁山雖是富饒，驟然提出八十萬金珠亦不容易，宋江也覺得肉疼。無奈為兄弟面上，顧不得空乏，只好使用。（不惟表出梁山失利，猿臂得采，亦見金珠之難得如此，而大名太守取以媚其權座惟恐不足。嗟乎，此之金珠何物，皆朝廷赤子之肌膚脂膏也。盜既取之，官又取之，梁山一而已，而朝中何止一。蔡京閫外何止一大名哉！嗟嗟，有宋奈之何不危且亡哉！）當時吳用、宋江商定主意，竟將八十萬金珠先解去希真營內，然後討還八位頭領，（極寫吳用權術，真是可愛。）就命花榮前往。花榮到了希真營內，希真見宋江將金珠先送到，已知其意，就吩咐將秦明等八人放出，交還花榮。謝德諫道：「宋江既將金珠先送來，正是錯打主意。兵不厭詐，何不趁此際會，收了他金珠，不放人還他，日後梁山受我們的牽制，豈不是勝算？」希真道：「非也。汝等不知宋江非蔡京可比，蔡京先送金珠與宋江，是昏愚不省事機，所以蔡京終受宋江所欺。今宋江先送金珠與我，是欲示信於人。我若不還他八個人，我的理曲，他的理正，他的兵氣愈壯，眾心愈固。拚出了八個頭領，破釜沉舟價與我死併，畢竟我的兵力尚不及梁山，一旦失利，真乃貪小失大也。兩軍氣力相當，尚不敢使敵人有必死之心，況敵強我弱乎？」（即師直為壯，曲為老。一語論來，卻如許透徹，知己知彼，可作兵書一則。）眾將俱拜服。希真又吩咐將擒來的眾嘍囉并馬匹、衣甲、器械，盡皆付還，都交與花榮，不缺一件。仍以酒筵相待，送出寨去。花榮等都謝了，同眾人回到宋江營裏。宋江見九個兄弟一同回來，悲喜交集。八人都拜謝宋江，宋江流淚道：「八位兄弟失陷，我痛不欲生，今得重會，實出萬幸，八十萬金珠何足惜哉！」（務要表白一番，是宋江也。）眾人無不感泣。秦明、鄧飛道：「希真妖法如此可惡，必須設計破他。」宋江道：「此刻我已改圖了。」遂將戴全之事說了一遍，眾人大喜。

宋江當時傳令，將後隊作前隊，拔寨退兵。早有細作報與希真，眾英雄都要追趕，希真道：「不可。吳用多謀，聞知他糧草充足，忽而退兵，恐防有詐，且再探虛實。」（希真小心，正襯吳用利害，又省去許多追殺筆墨。）數日內，連差去細作陸續來報：「宋江果真退兵，遣八員頭領斷後，就是放回去的那八個人。（宋江斷後兵前不敘明，在此補出好。放回之人斷後，寫出吳用作用。）現在已去遠了。」希真道：「這也古怪。這廝並不挫動銳氣，何故便退？」祝永清道：「想是梁山有甚事故，這廝有內顧之憂，所以收兵。」希真道：「也未可定。吳用極會用兵，見難而退，不可去追他。這廝平白送我八十萬金珠，我所獲多矣，只顧培我們的根本要緊。」那猿臂寨自梁山攻打不得之後，希真連夜催築城垣，三月完功，亙長十三里，與新柳城接連，十分堅固。就將九陽鐘樓移在新柳城西門外，離城七里，禹功山上建立。（為一百七回伏線。）那里是個緊要所在，梁山兵來必由此路，所以希真將鐘樓移于此處，以作新柳保障。（又自註一筆。）希真又命在黃葉村渡口，添設一座砲臺，（應上文宋江夜渡一段，最有精神。）令劉麒分管。希真見張家道口城郭完工，一切關隘堅固，銀礦內磁器十分得利，兵糧充足，眾英雄各守舊職，戮力同心，乃欣然對慧娘道：「今而後我高枕無憂矣！」（此處方是猿臂寨結穴之語，分派職事尚是草創也。）慧娘道：「雖則腳跟立定，那兗州不能恢復，未為得意。望姨夫早定妙策，若得了兗州歸降朝廷，真無愧也。」（引起後文，筆甚簡捷。數語又表出慧娘學問。）希真道：「甥女之言，正合吾意。只是那鎮陽關十分險峻，急切攻打不下。不日我同你改裝了，親去踏看地利，再作計較。」於是希真大聚眾英雄于萬歲亭上叅謁龍牌，請眾英雄各歸職守。（眾人職守，二十回中已詳細寫出，此處無須更張，故可隨手省去，又有虛實相兼之妙。）一面只顧招兵買馬，積草屯糧，希真仍同慧娘駐札青雲。自此以後，希真鎮守三寨，端的安如泰山，穩如磐石，威振山東，無人敢敵，專候梁山之變。（結煞語，筆大如椽。）放下不題。

單說宋公明拔寨退兵，不日到了兗州。那李應等頭領都領兵出城迎接，宋江見那鎮陽關十分險峻，兗州城、飛虎寨都守禦得法，真是金城湯池，一夫當關，萬夫莫入。（都為希真攻取伏線。此處尚是畧寫，到後文希真、慧娘眼中方是詳寫，最有先後層次。）宋江看了，心中甚喜，便把全軍都屯在兗州，只差淩振同戴全先到曹州按計行事。（又要結煞一處。）

看官，須知說話的只有一張嘴，註書的亦只有一枝筆，若要交代兩處事務，須得暫放下宋江這一邊，（忽然表白一通章法，絕細。下文自是一段疏氣筆墨。）且講那戴全和兄弟戴春是怎樣的人。原來他父親叫做戴聚發，原是徽典當中夥計出身，綽號「鐵算盤」；真是絲毫不漏，那怕一文錢，情願性命抵換。（一語罵盡守錢虜，不似他書之煩而無當也。）那典當東人胡華廷，（捏一名姓。）與他性格相仿，卻帶幾分獃氣。戴聚發便浸潤着他，（一「便」字寫盡機械之人因人而施。）格外做出誠實正經的模樣。胡華廷愛他忠厚而又精明，（此種人絕少。）傾心付託。鐵算盤設法經營，生意越盛。不數年，胡華廷抱病，嗚呼哀哉死了，（死了。）孤兒寡婦盡託於鐵算盤。鐵算盤連欺帶騙，東邊詎稱折本，西邊假說倒竈❸。那胡華廷的老婆女流之輩，兒子又年輕，專好游蕩，那里去稽查得，聽他冬瓜推在葫蘆賬上。鐵算盤又趁勢暗使他的黨羽紀明，（輕輕引出一個人來，妙筆。）引誘胡華廷的兒子使錢，闞賭吃着，無不全備。鐵算盤卻又故意在人面前苦言勸阻，使人不疑心。不數年間，鐵算盤把胡華廷所有內外家貲，一鼓而擒之，弄得胡家母子寸草全無。幾處親友素來都被胡華廷做絕了，到此無不暢快，誰來照應，（世之蹈此而亡者，不可細數。嗟乎，當其得意時，似乎富貴可以長享；迨禍患猝至，求為白屋而不可得。至于流離死亡，救援不至，而彼且不解其何故也。哀哉！）老老實實，凍餓而死。那鐵算盤恐人看出破綻，也故意做出那倒竈❸行徑，口口說「我吃胡家害了」，在徽州鬼混了許久，暗暗的帶了兩個兒子，（兩個兒子即於此處帶出，手腕輕靈。）溜到山東曹州府，（活描賊態。）將騙來的家私撐立起門戶來。不數年，（連寫不數年，一以見處心積慮之久，一以見功效之速。）家財巨富，在曹州城裏稱得豪富，城內城外誰不曉得戴老員外？那時戴員外年已六旬，單單只有這戴全、戴春兩個寶貝。這兩個寶貝雖是同這爹娘生下，卻又情性迥別：那戴春（論兄弟次序宜先寫戴全，今反先寫戴春，不特文法奇變，且下文多寫戴春，自宜以戴春為主也。）生得風流花蕩，三瓦四舍，大小賭坊，無不揚名，（妙極。）一切帮閒篾片，無不廝熟，（妙極。是高衙內一流人物。末句為紀明伏線。）曹州人取他一個渾名，喚做「翻倒聚寶盆」，取其一文不能存留之意；（妙。）那戴全另是一家行為，身有千百斤膂力，專好耍鎗弄棒，結交好漢，（好。）不然如何認得林武師？（筆端有舌。）不論偷雞吊狗，好的歹的，都是朋友。（妙。是晁蓋、柴進一流人物。）兩個拆家精，揮金如土，不務正業。那鐵算盤年已老邁，平日熬茶熬醋，半文捨不得，今見兒子們狂費浪用，又奈何不得，氣成一種症候，叫做反胃噎隔，看着飯吃不下去，（妙。）又不肯捨錢醫治，就是這一年，鐵算盤因重利盤剝，逼出一件人命來，吃蓋青天審訊明白，（忽於此處照出蓋青天來，真是草蛇灰線。）拘入死囚牢裏。（妙。）那戴全、戴春兩個，那里肯為

---

❸ 倒竈：謂時運不濟，或事情不順利。

老子身上使錢，由老子在牢裏受苦，妙。不到一月，也嗚呼哀哉死了。死了。加一「也」字，不忘胡華廷之死耳。鐵算盤已死，這兄弟兩個一發無拘無束，暢所欲為，一宅分為兩院，同居異爨，各敗各錢。場面上為老子的事務，少不得也有些假戲，都攛與帮閒篾片及家人們料理。攛字好。那戴全此回戴春傳也，而先說戴全者，論此回戴春為主，統前後數回論之，則戴全為主也。先畧提戴全，轉入戴春，賓主分明。早已自在逍遙去了。一日，到西門外一個結義弟兄處吃壽酒，座上朋友無非是江湖豪傑、至好弟兄，相見有何不喜，大家說些閒話。將要坐席，只見一個莊客上來道：「小人又去催請過金大官人，金大官人說因身子不快，故此辭席。」於羣小聚會之中，輕輕引起一位正大英雄來，奇筆。戴全道：「所說莫非就是天河樓前武解元金成英麼？」點出姓名來歷。主人道：「正是。」戴全道：「卻也作怪，小可因此人端的一身好武藝，仗義疏財，所以十分敬奉他。近來不知何故，他卻與我疎遠，妙。只畧畧一點，已令我心儀其人。今日仁兄處又托故辭席。」主人道：「這也奇了，想是我們有些不是處，改日見了與他陪話。隨即收過，此處乃逗起成英，非正出成英也。天時不早了，我們且請坐席。」席間談談說說，也講些江湖上的勾當。也講些，妙。席間不必專講此事，亦不必不講及此事也。至情至理。每恨世人見秀才案上書定是文章，醫士巾中物定是丹藥，此等俗物真不屑夏楚扑也。懽飲至夜，眾人方散，不點出主人姓名，在後補出，又是一法。惟有戴全因酒酣路遙，就歇在那家。次早別了主人進城，因記起金成英，原欲到天河樓去，順上大路，恰迎面遇着一個人，戴全卻是認識。原來那人是安慶人氏，姓毛並無正名，因他禿頂，人都叫他毛和尚。確似賊名。生得身輕步捷，縱跳如飛。那年在徽州胡華廷家行竊，胡家失物不少，戴聚發也便趁勢乾沒了許多。絕倒。然則此人亦算戴聚發之所暗使，暗使者不獨紀明矣，蓋幸其來竊而乾沒之。春秋誅心雖無使之之事，實有使之之心也。厥後戴春覆于紀明之手，而戴全亦覆于毛和尚之手，皆乃父所使也，天道不好還哉。後毛和尚因在陽湖縣竊一富戶破案，刺配到曹州，聞知戴全仗義，已來投拜過的，今日正好遇着。戴全見了便招呼道：「毛兄多日不見了。」毛和尚道：「正是。小人受大官人擡舉，未曾報効。」一路談談說說，進了西門，順大街走，不覺到了天河樓前，戴全便同毛和尚進了一爿小酒樓，二人上了樓，揀副座頭坐下。酒保上來問了，擺上一大盤牛肉，燙了一大壺酒。（是英雄吃法，戴春傳中所無。）二人飲到分際，戴全指着斜邊約有數十間門面遠近一所門樓道：「你曉得他家是怎麼樣人？」（奇。）毛和尚道：「大官人為何問起他？」戴全道：「他是我仇家。」毛和尚忙問：「何仇？」（「忙問」二字，是毛和尚。）戴全一一說了。（虛寫，妙。）只見毛和尚目張眥裂道：「竟有這等事！大官人放心，小人卻知那廝也有些膂力，急切近他不得，求大官人寬限時日，總在毛和尚身上，管取他的頭來。小人走得脫便去趕辦，若有禍來，小人一身承當，決不累及大官人。（義俠聲口，當在時遷之上。）但與大官人從此長別。」戴全感謝。（像個英雄。）又吃了兩大壺酒，毛和尚道：「不瞞大官人說，他家卻是小人的親戚。」（奇。）戴全倒吃一驚，毛和尚又道：「他既如此欺負大官人，小人也顧不得了。此等不義之徒，留他何用！」戴全聽了大喜道：「難得毛兄行此義事，倘有山高水低，我戴全自當竭力打點。」（賣弄銀錢。）二人談至餚殘，方纔會鈔下樓，毛和尚竟一別而去了。此事放下慢題。

且說戴全順步而走，一路想着毛和尚肝膽可託，不勝自喜。酒與豪湧，恰好經過一個大酒樓，是曹州有名的叫做鳳鳴樓。（撰一樓名，以便呼喚。）戴全身不由主的跨上酒樓，（得毛和尚而忘成英，宜成英之絕交也。）揀副座頭獨自暢飲。正在欣欣得意，（妙。）只見一個刺眼的人也上來了，（讀至此處，莫不以為奇峯天外來也，看下文可笑。）你道是那個？原來不是別人，便是他嫡親同胞兄弟戴春。（妙。兄弟上特加嫡親同胞四字，令人淚下。上文呼朋引友而視兄弟如仇讐，是以不嫌其突，但覺其妙也。順手點出兄弟不睦，手腕亦輕熟。）看官，他們弟兄兩個為何如此不睦？自古道：孝弟，孝弟。孝弟二字原是相連拆不斷的，（忽講道學，是奇筆。）不孝又焉能悌？（至理名言。）他兩個待老子如此，待弟兄可想而知。（即左氏周不愛鼎，鄭敢愛田之意。）若務要問個細底，連我也不曉得。（妙，妙。此講學也，莫作科諢看。省去無數筆墨，卻講出無數義理，運思之妙，灑

（墨之靈，贊莫能盡。特特註明兄弟不睦，為下文高知府株連，戴春誣扳伏線。）只見（前只見戴全見也，今只見戴春見也，知已入戴春傳。）那戴全也不則聲，慢慢地吃完了殘酒，大踏步下樓去了。（收過戴全。）那酒保早已上來問過戴春酒菜，戴春道：「便是玉樓春取一壺來，（好酒名。玩「便是」二字，已見醉翁意不在酒也。）一切按酒只揀好的搬上來。」酒保應了，須臾搬上來。戴春獨自慢斟細酌了半日，方下樓來，（也是獨自，與戴全對照。）付了酒鈔，緩步上街。正在呆想出神，（可知。與戴全欣欣得意對照，小小過接處亦不廢章法。戴全飲酒畧，戴春飲酒詳，賓主分明。）恰遇着一個人，（與戴全遇毛和尚起句，雙峯對插，都是恰遇，巧自天生。）那人正是徽州的紀明，戴聚發叫他引誘胡華廷兒子破家的。（寫得天道可畏，筆有鬼神。全、春兩段起處各敘一人來歷，筆法正同；又各插戴聚發一筆，以見兩人之破家喪身皆乃父之餘殃所波及者也，可當一則果報書讀。）原來紀明排行第二，徽州有名一個帮閒的，也胡亂學些鎗棒武藝。（為捉姦伏線。）後來也因一起訟事，徽州站腳不住，聽得戴聚發在曹州發跡，特來投奔他。那知鐵算盤曉得他的行為，恐怕他反把自己的兒子引壞了，（拙哉，此老之用心也。彼只知人可避，安知天不可避，所以大雄夫子切切教人勿造因也。「反把」二字何等精靈。）沒奈何暫留他住了幾日，便鑽縫打眼，尋他一個錯處，與他鬧了一塲，推了出去。（弓藏狗烹，千古一轍。）那紀二吃鐵算盤趕了出來，只得東奔西走，鬼混了幾時浮頭食，不上半年，漸漸有些出頭，也另外撐出個塲面來。（寫得藕絲孔，頃刻成魔王世界。）那日因有事（何事？）到天河樓前，卻與戴春遇着。戴春見了，便叫道：「紀二郎，許久不見，約有半年光景了，你在那里，怎的我家只不來？便是先君在日，有點些小傷屈，你也不要見怪。」紀明笑道：「那個值得甚麼！尊翁歸天，我還不曾來弔唁。」當時紀二便盤住了戴春，又說了些投機的話，（投機的話。）便邀戴春到一所酒樓上暢飲。戴春口風裏但涉着嫖、賭二字，他便逗引幾句。（寫篾片神氣。）戴春問道：「你此刻住在那里？」（至此方問住處，前此之無意于紀二可知。）紀二道：「我住在鶯歌巷一間樓房裏，二官人要尋我時，（便料到要尋。）須認明姚三郎的畫店間壁便是。」（又引出一個人來。）戴春道：「敢是那丹青姚蓮峯家麼？」紀二道：「正是。」戴春道：「我也曉得。那人年紀雖輕，（年輕，此處伏。）

丹青卻是高手，我久要尋他畫幅小照，架到姚蓮峯身上，奇幻。你在那邊好極。」紀二道：「你進了巷來，我和他是貼間壁。三字亦伏線。他那丹青手段，二官人讚得不錯，莫說別的，就是這幾筆春宮畫，曹州第一有名。極贊姚蓮峯，亦承順大老官也，足見篾片苦心。春宮畫亦伏筆。他近來很賺些錢，都是春宮畫上來的。」再攔一筆。戴春甚喜。倒竈子孫。二人又吃了幾杯，又逗引戴春好些話兒。呼應前文。紀二奪會了酒鈔，篾片也要本錢，足見生意艱難。便道：「小可還有薄事，何事？不奉陪了。」戴春猛想起一件事來，關筍緊捷，方知上文兩寫紀二逗引之妙。對紀二道：「二郎要你壞了多鈔，我同你到天河樓前鳳鳴酒樓上去，回敬你三杯。」紀二道：「小可委實有件要事，改日奉擾罷。」戴春一把拖住道：「時候早得緊哩，二郎直如此見外。」寫得性急，已入紀二彀中。說罷，拉着就走。紀二口裏還說有要事，那兩隻腳已跟了戴春去了。活畫篾片形景。須臾，到了鳳鳴樓，二人上了酒樓，紀二便引戴春到臨街牕一張臺子坐下，酒保搬托酒菜上來。戴春對紀二道：「我酒是有了，你量海寬用幾杯。」幾疑戴春有不醉之量，得此一句剔醒。又說些閒話，戴春便指着對街一人家問道：「二郎認得這是甚麼人家？」與戴全問毛和尚對映。彼處如怒濤驟起，此則春雲徐展。紀二道：「卻不認識，二官人問他則甚？」戴春笑道：「我幾日前也在這副座頭上，看見他家樓上有個極標緻的雌兒，上文無數逗筆，至此點睛。不知他姓甚，一句。家裏作何生理。一句。料你是個高人，必然曉得。」高人曉得雌兒，妙。紀二聽了，暗想道：「原來他見過這個人了，倒也妙極，只可惜不及打照會。」所謂薄事要事者，殆此之謂歟。便答道：「這卻不曉得。既是二官人要訪問時，待我去打聽實了，定來報命。」兜攬一句，文氣宛轉。戴春甚喜道：「全仗妙計。」深入環中矣。便取過酒壺來，與紀二滿斟一杯道：「先澆梅根。」得意。紀二笑道：「知道成不成，怎的便消受。」戴春道：「託你焉有不成。」深入其元。說猶未了，只覺得對面樓上人影兒一幌，戴春急看，果然是那個寶貝移步上來。戴春便對紀二道：「你看，句。來了！」來了。說罷，只顧伸長了頸頰子張望，餓鬼。看見那女子手捧繡花棚子，走近牕前，將棚子支好，捉一把小椅子坐了，畧捲衣袖，露出纖纖玉手，拈針刺繡。第一段，舉止。初夏天氣，穿一件湖色藕絲衫，鬢邊簪一排玫瑰花，金蟬壓鬢，點翠耳璫，第二段，裝束。生就一張蓮子臉兒，烏雲細髮，星眼櫻唇。第三段，容貌。向來寫婦女先容貌、次裝束、次舉止，今忽倒敘，文法變幻。紀二道：「敢是二官人所說的？」賊。戴春只是點頭。紀二輕輕喝采不迭，賊。猛然忍不住咳嗽一聲。那女子便回眸相看，可知。便把秋波來二人身上一轉，落落大方，毫無避忌，每歎西廂記以儘人調戲四字寫雙文，實乃敗筆，而聖歎猶以天仙化人，曲折周旋之。誤矣，此等文只好寫此等女，豈可唐突雙文耶。只顧刺繡。戴春悄悄道：「二郎你說何如？」紀二側着腦袋把下頦連搖着活畫。道：「我今日服煞二官人的法眼了。」二人重復坐下，補出上文。二人立着，神情宛然。又吃了一回酒，紀二口裏嘈道：「二官人但放心，此事都在紀明身上，多則三五日，必要撈他個底裏來。」至此方極力拖定。與戴全傳、毛和尚語遙遙相照，文法又換。戴春大喜。正說間，只見那女子樓上又來了一個婆子，年約五十以來，衣服卻也清楚。那女子便向婆子笑着說了些話，那婆子也笑着，便帮那女子收了繡棚，同下樓去了。這一去，就如石投大海，再不上來。戴、紀二人等了多時，一個真等，一個假等。酒餚已殘，只好散場。妙。下得樓來，戴春叫店主登記了賬，同上大街，閒游了一回，將要分手，戴春千叮萬囑，務要打聽那女子底裏。紀二連聲應諾，轉訂戴春明日到鶯歌巷來奉茶，戴春應允而別。

紀二徘徊了片刻，見戴春去遠，便回轉天河樓前，逕到那女子家裏來。筆如水銀瀉地。原來這女子祖籍徽州，本身姓陰，小字秀蘭。他父親名叫陰德顯，因為人鬼頭鬼腦，故爾出了個渾名叫做「陰搗鬼」。絕倒。陰搗鬼的渾家田氏，便是方纔樓上的那個婆子。田氏年輕的時節，與紀二素有來往。再說那秀蘭向有一個阿姐，名喚秀英，也是烟花陣裏的主帥，在徽州時奪得好大錦標。妙。紀二引誘那胡華廷的兒子，在他身上老大使錢。應上文。那時秀蘭年紀尚幼。必於秀蘭之上幻出一個阿姐，以醒前文鐵算盤之傾覆胡氏。後來胡家敗了，陰搗鬼攜了家小到東京，用筆簡淨，且為富吉伏案。又做了好幾年半開門的買賣，結交些不三不四的人。明伏富吉。烏龜真沒造化，花娘一病死了，陰搗鬼只得改圖，又同了家小一氽❹兩氽，氽到曹州，筆亦簡淨。卻改姓為楊。轉陰為陽，妙。不上一月，此句八面應照。陰搗鬼也死了。秀蘭年紀漸長，接搆緊密。田氏愁丈夫所遺囊橐不多，不多並不極貧。要求個久遠之計。因見秀蘭十分姿色，比阿姐更好，一心要幹舊日的買賣，怎奈人地生疎，陰搗鬼到此即死，故也。沒處尋個拉皮條的馬泊六。絕倒。也是孽緣與劫數相湊，曹州府該有這番刀兵屠戮之慘，突入此句，章法奇幻。此書於旁文閒文長篇，往往提點正文不使冷落，如打豹子、捉參仙，常提奔雷車一邊是也。而此處點逗尤奇。因思前傳二解爭虎、楊雄殺山尚未有此，此才直駕耐庵而上。數月前田氏將他丈夫屍棺浮厝❺了，又是數月矣，囊橐更少些了。攜了女兒，移在天河樓前居住。一日，正在門前閒看，恰好撞着紀二。兩人本是舊好，一見甚喜，田氏便邀紀二坐談，各訴離情。紀二見秀蘭長大，亦是歡喜。為甚歡喜？田氏便將心腹之事說與紀二，紀二便道：「此事容易。據我想來，莫妙如照當年糾合古月兒❻的做法，處處不脫，一以見天道之循環，一以見文章之綰合。最為穩當，而且多有錢賺。不可像那東京時的胡亂，回顧東京。撈摸得有限，又吃那些破落戶囉唣。」田氏道：「阿叔說得是極。有了阿叔調度，我便放心了。」牽線的與婆娘往往如此。自此之後，又是多日，恰好紀二兜着了戴春。其時不及關照，只好等戴春轉背，飛奔秀蘭家來。

❹ 氽：同「竄」，東奔西竄。

❺ 浮厝：擺放；安置。厝，音ㄘㄨㄛˋ。

❻ 古月兒：即「胡」字，文中指胡華廷的兒子。

一段補敘筆。田氏迎着笑問道：「所託之事有了？」筆筆緊。紀二笑道：「阿嫂怎地猜得着？」田氏道：「方纔見你在酒樓上這副賊相，我便有三分瞧科着。」絕倒。酒樓上賊相婆子實未親見，蓋自女子說之，而婆子如親見之矣。紀二便將戴春的事一一說了，田氏道：「何如？是老法家。我早猜到。方纔那個猢猻精，有點意思。」奇稱。紀二只是嘻嘻的笑，田氏笑道：「這副嘴臉倒虧你那里去尋來的！」秀蘭立在娘背後，也笑道：「娘時常說害乾癆，那人真像個害乾癆的。」女子不足于戴春，為後文伏線。紀二道：「你們如果不要他，就罷，你自己去另尋個戴員外。」一語足矣，省卻無數，包括無數。田氏道：「我不過取笑，誰去嫌他。一筆寫盡鴇兒貪利。他如今到底對你怎樣說？」紀二道：「有甚怎樣說，自然對路。我明日如此引他來，你只須如此如此而行，必然十全其美。」田氏大喜道：「全仗妙計。」與戴春全仗妙計相應，兩語無一字之異，而一則獃子，一則虔婆，聲口同而氣象自別。紀二道：「他明日必然一早來尋我，我且明日來。」遂辭婆子回家。兩邊安插已畢。紀二一路走，肚裏暗想道：「可恨鐵算盤這老賊！當年用得我着，何等買囑我。胡家的家貲，我又分得你沒多少。絕倒。今來曹州投奔你，你便如此相待，不留我也罷了，還要千方百計想害我。補前文所未備，此小人必有之事。好呀，你如今拖牢洞死了，你的兒子卻落在我手裏。天網恢恢，可畏之至。我想他那里帮撐的人多，已伏烏阿有。我到他家必遭刻忌，不如兜他到這裏來，如此切擺為妙，他一定上鈎的。有理，有理！」紀二一路鬼劃策，已到了鶯歌巷裏。只見姚蓮峯正在收店面，上排門，點出天晚，又提醒蓮峯。相招呼了，又立談了幾句，各歸本室。寸陰易過，看看紅日落西山，不覺雞鳴天又曉。閒筆、冷筆，喚醒世人。紀二早起梳洗方畢，見戴春果然來了，甚是歡喜，請到裏面坐下。以下文字，分作大開大合四段。戴春笑問道：「所託之事有些信麼？」寫出性急。與婆子笑着問紀二相應照。紀二道：「二官人信便有些了，只是二官人昨日吩咐的話，恐行不得。」看他先如此說。戴春聽了着實吃了一驚道：「到底怎的？」紀二微微笑道：「其中有個緣故。」正是：癡蝶貪花，被一陣狂風吹去；嬌鶯織柳，用幾番春色鈎來。不知紀二說出甚麼緣故，且聽下回分解。

范金門曰：此一回純是閱歷世故中來，發之於情而又能宣之於筆。誠哉，繡口錦心也。自陳希真一設鐘樓，吳用視張家道口如無其路矣，乃宋江念念及此，眾好漢刻刻不忘，所謂一齊人傅，眾楚人咻，吳用亦奈之何哉！觀其臨進兵時，一則曰必然有失；再則曰必然古怪，而終不能禁其毅然欲往之心。世之痛哭流涕而主人不悟者，大率類此。前回張家道口設九陽鐘，以為為守備計耳。今觀此回，以八頭領易八十萬金珠，方知仍為錢糧起見，仲華代希真會計，真是無微不周。

魏河渡、張家道口，宋江兩次退兵，希真皆不追，謂此時梁山強盛，希真把細而不敢追，是據當時之時勢而言也。謂仲華故意含蓄，以留後文地步，是據文家之局度而言也；二說當並看，蓋搆局養度，實與觀時審勢相因而生。

諺曰：公道在人心，將殺盡一百八人，而中有負奇冤含大屈之林冲，若不許其報仇雪恨而後死，公道安在矣。打曹州烹衙內一篇文字，作者之所不容不出此者也。然於書中則實為旁文，乃因林冲而寫戴全；又因戴全而寫戴春，則旁文中之旁文矣。突於旁文中插一正文之金成英，只淡淡數筆，遂以其事列為回目，驟讀頗覺不解，及讀至後文，方悟於曹州未陷之前，先伏一收曹州之英雄，而且成英好交遊而惡奸俠，則此處之寫戴全揮金結客，殺人報仇，不軌不法，正所以反襯成英也。旁文忽轉為正文，奇矣。

第九十六回　鳳鳴樓紀明設局　鶯歌巷孫婆誘姦

話說戴春聞得事體行不得，吃了一驚，追問紀二怎的。紀二道：「有個緣故。」戴春急問其故，紀二道：「昨日桃花巷口與二官人分手，看看太陽尚高，小人便到那家左近鄰居打聽，（極表其出力也。可見並無薄事要事。）卻探聽不出甚麼，只知他家姓楊，說他家由金釵巷搬來的。小可奔到金釵巷，（實在出力。）那里又打聽不出甚麼，（再頓。）正在無計訪問，恰遇着張九朝奉❶，談起他家，方知是個詩禮之家。他丈夫是個黌門秀士，今來山東游幕，好像是別省人，不甚清楚。其人前月身故，家惟母女二人，雖不富足，儘可度日。」（妙。）戴春一腔慾火挫了一大半，（絕倒。）紀二又道：「二官人，非是紀明不肯出力，（大老官一吩咐便去打聽，而尚恐以不肯出力疑之，篾片之心細矣哉。）那話如果是真，此事何如行得！」（看他先用一推。縮合起句。）戴春呆了半響道：「總仗二郎再去打聽，（癡心未斷。）自當重謝。」（自然。）我們且上街去。」（一開。）

紀二請戴春先吃了些茶食，便同去幾處窰子裏姊妹行中鬼混了一回，又上街閒走。紀二一路看得戴春神不守舍的光景，不覺又行到天河樓前，（不覺，妙。是戴春不覺，非紀二不覺也。）重復到那鳳鳴酒樓。戴春便邀紀二上去飲酒。上得樓時，只見靠牕那副座頭，已被一夥酒客佔去，（絕倒。亦來看花乎？想二人俱暗叫苦矣，好笑。）二人只得另揀一副座頭坐

❶ 朝奉：舊時對富人和土豪的稱呼。

了。且喜且喜。斜望過去，對面那樓牕也看得見，只苦只苦。署遠些，又可恨那樓牕卻廝閉着。過賣搬托酒菜上來，紀二只顧勸飲，說些閒話。惡。戴春那雙猴眼，只釘在對面樓牕上，奇語。苦得鑽不進去，更奇。只得收眼回來看著紀二道：「二郎，你那信息那里打聽來的？」無聊之至，終有希冀其不真之心。紀二道：「不是說過張九朝奉講來的。」寫戴春已昏。少頃道：「且慢，那張老九素來說話不大誠實，此信多敢不是真的，直中紅心。改日再撈個真底裏來回報。」再一兜。戴春聽了，心竅豁地一開，喜不自勝，獃狀可掬。說不盡仰仗話頭。二人又對酌了一回，戴春道：「我們且下樓去，樓牕閉着無可復望。此事總望商量。」一合。那紀二忽的立起身來道：「二官人且請坐坐，我有個計較在此，去去就來。」說罷，飛奔下樓去了。戴春等了許久許久，方見紀二上來，急忙立起笑問道：「何如？」急煞。紀二道：「啐！只一字寫盡密諞機詐。我道是那一家，原來遠在千里，近在眼前，卻是我家的親戚。」戴春大吃一驚，較第一段，加一大字。道：「怎的是你親戚？」紀二道：「他家是我的母黨，那婦人是表嫂，他的公公便是堂房母舅，那女子是表姪女兒。」前文慢慢說，此處一口氣說盡，皆妙。戴春故作惶恐，陪罪道：「倒是小弟放肆了。」紀二道：「這倒不打緊，雖是親戚，卻多年不轉動了。疎失已久，所以昨日探知他姓楊，丈夫是秀才，都想念不到。彌縫無迹。方纔記起一個人來，其人也姓張，「也姓」者，已有張九朝奉也。是此地老土著，熟悉左近人家，因而去問他。」紀二說到此處，向對面樓牕努一嘴，情形宛然，又將戴春眼光引過去，妙。道：「方知真是清白人家，回顧張九朝奉。他丈夫名喚士發，篾片誤矣。此二字何嘗像秀才名字哉。胸無點墨之人其苦如此，此僅可諞戴春耳。實是我表兄。」一頓。戴春聽罷，呆得做聲不出。紀二又道：「二官人，非是紀明不用心，與第一段對照。即使此刻前去，與他見了，徃來廝熟，亦難好啟齒。」回復斷絕。戴春道：「既如此，休再提了，另作計較罷。」又極力一開。言畢，出神呆坐。絕倒。只見對面牕門豁地開了，（關筍緊接。）卻是婆子上來晾衣，（「卻是」二字妙。）戴春看那晾的是一件大紅湖縐女襖。不多時，那妖精挪步上來，就在牕前與婆子打話。那張芙蓉粉臉，吃那大紅湖縐一映，好似出水朝霞。他又把雙星眼望着戴春瞜了一瞜，冉冉地隨了婆子下去。

老子云：（三字接得奇絕。）「不見可欲，使心不亂❷。」戴春自從見了陰秀蘭，本已神魂飛馳，當不得被紀明弄得忽起忽倒，昏天黑地，那把慾火只在肚裏打團團。（絕倒。）當此之時，（此四字乃史公得意常用，最精靈之筆，忽地移至此地，不覺失笑。）怎好再經那妖嬈當面一照，可曉得戴春的三魂七魄早已零零星星，提了一半過樓去了，（奇語。）還剩一半在酒樓上與紀二問答。（更奇。寫盡色鬼。）又對紀二道：「二郎，你和令親有幾年不見了？」（獃子以為遠遠，說來令人不覺，而不知早已開口見喉嚨矣。）紀二道：「自從那年尊翁離徽州時，小弟也往蘇州，算來與他濶別十四年了。」（借箋片口中點出鐵算盤去徽到曹之年。）戴春道：「他和你交情何如？」紀二道：「我和他的交情，尊翁盡知。（此語不謊，尊翁豈有不知。）那年尊翁做五十大慶時，大官人又是十歲，小弟送的百壽圖，還是表兄寫的，敢道府上還不曾棄掉。（三十年前之物尚可知乎？說得確鑿，卻全無對證，妙。）後來大官人十八歲上恭喜完姻，當年生子，（順表戴全有子，亦伏線。）我那楊表兄又替我做了些詩章，後因我有要事出門，未曾送來作賀。（仍無憑據，妙。敘表兄交情卻全在戴家一路挨進，極合箋片體裁。）至於我同他的交情，自不必說。」（不着痕跡。）戴春道：「既如此，你此刻為何不去轉動轉動？（也駁得是。）自古道：千年不斷親。」紀二道：「咳！（句。）原是。（句。）不瞞二官人說，我一則初到，不曾打聽出來；二則小弟兩手空空，就是今朝曉得了，怎好白手白腳的到他家去呢。」戴春道：「你只不過要買些禮物，何不早同我說。」紀二道：「二官人肯借我銀子時，（來了。四段開合，至此點睛。）我有個計較

❷ 不見可欲二句：見老子第三章，原文為：「不見可欲，使民心不亂。」

在此。既是你教我去轉動，（竟說教去轉動，妙。）我只說方從東京下來，我們先在本處買些京貨，（鉗住大老官。）只說是土儀，將去送了他。二官人只說是同伴，（三個「只說」是連環計。）陪我同去走走。」（打入心坎。）戴春拍手大喜道：「此計大妙！」（原來是計，可笑可憐。）紀二道：「我還有一個主見在此，只是妄僭些，倒像討二官人的便宜了，卻不敢說。」（一頓。）戴春道：「你又來了，我同你共事，有甚話說不得！」（好。）紀二笑道：「事體倒巧的，（巧的。）小弟的拙荊（又是小弟，又是拙荊，通文中之不通者也。）恰好也姓戴，有一個內姪兒，名喚福官，自幼隨他父親到四川去，至今永無音信。這件事我那楊家表嫂盡知，二官人何不冒充了福官，只說由四川發大財回來，（「發大財」三字不懷好意矣。）同我由東京一路到此。倘表嫂肯留我住，你便是親眷，常常好來看望了。」（着。）戴春聽了，笑得個嘴不能閉，連聲叫妙，（真妙。）便道：「竟如法而行之，何不今日就去？」（急煞，喜煞。）紀二道：「今日大家紅着臉，不像樣子，何爭這一日？且到明朝，先把應用禮物買了，慢慢地同二官人去何如？」（一頓。）戴春聽了，慢吞吞道：「也是。」（「也是」者僅是，而有所未是之辭。）二人吃罷了酒，紀二又奪會了酒鈔，（二次會鈔。）離了那座鳳鳴大酒樓，（鳳鳴酒樓畢。）戴春又同到紀二家中吃茶。（一頓。）原來紀二的住房，是一排三間八椽樓屋，其一間是姚蓮峯開畫店，一間紀二居住。裏面還有一個老婆子姓孫，（記牢。）只有母子二人，住居樓上，并後邊小屋內。（伏筆。）紀二住在堂前後軒。（所謂光棍寓處也。）須知紀二與那孫婆子也是心腹。（好心腹。）還有一間樓房空着。（記牢。）戴春順便看了一回，（前次之所以不看者，志有在而不暇及也。）又同紀二到姚蓮峯處談些閒話，要託畫小照、扇面等事。（照應前文，又添出扇面，妙。）姚蓮峯極力張羅。（畫師不得不然。）看看天色將晚，戴春告別，約定明日再來。（此數行斷語，為一篇關鍵。）次日一早，戴春又來，便邀紀二去買京貨。（性急。）紀二道：「二官人且聽我一言，（又有鬼話。）今日去是這般去，只是我那表嫂不是那些不正經人家，二官人斷斷囉唣不得。」妙。馬泊六善用鈎拒。戴春正色道：三字絕倒。「二郎說那里話來！前日已說過是你的令親，我戴春是頂天立地的大丈夫，失敬。怎肯幹那虧心之事，足見盛德。只是愛你不過，如此卻長好親近。」獃子說謊，實是可憐。紀二笑道：「如此最好，實是體恤小弟。但也不必十分拘束，只要隨常大方些便好。」將要見婆子，又生一計。二人同上街去，到了蔣大隆京貨莊上，捏造名號，皆前傳馬士宏為之濫觴也。買了幾色京貨，都是輕巧細軟值錢的東西。妙。兩人分攜了，到那天河樓前酒樓緊對門，此酒樓想必是鳳鳴樓也。樓房門首，出題。紀二上前扣門三下，只聽得裏面問道：「是誰？」紀二道：「府上姓楊麼？」妙。裏面道：「你們那里來的？」紀二道：「遠方親戚，特來奉拜。」妙。只見那婆子來開了門，紀二道：「大嫂，多年不見了，還認識兄弟麼？」妙。那婆子定睛細看，妙。呌聲：「阿約，你可是紀二表叔麼？」妙。紀二道：「嫂嫂記性真好。」婆子道：「難得，難得，請裏面坐。」紀二便招呼戴春同進裏面。婆子道：「二阿叔那陣風兒吹到這里？多聽人說阿叔發了財了，果然面龐兒比二十多歲時發福得多哩！妙。這位官人是誰？」紀二和戴春先放下了禮物，細。紀二道：「說起話長，嫂嫂先請受紀明一拜。」且不答戴春名姓，妙。那婆子回拜了。紀二便指着戴春道：「此人說起來，阿嫂也該認識。」婆子道：「是那一位？」紀二道：「便是兄弟的內姪，散金大舅的兒子。」算盤之後，未有不出散金之子，取名確。婆子道：「哦，句。是了，句。莫非就是戴福官？」妙。紀二道：「正是。」婆子道：「你看好快日子麼，口角宛然。見他時不過三四歲，眨眨眼就是這表好人物，我們怎的不要老！」看他二人當面搗鬼，口角逼真。戴春忙上前以晚輩之禮見了婆子，何苦。婆子讓他一人客位上坐。紀二便把禮物移到婆子面前道：「我等自東京下來，帶得點土儀，請嫂嫂收了，不要見笑。」那婆子假意謙讓了一回，道：「既是叔叔見賜，大膽領了。」（先叨惠。）婆子便叫聲：（句。）「小猴子來！」（句。）只見裏面走出一個僮兒來，婆子便叫把這幾件禮物收拾進去。不一時，那僮兒搬出兩盞茶來，（想是秀蘭着疊。）婆子又教安排些按酒菓品。紀二、戴春聽了，立起身要走，婆子攔住道：「那有這個道理！至親嫡眷多年不見，這戴官人雖是你的親，也就是我的親，（勾住一句。）一同在此吃杯水酒何妨。」遂將二人留定了。婆子又開言道：「阿叔自出門後，一向在何處，怎樣得意？」紀二道：「兄弟出門多年，雖做幾樁生意，也不見好。」指着戴春道：「倒還是他，（妙絕。）隨了大舅到四川，大獲利息。前年大舅去世，他卻滿載而歸。（分明為獃子畫供。）近來到東京，卻與兄弟遇着，另因一起買賣，一同到曹州來。到此已有十餘日了，原不知道大嫂住在這里，（然則帶土儀送誰？）昨日恰好遇着張九朝奉（鬼名鬼姓，偏說得真。）說起方知，所以今日來奉拜。只可歎大表兄不在了。」田氏歎口氣道：（句。）「說不來，（句。）愚嫂的命該苦，又無兒子，只有秀蘭一個女兒，將來只有靠他，又不曾許人家。（直入戴春之耳。）倘能招個養老女壻還好，卻那里揀得來！」（說得女兒如珍如寶。）紀二道：「秀蘭姪女今年幾歲了？」田氏道：「十八歲了。」（此天下妓女之通年也。）紀二道：「怎的還沒有人家？」田氏道：「便是高不成，低不就。據他老子的意思，家貲要穩當；（戴春似可與於選。）又說我家是世代書香，（好書香。）也要配個書香人家、俊秀子弟，（若然則戴春不得而與矣，奈何？）所以至今沒處挑選。（隱然有急何能擇之意。）他的阿姊，那時全虧二阿叔做的媒，許得好人家，（不說名姓。）只可惜不到頭。」（隱然有將就之意。）正說話間，只見那小猴子擺上杯筷果品。大家謙讓一番，婆子笑着對戴春道：（獨對戴春，妙。）「福官人，你休要客氣，我同你不比外人。（妙。）你的姑娘、母親在日，我同他們都如親姊妹一般的，（活搗鬼仔，細想來真要笑煞。）你那時還在門檻邊抓雞屎哩。（妙語解頤，口角宛然。）今日難得你姑夫同你到此，我正少個親眷，一回相見二回熟，你自此也好長來看看我。」（妙。正中下懷。）大家又是一笑。

婆子敬酒，慢斟細酌。戴春坐在紀二肩下，何苦。生辣辣不敢多說話，何苦。只好揀紀二嘴裏說剩的說幾句。苦。不覺又說到秀蘭，妙。語不離宗。婆子道：「這小妮子生得單弱，昨日晚上教他到樓牕口收件曬晾的衣服，就感了些風了，大紅湖縐襖借此收場，妙筆。今日竟不曾起來。戴春悶了肚腸。不然，我便叫他出來拜見二叔叔，就是這位戴哥哥，也見何妨。」有趣。戴春連稱不敢當。紀二不答，妙。不敢當，更妙。那婆子留客卻甚慇勤，惟戴春覺得無趣，奇貨可居，自應如此。本不邀你看花，應得無趣。又坐了一回，便與紀二辭別了婆子。如此冷淡收落，殊出意料之外，蓋此處放出花娘，非四五頁文字不得了結，雖濃豔而反覺寬緩，不若稍留一回，并得花娘迴避之妙。文心絕細，故妙。婆子送出門來道：「今日待慢了二位，務望改日再來，一則我本來少親人轉動，賓。二來秀姑娘也須得見見。」主。紀二道：「望望姪女，我便道再來。」戴春道：「奉望賢妹，便道再來。」說紀二剩話，畧見一班。

二人離了婆子門首，行不數步，戴春問道：「方纔你那表嫂，說你替他大女兒做媒，是那一家？」文勢緊捷。紀二道：「表嫂最相信我，疾速兜攬。他那大姑爺姓馬，既姓馬，謹防露出馬腳。那家當雖不及府上，又疾速到戴春身上。卻還過得去。不提及書香，妙。那時節，我去一說便成。」又自薦。戴春聽了，便把那心裏這句話，何話。咯咯的在喉嚨頭要吐出來，奇。幾次三番，卻只得咽下去。絕倒。又閒走了一回，約日再會。一頓。自後戴春日日來尋紀二，紀二只用騰挪之法，又躭延了幾日。紀二吃戴春纏不過，只得又同了他到陰婆家來。那秀蘭風寒果然好了，絕倒。想是喜氣一冲不藥而愈。只見釵環叮噹，輕移蓮步，隨了婆子出來，先拜見了紀二叔叔，妙。婆子又將秀蘭拉向二字寫出婆子直遝，花娘嬝娜神情活現。戴春前，句。也拜了兩拜，戴春慌忙回禮。慌忙，確。少不得又是酒食相待，戴春依着紀二的囑咐，只得規規矩矩的。何苦又可憐。倒是那秀蘭喜笑酬答，落落大方。妙。官人規矩，娘子大方，文力全在「倒是」二字。有時眼角梢到戴春身上，那戴春好似蛆虫鑽入骨裏，奇比。裏面異常受用，外面卻動撣不得。何苦。彼此說些家常閒話，酒食已畢，又坐談了一回，只得告別。（只是題前翻騰，苦煞戴春矣。）

自此之後，戴春三日兩頭來邀紀二去轉動，婆子無不款待，但說話之間，總不提及媒事。（妙。）戴春實實按捺不住，（無怪其然。）有一日又到鶯歌巷來，與紀二攀談，大寬轉（省筆。）說到媒事上去，（獃子煞費苦心，可憐。）紀明便拈着那兩片狗嘴鬚，微微的笑，（賊形難看。）只不答話。（妙。）戴春見他笑得蹊蹺，便問道：「二郎為何事只顧笑？」紀二道：「我在這裏猜一個人的心思。」（賊。）戴春道：「猜那個？」紀二道：「二官人休見怪，我聽你曲曲折折說到做媒，甚是蹊蹺。」（賊。戴春見紀二笑得蹊蹺，紀二聽戴春說得蹊蹺。戴春大寬轉說，紀二聽得曲折，都妙。）戴春正色道：（又正色。）「二郎怎說，（句。）我戴春豈是這等人！（原說是大丈夫。）只是，只是……」（下文無可措詞，若非紀二接口，不知要說多少只是矣。）紀二道：「似二官人這樣身分，也不算辱沒了我這姪女兒，（撮合了，措詞妙。）只有一事卻難。（又推。）我表嫂不是說要配書香麼？（特提起，妙。戴春此時彷彿宋江聞晁蓋之誓。）我那內姪福官卻是不讀書的，連上賬字還不學全，（當面嘲笑惡極。上賬字不學全卻發大財，調侃世人不少。）我表嫂都知道的。如今二官人既冒充了福官，便不是書香了，（即不冒充福官，亦何嘗是書香。）他怎肯把女兒許與你？」（妙。）戴春聽了，呆了半響。紀二又道：「據我的意思，（又合攏。）富與貴原是一樣，（妙。）難道登科及第的方是好女壻，千財萬富的便不是好女壻了？（妙。）倘我那內姪果真發財，我紀明有女兒便肯許他，（妙。）只不知我那表嫂的意思何如？（妙。）我且去探探他的口氣看。」（妙。）戴春大喜道：「全仗二郎周旋。」紀二道：「且慢，還有一事不妙。」（太覺作難，未免篾片太刻。然戴春這種人，須得如此擒縱。）戴春驚問道：「又有甚事？」紀二道：「我前日說你發了大財，我看那表嫂兀自有不信之心。」（來了。）戴春道：「怎見得？」紀二道：「你但想你到他家不止一次了，他卻從不問起你在四川、東京怎樣經營，（串就可知。）這不是不信你麼？」戴春沉吟半響道：「這也極好商量，（到手了。）前次幾件禮物是你送的，我如今也送他些東西，比你送的格外體面，怕他不信麼？」用錢之事，總好商量。

看官，凡是大家游浪子弟，忽然立斷，文法新奇。使錢如潑水，是他並非和銀錢有仇，妙卻另有一種念頭，是最怕有人說他廉儉，有人說他沒錢。妙所以篾片就從此處設法激他，是一激一個着，十激十個着。妙那紀二將戴春激到手了，便道：看他說甚。「二官人這般計較，必定妥當。又合。但此刻且緩，總待我去探探口氣，再作計議。妙二官人且請稍坐。」說罷，即起身到陰婆家去了。約有半日方回，只見戴春在姚蓮峯店內閒談，不冷落姚蓮峯。一見紀二，便撇了蓮峯，確有此情。進紀二家來問道：「怎樣了？」紀二笑嘻嘻道：「有點意思了。」妙戴春忙問何故，紀二道：「他說那老父在日，原要尋個書香人家，如今年紀大了，與其東不成西不就，不如揀個穩當的將就些罷了。妙又問我有甚好郎官，留意留意。妙你想這不是有點意思麼？」妙戴春聽了這話，登時四體百骸都酥軟了，妙大喜道：「二郎，這頭媒事成功，我戴春定當重謝。」紀二道：「只是我說起戴福官發財，表嫂終是疑心。一開。起先連我也不解，篾片轉圜，妙舌。後來方知上年有人傳到表嫂耳朶裏，說那福官在四川已經潦倒不堪。妙我以前不知有這個信息，卻謊說發大財。妙今日我忙說傳來謠言不可憑信，現在同我一路回來，委實富厚，妙表嫂兀自半信半疑。」看他逼出大老官的貨來。戴春躊躇一回道：「二郎，叫一聲，妙。既是如此，連這送禮物之說也不必了。奇令表嫂既肯信你言語，迴應表嫂信我之言。你去說媒時，竟爽爽快快說明，一切聘禮與大眾格外不同。紀二、陰婆應齊聲道：正中下懷。你替我擔認一句。」重訂一言者，惟恐銀子之不去耳，可憐。此處若再掰禮物不惟拖沓無味，而于文亦寬懈不緊，翦裁真苦心也。紀二道：「二官人說得極是。有甚不是？我去說媒時，竟說福官人親口囑咐的許他重聘，鉗得緊。諒他不再起疑了。」戴春大喜，紀二道：「二官人，此事在我身上，包管你成功，不必疑慮。至此方極口應允。今日我們且別處耍子去。」又畧畧一漾，令文氣不迫，郤佳。遂同上街酒食，閒走了一回。將要分手，紀二道：「二官人，且過幾日來討消息。」戴春應諾而去。果真挨了三日，又是三日。統計前後不過十日左右耳，乃讀者不覺篾片用計之速，而惟憐戴春望眼之穿，何也？又到鶯歌巷來。紀二道：「所事已談過了，楊家表嫂說起福官，也甚歡喜，只是有一件事，與前文只有一事，還有一事合襯，乃是兩頭一腳格。要二官人親口應允。」將落局矣，尚有一波折。戴春道：「甚事？」紀二道：「我表嫂不是說的，與前文「表嫂不是說的」對照，一婆子之言而分而為二是前總後分格。文勢絕細。他這女兒要招個女婿養老，二官人既要定他，務要吩咐一句。」戴春道：「這有何難，令嫂有缺長少短之處，我戴春無不竭力。」直對戴全傳答毛和尚收句，真是兩峯齊落。紀二道：「如此焉有不成！」再應承。戴春喜不自勝，就到鶯歌巷口一酒樓內，沽了一角酒，揀些過口，叫酒保送到紀二家來。正在堂前歡飲，只見裏面孫婆笑著出來，將用孫婆矣。此處先出。對紀二道：「這碗梅湯到嘴了。」與前文先澆梅根，相映成章。紀二舉杯笑道：「就請大嫂嚐嚐何如？」活畫。戴春動問是那一位，紀二道：「是孫大嫂，與小弟同居，一切我的家常事體都承他照看的，端的為人又精明又能幹。可畏哉！方纔我想起這起媒事，小弟只好做女媒，少一個男媒，何不就央他的令郎大光官兩個媒人：一光，一明，妙。做個男媒？」句。戴春道：「甚好。」滿敬了孫婆三杯酒，孫婆也一同坐了，老老實實吃酒攀談。妙。紀二道：「此事還有個計較在此：此下半篇之起句也，莫作波折看。二官人喜事成功之後，若說娶他到府上去，恐尊夫人處有些不便；前文絕不提戴春有娘子，蓋此種人棄禮蔑義，不復顧結髮正妻也。寫得確肖。若入贅到他家，他那里門臨大街，來往人多，二官人進出恐有人打眼，走漏消息。反挑下文。依我看來，我們這條巷倒還僻靜，又有間壁現成房子空着，二官人何不租了這房子，接他母女來同住？一者避了眾眼，二者紀明就在間壁，要你在間壁何用。三者孫大嫂諸事能幹，都有照應。」惟其有照應，所以有文字三款，下文句句用得着。孫婆笑咪咪的指紀二道：「怪物，怪物！句。有你這等聰明人，若把戴二娘子知道了，只怕要活活打死哩！」此等虔婆今時豈少哉！大老官不覺耳。當時紀二便去尋了房東，看了房屋，只見堂前、後軒、天井、過廊、竈披，色色都好。這房子與孫婆貼間壁，孫婆與姚蓮峯貼間壁，牢記。後面還有一所小園，可以種些瓜果。望見孫婆那邊早已搭了一架瓜棚，綠陰齊放，初夏天氣也，讀者幾忘之矣。伏筆。中間卻都有土牆隔斷。註明，牢記。戴春看了大喜，樂極謹防生悲。隨即立了租約。紀二便去說媒，自然順順流流一說便成。未說媒而先租房屋，蓋紀二自有拏把也。果然一說便成，自然合拍。行文至此，有水到渠成之樂。戴春連日悤忙，拏出些銀子來，託紀二、孫婆辦了簇新傢伙、鋪陳，一面趕辦聘禮，足有三二千兩的火氣。戴府上的人都不得知，機密。紀二、孫婆從中取利，沾潤不少。謝禮先已有了。紀明、孫大光兩個媒人，賫送聘禮財帛，到天河樓陰婆家，妙。道了吉期。倒也有禮。

到了這日，戴春打扮得花簇簇迎接，好。陰婆母女離了天河樓，天河樓事畢。到了鶯歌巷新宅，成合巹之禮。絕倒。新丈母的孝敬，媒人的謝禮，格外從重，愈加體面，自不必說。結束處出力寫銀子，此回正旨也。那戴春得了秀蘭，如得明珠，如飲醍醐❸，如登仙界，如歸故鄉，絕妙好辭。說不盡那鸞鳳和諧，鴛鴦歡暢。伸足前四語，妙。那陰婆到曹州不上幾時，應前文，以起下篇。一。又有鬼姓蒙混，二。況與戴春又是花燭姻緣，堂堂皇皇，三。端的無人識破。總斷一句，結陰婆事。就是戴春平日的幫閒，聞知此事，也不過道紀二瞞着他們引誘東家娶了個兩頭大❹，句。心懷妒忌而已。但木已成舟，只得由他。迴應紀二弄他到外面之言，文筆周到。紀二暗地對婆子道：「阿嫂，我計何如？」婆子感激非常。誰知樂極生悲，冤家路窄。突如其來。一日，陰婆門前閒看，甚矣，門前之不可閒看也。瞥見一個人來，陰婆認得那人是東京矮

---

❸ 醍醐：音ㄊㄧˊ ㄏㄨˊ，酥油，味極甘美。

❹ 兩頭大：妻妾平位，不分大小。這裏是指與妻處於平等地位的妾。

腳鬼富吉。（九十四回中，已伏線。）婆子急避入去，忙關了門。（奇。）原來陰婆在東京時，帶着秀英幹那個買賣，富吉曾詐過他的油水所以避他。（補敘簡。）那富吉早已看見，便緩緩的踱到陰婆門首，（險急。）立定了腳，（漾出下一段妙文。）看了一回，便轉到孫婆家來。正值紀二在堂前獨坐，（巧。）富吉拱一拱手，便問道：「借問間壁敢是姓陰麼？」紀二聽了，吃一大驚，便答道：「間壁姓戴，（妙。）不姓陰。」（脫胎于士貴耳，王者不貴句調。）富吉道：「可有姓陰的同住？」紀二道：「只是一家，並無同住。」富吉回身便走。紀二見他如此情形，十分驚疑，看那富吉已去遠了，便簌的走過婆子家來。（寫得畏懼失志。）此時戴春適在他處，（補得好。）陰婆見了紀二便道：「怎好？」（神情欲活。）紀二道：「方纔有個人來問起阿嫂真姓，其情形又甚屬可駭。」（詞似未畢。）陰婆道：「方纔我遇見東京的富吉，我避得遲了，吃他看見，怎好？」（複句入神。真是兩不接頭。）紀二道：「呀，是了！幾日前我聞知本府高大老爺從東京來到任，（高衙內到曹州，郤于此處點出。）都說有個拏事的門上姓富，（姓富。）叫做富八爺。」（確肖。）婆子道：「如此怎好？」（又複一句，寫情急。）紀二道：「別的不怕他，（拏得穩。）只是方纔我看他情形，早晚必來纏障，萬一嚷到二官人的耳朵邊，獻出你的底裏來，倒難擺佈。」（郤難。）二人因此常常愁慮，（宕筆。）那知竟不復來。（奇。用筆令人不測。料門上公事忙耳。）陰婆心也安了。紀二道：「我教戴春出名租產，原是安如泰山，誰敢動搖！」（小人暫得安樂，便忘憂患。）從此照常辦事。（絕倒。）

郤說秀蘭自從嫁了戴春之後，聽他母親的吩咐，端的歡歡喜喜伴着戴春。（八字捫之有稜。邶風踴躍用兵，踴躍乃奮勇之辭，而不知何故，中藏無數潰離怨咨情狀。今「歡歡喜喜」四字，亦復如是。）那孫婆（二人並書，眉目分明。）自見了秀蘭，好似前生有緣，（妙絕。）不碰見倒也罷了，一見面時便咕咕谷谷，你笑我說的總要半日。（妙。）說的料想都是正經話。（一語科諢，中含無限情事。）搬來不上半月，便打夥得火熱，（寫盡小兒女情致。）秀蘭要拜孫婆為乾娘，（妓女習套。）孫婆甚是歡喜，（妙。）那陰婆也都依他。（不冷落陰婆。）不日，孫婆的兒子大光染患時感症，裏虛發斑。接了幾位名醫，偏是名醫，可歎之至！醫案上寫着十四日慎防重變，絕倒。一通升麻、柴胡、葛根，提得肝風鴟張，神昏痙厥；又是犀角地黃湯、牛黃清心丸，反領邪入心包，症候確真，此輩之不邪入心包者幾人哉。果然到了十四日，名醫之名所以從此大著也，可勝痛哉。嗚呼哀哉，伏惟尚饗❺。前借大光作男媒為孫婆故也，而此時收拾大光何必細寫病源，想作者亦有所感而云然也。孫婆只得這個兒子，又無媳婦，哭得死去還魂。紀二、陰婆、秀蘭都去勸慰，戴春也寬皮毛的勸了幾句。謝媒。那姚蓮峯也過來問了，連稱「可惜可惜」。神情、口角栩栩欲活。不冷落蓮峯。殮事畢，那孫婆因連日侍奉兒子辛苦，又急又毀，弄出一場病來，臥牀不起。危哉，亦幾為名醫所殺。秀蘭日日過來伏侍茶湯，十分周到，在牀前說些閒話，扯開心事，秀蘭的是可兒。惟夜間只好歸自己的洞房。絕倒。陰婆也不時過來，門前自有紀二照應。不冷落兩人。

孫婆漸漸起牀，一日和秀蘭坐在後窗閒話。孫婆望見後園瓜棚，歎道：「我多日不去理值他，不知蹧得怎樣了？從此發論，文生情耶，情生文耶？秀姑，叫一聲，妙。你到我家多次了，我從未曾同你到園裏去過，今日我卻健旺了些，就同你去看看。」秀蘭道：「甚好。」二人到了後園，只見瓜棚依然如故，惟撐柱有幾根畧歪了些，肖。瓜蔓也有些頗頹。病後初見景象。秀蘭見那園裏左邊有一花壇，種些建蘭、黃菊，肖。右邊土牆上擺着幾盆蔥，蔥。牆比左邊的矮二三尺許。文心細。秀蘭指着道：「這牆為何比我們那邊的矮這許多？」眼光四射。孫婆道：「去年黃梅水大，此牆坍倒，同間壁通為一家。文心奇妙。我屢催房主來修，那房主挨死挨活，直至八月，確肖世情。方來修築。卻又可惜工錢，築得三尺多些，就不加高了。肖。我想兩家既有了關攔，關攔，妙。也便不去催了。日子好快，此刻又是黃梅❻了。」曲。正在談說，忽見烏雲蓋頂，雨點便如拳頭大小，踢歷樸落，

❺ 伏惟尚饗：恭敬地請你享用祭品之意。後用作死亡的戲謔說法。饗，音ㄒㄧㄤˇ。

打將下來。（是梅天也。）孫婆、秀蘭急忙避雨進內。（妙。）秀蘭便從側門歸家去了，正值戴春（忽接戴春，奇巧。），從街上飛跑進來，氣急敗壞。（妙。）那雨登時傾盆直倒，街衢成河，（狂雨勢確。）戴春坐定道：「好運氣！」（三字逼肖。）秀蘭道：「哥哥虧得不着雨。」陰婆出來道：「賢壻路上受了日頭氣還好麼？」戴春立起道：「還好。」陰婆道：「凝可聞聞痧藥，免得發痧。」（比名醫穩當。）便取出一瓶臥龍丹。戴春聞了，打了幾個噴嚏。（此等瑣屑處，寫出婆子待戴春殷勤，以補前文所未備，甚細。）婆子道：「賢壻可要燉酒吃麼？」戴春道：「方纔小壻同二姑爺（謂紀二也。）在桃花巷吃了幾杯酒，他還要到別處去，小壻先回來。這番大雨，未知二姑爺濯着否？」（照應大雨。）婆子道：「如此說來，賢壻還好吃酒哩。」便叫猴子將熱酒過口搬在後軒，便教秀蘭陪吃，婆子坐在旁邊閒談。戴春一面吃着酒道：「我每每回來，秀妹總在間壁，待岳母叫回，（已有疑忌之意。）今日郤難得在家裏。」（補從前情事。）秀蘭笑而不言，婆子亦笑道：「這癡丫頭不知和孫乾娘前世甚麼緣分。（失詞矣，無怪戴春起疑。）倒也好，孫乾娘一手好針線，教他去學學也好。」（確是老婆娘語。）戴春笑嘻嘻道：「乾娘處自然也要親近，但只是不必長在他家。」（大有疑忌。）秀蘭聽了，心中好生不悅，便笑道：「他家又無男子漢，我去怕怎的！」（此不悅口角也。細思之，郤不得不出之。以笑。他家雖無男子漢，而間壁保無男子漢耶？）戴春道：「並非為此，（見不悅而口角便軟，是烏龜也。）我不過這般說。」婆子道：「這兩日乾娘因兒子死了，悲傷不已，我教你妹子去同他談談，解些心事。一來鄰舍之情，二來結拜了親，這點來往，也少不得。」（此不過家常話耳，而孰料竟成伏筆耶。）戴春道：「這也是個正理。」（答得泯然無迹，妙。）秀蘭肚裏說不出的只是氣，（緊接上文不悅。）暗想道：「你這副嘴臉，我原是格外看待你的。（先提嘴臉，妙。看待，更妙。）我現在並不恁的，你便想監管我！」（便想監管者其意若曰我若已恁的監管宜也，如今尚未恁的即非監管之時矣，奈何不待我恁的，便想先事而圖耶。閱此而知預防之多事矣。）陰婆見

---

❻ 黃梅：指黃梅成熟季節。通常是在六月中旬到七月上旬，在中國長江中下游地區，此時多雨。

女兒顏色不悅，正想設法調和，只見那雨早已住了，忽提到雨。雲銷日出，滿地晴光，那高的地面已有些燥了。寫梅雨逐段分疏。戴春忽的立起身來道：「還有一句話要同二姑爺說，此刻他只怕還在那里，我去去就來。」真獃子，全然不覺。說罷就走。婆子對秀蘭道：「我勸你不要終日在孫家，此語不知幾時說的。如今惹得那厮動疑。當面賢壻，背後那厮。乖女兒，總依為娘的話，將順他些。」妙。秀蘭應了。妙。不一時，戴春回來，婆子問道：「賢壻尋二姑爺說甚要緊話？」戴春道：「有個曹縣人，曾欠先父銀兩未清，鐵算盤尚有餘波。二姑爺說認得他的，小壻要同他去走遭。」婆子道：「原來如此。」說罷，仍復入座。秀蘭陪着吃酒畢，從此吃茶、吃飯，談天、睡覺，自照老式。十二字絕倒。

從此秀蘭竟依母教，可笑。足有三日不到孫家。妙。過了三日，腳又癢了，絕倒。第一日只來了一次，第二日已坐了三個時辰，第三日便照常忘反了。細。那孫婆聞知戴春那日這番說話，暗暗大怒道：「這厮捕風捉影的疑到我身上來，我認真引誘了你的活寶貝，怕你怎樣擺佈我！一落千丈強。如今我偏要替他尋個好郎官，待我慢慢留心。」尚無成見，妙。忽一日，天色將晚，孫婆到後園摘瓜為小菜，摘瓜亦尋常，做出一大事。秀蘭不覺隨了進來。不覺，妙。不去時，萬事全休，只一去，驀然見五百年風流孽障。要知此去有甚麼蹊蹺，且聽下回分解。

范金門曰：戴全、戴春上回並提，而戴全傳不滿四百字，戴春傳幾及萬言，論篇幅如此懸殊，而命意實相準而立。戴全之遇毛和尚，戴春之遇紀二也，同是恰遇着一個人，其一問仇家，一問雌兒也。則曰你曉得他家是怎麼樣人？則曰認得這甚麼人家。而二人之應許也，則曰：總在毛和尚身上，總在紀明身上。及全、春之稱謝也，則又同是我當竭力一句，兩篇文字多寡懸殊，而配搭極勻，合而觀之，實以殺人報仇與引奸賣俏作一合傳也，相形之下，謔亦虐矣。

第九十七回　陰秀蘭偷情釀禍　高世德縱僕貪贓

話說陰秀蘭隨了孫婆到後園去摘瓜，其時天色將晚，正值那鄰居姚蓮峯在牆頭上摘葱，以摘瓜襯摘葱。瞥見了秀蘭，瞥見者，表蓮峯非有意看花也。拘筆。險些一個倒栽葱跌下去，戴春見秀蘭無數筆墨，此處只一句，妙。連忙立定了腳。那孫婆問道：「姚三郎燒夜飯未？」句。蓮峯道：「乾娘，正要燒哩。」妙。這「乾娘」兩字一叫，不覺提動了孫婆的念頭，一時見機生情，便趁勢把許多閒話兜住了。寫得緊捷。蓮峯、秀蘭便各相飽看了一回。至此三人有心。蓮峯下去了，孫婆回頭看那秀蘭笑道：「你也好回去了，「也」字惡極。你那人正在那里等你。」妙。原來姚蓮峯是個俊俏後生。此句連上文，讀來甚妙。蓋俊俏者非你那人也，你那害乾癆的人卻在那里等你，秀蘭何以堪乎！此等筆法，真不遜于前傳。秀蘭道：「乾娘休要取笑。」孫婆道：「我取笑你做甚，這是正理。」秀蘭聞之不堪。果然陰婆來叫了秀蘭回去。那孫婆自回厨下安排夜飯，一面肚裏想道：「我不是獃麼，現放着眼面前一起好買賣不做！戴家這起媒，謝得我也不多。前文明註體面，而此忽言不多，寫小人無厭之求。現在這起事，替他們成功了，少不得兩邊都有些撈摸。孫婆本意如此，非與戴春有仇也。紀二郎處且厮瞞他。心腹人也，而見利忽遷，小人朋黨，大率如此。有理，有理。」不說孫婆自己鬼劃策。

單說蓮峯見了秀蘭回去，遙接。心中不住的喝采道：「果然一個絕色女子，遠看不如近覷。只可惜物各有主，無庸妄想，蓮峯自忖，拘筆也。況他又是正經人家的兒女。」妙，妙。不特戴春以陰氏為詩禮之家，即蓮峯亦以為正經人家，足見紀二用計之密。蓮峯心王不定，吃了夜飯，卻去燈下趕要緊筆墨。你道甚麼筆墨？原來曹州有個大家子弟，下了定錢，畫三十幅春宮圖，等緊就要的，不得不替他趕緊。（蓮峯畫春宮，為應賺錢也。）那知心之所至，筆亦隨之，畫了一張臉兒活像秀蘭。（奇文。）越看越像，不覺大喜，便將自己的真容也畫在上面。喜孜孜看了一夜，心中想道：「我不過紙上作趣，也不算傷陰騭。」（此一語，誤盡天下聰明子弟，想仲華深慮之，故鑄鼎于此也。）次早，蓮峯起來，鋪設店面方畢，只見孫婆進來，蓮峯忙叫請坐。孫婆道：「無事不登三寶殿，老身要煩三郎畫幅手卷。」蓮峯道：「乾娘要畫花卉，畫人物？」孫婆道：「我要畫熱鬧些的故事，便是西施配越王罷。」（奇文。）蓮峯笑道：「乾娘差矣，西施配的是吳王，不是越王。我看不論吳王、越王，總是沖天冠，赭黃袍，畫來有甚分別。」（亦通。）孫婆道：「咦！（如聞其聲。）虧你做了畫師，連吳王、越王的相貌都分不出。」（奇絕。）蓮峯搖頭道：（如見其形。）「這卻不曉得。」孫婆道：「吳王是個俊俏小生模樣，那越王尖嘴高鼻，活像個猢猻精。」（即「烏喙」二字也。演之成十字，又迴應陰婆之言，令人宛見戴春狀貌，奇思妙筆。）蓮峯便笑道：「既如此說，那越王如何配得過西施？乾娘，（叫一聲，妙。）你這頭媒替他們做錯了。」（蓮峯悟矣。）孫婆笑道：「你這獃子，他豈是我做媒的？若教我做媒，早已不錯了。」（妙。）說罷便走。蓮峯道：「乾娘到底要畫不要畫？」孫婆帶走帶說道：「你要我話，我去書香人家問個明白再來話。」（妙。）蓮峯暗忖道：「他這般言語，分明來作成我，（入迷矣。蓮峯智勝戴春。）只是我豈可幹此虧心之事？」（尚作拗筆。）孫婆回轉家裏去了，秀蘭早已梳妝好了在孫家裏。（關筍。）孫婆一見便道：「你不在家裏陪伴那人用早點，倒來我這里做甚？」秀蘭笑道：「他兀自睡着哩。」（真所謂睡着也，戴春可憐。）二人上樓坐了，秀蘭拏出新做的繡鞋一雙來送孫婆，孫婆接了喝采不迭，稱謝了幾句，便道：「秀姑，你要時新花樣，我倒尋了些來，你看看何如？」便將出一張枕頭花樣，看時乃是過牆梅。（影射，妙。）秀蘭喜道：「這卻不曾見過，乾娘那里畫來的？」孫婆道：「便是間壁姚家裏，我看他方纔畫的，因其式樣好，便描了一張來。」（挑動，妙。）秀蘭道：「是那個姚家？」（佯為不知，妙。）孫婆道：「就是昨日牆頭上摘葱的那個小後生。」（秀蘭問其家，孫婆答其人，妙。牆頭上小後生，更妙。）秀蘭道：「哦，（句。）原來是他。（宛然。）他為何也叫你乾娘？」（一「也」字描出春心香口，神來之筆。）孫婆笑道：「這事久遠了。我從小看他大的，他自小拜我做乾娘，今年十九歲了。（緩緩逗出年紀。）你來此只得一個月，自然不曉得。」（夾寫好。）秀蘭道：「他雖叫你乾娘，想來亦不甚親熱。」（戴春聯紀二之親無數筆墨，此獨一句奇拗。）孫婆道：「怎見得？」秀蘭道：「他如果親熱，為何這一個月來，乾娘這里影也不打？」（就從一月生情，靈妙。）孫婆把腳蹬蹬樓板道：（活畫。）「他時常在這樓上的。（妙。）這兩日因你在這裏，他不便來。」（孫婆惡賊。）秀蘭默然無言，少頃去了。（神情欲活。）孫婆想道：「他二人話多有意，此事可成。」心中甚喜。（總束一句。）次日，正值孫大光三七之期，延僧拜懺。（巧。）適值紀二同戴春也揀了這一日起早動身，到曹縣收賬去了；（巧。并應前文。）秀蘭隨了陰婆到城隍廟燒香去了。（巧。遣開陰婆，卻連着秀蘭，文筆奇。）孫婆早一日向陰婆借那猴子，到間壁去央姚蓮峯照應門前并料理道場之事。（湊合。）孫婆回到後軒，收拾一切。少頃，僧眾到了，姚蓮峯進來帮辦一切。又是片刻，那猴子來討茶葉，孫婆教蓮峯道：「三郎替我到樓上去一取，茶葉在窗口桌上。」蓮峯應了，便上樓去。（蓮峯先上樓。）孫婆自往廚下去了。（孫婆避開。）

正是禍事臨頭，奇緣偶湊。（突起八字，文法一新。）秀蘭同母親燒香已畢，陰婆道：「秀兒，你乾娘今日有事，你先回去帮帮他，我從土地廟一轉便來。」秀蘭應了，使先上轎回到鶯歌巷。（筆勢疾。）門前住了轎，見自己大門閉着，（陰婆家無人故也。）便叫轎夫回去，少停來領轎錢，（細。）自己便過孫婆家來。正值和尚在那里法鼓、鐃鈸，乒乓叮咚的敲打。秀蘭進了後軒，不見孫婆，在厨下故也。只道孫婆在樓上，便挪步上樓。秀蘭後上樓。正值姚蓮峯取了茶葉將要下樓，與秀蘭迎面相覷，鈎心鬬角。無一字不熨貼。把個姚蓮峯吃了一驚，驀然想到春宮畫上的情形，一個寒噤，登時酥軟了，倒退幾步，跌在椅子上。吾願天下之自矜無淫事而不免淫思者，讀此三思。把個姚蓮峯五字，知其筆意側重秀蘭。那秀蘭在樓門邊，步驟井然。也酥了。三字足矣。蓮峯知不是頭，句。要想走，三字亦拗。卻吃秀蘭碍在門邊；「碍」字妙。秀蘭也想迴避，再拗一筆。不知何故，那兩隻腳只是不肯走。精意入神。兩個人眼目迷離，頃刻間心不自由，入神。秀蘭不覺移步進前，只見那姚蓮峯身邊，便是孫婆的牀，細。那蓮峯也不覺漸漸的立起來了。兩不覺，妙。中間順插一牀，下文便可意到筆不到。頃刻成交，不必十挨光，亦無復十瞧科，遂於前傳外另樹一幟。這時節，前傳王婆語，移至此處恰合。那孫婆還在厨下，想那姚蓮峯還不下來，只道他茶葉尋不著，正待叫他，卻值那猴子買些果物進來道：「二姑娘先來的了。」孫婆道：「在那里？」猴子道：「此刻又不見了。」巧。孫婆便有些覺得，孫婆另有機警，不是陰婆。放下厨刀，可以立地成佛。搶上扶梯。到了樓門邊，緊捷。卻不見姚蓮峯，已在牀裏故也。不提秀蘭，甚是上言；有些覺得者，是推測之辭，非決定也。若曰不見蓮峯、秀蘭，俗筆矣。暗驚道：「真個有些奇了。」讀至此處，信金門前批之不誤。又想道：「且慢撲進去。」立了一回，機變絕人。張見兩個人整衣出牀，此事在孫婆意計之中，卻出孫婆意計之外。孫婆忙掩進去，佯作大驚失色之狀道：「怎麼？你二人不是害了老身！」機變。兩人一齊大驚，跪下道：「求乾娘方便則個。」孫婆怒道：「好，好，好！」如聞其聲。說未了，只聽見門前陰婆轎子回來了，正在那邊開門，駭極。二人愈急。孫婆道：「這個干係，我擔不起。」像。二人只是哀求，孫婆轉笑道：忽驚忽想，忽怒忽笑，活畫入神。「你們要我方便，我想此事一不做，二不休。」妙。對秀蘭道：「你自然是還要到我家來的。」妙。對蓮峯道：「你自此不來也罷了，妙。你若要再來的呢……」句。說到此間，沉吟不語。賊。蓮峯沒口的應承道：「親娘，你作成我，我兒子重重的孝敬你，先送上五，五十兩。」若非春宮賺錢，何以能此？孫婆道：「你只須從那矮土牆悄悄過來，不必門前進出，我替你們瞞得實騰騰的。」妙。二人大喜。孫婆又對秀蘭道：「這付重擔子，是你作與我挑的。」賊。秀蘭也沒口應承道：「娘口角各肖。救了我，我終身不忘記你。」又說了許多孝敬的話。二人孝敬，一虛一實。孫婆便教蓮峯快下樓去從土牆跳回，蓮峯去了。孫婆笑着對秀蘭道：「此事你娘前瞞他不得，倒是實說的好；又須關會你娘，紀二叔處說不得破。妙。只有一事，那姓姚的並無家貲，你娘若也要想他些，「也」字惡，分明保自己之五十兩也。他卻供應不起，便索性不來了。」嚇秀蘭。秀蘭道：「這事倒容易。」與前文戴春語一樣，對照。附着孫婆的耳朶道：「只消我向那戴家的取些貨來，挪掩就是了。」無限情事，盡在不言之表。孫婆道：「甚好。只是你在戴家面前，露不得絲毫馬腳。」補此一段最好，不然一路寫來，竟忘秀蘭之為娼家矣。秀蘭點頭，便等孫婆取了茶葉，細。一同下樓。完。陰婆已經過來了，會談，帮忙。不一時僧人齋供，陰婆、孫婆、秀蘭都在堂門口看和尚。妙。那八個和尚嘴裏同聲念著：「唵囌嚕，唵囌嚕，鉢囒囌嚕，鉢囒囌嚕，娑摩訶。」那十六隻眼睛，輪流不住的只看秀蘭。撰此以為天下之作施主者勸。孫婆轉到他兒子棺前，悲慘慘的哭起來，陰婆、秀蘭勸解一番，到下午道場散了，插西廂語，妙。消磨一日。可歎。這里秀蘭、蓮峯自然借孫婆處日日幽會。陰婆有些需索，秀蘭自會替蓮峯打點。包括。如是數日，紀二、戴春自曹縣回來，冥然罔覺，安然無事。一頓。

忽一日，戴春上街，走過盡情橋，巧巧撞見一個起禍的冤家，銀瓶乍破水漿迸，鐵騎突出刀鎗鳴。是戴春舊日的一個帮閒。本城人氏，姓烏，小名阿有。上年往東京買賣，與那個沒頭蒼蠅牛信詳七十四回中。曾相認識。那牛信與富吉又是至好。遞到富吉。當時富、牛二人隨了高衙內赴任。那日富吉在鶯歌巷撞見了陰婆，又聽得紀二這樣言語，便回到衙裏門房內坐下，喚幾個做公的進來問道：「你們可曉得鶯歌巷內畫店西首第二間，是怎樣人家？」公人答道：「說起這家，小人們也曾去打聽過。（可見陰家為人垂涎久矣。紀二僵臥積薪之上，猶自矜其智，豈不謬哉！）那家是個戴員外名春的外宅，別無閒人進出，所以小人們不好冒昧。」（紀二教戴春出名租屋，此處註明。）富吉道：「戴春是甚麼人？」公人道：「是本城第一富戶。」（好貨奉獻。）富吉暗暗點頭，教公人且退，心中暗忖道：「陰婆子這廝好刁猾！」正想設法破他，只見牛信過來敘話。富吉就說起陰婆之事，牛信道：「這事容易，消停一月半月，定有法子。」（註明富吉不往陰婆家之時。）過了一月，那牛信撞見了烏阿有，便邀酒樓敘話。說到陰婆，那牛信便將陰婆底裏一一的說了。烏阿有正為戴春這事妬忌紀明，（應前文。）一聽此話，驚喜道：「他原來如此！（陰婆底裏，烏阿有今日方知，見紀二用計之密。）他家還有一事，被小弟撈着了。」（孫、陰二婆猶自以為秘密，哀哉！）牛信亦驚喜道：「何事？」烏阿有也將秀蘭、蓮峯之事一一說了，并道：「這是他家買動的小猴子漏出來的信。」（夾敘夾議。）牛信暗喜，便一同去見富吉。富吉道：「妙極，巧極！烏兄，（叫一聲。）依小弟之見，如此如此而行，必然到手。」（何物到手？）烏阿有會意了。那日在盡情橋遇見戴春，便叫道：「二官人！」戴春也招呼了。烏阿有道：「前面酒樓借話。」戴春便同到酒樓上坐定了，閒敘了一回，烏阿有故意一說兩說，引到紀明，便道：「二官人，你道他是甚麼人？」（妙。）戴春道：「他是先君的舊相好。」（可憐一獃至此！）阿有便冷笑道：（賊。）「你曉得你那新岳家姓甚？」（惡極，奇極。）戴春道：「說是姓楊，（奇。）莫非姓錯了？」（可歎。）烏阿有只是格格的冷笑。（賊形。）戴春道：「烏兄端的為甚事笑？」阿有板着臉道：「咳！（句。）不是小人多說，我同二官人情分不比別個，（好情分。）但說何妨：（妙。）你岳家實是姓陰。（好。）紀老二將如此如此的人家厮瞞二官人，捏稱甚麼書香。（一口喝破，快極！）這還不打緊，還有一事實在不便說。」（惡極。）戴春聽了這話，大怒道：「竟有如此！睡醒了。烏兄還有何事，老實說不妨！」烏有道：「他通同孫婆子，引你那如嫂夫人，惡極。此事紀二實不知情。寫小人信口誣謅，筆底如鏡。和那姚畫師來往。小人方纔聽得此言，心裏不平，想二官人豈是當龜的人？嵌制，妙。所以直言相告。」妙。戴春大怒道：「紀賊，氣極。我待你不薄！可憐。怪道那賊賤人時常到孫賊婆家裏去。」迴應前文。語不聯屬，確是氣壞聲口。便要去捉姦。粗魯。烏阿有道：「二官人精細着，捉賊捉贓，捉姦捉雙。二官人今日胡亂撲進去，萬一那人不在樓上，不是弄壞事了？據我想來，方纔那傳信的人，我正好教他作耳目。巧。只是那紀賊一身好拳腳，應前文學槍棒。二官人此去，恐枉吃了眼前虧。」反阻一層。戴春半響無計。可憐。烏阿有道：「二官人若須相助，小人處倒有一人。」突如其來。看官，這個人卻一時不大猜得出，奇。便是上年在玉仙觀被陳麗卿打壞的那個烏教頭。妙。富吉所使，不問可知，無意中稍帶前文，筆妙如環。戴春甚喜。烏阿有便教戴春老等，急忙到了府衙，邀了烏教頭，同至酒樓相會。緊捷。烏阿有道：「孫婆子不打緊，惟有紀明那廝須得教頭敵住他，二官人領我二人進去捉拏就是了。我們三人日日準在此地左近相聚。」安排已畢。言訖而散。烏阿有道：「還有一計，二官人從此竟不必回去，差一人到鶯歌巷去，只說親友家有事相留，改日方回。」一面差人回去。

當日，阿有、戴春別了烏教頭，同到院子人家去吃酒飯，睡葷覺。妙。次日起來，閒游一回，走到昨日相會的地方，烏教頭已在，一番茶酒。不料事出湊巧，即日得了喜信，喜信，妙。三人便飛也似進了鶯歌巷，撲進孫婆家來。孫婆見他們雄糾糾的搶進來，當先便是戴春，情狀從孫婆目中出。情知不好了，大聲叫道：「阿呀！突。甚麼人來了，駭。快走！」畢竟有機變。言未畢，早吃烏教頭順手一交推倒。先按住孫婆。恰好紀二在那頭巷口閒步，不在孫婆家裏，（安插紀二一筆。）衆人一閧進去，可憐一羣狼虎隊，衝散鳳鸞儔。（忙中閒筆。）那秀蘭、蓮峯正在情酣，（巧妙。）猛聽得孫婆大叫，驚得豁地分開。（絕倒。）戴春搶上樓去，便照秀蘭臉上老大一個耳光。（回思鳳鳴酒樓上情狀，不勝有世態無常之歎。）阿有上來，不見了蓮峯，大驚。（寫阿有粗。）不知蓮峯閃在樓窗暗邊，一時遮着不見。（自註一筆。）樓上喧得一團糟。（此熱鬧故事也。孫婆要畫否？）那巷口紀二聞得喧傳出巷，急忙飛奔回來，飛身進內，（緊接紀二。）見孫婆正在那里掙扎。（又接孫婆。）紀二忙問其故，孫婆不能回語。（厮瞞紀二故也。細。）紀二便搶進去，（捷。）見那烏教頭正在上樓，（捷。）紀二趕上去抓，（捷。）那烏教頭翻身便鬬紀二。（此在樓門口也。）原來紀二雖有幾分拳勇，卻不是烏教頭的對手。（逗出烏教頭利害，無人不回憶玉仙觀之陳麗卿矣。）那陰婆在間壁，（忽接陰婆。）只聽得間壁女兒的哭，戴春的罵，又有無數聲音的喧嚷，一片價鬧個不住，（總一筆。）大吃一驚，情知壞事，飛奔過來。到扶梯邊，只見那紀二和一個大漢厮打，只叫得苦，那里敢上去。（逼真。）紀二連叫：「我是紀明！」（不知頭路，急手報名，可笑。）那大漢只顧打，戴春聽見紀二，怒從心起，便撇了秀蘭來打紀二。（忙亂。）烏教頭一讓，倒鬆了紀二一步。紀二不知所以，瞥見了蓮峯，便去抓蓮峯。（忙亂。）阿有也看見了蓮峯，把蓮峯聳到樓門口。（忙亂中極細緻。）烏教頭仍去推打紀二，（各不照會，妙。）紀二一個蹦踵，（紀二不如教頭。）滑脫了，蓮峯順勢一倒，把那赤條條的一個姚蓮峯，腳在上，頭在下，認真一個倒栽葱（前文險些，今則認真，相映成趣。）跌下樓去。（落正旨。好一幅春宮畫。）孫、陰二婆一齊大叫道：「打殺人了！」烏教頭一聽，便下了樓，大踏步去了，（教頭去了。）阿有也忙下樓去。（阿有去了。）紀二不知就裏，只呆看着戴春。戴春指着罵道：「從今識得你是賊！」（遲了。）慌忙下樓。孫婆急叫陰婆抓住戴春，（孫婆畢竟機警。）陰婆抓個不及，吃他走了。（戴春去了。）紀二也昏頭搨腦的走下樓來。（絕倒。）秀蘭穿了衣服，（妙。）紅着兩隻俏眼，也下來了。這間屋裏，總共除去過，淨存人陰婆、秀蘭、孫婆、紀明四個，外姚蓮峯屍身一個不列賬。忽用賬簿體裁，新別。四人陰錯陽差的互相埋怨，絕倒。愁作一團。極應得。那阿有到茶坊裏去等戴春會話，均各慢表。一住。

且說烏教頭一徑回署報知富吉，富吉笑道：「今番看你這班烏男女逃到那里去！這起官司，怕你不投到咱家這裏來！」寫富吉聲勢，順遞到高衙內，便捷。原來那本府高大老爺高世德衙內之名，至此方點出，批詳後。自到任至今，已近三月，點月日。但知行樂飲酒，並不整飭公務，好。一應大小事宜，全憑門上富吉播弄。簽片改門上，未有不如此。每日高世德也要落僉押房一次，妙。瞎七瞎八的也算看稿，妙。並不曉得甚麼案件，胡亂畫個行字。寫昏庸。若有囑託富吉之案，富吉先行抽出，不在僉押房送閱，好。另送至內書房逐件指點，教世德授意幕賓，無不照辦。所以衙門內外，上上下下，倒不畏懼高世德，單只奉承富八爺。稿案、門上聲勢。那一日世德正在僉押房，忽投進首縣菏澤縣公文一角。富吉暗笑道：「戴春的事來了。」讀者亦無不以為戴春事也。站在世德貼身背後，看世德拆開公文。尸居餘氣。富吉在後看時，乃是天河樓前四字瀾別久矣。民人錢士霄，呈報毛和尚戳傷錢泰聚身死，兇身、主唆逃避無獲一案。橫空飛來。上寫：「據民人錢士霄呈稱：身父錢泰聚，因事出城，戴全仇家名姓，此處點出。在擲金山下，被姑表兄毛和尚應毛和尚與戴全之仇家有親。用小刀戳傷身父左脇致死，有同行家丁李三、王四見證。伏思毛和尚與身父並無仇隙，惟有居住大義坊之戴全戴氏住處，此間補出。與身父積怨深仇，而毛和尚係戴全心腹，畜養多年，其為戴全主唆，毛和尚殺人無疑等情。據此除驗明屍傷外，當即拘提凶犯，均屬潛避無踪，現在勒限嚴拏。合將錢泰聚斃命情由，填明屍格，先行詳報等因。」概括毛和尚事。富吉看了暗想道：「戴春係大義坊人，片帆飛渡。這案內戴全莫非就是一家？水乳交融。休管他，此案定與他有些交涉。」生香不斷，樹交花。便出去打聽了全、春二人是怎樣眷屬，心中暗喜道：「倒也湊巧，有了此案，要收拾戴春便容易了。」（題面重戴春，而題神側注戴全，妙。）不日，又接到菏澤縣詳文一角，投進門房，富吉拆開看時，（此詳富吉先看。）方是戴春呈控紀明等因姦斃命之案。（文勢抑揚。）富吉看罷想道：「倒也辦得好。（先贊後說。）我初意要把陰婆子辦作流娼，顯我手段，（富吉之意先在陰婆。）那戴春自然是個窩頓流娼、誘姦捉姦的罪名了。（次及戴春。）只嫌辦法太狠，怕得沒轉灣處。（轉灣者，銀子之別名也。）如今開脫戴春，輕責陰婆，倒也活動。」便將詳文親送內書房，回本官去了。（一住。）

看官，戴春這案，縣裏怎樣辦式？原來戴春那日捉姦之後，烏阿有在茶坊等着。戴春一到，便要去遞呈子，阿有道：「且慢，二官人可認識雪橋頭的眼鏡王三麼？」（混號、排行、姓數，俱切。）戴春道：「我曾會過他，（省文。）端的是一位好訟師，（戴春口中註明腳色。）我們何不去尋他。」（妙。）阿有道：「我想過了，非他不可。」（妙。）二人便同往雪橋頭。只見王三剛巧送一個縣中的值堂房書辦出來，（訟師來往之客，無非書辦、差人，斷無道學先生也。）烏阿有上前道：「運氣，（句。）先生恰在府上。」戴春也上前相見，王三邀入遜坐。敘茶畢，王三開言道：（王三先說。）「戴兄冒暑而來，定有見諭。」（專問戴兄，知其事定為戴事也。訟師眼力好。冒暑應時令。）戴春道：「有事費心。」（畧畧一句。）烏阿有坐在王三上首，便將兩臂撲在茶几上，對王三耳朵悄悄的從頭至尾說個明白，（省筆。）又道：「吃藥不瞞郎中，這些都是實情，總要先生做主。」王三聽畢，板着那張臉，一手不住的捋那兩根狗嘴鬚，沉吟半響道：（賊形如見。）「這事費手腳了。」（宛然。）阿有道：「總要先生費神擺佈，戴兄說過重謝。」戴春嘻着一張嘴道：「總要費心，決然重謝。」王三道：「都是相好，這倒並不為此。」（不為此者，專為此也。）又想了一會道：「做是有個做法，只是此案情節太多，忒費斡旋。小弟刻有要事，二位少停再來。」（說得鄭重，聲價便高。）

戴、烏二人起身，王三送至門首，忽又道：「烏有兄請轉來。」只見阿有、王三二人說了好一回。阿有笑着點頭，別了王三，回身轉來，迎着戴春，教戴春先封個潤筆之費。戴春便同阿有回家，封了八兩銀子，到白石街前飯館中吃了酒飯，轉至王三老家，送上筆資。王三接了稱謝，便將做就呈稿放在桌上，一手按着，一手指指劃劃的，（描畫身段，確肖。）對戴春說道：「此事只得斡辦，紀二那節詐誆媒事休要提起，（一。）就是那婆娘也不必提破他姓陰。」（二。）戴春道：「這是何故？」（多有讀者至此，亦不解其故。）王三道：「且聽我說來。那紀二這場人命，竟做他妬姦殺姦。（本意。）若務要說破那節媒事，必須提出甚麼流娼不流娼，情節太支離了。即使戴兄辨得明白實不知情，究費周折。（與富吉之言針鋒相對。）那陰、楊兩姓不關緊要，詞內敘他姓楊，也有個主見在內：萬一到官時審出他姓陰，戴兄只知姓楊，也顯得戴兄不知情。」（打疊上文許多情節。）烏阿有道：「先生真是高見。」王三便把呈稿付二人看了。戴春問道：「舍間是大義坊，先生這呈內為何單稱鶯歌巷？」王三道：「你在鶯歌巷捉姦，自然應住在鶯歌巷，況且令兄現在這起命案追捕甚緊，（縮一筆。）令兄是大義坊戴，你呈內若又是大義坊戴，你不怕有老大不便處麼？」（反振富吉牽連有聲。）戴春連稱「是極」。即日赴縣具呈，次日檢驗，另日審問定案具詳，一切內外均是王三轉託值堂房劉六先生照應。那劉六先生便是方纔王三送出門來的縣裏朋友。此人在縣裏最為響噹，裏面門僉線索、外面差役公人，呼應極為靈驗，所以縣中竟照原呈大畧定勘：紀明擬絞監候，孫周氏、楊田氏、楊秀蘭俱杖決枷贖，等因具詳。（刪削旁枝，自形簡淨。）出詳之日，劉六先生一篇大賬，通連內線，着疊外塲，一應計共須銀二千四百六十三兩。（也還值得。）戴春如數找清，外又重謝了劉、王二人。那烏阿有到劉六處去分了二鳌頭的引進禮，都不細表。（一住。）

且說陰婆（不接富吉，而接陰婆，逆入法也。）自從縣裏吃了官司，情知富吉老虎般的盤踞在府衙等他，可想逃得過，（可憐。）只得人上挖人，（省筆。）向富吉磕頭賠罪，又教女兒千嬌百媚的去奉承他，又送上許多孝敬，方舒了富八大爺的氣。（陰婆與富吉之事已完，此後皆富吉另生事端也。）那烏教頭原呈抹煞，縣裏不許供攀，竟是事外之人，（收烏教頭。）那紀二可憐有口難言，竟屈打成招，坐了死罪。（收紀二。）縣案一完，（糊塗公事，糊塗辦法。）獨有那戴春（單刀直入下文飛渡。）財多為累，又因哥子戴全遭了無頭命案，（提入正旨。）富吉見機生情，一心要牽連他。當日接了縣詳，便親身送內，只見高世德正在飲酒，富吉將文書遞上，便指使從人走開，悄悄的對官說了許多情節，便教世德交幕友駁詳提案。不數日，卷宗人犯解到，候訊。次日，即懸牌傳審。（好，本府案無停擱。）富吉便密差心腹人向戴春說道：「本府出東京時，早訪得楊氏本姓是陰，今日提訊，立意要辦你窩頓流娼、誘姦殺姦的罪名。」戴春聽了，嚇得魂飛天外。（應得。）那人又道：「你如肯將戴全與錢泰聚起衅緣由，老實供招，本府便肯超豁你，（先官。）就是富八爺也好在官前極力包含了。」（後富八爺。）把個戴春的魂靈重復叫回，喜出望外道：「這有甚使不得，他的事盡在我肚裏，我對官人老實說便了。」（兄弟不睦，寥寥數語，其情如揭。）那人便去回復了富吉，富吉便傳令伺候，帶齊人犯，聽候本府審問。那本府高世德將次出堂，在內廳炕上，向隨從人道：「你們都退出去，叫富吉進來。」左右一齊退出，一片聲叫道：「喊富八爺！」富吉突起個大肚皮，慢騰騰走上廳來一站，世德道：「那件戴春的案，今日不是要問了麼？」富吉道：「伺候了，（句。）老爺可會意？」（句。）世德道：「你前天說甚麼流娼不流娼。」（寫盡糊塗。）富吉道：「那事不打緊，（一句架開。）那楊田氏，（句。）老爺只問他女兒通姦是知情的，待他漏了口風出來，再逼問下去；那孫周氏，（句。）也好問他誘姦等情。那戴春，（句。）老爺只要說他不安分，不愛廉恥，紀二、姚蓮峯是你平時縱放的麼？這樣問下去，看他怎麼供。只是還有一事，老爺不要忘：叮囑關鍵。那戴春有個哥子名叫戴全，就是前天毛和尚案裏的要犯，現在逃匿，老爺須在戴春身上問個下落，也見得老爺精明。」世德道：「那個我會得，他如不肯實說，立斃杖下就是了。」可笑。富吉道：「那也使不得，只要他說哥子畏罪潛逃，就好提戴全的兒子監追了。」言畢，世德立起身來，富吉退出，快快先走幾步，進來慢慢，出去快快，門公走路各有其宜。高叫道：「喊伺候！」只聽堂外齊聲答應，宅門大開，三聲點響，軍牢健步吆喝三通，只見高世德簇簇新新大紅圓領，腰圍玉束，頭戴烏紗，暖閣當中坐下。形容一番。經承書辦手捧案卷到旁，并將各犯名單呈上。高世德坐在堂上，暗暗的把富吉吩咐的話吩咐，可憐。想了一回，又可笑。便提起硃筆，在戴春名姓上點了一點，經承便喊一聲：「戴春！」只聽得兩班衙役數十人，一片聲「戴春」，叫個不絕。只見戴春七蹱八跌的走上堂來，可憐。案前跪下。何苦。世德問道：「你是戴春麼？」戴春道：「小人戴春。」又問道：「你弟兄幾個？」戴春道：「小的只一個哥子，名叫戴全。」又問道：「他那里去了？」沒頭沒尾問此一句，絕倒。戴春便直口的供道：「他和那案內不知何案，可笑，可憐。的錢泰聚有切齒深仇，所對非所問。因錢泰聚那年和小人的哥子比校拳棒，錢泰聚用重手點壞了哥子，病經一年，哥子因此懷恨。」補戴全之仇。世德拍案喝道：「有如此人命重情，你早為何不報官？」不知說向何方去矣，糊塗之至。戴春道：「連日小的吃人命官司忙得緊，不管閒事，不曉得他那里去了。」對得更妙。如此上下堂供，笑煞旁觀者。聞知他的兒子戴默待取名確。在西門外狹道巷，何不喚他來問聲。」落到戴全之子。世德便喝道：「下去！」可笑。隨將硃筆點了楊田氏。只見陰婆上堂，世德問道：「紀明、姚蓮峯在你樓上與楊氏通姦，好不安分！」奇了。陰婆聽了這話，全不接頭，旁邊經承回官道：「這人是楊田氏，這件通姦打人之處，是孫周氏的家裏。」書辦因官長弄錯，當堂指點，亦往往有之。世德道：「原來不是他，可笑。出去罷。」寫盡昏庸，妙。又點了孫周氏。孫婆上堂跪下，世德道：「本府在東京時知道你是個流娼，笑煞。如今你又到曹州來幹這個不愛廉恥的買賣麼？」吩咐：「掌嘴！」此真極天冤枉。弄得孫婆一點不懂，不知官長說些甚麼。左右不分皂白，就將孫婆揿轉頭來，一打四十。倒也有趣，打得無名。經承在旁，亦不知道孫婆是甚麼人，亦不敢多說。好。此時富吉在宅門後聽得明白，連連頓足道：「這樣不中用的東西，門上罵本官，往往有此句。怎麼做官！」便呌隨人回官道：「內衙有要事，請老爺退堂。」世德即忙起身，得其所哉。兩廊一聲吆喝，各自退回。富吉假傳內諭，着經承敘牌稿，差拘戴全之子戴默待，監追凶犯；又邀同牛信去尋烏阿有，告知戴春說今日之審，官府十分庇護，須得怎樣數目。戴春甚為情願，立刻辦齊赤金三十條，每條重十兩，交與富、牛二人，并道：「這點薄禮孝敬官長，牛五師爺同富八太爺，小可改日重謝。」原來牛信、富吉是高世德極親近的密徧，那時一做官，便派牛信賬房管總，派富吉為稿案門上，所以二人大權在手。此時接了金條回署，平分社稷，花了一千餘文，買些水禮，送了烏教頭，只說是戴春送的，「我們二人還沒得你這副的好看」。烏教頭快活已極，向二人稱謝不了，「承關切」、「承照應」說個不已。二人得了金條，並不送官，外面謠言知府貪贓，實在世德並無絲毫到手。富吉得了這贓，便將戴春這案擱起，一住。單把毛和尚案差兩起公人，一面先提戴默待監追凶犯；一面嚴拏戴全正犯。那戴全聞知錢泰聚被毛和尚刺殺之後，心中大喜，暫避西門外義友家中。那義友替他暗地打聽信息，續後曉得錢士霄指名告他，又聞得戴默待拏去收禁，還要密拏正犯。他得了此信，便高飛遠颺的去了。放開戴全。一日，公人拘得戴默待到案，富吉便向他需索一切。過了幾日，漸漸淡來，所有追拏一案，亦無非應名比較，把幾個公人的屁股晦氣而已。了完。

一日，世德正在後花廳同兩個美妾飲酒取樂，常事。外面忽飛報梁山大兵殺來。奇。世德大吽一聲，往後便倒。眾人忙上前急救，已是面如土色，絲毫餘氣。究竟不知救得轉否，且聽下回分解。

范金門曰：柏廬先生家訓云：三姑六婆，實淫盜之媒。可見平時往來，尚宜戒之。乃公然朝與居，夕與稽，追隨于一室之中，豈有不釀成大禍乎？

姚蓮峯于前數回中，作為認識門戶敘入，漸漸入勝，宛合天然。

孫大光不死，則和尚可不用，即茶葉可不取，此事無有矣。書中驟然閃之，覺大光為無甚關係之人，而細按其實，則是陰陽二次冰人也。

寫高世德昏庸處，亦祇是畫出一糊塗官耳！而從中以富吉之拏事，襯出戴家兩案監禁，迴抱戴全投梁山，通林冲，興兵動眾之由，卻是骨節通靈，頭頭是道。

關此回大旨，似是另文插入，然仍須前後通較。

吳荔裳曰：全、春二案，若風馬牛，中間只供出戴默待一事，為兩案關鍵。仲華無端插曹州劫數一筆於戴春傳中，一若非戴春不能供出戴默待，而戴春竟純作戴全之關係未免欺人。讀者須識破其實係另文插入，正如左傳魏絳和戎，無端插入好田一事。

邵循伯曰：此二回夾敘文章也。宋江之攻曹州，其本意只在辟土地、充府庫而已，其假名也，則為林冲報仇。而其報仇之中，又有一舉兩得者，因特表戴全抱屈受冤之故。如此便覺得興師動眾，為戴全計，為林冲計，并為官長苛虐、除暴安良計，遂似有名之師矣。然而戴全之弟，並不為戴全收禁也。作傳者，則必剖晰其事故，於是乎條分縷晰，確敘本源。就從上回鐵算盤糾合紀明一節入手，寫出設局誘姦種種情節，無孔不周。謂其為攻打曹州之發端可也，謂其為貪財好色之果報可也，謂其為閒情別致、偶插一齣鬆利文字，亦無不可也。

第九十八回　豹子頭慘烹高衙內　筍冠仙戲阻宋公明

卻說高世德在曹州府署後花廳飲酒，聞報梁山泊兵來，大吃一驚，往後便倒。左右急忙叫喚，半響方纔甦醒，早已驚魂離體，蕩魄去身，連話也說不出了，瞪着兩隻眼睛，向左右道：「這，這，這便怎處？」可憐！早知如此，來做甚麼官！忽又聞報道：「賊兵在北門外殺狗嶺，地名好。分三營屯扎。」初報但聞賊兵到來，次報方知賊兵屯扎之處。原來那殺狗嶺離城尚有五十餘里，世德聽了，稍為放心，刀下驚魂，苟延殘喘。只是呆坐着椅子上，一無號令。可憐，又可笑。忽報：「梁都監親來請見，已到廳上。」高世德只得出迎，一見梁橫，也無別話，便問道：「賊兵回梁山否？」問得奇極，可謂異想天開。梁橫見他如此昏憒，心中暗急，便道：「那有這等容易事！賊兵銳氣方盛，明日小將擬開城決一死戰。雄壯語。探得梁山賊軍先鋒姓林名沖，好生了得。小將現已傳令緊閉各門，趕運灰瓶、石子，上城堵禦，寫梁橫不弱。特請相公速為劃策。緊捷。戰陣之事在小將，好。謀畫之權在相公。是極。軍情緊急，小將要去分派營務，準於五鼓再來，一同上城罷。」本意寫世德庸懦，反顯出梁橫英雄。高世德一聽得林沖二字，已經三魂失了兩魂；再聽見要他上城，連那嚇剩的一魂也不知去向了，前日離體，猶不甚相遠也，今則已矣，不知去向矣。戰兢兢的對梁橫道：「小弟今日有些頭疼發熱，絕倒。那個林教頭之事，七字不知仲華如何體會出來。畏憚之極，不敢直呼其名，一妙也；只知林沖是教頭，二妙也；但知有林教頭，而不知有宋公明，三妙也。總託將軍做主調停，明日如小弟退熱，總陪將軍同去。」乞憐之狀。梁橫料其懦弱飾避，只說「再會，再會」，即便起身去了。（僅知其懦弱，尚不知其畏林冲也。）回到衙署，只見大小將弁兵丁，已在衙前聽候號令。（寫梁橫軍政。）梁橫進署，急悶異常，暗想道：「一木焉能支大廈！賊勢如此猖狂，曹州地方遼濶，偏又遇着這一個高知府，本城紳士中又無勇敢之才，又可惜天河樓的武解元上省去了，（縮金成英一筆，虛伏。）如何是好？」躊躇一回，便發令派將領兵，鎮守各門，左右將弁都紛紛得令而去。一面吩咐防禦張金彪、提轄王登榜：「速選弓弩手三百名，防守北門；再選精兵八百名，明日黎明，隨同出北門，齊心協力，勦除草寇。」（語氣雄壯。）二人同聲答應。當夜分派已定，一面再遣細作探聽梁山來將、兵馬人數。（細。）

原來宋江依吳用之計，將大兵屯在兗州，先遣淩振、戴全往曹州按計行事，（遙接前文。）再與吳用商議派將點兵之事。只見林冲立起身來道：「小弟願効微力，取這城池雙手奉上。」（報仇性急。）宋江、吳用齊道：「甚好。」便令林冲領二千人馬為前隊。一面傳令到濮州調劉唐、杜遷帶隨身軍漢四百名，來輔佐林冲，一同前去，捲旗息鼓，潛師進發。吳用便對宋江道：「此事還須兄長同小弟親自一行。」宋江道：「這是何故？」吳用道：「小弟初意原不貪曹州土地。（只說不貪。）但曹州地近黃河，為東京出入之通衢。（特指東京，立議其意可知。）破得曹州，且弗退兵，看形勢可據則據之。此亦兵家得尺則尺，得寸則寸之道也。」（咄咄逼人，可畏之至。）宋江大喜，便道：「就是林兄弟這枝人馬，也須小可與軍師親自策應。」（撇東京而說林冲，宋江之心可誅。吳用之語遠鉤，宋江之語近扣。）所有兗州的兵將都不調動，（寫清。）攻猿臂寨的兵將都發回山寨，（結。）獨留呂方、郭盛、戴宗、時遷四人，調撥二千人馬，隨同接應。

不日，林冲的前隊已到了曹州府北門外殺狗嶺，（簡敘。）林冲便要攻城。忽聞後隊流星報馬飛到，道：

「軍師有令：（寫吳用。）凌頭領在城內未曾兩打照會，須先差心腹人潛入城中，暗遞號令，然後內外合應施行。」（好。）林冲只得就在殺狗嶺安營屯扎，先遣人密入城中去知會凌振。這里林冲領中營，劉唐領左營，杜遷領右營。安營方畢，只見戴全氣急敗壞奔來，（筆筆閃霍，駭人心目。）林冲大驚，忙問何事。戴全道：「自那日小弟同凌兄先到曹州，恐有人認識，在西門外張魁兄弟家裏，（迴應前文。）便託張魁差人導引凌兄入城行計。只道安排已畢，（一頓。）不知何人在那高知府前告出小弟潛匿之處，那高知府便來追拏，幸張魁兄弟先將我放走了，只是張魁已被拏入城去了。」（突作一波，為後文作引。）林冲道：「這事怎了？」戴全道：「幸喜凌兄這條計尚未破出。（一筆救轉。）小弟此來，特請林兄長急速攻城，深恐凌兄密計再洩，不但張魁兄弟及小兒性命不保，就是你我的冤氣又不知何日出也。」（語不離宗。）正在商議襲城，只見先差去的那心腹人飛跑轉來道：「曹州府已各門緊閉，嚴兵把守，小人無從進去。」（筆筆縱跳。）林冲驚道：「我們潛師前來，路上人不知，鬼不覺，怎麼吃那廝先曉得了？」（寫梁橫。）戴全道：「梁橫那廝甚是精明，此地離城不遠，焉有不知！」正說間，宋江、吳用後軍已到。林冲便將心腹人不能入城的話告知吳用，吳用躊躇半響道：（能令吳用如此，極寫梁橫。）「如凌振失陷，我從前那番劃策，已置之無用了，只有煩眾兄弟悉力攻城，再相機宜。（吳用亦思變法。）如凌兄弟不曾失陷，我前計仍好施行。此刻曹州城裏，已曉得我梁山兵到，豈凌兄弟反有不知之理？（畢竟見識不差。）我們只管攻城，也不必知會凌振了。（寫吳用觸機生變。）今日已晚，孩兒們辛苦，何爭這一夜，明日五更再行定計。（寫吳用措施裕如。亦是五更，與梁橫相對。）但我本意原欲襲城，今番變作攻城也。」（妙。）忽撚髭沉思一回，便吩咐左右：「快往後營，叫時遷前來！」須臾，時遷進來。吳用道：「你從城角僻靜處，（向見左傳婦人懸緶城外以引齊師，諒亦由僻靜處也。）悄悄越城進去。如會着了凌振，你可帮同舉事；如已知淩振失陷，我計已破，有你在內，亦可相機策應。」吳用遣將之才固佳矣，而余更服仲華無端插入時遷，令後半回篙冠仙事可作餘波，其用人亦不可及。

這邊吳用正在施設事務，那邊高世德破曹州正文也。先提世德，曹州之陷，罪在世德也。，在廳上見梁橫已去，便一步步的挨進內房，對妻子道：「夫人，句。我真個有點發熱了。」遙接對梁橫語。可見前次發熱是假。其妻愁容滿面道：「怎好？相公素來心氣不足，今日又受此大驚。」絕倒。卻不說腎氣不足。世德道：「那個林冲殺來了，竟是小兒聲口。梁都監要我同去。我早知道有這等禍事，那時節不該幹辦曹州的。」可見曹州是幹辦來的。近來美缺無不幹辦，而後來懊悔者亦復不少。兵臨城下，不想禦侮之策，而悔幹辦之誤，此真小人中之平庸者也。仲華如見其肺肝矣。世德懊悶非常，那兩個嬌妾不識時務，還要相公長相公短的溫存，絕倒。不知主人命在呼吸，那里還敢幹那風流。妙。哀哉，衙內。世德足足的愁到五更，僕婦進來傳言道：「外面請相公了，催命符到也。梁將軍在廳上也。」世德似哭非哭、似笑非笑，慢慢的走出外來，實在可憐，我為林冲不忍殺之。只見梁都監站在客廳當中，全身披掛，倒竪濃眉，滿臉殺氣騰騰，雙手叉着腰間，寫梁橫威武如此，則曹州之失，罪在世德矣。開言道：「天將亮了，人馬已齊，相公速請上馬。」語壯。世德呆了半響，回言道：「我只好不去。小兒號哭懶學。將軍，你摸摸我的頭看，當真受了暑熱了。」可憐。暑熱不脫時令。梁橫大聲道：「壞了！壞了！」也不回言，大踏步往外就走。好。上了馬，出了知府衙門，帶同張金彪、王登榜并大隊人馬，直到北門。只聽城外喊聲大振，賊兵已抵北門。兩軍麾令，生死決。梁橫傳令開門，放下吊橋，一馬當先飛出，那張、王二將督領人馬隨後渡過吊橋，擺成陣勢。雄壯。那邊林冲、劉唐、杜遷早已列陣等待。梁橫提鎗先出，大叫道：「叛逆狂徒，快來納命！」林冲挺矛而出。看那梁橫身長八尺，年近五旬，額濶腮方，臉如重棗，頦下長鬚，飄揚腦後，全身黃金盔甲，坐下烏騅名馬，凜凜威風，真是一員虎將。（詳寫梁橫相貌，為曹州惜，為世德罪也。）林冲便橫矛拱手道：「來者莫非都監梁將軍麼？」梁橫道：「然也。」林冲道：「梁將軍聽者：俺林冲此來，不為別人，你速將那做知府的高小畜生綑縛獻上，免你合城老小性命。」（雖是陣上謾罵，卻是此回正旨。）梁橫大怒，罵道：「亂賊狂言，（句）看鎗！」（句。）說罷，拍馬過來，林冲挺矛相拒，兩陣吶喊，鼓角喧天。二英雄怒馬相交，鎗矛並舉，大戰一百餘合，不分勝負。（能與林冲戰百餘合，本領可知。）那邊梁山營裏惱動了赤髮鬼劉唐，潑剌剌一馬橫沖，舉刀助戰。杜遷見劉唐出陣，也便拍馬相攻。林冲、劉唐、杜遷三戰梁橫，（壯語。）梁橫手裏尚可招架，心中卻也驚慌。（極寫梁橫不易敗。）這邊官軍陣上張、王二將，也拍馬前來帮助，六人六馬攪作一團，兩陣喊聲不絕。又戰到四十餘合，張金彪、王登榜原非梁山敵手，林冲看他二人漸漸軟了，便順手掣轉蛇矛，向張金彪咽喉一刺，張金彪早已落馬。（一個。）王登榜見張金彪陣亡，慌得手法愈亂，被劉唐乘間一刀，砍傷右臂。彼時杜遷逼得梁橫緊急，林冲抽空順手一矛，刺入王登榜左脇，嗚呼哀哉。（寫二將陣亡，筆法井井。）梁橫無心戀戰，趁林冲矛尚未起，便把鎗向前一架，偷縫兒跳出垓心，回馬便走。行不數步，只見北門西偏城角天崩地裂的一聲響亮，（奇峯天外飛來。）濃烟沖起，日暗天昏。那城磚巨石飛入九霄，磨盤也似的虛空旋轉，城內人聲鼎沸。（有聲有勢。）卻是凌振奉吳軍師密計，在城內栽埋的地雷，至今發作。（吳用密計，至此方註明。）原來凌振埋藏地雷，定了竹竿藥線，方欲等梁山兵到，便好動手。誰知梁橫防守嚴密，添設營房，那藥線正在營房隙地，凌振無從措手，暗自叫苦。（補敘從前無數情形。）恰好時遷進城，尋着凌振，凌振大喜，便與時遷說明藥線所在之處，時遷會意。這日城外鏖戰，那些官兵全神照顧城外，不防時遷帶了火種，偷身趲到營旁，點了藥線，吃小卒看見急捕，（險。）時遷早已跳出營後。地雷轟炸，城郭崩摧。

筆簡。林冲見地雷已發，心中大喜，同劉唐、杜遷催動全軍殺上。銳。梁橫見城池已失，佐將已亡，長嘆一聲道：「天絕我也！」拋鎗在地，抽佩刀自刎而亡。可惜，可惜。吳用便教呂方、郭盛分兵管住各門，以防高衙內逃出。寫吳用，忙中條理井然。高衙內在前傳無名，故此書之七十二三回中亦不著名，蓋讀者心目中但以衙內為名，不復問其真名矣。今在曹州做知府，而猶稱衙內，則嫌其不合，于是不得已而世德其名，至於城陷被虜，無復知府矣。夫然後刪去世德，仍稱衙內，以便讀者之醒目焉。戴全統領三百步兵，護送宋江、吳用、戴宗入城。一筆不漏。林冲教劉唐、杜遷在城門邊迎接，自己領百餘名嘍囉，飛也似撲到府衙去了。有饑鷹下韝之勢。戴全送了宋江等進城，便帶了數十名嘍囉撲到府監，打開牢門，救出兒子默待；收默待。又打入縣監，救出義友張魁，收張魁。見了紀明，一刀分作兩段。完紀明。看官，既然說到紀明，趁此將陰秀蘭案交代完結：插敘亦簡。那戴春是個花花蕩子，平日只曉得蹧蹋身子，又因大暑天吃官司，日中奔走，受驚着急，一場大病死了。完戴春。烏阿有後來因投親不遇，流落異地而亡。完烏有。孫婆、陰婆、秀蘭，破曹州時，亂中失散。收三人。城裏通判、知縣等官，盡皆殉難，照前文完結。前案已完。

再說那林冲率眾撲到府衙，一聲吶喊，擁進宅門，逢人便綑，將高衙內一門良賤，盡行捉下，單單不見了高衙內。偏作一折。林冲頓足懊恨道：「怎麼吃他走了？」隨後宋江、吳用已到。吳用對林冲道：「賢弟且請寬心，我已教呂、郭二兄弟監守各門，這小畜生怕他插翅飛去不成。」一開。亭午❶，眾頭領在府衙開筵暢飲，戴全領張魁見了宋江，宋江大喜。此等穿插最妙。宋江便同吳用商議佔據曹州之事。正在閒言，忽見轅門軍校進來報稱：「有一人自稱曉得高衙內藏躲處。」一合。林冲大喜，忙令喚入。那人上前叩頭，林冲急問：「高小畜生那里去了？」寫林冲望眼將穿。那人道：「小人住在府衙後牆小衖內，本年三月曾吃他的屈

---

❶ 亭午：正午；中午。亦作「停午」。

打，冤屈難伸。（衙內劣跡，此處尚有找筆。）今日聞知頭領……』（其詞未畢。）林冲道：「你但說那賊畜生躲藏何處。」（性急極矣。）那人道：「正是冤家路窄，（偏要慢慢說。有此人之緩，愈顯林冲之急。）刻下小人登牆探看，望見那間壁毛厠裏，正是他躲着。（毛厠裏躲着，真是妙文。）因見他身邊有個教頭，（句。）所以不敢……」（言不敢去捉也。林冲起身得快，所以只得半句。）林冲不及聽完，放下酒杯，霍的立起身來，大踏步便走。（十九字如河下龍門，流駛竹箭。）吳用忙叫那人緊緊跟隨上去做眼，（細。）又着小嘍囉急忙備帶麻繩，飛速追上。（有此兩層，形出迅速。）林冲已撲到那人指引之所，（疾。）只聽毛厠裏叫聲：「阿呀！」猛見那鳥教頭圓睜怪眼，大喝道：「甚麼人敢來！」（倒底不弱。）林冲順手抓來，摜出街心，早已頭顱粉碎。（完鳥教頭。）那小嘍囉早已走進毛厠裏，將高衙內綑捉了出來，（哀哉！）林冲大喜。只見高衙內沒口的「林伯伯」、「林爹爹」叫饒命。（可憐。）林冲罵道：「賊畜生！早知今日，悔不當初！」（快極，暢極，一語足矣。）吩咐小嘍囉好生綑來，自己先回府衙。宋江、吳用等眾頭領降階迎賀。（林冲得意。）吳用便傳令教呂方、郭盛收兵進城，同赴慶宴。（不漏。）林冲便吩咐重賞那報信人。那人道：「小人不願金帛，但願將他兩個美妾賞與小人足矣。」（奸淫之報，自是如此。）林冲道：「這有何不可。」便叫左右將出高衙內的兩妾，又加些金帛，賞與那人。那人領了，叩謝去了。林冲便請宋江軍令，將衙內一門良賤，盡行斬首，（了結。）那富吉、牛信自然也在其內。（完富吉、牛信。）

林冲謝了眾位頭領，重復入席。只見小嘍囉已將高衙內四馬攢蹄，綑縛獻上。（好看。）林冲見了衙內，眼睜睜看了半響，卻沒擺佈處，（奇文，入情入理。）恨不得夾生的碎嚼了他。（恨極。）忽猛然得一個計較，（筆筆縱跳。）便叫左右：「去訪尋高衙內平日用的厨子，前來問話。」不一時，尋得厨子來。林冲便問道：「你主人平時吃猪羊肉怎樣吃法？」（問得奇。）厨子道：「猪耳捲如餃，（一。）羊眼熟油炒，（二。）羊肉做羊膏，（三。）猪肉做燒烤。（四。）」林冲道：「好極。」便吩咐將衙內牽下去，洗刮乾淨，再上來聽用。（衙內聽用，不知如何用法。）宋江便吩咐撤去酒筵，當中供起林冲娘子的神位來。（宋江權術籠人，煞是可愛。）林冲遜謝。只見左右已將洗淨的衙內箝口❷反縛獻上。（「箝口」二字周密，不然何以屠割時不喊叫？）宋江便吩咐：「先取三杯血酒來祭奠林娘子。」左右一聲答應，衙內身上早已三個窟窿。左右將血酒捧上，宋江率眾頭領依次祭奠。（好。）林冲一一回謝了。（杖期夫林冲拉淚稽首。）送了神位，重開筵席，宋江、吳用、林冲、劉唐、杜遷、呂方、郭盛、戴宗、凌振、時遷、戴全、張魁共十二位頭領，（趁此將人數一點，以便下文抽用。）依次坐列。林冲命先將猪羊牛馬肉上來飲酒。（煌煌乎，衙內還輪不着做第一道菜。不有林冲之吃，而有仲華之筆難以稱乎，書之妙矣！）飲至三巡，林冲方命用羊眼熟炒之法，（可憐。）一個嘍囉便把尖刀向衙內眼眶一挖，鮮血滿面；（為我告林冲，此眼乃閱歷過無數美色者，大宜珍重。）又命取耳朵，只見嘍囉持刀復向衙內去割，不知這耳朵不消割得，一扯便落。嘍囉持着笑道：「啟稟頭領：這耳朵是假的。」林冲笑道：「怎麼假的，敢是那個先割過了？」眾頭領哄堂大笑。（讀至此，無不回憶麗卿箭亭一事，妙文。）看那衙內，早已魂歸烏有。吳用笑着勸道：「林兄弟大恨已洩，這小賊屍身亦無用再割。」（衙內聽用已畢。）林冲一聲長笑，把頭向外一看，喝道：「拉出去！」（願已了。）手下人同聲答應，拖出屍首，掃淨血跡。宋江便滿斟一杯，獻與林冲道：「今日恭賀林兄弟報仇雪恨。」林冲起謝，一飲而盡。（得意。）吳用也滿斟一杯道：「小可還有一事，恭賀賢弟。」林冲起問何事，吳用道：「小賊已死，老賊必來。（確。）老賊來時，就此設計擒住，劈屍萬段，豈不更快人心！」（束上起下。）林冲喜謝，亦接飲而盡。

三人復坐，宋江便問吳用道：「軍師欲擒高俅，計將安出？」吳用道：「此須臨時應變，計難預定。」（一句擱

---

❷ 箝口：禁口；夾住口。

起。小弟看這曹州形勢，足可佔據，應前起後。小弟擬派董平在此安扎，所有倉庫錢糧，不必運回山寨，就此交付董平，以便軍餉支銷，便宜行事。」強盜志在錢糧，直應前文。吳用說到此際，注目宋江而笑道：直似前傳。「倘從此因利乘便渡過黃河，直取寧陵，則歸德一府震動，而河南全省可圖矣。」寫得聲勢逼人，然後見筍冠道人之功為不小也。渾其名曰河南，核其意竟指東京矣，可畏。宋江大喜，受招安者固如是乎？便道：「軍師所見甚大，但此州南距黃河，尚有數百里，若無高山峻嶺安頓人馬，黃河亦未易渡。」文機徐引。只見張魁開言道：「此地只有曹南山最為高峻，去黃河不遠。」落到曹南山。吳用便問張魁道：「曹南山形勢何如？」張魁道：「論形勢小弟不能理會得，至於路逕，小弟卻最熟悉。偏是熟悉路逕，下文故妙。軍師如欲往看，小弟願為向導。」入下半回正文。時遷道：「說起曹南山，小弟也有些認識。」宋江、吳用皆喜，便議於明日同張魁、時遷共往曹南。計議已定，大家暢飲，盡歡而散。當令林冲、劉唐、杜遷、凌振、戴宗、戴全六位頭領，權守曹州，一面差人去濮州調雙鎗將董平，又去山寨裏調喪門神鮑旭、沒面目焦挺，同來接理曹州軍務。

次日黎明，宋江、吳用乘朝爽起行，就以「朝爽」二字，領起一路山景，妙。命呂方、郭盛帶領伴當四十名護送，命時遷、張魁為向導。一行人馬徐出南門，只見一片平陽，濃陰繚繞，朝靄輕清，夏月曉景。東山一帶霞光異樣鮮紅。吳用歎道：「此霞赤如血色，東方殺氣正旺。今我南行，須顧東憂。」無意中引逗，妙。宋江道：「雲天彪、陳希真兩路人馬固屬可憂，但我梁山戰將如雲，謀臣如雨，四方豪傑悉來聚義，上應天道，下合人心，又何向而不利哉！」言以此直搗東京無難也，可畏！說罷大笑，便對張魁道：「賢弟來聚大義，我等增輝。」即從聚義搭到張魁。不識賢弟交好中，才智、膂力過人者，尚有幾人？」宋江方欲以梁山招降天下英雄，而猶肯以其身受他人之招安哉！張魁道：「小弟交好中，除戴全兄弟外，武藝十分者，尚有一個姓真的，雙名大義，曲阜縣人，年方四十，力敵萬夫，狀貌魁梧，性情質直。忽然逗出真大義，遠遠為三打兗州伏線。羚羊掛角，無跡可尋。此人現在東京，與小弟最為莫逆，時有書信來往。如果小弟修書招致，必來聚義。」宋江大喜。張魁又道：「只可惜這里武解元金成英與我交情疎遠，不稱拒絕，但言疎遠，深諱之詞。近又不在此地，這倒也是一位英雄。」忽回顧金成英，文勢環抱。吳用道：「說起金成英，我也曉得。好。此來曹州，正欲訪他，妙。他卻往何處去了？」張魁道：「往濟南府去了。」一路說說談談，早已烈日當空，炎光流爍。時遷向前一指道：「前面已是曹南山也。」情景宛然。只見眼前一條山路，微微灣曲，望去杳茫茫的接到那邊山腳。如入畫圖。驕陽棲嶺，分外炎威，伏天景象。宋江、吳用一干人皆道口渴，急要取水。呂方、郭盛道：「此路並非無水，只是被太陽曬得火熱，急切飲不得。」只見時遷捧上兩個西瓜，宋江大喜道：「賢弟何處得來？」時遷道：「適纔路上見有一所瓜園，順便取了兩個準備止渴。」時遷偷物，亦先作一引。眾皆大喜，分食而盡。張魁道：「前去到了山腳，抹轉灣，便有一帶樹林，可以遮陰；下有清溪，可以止渴。」熟悉路逕。大眾聽了，便飛速冒暑前進。又走了一回，到了曹南山麓，點明曹南山。眾人急隨了張魁，由山麓轉灣，行不數步，果然千林綠蔭，一派清泉。先為清涼界作引。宋江、眾頭領及四十個伴當，俱已走得喘息無氣。宋江吩咐權且憩息，大眾連人帶馬，共取溪泉暢飲，連人帶馬，妙。不然忘之矣。足息了半個時辰。吳用道：「我等此來為相度地勢，並非耽玩山景，妙，妙。作者本意原不教吳用相形勢，而吳用本意則只為相形勢而已。若只顧自己高興，忘卻書中本意，誤矣。不宜久息了。」一聲吩咐，張魁、時遷早已起身先行，大眾隨了，一路盤上山頂。張魁指着對吳用道：「此曹南山最高處也。」又明註曹南。吳用便四邊看望一遭，對宋江指指劃劃，說了許多，宋江一一點頭。觀形勢只用虛寫。吳用又道：「此山南面形勢尚未了了，尚煩張兄弟領路前進，大眾隨行。」張魁道：「山南一路，都有樹陰遮蔽，不比山北酷暑，沒躲閃處。」漸漸引入勝境。行不數武❸，果然流泉界道，萬樹蟬聲，宋江一干大眾如行綠幕之中。入畫。只見前面張魁已渡過一條大板橋，時遷也隨了過去。眾人追上，看那橋下流水，卻濁如黃泥，不解其故。過得橋時，又是酷熱平陽。變幻。張魁、時遷前導，宋江等在後，遠遠望見前面叢綠中擁出一座牌樓。行文至此，已臻化境。宋江、吳用看時，只見牌樓上鑿着斗大四字，乃是「清涼世界」。妙哉，文乎！地名清涼世界，宋江一片雄心，可以少息矣。望見張魁等已進了牌樓，眾人隨着進去，裏面一帶長堤，槐陰夾道；長堤盡處，便是渡口。引入勝境。長橋斜渡，小屋如鱗，另是山居村景。妙筆。真是化工在手，吾不能復贊矣。張魁到了橋邊，時遷趕上問道：「張兄，這是甚麼地方？小弟卻不認識。」張魁立住了腳，定睛四看道：「奇了，真個奇了。這是甚麼地方，幾時走錯的？」隨後宋江、吳用、呂方、郭盛一干人都到，大眾入勝。吳用道：「登山迷路，亦是常事。老辣大方。前面漁村不遠，且去問聲。」自然。大眾過得長橋，已是午牌時分。吳用上前便向一個漁翁問道：「此處是甚地名？」漁翁答道：「此甘露嶺也。」點出地名，先用輕按。宋江道：「離曹南山幾里？」漁翁道：「不曉得。」奇了。又一個漁翁道：「你問曹南山做甚？曹南山遠得緊哩。」春雲膚起。眾人道：「我們一干人方纔此刻從曹南山來，怎麼說遠？」真詫異。兩漁翁哈哈大笑，應得笑。其一道：「你們這班人敢是青天白日裏做夢，奇文。你問的是不是曹州的曹南山？」宋江道：「正是。」漁翁道：「曹州乃山東地方，這里乃河南歸德府寧陵縣地界，與曹州路隔黃河，索性叫明。你們好道飛到這里的！」真奇。眾人聽了，各自驚疑。宋江對眾人道：「休去保他，我們只管回舊路去，不問怕他做甚！」亦通。眾人走轉長堤，

❸ 數武：數步。武，腳印；足跡。

那張魁好生慚愧，也隨了眾人過橋。（絕倒。問你路逕熟悉不熟悉。）行不數步，乃是一帶荊籬，萬竿修竹，微風颯颯吹來，（武夷九曲，引人入勝。處處不脫時令。）又迷失了槐陰長堤。（愈奇。）宋江急命轉路，眾人急走，只道荊籬盡處便是長堤，卻望見紅牆一角。（詩中有畫，畫中有詩，行文絕境。）走近前時，乃是法王宮殿。宋江、吳用看那山門，高懸着「清涼寺」匾額。（與牌樓呼應。）只見伴當數內一人叫苦道：（文心變幻。）「這里莫非真是寧陵縣甘露嶺？」（重落甘露嶺。）宋江忙問其故。伴當答道：「那年小人往寧陵縣時，曾隨了母親到這寺裏燒香過的，今日記起來一點不差。」（二次說寧陵確實。）宋江道：「休得胡說！我們既然到此，且進寺內去問問何妨。」（提綱有筍冠仙，必以筍冠在此寺內矣，而抑知不然。）眾人隨宋江進了山門，那宋江嘴裏雖強，心裏卻也有幾分驚疑。（描摹都入情理。）但見數人在廊廡下乘涼，（時令。）宋江正欲差伴當去問，（宋江不自問，位置自尊也。）忽見柏陰內立有碑石，宋江、吳用遂同去先看，乃是隋文帝駕幸寧陵，至此甘露下降，故賜嶺名為甘露，立碑記瑞。（第三次見有碑記，而知此事非縹緲恍惚者矣。）宋江、吳用一齊大驚道：「真是河南寧陵縣地界也，我們幾時渡的黃河？」（你要渡黃河，便教你渡黃河，問你下回敢不敢再渡黃河？何時渡的黃河，尋來路自得。）眾人聽了，都面面相覷道：「這是何故？」吳用道：「此真天下未有之奇事。」（亦天下未有之奇文。）宋江道：「此地果是寧陵。（「果是」二字尚參疑信口角，體會入微。）我等就從此問路回去，亦不過三四日路程，（寧陵距曹州路程，順手點出。）只是我等來時，並不帶盤川乾糧，如何是好？（逼真。且從此領起後幅。）就是現在自辰刻至此，尚未飲食，好生饑渴。」（甚矣，饑渴之害也。以富有梁山之宋江，而不免于此，可笑。）眾人正在躊躇，猛見一個僧人出來，（未見道人，先見僧人，亦奇。）便合掌問訊道：「眾位客官，想是登山迷路的？」宋江道：「正是。弟子們自黎明至此，未曾飲食。」（僧人問失路，宋江卻對失食，情急可憐。）那僧人道：「客官既已來此，卻是有緣，便請小寺敘齋。」（見其情急，而脫口許之，真是佛法慈悲。）宋江大喜拜謝，（何至於拜，情急也。）便問道：「大師想是寶剎方丈？」（尊之之意。）僧人道：「非也。貧僧乃是知客，本師卻在裏面禪房。」宋江對吳用道：「我們何不進去叅拜？」吳用稱是。那知客欣然領入，眾人都在外面等候。簡淨。宋江、吳用進去，只見松篁交翠，軒宇清明，正是曲徑通幽處，禪房花木深。讀至此，使人之意也消。到了裏面，只見一老僧趺坐蒲團，宋江、吳用上前叅拜。老僧起了蒲團，打個問訊，便請二人坐地。知客命侍者看茶，又命辦齋。老僧開言道：「義士遠涉黃河，來訪荒山，定有事故。」劈頭便提渡黃河，緊字訣也。宋江、吳用都暗吃一驚。宋江停了半響，只得將曹南山邐迤到此情形說了，便道：「弟子等不解何故，乞老師指示。」老僧回顧知客僧道：「此必筍冠道人之所為也。」點出筍冠道人，筆勢飛舞。因嘆道：「此老心腸太熱。」深服筍冠之詞，又托出老僧身分，令人心醉。宋江便問：「筍冠道人是何人？」知客僧道：老僧不言，妙。「這道人開封人氏，生長名門，少喜談兵，戰陣上也去過幾次。一路青山綠水，忽見兵戰字樣，奇妙。領起後段。暮年無意功名，來此深山修養。遠遠為陳希真作引。卻是道法圓明，神通廣大，就中單表縮地一術，能令千里輿圖縮成跬步❹，義士由曹南頃刻到此，敝師所以料是此公也。」至此方註明宋江迷路之故。宋江、吳用聽了，不能做聲。老僧道：「義士既已來此，何不就去見見，休辜負他指引苦心。」方說道人心腸太熱，而自己心腸亦熱矣。寫盡悲憫衷懷。宋江便問：「道人現住何處？」知客道：「出寺後不數步，有一道清溪，是甘露嶺發源來的。義士但從此溪，傍石岸溯流前行，到了嶺下，自有小橋接渡。曲。嶺上一路蒼松，下有細徑，可以步行前進。但見亂石牆邊，籐蘿掩映之處，三間茅屋，便是筍冠道人家也。」白雲深處，幽閒寂靜，令人羨忭。宋江、吳用皆欣然願往。只見香積厨內飯頭進來，告稱齋已辦齊。老僧便道：「請義士外面禪堂用齋。」即命知客奉陪。那呂方、郭盛、張魁、時遷及伴當一干人，俱請向齋堂赴齋。分二處吃齋，極妥當。大眾告飽，告飽，妙。若改作齋畢，便索然無味。宋江、吳用復

---

❹ 跬步：半步。古人走路舉足一次為跬，舉足兩次為步。引申為靠近、眼前。跬，音ㄎㄨㄟˇ。

進禪房，向老僧深深道擾，便辭了老僧，領着眾人去訪筍冠仙。（明簡。）知客送到寺後，告別回寺。（收過清涼寺。）

再說宋江等依知客指引的話，取路前進，一路清涼，竟忘炎熱。（一路景致實寫，及近筍冠仙處卻用虛寫，筆法變換。）吳用道：「這大仙引我們至此，不知有何見諭？」宋江道：「陳希真那廝妖鐘擋路，我等無法破他，（提前照後，真是妙筆。）想這位仙人定有以教我也。」（一相情願。迷而不悟，一至于此。）一路談說，不覺到了籐陰門首。只見一個童子在門前掃葉，見了宋江等一行大眾，（從童子目中出。）便笑道：「義士來也，本師恭候久矣。」（奇。）宋江又暗吃了一驚，方知真是這筍冠仙戲他，（宋江前此終有不信之心，至此方知，真是入情入理。）心中十分凜凜。（妙。）童子領宋江、吳用進去，眾人在外等候。（分寫。）只見裏面十步茅廊，三弓隙地蒼松古柏，盤舞成陰。（山居妙景。）童子引二人到了精舍，見了仙人。宋江、吳用不覺肅然下拜，（寫得好，兼留宋江、吳用身分。）仙人急忙扶住，施禮遜坐，童子看茶。（細。）宋江看那仙人年近七旬，身長八尺，精神矍鑠，面貌魁梧，目有餘神，鬚垂銀白，飄然仙風道骨。宋江開言道：「弟子偶玩曹南，不意到此仙境。因遇清涼寺長老，始知仙師神力，弟子等奉攝至此。（「奉攝」二字，奇文。）想仙師必有指教，特此晉謁，伏望指示迷途，并詳休咎❺。」（宋江詞令亦善。）仙人頷首微笑，因命童子取書架上一卷太乙雷公式來。（書名便奇。）仙人翻出一頁，命童子遞與二人。二人看時，只見上寫著：「引敵軍深陷重地第三十六：（精光飛射，辟易萬人。）凡敵軍遠屯境外，及隔河為陣者，（於宋江窺圖寧陵事，不脫不粘，妙筆。）但運式三轉，將杜門移加敵人營後方位，以天大將軍印封之，三呼敵人主將姓名，敵人自不覺從開門前行，陷入我重地也。（前言縮地，此忽言遁甲，是一是二，讀者辨之。）但敵軍在五百里以內，皆可以此致之。」（再攔一筆，命意深入顯出。）宋江、吳用大駭，（安得不駭。）登時汗流浹背。（駭殺。）童子將書收去。宋江神定半響，忽然心

❺休咎：吉凶。咎，音ㄐㄧㄡˋ。

生希冀，（寫宋江，筆如秦鏡。）便拜問道：「仙師此書授自何人，弟子愚蒙不識，可指授否？」仙人道：「山人寂寞閒居，藉此消遣，義士要他何用？」（以攻城畧地之資，僅供山人消遣，而強盜不許與聞，快極，妙極。）宋江道：「弟子宋江避居水涯，恭候招安，（絕倒。以此欺山泊眾人則可矣，以此欺仙人多見其不知量也。）現在替天行道，到處剗除貪官污吏，為民除害。倘得仙人傳授此書，以除殘暴，各路生民幸甚。」（仙人前搗鬼，真正絕倒。元女天書何在，竟不足用耶？）仙人笑道：「貪官污吏干你甚事？（當頭一喝，三日耳聾。）刑賞黜陟❻，天子之職也；彈劾奏聞，臺臣之職也；廉訪糾察，司道之職也。（世有貪官污吏，治之者自有其人。）義士現居何職，（詰問一句，使之自愧，妙極。）乃思越俎而謀？」（並不責其叛逆，並不責其焚掠，只此數語，已令奸賊無從置喙。）宋江、吳用皆錯愕無言。（思答一言，其實卻難。）仙人歎道：（一「嘆」字，無限冷眼，無限熱腸。）「世路崎嶇，運途變易，半生驚險，卻為誰來？（未言哀而已歎。）寓主開蒙汗之樽，梢公作板刀之麪；山頭逢燕順，燈下遇劉高；王章倖免於江州，追捕潛身於還道，此皆義士之所親為嘗試者也。（宋江此時，談虎色變矣。如此提點前傳而偶用三國語，妙，妙。）聚義而來，快心有幾？（將前傳無數攻城刼庫之事，又只一筆架過。）昔日羣英協輔，今朝勍敵❼成仇，（曰忠義，曰招安，獨不能得之，陳希真千古快事。）戰長嶺而良將殞身，渡魏河而金珠輸敵；寰中疆域，盡成支絀❽之形；寨內星辰，已見離披❾之兆；（句句刺心。）憂患倍增于曩日❿，存亡未卜於將來；奉勸回頭，且請息足。」（宋江一片雄心，得此劈頭冷水，夢想不到。）宋江、吳用都道：「仙師之言是也。」（六字描出神喪魄奪。）仙人道：「人壽幾何，去日苦多。（宋江死期尚有六年。）英雄無名死，不如棲巖阿⓫。」（無限感慨，無限指點，

---

❻ 刑賞黜陟：指官員的賞罰升降。陟，音ㄓˋ，升；登。

❼ 勍敵：勁敵。勍，音ㄑㄧㄥˊ，強有力。

❽ 支絀：付出，捉襟見肘之意。本作「支詘」。絀，音ㄔㄨˋ。

❾ 離披：分散；隱蔽。

❿ 曩日：以往；從前。曩，音ㄋㄤˇ。

惜宋江之終不悟也。宋江道：「蒙仙師指示迷津，實銘肺腑。惟弟子大倫⑫未盡，甚麼大倫？暫且告辭。倘能擺脫塵緣，異日必依門下。但未知終身結果如何，還求指示一二。」又畏又敬。仙人笑而不答，暗忖道：「孺子不可教也。」可見前番告語，一片婆心。遂口占一律云：「到處干戈動鬼神，夜深人靜憶前因。明如金鏡超三界，渡得銀河撫萬民。遇合有緣隨世運，漁樵無限樂天真。而今欲問前程事，終是朝廷社稷臣。」臨別讖語，後回自解。三國志之落鳳坡、封神傳之絕龍嶺，大率如此。二人聽罷，一一記了，細。都未解其旨，卻又不敢多問，畏憚之至。目中打個照會，起身告辭。仙人拱手道：「二位前程遠大，沿途保重。」吳用道：「弟子們急回曹州，尚求仙師法力，途中保護。」其意實望其用縮地法也，而又恐其用伸地法也。仙人道：「無傷也，此去必然穩便。」遂長揖而別。收過荀冠仙。童子送出門首，童子領入，童子送出。遞一把小石子與宋江道：「沿途糧食，願以奉贈。」道法餘波，出自童子。宋江接了，不解其故。童子道：「但宜整吞，不可碎嚼。不然，不敷曹州路程也。」

宋江告別了，同眾人下嶺。只見夕陽在山，遠遠清涼寺暮鐘撞動，點出暮景，又回顧清涼寺。途中談論荀冠仙，眾人互相詫異。必不可省。順路行來，大眾又覺饑餓。應上起下。宋江捻那手中石子，覺軟如飯糰，便取嚼一枚，嚼字不可忽過。清香絕勝，饑火頓消。奇情，妙文。宋江道：「妙哉，仙糧！」吳用道：「看有幾枚？」宋江將石子一數，不多不少，手中四十五枚，原來是一枚給一人的。奇情，妙文。宋江便分與眾人吃了，大眾都稱妙不絕。果然妙。一路行來，不覺幾個轉灣，不見了清涼寺，卻好撞着那槐陰長隄。免其清涼寺借宿滋擾也，而筆致離奇絕妙。眾人順隄北行，

---

⑪ 巗阿：高險的山崖。阿，音ㄜ，大的丘陵。

⑫ 大倫：人倫；道德。這裏指責任。

晚霧朦朧，到了牌樓，張魁愕然片刻。吳用問故，張魁道：「此刻天暗，不辨字跡。（觸處生情。）起先進來時，眾位見上面寫著甚麼？」宋江道：「是『清涼世界』四字。」（文筆迴環。）張魁頓足道：「怎的我這般糊塗！我進來時只道是曹南山的牌樓，那曹南山南面也有一座牌樓，鑿着『曹南第一山』五字。」（註明到漁村，始知失路之故，卻又補寫曹南山景。）吳用道：「悔他則甚！那時就曉得了，也是無益。」宋江等六位頭領上了頭口。（因張魁頓足，而知不騎馬，便趁勢點出，無懈可擊。）

少頃霧消月出，眾人趁月光下揀北便行，腹內果然精神爽快。大眾不辨路徑，一口氣走到天明，（好筆力。）叫聲苦不知高低，（七字接得奇。）原來寧陵回曹州只是正北，卻錯走了東北。此地土名雙棚，距黃河尚有六十里，（註明里數。幾疑仙人用伸地法。）渡河是定陶縣地界。（回時所以不過曹南山也。）末伏初秋天氣，喜得是日炎熱頓消。（次日再寫炎熱，便嫌複沓矣。）行至辰牌時分，到一市鎮，望見黃河渡口，（安插一筆。）大家又漸覺饑餓。宋江叫苦道：「是我忘卻仙童叮囑，將那仙糧嚼碎，果然不能耐久，如何是好？」（生出餘波。）呂方、郭盛道：「我們且去射些蟲蟻兒，胡亂充饑。」時遷道：「小弟有個計較。」說罷，看他下了馬，（細。）踅到前邊一爿米店裏去了。饒你時遷手段高強，青天白日如何做得來賊？（觸手成趣。）倒也虧他偷得一袋米來。（寫時遷只一句，簡妙。）行至中途，吃店中人看見追來，時遷早已逃到宋江面前。（寫時遷。）店中一羣人趕出，見他們大夥客人，身邊都有軍器，不敢逼攏來，（寫得好。不然一場廝打，筆墨糾纏矣。）只得遠遠地「爛賊」、「臭賊」、「瘟賊」的辱罵。（自有宋公明以來，未有受如此之蹧蹋者也。）惱得呂、郭、時、張四籌好漢，一齊性起，殺奔前去。不知這場廝殺有無奇文，且聽下回分解。

范金門曰：林冲之憤，鬱結已久，一日勃然而興，自不可遏。加以高衙內如此昏庸，則曹州之失，可以數言了賬。特書出梁橫一身勇敢，其事其人，昭然若揭，則煌煌一郡，庶有些須戰陣之事。考梁橫列入散仙班內，其功績不多，而為國家增一郡之光者，即在乎此。

鍉之深者，僉曰願食其肉，然竟至殺而烹之者，亦幾希矣。仲華作事不假借，而其行文亦能據題定勘，有此宰烹一節，覺耐庵之無數苛虐，方不落空。

邵循伯曰：充宋江伎倆，吳用詭謀，今日割五城，明日割十城，將不至于篡弒不止矣。茲當萌芽發動之始，而幻出笱冠一事，縮地長談，當頭棒喝，並非一段波瀾，實是全部關鍵。

縮地術邐迤寫來，及至到題，又復作三層頓跌，層次井然，入情入理。寫笱冠道人，又幻出一老僧在前，一番咏歎，虛神欲活，真是妙筆。較之耐庵寫羅真人，有其過之，無弗及也。

寫笱冠道人，而以時遷偷米終篇，真是匪夷所思。前傳時遷偷雞，而見怒於晁蓋；此處時遷偷米，而見喜於宋江，豈宋江之識遜於晁蓋哉？亦饑餓所逼，不得不然耳。夫偷米，其小者也；彼偷梁山、偷州郡者，亦不過為官司所逼，以至於此。爛賊、臭賊瘟賊，宋江、時遷同受一罵，此笱冠道人之所以哀之也。

第九十九回　禮拜寺放賑安民　正一村合兵禦寇

卻說宋江在黃河渡口被市人辱罵，呂方、郭盛、時遷、張魁四人皆大怒，一齊上前厮併，吳用忙招手叫住，（有急智。）道：「我們渡河回家要緊，休要在這里生是惹非了。」（亦復心虛膽怯。）眾人只得依了吳用，渡過黃河，由定陶轉回曹州。林冲等頭領會着，喜出望外道：「兄長們游向何處，弟等在曹南山四路尋覓，杳無踪跡，真憂得苦也。」（縮地術餘勢猶勁。）宋江將遇笥冠仙事一一說了，眾人無不驚異。宋江因此斷了渡黃河取寧陵之念，并曹南山屯兵之議，亦不敢舉行。（收束有力，笥冠仙之功豈不偉哉！又順呼起金成英，筆力極大。）不日，董平、鮑旭、焦挺領本部人馬都到。（細巧。）宋江命林冲將兵符交付董平，一面修築北門，（應上文。）收管錢糧，整頓人馬，備禦官兵。（收曹州，都為金成英張本。）林冲領劉唐、杜遷并原來人馬，回濮州去了。（收林冲、劉唐、杜遷。）時遷仍歸兗州。（收時遷。）宋江、吳用領呂方、郭盛、戴宗、凌振、戴全、張魁一千人馬，大隊回歸山寨。正出北門，只見一騎報馬飛到，乃是清真山馬元的差人，呈上雞毛文書一角。宋江、吳用一齊大驚，（如岱嶽興雲，膚寸斯合。）忙拆開看時，知是雲天彪大興馬步全軍，（偏說是全軍，妙。）并會合歸化、里仁、正一三莊回民，攻打清真山，十分危急，速求救援。（奇峯矗起。）宋江大怒道：「冠勝、索超兩兄弟被害，俺正要興師報仇，他卻先來撩撥我們，便活擒這厮們來祭旗。（大話少說。）那班賊回子也要出頭與俺作對，就一併掃除了他。」（看得如此容易。）便與吳用重進曹城（細。出門便走回頭路，）

（婆子以為不利也。）商議興兵救清真山之事。吳用道：「清真之役固然矣，但高俅那廝必定就到此間生事，（天兵征討謂之生事，可笑，可歎。）雖董平兄弟對付得他，總費手腳。」（吳用始終有識。）說到此際，戴宗立起身道：「何不寫封書去託那蔡京，教他在官家前阻擋師期，（蔡京竟作梁山牛馬。）小弟星夜前去。」（此語用戴宗說者，非吳用見不及此也，總欲令文字不直致耳。）宋江道：「緩兵之計也可使得。」便修書一封，交與戴宗，飛速往東京去了。（領起下回。）

這里宋江、吳用、呂方、郭盛、凌振、戴全、張魁七位頭領，仍領本部二千人馬，出北門向東進發；一面遣凌振回山寨告知盧俊義，添兵助戰。盧俊義便點楊志、李逵、徐凝、史進、陳達、龔旺、穆春、薛永、張順、阮小七帶領水陸兵馬共一萬二千，正欲啟行，只見郝思文上前道：「此次宋大哥攻伐青州，為弟之故主報仇，小弟亦願同去。」宣贊臂傷已愈，也踴躍願往。（寫冠勝餘澤尚存。）盧俊義便命二人帶一千人馬隨同楊志等，沿途迎會宋江大眾，同由汶河進發，無分晝夜。一日，到了秦封山下，為時已及三更，順風朗月，揚帆直進。吳用對宋江道：「前去不遠，已是汶河埠頭，青州地界。（路程順手點出。）雲天彪那廝致我至此，沿途必然設伏，須逐路探聽。」說猶未了，忽聽外面驀地一片喧嚷，前後百餘號兵船號叫之聲，驚天動地。（奇波又起。）宋江急問何事，（讀者至此，亦當急問何事？）左右飛報道：「不知怎的，前後軍船無端沉失三四十號，現在逐隻還在那里沉下去，（奇。）主帥速請上岸，須防坐船有失。」（奇極，駭極。）吳用忙叫道：「張順、阮小七何在？（按人而呼，亦各有責成。）速赴船底查看！」（吳用忙中不亂。）言未了，只見張順、阮小七率領水軍，早由河中跳起，捉得十餘人，在岸上綑縛。（寫張、阮。）原來張順、阮小七沿路照應，當沉船之際，不待命下，早已一齊趕赴水中查閱。（寫張、阮。）見有一班人分頭跟着船底，用鐵錐鑿洞，且行且鑿，（奇文突起。）當即拏住，送入宋江大船。吳用當查沉船數目，共沉失兵船十三號，前云三四十號者，忙亂之時望去，似乎更多也。凡初聞驚怪之事者，大率如此。兵丁被沉下水者，均各搶救上岸，幸無死亡。寫得乾淨。宋江將這班挖船底的人一一看到，問道：「你們何路賊人，擅敢撓亂大軍？當應之曰，你們何路強盜，擅敢撓亂王土？除你們十二人之外，有無餘黨？人數在宋江口中說出。你等是何名姓？從實說來！若有虛言，光刀立斬。」內中一人，面如圓鏡，色若黃沙，赤條條雪白身體，肚大腿小，厲聲叫道：「我沂州蒙陰人也，蒙陰先伏于此。為商數十載。我主人姓召名忻，家財有恒河沙數，廣厦千間，良田萬頃，動宋江之涎。行商坐賈，生業繁多。上年差人運貨至濮州觀城一帶，路經鄆城北鄉，被你們這班狗強盜罵得好。搶掠一空。我主人恨極了你們，不惜盤川，叫我等分頭專尋你梁山的事，暢極，快極。不分水岸，遇便下手。那怕你吃了我下去，還叫你受些古怪。妙語雙關。你問我名姓，我姓申，小名勃兒是也。」一氣呵成，筆力雄壯。宋江大怒，曹州未定，青州掣肘；青州未至，蒙陰道梗，寰中疆域，盡成支絀之形。至此而尚不迴憶筍冠仙之言，斯真下愚不移者矣。叫把十二人推出岸旁，一齊斬首。宋江又道：「不料蒙陰人如此可惡，伏。今救清真山要緊，只好緩圖。」便傳諭水軍補好沉船，細。加緊防護，依舊進發。只見李逵大嚷道：「何不就殺到蒙陰，砍翻了那班鳥男女，出口鳥氣！」攻蒙陰之議，發自李逵，妙。宋江喝道：「你又來胡亂了！軍務大事，不許亂說。」眾人扯李逵下去。看似閒文，而振起下回，卻最有力。

次日黎明，到了汶河埠頭，大眾上岸。吳用傳令教探子分頭探看，有無伏兵。吳用不可謂不精細，而天彪更出其意料之外。行不數十里，只見清真山有人報來道：「雲天彪無故全軍撤退，奇妙。並歸化三莊鄉兵，亦盡行退去，不留一人一騎。奇極，妙極。現在馬頭領四路探看，並無一個伏兵，更奇，妙。不解其故，請令定奪。」吳用叫苦道：「雲天彪如此牽制，我軍為其所困矣。」苦也。問你高興收羅羽翼否？宋江忙問其故，吳用道：「此事顯而易見。他分明以攻打清真為名，逼我不得不來；所謂攻其所必救也。我等銳師遠來，利在速戰，他卻將軍馬退去，使我進無可圖。我若退歸，他又必攻清真山矣。」雲天彪勝算，卻借吳用口中說出。宋江道：「我們偏不退兵，直攻青州何如？」吳用道：「毒蛇螫手，壯士解腕。今我拚將清真山送與他，我等全師還歸，安然無事，倒是上策。」為馬元離心張本。宋江道：「是何言歟！我梁山替天行道，忠義為心，就是這八個字斷送終身，還不省悟，可歎！今日豈可見難而逃，有乖大義？」吳用道：「兄長如不願退，只得進兵。但此刻萬無直攻青州之理，須防歸化三莊前後夾攻，腹背受敵。落到歸化三莊。應天彪犄角之言。且著人去探看三莊如何情形，再定計策，這里兵馬且赴清真山住札。」一頓。

且說那歸化莊與里仁莊、正一莊毗連，地名通叫做正一村。一村三莊，都是回部，各有精壯鄉勇一萬五千多名。歸化莊都團練便是哈蘭生；應前回。里仁莊都團練哈芸生，乃是哈蘭生的同胞兄弟；正一莊都團練沙志仁、冕以信。這三莊卻都歸哈蘭生節制。敘三莊簡明。那哈蘭生祖上自唐時由西域徙居此地，世代巨富。蘭生生時，滿房蘭花香，因此取名為蘭生。用鄭穆公故事，卻脫化得好。幼時便有些膂力。十二歲時曾到二龍山下真武院內玩耍，不覺在靈官殿內睡熟，夢見靈官將一隻玉蟹賜他，卻被同伴小兒搖撼喚醒。蘭生只吃得玉蟹右螯，一夢，兩敘法。所以至今右臂氣力獨大，使一柄獨足銅人重七十五斤，右手運動如飛，左手卻使不得。從夢敘說本領，與他人傳迥別。邇來梁山侵擾山東，忽提梁山，筆法嚴重。四方無業居民乘勢聚眾，依山傍險，打刼村莊。甚矣，梁山為天下羣盜倡者也。這正一村山中，也有一夥強徒出沒，那歸化三莊時被擾害，幸賴哈蘭生首倡義舉，會合三莊團練鄉勇，同心勦賊，斬殺無數，那強盜方始不敢正窺。先虛敘哈蘭生功績，應聞達勦殺山賊之言。說到此際，又須將蘭生團練鄉勇之法，實敘一番。忽然書外論說，明湛。卻因篇幅狹窄，稗官亦有篇幅，妙。只好將那要緊的事敘說一件。簡。這件事卻在陳希真東京避難之前。（忽將首回事一提。）是年春，青州大饑，道饉相望，菜色流離。正一村在青州西偏，大小烟戶雖然繁庶，卻是土瘠民貧，庶而不富，所以這番饑饉，正一村受災最重。哈蘭生倡首捐賑，散給貧民。那正一村的人，忽聽得本村四路有哈蘭生的招帖，上寫著：「本村鄉民速赴禮拜寺，註明戶口，本堂定日散給糧米。」（三十八字作一氣讀。「忽聽得」三字，精靈之至。聽得者，不識字之人亦在其內；若寫作看得，便差以毫釐矣。）眾人都歡喜道：「我道這哈菩薩必來救我。」（歡呼之聲徹于紙上，又見哈蘭生平日樂施有名。）登時禮拜寺前人頭擁擠。（寫得熱鬧。）原來哈蘭生世代是天方奉教良民，祖上初來時，即建造禮拜寺，延請掌教住着，幾位老把八越七日赴寺，隨同阿轟❶念經禮拜。（敘禮拜寺來歷。）因寺內屋宇宏廠，哈蘭生弟兄議在寺內放賑，那正一莊沙、冕二人，聞知哈家放賑，也欣然來助。（寫三莊義氣相投，聲勢相倚。）這日在禮拜寺註造戶冊，寺門大開，好生熱鬧。只見寺中大殿七開間，院子甬道甚是濶大，東西間相話不能聽見，（院子之大可知。）左右側廳每旁三間。鄉民分了左右，東村、南村人向東間註冊；西村、北村人向西間註冊。只見哈蘭生、芸生、沙志仁、冕以信都在殿上督看。（點出四人。）那大殿中央設立空座，並無神像牌位；（天方教法。）樑上懸一匾額，斗大四字，上書「無形妙化」；（細寫，妙。）柱對上抱著十一字楹聯，乃是「道闢西方，惟一心天真不昧；教垂東國，歷萬年帝澤常霑。」（楹聯亦寓尊王之意。）滿室彩畫莊嚴，丹青飛舞。（八字壯麗。）後面連進三層，俱是大廈餘房，共計四五十間，蘭生備作堆積糧米之處。（細。）是日眾人註冊已畢，因哈、沙、冕四人係本村土著，熟悉本村烟火，所以並無浮報濫報等情弊。（鄉宦各自賑其鄉，其便如此，為民牧者其念諸。）哈蘭生收了戶冊，給了憑支竹籤，便教家中兩個司賬帶了

---

❶ 阿轟：即阿訇，波斯語中對穆斯林宗教事務人員的稱呼，亦謂「教師」、「學者」之意。亦作「阿洪」、「阿衡」。

銀兩，往各路趕緊採買糧食。「便教」字，「趕緊」字，都是加倍設色。這里請了幾位老成董事，掌管放賑，便將家中已存的米麥雜糧，先行放給。寫得懇誠之至。議定章程，分本村為四路，四日輪給：一日賑東首，一日賑南首，一日賑西首，一日賑北首，週而復始。一輪給米，一輪給雜糧。大口每日給一升，小口每日給半升。每一輪大口給四升，小口給二升。雜糧亦分別搭勻散給，無非粟麥豆穇之類，總敷四日之糧。如此詳寫，不嫌其拖沓，而反覺其周至。凡到某鄉應輪領賑之日，各老幼大小男女等人，提筐挈袋而來。如畫。因先時給發竹籌時，籌上註明清晨、上午、下午等字樣，此時憑籌按時給發，所以人數雖多，一無喧鬧。寫辦賑章程之善。賑了一月，現存糧食將次就盡，寫出實惠。恰好接着那採買的糧食紛紛都到。寫出周至。足足的賑濟了兩個多月，天氣漸熱，地土亦可栽種，百工技藝皆可各務本業，方纔停止賑事。筆墨十分飽滿。眾百姓賴此全活，不勝感激。淋漓盡致。

這一事不覺驚動了山中強徒，順勢遞到山賊，文法便捷。聚眾百餘人直至村口，聲言到哈家借糧，不干眾人之事。強徒冒失。眾人大怒，一聲招呼，一村壯丁都出，柴木棍棒一齊上，寫得聲勢奪人。放賑之效一見。賊人望風逃遁。妙絕。蘭生道：「此非長久之計。」順勢遞到團練，便捷無比。便與芸生及沙、冕二人共議，不惜重資，聘得幾位有名的教頭，教他們鎗棒武藝，自己也親身指撥。無此一句，幾忘蘭生之武藝矣。一面到官，請準用兵刃、鎗砲、旂號等物。眾人踴躍願從，真寫得踴躍。不一日，居然大隊勁旅，筆力噴薄，直透紙背。入山勦賊，所向披靡。紙上覺有精光射出。至本年七月中旬，落到本文，順便點出時日。奉本鎮雲總管檄調鄉勇，會同官兵勦滅清真山。哈蘭生奉檄起兵，眾鄉人齊聲願出。束上放賑一案，精力彌滿，細按之，卻又是藉此句順遞雲天彪點兵之數。行文至此，真有破竹之樂。那知雲天彪並不調動全軍，直反應馬元文書，稱天彪起全軍之言。本鎮人馬只起二千名，其所以檄調鄉勇者，特以各路兵馬齊到之勢，震懾清真山耳。雲天彪妙算。那馬元本已吃過雲天彪的利害，今日聞知官兵與鄉勇齊到，分外提心。登山探望，卻望見馬陘鎮與歸化三莊的旂號，漫山遍野，烟竈連綿不絕，（雲天彪虛張聲勢，卻從馬元眼中寫出。）望去何止四五萬人，嚇得馬元與眾強盜人人膽戰，個個心驚。（雲天彪妙算。）其實官兵、鄉勇合計不滿四千，（註明人數。）那馬元如何識得底裏。又見官兵、鄉勇的鎗砲雨點價向關上輪流打來，（雲天彪妙算。）馬元駭極，只得向梁山急切求救。（果然不出天彪算中矣。）天彪見梁山兵馬已被牽到，（敘法敏捷。「牽」字妙。）便對哈蘭生道：「本帥所以不調全軍兵馬者，為養息兒郎們氣力，準備梁山廝殺耳。（註明不調全軍之故。）今梁山兵馬道路奔馳，兼程飛至，我等且勿與戰，守老其師而後破之。（此吳用之所以叫苦也。）今日團練且請回莊，本帥料梁山賊人必來先攻正一，（吳用之謀早被料着。）本帥回鎮，先調官兵來助團練。但有一言，團練切記：若梁山全隊來攻，團練三莊只宜互相保守，本帥親來策應；（宋江末後一着，又被料破。）若偏師來攻，（全隊、偏師兩着，均被算定，梁山更有何法？）不妨開門迎戰，不勝則退保村口，勝亦不須窮追。（凡敘議論，須歸各人口氣。即如此，「不須」二字，自是天彪口氣，若出希真，必曰「不可窮追矣」。）但斬首數級以激其怒，（激其怒者，欲其全隊來攻也。）最為勝算。」（的是勝算。）哈蘭生領命，雲天彪領官兵先退。哈蘭生亦領本部鄉勇退歸歸化莊，便傳總管鈞諭，知會各莊。三莊各點齊鄉勇，安排鹿角拒馬，灰瓶、金汁、矢石、鎗砲，專等梁山賊兵殺來。（寫得軒昂飛舞。）

這番情形傳至清真山裏，吳用皺眉道：「真是難事了。」只見馬元拜求道：「總求軍師妙策，保護敝寨。」吳用不便說退兵的話，（妙極。）便對宋江道：「雲天彪那廝收兵回鎮，其心叵測。他的意思是分明教我去攻正一，（雲天彪勝算，處處借吳用說出。）我去攻正一，是分明中他機會。（青州既不可攻，正一又不敢攻，然則為梁山者，將如之何？）他待我鬬得疲乏，卻用生力全軍前來掩殺。（雲天彪的妙算。）如今務要進兵，（妙。）卻不得不先攻正一。」（妙，妙。）看官，吳用這番話，是分明與宋江遞個眼色，（絕倒。）只見李逵不識起倒，上前大叫道：（絕倒。）「二位哥哥不必多說，這個小買賣，照顧照顧我的斧頭。」（吳用說難事，李逵說小買賣，妙絕。）吳用道：「你那里曉得正一村的利害。」（吳用之阻，反以激之，妙。）李逵亂嚷道：「東不要我，西不要我，把我做甚麼鳥人看待！（妙絕。此所謂不識起倒也。）這番既不用那神行鳥法，（妙，妙。安樂村之恨，至今未忘。）我死也要去走遭。你們不叫我去，我便不要你們派兵，看我一人去踏平了正一村來。」（快極。非讚鐵牛快，讚仲華快也。吳用左思右想，千防萬備，待他合兵，待到何時？仲華妙借鐵牛一嚷，登時鬭合，真是快思。）說罷，翻身往外便走。（快極。）吳用道：「李兄弟轉來，去便派你去。」對宋江道：「我們也只得去。」（聲情逼肖。）宋江道：「為何不去！」（聲情逼肖。）吳用便吩咐李逵道：「你去只不許吃酒，諸事格外小心。」遂派馬軍五百名，步兵五百名，教李逵率領前去，先打歸化莊，李逵領兵飛也似去了。（文勢迅利，不可當。）吳用道：「終防這黑厮壞事。」便教楊志帶馬軍一千前去接應。楊志得令飛速前行，不移時趕到正一村前，只見前面正一岡上，已有官兵屯札，（極寫雲天彪。）楊志吃了一驚。只見李逵兵馬已近高岡，（李逵妙。）楊志遠遠大聲叫住，李逵那里聽見。（妙，妙。）急得楊志驟馬追趕，口裏不住的「鐵牛轉來！」「李兄轉來！」（寫得火雜雜，忙亂如畫。）只見李逵已抄過官兵左首，抹岡前去了。（楊志道官兵邀截，讀者亦道官兵必邀截，而殊不其然。）那岡上官兵一齊哈哈大笑，（妙絕，奇絕，儒雅之至。）只見傅玉、雲龍早已立馬陣前。（官兵陣內將官，此處點出好。）傅玉大聲高叫道：「兀那賊子，好生膽小，只得這千數個人，值得來殺你做甚，放心進去！」（傅玉妙舌，天彪妙算，雙管齊下。）楊志大怒，便率兵向岡上仰攻官軍，官軍矢石雨下。楊志兵只得一千，官兵有四千人，（官兵名數順手註出。）又且官兵俯擊，楊志仰攻，如何對敵得過。（天彪勝算。）楊志急轉馬頭，傅玉一飛鎚早已打到，楊志坐馬打壞，滾鞍下山，賊兵抱頭亂竄。雲龍大聲高叫道：「饒爾等賊子狗命，放心緩緩回去！」（雲龍語更妙。對鎖成小小章法。）楊志草上爬起，（絕倒。）約束人馬飛奔。只見官兵在岡上揚旂吶喊，並不追來，（妙，妙。不知天彪妙，抑傅玉、雲龍妙。）楊志大怒，喝叫：「孩兒們休退，就地上列成陣勢！」（楊志能。）一面差人飛速去告知宋江、吳用。（楊志能。）只見李逵已從岡後飛奔出來，（奇文，氣摶緊。）背後追來一員大將，臉如鍋底，鬚如虎刺，渾身鐵葉盔甲，手提獨足銅人。（哈蘭生狀貌、裝束，此處點出。）追到岡下，逢人便打，賊兵死者無數。（此哈蘭生傳也，先畧寫，妙。）岡上傅玉、雲龍齊聲叫道：「哈將軍請住，前面無數賊兵來也！」（筆墨飛舞，一至于此。）只見楊志陣後，塵頭翻翻滚滚，乃吳用領了宣贊、郝思文、穆春、薛永、戴全、張魁率領四千人馬殺來。（寫得有聲有色。）哈蘭生勒馬回兵，退保村莊去了。（忽收過哈蘭生。）吳用等已到陣前。（叙戰，筆妙至此，入神入化。）吳用道：「岡上這枝官兵，設立得好利害。」（雲天彪讚語。）眾頭領道：「何不就搶他的高岡？」（是眾人語。）吳用搖頭道：「就使搶得來，我等力氣必然用盡，如何去攻得三莊！（所以謂之利害也。）此刻公明哥哥已領全部人馬，並起清真山兵，去堵禦雲天彪了。（宋江兵馬去向，順手點出。）倘若堵禦不得，我等兵力又疲，不知如何結局矣。」（雲天彪真利害。）只見李逵在旁自言自語道：（絕倒，每借以解結。）「悔他娘的氣！（斧頭照顧得好。）那鳥人不知拏了甚麼鳥東西，（絕倒，獨脚銅人不識得也。）我正要劈殺那狗頭，那知倒吃他打了一下，好生疼痛，（言之不諱，真好鐵牛。蘭生勝李逵，此處補出。）我倒偏要再去尋他。」說罷，提着兩斧便走。（快疾。）吳用急叫轉來，那里叫得住。吳用只得叫道：「你走轉來，殺那高岡上的人不好？」（吳用權術，好。）李逵便走轉來，（李逵直性，好。）吳用對眾人道：「我看只得與公明哥哥商議退兵。」（吳用一意要退，可見此番敗衂，非吳用之罪也。）李逵大嚷道：「怎麼你騙我殺高岡上的人？」（吳用權術至此公而窮，妙絕。）吳用道：「殺是教你殺的，我卻有個計較。」（吳用窮于李逵，妙。）李逵道：「你自己去計較，我先去殺一陣來。」（有鐵牛之爽利，文字方得爽利也。）說罷，便提斧登山。楊志道：「鐵牛失陷，皆我等之罪也。（堯子以偏師陷子，罪大矣。）且這正一岡並無樹木遮蔽，怎見搶不得？軍師太把細了，我等何不同去搶岡！」（方落到搶岡。）原來吳用雖說要退兵，但無故割捨這清真山，未免也有些肉疼，心中正在委決不下，卻吃眾頭領這一嚷，嚷得心頭無主，智亂神昏，（寫吳用失智處，作者真是慘淡經營。夫以吳用之智，而

（欲覆沒其全軍，豈易事哉！）便教穆春、薛永、楊志領兵三千人，堵住正一村口，以防三莊接應；這里派宣贊、郝思文、戴全、張魁領三千人馬，協同李逵攻打正一岡。（打正一村，先打正一岡者，必過岡而後及村也。吳用之難在此，天彪之勝在此。）岡上傅玉、雲龍全然不懼，督兵抵禦。這邊李逵提着兩柄板斧，大吼奔上，（寫李逵正復可畏。）只當不得左臂疼痛難禁，使展不便。（哈蘭生之功也。前云打了一下，此方註明打處。）雲龍見他上來，倒也提心，（寫得位置恰好。）慌忙張弓搭箭颼的射去，恰好射着李逵右臂，（雲龍弓箭，只如此寫最好。）李逵翻身下山，連滾帶爬逃回性命。（又是一個下山。傅玉一鎚，雲龍一箭，行文所以貴勻稱也。）天色已晚，梁山只得收兵。次日，吳用命戴全、張魁調齊弓弩鳥鎗手，分十二路攻打正一岡。每路中間留出丈餘濶的隙路，一面鎗弩攻打，一面由隙路殺上岡去。（攻法亦善。）只見官軍早已豎起一帶木城，（寫傅玉、雲龍。）吳用傳令只顧攻打，自辰至午，鎗聲不絕，矢集木城如猬，（寫吳用利害。）梁山雲梯兵已由隙路上山。雲龍在木城內覷得分明，一個號令，官兵一齊把隙路的木城拔起，礧木、滾石齊下，雲梯兵盡行砑❷成齏粉，（寫雲龍。）山下鎗聲頓住。傅玉便傳令盡拔木城，將灰瓶金汁雨雹也似打下來。（寫傅玉。）吳用料知利害，傳令將人馬權且約退。安排午食畢，吳用對眾頭領道：「今日盡一日之長，悉力攻打，如果不勝，不如依我退兵。」（吳用又欲退兵。）眾頭領領諾，重復抖擻精神，率眾向正一岡攻打。攻至傍晚，不能取勝，吳用退兵之念已決。（屢寫吳用要退兵，文家頓跌法也，至此頓得十分滿足。）忽接到宋江來書，言：「馬陘鎮官兵調動之說，毫無動靜，（雲天彪之所以妙也。）想雲天彪來勢必緩。軍師可飭兒郎們努力前攻，倘能破得正一村莊，則我軍大勢成矣。」（嗚呼哀哉，大禍成矣。）吳用接信心中疑惑，到了黎明，只得飭眾再攻，那岡上依然堅守不下。（傅玉、雲龍真是健兒。）

❷ 砑：音ㄧㄚˋ，碾。

兩軍相持直至辰牌，忽聽得東南上連珠炮響，殷殷隆隆，天搖地撼，一片聲遠遠的震動，到正一岡下。三十一字如虎嘯、龍吟、海沸、山裂。砲聲遠聞，真寫得出。雲龍大喜道：「我爹爹大兵到也。」眉飛目舞。傅玉看那山下賊兵，已有慌張欲退之狀，若雲龍則聞而知之，若傅玉則見而知之。方言馬陘兵無動靜，而此時忽到無人不知，是寫天彪神速。便就岡上傳起一個號砲，歸化三莊登時知道了，數行寫來，聲勢十倍。那哈蘭生、哈芸生、沙志仁、冕以信四員都團練，登時點齊一萬二千名鄉勇，一聲吶喊，鳥鎗、大銃、佛狼機潮湧般的向村口平地打來。紙上如潮湧海沸，聞之有聲。楊志、穆春、薛永抵敵不住，紛紛逃出村口。前隊人馬已被鎗砲捲去了六百餘名，山下人聲海沸。出力寫鄉勇。傅玉、雲龍早已領兵殺下岡來，提綱稱正一村合兵禦寇，則鄉勇主而官兵賓也。趁勢將官兵寫過，下文便可專寫鄉勇，文家一定之法。將楊志等截住。岡上官兵其應用如此，吳用所以謂之利害也。楊志、穆春、薛永一班人馬裹在陣雲之中，左衝右突，無路可出。哈蘭生、哈芸生兩馬已到，放出哈氏弟兄。楊志大叫道：「我們左右總無生路，何不索性拚個死戰！」寫楊志不弱，正所以寫哈氏弟兄也。穆春、薛永死力迎住，楊志提刀一馬當先，重向鄉勇這邊殺去。鄉勇這邊，註得分明。哈蘭生一銅人早已打到面前，楊志險。楊志急用刀柄架住，吃銅人一振，楊志手筋也覺有些振動。寫銅人十分精靈，蘭生亦分外出色。楊志順勢一刀砍去，蘭生急閃，楊志卻砍個空。芸生提一柄五股鋼叉，劈面來刺楊志，接芸生，駭疾。楊志急閃不迭。穆春拍馬來助，楊志頭盔早已刺落塵埃。頭盔刺落，新奇。四邊官兵、鄉勇，人聲喊沸。照顧官兵、鄉勇，文法周至。楊志無心戀戰，回馬便走，忽願死戰，忽無心戀戰，重圍中情形。只見薛永早被沙志仁、冕以信兩馬盤住，雙鎗並刺，薛永只此處一點，順手帶出沙、冕二人。楊志急前往救，薛永早已中鎗落馬。薛永了。穆春慌得亂了，芸生鋼叉十分勇猛，寫芸生。穆春招架不住，蘭生一銅人橫掃過去，打着穆春腰肋，一命歸陰。穆春了。三莊人馬一齊上前痛殺。楊志身受重傷，命在呼吸，險極。忽見官兵隊裏兩員勇將冒死殺入，楊志定睛看時，乃是戴全、張魁，戴全、張魁忽現。三番衝入，卻吃傅玉、雲龍奮勇敵住，傅玉、雲龍忽現。喊殺之聲，天旋地轉。寫得熱鬧。楊志趁此偷縫兒衝出，張魁撇了雲龍，轉救楊志，逃出官兵陣外。戴全已沒入陣中。楊志出，戴全入，亂軍如畫。傅玉手提爛銀鑌鐵鎗苦戰戴全。雲龍既走失了張魁，便舉大刀翻身轉砍戴全，戴全急閃，肩上早着，又被傅玉對胸一鎗，一道靈魂歸地府，幾番覿面會天親。戴全了。鐵算盤睽隔久矣，此處忽作一應，忙中閒筆，妙不可言。蓋鐵算盤之傳，至此始結也。文外閒情。官兵、鄉勇會合一處，追殺賊軍。賊軍隊裏宣贊、郝思文見了傅玉，怒氣沖天，不顧性命，回身轉殺。應為故主報仇語。亂軍中吳用旗鼓招呼不及，二人已闖入官軍。妙筆。傅玉見了，卻與雲龍豁地分兩路，抄擊吳用。不與宣、郝遇，而抄擊吳用，妙。吳用身邊只仗着楊志、李逵、張魁三個帶傷頭領，如何抵敵得住。明劃。那邊宣、郝兩員健將卻被哈蘭生邀着，蘭生銅人橫掃，猛不可當，再出力寫蘭生。宣、郝二人死命相爭。鄉勇隊裏左邊早殺出哈芸生，右邊早殺出沙志仁、冕以信，一齊衝殺。帶表三人。宣贊、郝思文知不是頭，回馬逃轉，只見吳用兵馬已被官軍迅掃將盡。順遞便捷，卻又重寫鄉勇，輕寫官軍，清出賓主。二人死命衝上，與傅玉、雲龍輾轉苦鬭，會着楊志、李逵、張魁，保住吳用，率領數十殘騎，落荒逃命。暫收吳用。那宋江忽接宋江。見馬陘鎮全軍齊出，至此雲天彪方用全軍。便教眾頭領奮勇抵禦。正在兩相支持，忽聞報吳用兵馬覆沒，鬬、合疾。眾人大驚，宋江忙押軍馬速退。宋江亦能。只見雲天彪全鎮三萬人馬，已遮天蓋地價掩殺過來。梁山兵馬前後不能照顧，紛紛敗下。寫大奔形勢。那清真山頭領周興、來永兒保着自己兵馬，早已沒命的逃回山去了。先安插清真山，好。呂方、郭盛保着宋江先走，放走宋江，好。徐凝、史進領眾死命抵住官軍。抵住官軍好。總而言之，作者此處要出力救宋江的命也。官軍陣裏李成、胡瓊揮動全軍，奮勇廝殺。李成、胡瓊未有功勞，故特選之，卻又不詳寫，以讓哈氏弟兄。梁山這邊陳達、龔旺領左右翼往刺斜裏埋伏。又有埋伏，讀者亦喜宋江有命矣。官軍勢大，徐、史二將敗走，官兵直擁進來，陳、龔兩枝埋伏兵全不濟事。無數轉戰苦鬭，只數筆敘過，而明如指掌，真大手筆。這一場大戰，殺得賊兵屍橫遍野，血流成河。（可謂非常大戰。）雲天彪統領大軍追亡逐北，賊兵抱首遁逃。那傅玉、雲龍、哈氏弟兄等中途迎着，兩下合兵，再行痛追一陣。（筆勢酣足。）宋江等遠遠的走了，天彪傳令收兵。哈蘭生道：「何不再追一陣，倘能捡得渠魁，則一方之大害除矣。」（語氣極大，必用蘭生說者，蘭生此回之主也。）雲天彪道：「非也。宋賊雖然敗衄，人馬尚存小半，（梁山殘兵註出。）豈可使逼迫無容，激成死戰乎？但令日後，我攻清真，梁山不敢來援，（註明本意，呼起後文。）吾事成矣。」（非寫天彪不欲窮追也。此處若再窮追，筆墨無收拾處矣。）慰勞蘭生等四人，會同點查首級四千餘顆，生捡賊眾三千餘名，奪得器械、馬匹不計其數，大獲全勝。（煞得好。）天彪道：「皆團練等力戰之功也。」（歸重哈蘭生，是此回正旨，然「力戰」二字，語有分寸。）說罷，帶領傅玉、雲龍一干人馬，隨同大軍，大吹大擂，掌得勝鼓回鎮。哈蘭生等亦收齊鄉勇，整頓隊伍，凱歸正一村去了，不題。（先收官兵，後收鄉勇，賓主分明。）

且說宋江兵馬，被官兵、鄉勇殺得大敗虧輸，心驚膽裂，幸賴呂方、郭盛保着先走。只見徐凝、史進等都紛紛逃來，一同負命飛迸。（敘得簡明。）中路遇着吳用等，一同逃走。馬不停蹄，無分晝夜，（來時無分晝夜，去時亦無分晝夜，章法。）直到汶河渡口，張順、阮小七領水軍接應下船，解纜順流而下，大眾喘息方定。（有此一句，下文分外驚險。）宋江看那星月皎潔，明河在天，約是三更時分，（是喘息方定之神，而順勢點出秋景、夜景，筆力之大，絕矣。仍是三更時分。）忽聞秦封山背後，（仍是秦封山。）人喊馬嘶之聲遍滿山谷中來，（駭疾。誰也？陸路一句。）港內胡哨聲聲不絕，（駭疾。誰也？水路一句。陸路先寫聲，後寫地；水路先寫地，後寫聲。句法極細。）梁山殘兵一齊大驚道：「蒙陰人來也！」（讀者亦疑是蒙陰人。）宋江驚得面如土色，急忙架櫓飛逃。（嚇殺。）饒你飛船駛下，前面港內又有胡哨飛出。（再足一句，分外駭殺。）宋江道：「吾命休矣！」（嚇殺。）不知究係何路兵馬，且聽下回分解。

范金門曰：此回攻打正一村，寫官兵聲勢乎？寫鄉勇真誠乎？非也，仍寫梁山雄壯耳。官軍如此智勇，進退合度，武藝超羣；鄉勇如此歸誠，衣食仰給，勇敢有為。而梁山尚能一戰再戰，左顧右盼，總不忍稍失機宜，其聲勢為何如哉！必如此而後半部殲除羣盜，擒獲巨魁，方是絕大韜畧。至放賑一段，團練一段，禦寇一段，都極見經濟處；後幅禦敵數頁，灑灑洋洋，整齊相間，純用側注平完筆法。

第一百回　童郡王飾詞諫主　高太尉被困求援

卻說梁山兵馬敗回，行至汶河，忽聽得秦封山喊殺連天，宋江大驚失色，急差人往探。那知這枝人馬與宋江毫無干害，[偏說是人馬，妙絕，趣絕。]乃是一帶疎林敗葉，與金風鏖戰。[絕妙好辭。]宋江聽了，神志漸漸安定，卻滿面堆下慚愧，道：「我梁山兵馬無向不利，今日這場敗衂，乃至風聲鶴唳，盡作追兵，豈非貽笑天下。」眾人相勸，無非說些勝敗兵家常事等話而已。宋江泣下道：「悔不聽軍師之言，又傷了三位兄弟，折了無數人馬。」[此語承上。]悲歎一回，忽恨道：[忽慚，忽泣，忽恨，活畫失志人。]「這番出師，不料此地兩受驚恐，[仲華運思之妙，運筆之靈，真莫可方物。]我怎肯與蒙陰干休！[忽恨蒙陰。此語起下。]我回寨將息數月，必來和他厮併。」[偏說將息數月，文家所以尚頓跌也。]吳用道：「兄長寬心，回寨再議。」[提到攻蒙陰，偏收過一筆。]羣舟穩棹前行，露華高潔，月明如晝。[是亦一清涼法界也。]宋江浩然又歎道：[眼前無限清涼，而心中如燀如焚，失志人確是如此。]「不料這番徒傷人馬，清真山仍救不得。」[痛清真之失，全是一團私心，不然何以不曰大義，仍盡不得也？一提清真山。]吳用道：「這也是無可如何。」[吳用初答，淡。]宋江道：「此刻雲天彪那厮想已攻我清真山矣。」[二提清真山，稍緊。]吳用道：「這怕未必。此時天彪那厮兵馬也乏了，即使此刻攻清真，清真山總支持得。」[吳用次答，亦稍緊。]宋江道：「不知還有方法救得清真山？」[三提清真山，緊捷入題，文有似寬而實緊者，此類是也。]吳用猛然心生一計，[如健鶻翻身，忽擊。]對宋江笑道：「兄長要救清真山，小弟卻有一法。」[忽然而來。]宋江驚喜，忙問何法。吳用道：「兄長方說要攻蒙陰，[綿合極緊。]我想梁山離清真遠，蒙陰離清真近，若得了蒙陰，遣上將鎮守，以此策應清真，清真可保矣。」文字過接處，如搭題之有渡也。此篇從清真渡蒙陰，用如此筆法，真開後人無限法門。宋江大喜道：「既如此說，事不宜遲，我等就此住扎，着山寨裏調生力軍來攻這蒙陰。」落到蒙陰，便不復提清真矣。或問：何必如此之速？不知作者欲摶合高俅事也。高俅事急，此事不得不急。又問：何必摶合高俅事？曰：為掣回林冲地也。又問：何必掣回林冲？曰：為恢復曹州地也。仲華慘淡經營處，金門如此批出，不知可許為仲華之功臣否？這里受傷頭領楊志、李逵、徐凝、史進、張魁徐、史、張三人受傷，此處補出好。并受傷兵丁二千三百餘名，均着發回山寨將息，便教盧俊義派選上等頭領星夜前來。宋江、吳用、呂方、郭盛、陳達、龔旺、張順、阮小七八位頭領，統領未受傷人馬二千八百名，梁山敗殘兵馬人數，此處補點。就在汶河南岸安營下寨。吳用道：「且慢，此中還有一層斟酌。波委雲屬。東京雖有信去，而高俅因兒子如此，報仇心切，必然阻擋不住。我們在蒙陰，他去擾曹州，怎好？」吳用預知孫靜之謀。宋江只是點頭。吳用默想了一回道：「有了。高俅之來，非為朝廷也，為兒子耳；非為梁山也，為林冲耳。吳用料高俅，可謂洞見肺腑。我們只須調林兄弟同來攻蒙陰，高俅探知，必假救蒙陰以為名，來向林冲打話，着着料透。曹州可以無害了。」開口曹州，閉口曹州，為曹州之謀，可謂思之深，而慮之周矣。而曹州之失，終出于意料之外，因歎方正學先生深慮論，為千古不可易也。宋江連聲稱妙。吳用又道：「此次調人馬，須在五萬以外，方可濟事。」為備禦天兵也。宋江依了，便又差人去告知盧俊義。按下慢提。

且說高俅自從放了兒子出京，每日除早朝外，閒暇無事，我讀至此，不勝浩歎。以太尉而閒暇無事，天下宜其多事矣！無非與幾個門客在書房賭博閒談消遣。一日，正與孫靜敘談，先插孫靜，好。忽報到山東曹州府失陷，都監陣亡，知府不知去向。第一信不知去向。高俅大驚，忙問來人道：「衙內到底怎樣了？」當以晦翁之筆註之曰：非不管曹州，但愛兒子之意多，故未暇問。蓋愛子忘國，理當如此。來人道：「不曉得。」孫靜心中暗想道：「此人休矣。」卻勸高俅道：「太尉且是寬心，衙內是個文官，決不交鋒打仗；城破之後，或者相機脫身，也未可定。且消停數日，定有確信。」雖是孫靜假話，亦見高俅門下盡人皆知，有其身不知有其國。

高俅心如懸旌，搖搖不定，因歎道：「咳，這畜生自己尋死！我一向教他不要出去做官，他偏早一句晚一句的在面前絮聒，是要出京去頑頑。以做官為頑頑，宜其死也。後來曹州出缺，他便釘住了，鬧個不休，說甚麼金曹州、銀濟南，是個上上缺，總在財上說話，是你親種。必定要去。我一則被他煩不過，二則孩子們功名心重，也是少年上進之心，溺愛不明。因而托了吏部，將銓選名次掉了個頭，可恨可殺！又不知道那個晦氣的選不着了。應照「幹辦」二字，妙。讓他去了。高衙內做曹州府原委此處補寫，妙。那知弄出這樣事來，如今要想他生還，諒來不能得了。」悲酸之聲，徹于紙上。說罷，淚隨聲落，眾人互相慰勸。高俅飲不沾唇，日日愁歎。過了幾日，忽有兩個家人自曹州逃回，原來他二人被難之際，混在百姓中偷逃出城，惜乎，衙內計不出此。在附近躭擱了幾天，探了些信息，身邊一無盤費，剝衣典當而回，只得幾件夏衣，所值幾何！特地來高府報信。高俅叫二人進來，便問道：「衙內怎樣了？」再復一筆，舐犢之情如畫。那二人中有一個年紀大點的，上前稟道：「衙內是盡忠的了。」家人善于措詞。第二信方知衙內死。高俅一聽，驀的立起來，「阿呀」一聲，仰面便倒。令郎聞梁山兵到時，亦是如此，可見家學淵源。眾人譁然聚集，扶起了高俅，足有半個時辰，方纔甦醒。孫靜勸解了一回，高俅又開言道：「衙內怎樣死的？」孔子曰：父母惟其疾之憂。問到兒子如何死的，其心之凄慘可知。奸臣現報，尚不悟耶？那家人原知林冲烹食之事，但此時不便直說，因偽答道：「衙內被賊賺去，逼勒投降，梁山諸公直如此不見食面，要你這活寶貝去作何用？衙內抵死不從，厲聲罵賊，自刎而亡。」我讀至此，名心頓消。即如此語，分明移梁横傳為高世德傳，載之史乘，世德倖而梁横冤矣。士君子砥礪立名，務求青史傳流，豈不愚哉！高俅放聲大哭道：「我的兒，你只知有君，不知有父了！」惜無人起而對曰：你只知有子不知有君了。人莫知其子之惡，人情大抵如此。孫靜心中暗想道：「這個家人狠會說話，此人之死必不如斯。」與前對鎖，便成章法。便對高俅道：「衙內如此忠藎，雖死有光。恩相據實奏聞，此仇可報。」孫靜亦只知為衙內報仇，高俅門下並無忠正之人。高俅道：「殺盡了梁山那班草寇，方泄吾恨。」天家貔虎，竟為臣下備報仇之用，言之可傷。

次日，高俅具奏，并請即日發兵。天子覽奏大怒道：「梁山泊如此猖獗，上年蔡京提兵征勦，適逢瘟疫流行，（迴應蔡京出師事。）朕因體卹軍情，傳旨收兵而返。如今賊勢愈張，豈容再緩！」只見左班內閃出一個大臣，俯伏啟奏道：「微臣有愚昧之見，伏乞聖心鑒納。」天子看是童貫，（此人突如其來，而讀者自知其故。）便問道：「卿有何奏？」童貫道：（看他說。）「梁山罪大，王師進討，此固理之所至，法之所在也。（先順其意而迎之。）以臣愚見，利在緩，不利在急。」（次迂其途而阻之。緊頂「豈容再緩」一句，領起下文，作兩大股，文字之正法也。）天子道：「何故宜緩？」童貫道：「戰陣之事，（卿亦知戰陣之事耶？）貴有強兵，先貴有良將。（似乎不錯。）我國雄兵百萬，原有疆埸戮力之人。（先恭惟一句。）而能驅策其人者，臣目中不過一二。（自矜特識。）經畧种師道才壓千人，總管雲天彪威揚四海，（小人于萬不得已之時，往往推薦其所惡。）此二人中用其一，梁山若草芥矣。（先寬慰他一句。）無如种師道現在征遼，不能兼顧；雲天彪馬陘鎮守，不可稍離。（所推薦之二人，仍是鏡花水月。）依臣愚見，或待种師道奏凱回京，或命雲天彪相機恢復，（原不阻他不征，特教其善為征耳，所以娓娓動聽也。）得此二人運籌帷幄，可以一鼓而滅梁山。（以利極力誘之。）此臣之所謂利在緩也。」（一句收束。）天子沉吟半響，又問：「何故不利在急？」童貫道：「梁山賊勢，猖獗異常，邇來攻取我兗州，盤踞我濮邑，奪我曹郡，占我嘉祥，（如此安得不急討？看他說下去。）此非尋常小醜之所能為者，萬不可以輕視。（亦矯強，看他說下去。）況上將勦賊于梁山，而天加潦雨；太師統兵于曹縣，而天降瘟瘴，未始非天心之諭我以弗急者。（人曰：挾天子以令諸侯。今童貫直挾蒼天以令天子矣。）我若不相度其情形，觀察其行止，而以匹夫之勇，興重兵以入重地，臣恐不至於喪師不止也。（以不利極力恐之。此語卻有理。後來高俅敗衂，童貫自應揚揚德色。）此臣之所謂不利在急也。」（一句對束。）

天子聽罷，又復沉吟。這邊高俅忙奏道：「聖上休聽，童貫所言皆迂濶而遠于事情。（總駁一句。）我皇朝養士百年，訓練有素，謀臣如雨，猛將如雲。（亦恭惟一句。）以此剷除區區小寇，何向不濟？（駁「不至喪師不止」語。）乃無故畏葸遷延，坐令滋蔓難圖，養成巨患，臣實不解。」（駁待种、雲二人征勦語。）天子道：「所奏皆是。（所奏何嘗不皆是？乃一為其朋友之女，一為其親生之子，天子未之知也。）總之盜至於此，萬無不征之理。（允高俅之奏。）高俅着加輔國大將軍，統兵二十萬，征勦梁山。」高俅領旨，謝恩出去。童貫退朝，即到蔡京家來，對蔡京道：「所委之事，今日極力諫阻，（敘清原故，妙在先不提破。）怎奈高俅那廝因兒子死了，大有以公報私之意，（閣下不以公濟私耶？）朝廷已準發兵，特來關照。」蔡京心中叫苦，（呆鳥。）即刻修書知照梁山，備述「力不從心，抱愧無涯，小女、狗壻蒙留貴寨，諸承照應，圖報有日」等語，（不堪，不堪，蔡京不堪極矣。）即着戴宗帶轉。

且說當日高俅領旨回衙，便以孫靜為參謀，召令胡春、程子明二將。須臾召到，高俅將衙內情事說了，便道：「本帥奉旨征討梁山，願二位將軍協力相助。」（高俅先說衙內事，後說奉旨。）二將聞衙內被殺，（二將但聞衙內被殺，不聞聖旨，都是好貨。）各各眼裏生烟，鼻端出火，厲聲道：「太尉放心，都在小將們身上，拴這梁山一班賊人，剖腹剜心，祭奠衙內。」（有滅此朝食之氣。但知衙內不知王家，總是高俅一門眷屬。衙內為人祭奠之物，而欲人來祭奠，豈不難哉！）高俅點頭稱好。巴到欽定的八月十二日，（「巴到」二字妙。一見高俅報仇心急，一見時日俄延，中間所以容得打正一村、打召家兩事也，而用筆又簡捷。）辭了丹墀，統領大軍出京。文有孫靜，武有上將胡春、程子明，一路上浩浩蕩蕩，居然天兵征討的模樣，與上年的蔡太師無二。（形容得惡。蔡京出師許多鋪張，此處只省筆捲過，文家詳畧相因之法。）行至寧陵，先差心腹赴曹州探聽，并密尋衙內的屍身。（「密尋」二字可憐。）心腹人轉來，河邊迎着，進見高俅，竟一老一實把林冲烹食衙內的情形說了。（第三信方知衙內慘烹。）高俅一聽，面色登時雪一般的白將起來，兩眼一瞪，鬍子一蹺，立時死去了。（氣殺。）揪頭髮，掐人中，弄了兩個時辰，漸漸的活轉來，長歎一聲道：「罷了，罷了！我高俅不殺林冲，死不瞑目！」（林冲亦曰：我林冲不殺高俅，死不瞑目。）說罷，放聲大哭。（一路詳寫高俅聞兒子被殺情狀，悽慘之至，而讀者無不稱快，何也？）那心腹人又把林冲現在攻取蒙陰的話說了，高俅便傳令大軍向蒙陰進發。果不出吳用所料。孫靜忙阻道：「趁宋江全神貫注蒙陰，這曹州攻取最易，機會斷不可失。吳用所慮，孫靜所喜，真是兩智相遇。請太尉先攻曹州，無論曹州取得取不得，宋江必來反救，料事明徹。就是林冲有憾于太尉，聞太尉在此，他亦必前來。更料得徹。那時賊兵奔疲遠來，我兵靜壁以待，勞逸逈殊，取勝易易耳。」真是兵家至言。高俅道：「林冲在蒙陰，我到曹州去做甚麼？呆鳥，呆鳥。先生不要阻我，待我殺了林冲，再議軍務。」子仇為重，軍務為輕，是極。孫靜見高俅執意要往蒙陰，便道：「太尉既欲前往，那蒙陰去青州不遠，總管雲天彪韜畧淵深，足可依仗。就從往蒙陰生議，孫靜真能，然已是中策矣。太尉可檄調他來助戰，庶望成功。」可謂謀慮周至。高俅道：「多大的梁山，我們現有二十萬人馬，程、胡二將勇冠三軍，那邊不過幾個賊人，何足懼哉！」越會說大話人，越倒楣得快。說大話者其戒之哉！遂不聽孫靜之言，發兵直趨蒙陰。孫靜退出，歎道：「這番正中那吳用的計了。」

且說高俅兵馬未出京之先，宋江等兵馬在汶河南岸，敘法明晰。早已收到戴宗帶轉的信，又會合林冲、魯達、武松、秦明、花榮五位頭領，并六萬人馬。中有無數周折，只一筆打疊，筆法老潔。宋江便與吳用商議進攻之策，吳用道：「先着秦明領一萬人馬去繞雲山屯扎，與清真山聯合呼應，協力堵禦雲天彪；第一議，先斷救兵。次着花榮領一萬人馬到鬬花林埋伏，如此如此，邀擊高俅。」分派畢，秦明、花榮各領令去了。吳用道：「據探子說，上文並不言發探子，而此處稱探子說，皆省筆法也。蒙陰縣內文武官吏盡屬凡庸，縣城可以不攻自破。按過縣城，卻已為一百四回伏線。惟有召家村好生利害，一句頓起。須林、魯、武三位兄弟策三萬大眾，努力前攻，妙在三人都是海量。先吞滅了那厮，「吞」字雙關，妙甚。方可以對付高俅。」賓主分明。林冲、魯達、武松飛速往召家村去了。

原來召家村的主人便是那申勃兒所說的召忻。（直應前回。）那召忻世代名家，弱冠時，曾遇着山陰道上仙聖，說他日後必有一番功業，只不可貪不知止。（妙筆，預伏後文。）及長大來，為人情性純正而剛，（品題極確。）交遊最廣，卻都是恭敬有節制的人。若和他親近得上，卻是歷久不渝。（更確真。）有一等人過于討厭了他，糾纏不清，惹動他的性兒，他便發作起來，打得你自不信自。（更確，更真。）任憑你一等一的好漢，只消四五十個回合終打翻了。（妙。）若不如此，怎對付得林、魯、武三位英雄？（筆端有舌。）再說他的渾家梁氏，武藝比召忻更高。（林、魯、武所以不能取勝也。）因其本姓是高，所以雙姓高梁氏。（妙。）生得面色光白如鏡，人都叫他做「鏡面高梁」。（妙。）平時最喜插帶花枝，又名「堆花」。（妙。）性情清潔，膂力剛強。（品題又極確。）不用長鎗大戟，佩帶十六口飛刀，倘有強人糾纏，遇着召忻不過跌幾個觔斗，（妙，妙。）若遇着了高梁，竟有性命之憂。（妙，妙。）高梁身邊有四個丫頭，皆以花草為名：一名桂花，一名薄荷，一名佛手，一名玫瑰。四人也都有些武藝，只是性情柔軟，人物嬝娜，若遇力量平庸的人，他也儘殺得翻。（品題亦確。）所以召忻村中，無分內外，人人利害。（總斷一句。）那召忻在召家村團練鄉勇，日日操演，本是有意與梁山作對，遵王敵愾，以盡食毛踐土之誠。（寫得題目正大。）那日聞知申勃兒為宋江所殺，（遙接前文。）召忻便對高梁歎道：「申勃兒錯了。我等這般武藝，尚且經不得水鬭，（妙。）申家兄弟如何想在水裏去取他？（妙。）只貪圖沉船一着，取得他人數多，（妙。）不想自己的力量減輕了。（妙。語語雙關。）如今不必說了，只是梁山賊人必然前來生事，須預先准備方好。」高梁道：「何不請史谷恭先生進來商議？」（又添一叅謀。）召忻道：「有理。」便叫從人去外面書房請史谷恭先生。原來史谷恭是召忻的書記，為人最有細心，深曉太乙壬遁及遊都穿地之術。（妙在確切。）當日聞召忻有請，即便進來。召忻便將禦備梁山之法請教，史谷恭道：「此事大須斟酌。」斟酌，妙。撚髭沉思一回道：「賢梁孟武藝超羣，即力戰儘可取勝，所可慮者，梁山強兵數萬，壓境而來耳。予讀前文，林、魯、武三人統三萬人馬，頗為召村躊躇，不知仲華早已慮及此也。愚有一策，可以必勝。召兄可于本村四面，築起一千零八十個大圓壇，令花貂、金莊二將把守，以一千八十大壇，應三萬人，庶乎適足。是「王遁」家語。按就九宮方位，九字借音。愚自有元妙方法，方法，妙。管教他人得陣來，人人昏迷。」昏迷，妙。召忻、高梁皆喜，依計安排。即如法炮製之別稱也。

未及一月，忽報：「梁山大夥賊兵來也！」入題疾。召忻便點齊鄉勇，四面把守，斷住水口。斷住水口，最是上策。召忻、高梁一齊扎抹停當，等待開戰；寫得軒昂可愛。又吩咐莊客：「預備麻繩千萬條，賊兵來一千綑一千，來一萬綑一萬，綑與困同音。一個不許放走。」召忻道：「我等綑一賊，梁山少一賊也，諸君各宜努力。」語氣慷慨悲歌，令人起敬。莊客齊聲答應。只聽得村外人喊馬嘶，賊兵已到。召忻手提溜金鎲，渾身黃金鎖子甲，騎匹黃驃馬，召忻裝束純黃色。當先迎敵。只見對面梁山陣裏，跳出一個莽和尚，一條禪杖，早已飛到面前。寫魯達，確是魯達身分，揆之前傳絲毫不爽。召忻急用鎲架住道：「來將通名！」魯達一禪杖飛下道：「呌你認識灑家！」仍不失魯達聲口。召忻大怒，便颼颼的舞起那柄溜金鎲，渾身上下純是金光，托住那枝禪杖，寫召忻出色。渾身金光，妙。大戰一百三十餘合，不分勝敗，殺氣飛騰，天旋地轉。八字精光四射，用在召忻傳中更為確切。那邊召村陣上，高梁看得分明，便一飛刀暫到。魯達大吼一聲，輪起禪杖一格，禪杖環上飛刀正着，火光四迸。禪杖飛刀一句，寫分外精靈。說時遲，那時快，召忻早已一鎲捲到魯達脇下。駭疾。魯達禪杖急格，將那鎲格開尺餘。「尺餘」字妙，鎲亦不弱。不覺惱動了武松，輪起桿棒飛奔前來。寫得聲勢。一飛刀早到，武松急閃，那飛刀飛出武松背後三丈餘路，斜插在衰草地上。寫飛刀不必傷人，而已精光閃霍。「衰草」二字精細之至，百忙中不忘時令。魯達拖了禪杖便走。雖敗不失禪杖威風。只見武松桿棒、召忻金鎲，已攪做一團，但覺一片黃雲，繞住青龍盤舞。又將桿棒、金鏡併寫，十分精靈，出色之筆。又戰了一百餘合，兩邊陣上都看呆了。照陣上一筆。林冲大怒，挺着蛇矛拍馬前來。三人戰，林冲後出，林冲主也。只見武松巾上飛刀早着，寫飛刀又是一樣出色。武松急閃，此句本在飛刀早着之前，因寫得飛刀速，故此句反落後也。神筆。忙退下來。魯達戰前後，兩鏡中間一飛刀；武松戰前後，兩飛刀中間一鏡，章法工整。林冲蛇矛刺入金光影裏，大呼酣戰。酣戰，妙。只見飛刀接連三口，從林冲頭上飛過，上三飛刀分寫，此三飛刀合寫，又是一樣出色。末後一口飛刀，直射到梁山陣裏，餘力不衰，牙旗邊一小將當心刺着。此等我筆真是驚天動地之奇文，吾欲讚而無可讚矣。偏刺着一小將，又是當心刺着，故妙不可言。梁山陣上一齊大驚。飛刀威聲，紙上岌岌振動。魯達、武松大怒，一齊上前厮鬬。上寫輪戰，此寫合戰。這邊高梁見了，輪起日月雙刀，渾身白銀細砌甲，拍動銀合白馬，高梁裝束，純是白色。一條雪光衝到。覺得紙上有聲。召忻勒馬回陣，這里林、魯、武三人攢戰高梁。看官，高梁武藝雖然高強，怎當得三個英雄厮併？原因三人已被召忻溜乏，所以兩口明刀，儘可敵得三般兵器。補此一句，再不遭駁；又將召忻本領托出。那召忻在陣中畧定定喘息，召忻定定喘息，方是情理。定定喘息，雙關，妙。重復出陣交鋒。寫召忻可畏。這場惡戰，直殺得天昏地暗，山嶽動搖，饒林、魯、武三人這般大力，也兀是有些頭運眼花。以三子者，而使之頭運眼花，召忻、高梁之力量可知。召村收兵，林冲吩咐眾人將召家村團團圍住，木不通風。妙，是史谷恭對症。只見史谷恭頭戴葛巾，身披八卦道袍，手執拂塵，立在壇上，指着賊兵笑道：「量爾等賊子有多少本領，敢撞入我九宮法壇來！」寫史谷恭更妙，藉此擋住三萬人馬，原非出力寫壬遁也。魯達大怒道：「直娘賊，吃灑家三百禪杖！」鹵莽是魯達身分。武松攔住道：「師兄且休鹵莽，看這般鳥男女逃到那里！」拏穩是武松身分。林冲道：「且待明日，眾兄弟再去厮併，除了他這兩個鳥男女再說。」狠辣是林冲身分。當日收兵無話。

次日，召忻、高梁先來挑戰。三人一齊大怒，前去厮併，自辰牌鬬至午牌，不分勝負。連戰十日，召村雖失些器械，林、魯、武三人也兀自倦乏。妙，妙。極寫召忻、高梁之力量。忽報吳軍師到來，三人出營迎接，同入中營坐地。吳用開言道：「召家村的事怎樣了？」林冲便將召村的情形說了一遍。吳用縐眉道：「不料召村竟有如此利害。眾兄弟休要厮殺了，養息幾日，好對付高俅。」（收過召村，遞到高俅。此回傳高俅事也。中間插入召村一段，無人不知，高俅主而召村賓也。乃細繹作者之意，則又以召村為主，而高俅為賓。何也？據一回而論，高主召賓；據全部而論，召主高賓也。召忻與于十八散仙故也，不然何其如是詳細乎？）三人依了，按兵數日。忽報花榮領人馬轉來，吳用大喜，傳進。只見花榮身帶重傷，吳用大驚，（故意令讀者眼光一閃。）忙問緣由。花榮請罪道：「小弟奉軍師將令，前往關花林埋伏。那高俅果然中計，（高俅不濟。）小弟令軍士放下礌木、滚石，塞住兩邊谷口，亂箭齊下，（吳用之計此處點出。）高俅兵馬失去無數。（不言死亡，為天兵諱也。）不料兩山背後，忽抄出無數官兵，（無人不知為孫靜計也。）小弟忙約人馬退回，（花榮亦能。）前面又有官兵攔住。（極寫孫靜。）當先一員將官，旗號上是東城兵馬司總管程，使一枝五指開鋒渾鐵鎗。小弟自不小心，吃他刺中肩窩，（寫程子明。）人馬損折二千。只可惜高俅那厮，險被小弟捡住，吃他走脫了，（花榮不弱。高俅走脫，亦先作一引。）特來請罪。」吳用聽了，又添得一重心事，（可見前次視高俅如無物。）忙請宋江來商議，先送花榮回山將息。（先收去花榮，好。）少頃，宋江領呂方、郭盛、陳達、龔旺、張順、阮小七一萬二千餘名人馬，（一萬者，山寨調來未用之數也；二千餘者，青州敗回未受傷之數也。真是精細之筆。）來到召村，與吳用互相議論。忽報高俅兵馬已離城不遠了。吳用忙教武松領一萬人馬留住召家村，「只宜堅守，但求當得住召村兵馬便好。切不可厮殺，倘或失利，大為不便。」（繳過召村。又是一枝堵禦兵，吳用此時亦左支右絀矣。）宋江、吳用統領全軍去迎擊高俅，從縣城經過，只見城門緊閉。原來蒙陰知縣胡圖、防禦符立，聞得梁山人馬在村，唬得魂不附體，躲在城中抖作一堆，只求不來攻打而已。（順帶縣城好。「躲」字妙。）宋江等過了縣城，望見高俅兵馬，旌旗浩浩，殺氣騰騰。原來高俅在關花林敗衄後，尚有十三萬人馬，（然則高俅之兵已去其七萬矣，不言去數，而言存數，深為天兵痛也。）一心要尋林冲，仍向蒙陰進發。（殺子之仇，刻不能忘。）這邊林冲望見高俅旗號，怒從心起，勃不可遏，（寫兩仇如針鋒相值。）

便對宋江道：「小弟願即刻前去取這老賊頭顱來！」宋江道：「林兄弟且耐。」只見吳用笑道：「林兄弟儘可去得。」寫吳用隨機生變。便對林冲道：「賢弟去時，只消如此如此，管取高俅到手。」宋江大喜道：「軍師真料敵如神也。」未見其文，先見其讚，妙。林冲領令，提了丈八蛇矛，帶領五千人馬便行。寫得迅疾。吳用又叮囑道：「賢弟切須依着言語，萬不可因忿使性，不惟高俅捉不得，恐賢弟反有不利。」林冲點頭。這里宋江、吳用約全軍退過縣城，經過縣城，退過縣城，都是筋節。安排下各路兵馬。先虛按一句。

那林冲早已領兵殺到高俅營前。林冲挺着蛇矛，一馬當先，放開霹靂喉嚨，大叫：「高俅剝皮畜生！你林爺爺在此，快出來納命！」自白虎節堂忍氣吞聲，至此一快！營門開處，高俅出馬，揚鞭指着林冲罵道：「你這賊配軍，不叫林伯伯、林爹爹，到底強于乃郎。犯了彌天大罪，本帥赦你不死，你倒……」不容他說完，妙。林冲咬牙切齒大罵：「奸賊休走，我捉住你生嚼！」不暇燒烤耶？驟馬挺矛直搶高俅，高俅急逃入營。方其揚鞭大罵，不知道有多少本領，誰知原來如此！營邊閃出一員大將喝道：「逆賊休亂闖，吾乃宣威將軍柏能聖是也。」舞雙刀飛馬迎戰，只三合，吃林冲一矛刺入脇縫，死于非命。宣威將軍如此。林冲方拔得矛起，早有一將出馬大叫：「明威將軍畢定書在此！」輪開山斧來敵林冲，不上六七回合，早已中矛落馬。明威將軍又如此。不覺惱動一位將官，輪着潑風大斫刀，躍馬前來，大喝：「林冲不得猖獗，你認得都虞侯胡春麼！」林冲更不答話，舉矛直刺，胡春舉刀迎住。戰到十五六合，林冲卻暗暗稱奇。那胡春不住手鬭到七十餘合，不分勝敗，林冲只得回馬便走。林冲走。高俅在營門上望見大喜，便叫道：「胡將軍努力，休放走這賊！」直看得如此容易。林冲大怒，重復撥馬轉來，林冲轉來。恨不得直上營門，刺殺高俅，卻吃胡春擋住。又鬭三十餘合，林冲奔回本陣。林冲又走。孫靜在旁看了，便教高俅再辱罵，孫靜妙。果然惱得林冲又轉來廝殺。林冲又轉。寫林冲忽走忽轉，令讀者眼目迷離。高俅便揮動大軍齊出，是高俅。孫靜急阻不住。是孫靜。林冲見高俅大軍潮湧般過來，只得率領本部飛逃。至此林冲方真走矣。高俅那里肯捨，死也要拴林冲，已入吳用算中。親督全軍儘力前追。高俅追矣。孫靜大驚道：「必死可擄，此公是矣。」吳用本意被孫靜衝口說出。孫靜教高俅辱罵，亦即此意。忙教一騎飛馬追上，止住高俅。高俅道：「怎的孫軍師不許我捉林冲？」硬說不許，妙。盡在吳用料中。來人道：「孫軍師言林冲必非真敗。」高俅恨道：「你多說，便悞我路程！」悞路，妙。只此句寫出高俅陷賊之駛急，雖有百孫靜不能挽轡矣。只見前面林冲兵馬已抹過縣城去了。抹過縣城，筋節。高俅直追上去，也過了縣城。也過了縣城。前面林冲已去遠一段，高俅狠命相追。妙，妙。忽見左首林子內有旌旗閃動，高俅大驚道：「防有伏兵。」此處莫笑高俅，即讀者亦以為伏兵也。急差人去探，只見地上虛插旌旗，靜蕩蕩並無一人。想見吳用用計之妙，因見仲華用筆之奇。高俅道：「眼見這廝們怕我窮追，怕窮追，妙。卻故意詐裝伏兵阻我。」裝伏兵，妙。便傳令眾將努力前追。至此而不中計者，未之有也，只須拭目看吳用之計。又追一段，林冲忽然勒馬回兵，挺矛大喝道：「高賊！你休道我真敗，特與孫靜之言對鎖。你看後面伏兵已起了！」高俅忙教後面探看，呆鳥。毫無動靜。再閃一筆，妙。高俅依仗身邊有七萬人馬，毫不怯懼，庸將只知兵多可以取勝。高俅現帶人馬隨手點出。令胡春一馬先出，催動軍馬，烏雲也是的蓋過去。蓋字鋒茫全無，妙。林冲只得五千人，如何抵敵得過，紛紛敗走。林冲尚有一走。藉此藏過林冲，最妙。忽見前面三處號炮飛起，三路兵馬齊出，乃是張順、呂方、陳達一字兒扎住陣腳，接應正兵三路。陣前密麻也是佛狼機、子母砲，乒乒乓乓往前亂打。胡春督令軍馬衝殺，幾次三番上前不得。高俅前不得進。忽聞後面連珠砲響，報道：「有兩枝賊兵抄入。」抄路，奇兵兩路。高俅大驚，忙分後隊接應。大悞。總之事至于此，即不悞，亦無能為力矣。這邊梁山郭盛由左路抄出，龔旺由右路抄出，抄路奇兵頭領，用補點。合兵廝殺一陣，郭盛、龔旺分頭繞出兩傍，忽退去了。奇，吳用妙算。高俅因走失了林冲，妙。又見有伏兵，妙。盡在吳用算中。

忙令全軍速退。逐之使退，妙。那張順、呂方、陳達緊緊連環追上，胡春急切退不得，又尾之使不得退，妙。慌得高俅飛速領二萬人馬先走。妙，妙。高俅大事去矣。走不數里，後面一枝兵馬截住，將高俅與胡春的兵馬剪為兩段，前後不能照顧。截路，伏兵一路。高俅大驚，至此方驚，晚矣。回頭看時，還敢回頭看，好大膽子。就是那林子內虛插旌旗之處，殺出無數人馬，妙，妙。當先一將是阮小七。截路伏兵頭領，又是一樣點法。高俅急忙飛逃，前面又是一枝伏兵殺出。高俅擡頭一看，更非別人，原來就是那個緊對冤家林教頭，領著八千生力軍，由別路抄轉來也。前將林冲一藏，此處忽然飛出，分外精神。嚇得高俅幾乎落馬，我若在陣中，當大叫道：「高太尉努力，休放走這賊！」幸虧身邊三個總管酆有、子謂、符提恭死命敵住林冲。不防阮小七已領兵在後面掩來，高俅前後受敵矣。急得高俅不知所為。見那張順、呂方、郭盛、陳達、龔旺殺敗了胡春，五萬人馬，繳消此句中矣。不書者，為天兵諱，為天兵痛也。也同來助戰，把高俅圍在垓心。眼見高俅一命難保，讀者亦曰高俅一命難保。忽然梁山西北角人馬翻亂，一員大將帶領二萬兵馬，如生龍活虎般殺入重圍，正是東城兵馬司總管程子明。程子明突如其來。原來這日程子明醉臥後帳，高俅輕于視敵，不去調他上陣。高俅疎忽。孫靜聞知高俅失利，即催子明前去接應。子明睡夢中驚起，急忙提兵出營。寫孫靜，寫子明。只見胡春渾身血污，領著敗殘兵逃回，順便安插胡春，最妙。子明大怒，急催人馬前往。高俅見了救星，沒命的跟上來。程子明一枝五指開鋒渾鐵槍，攪開一條血衖堂，奮勇殺出。寫程子明正復可畏。高俅仗着那御賜烏雲豹，馳電般跟了程子明逃出重圍。高俅逃出重圍，順將烏雲豹提清一筆。特稱御賜，見高俅當命在呼吸之際，猶沐聖恩垂救也。俅而猶有人心，亦何辜恩負德乎！呂方、龔旺都紛紛退下。西北角頭領，順手點出，又順帶起林冲，興到筆隨，頭頭是道。林冲那里肯捨，特與高俅那里肯捨對鎖。驅大隊掩殺。高俅沒命飛逃，正過縣城，順手搭到縣城。忽見前面一個胖大和尚，帶領人馬邀住。邀路，伏兵一路。那和尚手提禪杖，劈面打來，程子明急忙架住。嚇得高俅急忙跑過吊橋，叫開城門，躲入裏面去了。寫高俅入城，如流水赴壑，妙筆。亦用一「躲」字，妙。那程子明併二萬兵，也一同退入城中，拽起吊橋。（收程子明。入城更不費力。）林冲傳令，將蒙陰縣城團團圍住，裏面程子明督兵抵禦，且喜城上也有些灰瓶、石子等物，（「且喜」，絕倒。此必符立之所備也。符立正未可厚非之。）擋了一陣。那孫靜聞知這信，叫苦道：「怎麼被他們驅入城中了？（「驅」字更妙，有梁山之「驅」，是以有高俅之「躲」也。）且幸城外還有三萬兵馬，好作犄角。怎奈胡春受傷太重，厮殺不得；（胡春受傷，補出好。）還有兩個總管，一名何有勇，一名石少謀，（隨手撥出兩名，無不絕倒。）懦弱無剛，恐不濟事。」（一難。）孫靜沉思一回道：「干鳥麼！（沉思一回，思出這三個字來，絕倒。）我替他剜心的籌畫，今日兀是頭運咳血，（順帶出孫靜咳血。）他自己去尋死，（乃郎自己尋死，乃翁亦自己尋死，真是一脉相傳。）干我甚事！」（妙。孫靜並非高俅忠臣。）待欲脫身遠颺，（將求救兵矣，偏有一颺。）忽想道：「且替他盡些人事，（隨即收轉。此段真寫得好。蓋高俅事至于此，已敗壞決裂不可為矣。此時若寫孫靜尚肯為高俅竭慮盡謀，則孫靜乃忠智之士，非復篾片矣。寫其始欲脫身自去，坐視其死；繼乃聊盡人事，而後孫靜之身分見。）且叫這兩位總管聯名出信，去求求雲天彪。（方落到求求雲天彪。）我前日探得賊人已有重兵扼住繞雲山，（忽迴應秦明兵馬。）雲天彪未必來得。來不來，且自由他。」（妙，妙。孫靜並非高俅忠臣。）遂寫起一封信，兩總管會名，求救于雲天彪，差心腹人飛速遞去。

不數日到了馬陘鎮，卻好雲天彪在署，公人將信遞進。雲天彪拆開細看，知是高俅被困，要請救兵，便叫雲龍過來說話。有分教：數行翰墨，崛起山裏英雄；幾陣軍兵，救出坑中宰相。不知雲天彪說甚話來，且聽下回分解。

范金門曰：童貫阻兵，極難措詞，而緩急兩層，說來亦甚切當。仲華如有照妖寶鑑，看得出奸雄伎倆。

高俅智謀，固遠不及吳用，但欲遣其舍曹州而入蒙陰，非一番大籌劃不可。文以調林冲一筆，旋轉其間，正如一盞走馬燈，寸燭一燒，滿盤飛動。

邵循伯曰：世往往有知其人而用之。及至臨事，又復諫不行。言不聽者，此與不用其人何異，即與不知其人又何異。孫靜勸攻曹州不聽勸，寫信致天彪再不聽，而終致敗亡，亦何貴有孫靜乎！庸人之不能用人有如此。

又曰：回尾究賴孫靜託名求救，高俅不能用以作官軍之捍衛，而仲華借以作筆墨之轉關。

第一百一回　猿臂寨報國興師　蒙陰縣合兵大戰

却說雲天彪接了石、何二總管的信，方知高俅在蒙陰被困，要請救兵，當即叫雲龍諭話。雲龍即忙到來，天彪道：「高太尉被困在蒙陰縣城，寫信來請救兵，我等速宜往救。」便把信遞與雲龍。雲龍看畢道：「高太尉統兵出京，原說從曹州進發，不知何故忽來此地，反主為客，自取敗北。」天彪道：「可不是麼！他到蒙陰，軍報不通，驟然而至，（補出高俅趨蒙陰時情形。）在他以為出其不意，不知正入人之算中也。（高俅臭主意，此處補出，妙。又補出天彪不知之故。）如今事已如此，不必說了。但太尉乃朝廷大臣，蒙陰乃天子疆土，（十四字，大義凜然，而余于上句，尤不覺肅然起敬也。夫以奸惡如高俅而稱之曰「太尉」，重之曰「大臣」，重高俅乎？重天子也。真所謂天子聖明，小心翼戴者矣。春秋知清君側之不可為訓也。而趙鞅書叛以為天下後世無限之防，維何物狂徒輕裂大防，以匹夫而剗除貪官污吏，乃以是號于天下，曰「忠義」，曰「替天行道」，可勝誅哉！）我等現在鄰境，理當速赴救援。」雲龍道：「此事不須爹爹勞頓，（忠臣、孝子，合于一門。）料那梁山兵馬已疲，孩兒願代爹爹領兵前去。兵法乘勞，可以一鼓而下。」（雲龍勇敢可愛。）天彪道：「這也使得。現在清真山塵氛未平，我却未可輕離此境，（寫天彪念念為勦賊安民。）就着你前去。」雲龍道：「此際倒有一巧事，一舉兩得。」（泰、岱興雲，觸石即起。）天彪問何事，雲龍道：「陳道子身在猿臂，心在王家，（傖夫以此八字讚宋江，豈不妄哉！總之評斷天下事，須有真憑實據，萬無半點可以蒙混。如陳道子自擊敗高封之後，並無絲毫侵掠村坊，滋擾州縣之事，則日後之獻馘投誠，自可預信。若宋江者，祝莊、曾市慘遭焚掠，東昌、東平悉被蹂躪，如此而猶謂其願招安，真可謂無目者矣。）只因奸臣間阻，而本身又無尺寸之功。（上句宋江可以藉口，下句宋江不能。宋江方以剗除貪官污吏為功，故不能。）此番救蒙陰，爹爹何不寫封書邀他同來協助？一則陳氏父女智勇雙全，此去定可集事；（總將公事先說。）一則陳道子救得蒙陰，就是王家出力之人，而高俅得命，必然深感道子，前仇可釋矣。爹爹以為何如？」（替希真劃策，頗為盡善。）天彪道：「此事亦妙，我寫信專人到猿臂寨去。你先領八千人馬，同李成、胡瓊速赴蒙陰。」雲龍領命，遂帶同李成、胡瓊飛速前行。方出青州地界，前軍探報：「前面繞雲山有賊兵埋伏。」李成、胡瓊都道：「如此怎生過去，我們不如先殺散了那廝再說。」（是勇將聲口。）雲龍道：「二位將軍且慢。」（雲龍有謀。）便問左右道：「從此處繞道到蒙陰，當有幾站路？」左右對道：「從此岔出二龍山，抵小汶河渡口，尚有四站路。」雲龍便對李、胡二將道：「我並非怕這廝們，（是少年英雄說口。）只是蒙陰十分危急，我軍此來宜于速進，若與他中途廝殺，即使勝他得來，已無及于蒙陰矣。」（雲龍智謀酷似乃父。）李成、胡瓊同聲稱：「公子高見。」便催兵向二龍山進發。雲龍看那二龍山崖岸陡峻，崗巒綿亘，實乃青、萊保障。（忽寫二龍山形勢，讀者無不知其為伏筆也。）閱了一回，忽看見繞雲山殺氣騰騰，猛想道：「那廝若知我繞道，必然半路邀擊。」便差人飛稟雲天彪，再遣勇將領一枝兵，扼住繞雲山，使其不得進兵。眾人見雲龍如此智謀，無不佩服，便一同向蒙陰進發。按下慢表。

且說陳希真自九陽鐘得勝之後，便有恢復兗州之念，（提前照後。）日日操演人馬，整頓軍務。（寫出養精蓄銳。）一日，操練已畢，希真與眾人在後堂閒話，談及梁山南剪曹州，東務青州，希真笑道：（此老一味笑。）「宋江那廝兵力疲矣。」（宋江汗馬浴血，希真坐而論之。）麗卿道：「那時可惜爹爹不肯去，不然斫他幾個頭顱來，（志在頭顱，不及其他，妙。）一來幫幫雲叔叔，（雲叔叔又要你幫他，妙。）二來也顯得我們替官家出力。」（語氣正大，可敬可愛。本回正旨，却自麗卿開科，妙。）希真道：「你着甚急，（希真語更妙。）那廝們少不得有事撞在我手裏。」（應第九十六回，侯梁山之變。）祝永清道：「近聞那廝又復東圖蒙陰，高俅統天兵東下曹州，那廝兩邊牽顧，真所謂罷于奔命也。」（宋江之勞，希真之逸，勝負分矣。）希真嘆道：「高俅如何對付得梁山！即如上年蔡京出師，不損梁山毫末，徒為朝廷損威耳。前後一轍，言之可傷！」（寫希真傾心王室，正不必開口招安，閉口招安，而一腔忠義，天下人無不共見。彼宋江者，嘵嘵于口，而悻悻于心，視此霄壤殊矣。此等處，續貂者夢想所不能到。）劉慧娘道：「近日蔡京竟不見動靜。」（說到蔡京，便遞到蔡京，確是閒談。）希真笑道：「蔡京就因招安宋江這起案闖了大禍，（該笑。笑宋江，笑蔡京，笑侯蒙，并笑續貂之無目者。）又被甚麼道士郭天信說日中有黑子，是臣蔽君之象，因此官家愈疑，竟將他貶了三級。」（遙應九十四回。）慧娘笑道：「如此說來，蔡京却是冤枉的。」（奇。）希真、永清都道：「為甚冤枉？」慧娘道：「金、水二星抱日為輪，有時在伏見輪之下，又適與太陽經緯同度，皆能令日中有黑子。此七政行度之常，不得為災異，干蔡京甚事！」（郭天信貽笑大方。古往今來豈特郭天信哉！就令鄭、孔諸儒，語及歷象，亦有時不免貽笑也。）希真、永清都笑。慧娘又道：「若將本年金、水三年根，及平引、實引、初均、二均各各細查，便知這日中黑子，是金星，是水星。」（此仲華家園貨也。）希真稱是。

正在敘論，忽聞簷前喜鵲羣呌，（聖歎所謂驚天動地之文，必冉冉而至也。）慧娘便袖占一課道：「天喜發傳，天恩加日，（就此八字，振起全神。）必有喜信到來。」（寫得眉飛目舞。宋江喜信，用侯發先報；希真喜信，只用喜鵲先報。侯發信假，而喜鵲信真，可以人而不如鳥乎！就從劉慧娘術數遞落文氣，一絲不斷。）言未畢，忽報馬陘鎮雲總管有信到。（接得緊捷。）希真忙出廳接信，拆開眾人同看，只見上寫着：

道子仁兄閣下：久濶芳型❶，時深葭溯❷。近想道臻上乘，德楙元門。修九轉之金丹，爐開造化；

---

❶ 芳型：指對方美好形象。
❷ 葭溯：問候語，有懷舊、思念之意。

通一靈于玉闕，品重神仙。此書乃陳道子投誠之始，建功立業之由也。而起首先從仙佛說起。猶復志切忠忱，力招義勇；特砌入「忠義」二字，以與宋江形擊。迪無窮之訓練，儲有用之材能。他時博寵乎龍顏，實此日肇基于猿臂也。領起下文。頃有倒懸一事，乞借仁威。落題。祇因太尉高公領軍勦賊，被困蒙陰。蓋太尉出師之際，正梁山東去之時也。提出高俅失機緣由。設彼時乘其不備，先復曹州，原可一鼓而擒，再追巨寇。乃竟計不出此，直抵蒙陰，以致賊勢猖狂，官軍竭蹶。現在攻圍甚急，危險非常，遣人星夜來前，哀號求救。弟因事關君國，分所難辭，大義凜然，妙在先說自己，未有己不正而能正人者。已命小兒雲龍帶兵前去。惟是梁山勢猛，太尉事危，明知希真有憾于太尉，而一提太尉；再提太尉，但論大義，不及私情，君子之交如此。使非助以神兵，旦夕恐難奏效。並無為招安作地之語，並不為希真劃算。因思道子勇能蓋世，才智超倫，一到蒙陰，重圍立釋。用敢片言勸駕，諒不我辭。並無保舉招安語。務即會合天兵，匡扶王室。正大光明。回憶侯蒙與宋江語，如鬼魅之與白日。兼且高公舊誼，從此修盟。既輸力于天家，復用情于舊好，公私兩得，傾耳捷音。至末後方露公私兩全意，而亦無封妻蔭子諸頌禱語。君子、小人之胸襟，判若冰炭。順請德安，東紅❸另具。此書忽作近來尺牘體，仲華腕下真無所不可。

希真看畢，吩咐欵待來人，便一面商議點兵。一「便」字寫希真忠勇機警都有，而用筆又簡又捷。只見麗卿道：「爹爹，你怎的要去帮高俅？只說帮高俅，妙。于雲叔叔則帮，于高俅則不帮，姑娘胸中涇渭分明。須吃別人笑我沒志氣，顛倒去奉承他。」吃別人笑，妙；笑我沒志氣，妙；顛倒奉承，妙。總而言之，無字不妙。希真笑道：「你不曉得。這雲叔叔信裏說蒙陰是官家的地方，所以叫我去救，並不說甚麼救高俅。」希真剖說，真妙。蓋此番救蒙陰，為官家出力，乃是正意。至于救高俅以釋怨，實是餘意，作者妙借麗卿一難，洗發出來。麗卿道：「既如此，我們就去。」聞為官家出力即便就去，真好姑娘。只是孩兒還

❸ 柬紅：紅色的信札和名帖。

有一句話：願聞。我們去殺退賊兵，保全這蒙陰縣城，先說正意。若高俅那廝想逃出城來，想逃，妙。孩兒便一槍戳殺了他，妙，妙。快人快事，快文快筆，其快無比。休叫他回到東京，又去詐害百姓。為官家出力，為百姓除害，天真爛熳中，無限道學經濟。那時節，爹爹休要阻我。」又曉得爹爹要阻他，真是妙極。希真頓足道：「你怎的這般纏不清！只說他纏不清，妙。自古道：打狗看主。口頭爛熟，實是至情。他是官家的大臣，不爭你殺了他，如何對付得官家？」妙，妙。與之論情。「對付」二字，妙。以官家作朋友看。慧娘道：「姐姐只管去，我們此去是殺賊救官，四字正大。再不吃別人笑。」慧娘語亦妙，專破他「吃別人笑」一句。作文所以貴得題旨也。永清道：「他此番喪師辱國，官家少不得處治他，要姐姐費手做甚。」猶言他回東京決不能詐害百姓也，永清語更妙。麗卿道：「既如此，就饒了他。」爽利之至。希真大喜，便派麗卿為先鋒。派將就從麗卿遞落，筆勢最順。希真親統大隊，猿臂寨去調真祥麟，新柳營去調王天霸，帶領八千人馬，亦是八千人馬。即日興兵。不數日到了蒙陰，只見前面已有馬陘鎮旗號，知是雲龍的兵馬。希真便吩咐安營下寨，自己帶了二百名伴當，前往相見。麗卿也要同去。作者寫麗卿，總無平筆。

雲龍聽說猿臂寨兵到，大喜，急請希真父女進營。各人相見敘談，麗卿便問道：是他先問，妙。「兄弟到來，打過幾仗了？」問打仗，妙。雲龍道：「我來此只殺得一陣。看那賊兵兀自疲乏，只是不肯休息。我來時他已環城築了土圍，梁山兵築土圍，從雲龍口中說出。竟有除死方休之意。」梁山兵不肯退，亦從雲龍口中說出。麗卿道：「那廝不肯走，便殺他個罄淨。」麗卿自是好勝語，却暗合兵法，故希真接口言吳用必不出此。希真道：「吳用必不愚至於此。」便問道：「豹子頭林冲前回之主人翁也。在賊軍中否？」雲龍道：「正是他最利害。」希真道：「是了。他所以不退者，為高俅耳。高俅脫逃，他必不戀蒙陰矣。梁山不肯退之意，從希真料出。只是高俅好生無謀，無故潛入城中，又不設立犄角。」高俅犄角兵沉沒，從希真看出。雲龍道：「他退入城中，小姪也不解其意。妙。確是亂軍中，軍報不真情形。若說起犄角，他原有一枝兵馬，只是小姪方到，他已沉沒。據逃來的幾名官兵說，何有勇、石少謀二總管皆陣亡；總管胡春受傷深重，墜馬而死；胡春了。還有一個叅謀孫靜，當兵敗之際，吐狂血而死。」孫靜了。說到此際，希真暗想道：「孫靜原來死于此地。」大有欣幸之意。如此照應東京避難事，真以神不以形矣。雲龍又道：「此刻小姪這枝兵替他代作犄角，專等老伯到來，一同攻那土圍。」麗卿聽了，高興起來，絕倒。道：「我們何不就去攻土圍？」希真道：「也是。我們銳師遠來，賊人勞師已久，此刻機會，利在速攻。」與雲龍之見符合。說罷，便與麗卿起身辭了雲龍。雲龍道：「小姪還有一事奉告：小姪探知這里有召家村義民，甚為驍勇，召家忽然又現。又見雲龍軍務關心。可惜被賊兵擋住，不能同來救圍。」可見吳用利害。希真道：「既如此，愚伯便發兵去接應他同來。」麗卿道：「就是我去。」始欲攻土圍，繼欲接召家，總而言之曰高興。雲龍道：「聞得他那員賊將，是景陽岡打虎的武松……」適足以鼓舞麗卿也，妙哉！可見武松打虎，四遠馳名。語未畢，只見麗卿道：「怕他做甚！他會打老虎，我會打打老虎的人。」其語愈壯。雲龍大笑。希真與雲龍約齊時刻，同攻土圍，遂辭別回營，先命麗卿帶領二千人，用幾個土著為向導，細。飛速往召家村去了。先遣開麗卿，妙。這里馬陘、猿臂兩營，等到約定的時刻，各自三聲號砲，馬陘營裏李成守寨，雲龍領胡瓊出陣；猿臂營裏真祥麟守寨，陳希真領王天霸出陣，浩浩蕩蕩，直奔梁山土圍。槍砲、矢石驟雨般往上飛打，勢不可禦，眼見梁山人馬支持不得了。且慢，二字接得奇極。那邊梁山作些甚麼事情，也須得交代明白。

且說林冲見高俅入城，便同魯達、張順、阮小七、呂方、郭盛、陳達、龔旺，將蒙陰城團團圍住，遙接。一面差人飛速報知大營。宋江、吳用皆喜，忙來城邊看視。吳用笑道：「高俅入城，甕中捉鱉矣。眾兄弟協力攻圍，不怕那廝插翅飛去。」林冲大喜。獨言林冲喜者，志高俅也，却好反振下文。眾人正在四面攻圍，忽報召家村衝突甚急，召家村利害。忽報一。武松獨力難支。召忻、高梁力量甚大。吳用忙教呂方、郭盛去帮助武松，又吩咐武松緊緊自守。以武松之海量，而欲其自守，大是難事。令方發，忽報官兵分兩大隊殺來，正是何有勇、石少謀二總管，孫靜犄角兵畧點。忽報二。宋江、吳用慌忙設計迎敵。吳用差人飛速到山寨裏，教盧俊義添派兵將前來。添兵插入于此，最便。這里魯達、阮小七與石、何二總管輪戰，互有勝負，直到第七日方纔殺敗官兵。七日所以表孫靜也。然只虛寫架過，妙。眾人方纔築土闉，盡力攻城。攻到三日，三日所以表程子明也。忽報秦明領敗殘人馬逃回，忽報三。乃是被馬陘鎮風會縱火殺敗，天彪扼繞雲山之兵，亦用虛寫。秦明身受火傷，又是一個受傷。霹靂火被火傷，妙。宋江、吳用一齊大驚。驚猶未了，四字妙。忽報有馬陘鎮官兵繞道前來。雲龍之兵也近，則不必註明。忽報四。宋江道：「這便怎麼？」只見林冲道：「此城棄之可惜。就是這高賊，平白放走了他，也不甘心。林冲有林冲之心事，妙。那官兵新來未定，小弟願領兵先去廝殺一陣，如果勝他不得，再定行止。」是林冲聲口。宋江、吳用都道：「也可使得。」林冲領令前去。林冲雖然對付得雲龍，只是手下兵將屢戰疲乏，抵當不得雲龍的生力軍。註得明白雪亮。殺了一陣，不分勝負，收兵回闉。次日，林冲正待出戰，忽報猿臂寨兵馬亦到，忽報五。無數情節以五忽報打疊之，妙。弄得宋江、吳用不知頭路，如在夢中，猿臂之兵，實宋江、吳用夢想所不到也。都道：「怎的，怎的，陳希真這般舉動？真是怪事！真是怪事，亦是奇文。他難道和高俅沒仇隙？」筆筆跳脫。吳用道：「且看他的來意。」希真來意，真是難猜，帮高俅耶，帮梁山耶，帮天彪耶，無一可解者，此吳用之所以不解也。總而言之，不從帮官家一面去猜，再也猜不通。宋江、吳用之忘官家久矣，如何猜得。正待發人探聽，忽見東南角上猿臂寨旌旗飛動，喊殺連天，陳希真領兵到來。前敘出師，希真與雲龍並敘，而此處獨出希真，賓主分明。林冲大怒，提矛上馬。那邊猿臂寨槍砲、矢石已到闉上。陡然拍合。林冲急切衝殺不出，闉上死命抵禦。希真攻了兩個時辰，賊兵死傷無數；那東邊亦被雲龍攻打得十分危急，雲龍畧帶，好。賊兵漸漸難支。行文至此，山窮水盡矣，且看他下文轉法。那希真、雲龍都指望城內官兵殺出來，梁山土闉可以立破，（先一頓。）誰知那高俅緊關城門，抵死不肯出來。（奇筆，出人意表。）你道這是何故？原來高俅自從被圍之後，只仗程子明督兵堵禦，三位總管協同扶助，日日盼望救兵。（偏是盼望救兵。乃今日遇救兵而不出，何也？）這一日聞得城外喊殺，高俅大喜，忙登南門看時，偏偏先見了猿臂寨的旗號。（奇情異想，只道來自天外，誰知就在目前。）高俅問符立道：「猿臂寨是那一處該管的？」符立叫苦道：「又是一路賊兵來也。」（活畫庸將膽薄。）這猿臂寨的頭領便叫做陳希真，好生了得。」（符立只怕他了得，活是庸將。）高俅一聽「陳希真」三字，把魂靈嚇出三千里外，（句。）半響收不轉來。（奇語。希真無因而至，梁山疑之，高俅疑之，真是絕倒。）程子明請開城出戰，（是程子明。）高俅急忙搖手叫住，躲入城下。（絕倒。）就聞得馬陘鎮兵到，亦疑畏不敢出來了。（畏猿臂而兼疑馬陘，真絕倒。馬陘、猿臂兩路攻圍，高俅若領兵殺出，梁山雖銅牆鐵壁，亦當不住矣，何以能大戰乎！作者妙借猿臂旗號生情，使高俅疑畏不敢出來，而後梁山可以大戰，真異想天開也。）那宋江、吳用兀自心虛膽怯，深恐腹背受敵，將心先亂，士氣自然不固。（兵家要言。）那希真、雲龍見圍上紛亂，攻打愈急。正在危急存亡之際，忽見正西上砲聲響亮，旗號飛揚，乃是梁山上新調的人馬遠遠來也。（筆力馳驟有勢。）希真見了，一面去報知雲龍，一面忙約人馬且退。（寫希真。頗有讀者至此，疑希真畏郤者。希真所以妙也。）林冲早已驟馬挺矛而出，希真舉矛迎住。林冲道：「陳將軍且慢。將軍此次來替高俅出力，甚不犯着。」（語亦明亮。）希真大喝道：「蒙陰乃天子疆土，（直用天彪之言。）豈容賊子蹂躪！」（語如霹靂驚人，妙在不為替高俅出力一句分剖。）林冲大怒，舉矛直刺，兩馬盤旋，兩矛並舉，戰到二十餘合，希真逼住矛道：「林將軍且慢，（對鎖小章法。）希真有實言奉告。希真為想受招安，（妙妙，惡惡，直刺宋江之心。）不得不傷動眾位好漢。（前次屢戰情由，悉吐于此句，固不專指今日之戰也。）為我回報宋公明，如此方是受招安的真正法門！」（妙極，惡極，暢極，快極。然則宋公明之攻城掠邑，萬不得妄稱為受招安之法也。喚醒夢夢者。）說罷勒馬回兵，林冲追上一段。（離圍已遠也。）那梁山上黃信、燕順領着八千人馬，望見前面厮殺，便催動人馬，旋風也似的殺到面前，（讀者只知寫梁山聲勢，而不知早已寫希真勝算也。仲華之筆奇妙至此。）希真早已退歸本寨。（希真妙算。）黃信、燕順會着林冲，便議攻寨。林冲道：「二位將軍且休鹵莽，陳希真那厮詭計多端，攻寨必中其計，（林冲只知攻寨中計，而不知希真之計並不在此。）且與軍師商議定奪。」二人聽了，便約了人馬，緩緩歸圍。（緩緩，妙。）方纔望見圍門，（望見，妙。言離圍尚遠也，方知林冲追上一段，句法細。）只聽得猿臂寨號砲響亮，林冲等急回頭，只見希真一馬當先，左有真祥麟，右有王天霸，領着一行人馬掩殺過來。（前退得奇，此進得奇，極寫希真。）個個都是養足氣力，未曾厮殺的兵馬，（先註明一句。）一聲吶喊，一齊掩上，亂搶衝殺。（十二字，聲勢百倍。）林冲、黃信、燕順大怒，亂軍中（加三字，非常聲采。）林冲敵住陳希真，黃信敵住真祥麟，燕順敵住王天霸，六人六馬，六般兵器攪做一團。四面喊聲振地，（每寫戰，必令紙上天崩地裂，是史公得意之筆。）殺氣影中，將鬭將，兵鬭兵，（十字非常聲色。）但見兩枝矛如飛虹驚電，驰驟於刀鎗劍戟叢中。（措詞異樣精彩。先寫希真、林冲者，希真、林冲皆主也。）梁山兵隊已紛紛搖動，（一面寫將，便一面夾寫兵，筆力之大，無以復加。）猿臂兵個個奮勇，大呼馳突，所向無敵。（再寫兵一句，精神酣足。）只見王天霸筆撾打處，燕順的樸刀頭早已折落，燕順心慌，取腰刀抵敵。黃信喪門劍被真祥麟的鎗逼得風旋雲轉。（寫將先寫各副將。）林冲見自己的兒郎們，（寫副將後，方寫主將，却又夾寫兵在內。）兀自厮殺不得，（不知何故，厮殺不得，且不明言。）無心戀戰，爭奈和希真兩矛盤住，不得脫身。（寫將。）但見梁山兵早已殺得屍橫遍野，（又寫兵。）黃信、燕順知不是頭，便偷個空抽身回馬而走。（又寫將。）林冲將矛向外一吐，順勢壓住希真矛頭，急忙帶轉馬頭，拖矛待走，（寫林冲之敗，亦異樣精彩。）希真矛起，早已點着林冲腰兜。（險極。）林冲急閃，驟馬加鞭而走。希真催軍前追，一陣痛殺，那賊兵只恨爹娘生得腿短。（奇語。）

看官，這是那賊兵自己錯怪了，（奇極。）須得替他剖明原委。（奇極、怪極之筆。希真妙算，順從賊兵一邊寫奇矣，却又是從趣語遞落，真是出奇無窮。）原來那些賊兵跟了黃信、燕順望見厮殺，飛驟前來，本已走得百脈沸張，三焦喘滿。那時希真若迎住厮殺，則賊兵仗着一鼓奔馳銳氣，倒也無能抵敵。（妙，妙。自來稗官見不及此。）誰知希真早已料透，急忙避去，（妙。）待他在前緩走時，心安神閒，銳氣頓減，却將本寨未經厮殺的銳兵，調向前部，乘勢追殺，是以大勝。（妙，妙。）兵法曰：（三字更接得奇。）「避其朝銳，擊其暮歸。」朝暮者，非時日之朝暮也，希真深知其意矣。（忽跳身書外評論兵法，即此一端，可見仲華韜畧滿腹。）當下希真大隊掩殺，賊兵走竄無路，前面闉門緊閉，賊兵急切叩闉不得入。（奇奇妙妙，而不知其中又藏奇妙。）希真縱兵掩殺，賊兵半個不留，（筆力恣肆彌滿。）只剩得林、黃、燕三人繞闉落荒而走。（筆力恣肆彌滿。）希真便乘銳攻闉，只見闉門厮閉，絕無動靜。前面雲梯兵報稱：闉內已虛無人矣。（寫吳用也。）那雲龍（忽接雲龍。）正在東首攻闉，忽得希真飛報，教其切勿退避。（希真報雲龍語，此處補出。有此一句，則知寫雲龍即所以寫希真也。作文賓主之法，可不亟講哉！）雲龍督兵前攻，愈加緊急，忽見闉上槍砲頓歇，只是裏面鼓角怒號，（極寫吳用。）雲龍大疑。半響，胡瓊怒極，親身縱上闉門，（寫胡瓊。）只見懸羊擊鼓，皮囊吹角，賊兵早已遁逃。（極寫吳用。）雲龍遂驅兵進闉。進得闉時，恰與希真會着，（兩峯齊落。）忽聽得闉外人喊馬嘶，（奇波又起。）希真、雲龍登闉看時，（諸將皆從壁上觀。頗有人于登闉之上，無端加一「忙」字，此大悞也。此路兵馬，讀者苟非健忘，亦當記得，何至希真、雲龍反出自意外哉。）只見無數賊兵棄甲抛戈，沒命逃來，（先見賊兵逃。）隨後一員女將手撚一枝梨花鎗，攪入賊兵隊中，撞人仰腹，撞馬翻蹄。（後見姑娘追。八字聲勢，辟易萬人。）原來麗卿這枝兵馬從雲龍營後掩殺過去，不惟吳用不及料，即武松亦不及防。（寫希真妙算。）當時武松被麗卿背後掩來，召忻、高粱奮勇前殺，如何抵敵得住，自然紛紛敗走。（註明。）那召村義勇隨着麗卿大隊殺來。（順勢帶出召村。）賊兵見闉上編插馬陘、猿臂旗號，（百忙中，又照應闉上一筆。）大吃一驚，情知進不得闉，急得走投無路。那李成又引兵出寨，當前截住。（百忙中又表李成一筆。）麗卿只顧領兵驅殺，希真忙在闉上叫道：「卿兒住手！」（寫希真機警。）麗卿那里肯歇。（寫麗卿高興。）果然惱得武松轉身來狠鬭麗卿。（留武松身分好。）雲龍忙叫道：「李將軍住手！（對鎖小章法。）待他過去，追殺未遲！」（所謂半涉，而後可擊也。）李成忙將陣勢一字擺開，放得賊兵過去。（寫李成。）麗卿、李成、召忻、高粱合兵一處，追殺一陣，斬獲無數，總束一句，筆大如椽。一同上闉厮會。雲龍讚麗卿道：「姐姐真神勇無敵也。」果然能打打虎的人。獨讚麗卿者，麗卿亦主也。雲龍見麗卿上陣，此是第一次，故有此讚，並非浪筆。麗卿道：「我捉得一員賊將，不知是誰，此句突然而來。是個標緻少年。知是標緻少年。此刻我已交付尉遲大娘綑縛解來了。」希真大喜，召忻、高梁都佩服道：「久聞姑娘威名，今日方纔親見。」一語省却無數。馬陘大小將弁，也無不佩服。獨將麗卿出力寫者，寫麗卿即以寫希真也。賓主分明。

當時馬陘、猿臂、召村三路人馬，會同一處，總束一筆。齊向縣城進發。只見縣城兀是緊閉，城牆上有些兵丁探望。好笑。雲龍一馬當先，高叫道：「請太尉開城，賊兵已殺退了半響！」那高俅方纔上城俯看，好笑。問雲龍道：「小將軍貴姓？」雲龍答道：「小將乃青州馬陘鎮總管雲天彪之子雲龍是也。」高俅道：「為何有猿臂寨賊兵同來？」好笑。惱得麗卿大叫道：絕倒。「你這老賊顛倒，不識好人！罵得不錯。我父女好生出死力來救你，你顛倒罵我！」絕倒。希真連聲喝住。絕倒。雲龍道：「這陳義士輕輕先與他一個勅封，尤妙在于東京辟邪巷事，若弗聞也者。實來協同勦賊，保護憲駕的。」妙。高俅滿面羞慚，絕倒。備問其故。雲龍道：「父親得石、何二總管信，知太尉被困，父親因境內賊氛未平，未敢擅離職守，特着小將前來。奈賊勢猖獗異常，小將正在難支，自己功勞絕不提起，實好雲龍。幸這陳義士父女奮身前來，方纔集事。」竟不說自己信，致令功勞獨歸希真，真好雲龍。高俅聽了，看着希真道：「道子仁兄，不料你是我救命的大恩人。」我讀至此，不笑高俅之庸，而怪希真、雲龍之刻。有劉姓者，家財億萬計。有一人欺負其財千金，家人怒而欲訟之，劉止之。居無何，而負心者潦倒不堪，劉熟視若無睹焉。又未幾而負心者死，無以為歛，劉乃以其壽木與之，負心者之妻子若崩，厥角稽首，而一鄉競稱盛德焉。附識于此。聲淚俱下，傳令開城。八字聯讀，妙。自有傳令以來，未有如此之衰颯者也。雲龍先入，希真對麗卿道：「你怎地性急！高俅這副嘴臉，可想還見得官家哩，妙，妙，刻薄。你也落得看破他些。」妙，妙，刻薄。補此一段，不惟免得麗卿入城時，許多唐突高俅處，更見希真本意，亦不願走高俅門路，為投誠地步也。麗卿笑而點頭，一同入城。召忻、高梁也隨了進去。當時雲龍、希真等都叅拜了高俅。高俅被圍將及一月，視這城如囚籠，恨不得早走，（絕倒。）便命程子明領兵護送出城，雲龍、希真等相送。高俅對希真道：「難得仁兄垂救，小弟此回定在官家前保舉吾兄。」希真稱謝，心中暗笑。（刻薄。）高俅得了性命，連兒子之仇、林冲之根，都記不起，（形容得惡。）歡歡喜喜的去了。雲龍賀希真道：「老伯此來有功王家，從此建功立業，廊廟顯揚，可預賀也。」（雲龍口中亦不提高俅，可知高俅不足為輕重。）希真謝道：「全仗賢喬梓鼎力周旋。」正說間，只見尉遲大娘縛了那員麗卿捡來的賊將獻上。雲龍便交與縣官推問，（細。）方知便是假扮武妓刺殺天使的郭盛。（妙，妙。宋江遣郭盛刺天使，而不受招安之情，顯希真得郭盛解都省而可受招安之地。立宋江使郭盛冒麗卿，希真即用麗卿捡郭盛，宋江方欲捡麗卿以為分辨，希真早已捡郭盛以備投誠，妙不可言。）雲龍大喜道：「卿姐捡的，原來就是這人，真是天賜其便也。（妙，妙。）待小姪禀知家君，將這賊解赴都省，為老伯敘功。」（妙，妙。）希真人喜拜謝。馬陘、猿臂、召村二處將官，在縣署內大宴三日。雲龍辭希真道：「家君盼望已久，小姪先解賊前去也。」便將郭盛釘入囚車，親身同李成、胡瓊押解，提本部人馬起身回馬陘鎮去。希真父女及眾將，與召村英雄并縣中文武官吏，都親送出城，希真又說了許多感激語，灑淚而別。（特與宋江送侯發相犯，而孰真孰假，自有能辨之者。收馬陘兵。）眾人轉來，希真亦提本部兵馬起身，對召忻道：「此地須防賊兵再來滋擾，全仗賢梁孟❹保障。」（希真之盡心王室如此，彼開口招安，閉口招安者，何絕不聞此言？不向胡圖、符立叮囑，此老真目光如電。）召忻領諾。（伏後篇。）高梁請麗卿到山村一敘，麗卿欣然願往。（餘韻繞梁。）希真道：「高梁嫂情不可却，卿兒且去一敘，我在前面承恩山屯札等你。」麗卿大喜。當時猿臂、召村兩處人馬，辭了縣官出城。那胡圖、符立依舊放寬了心，照常

❹ 梁孟：東漢人梁鴻和妻子孟光相敬相愛。相傳其妻荊釵布裙，每食必舉案齊眉。以後即以此泛指夫妻相敬之意。此指對夫婦的美稱。

辦事。（絕倒，早已逗動後文。收蒙陰。）希真、真祥麟、王天霸帶領人馬，前赴承恩山去。

麗卿領紅旗女郎，同召忻、高梁到了召家村，史谷恭率眾來迎，各賀勝敵之喜。麗卿看那召家村，（召家村形勢，此處補敘。）後靠稽山，前臨鏡水，連雲浮白，遍野堆黃。（切召村，又切秋景，妙句。）壇壝重重，連緜不斷。每壇兩面大防牌，每牌用木刻長人執持，狀類西羌❺人模樣，用松木支架。下面五隻天狗、八枝胡笳。（奇妙。）高梁對麗卿道：「這就是史先生的元妙神機。」（自註一筆，妙。）麗卿不解。（絕倒。）只見前面一帶碉樓，十分堅固。高梁引麗卿進了莊門，又進了內莊，原來內莊也有碉樓雉堞❻。（伏百四回事。）召忻和史谷恭在外莊發放人馬。（先按召忻、史谷恭一筆。）高梁邀麗卿到了召府，進了還醇堂，（堂名好。）到清香亭，（亭名好。）早有眾女眷出來競問道：「這位姑娘那里來的？」（紙上如聞燕語鶯歌。）高梁說了底裏，諸女眷各各駭異道：「呀，原來就是女飛衛！」（有此一句，則知召村之慕名已久，而下文不信固非真不信也。）各道了萬福，把麗卿圍在中間，拖袖攜手，細細的看了一回，（並無粉紅黛綠字樣，而紙上活現一美人，真是白描高手。）都道：「不信這位斯文姑娘，（妙稱。）連那打虎的武松都上他手不得！」（真是奇事。聲口宛然。）麗卿笑道：「你們不信，待下回奴家再做遭與你們看。」（妙，無意中逗起下文。）諸女都哈哈的笑。（于屍橫血濺之後，忽作香致之調，令讀者耳目一新。）遜坐畢，（可見以上都是立着說。）高梁與麗卿敘話，麗卿方知諸女眷都有些武藝。（妙，妙。）高梁道：「日前陣上瞻仰威風，實為欽佩。就是貴部下眾女郎，也驍勇非常，（紅旗女郎驍勇，此處補出。）想見女將軍訓練有方。」麗卿道：「這算什麼。（麗卿謙讓處無非天籟。）賢嫂身邊四員女將，倒也了得。」（譽人處亦是天籟。）高梁道：「這四個丫環，奴家平時也教他武藝，（賣弄。）只好在家裏頑耍頑耍，上陣時亦當不得正用。」麗卿稱

❺ 西羌：古族名，主要分布在今甘肅、青海、四川一帶。西夏政權即其党項羌所建立。

❻ 雉堞：城上排列如齒狀的矮牆，以作防禦之用。

讚不已，高梁道：「女將軍既是賞識他，願以奉贈。」麗卿道：「使不得，賢嫂須寂寞了。」高梁道：「不妨，家中還有香雪丫頭隨身伏侍，并且還有一個女兒陪伴。」（索性再說兩個，筆有餘妍。）麗卿便稱謝了。（直爽。）高梁便叫桂花、薄荷、佛手、玫瑰一齊進來，拜見了麗卿，麗卿大喜。高梁治筵相待，麗卿在眾位女英雄中盤桓了一日。次日，麗卿恐父親等久，便辭了高梁諸女眷，并辭了召忻，都道聲「深擾」。高梁送出莊門，麗卿帶了紅旗女郎并四個丫環，告辭而別。這里召忻、高梁依舊訓練人馬，備敵梁山。（寫得精神百倍。收召村。）那麗卿領眾便一直到承恩山，會着希真，一同回到山寨。眾英雄聞知救了蒙陰，捦了郭盛，無不大喜，（帶表眾英雄。）都隨了希真，詣萬歲亭舞蹈畢，各歸職守，靜候恩光。（寫得踴躍鼓舞。）按下慢表。

且說宋江、吳用棄了土圍，直奔到鬬花林，見林冲、黃信、燕順、武松、呂方陸續敗回，并知郭盛被捦，宋江放聲大哭，怒氣沖天（八字聯書，妙。）道：「陳希真，我和你前生無冤，今生無仇，怎麼沒事處來尋我的事！」（希真此來，實出意料之外，怪不得宋江恨。）林冲亦忿極道：「你這賊道，難道和高俅無仇，今日却特地來賣人情！」（林冲又自有林冲之恨。）眾頭領無不大怒。吳用道：「我等兵馬且休退遠，待他們去後，再去襲取蒙陰。然後踏平召家村，剪除馬陘鎮，掃滅猿臂寨。」（一口氣說，亦氣極之語。）宋江道：「軍師之言極是，（「極是」二字，怒容可掬。）且着人去探聽郭盛下落。」數日，（休退也，數日也，皆留曹州地步也。）探人來報：「郭頭領已被解赴馬陘鎮去了。」宋江大驚，（此驚非小。）對吳用道：「那廝敢道真要去受招安？」（「敢道真要」四字，妙。己之不真要可知，事急而情露矣。）吳用縐眉不語。宋江便走近吳用前，付耳道：（摹神之筆。）「這事便怎處？」吳用沉思半響，便附宋江耳邊道：（摹神之筆。）「且教戴院長去託蔡老阻擋。（還是這著勝算，取之不盡，用之不竭。）如果阻不得，再想別法。」正在商量，忽接到董平差人飛報：曹州被官兵圍困甚急。（片帆飛渡。）宋江大驚道：

「莫非高俅回去，順便去滋擾曹州？」（此猜亦在意中。）吳用道：「且着來差進來，問明便知。」來差進來，稟稱道：「官兵打得山東鎮撫將軍旗號。」（奇。）宋江道：「鎮撫將軍便是張繼。（是的。）那廝懶而無勇，焉能有謀，（不錯。）怎麼董平兄弟對付他不得？」（煞是可怪。）吳用道：「既然董平危急，我等且暫放下蒙陰，（撇上。）速去救援。」（遞下。）說罷，拔寨起身。看官，若說張繼能敗得董平，不特宋江不信，即看官亦不信，（妙妙，）并說書的亦不信。（更妙。）務要打聽明白，再等下回交代。（如此收束，妙不可言。）

范金門曰：陳希真初次出師，便是救蒙陰，具見堂堂正正。當中夾寫雲龍，益以見會合官兵，題目正大。惜矣哉！高俅倘能先公後私，竟攻曹州府，借助于雲天彪，天彪今希真輔之以伐宋江，不但地可復，仇可報，而梁山亦因之震動矣。筆筆寫來，皆能使人重希真、惡高俅，不以私意褒貶，而公道自昭於天下。

先捺入林冲、魯達、武松，而後輿馬陘、猿臂之師，前不突，後不竭，銖兩相稱。

第一百二回　金成英議復曹府　韋揚隱力破董平

却說那攻曹州的官兵，雖然打着鎮撫將軍旗號，却不是張繼親身到場。（四字絕倒。）若務要問他統兵的主將，就是前回中戴全、張魁口中所稱及，梁橫心中所欽佩的武解元金成英。（大書特書。九十六回以來，一提成英，再提成英，三提成英，竟似濟水伏流至此，始遇趵突泉。）原來金成英是曹州人氏，生得劍眉虎口，七尺以上身材，兩臂有千斤之力。家中有五六千金的財帛，最愛交遊，慷慨好施，排難解紛。（寫來又與三十六人之中另樹一幟，却斷斷不是柴進，不是晁蓋。）且畧舉他一件故事：那年赴濟南府應武鄉試，作寓于南門大街悅來客寓。（造名確肖。）那寓主人年紀五旬有餘，也是一身好武藝，（寫主人武藝，正所以極寫成英武藝也。吾故曰作文不知襯法，如死人毫無靈氣。）見了成英十分欽仰；成英看那主人堂堂一貌也甚佩服，當下談說，情投意洽，便締盟好。（寫成英易交如此，而絕交于戴全，深表其不與戴全之甚也，不與于戴全則亦不與于梁山矣。）當鄉試士子雲集之時，各處趕集之人也紛紛而至，說不盡那走索的，跑解的❶，使鎗棒賣藥的。（穿珠婆亦作一襯。）就中單表一種穿珠婆❷，係天津一路來的，手下有三十六門解數，無人敢惹他。（寫穿珠婆，亦以襯成英也。）一日，那寓主人在門首遇着兩個穿珠婆，因點些小之事，一句兩句爭鬧起來。（起衅原由，含糊得妙。）那穿珠婆出言無狀，（有此一句，早已罪坐穿珠婆矣，為賀太平判案作地。）主人大怒，即便廝打。鬪不數合，吃那穿珠婆一脚飛起，跌

---

❶ 跑解的：以做馬術表演賺錢謀生的藝人。亦作「跑解馬」、「跑馬解」。

❷ 穿珠婆：以在刺繡上穿珠作飾物為生的女工。

中心窩，（寫穿珠婆利害。）原來那穿珠婆的鞋，係生鐵襯底，（忙中又敘一筆，分外顯出利害。）主人當不住，仰天就倒。（極寫穿珠婆利害。）那大街上無數來往行人，都立住了腳，不敢攏來。（夾寫來往行人，亦襯成英。）那金成英在房內聞知此事，大怒，飛身出來，輪開五指便去抓那穿珠婆。（筆勢駭疾。）不隄防吃那穿珠婆順勢用兩指額上一點，成英也險些一個蹡踵。（寫成英尚有一頓跌。）說時遲，那時快，成英方凝定了腳，那穿珠婆一腳，又飛到成英面前。（險急。）成英急閃，便趁勢右臂龍探爪一捲，夾定那穿珠婆左腳往後一拖，（非常家數，異樣精彩。）賣進左腳踏住那穿珠婆的右腿，穿珠婆仰面就倒。（非常家數，異樣精彩。）不防背後又有一個穿珠婆一腳飛來，（駭極險極，筆勢如電光霍霍。）成英忙使個蟒翻身，（龍探爪，蟒翻身，妙對。）舒出左臂，順勢抓住。（非常家數，異樣精彩。）兩邊也都看得呆了。（夾寫兩邊人神采，凜凜生動。）那主人已掙札起，抖擻精神，來助成英。（寫主人不弱，極襯成英。）那寓中一羣武生，初時未敢打頭陣，到此也狼虎般大吼齊來。（寫寓中人不弱，極襯成英。）只見成英右手把那一個穿珠婆的腳儘力一撕，已變成兩爿；（異樣精彩。）左手把這一個穿珠婆的腳往外一摜，這一個只算僥倖，得個半死。（異樣精彩。散起忽作整收章法，極妙。）看的人一齊喝采，震動了大千世界。（紙上岌岌震動，精光四射。）穿珠婆的餘黨看見成英了得，又見他有無數帮手出來，（畧帶主人與眾武生，最好。）叫苦不迭，都紛紛逃散了。（收得乾淨。）成英便教喚里正來，將那一個跌壞的綁了送去報官，同眾武生并店主進寓。那店主口裏不住的吐出紫血，成英甚為着急。（寫成英交情如此。）不數日主人死了，成英痛哭不已。（寫成英交情如此，而獨絕交于戴全，然後知戴全之不足取也。梁山之收戴全，其與成英度量相越遠矣。）

那歷城縣知縣，將金成英毆殺穿珠婆的文案，詳上都省。檢討使賀太平（忽提起賀太平。）看了案由，驚異道：「此人有如此神力，若使為將，怕不是朝廷柱石。」（一語表賀太平愛賢重才。）便提筆判道：「穿珠婆率眾滋事，毆傷寓主致死，律應斬決。今已死，毋庸議。餘黨着驅逐出境。并原交里正受傷未死之穿珠婆，旬日亦愈，一併驅逐。金成英于寓主有同患之誼，因情急，格殺拒捕匪徒，可勿論。」判得好，極表賀太平。那成英就是這場中了武解元。賀太平極愛他，收為得意門生。成英大喜，便拜賀太平為老師。如此結交賀太平，寫君子之交正大光明，與江湖結納相去遠矣。賀太平贈金成英寶刀一口，名馬一匹，極表賀太平愛賢重才。成英大喜拜謝。順插賀、金二人交情，為後文作緣起。捷報回家，諸友親賀喜，設筵會客，豎旗上匾，一場鬧熱，自不必說。

過了數月，正值蓋天錫去任，高世德接任之時，提掇舊事，最清眉目。成英猛然記念賀檢討，便挈眷赴濟南府。家人都不解其故，只得跟隨同行。奇。一路上曉行夜宿，一日行到濟寧州南城驛。其時正是巳牌，成英忽命停車覓寓。車夫道：「日子早得緊哩，前面平坦道路宿頭不少，何必此處早歇？」成英道：「你只管依我。」當下將家眷、行李安寄客寓，造飯畢，只見成英身佩寶刀，步出街頭，讀者至此，見提綱有韋揚隱，無不以為此出必遇韋揚隱也。各處遊玩。至晚無事而歸。奇。娘子問道：「官人今日出去，端的為着甚事？」讀者亦急于要問矣。成英道：「我上省赴試時，來回於此地兩次，遇見一魁偉異人。令讀者眼光一耀。初次我不以為意，入情入理。第二次我看他兀是英氣逼人，誰也？成英眼力，此人神彩，齊現紙上。擬欲前去一訪，却因與寓主算賬，俄延片刻，與他錯過了。然則究竟是誰，金門悶殺。今日各處訪尋，杳無踪跡，只好罷休。」索性擱起。人生不相見，動如參與商。可嘆！當晚安歇寓中。次日起行，經過濟寧城北一帶桑林，忽見前面一簇大漢，又是一個大漢。生得虎頭環眼，八尺身材，騎着點子大馬，伴當掮着一口潑風大斫刀，成英在後面遠遠望見。此句交代得清。那大漢兀自眼不落放看他的行李、箱籠，奇也，却是何故？成英大疑。安得不疑。只見那大漢忽問脚夫道：「你這行李是那位客人的？」脚夫道：「是新科武解元金相公的。」大漢道：「金相公在那里？」脚夫道：「後面便是。」那大漢便拍馬直到成英面前，滾鞍下馬，撲翻虎軀便拜突兀而來。道：

「久慕吾兄盛名，不意今日得遇于此，實為深幸。」成英慌忙下馬荅拜道：「好漢高姓大名？貴籍何處？緣何聞知賤名？」大漢道：「小可姓李，雙名宗湯，長沙縣人也。（忽來一位英雄。）江湖上久傳吾兄盛名，（「江湖上」，三字妙。）小可有緣相遇，請前面楊枹山中一敘。」（「山中」二字，妙。故意作此疑筆。）成英又疑，便辭道：「深蒙頭領錯愛，但小弟此行赴濟南而後，擬即上京會試，（順帶會試，二字不漏。）試期將近，王事為重，（四字覺得大義凜然。）不敢逗留也。」那李宗湯聽見叫他頭領，便呵呵大笑道：「吾兄何輕量天下士！（又是一樣聲口。）天下大矣，俊雄豪傑豈盡無良，何至人人視官家如仇讎，人人盡欲搜羅材能，以為抗命之地哉？（語如龍吟虎嘯。）彼挺而走險，據山聚眾，拒捕抗官者，皆庸奴之所為也。（罵殺梁山。）吾兄何輕量天下士！」（找一句，語氣酣足。）成英大笑，深深謝過，便問道：「足下往楊枹山何事？」李宗湯道：「山中有於潛主人隱居於此，是小弟的敝業師。小弟一身武藝，出自此師指撥者居多。（有此一句，則以後寫李宗湯即寫於潛矣，故下文不復敘於潛。）小弟此番特去訪謁，不意中途幸遇吾兄，因敝師亦慕吾兄盛名，故相邀同去一敘。」（方纔註明山中一敘之故。）成英大喜願往，便吩咐莊客將車仗行李在道旁等候。金、李二人並轡同行，李宗湯道：「方纔小弟見貴行李上標封，有『曹州金』字樣，就猜是足下。（方註明看行李箱籠之故。）但不識足下生長曹州，何故挈眷而去？」成英笑道：「敝地有一羣好漢，證盟結義，（指戴全諸人也。）當時弟亦在會。後知此輩非安分之人，（目光如炬。）漸與疎遠。（好男子。）怎奈此輩糾纏不已，弟待欲厲色拒絕，又恐太過。（真有學問之人，與魯達、武松輩之動輒拳頭從事者，相去遠矣。）當今新來知府（指高世德也。）糊塗昏昧，而此輩作奸犯科又勢所必至，（目光如炬。）弟深恐有意外之累，是以遠而避之。」（真好男子，特為一百八人之溷跡江湖，因而失足者，痛下砭針。）李宗湯大拜服道：「仁兄真是卓見，此輩速宜杜絕。（宋江所招致，恐後者諸君子方避之不遑也，豈不大相懸絕哉！）不然，不為官吏所陷害，必為盜賊所招致矣。」（梁山諸人速來洗耳恭聽。）成英連聲稱是。宗湯道：「仁兄見幾，固是高見，然亦何必挈眷同行？」當問。成英道：「小弟祖籍並非曹州，先君某公始徙于此，彼時便有更徙濟南之意，今弟適欲往濟南，是以同行。」可見成英料戴全等犯事，並不料及曹州失陷也。成英與戴全等絕交，及去曹州之故，至此方註明。說談間，已到了楊枹山，却遍訪於潛毫無踪跡，隨手收過好，却又是一隱君子，令人神往不忘。二人只得出來，仍到桑陰路旁。成英拱手道：「行色匆匆，未能多敘，此後李兄如有見教，可向檢討衙門一問，便知小弟住處。」李宗湯道：「定來奉候。弟此刻在東京金匱街玉函衕，仁兄進京會試時，可來一敘。更有弟之師弟姓韋名揚隱，亦在東京景岳街新方衕，兄如不棄，亦可共與暢敘也。」韋揚隱只輕輕一逗，妙。成英大喜。二人又立談許久，將別矣，又談許久，確是知己情形。方纔各自上馬，分路而別。李宗湯自回東京去了，這金成英依舊同了家眷、行李向濟南進發。

不數日，到了濟南，先覓了一所住房，安插了家眷，遂去謁見賀太平。賀太平聞金成英到來，大喜，延入內廳。敘禮畢，備問原委，當時留飲暢敘。自此成英住在濟南，每日進署請安，有時亦在衙中住宿。賀太平遂深知成英不特武藝高強，即韜畧亦復淵深。有此一筆，下文力薦一事，方不孟浪。忽一日，成英在署正與賀太平敘談，外面忽投報曹州失陷公文，入題疾。并報都監梁横陣亡。不及知府者，此回與知府無與也。原來梁横與成英至好，補點梁横交情。成英一聞此信，不覺潸然淚下。真是情深似海。自九十六回以來，伏筆至此，都交代明白。賀太平道：「梁山大盜如此猖狂，生靈塗炭，何時得了。先公憤。賢契挈眷而來，真是吉人天相，避開大難，倒也罷了。」後私慰。成英道：「只可惜喪失了梁都監一員虎將。」惜朋友，却是惜朝廷，少陵罵馬將軍詩曰：干戈未定失壯士，使我歎恨傷精魂。正同此情。賀太平亦歎惜不已，道：「想朝廷必有天兵征討，特未知勝負何如耳。」霜隼下晴臯。當下却不發言，盤馬彎弓故不發。退出衙署，歸到私宅，便喚過身邊體己心腹人道：「你到曹州去如此如此，替我探聽消息。」那人應了，便往曹州去了。等了一月方來回報，見去人探聽之細之確，而又容得宋江打正一村一段事也。成英一一聽了，且虛按一句。喜道：「取曹州易為力矣。」寫成英謀定而出師。正待獻策于賀公，忽聞天兵征討信息，成英且止。又一頓。及聞宋江全軍攻蒙陰，高俅亦全軍赴蒙陰，成英躍然而起道：「圖之此其時矣！」真寫得踴躍，皆前文頓跌之妙。遂進檢討署見賀太平道：「門生有恢復曹州之策，望老師採用。」賀太平道：「願聞。」成英道：「曹州有可乘之機五，請為老師陳之：曹州之保障，曹南山也，今賊不於曹南山屯兵鎮守，則曹南無犄角矣，可乘一也；應九十九回罷曹南屯兵語。此荀冠仙之功也。烽火營汛多不盡善，可乘二也；使吳用在，何至于此，此雲天彪之功也。聞守曹州者為董平，董平雖東平名將，然勇則有餘，而謀實不足，可乘三也；成英主見。而更有天假之便者，五條陳中加一紐，文氣便不板滯。宋江、吳用遠在蒙陰，呼應不及，可乘四也；迴思孫靜之言，不禁為高俅痛惜。曹州、濮州疆域毗連，而賊乃將守濮州之林冲亦調向蒙陰，則曹州孤而無援，可乘五也。吳用以林冲引高俅方自謂可以保曹州，而不知弄巧成拙也，豈不謬哉！有此五利，而不乘機進取，則曹州又未知何日復矣。」再逼拶一句。賀太平道：「賢契之見極是，但興兵調將其權在鎮撫衙門。賢契如果願往，待愚與鎮撫將軍商之。只有一事卻難，這鎮撫將軍張公，懦弱畏葸，應九十四回之言。恐其未必肯允賢契之議，將若之何？」又生一難。成英躊躕半響道：「倘張公肯委任於我，則門生願獨當一面，剿此狂賊，復我王土。語氣壯極。張公不出戶庭而收奇功，諒亦肯欣然允我矣。」妙，妙。賀太平笑道：「此法亦妙，我且為賢契引薦。然賢契身肩重任，大宜謹慎。」是老師口氣。成英敬諾。事出湊巧，適逢鎮撫將軍張繼拈香便路，拜會檢討。檢討迎接進內敘談，便提及曹州之事。賀太平道：「將軍享鎮撫之名，奏鷹揚❸之績，當此巨寇猖狂，逼臨屬下，將軍其何以處之？」妙，妙。劈面一刀，令其沒躲閃處。張繼呆了半響

❸ 鷹揚：名聲顯赫。

道：「小弟回去商量。」絕倒。軍務重情，豈有回去商量之理？蓋欲歸而謀諸婦也。賀太平道：「將軍職任封疆，分應興師征討。一句鉗定，妙。如須智勇之人，小弟有一人奉薦。」諺曰：捉定硬做，賀公真是妙人。張繼又不吞不吐。絕倒。賀太平便呌左右：「請金相公出來。」妙，妙。少頃，成英出見。賀太平道：「這是敝門生，上年武闈❹第一，現在弟處。因數月前上京，中途有采薪之憂，不遂禮闈❺之願，一句撇去會試。此刻極欲投軍，務望麾下錄用。」妙，妙。張繼實無出征之念，又無愛才之心，此時當不得賀公硬薦，只好隨口說道：「好極，貴門生便請到弟署來頑頑。」頑頑，絕倒。賀太平道：「甚好。」即着成英隨同張繼回去。妙妙，賀公真妙。

原來張繼是個世襲武職，勉強學了兩枝弓箭，因其世世三公，門多故舊，一路上狥情保舉，直做到這個分位。敘鎮撫將軍來歷，隱括得妙。若要就他身上數件本事，只有一枝洞簫，却是絕世無雙。于無本事中求本事，却求出一件絕世無雙的本事，妙。至于講武論兵，竟絲毫不懂，兼且性情懦弱，喜逸畏勞。前回畧表，此回詳細，一定之法。幸得夫人賈氏才智超羣，不但家務、內政一攬包收，即張繼在署演試兵將，惟仗簾內夫人照悉一切。升降進退，張繼全不調度，只聽夫人屏後註冊，照依賞罰。亦是前回畧表，此回詳細。所以軍中大小將弁，倒替他取了個混號，叫做「公道將軍」。妙妙，夫以妻榮。那日張繼帶了金成英回署，吩咐外書房安置成英。張繼進了內署，夫人接談，張繼便道：「夫人，數月前我接到曹州失陷的公文，我原想這件事不必招攬，不必招攬，妙。朝廷發兵，必然另選大將，勝負與我何干。妙在連勝亦無干，不惟避禍而且並不貪功，將軍真恬淡靜退者矣。今日我去拜檢討賀公，賀公倒勸我發兵。「倒」字妙。賀公可謂不識時務矣。我想高太尉堂堂二十萬

❹ 武闈：武狀元的考試。闈，音ㄨㄟˊ，試院。

❺ 禮闈：古代由禮部主持的會試。

天兵，尚且不取曹州，我去做甚？不意高太尉猶有人高視之者。賀老之言，未免多事。將軍以討賊為多事，天下無有事之人矣。而且硬薦一個武舉，說他可以出征。我害于同官情面，邀了回來，其實真正無用。」懶惰人口角，如畫。夫人聽說道：「將軍差矣，檢討之言是也。張繼又吃一驚。強盜逼近而來，目無王法，將軍節制全省，豈可疎虞？檢討勸征薦士，皆是公心，將軍怎好不聽？」語氣嚴肅明厲，與劉慧娘另是一家。張繼道：「夫人，我實在不高興去。」不高興，妙。夫人道：「將軍不必親征，既是檢討有勇士薦來，不妨委之以重任，另外再點幾員強將，派撥本營兵馬，一面起兵，一面申奏，豈不名實兩全？」既保將軍性命，而又申國家威武，即此一端，便見夫人才智絕人。張繼聽說自己可以不去，又得出征之名，倒也高興起來，絕倒。便道：「夫人，你看該發幾名兵？」寫張繼處無不令人絕倒。夫人道：「發兵容易，只是那勇士姓甚名誰，想賀公推薦的定必不錯，將軍何不邀他進花廳來敘談，待我在屏後看他舉止議論，便知可用。」用兵先選將，夫人真有將將之才。張繼便出廳吩咐左右：「請金解元進來。」成英進見，張繼遜坐。敘茶訖，張繼問起曹州攻取之法，成英反覆議論，滔滔不絕，口若懸河。虛寫，妙。張繼一毫不懂，連聲稱是而已。絕倒。張繼進內，只見夫人笑賀道：「恭喜將軍，此番出師必然大勝，可以上邀帝眷，下得民心。」寫夫人知人。張繼道：「夫人何以見得？」夫人道：「吾觀金解元威而文，恭而有禮，其智其勇，當不在雲天彪之下，插入雲天彪，奇極。以此取一曹州，正如探囊取物耳，此所以為將軍賀也。」夫人識力成英，聲采兩面都到。張繼大喜，便傳令五日內辦齊衣甲、餱糧，演武場伺候點兵派將。到了這日，難得張繼竟起了一個大早，拖拖栖栖打扮些威武行頭，涉筆成趣。金成英騎馬同往。到了教場，各將跪接，三軍吶一聲喊，三聲號砲，鼓角齊鳴，張繼升座。偏要形容一番。操演已畢，張繼出令，點起一員都監，二員防禦，十餘員大小將弁，八千名營兵，給金成英遊擊將軍職銜，帶領人馬往曹州征剿，三軍同聲答應。只見金成英頭戴束髮紫金冠，鳳翅閃雲盔，週身黃金連環鎖子甲，跨下追風鐵連環大名馬，便是賀老師所贈的；（順手註一筆。）手提乾紅西纓鑌鐵龍舌鎗，捧了令箭、兵符，辭了張繼。三聲砲響，旌旗浩蕩，出了南門。（悅來寓中人應當屬目。）賀太平親來送行，成英對賀太平道：「門生此去，擬七日內即取曹州。（好氣壯。）但兵家事難預料，倘或尚需時日，所有軍中粮米，尚煩老師催解。」（第一要着。）賀太平道：「賢契放心，此事在老夫一人身上。賢契努力，老夫恭候捷音。」說罷辭別。

金成英提了人馬，星夜前行，不日到了曹州，直抵北門下，（亦是北門，為梁橫吐氣。）只見城門已閉。（寫董平。）原來董平自佔據曹州之後，日日操演人馬，備敵官兵。（董平一邊出色，則成英一邊分外出色。）那日聞知天兵二十萬，（以二十萬襯成英之八千。）渡河壓境而來，董平十分提心，點兵守禦，親身督閱，晝夜不解甲者五日。（寫董平正復難除。）續知天兵抹境而過，方纔放心。這日正與程小姐飲酒歡樂，（廻應前傳妙矣，尤妙在與高衙內美妾相映成趣。）忽報官兵已抵北門，離城僅得三里。（竟非復殺狗嶺之五十三里。）董平大怒道：（不大驚而大怒，可見勁敵。）「營汛兵弁都睡死了，怎麼絕不通報！」原來曹州北門外有埋鎗谷，地最僻靜，董平不以為意，故此處不置汛兵，（應烽火營汛不盡善一語。）成英便從此處殺入，出其不意，直抵城下。（寫成英。）董平撇下酒杯，（絕倒。）急取雙鎗，人不及甲，馬不及鞍，直到北門，（寫得急忙。）一面傳令教鮑旭、焦挺備禦各門，（忙亂。）一面吩咐北門軍士趕運灰瓶、石子。（忙亂。）只聽城外連環鎗聲緊急，城上垛子已有幾堵打壞，（寫成英。）董平道：「待我單身出去，抵當一陣，（極寫董平。）爾等速速備禦。」（極寫董平以襯成英。）說罷，放了吊橋，開門出戰，只見金成英已在濠邊，立馬橫槍。董平見了，更不發話，雙鎗直取成英。成英大怒，挺着單鎗便戰。這單鎗如龍尾穿雲，那雙鎗如鳳翎盤彩，大戰七十餘合，不分勝敗。（居然勁敵。）只見官軍一字列陣，隊伍整齊，（寫成英。）上面鎗砲連聲，城牆大震，下面沙泥連擔，濠塹將平。（忽用對句寫文，亦隊伍整齊。）董平見了心慌，只得撇了成英，舞着雙鎗，官軍隊裏亂衝亂突，官兵紛紛自亂。（寫董平。）成英見了，即忙鳴金收兵。董平亦不戀戰，退入城中，趕緊備禦。（兩邊暫作一收，好。）成英收兵，安營立寨。成英道：「今日這番攻打，眼見此城必破，只可惜這賊攪亂隊伍，不能取勝。」（成英、董平夾寫，雙管齊下。）眾將皆稱可惜。成英便傳令把曹州城團團圍住。董平在城內披掛停當，（應上文不及甲，文筆極細。）對鮑旭、焦挺道：「萬不料張繼如此了得。」原來金成英坐纛上，只寫着「山東鎮撫將軍」六字，所以董平誤認成英即是張繼。（一句彌縫無隙，令上文宋江聞報時不知有金成英，再不遺駁。）鮑旭、焦挺齊聲道：「明日待小弟等去會他一陣。」

次日清晨，金成英早已立馬橫鎗，大叫：「董平背君賊子，快來納命！」董平大怒，提鎗上馬，開城迎戰。鮑旭、焦挺兩馬都出城來。董平早已敵住成英，兩馬盤旋，三鎗捲舞，戰彀多時。鮑旭、焦挺見董平不能取勝，一齊上前，成英一枝鎗敵住三般兵器。（上寫單戰，此寫三戰，令我廻憶三戰梁橫時若有此人，梁橫未必敗衂也。）成英武藝雖然高強，兀自遮攔多攻取少。（帶表二人。）只見城上不住的鳴金，（「只見」妙在成英料中也，若換作「忽見」，便不成文理。）董平、鮑旭、焦挺急忙回城。方過吊橋，成英馬快，已撲到吊橋，（帶表馬一句，令賀太平亦有生色。）手中呼的豁出軟索撓鉤，將吊橋鐵索鉤住。（胸有成見可知。）背後早已撲到二百名撓鉤手，一齊帮同來鉤。（寫得迅疾異常。）兩員隨將手出二十斤重鎚，鎚斷鐵索。（迅疾異常。）說時遲，那時快，二百名撓鉤手到時，成英早已撇了軟索，（豁出軟索，撇了軟索，一連寫，自覺迅疾異常。）一馬飛過吊橋，撲到城門，（迅疾異常。）守城賊兵關門不迭。董、鮑、焦三人知不是頭，死命敵住成英，就在城門邊厮鬭。（異樣精彩。）城上賊兵慌得手忙脚亂，看着城下混鬭，又不敢發矢石，恐傷了自己的將官。（入情入理中異樣精彩。）那官兵早已撲上吊橋，董平等三人只得逃入城中。焦挺忙得手亂，被成英一鎗撅出城外，（「撅」字異樣精彩。）撓鉤手一齊上前，亂鉤亂搭的捉去了。撓鈎一物兩用，異樣精彩。城上急放千斤重閘，成英急下馬用手托住，異樣精彩。忙叫身邊一兵用鐵棍支撐。異樣精彩。方纔撐定，董平在城內也急下馬，趕出來一腳鈎開鐵棍，異樣精彩。只聽得天崩地裂的一聲響亮，閘板下來，隔得城裏城外兩不照面，真是異樣精彩。城上矢石齊下。成英只得收兵而回。又放落。董平見閘板已下，方問軍士何故鳴金，有此一句，分外托出方纔忙亂。軍士道：「東、西、南三門，被官軍攻得十分緊急。」寫成英。說未完，董平忙教鮑旭看守北門，自己飛速往三門去閱視，只見三門官兵都退。極寫成英。董平料知利害，飛速差人去報知宋江，這里加緊防守。

那金成英回營歎道：「不殺董平，此城不可得也。」遞到正文。且陞帳檢點兵馬，將焦挺上了靠鎖，派三十名兵丁緊緊看守；一面吩咐安排午飯，三軍飽餐將息。又是一日，成英又整頓士卒攻城，接連攻了五日，不能取勝。虛寫，架過好。成英心急，正在躊躇無計，忽報營外有一大漢要來求見，并有書信投遞。突如其來。成英看那書信，寫着「李宗湯拜緘」。白雲廻望。成英大喜，忙問那大漢若何形狀。軍士稟道：「那大漢身長八尺，腰大十圍，雙目有棱，面如渥丹，手提五指開鋒三棱鑌鐵鎗，騎着嘶風赤兔馬，自稱姓韋。」大漢狀貌從軍士口中敘出。成英道：「此必韋揚隱也。」飛舞之至。又出一位英雄。忙叫開營請進。那大漢從中門直入，另是一樣行徑。成英下帳迎接，定睛一看，原來不是別人，就是前番在那濟寧州南城驛遍訪不着的魁偉異人。如此綰合前文，真乃筆歌墨舞。成英喜出望外，撲翻虎軀便拜，寫出愛慕之至。那大漢慌忙答拜。成英道：「小弟在濟寧州南城驛兩瞻威容，無由接見，不意今日大駕親來，實深萬幸，敢問高姓大名。」有上文一閃筆，讀者亦疑其非韋揚隱矣，何況成英乎？大漢道：「小弟姓韋名揚隱，會稽縣人也。」成英愈喜道：「原來就是韋揚兄，久仰之至！李宗兄好否？」韋揚隱道：「李兄自從濟寧道上得接謦欬❻，不勝欽佩。回東京時，與弟言及，弟亦渴慕之至。今弟有事濟南，李兄又有信致候，（有此一句，信中之意已具，不必拆信也。）是以特到檢討衙門奉候。據門房說起，方知吾兄在此威討狂賊。弟歸東京，順途拜謁。」（無數情節，寫來簡括明淨。）成英大喜，便吩咐殺牛宰馬，欵待韋揚隱，就在中軍帳分賓主坐下。成英道：「日前濟寧一役，李兄匆匆途遇，未遑細敘，不識閣下與李兄現居何職？」（且閒談起，妙。文家所以尚寬字訣也。）韋揚隱道：「吾兄休問，（又是一種聲口。）弟與李兄皆本鄉武舉，生性剛愎，不善趨承。最恨那般鄙猥葸縮的小人，彼自以為規避盡善，凡事穩當，（罵殺世上穩當先生。）弟等却不可與一朝居。（自是一種聲口，細按之與李宗湯相似而不同。）滔滔者天下皆是也，世無知我，我輩終于埋沒，尚有何說！」（滿懷悲感而無怨懟氣，又足為一百八人諷。隱隱呼起徐虎林。）成英亦大為感慨，（寫得感慨淋漓。）又問道：「足下此去，有無貴幹？」韋揚隱道：「此去尚欲尋訪一友。此友姓顏雙名樹德，表字務滋。（又出一位英雄。）此人却與梁山上的霹靂火秦明係中表親。（奇。）那年因貧苦之故，往青州去投奔秦明，中途未至，秦明那厮已降于賊。此人漂泊無歸，弟正無處訪尋，近在濟南得信，知他在河南歸德府行乞，（可歎。）弟是以急欲尋訪。即吾兄處，亦不敢久留，少頃便要告辭。」（語氣爽直可愛。）成英聽了，驀然動念，（疾入題。）便道：「吾兄何不少留，弟有一事奉懇。」韋揚隱道：「吾兄敢是為殺賊的事？」（語氣爽直，文氣緊簇。）成英道：「正是。」便把董平的利害說了一遍，并道：「吾兄此來，是天佑我，拜懇助我一臂。」韋揚隱道：「小弟訪友事急，今既承所委，小弟一斬董平就要上路。」（天下之爽快豪邁，真無踰是公矣。）成英道：「仗神力除此巨賊，小弟便無他慮。」（應不斬董平城不可得之言。成英不再留韋揚隱，亦是爽直。）當下歡飲暢談。酒筵方徹，韋揚隱便請出戰。（真是快人。）成英便傳令出陣。營外三聲砲響，成英當先出馬，韋揚隱提鎗亦出。成英高叫

❻ 謦欬：音ㄑㄧㄥˇ ㄎㄞˋ，聲息；訊息。

道：「董平賊子，快來領鎗！」董平深恐城池有失，不敢出戰。（先作一頓。）成英教軍士一齊辱罵，董平只是不出。（再頓。）成英心生一計，教把焦挺渾身洗剝，綑穿索縛，驅出陣前。（妙。沒面目焦挺至此大沒面目，絕倒。）成英大笑道：「量你賊子萬不敢出城來搶！」（妙，妙。）果然激得董平怒不可遏，提了雙鎗，開城驟馬而出。韋揚隱一馬飛出，單鎗搠戰。兩邊戰鼓齊鳴，喊聲大振。（寫出軍容。）成英立馬陣前，看那兩人鎗法，端的神出鬼沒，大戰六十餘合，兀自勝負難分。成英性急，便挺鎗上前。那董平雙鎗、韋揚隱單鎗攪做一團。成英看得分明，乘勢將董平左鎗一壓，（精靈之至。）董平忙將右鎗架住了韋揚隱，（精靈之至。）成英鎗頭已起，對董平咽喉便刺；（駭疾。）董平左鎗急挑，成英鎗頭爆上，董平額角鮮血迸流。（精靈之至。）韋揚隱的鎗已逼開董平右鎗，對腹刺入；（疾。）成英鎗頭又順到董平胸前，（疾。）雙鎗並下，把一員能征慣戰的名將董平，登時死于非命。（董平了。寫董平之死，十分精靈。雙鎗將死于雙鎗之下，妙。）韋揚隱抽出帶血的鎗，拱手向成英道：「恭喜仁兄，我去也。」驅馬向南而去。（真是爽利無比，當以少陵詩贈之曰：功成失所往，用舍何其賢。）成英便傳令攻城。城上見董平已死，軍心慌亂，如何守得住？（好。）鮑旭料知無濟，領數十鐵騎衝開東門，落荒而走。（好。）城上賊兵齊聲願降，（好。）城門大開。成英領大隊入城，一面出榜安民，一面安置降兵，一面將董平的首級并焦挺正身，先請那都監解去都省報捷。成英恐賊兵再來奪城，便在府衙點兵派將，鎮守各門，并一切營汛，嚴緊守望。（寫復城經畫，井井有條。）原來成英攻曹州時，將各處山隘都虛設旌旗，堆積烟火。（補寫成英勝算。）那劉唐在濮州，聞得曹州被圍，急欲來救，怎奈林冲不在，（特特註明。）又探得官兵眾多，深恐救兵一出，本城先失，疑畏不敢出來，（盡在成英料中。）成英是以大獲全勝。（一句收束有力。）那鮑旭逃出曹城，途中迎着宋江，哭訴曹州失陷，董平陣亡，焦挺被捦。宋江大怒，便欲再攻曹州。（果然不出成英所料。）吳用歎了口氣，勸阻道：「罷了，我兵力疲矣，一事無成。弟與兄長自四月至今，半載有餘，未曾回歸山寨。（提照前文，明白之至。）那廝既能傷我董平兄弟，必非泛常之輩，斷不能一鼓而下。萬一再有事故，我真罷于奔命矣。且歸山寨養息，再思復仇之舉。」（借吳用一阻，省却許多葛藤。）宋江只得依從，一同回歸山寨。不題。

且說都省檢討使賀太平自從送金成英出師之後，日日盼望捷報。這日忽接到兩處的捷音：（奇妙。）先接的是青州馬陘鎮捷音，乃是雲龍親解賊黨郭盛一名，并賊徒首級八千餘顆。（宋江之敗衄可知。）雲龍稟稱：「猿臂寨義勇陳希真、劉廣（此役劉廣不至，而亦為敘功者，為丈人出力分所應爾也。）極願建功贖罪，歸誠朝廷。今蒙陰被圍，總管雲某遣小將赴援，陳希真自領部眾，（言非天彪信致也，使功勞全歸希真，真好雲龍。）前來協同勦賊，遣其女陳麗卿力擒郭盛，并斬獲人首來鎮獻功。（敘猿臂功績獨詳。）并有召村義民亦來助戰。（召村略帶好。）謹將蒙陰勦賊情由具報。」賀太平大喜。又接到金成英遣人解上董平首級及賊眾首級二百餘名，生擒賊黨焦挺一名，并收復曹州的捷報。（希真報詳，成英報畧，以文有遠近故也，並無賓主。）賀太平大喜，遂會同劉彬、張繼審訊賊囚，訊訖，將郭盛、焦挺就在都省正法，梟首示眾。（郭盛了。焦挺了。）郭盛已決，便將刺殺天使的一案歸結。（妙，妙。）首級分各門號令。賀、劉、張三人將兩處捷報各會銜恭摺奏聞。不上一月，朝廷恩旨下降：「救援蒙陰案內，雲天彪、雲龍、風會、李成、胡瓊均加一級；陳希真、劉廣等准其贖罪，賞給忠義勇士名號，（特用「忠義」二字，宋江係自稱，希真係朝廷賞給，天下人自能辨之。）如再能斬盜立功，定予重賞；召忻着給防禦職銜。（旨內亦敘希真獨詳。）收復曹州案內，張繼知人善用，（慚愧。）賀太平薦賢有功，均從優加三級；所有收復曹州之武舉金成英，着實授曹州都監；其力斬渠魁之武舉韋揚隱，（可見金成英不攘人善。）着賞給侍衛，在京供職；將弁照例分別賞賚撫卹。（兩起捷報一齊收結。）所有曹州知府一缺，地當衝要，公務繁難，非精明強幹之員不足以資治理。（順從曹州遞落，接縫無痕。查有海州知州張叔夜一部大書，第一位主人翁，至此回方纔出現。極妙章法。心地明白，辦事勤慎，着即補授曹州知府員缺。一應善後事宜，妥為趕辦。」賀太平等領旨謝恩畢，即委差官恭賚恩旨，分頭到猿臂寨、曹州府兩處去。陳希真及眾英雄接奉恩旨，歡欣忭舞⑦，叩首謝恩，欵留差官，設筵慶賀大喜。直應馬陘喜信。且按下慢表。

那金成英領旨，亦忭舞謝恩，主意寫陳希真而夾在成英傳中，與成英打成一片寫，便覺異常鬧熱。進了舊都監署，哭奠了梁橫一番，朋友情深。接印供職，專候新任知府張公到來。不知張公係何等樣人，到了曹州，有無新政，且聽下回分解。

范金門曰：前文屢伏金成英，是為復曹州蓄地步也。既入脉矣，而又以穿珠婆一事表其武藝；既將用矣，而又以賈夫人一試，決其才能。造物生一人，朝廷用一人，原非易易，乃有突如其來，而即作驚天動地之事者，是之謂不知務。

可乘之隙有五，吳用夫豈不知？獨於吳用之所知而未備者，舉以數之，覺得形勢井井，筆陣煌煌。

韋揚隱助戰一事，極寫得好。收曹州不突不竭，一也；不看低董平，二也；借以起韋揚隱，三也。

寫張繼庸碌，另是一種，神情語氣，無不畢肖，真妙筆也。

⑦ 忭舞：奏樂跳舞。忭，音ㄅㄧㄢˋ，喜樂。

第一百三回　高平山叔夜訪賢　天王殿騰蛟誅逆

却說張叔夜字嵇仲，名臣張耆之孫也。（仲華自註云：張嵇仲一代偉人，精忠大節照耀青史。余作蕩寇志敘嵇仲事，亦祇依宋史本傳稍加潤色，不敢多為附會，且稱其字而不敢呼其名。即如三國演義之于武侯壯穆，雖鄙俚如岳傳之于岳王，亦皆不敢輕呼其名。所以然者，稗官小說本游戲之具，輒呼大人君子之名非禮也。余斯言也，海內名公必當首肯，獨不料有萬死惡奴之金瓶梅者，撰出張叔夜拜謁西門慶一段惡札，是何異率獸食人、殺佛喂狗耶？萬刼泥犁不足蔽厥辜。恨，恨。）父母生他時，曾夢見張道陵天師，送一粉團玉琢的嬰孩到家，吩咐道：「此乃雷聲普化天尊座下大弟子神威蕩魔真君。（先敘天神來歷。三十六人傳中皆無此式，此作者特重張公之處。）吾於玉帝前哀求，請他下凡，為吾耳孫。（因其姓張，便與天師聯宗，妙。）日後統領雷部上將掃蕩世上妖魔，大昌吾宗。（先將全部大書精神一振。）汝等不可輕視！」父母領諾。醒來，便生下叔夜，滿室異香，經日不散。長大來，八尺身材，貌若天神，博覽羣書，深通兵法，猿臂善射。（射盧俊義預伏於此。）因其祖父侍中張耆，歷任建功，謹敏稱職，（並敘閥閱，亦與三十六人傳迥別。）天子大悅，蔭錫其一子一孫，皆令敘職。嵇仲因此得為甘肅蘭州錄事叅軍，因平羌有功，升陳留縣知縣，隨陞知州。歷任舒州、海州、泰州三處，大有政聲，民心感戴；又加戶部員外郎銜，陞開封府少尹。又因召試制誥，賜進士出身，遷右司員外郎。那時已是蔡京當朝，奸黨盛滿。嵇仲有個堂弟雙名克公，正做御史中丞。為人剛正不阿。（于叔夜傳中忽插入克公傳，奇極妙筆。）那日在天子前極論蔡京過惡，天子大怒，朝中人無不替克公揑把汗。（寫得出色。）克公面不改色，只是極口諍論，天子改顏動聽，（真是出色。）便訓責了蔡京。蔡京恨極，便誣陷了克公一個罪名，把克公削職為民。（無端入克公傳，寥寥數語，却凜凜生色，筆有餘勇。蔡京兀自氣不平，更尋事到嵇仲身上，寫奸臣勢焰可畏。將嵇仲也貶了監西安草場。不上半年，却得种師道忽提种師道。極力保舉，嵇仲又起為秘書少監，隨陞擢中書舍人、給事中。种師道知其非凡，在官家前一力舉薦，直陞到禮部侍郎。又夾寫种師道。自种師道征遼後，忽提征遼。蔡京又尋出嵇仲的事來，奸臣行為只照史直書，已令人髮指。貶嵇仲仍為海州知州。

原來海州係嵇仲曾做過的，這番再來莅任，海州城裏城外一聲哄傳：「張太爺重復來了！」登時闔州紳耆軍民、老老幼幼，一齊都到境上焚香迎接。寫嵇仲政績十頁尚不得了，作者只一筆便已顯出。敘嵇仲獨詳海州者，據信史嵇仲捡宋江乃知海州時事也。嵇仲進了州衙，那班百姓兀自磕頭不迭。再攔一筆。嵇仲陞廳，便問眾父老疾苦。念念民瘼，為古往今來無數良有司寫照，不獨為嵇仲也。數內一老鄉紳禀道：「往年相公撫臨本境，那時眾民聽得鄰境東搶西刼，本境却安然無事，只道分所應得。寫張公治政竟是熙熙皞皞，百姓日用不知，絕世妙筆。誰知相公去後，本境漸漸不安，近有一夥江州賊徒，隱指宋江。時常來煩惱村坊，弄得百姓們朝暮不得安息，眾百姓方纔記起相公。那知今日相公重復轉來，真是天可憐見，來保佑我們也。」寫得悲歌淋漓。嵇仲歎道：一「歎」字，無數經濟、無數悲憫都出。「本州在中途已聽得這信息，正憂得你們苦。」讀之直如慈父之語赤子。便喚過左右捕役來，備問了江賊的細底，便對眾百姓道：「你等且歸，明日本州便為爾等除患。」寫得游刃有餘。眾百姓涕泣感恩而出。

到了次日，官眷都到，嵇仲便喚兩個兒子來諭話。又出兩位英雄，却不在三十六人之列。原來嵇仲有兩個兒子，長名伯奮，次名仲熊，都是天生英雄，材力過人。那伯奮生得額濶腮方，劍眉插鬢，瞳神閃閃有光，聲如洪鐘，使兩柄赤銅溜金大瓜鎚；那仲熊生得虎頭燕頷，顴方耳大，面如冠玉，脣若塗硃，使兩口旋風雁翎刀，端的品貌非凡，人材出眾。當日聞父親呌他，一齊上來。嵇仲便將江州賊擾害本州地方的話說了，只見伯奮、仲熊齊聲道：「爹爹放心，孩兒就此前去，掃盡那班毛賊，為民除害。」（出語便驚長老。）嵇仲道：「你們休要鹵莽。我聞知那賊黨羽有三十六人，（金門前云：暗指宋江，洵不誣矣。）都是江湖亡命之徒，官軍幾次三番收捕不得。此次我去收捕，須要定個主見。」（寫張公靜深淵穆。）伯奮道：「那些官軍想都是惜命怕死的，自然近他不得。（不特罵盡前傳無數捕盜官軍，而并為後世之捕盜者烱戒。）爹爹須知孩兒不怕死。」（真正英雄語。尤妙「爹爹須知」四字，不然張公竟莫知其子之善矣。）嵇仲笑道：「只得你一人不怕死濟得甚事，（深許之之詞也。）也須多尋幾個不怕死的來帮你。」（妙，妙。）仲熊道：「這却不難，凡踐土食毛之輩❶，都有良心。（惜命怕死者，據其現在而言之也，都有良心，原其本來而言之也。盡是大學問語。）爹爹但須親去剴切曉諭，必然召募得來。」嵇仲道：「你二人之言都是，但死士我早已募得也。」（寫得好。盖上文意圖顯出二子，若張公因二子之言而後募死士，則張公不顯矣。）二子皆驚喜道：「爹爹怎地募得這般快？」嵇仲道：「便是你說他們都有良心，（妙，妙。一語少許，勝人多許。）我此刻一募已得一千人。（簡潔之至。）不但此也，那賊人趨向，我早已探得了。（極寫張公。）那廝全夥屯在海邊，有無數戰船停泊，一定是去刧海船客商的。我此刻呌你們來，有密計授你們。」二子道：「爹爹計將安出？」嵇仲調伯奮道：「那廝因官軍幾番奈何他不得，膽子養的大極了。（妙。）你領壯勇五百人，先去掩他，須痛殺一陣，然後退歸，（妙。即以正兵作誘敵兵。）那賊必然空羣來追。」（妙。其辭未畢。）便調仲熊道：「你亦領壯勇五百人，帶了乾柴蘆荻，悄悄出城，潛至海邊。（妙。）只看你哥哥退時，你便直趨海濱，燒那廝的戰船。（妙。）那廝望見火光，知道失利，必然復走轉來，（妙。）你便迎住大戰。（妙。即以伏兵為正戰兵。）那時你哥哥在後策應，兩下夾攻，賊人必敗矣。」（妙。又以正兵為策應兵，即此一端，張公韜畧非常人可及。）二子大喜，登時披掛上馬，

---

❶ 踐土食毛之輩：泛指國之生養之民。踐，踩。毛，指地面生長的糧食、蔬菜等物。

依了吩咐，分投幹事去了。嵇仲點起四十名民壯為護送，親到東山上去觀戰。「觀戰」二字妙，直寫得從容暇豫，目無全牛。只見那賊果中其計，一句虛架過，妙。那伯奮、仲熊齊奮神威，轉戰廝殺，分明兩隻猛虎奔入羊羣。總寫一句。陣雲中但見兩柄鎚如流星閃電，兩口刀如驚雹奔馳，異樣精彩。鎚過處屍林排倒，刀落處血雨橫飛。異樣精彩。屍林血雨，新警之至。前後一千名壯士，呼聲振地，殺氣沖天，真是辟易萬人。登時那羣賊兵掃盡無餘。筆力彌滿。伯奮、仲熊一齊帶領壯勇，到東山上來呈獻首級。嵇仲大喜，慰勞壯士，掌得勝鼓回城。妙，此史傳上捻宋江事也。先敘于此以從實錄，以清正旨，視他書率意附會者，相去遠矣。嵇仲到任不及兩日，便除了一方巨害，眾百姓喜出望外，競呼嵇仲為「張天神」。妙。嵇仲既除了江賊，海宇清平，山村安樂。嵇仲率真辦事，勸農桑，教禮樂，不上半年，那海州頓成為太平世界。筆勢酣足飽滿。

這日，忽奉旨調陞曹州知府，那班百姓聽了此信，無不悲哭。嵇仲起身，眾百姓個個攀轅臥轍，明知留不住，只得哀號相送。嵇仲亦潸然淚下，寫得淋漓盡致。別了百姓上路。繳上。深知曹州逼近賊境，朝廷這番陞調，是重重付託之意，起下。上是愛民，下是忠君。便不敢怠慢，星夜兼程，不日到了曹州。極寫嵇仲。一曹州也，張鬻之後忽得腐進士；腐進士之後幸遇葢天錫；乃葢天錫之後又逢高世德；至于世德失陷城池，而生靈不幸，極矣。又何幸而復遇一代希有之張嵇仲耶？忽而地獄，忽而天堂，真有得失無常之歎。那金成英聞張公到來，大喜，率領眾官員至馬頭迎接。見禮畢，先在官廳上敘坐。嵇仲便問成英曹州形勢，寫張公虛懷若谷，早為訪賢作引。成英便細細的說了一遍。張公一一領會，虛寫好。便一同進城。嵇仲接了印務，便協同成英修葺城池，安撫百姓，亦畧敘好。不上數日，忽接到鉅野縣飛投緊急公文，讀者試掩卷猜之，無不以為梁山事也。報知妖人劉信民，盤踞麟山，聚眾謀逆，現在糾率盜眾攻逼縣城，官兵不足抵禦，求請救援等情。奇波突起。嵇仲接報，便速駕至都監署中，與金成英商議。嵇仲道：「曹州草創未定，城中兵馬未可輕調，即將軍亦未可輕離，須防梁山賊人乘間而來。借張公碩劃，收過成英，妙。弟意滿家營提起滿家營。附近鉅野，弟欲輕車簡從，星赴滿家營，即調滿家營兵勦賊。的是碩劃。特未知滿家營兵力何如，乞將軍指教。」成英道：「滿家營防禦使葉勇，武藝也好，兵力亦足，相公儘可調用。若欲商議軍務，小將有一人奉薦。」徐徐引起，妙。嵇仲問是何人，成英道：「此人高尚不仕，以醫著名，日前小將收復曹州，偏稗有受傷深重者，延請此人來治。小將與接談之下，方知此人韜畧非常，特以醫掩其名耳。」語未畢，嵇仲便道：「所說莫非是徐溶夫麼？」忽然落到徐溶夫，奇。成英道：「正是。」嵇仲道：「徐溶夫是小弟同硯友，後聞其隱居高平山，連高平山一齊放出。未知確否，今果在此，妙極矣。」便吩咐伯奮、仲熊，同金將軍保守曹州，又順手收過伯奮、仲熊，以讓楊騰蛟。自己帶了一百名民壯，飛速赴鉅野。行至中途，聞知鉅野已陷，知縣曾揚狥難，提轄張永率兵民巷戰，力盡而亡。張公道：「逆匪有如此猖狂！」便吩咐先向高平山進發。左右報道：「前面不遠已是徐先生府上也。」張公便吩咐民壯等都在溪口等候，自己只帶了一個親隨，一名馬夫，跨上頭口，直到徐溶夫家。屏車從于數里之外，訪賢之儀注如此。

原來溶夫姓徐名和，自幼頴悟異常，一目十行。到十五六歲時，就博古通今，凡一切天文、地理、禮樂、術數之書，無不精究，雖未出兵打仗，而戰陣攻取之法，瞭如指掌。陳希真、荀冠道人、徐溶夫三人寫來極易相犯，今細按之：希真機智，荀冠精悍，溶夫冲和，却逈然各別，因歎耐菴格物之譽，不得專美于前。只可惜命運不佳，犯着一個「貧」字，可歎。而性情又復清潔，把那些齷齪富貴看不上眼，傲骨崚嶒，而金門目之曰冲和者，另有所見也。觀至後文自解。所以年未四十，遂挈其妻子，隱于高平之麓，賣藥為生。敘清來歷。一日傍午時節，薄冰初釋，點出時令。溶夫正在門前汲溪水以澆欵冬❷，妙。有一禪師問其友云：近來作麼生？友答云：近來家園耘菜。禪師歎云：真大事業也。欵冬凌冬開

❷ 欵冬：多年生草本植物，古名顆凍、鑽冬、虎鬚，別名冬花。未開的花可供藥用。

花，亦點時令。聽得背後馬鈴響亮，（可見此地車塵、馬跡之所不到。）回頭看時，只見馬上坐著張嵇仲。嵇仲只望着溶夫家門，未曾留心。溶夫早已看得仔細，惟不解其為何經過此地，便叫道：「嵇仲那里去？」張公回頭，見是溶夫，即忙翻身下馬，走到溪邊，大笑長揖。溶夫邀入內坐，只見五椽矮屋，三弓隙地，左側一帶荊籬，乃是藥圃。嵇仲、溶夫帶談帶走，進入內軒，松篁晚翠，愛日當軒。（寫隱居高風，令人神往，尤妙不脫時令。）溶夫與嵇仲遜坐，命其二子出來拜見，即命看茶。兩人各敘寒溫，（省筆法。蓋嵇仲、溶夫來歷，上文各已敘明，不必兩人口中再敘一番也。）溶夫方知嵇仲來臨是境。溶夫笑道：「仁兄撫臨此地，區區小匪，不足論矣。」（入題疾，此省筆之法也。）嵇仲道：「逆匪猖狂如此，小弟身奉簡命，懼不勝任，特來求教于仁兄，仁兄何言之易也。」溶夫道：「金將軍同來否？」嵇仲道：「小弟托伊鎮守府城，不曾同來。」溶夫道：「即此便見吾兄高見。曹州一府，可患者在梁山，不在此區區小賊也。（開口便是經綸。此句有二妙：一見溶夫之經綸；一見嵇仲此番平劉信民，直是大鼎烹小鮮也。）但此賊來踪去跡，小弟頗傳聞一二，（傳聞，妙。必如此方是世外人身分。然以傳聞一二而料敵如神，則溶夫之為溶夫愈顯。）謹為吾兄縷陳之，吾兄自知攻取之策矣。」（真是妙筆。）嵇仲道：「願聞。」溶夫道：「鉅野之民情有二等：城市之民愚而直，鄉野之民愚而獷。（經綸滿腹。）劉賊之來，不知其所自始，（妙。）但聞無端競傳有劉天師，神通廣大。及詢其究竟有何神通，不過扶鸞請聖，呪水治病，及香烟燈光變現人物，占卜休咎而已。（教匪技量，一口斷盡。）那些鄉愚竟為其所哄動。彼時小弟聞他如此，便知其不過哄騙財物，並無大志。」（夾敘夾斷，妙。）張公道：「他哄騙之法若何？」溶夫笑道：「他在麟山頂上起造宮室屋宇，供奉一位神道，喚做甚麼多寶天王。（喚做甚麼，妙。）他自稱天王案下的掌教，（絕倒。）却有許多條欵，揹勒愚民。（絕倒。）又刊刻許多教書，有一種名喚天王度人寶經，（絕倒。）又名開心鑰匙。（更絕倒。）弟處却有一本，（奇妙。）是他手下信奉的人施送來的。（絕倒。）內中造些破空老祖、達空老祖等名色，編成七言，似歌非歌，似詩非詩，句語十分俚鄙。」絕倒。張公亦笑問道：「書內說些甚麼？」溶夫道：「開口閉口，只說一句：凡所有相皆虛妄。此金剛經中正旨也，妄人得此乃至無所不至，于佛乎何尤。因有相皆虛妄，所以有家財者萬不可慳吝財帛，必須誠心輸獻于天王。絕倒。天王歡喜保佑，現身延年益壽，死後超昇天宮。真是絕倒。其無家財者，并身子亦當勘破虛妄，絕倒。須到天王案下捨身，供奉力得之貨，并供掌教驅使，天王亦無不歡喜。絕倒。那賊又有一種約束之法，亦名之為約束，妙。凡歸教者，須在天王案下立有重誓；如有叛教而去者，教匪所最畏。死後死後，妙，人誰不死？入十八重大地獄，刀山劍樹，火蛇鐵狗，受苦無窮。真是絕倒。又立有醍醐灌頂❸、鵲巢重會、龍女獻珠一切等等名色。罪過，罪過，皆佛經中之妙義也。那龍女獻珠一項，係室女承當，罪過，罪過。不問可知矣。」

張公聽罷，歎道：「不料此地百姓如此愚蒙，竟受其欺。」說到此際，溶夫的娘子已安排了山中便餐，叫兩個兒子搬出來。妙，妙。文氣如橫風吹斷晴雲，不惟點染隱居風味，而且見此番平逆匪，了不異人意也。

溶夫見了，猛然記起一個人來，暗想道：「此番我倒好替他圖個出身。」飛鴻蹁躚，不足以喻其妙也。便遜嵇仲坐地敘飲，一面吩咐欵待張公的從人。張公遜謝入坐，溶夫道：「仁兄掃除匪賊，佐將諒不乏人，未識尚須廣募否？」張公道：「如有智勇之士，何嫌其多！吾兄意內有人否？」溶夫道：「小弟動問，正為此耳。弟有一友，姓楊雙名騰蛟，楊騰蛟忽然出現。往歲在南旺營時，斬賊立功，投雲總管麾下。叵耐蔡京不仁，陽遣人迎取入京，而陰于中途謀害。此友知覺，殺死奸黨，避居弟處。敘騰蛟事簡括。每日山中採獵，至午而歸，所以因午餐而記及此人。此刻好道就回來也。」說未了，只見楊騰蛟肩負鳥鎗一桿，掛些野味，欣然而回。接得緊。溶夫便指着

❸ 醍醐灌頂：佛教語。酥油澆到頭上，清涼舒適。比喻以智慧灌輸於人，使人徹悟。

對張公道：「這就是楊敝友。」張公見了這表人物，大喜，便上前深深一揖。騰蛟撇了鳥鎗，細。慌忙回禮，便問溶夫道：「這位是誰？」溶夫將張公名姓來歷說了，騰蛟大喜道：「久聞張公名震人寰，不意今日得遇。」騰蛟粗中有細，細中有粗，別來二十餘回，口角依然。撲翻虎軀便拜。上前深深一揖，是嵇仲敬賢；撲翻虎軀便拜，是騰蛟貴貴。張公慌忙答拜。三人入坐同飲，溶夫便將騰蛟武藝細達，張公道：「得楊兄助我，吾無慮矣。」酒飯畢，張公告擾，三人重復散坐。張公對溶夫道：「得仁兄指教，那劉賊技量一覽可知矣。只還有一事，委決不下。」溶夫道：「甚事？」張公道：「此番縱兵勦殺，那劉賊固然死有餘辜，只可惜這班無知小民，亦同遭慘戮耳。」真是聖賢襟懷。溶夫停思半響道：「無害也。此地人民膽子最小，聞官軍大隊勦捕，必然畏避。領起鉅野縣城事。如其抗命逞兇，則縱兵掩殺，亦萬不得已之事也。」領起麟山事。張公點頭稱是，便邀騰蛟同往。騰蛟欣然，便選了那把蘸金大斧，牽出那匹馬來，又進內告辭了溶夫的娘子，遂與張公別了溶夫。溶夫偕二子親送出門。

二人上馬，出了溪口，眾民壯迎着，一同起身。眾人看見楊騰蛟眉宇軒昂，只道是張知府起早去邀來的一個打手，及問了馬夫，又道是藥店裏請來的一個獵戶。以下入騰蛟正傳也，此處無可渲染，故借眾人互相議擬一番，不令其冷落。馬夫見其鎗挑野味，故疑其獵戶也。須臾到了滿家營，那防禦使葉勇出迎。張公進廳坐下，便一面點閱大小將弁，一面差探子往探劉信民行為蹤跡。發使訖，張公便問葉勇道：「逆匪徒黨幾何？」葉勇道：「逆匪黨羽有二萬餘。當其攻縣城時，小將深恐本營有失，不敢往救。」先借葉勇口中一揚。楊騰蛟道：「相公放心，是騰蛟口角。賊眾雖二萬有餘，然敢鬪之兵聞說不滿千餘。目下縣城失陷，實因城內疎失之故，並非賊兵強盛。」後用楊騰蛟口中一抑。縣城失陷之故及賊人數目，此處補出。張公道：「且待探子回報，自知真信。」次日，探子回轉稟道：「縣城距麟山有四十五里，那劉信民自得城而後，只派了幾個人在縣裏，名為監教將軍，（好笑。）却並不懂武藝的。（好笑。）城中只開北門，其餘皆緊閉不開。（真是不解其故，好笑之至。）劉信民仍住麟山，將倉庫中銀兩、米石均已搬在麟山。這邊城中遍貼告示，小的偷揭一張在此。（妙。）城中大小人家門前，都高高的貼一張符，上有天王勅令字樣，其符不識得。（描畫處無不絕倒。）小的又趕到麟山，山下有許多教匪管路，不能上去。後在一酒店中息足，聞說劉信民有四個勇士，都在麟山保護天王，（天王要人保護，其為天王也何如哉！）名為『護教將軍』，都是好本事。」（若非好本事，何必用騰蛟哉！）張公聽罷，笑道：「徐溶夫真料事如神也。」（回繳徐溶夫。）便與騰蛟看那劉信民的告示，（非張公不可獨看也，非不許葉勇共看也，總要清出賓主耳。）只見上寫着：

維持法界、統理陰陽、掌管天下水陸財源、（嗟乎，有此八字自然盡天下之人都服其該管矣，豈不痛哉！）多寶如意天王案下掌教大臣劉，諭在城士民知悉：蓋聞（二字絕倒，告示用募化帖式，可謂不脫本來面目。）皈依正教者，有福慶之多；信心天王者，赴龍華之會❹。（真難為他，四六聯平仄不差。）本掌教奉天王金口親諭，（絕倒。）濟度眾生，蓋以普天之下，共登安樂矣。（天下真有此似通非通文理，真堪大噱。）是以廻向天王，救度眾生之本願也。（真堪大噱。）本掌教自開教以來，至于今日矣，且善男信女，（絕倒，又現出本來面目。）豈可不信天王耳。（虛字無一通者，真堪大噱。）現在奉天王面諭，（面諭，絕倒。）奉託本掌教（奉託，絕倒。）勸化鉅野縣爾等士民，廻心向善。（絕倒。鉅野縣爾等士民望去並非不通，而不知何故可笑。）豈可不信天王，（再複一句，如聞其聲，如見其心。）死墮地獄云爾。（云爾二字仍是募化本色，絕倒。）為此曉諭。（忽又是告示體。又上不聯，下不屬，絕倒。）限七七四十九日之內，（絕倒。七七四十九日，口頭爛熟，成文實是不通。或曰七七日或曰四十九日可矣，何必複沓。）爾百姓陸續赴麟山寶殿，親填名冊，老幼男婦家丁年貌，（逆匪大經綸。）務懇逐一註明。（務懇，絕倒。）本掌教于圓滿之

❹龍華之會：宣教之地。相傳彌佛在龍華樹下得道成佛，並在樹下說法。

日，代爾等廻向天王，開脫一身窮苦之罪，加予百年福祿之緣。（難得尚有幾句通順。）天王歡喜無量，豈有不生福地之人也乎！（不通句又來了。）豈可不信天王，（又複一句，想此公胸中只有「不信天王，死墮地獄」八個字也，哀哉！）并攜帶妻小，逃在遼遠之遙者，（真是絕倒殺人。）那時天王震怒，（此句連我都怕。或問金門何故怕？金門答曰：以掌管天下水陸財源之人，放出這副嘴臉，金門焉有不怕。）使爾等窮苦而死，（金門嚇殺。）貶入無間地獄，萬刼不復人身，悔之而不及耳。（真有如此不通文字。）切切特諭。（此篇不通文字，真難為仲華摹出。）

二人看罷，哈哈大笑。騰蛟道：「天下有這等奇事，真是把生靈做兒戲了。可憐鉅野百姓如此愚蠢，甘為煽弄。」張公道：「劉賊必非大器，其志我知之矣。得縣城而住麟山，膽小也；移倉庫而歸本寨，貪財也。（方論探子報事。）我等統大軍直取縣城，必無阻害。（先說縣城。）其中有幾番鏖戰者，却在麟山捦賊時耳。」（後料麟山。寫張公處置，直如無事。蓋此事原不足以顯張公之長也。）遂傳令起滿家營兵，直抵鉅野，竟到北門。（落鉅野。）最可笑，（三字接得奇。）城門大開，一無防禦。（真可笑。）張公遂傳令入城，葉勇忙禀道：「相公再請斟酌，賊人不守城門，疑有奸計。末將請帶兵先入，相公在後策應，不可全軍深入重地。」（葉勇之言，未始不是。）張公微笑道：「將軍之言固是，但亦須看敵人之技量耳。何必以疑武侯者，而疑劉信民乎！」（真妙。頗有人讀至此，疑張公前番膽小，此番忽膽大，此人不足與于讀書之列也。前番訪賢，是臨事而懼；此番入城，是好謀而成。寫張公純是聖賢學問，俗夫烏足以知之！）遂吩咐大隊入城。三軍吶喊一聲，浩浩蕩蕩，如入無人之境。（真妙，妙。）

張公進了城門，一路在馬上雞犬不聞，只見家家閉戶。（妙。）張公便駐札在知縣衙門，不折一兵，不煩一矢，唾手而得，三軍大悅。（如此收復縣城，真乃妙不可言。若寫張公與劉信民大戰六七十合，城上灰石飛下，城下鎗砲齊上，何異驅神人以與狗鬭哉！）張公道：「我們來時，不見潰散的百姓，家家閉戶，莫非人人躲藏在家？」差人四路查探。不一時，都轉來禀道：「百姓果然都在家裏。果應徐溶夫膽小畏避之言。現有幾家開門，查問明白，伊等看見大兵入城，嚇得要死。可憐。那兩個監教將軍，有人看見從西門爬城而出。可笑。百姓人家無分老小，手執丈香，朝北禮拜，口念『志心皈命禮多寶如意天尊』，此刻尚在急拜。」點染閒筆不可少。張公歎道：「可憐，好忠厚百姓！」便傳軍中刻字匠，刻就數十塊印板，趕緊印好告條，差公人大街小巷，逐戶敲門分給。百姓等戰兢兢的接看，可憐。只見上寫着：「特授曹州府正堂張諭：凡爾居民、舖戶，照常辦事，切勿驚懼，決無干害。特示。」急慰民心，無須繁說也。較劉信民告示何如？眾百姓方知本府到了，漸有幾位紳衿一齊到縣堂上來見本府。張公慰諭一番，便問百姓情形。中有一個做過湖北黃州府黃岡縣縣丞告老回家的，先禀道：「百姓們不過一時執迷，原非甘心自外皇化。公祖但將科條剴切曉諭他們，自然棄邪歸正，各安生理了。」妙，是做官口氣。又有個一等廩膳生員❺上禀道：「邪說詖辭，壞人心術，泯棼胥漸，民心波靡❻，而天理民彜❼不可泯滅。公祖但率躬整物，教化有方，庶民自興起而為善矣。」妙，是讀書人口氣。又有一個捐納監生，現開信利、信順、吉亨等舖面的，上禀道：「劉信民假設神道，哄騙財帛，那班百姓甘心將自己血本歸銷與他，真是獃愚之至。公祖但教他們勤儉營生，自然不為無益之費了。」妙，是掌家財人口氣。張公一一稱是，便道：「仰眾紳士各去勸諭愚民，安居樂業。」眾紳士諾諾，一齊退出。補此一段好，不然鉅野一縣人民，盡從邪教，無復正人矣，豈理也哉！那眾百姓紛紛亂講，有的說本府來同劉掌教打仗的，有的

❺ 廩膳生員：官府發給在學膳食津貼的秀才。生員，明清時凡經本省各級考試而入府、州、縣學的，統稱生員。

❻ 波靡：波動不安，頹廢不振。

❼ 民彜：人倫；人與人之間相處的倫理道德。彜，音ㄧˊ。為「彝」的異體。常道、常法。

說本府來拜會劉老師的，有的說本府也來皈依天王的。寫謠言亂傳，情形確肖。漸漸開店者開店，行路者行路，遇見兵丁在路，使抖樕樕的從兩岸迴避。可憐。張公在署，傳諭四門嚴守，一面出示縷細曉諭，一面點齊人馬，着楊騰蛟協同葉勇，督兵前赴麟山勦賊。落麟山。

那劉信民在麟山接入劉信民。忽見兩個監教喘呼呼逃回山來，劉信民大驚。先大驚。兩個監教把官兵進城的話說了，劉信民呆了半響，次呆了半響。歎口氣道：又次方歎口氣道。「咳，原來城裏的百姓沒有福氣！」絕倒。讀者須知：其半響方撰出此句。大眾聽了，都自問有福，個個快活起來。夾寫愚民一句，妙。劉信民暗忖道：又暗忖。「官兵既奪了縣城，必到此處來尋衅，倒必須要防備一番。」便叫：「請四位護教將軍上殿。」劉信民當中坐了，便道：看他說。「昨夜五更，可以見鬼之言也。本掌教朝拜天王，奉天王面諭：自說鬼話，妙。下界官兵不知罪孽，不知罪孽，妙。日內要來冲犯，天王真有先見之明。着爾等護教人等，當心抵禦，務要出力。天王竟無能為力耶？天王歡喜，美其名曰歡喜，其實早已面如土色矣。定將爾等名字註入仙籍，一句重賞。「爾等不可怠慢。」一句哀求。原來那四人，一個姓章，一個姓巴，一個姓計，一個姓陸，都有幾斤蠻力，其中姓章的力氣最大。當下聞叫他禦敵官兵，四人即便同聲答應，帶領一千教兵，前騰蛟言敢鬬之兵不滿千餘，則知劉信民精銳已盡在于此矣。趕下山來，恰與官兵遇着。鬬筍緊。楊騰蛟讓葉勇先出，奇。原來葉勇見楊騰蛟草莽新進，與他齊戰，心中好不自在，奇，妙。吃騰蛟這一讓，便心平氣和，奇，妙。歡歡喜喜，提着三尖兩刃刀上馬出陣。妙，妙。騰蛟不知就里，只道他公事當心而已。妙，妙。騰蛟粗中有細。讓葉勇是其細也；並不知其心中不自在，是其粗也，而恰好清出賓主。葉勇出陣，那對面章匪早提渾鐵棍迎住，更無言語，兩下便鬬。鬬到五十餘合，不分勝敗。騰蛟看那章匪，特用騰蛟看者，賓主法也。骨瘦如豺，身體聳直，頭不過茶杯大小，圓睜二目，幾莖微鬚，嘴尖耳豎。騰蛟暗想道：「有這種怪人，形同野獸，武藝却也不低。」武藝亦從騰蛟眼中看出。便揮動蘸金大斧，拍馬前助葉勇。那邊巴、計、陸三人一齊趕上，那巴匪使一柄九齒釘鈀，計匪使一把五股鋼叉，陸匪使一面溜金鐃，四人兵器都是叉、鈀、棍、鐃，妙。圍住騰蛟。騰蛟一把大斧上護其身，下護其馬，看那三人全是蠻力，毫無手法，便留心尋他破綻。好。戰不多時，只見那巴匪性起，舉鈀向上盡力築來，不防鈀舉太高，妙。騰蛟便趁勢攔腰一斧，那巴匪上半截身子在地上爬了一轉，絕倒。下半截因腳套在鐙裏，不曾跌倒，吃那馬馱回本陣。偏要細寫，絕倒。此段寫戰，純用戲筆。計、陸二人慌了，手腳愈亂。騰蛟斧起，砍斷計匪叉桿，妙。計匪負命飛逃。騰蛟撇了陸匪，此句照應得靈。儘力追趕，追到一所竹林，計匪滾下馬爬進竹內，絕倒。騰蛟追上一斧，將計匪屁股劈為兩爿，絕倒。只見他爬進竹內深處死了。絕倒。騰蛟正待回馬，陸匪已提鐃拍馬趕到。接得緊。騰蛟輪斧迎住，鬭了二十餘合，騰蛟斧背敲開陸匪的鐃，妙。便趁勢左手搶進陸匪脇下儘力一摟，摟字新。捲過來夾在懷裏，妙。那鐃早已丟在一邊。句細。陸匪兩隻空手，在騰蛟胸前亂爬亂抓，絕倒。騰蛟大怒，便把斧照他頭頸一剹，剹字新。陸匪急用手擋，絕倒。那顆頭早已咯碌碌滾下地去，連半個手掌亦墮在地上。只是戲筆。騰蛟撇下屍身，細。望見葉勇兀自與章匪狠命相持，接得緊。望字細。蓋追計匪時，已去遠一段也。便拍馬飛速前去助戰。章匪見巴、計、陸三人已死，葉勇又有幫手，心慌手亂，無心戀戰，虛迎一棍，逃回本陣。葉勇追趕不及，也只得勒馬與騰蛟回陣。中作一歇，章法好。章匪敗陣回山，劉信民聞知章匪戰敗，巴、計、陸三人皆死，嚇得魂不附體，面如土色，說不出話來，足有半個時辰，方纔到天王像前去搗了一個鬼，絕倒。出來對章匪說道：再看他說。「巴、計、陸三人為天王護法盡忠，名曰盡忠，妙。天王已封他三人為護法天仙，絕倒。現在如意寶地，快樂無量。絕倒。天王傳諭，叫章某仍領教兵下山搦戰。」章匪領命下山。

楊騰蛟正與葉勇商議進攻之策，忽聞教兵又來，騰蛟便欲出陣。這番不讓，妙。葉勇道：「吾兄殺得三個了，這一個讓與弟殺罷。」語妙。騰蛟道：「昨日弟看那章匪，頻將那棍擋將軍的刀口，是老大破綻，將軍若順勢劈去，必然得勝。」此數語之妙，真作者嘔心而出者也。葢此回下半幅，是楊騰蛟正傳，故張公來時，借張公備禦梁山、鎮守曹州一語，捺住成英，成英不來雜騰蛟矣，乃伯奮、仲熊不能不來也。于是借成英口中讚滿家營葉勇武藝一語，替過伯奮、仲熊，于是伯奮、仲熊亦不來雜騰蛟矣。于此時也，葉勇、騰蛟雙馬並出，若寫葉勇武藝埒于騰蛟，則賓主依然相混；若寫葉勇武藝低微，則不特成英無識，而張公來此亦殊孟浪。作者左思右想，想出此句，于是竟放葉勇獨斬章匪，而功仍歸騰蛟，于兩層關節不觸不背，真是苦心孤詣，戛戛獨造。葉勇點頭，提刀上馬出陣，騰蛟亦出陣前。先安插主人。只見騰蛟見也，賓主分明。葉勇迎住章匪戰了三十回合，那章匪果然用棍擋住葉勇刀口，「果然」妙，騰蛟之功也。葉勇便將刀順着棍子劈去，將章匪左手五指盡行削落。精彩動人，都是戲筆。章匪「阿唷」一聲，葉勇便不分事由，再起一刀蠻斫，那章匪半個腦蓋斜削去。殺法新穎，總是戲筆。正在將倒未倒之際，偏要細寫。葉勇又一刀斜削去那半個腦蓋，絕倒。一個尖頭人兒倒在地上。絕倒，戲筆。騰蛟揮動全軍殺上，疾接騰蛟，緊抱主人翁。那教兵殺死了一半，逃走了一半。敘得簡。應徐溶夫不得已，縱兵掩殺語。騰蛟知麟山無將，便同葉勇殺上山去，順手捉了一個小匪。小匪乞命，騰蛟就叫他引路。騰蛟精細處。那劉信民還不知章匪已死，直聽得喊聲逼近山頂，正待觀望，騰蛟已到面前。那小匪道：「這個就是掌教。」妙。騰蛟便夾頭一斧，是騰蛟性格。不偏不倚，從頂門劈至腎囊，化作兩片。仍是戲筆，妙。眾小匪跪滿階前，葉勇正待舉刀，豈有葉勇同來，而葉勇獨無事者？借應張嵇仲不忍無知小民同遭慘戮意。騰蛟道：「葉將軍請住。」此一句虛架過，最妙。便獨讓主人翁。便對眾小匪道：「憐爾等無知，不來殺你。從今已後，不可相信邪人。這天王是假的，我劈碎了他斷無災害。」說罷，舉大斧直上殿庭，將天王塑像剁落粉碎，拔本塞源，是騰蛟性格，即是騰蛟學問。眾小匪還在磕頭討饒。可憐。騰蛟吩咐放火燒山，是騰蛟性格，妙。借此一句，收拾通篇。與葉勇帶領兵馬及歸降的教匪，一同下山回城。一齊收落。

張嵇仲出城迎接慰勞，一同入城。嵇仲就在城中統理事務，鎮撫百姓。那班百姓聽了嵇仲的言語，無不感化歸正，依然安居樂業，盡復良民。（收束有力。）嵇仲將收復鉅野事具詳都省。過了數日，都省選官員下來，接理鉅野印務，葉勇仍領本部人馬回滿家營。（收葉勇。）嵇仲便與楊騰蛟到高平山，辭謝徐溶夫。（收徐溶夫。）楊騰蛟便去收拾行李，并辭別得溶夫娘子及其二子。（收娘子及二子。）張嵇仲帶了原來民壯，（真是一筆不漏。）同楊騰蛟回曹州，金成英等迎接賀喜。不數日，朝廷恩旨下降：張叔夜加一級候陞，葉勇亦加一級，楊騰蛟着實授曹州防禦使，徐和着賞給學士，將弁、兵丁賞卹照例。張叔夜、楊騰蛟舞蹈謝恩，闔城官吏賀喜。不數日，金成英修好城池墩煌，請張公閱視。張公四圍巡閱，見殺狗嶺新立兩座砲臺。（令人忽憶林冲事，奇筆。）成英道：「此徐溶夫之所指教也。」（徐溶夫再潤一筆，十分飽滿。）張公歎服不已。曹州城裏有了張嵇仲、金成英、楊騰蛟、張伯奮、張仲熊五位大英雄，端的威聲遠振，賊盜無踪。（總束一句，筆大如椽。）那梁山（順落梁山，妙。）自此也不敢覬覦曹州。（結曹州，筆力飽滿。）

看官，（奇筆。）那梁山既不敢到曹州，他在那里幹些甚麼？（奇妙。）看官不要心慌，待歇一歇力，再來交代下回。（真是出奇無窮。）

范金門曰：敘張嵇仲一段，奇峰天外，落墨大方。觀其知海州，除江賊，隱隱然將平定宋江實事全案包舉，此畫中之畫，戲中之戲也。俄而脫身題外，幻出訪賢誅逆一節，花團錦簇，具見五彩毫端。

伯奮、仲熊，為全部收束處上品人物，先於此繪其形像，使讀者預存敬服之心，是絕大安章法。

邵循伯曰：摹寫曹州紳士，各從其類，口角宛然。至于妖民籠絡之詞，告示之陋，又不知幾費經營體貼出來。

出楊騰蛟如土委地，絕不覺其筆墨之做作，而曲折寫來，筆筆生動。金門常曰：仲華之筆曲而醒，于此可見一端。

第一百四回　宋公明一月陷三城　陳麗卿單鎗刺雙虎

卻說宋江自蒙陰敗回，中途聞董平陣亡之信，便欲攻取曹州。吳用勸回山寨，養息幾時，再圖報仇。宋江只得依了，同眾頭領怏怏回山。論事直接一百一回，而論文則緊接上回。林冲自往濮州去了。不漏。宋江等歸到山寨，方知攻殺董平之將寔係金成英，宋江、吳用皆大怒。予讀上文，宋江招致陳希真不得，為之一快；今招致金成英不得，又為之一快。時張魁傷已愈，在座。補入便捷。聞知此事，亦大怒道：「不料這廝如此昧良！」官軍收城斬賊，謂之昧良，奇聞。吳用猛然記起那日在曹州南門外，與張魁論朋友之事，便對張魁道：「成英那廝且休論他，你那日說有貴友真大義，你說要寫信去致他來聚義，此信去否？」張魁道：「未奉公明哥哥將令，是以不曾發信。」吳用道：「張兄弟怎地這般大意，萬一真貴友也被那班官府羅致了去，也來與俺山寨作對，怎好？」真大義一武夫耳，何至望之如此？其急可見成英一事，受創之深。張魁道：「這友情性質直，不似那成英交情反覆，軍師可以放心，極力保舉，妙。小弟就寫信去叫他。」無端又插真大義一段，可謂來歲收粮，隔年下種矣。

不數日，聞知郭盛、焦挺二位頭領均在濟南府被害，宋江失聲慟哭，恨陳希真、主。金成英賓。十分刺骨，眾頭領無不忿怒。不上一月，戴宗自東京回來，方知天子竟准陳希真受招安，妙。蔡京托童貫諫阻不得。虛寫好。據蔡京說，還虧童貫善辭，虛寫好。所以天子不加十分褒封。讀前回，頗疑恩詔褒希真之薄，得此乃解。宋江、吳用驚得面如土色，面面相覷半響。真是非常大驚。戴宗又道：「蔡京又說，總為郭盛一案，妙，妙。宋江所謂自貽伊戚。提動天怒，所以我們這邊十分觸眼，妙，妙。轉顯得陳希真那邊十分湊趣。」[illegible]妙。宋江聽了，登時手足冰冷，兩眼上插，暈厥了去。驚殺，氣殺，悔殺，兼而有之。眾人急忙喚醒，宋江一口氣歎轉來，又是半響，冷筆。看着吳用冷筆。道：「陳希真這賊道，遣其女兒刺殺天使，絕我受招安之路，他自己倒先去受招安。」至此還要籠絡眾人，真是絕倒。吳用道：「兄長且去房內將息。」吩咐眾人休要進來驚擾，筆法嚴冷。自己隨宋江進了房中。筆法嚴冷。宋江道：「這便怎好？陳希真同雲天彪聯合攻我，吾無命矣。」全部精神振動。吳用道：「小弟倒有一計。」宋江驚喜道：「何計？」吳用道：「再託蔡京仍用這頭老牛。攛掇趙頭兒，叫陳希真進京引見，中途刺殺了他，重重許他還梁世傑的心願。」宋江道：「濟得甚事！妙。陳希真不比等閒，蔡京手下有甚能幹人，如何刺得殺他？你不記得那年託蔡京謀刺楊騰蛟的事，忽提前文，真有聲東擊西之奇。兀自一場空。」吳用道：「就教他照那年楊騰蛟的事，傷的是蔡京手下人，與我無涉。好良心。陳希真若鬧出這場禍來，終受不得招安了。」宋江道：「終不濟事。兩層逼拶，拶出一段奇文，妙。希真不受招安，難道他歸不得猿臂寨？他仍舊暗聯雲天彪來攻我，我仍不得解憂。」吳用附着宋江耳朵道：「兄長何須心焦，只消通同了蔡京，如此如此，管取這賊道性命到手。」咳有如此妙計，我急欲觀之。宋江大喜道：「軍師真是妙計。這賊道無故心神反覆，四字奇。要受招安，四字緊接上句，更奇。宋江之不願受招安，躍然言下。想是他大命將到也。真奇極。軍師既有如此妙計，我無慮矣，且緩緩圖之。」忽收落，遠遠為一百十一回伏線。便與吳用出廳，同盧俊義重復操演人馬，整頓旗甲。那清真山忽插清真山，吊動下文，奇。已被雲天彪攻過兩次，宋江那里還敢去救。妙。第二次實在免不過意，差楊雄、石秀領二千人馬到繞雲山住札，分明是羈留馬元之心。妙。馬元離心，于此已見。幸喜雲天彪兵又退了，楊雄、石秀亦收兵而回。宋江、吳用在梁山泊足足休養了四個月，依然人強馬壯，驍勇非常。令梁山精神再一振。

一日，宋江在忠義堂與眾頭領商議興兵之策，宋江開言道：「清真山（開口獨揑清真山入題，刪去旁枝，存正幹。），必為雲天彪所得，去年軍師議取蒙陰，以為呼應救援之地，奈被陳希真這廝攪壞了局。今我兵休養已久，我意仍欲襲取蒙陰，軍師以為何如？」吳用道：「欲救清真，自然必取蒙陰。（取三城，蒙陰最後；而議三城，蒙陰最先。自然章法。）但召村最為負固，我得蒙陰，而臥榻之下有此阻梗，終非良策。」（先插召村一筆，妙。）宋江道：「既如此，何不設計先併了召村？」吳用道：「且慢。我兵屢過汶河，小弟看那汶河上萊蕪城，（方提萊蕪。）樓堞❶十分殘缺。（一。）我等屢過他境上，從不去滋擾他，（二。）況近來我自蒙陰失利而歸，他必不疑我復興。（三。）據小弟之意，此番興兵，不如先襲取了萊蕪，再定行止。」宋江稱是。當日計議已定，便點魯達、武松、楊雄、石秀、李俊、張橫、歐鵬、鄧飛八員頭領，四千人馬，宋江、吳用親自督領，一同向萊蕪進發。一路浩浩蕩蕩，竟無阻礙，渡河登岸，事事順利。（令人無不廻憶申勃兒事。）

不數日，將到萊蕪縣，離城一百二十里下寨。時值仲春之杪❷，（忽點時令。）宋江未下寨時，早已濛濛細雨，鎮日不止，及至安寨，雨勢漸大，接連三日，宋江營帳、器械、糧米、柴艸，都淋漓透濕。（寫春雨，便活是春雨。）宋江心焦，與吳用着了雨衣出營觀看，只見四面山頭雲嵐密罩，無數垂楊、綠竹顛倒于烟雨之中。（極妙一幅春雨圖。）宋江道：「看這雨勢，兀自十日不得了，如何是好？」吳用看那山頭飛瀑，穿落重林，新漲橫流，（寫春雨耳，與軍機何與？）猛然心生一計，（接得奇。）便回營教探子冒雨（處處不脫雨字。）前去，往探萊蕪城水竇開否。到了次日，探子

---

❶ 樓堞：城樓上的矮牆，亦稱「女牆」。堞，音ㄉㄧㄝˊ。

❷ 仲春之杪：春季的中間[illegible]，引申為年月、季節的末尾。

回報稱：「新漲水大，各城門水竇❸齊開。」（奇妙。）吳用便請宋江傳令拔寨，冒雨前進。（奇。）行了一日，去萊蕪城只得三十里，前面探報城內已知了風聲，城門已閉。吳用道：「我們屯兵三日，自然吃他得知，（隨難隨解，妙。）我們只顧進兵。」便派李俊、張橫帶領水軍六百名，從水竇入城；（妙。）派楊雄、石秀帶領一千二百名人馬，馬蹄、人腳俱裹了艸鞋，（備雨故也。）飛速前去攻城。萊蕪城上軍士見賊兵到來，當心抵禦，灰瓶遇雨，全無用處，（百忙中，有此閒筆註明。）只得把那滾石、流矢順着驟雨之勢，飛蝗也似下來。（寫矢石，用「驟雨飛蝗」四字，大書中已成熟套，今忽折用一假一真，便另換一副聲勢。）不提防李俊、張橫六百名水軍，已由水竇殺入。（捷。）李俊引水軍四百名，由馬道登城；張橫領水軍二百名，斬開城門。（捷。水軍忽分寫，妙。）楊雄、石秀見了，便催軍馬速進。（捷。）大雨之中，（特提雨。）城上軍士都濯得眼不能開，頭不能仰。（入情入理。）怎當得李俊、張橫一干水軍，水底習慣，眼明手快，（入情入理。）霎時間殺得城上紛亂，（一句城上。）城門大開，（一句城下。）梁山兵一齊擁入，（一句城外。）縣城頓破。（捷。）宋江、吳用都進了城，將文武官員一齊殺盡，一面出榜安民，一面盤查倉庫。宋江頃刻得了一縣，喜不自勝，便與吳用在縣衙安息。（略作一頓。）次日，就在縣堂上擺設慶賀筵席，犒賞嘍囉。看那雨勢更大，（就從雨遞落，筆法便捷。）宋江便有得隴望蜀之意，對吳用道：「軍師真是神算。今番雨尚未止，想是天意佑我，（前憂雨不止，今因雨得勝，便以雨尚未止為幸，而又稱天佑，何其妄哉！）我們兵馬並未勞頓，新泰縣與此毗鄰，（忽想到新泰。）過此即是蒙陰，（更想蒙陰。）我想何不就用此法去攻新泰？」（落到新泰。）吳用道：「也可使得。」慶賞已畢，又是一日，宋江命楊雄、石秀領二千人馬鎮守萊蕪，一面差人到山寨教盧俊義添派兵將前來，以備攻襲蒙陰之用。（添將襲蒙陰，先插于此。）宋江、吳用、魯達、武松、李俊、張橫、歐鵬、鄧飛帶領二千人馬起程。

❸ 水竇：水洞。

只見雨勢漸小，到得新泰，雨已住點。（絕倒。幾疑天又不佑。）只見濕雲如冪❹，狂風怒號，擺得千林空翠飛舞。（雨後春景，又如畫。）吳用教李俊、張橫、歐鵬、鄧飛照依萊蕪之事，前去攻城；這里魯達、武松協同鎮守中營。不移時，只見李俊、張橫轉來道：「不濟事了。」（文法所以尚變換也。）宋江急問何故，李俊道：「萊蕪城破，新泰已得信息，現已緊閉各門，就是水竇也有准備，不能混入，請令定奪。」宋江躊躇無計，吳用道：「無害也。合新泰一城兵力也看得見，沒有內應也攻得破。即使攻不破，我等收兵而回，萊蕪依然無恙。（文氣迴環。）此時進退之權在我，我何患而不攻。」便傳令攻城。城上把守嚴密，接連攻了三日，不能取勝，宋江這邊也損折些人馬。（偏作一折，妙。）

宋江同吳用商議進退之策。只見天色晴霽，風勢愈大，（前寫雨，此寫風，即從天時上變換，妙。）吳用道：「有了。近日積雨新霽，那廝必不疑我用火攻，（妙。）我倒想得一火攻之法。」（奇。）便傳令軍匠立時削齊粗竹箭一萬枝，（奇。）箭上都塗了松香、桐油、硫黃、焰硝之類，（奇。）擺齊神臂弓百餘架。一聲令下，軍士吶喊，那一萬枝油箭，登時將敵樓射得同刺鼠兒一般，（奇。）隨後火箭亦到。（奇而捷。）那守城軍士情知火攻，傳取水龍不及，（不疑我欲火攻之言，驗矣。）狂風之中，（與萊蕪大雨之中，四字分明，雙峯對插。）火勢怒發，登時那所城樓已變了一座火焰山。（火勢、風勢俱足。）吳用見城上已亂，便傳令雲梯兵飛上。十餘架雲梯一鬨而上，登時梁山兵已滿在城牆上，（寫得雲梯聲勢。）殺散官兵，下城奪門，文武各官均被刺死，殺壞兵民不計其數。城門大開，宋江、吳用統領全軍進城，照依萊蕪章程辦理。

宋江連得二城，歡喜非常，便對吳用道：「一不做，二不休，此城即交與歐鵬、鄧飛鎮守，我等大

❹ 冪：音ㄇㄧˋ，覆蓋；罩。

軍再攻蒙陰。」（貪婪無厭，一至于此。）吳用道：「且慢。我們且把萊蕪、新泰兩處腳跟立定了，再商。況且山寨新派兵將，計日可到，那時再取蒙陰未為晚也。」（吳用一阻，令文字不直致。）宋江依允了，又道：「若兼有三城，聯絡呼應，不特雲天彪不能攻取清真，即我聯接清真，剪除雲天彪，亦易為力矣。」（又提清真山。宋江卒不能遂其志者，召村強故也。召忻之功，顧不偉哉！）遂大開慶賀筵席，開懷暢飲。又與吳用閱視兩縣城池燉煌，商議修緝。這信早已惱動了召村英雄。（疾遞召村，筆有龍跳虎臥之勢。）召忻便差人飛報蒙陰縣內，趕緊准備，一面教高梁致書陳麗卿借兵，一面點齊鄉勇，選好軍器，個個摩拳擦掌，等待梁山賊兵到來廝殺。（于三城中間，橫插召村事，奇極。）

那宋江在新泰縣，不數日，接得張清、龔旺、丁得孫八千人馬，并有李逵同來。宋江大喜，便對李逵笑道：「鐵牛傷痕全愈了？」李逵答道：「鐵牛真悔他娘的鳥氣！我好久不殺人，連斧頭都氣悶殺了。」（斧頭氣悶殺，奇語。終一部結水滸，鐵牛不曾殺得一人。蓋鐵牛所殺無非官兵、良民，仲華深護惜之，不忍其遭鐵牛斧頭，靡有孑遺也。鐵牛因好殺，而轉無一人可殺，真自貽伊戚者矣。）吳用笑道：「你來得正好，我放你一個殺人的處去。」李逵大喜。吳用便派魯達、武松、李逵（又是三個海量。）帶領三千步兵，去劫召家村，吩咐道：「他出來便儘力殺他，切不可殺進去，恐中其計。（吳用之誡，未嘗不明。）待我破了蒙陰縣城，再來接應你們。」三人領令前去。宋江留歐鵬、鄧飛領二千兵鎮守新泰，自己同吳用、張清、李俊、張橫、龔旺、丁得孫帶五千人馬去攻蒙陰。

那魯達、武松、李逵已到了召家村。（偏先寫召村，間斷三城，章法極妙。）方到村口，召忻、高梁早已佈陣等待，（接得緊。）梁山兵都吃一驚。（不言魯、武、李吃驚者，三子固不吃驚也。）召忻、高梁不待梁山佈陣，兩馬一齊驟衝過來。（捷。）天色晴明，綠蕪芳艸，放出一片好戰場。（絕妙好辭！特與上文風、雨二段，廻環呼應。）魯達提禪杖，大吼出來，（此公固宜常坐首席。）召忻、高梁雙馬敵住。魯達一枝禪杖，龍盤蛇舞，召忻、高梁兩般兵器一片爛銀赤金之光，四圍繞住。與一百回中戰法，又另換一樣聲彩。戰到七十餘合，不分勝負，高梁回馬而走。魯達只顧酣戰，忘卻飛刀利害，寫飛刀，又是一副筆法。武松急上前大叫道：「魯兄精細……」語未絕，飛刀已到咽喉。險。魯達急閃，飛刀便從武松左臂擦過，膚皮破損。寫飛刀，另換一樣聲彩。武松大怒，便輪戒刀直取召忻。召忻一面鋭敵住禪杖、戒刀；上召忻、高梁雙戰魯達；此魯達、武松雙戰召忻，章法極整。高梁大怒，便覷准武松咽喉，亦是咽喉。一飛刀過去，喝一聲「着」，險。武松急閃不迭，刀鋒颼的從頸上刮過。險。那李逵口渴已極，飛奔過來，巧與這飛刀撞着，撞着妙。赤膊身上手腕割開。此處兩飛刀，前射魯達，卻着武松；此射武松，卻着李逵，絕妙搓對之法。李逵「呵呀」一聲，大怒起來，八字連書，妙。兩板斧着地捲上，召忻知不是頭，虛幌一鋭，回馬而走。與高梁遙對收住，妙。李逵不得廝殺，妙，妙。李逵不得廝殺者，這番雅席，李逵不稱也。那里肯歇，妙。狠命追上。妙。魯、武二人都喘着氣廝看，妙。只見李逵大吼奔上，那召村陣上一聲鳴金，那班鄉勇都雲收霧捲的退了，妙。露出那一帶壇壝來。李逵看那第一壇上，立着軍師模樣的一個人，放出史谷恭，自李逵看出。妙。身邊不過三五個兵丁，裏面卻有無數人馬。李逵便望人多處殺進來，妙，妙。早已殺到第三壇。妙。李逵並不曉得甚麼陣法門戶，只輪板斧亂斫。妙。那花貂、金莊兩員將官，只看第一壇上史軍師指揮，東奔西馳。妙。李逵看着許多人，卻到一處一處空，妙，妙。李逵貪，不知止，如此安得不倒乎？心內暴躁，腳步亂躍，妙。不覺跌落一個丈餘深的大泥潭，妙。李青蓮詩云：笑殺山翁醉似泥。此處「泥」字之意本此。沒頂的沉下去。妙，妙。所謂濡首之凶。花貂、金莊一齊撓鈎搭去。魯達大怒，輪禪杖直上，召忻早已出馬迎住。鬬到五十餘合，魯達知不是頭，大吼一聲，倒拖禪杖便走。逃席了。召忻追上叫道：「好漢不要走，走的不算好漢！」捻魯達用激法。魯達大怒，轉身復鬬。召忻復叫道：「你這禿驢也敢進我第三壇麼？」[illegible]再[illegible]魯達大罵道：「直娘賊，灑家便殺進第一百壇待怎麼！」禪杖、金鎚重復狠鬬，又是三十餘合，魯達已不覺深入重地。（妙）高梁見了，接連三飛刀，這個名色喚做「三花蓋頂」。（妙）魯達當不住，又吃絆馬索脚下一絆，（補此一句，極言魯達不易取也。）便虎倒龍顛的臥在地下，（寫魯達敗而不失其威，妙筆。）花貂、金莊兩馬齊出，綑捉去了。（綑與困同音。）武松大怒，（與魯達對鎖。）輪戒刀直上，召忻迎住道：「好漢休走，且戰五十合再去。」（捦武松用誘法。）武松大喝道：「我直得走，便和你鬬三百合。」戒刀、金鎚扭合便鬬，召忻兀自抵敵不住，（寫得好。不然召忻武藝真強于三人，于事不通矣。）幸武松頸上、肩上受過兩飛刀的傷，（方知飛刀擦傷之妙。魯達文中三飛刀，實寫；武松文中兩飛刀，虛寫。配搭極勻。）所以兩下支住。高梁見了，便輪兩刀來助，（恐讀者不寫飛刀為鼓衰力竭故，特用高梁。）叫道：「兀那頭陀，你再戰二十合便准你走！」（再誘。）武松見他二人已乏，料想不能多戰，便抖搜❺精神力敵二人。不防兩傍壇壝旗門開處，（又開二壇，武松當不住矣。）花貂、金莊領兩枝生力軍殺出來，聲聲叫道：「倒要試你這好漢的本領！」（三誘。）武松情知中計，進又不可，退又不甘，（確有此等情形。）勉力招架，吃那四人四般兵器一齊上，殺得眼花撩亂，（妙。）那武松不覺泰山崩倒，（亦寫其敗而不失其威。妙。）衆人又一齊綑捉去了。（與魯達對照。）那羣賊兵當魯、武二人戰時，吃史谷恭用奇兵堵住，（補得好。）所以二人戰鬬被捦，他們都不能上前厮帮。（補得好。）召忻既捦了三頭領，便揮動全軍殺上，那些賊兵沒命討饒，四散逃去。（寫得乾淨。）召忻、高梁、史谷恭、花貂、金莊合兵一處，掌得勝鼓回莊。（一齊收落。）一面差人去蒙陰縣城報捷，並探聽消息。誰知那知縣胡圖、防禦符立接着召村初次的報，早已嚇得魂不附體。這日聞得梁山兵馬殺進境內，文武二員抖做一堆。（絕倒。又妙借此句，表得二人已在一處，省得知縣請防禦，防禦請知縣一段繁文也。）符立道：「莫說救兵路遠，就是朝發夕至，也非長策。今日梁山，明日梁山，嚇也嚇不過。（好武員。）這番來，你我性命必然不保。」胡圖道：「我

❺ 抖搜：猶「抖擻」。振作。

看這個地方，所謂千年的野猪、老虎的食，看來終為梁山所有，竟不如開城迎接。我們二人為頭，竟投降了他，寬呌他幾句大王，或者強盜發善心，仍舊撈摸個一官半職，也好混混吃用。」好文員。符立道：「這也是個正理。官員投降強盜，原來是個正理，叨教，叨教。但我們吃了朝廷多年俸祿，今朝如此報効，有點過意不去。還是符立有良心。依我愚見，不如棄官而逃，省了干戈之累。」武員以干戈為累，奇聞。胡圖道：「足下孤身自在，原可擺脫得開；小弟上有老母，中有賤荊、小妾，還有三個小兒、四個小女，拖着了這一班人，如何逃得？可憐。就算逃到他鄉外府，我又毫無積蓄，叨祖上這點蔭生，文不能測字，武不能打米，一門老小豈不活活餓死？」可憐。符立道：「既然如此，吾兄開城投降，小弟失陪逃走了。真難為了他。但願吾兄邀蒙新主寵用，調個美缺，言之可傷。小弟也好來打攪打攪。」胡圖道：「多謝金口。」真是無恥之極。二人計議已定，也算計議。傳諭開城。願聞諭單之辭。符立早已收拾了細軟，帶了一個體己伴當，着了艸鞋，腿上塗些爛泥，披件破襖，觀其逃走之法，寔是智計絕人。一溜烟的去了。從此活不見面，死不送終。絕倒。

這里宋江大隊兵馬方到城下，只見城門大開，並無守備，倒也不解。吳用道：「恭喜兄長，蒙陰到手了。此必知縣投降，獻城迎接……」話未了，牙門軍將帶領胡圖進營，看見宋江坐在上面，隨即跪倒，磕了九個大頭，不堪，不堪。便道：「山東蒙陰縣知縣胡圖，率領合城紳耆百姓投獻城池，伏望大王洪恩收納，願大王永保萬年！」不堪，不堪。宋江大喜，正欲查問倉庫、戶口、冊檔，忽聞報魯達、武松、李逵俱被召村所捻，三千人馬大敗潰散。可見召村得勝在前，縣城投降在後，深著胡圖之罪。宋江大怒，便罵胡圖搗竈晦氣。道：「你這厮既有心投降，怎麼叫鄉勇來傷我將佐？」嚇得胡圖魂飛天外，胡圖真晦氣。吳用忙呌道：「兄長快不要如此。」吳用機警絕人。便附宋江耳朵道：「兄長快依我如此如此，不特魯、武、李三位弟兄可以生還，而且召村亦可一鼓而捻。」奇極。宋江點頭會意，便堆下笑臉，下堦扶起胡圖，可見半響來，胡圖尚跪在地下也，不堪不堪。道：「宋某錯怪長官，休要介意。」胡圖道：「不才下官，蒙大王容納，實為萬幸。」不堪，不堪。宋江道：「召村係長官治下，如今逆我而行，抗不遵命，望長官設法勸諭。」胡圖聽了大驚，絕倒。弄得擔承又不好，不擔承又不好。真是絕倒。吳用接口道：「長官不須疑慮，此刻軍馬哄亂，召村人未必知長官獻城之事。吳用主意。我們將兵馬退了，長官可親到召村，便賺他說敵軍已退，恐其再來，故特來商議。召村人必然不疑。」想得奇。胡圖沒口的應了。呆鳥。吳用忙叫李俊、張橫上來，與胡圖照了面，又教胡圖留下許多民壯號衣，奇。便附胡圖耳朵道：「長官在召村時，若見二人如此如此前來，須如此如此照會。奇。事不宜遲，長官快行。此事若成，定請長官坐第三把交椅也。」落得許願心。胡圖歡歡喜喜飛速去了。這里宋江將全軍約退三十里。宋江對吳用道：「軍師神算，但此事機括最緊，稍一遲緩，便悞大事。」便急忙教李俊、張橫帶了行裝，飛速前去，一面便點張清、龔旺、丁得孫帶領二千人馬隨去。真是奇極。讀者無不替召村捏把汗。

且說召忻捻了魯達、武松、李逵回莊，端的歡喜得手舞足蹈。奇語。教把三人監下，吩咐花貂、金莊把守村口，正與史谷恭商議破敵之策，忽見那去城裏的人轉來，報稱知縣已獻城降賊。賴此一句，召村不至于全村覆沒，可見前此報捷探信之妙。召忻大怒，怒猶未了，忽報知縣胡太爺來拜會。召忻在碉樓上大罵道：「背叛庸奴，失心狂賊，罵得確。還敢這里來渾充太爺！」寫得好。那來的公人睜起怪眼道：我疑此人必是梁山心腹，不然決無如此口給。「也，也，也！你是奉法良民，怎麼也罵官長！你聽了那個的話，說太爺背叛？」真會說。召忻道：「既不背叛，為何獻城？」餘勢猶怒。

公人道：「那個說獻城？現在賊兵已被符將軍殺退，此等語，斷斷騙不得陳希真；而召忻能上當，此召忻之所以不及希真也。太爺深恐賊兵再來，特來與團練相公商議，怎麼顛倒說出這番話來，到底聽了那個的嚼舌謠言！」真會說。召忻停口片刻，便喚過那報信人來問道：「你端的那里得知太爺投降？」着道兒了。那人道：「小人方到城邊，賊兵已在城下。那城外的人都說賊兵未到時，太爺早已傳諭開城，此刻已到賊營投降，無一人不如此說。」那公人接口大叫道：「真是怪事奇事，影響全無！梁山上那個賤軍師詭計多端，我想一准是他佈散謠言，離間團練也。」真是會說，召忻安得不入其元中。召忻聽了，半信半疑，妙。便道：「既如此，卻是我們錯聽謠言。」便吩咐開門迎人。待胡圖一進莊門，召忻便吩咐關了莊門，嚴緊把守，召忻未嘗不精細。一面請胡圖碉樓上坐地，召忻身邊從人都佩帶軍器。召忻正欲盤詰胡圖，召忻未嘗不精細。忽見村外無數民壯雜有逃難百姓，飛也似奔來。來得迅速。胡圖看那人數內有李俊、張橫，便立起身來問道：「倒底怎麼了？」李俊、張橫并一干人齊聲叫道：「不好了，只三字，便紙上如沸如羹，手忙腳亂。都監相公快請太爺進城商議！」胡圖便叫開門。胡圖可殺可剮。召忻那里肯開，還要待盤問，召忻不可謂不精細。只見那班公人齊聲道：「召團練，着他幾個進來，一問便知備細。」梁山心腹可知。胡圖道：「這幾個民壯都是本縣心腹，團練開門不妨。」召忻大疑，只見莊外烽煙突起，報知賊兵已到。離奇突兀。一個公人早已傳知縣的口號，告知守門鄉勇：「速速開門，收納難民。」梁山心腹可知。那李俊、張橫及眾賊兵一擁而入，捷。張清、龔旺、丁得孫兵馬齊到。捷。鄉勇措手不及，不知所為，吃那李俊、張橫等身邊抽出軍器，攙在鄉勇隊裏混殺。李俊、張橫水軍也。攙入召村，召村所以敗也。召忻聽了，好似鬭心潑了冷水，喻確。心神淆亂，喻確。令不及下，莊上大亂。張清大隊已殺進莊門，召忻、花貂、金莊俱從亂軍中逃出性命。且不言逃向何處，令讀者一疑。召莊門面大破，攙入水軍，豈有不壞門面者乎？

胡圖已死于亂軍之中。用畢隨手收過，妙。老母也，賤荊小妾也，三個小兒、四個小女也，刻下不知何如矣。哀哉！張清等叫聲苦，不知高低，七字接得奇極。只道奉軍師這條奇計，召村可以一鼓而滅，誰知召村裏面還有一座碉樓，妙，妙。所以破者，尚是門面也。應一百一回內莊之筆。依然壁壘莊嚴，槍砲、矢石如麻如林。寫召村。而且還有一事可惱，更奇。錢財、糧米外面絲毫無有。妙。這還不打緊，更奇。那魯、武、李三個兄弟外面也影跡無蹤，料想是監在裏面。妙，妙。只見召忻、花貂、金莊都立在碉樓上，順手點出，妙。大罵道：「我悞中了你奸計，你這班毛賊休要得意，再敢進來領死麼？」張清大怒，便傳令攻打。那莊上槍砲如撒豆般下來，賊兵打壞了許多，極寫召村。張清遂不敢攻莊。召忻道：「你快回去，叫宋江那老賊來回話！好便好，不好便立宰你那三個賊將，來祭我陣亡的兒郎！」妙，妙。張清氣得不能回話，只得叫龔旺、丁得孫前去報知宋江。

那宋江大隊已進了蒙陰縣城。補得便捷。宋江一月間得了三城，生平大得意事，只待吞滅召村，便要大開慶賀。忽聽得龔、丁二人報來的拗口風，絕倒。氣得三尸神炸，七竅生煙。吳用道：「召村不除，終非長策。這里且教龔旺、丁得孫鎮守，小弟與兄長親去勦除了他。這里只防陳希真那廝來管閒事，忽逗起陳希真。但他未必聞知得這般快，召村早有信去，而吳用以為未必聞知得快，讀者無不點頭會意。這事倒是以速為妙。」說罷，便留龔旺、丁得孫守蒙陰城，宋江、吳用親統大隊，直到召村，天色已晚。有此四字，方知召忻捦三人、胡圖投降及攻破召村外莊，皆一日事也。眉目分明。到了次日，宋江親到碉樓邊尋召忻說話。召忻高叫道：「宋賊，你還是來討饒，來尋死？」問得突兀。宋江大怒道：「我把你這村莊洗蕩乾淨，方洩吾恨。」召忻道：「你若要討饒，不理宋江之言，只顧自己說話。你須將新泰、萊蕪、蒙陰三縣還了朝廷，好好回去，好好回去，妙。慰而送之之辭。再端正三十萬金珠，來贖你那三個賊將；妙，妙。更另備十萬金珠，為我申勃兄弟作祭奠之禮。妙，妙。這是你一向做落的定價，劃一不二，老少無欺。妙，妙。真令人絕倒。你若要尋死，承上文而分疏之妙。便快快上來領死！」妙，妙。宋江腦門氣破道：「你早晚必為吾擒，還敢口出狂言！」便傳令攻莊。只見下面槍砲捲上，上面槍砲蓋下，寫得簡。兩邊互有死傷，那座碉樓依然不動。極寫召村。宋江忍着一肚氣，收兵回轉，對吳用道：「這便怎處？」吳用道：「我方纔看那莊外九宮壇的佈置，這莊內煞有異人。為史谷恭倒潤一筆。魯、武、李三位兄弟又留在他處，如何是好？」宋江道：「除非暫與他講和，待他還了三位兄弟再說，只是他也要我金珠。絕倒。那年陳希真這賊道，又提陳希真。詐我八十萬金珠，至今仇尚未報。苦也。那時我還富庶，如今我軍屢次失利，損失器物無數，正是百孔千瘡，如何還辦得金珠。」絕倒。此段莫作閒文看。蓋府庫之盈虛，存亡之大關係也。借此數語，以見梁山漸有匱乏之虞，即漸有敗亡之兆。自來稗官寫戰，似乎士可不粟而飽，馬可不料而肥，誰見及此？吳用道：「且設法攻他，如攻得破更妙。」宋江點頭，次日又傳令攻莊。那時天氣清明，風和日煖，火攻水戰都不得用。廻應新泰、萊蕪一筆，妙文。然則天佑召村，非佑宋江也。接連攻了三日，不能取勝，宋江憂悶不已。

那陳麗卿接得奇特，如春霆乍震。在猿臂寨接得召村高梁的信，即送交希真開看，知是梁山賊兵連陷新泰、萊蕪，大有兼吞蒙陰之勢，召村兵力不足，望乞兵威，協同勦賊等語。高梁信語包括，妙。亦是正大之語。希真道：「梁山賊人如此猖狂，倘若兼有三縣，聯絡呼應，進退便捷，長驅直搗，則登、萊、青、沂皆震動矣。」借希真口中寫吳用勝算。麗卿道：「爹爹，抵椿去不去？」爽快無比，覺希真擬議之煩。希真道：「且商。」麗卿道：「爹爹既說賊人得了三縣有如此利害，我們該趁早去奪他轉來，方是報効皇上之意。天真爛漫中，語語皇上，真是忠孝天生。況且高梁嫂送我丫頭，他這般情分待我，我怎好不去帮他。先言公義，後及私情。明日孩兒便去，爹爹作速就來。一言為定，孩兒去收拾去了。」寫麗卿一派天

（真爛漫。）希真笑道：「且慢！就是要去，也不是這樣草率的。我點精兵二千，你為前隊，我教你丈夫同了你去。我隨後帶了欒氏兄弟領大軍在後策應。如此前進，方有步驟。」麗卿道：「好吓！（二字天真爛漫，如聞其聲。）爹爹今晚點齊兵馬，明日黎明就走。」（妙，妙。）次日，麗卿點齊本部人馬，奉了將令，催促玉郎速速起行。（真是妙人。）不日到了蒙陰縣界，方知縣城已陷，宋江全軍正攻召村。麗卿便對永清道：「我近來聽得你同爹爹講些兵法，我也有些懂得了。（妙，妙。前言不懂，妙；此忽懂得，又妙。）你讓我領一千兵先去（讓我，妙。）試試看。（試試，妙。）如若弄錯時，（弄錯，妙。）你來接應我。」（真是無句不妙，無字不妙。）永清道：「且慢，我問你：此去還是先到召村，先攻縣城？」（永清詰問，亦妙。）麗卿道：「自然先攻縣城。」（「自然」二字妙不可言，脫口而出，仍是天真。）永清拍掌道：「不錯，不錯。（聲情宛然。）姐姐先請，小弟就來。」麗卿大喜，（真有小兒試步之樂。）領一千精兵直向縣城進發。麗卿令軍馬依常演的接官陣，靠後左右埋伏，（妙，妙。常演的妙；接官陣，非埋伏兵，硬改作埋伏，妙。）自己領十數騎直抵城下搦戰。（實是誘敵，誤以為搦戰，妙。）龔旺、丁得孫在城上望見猿臂寨的旗號，又是一員女將，龔旺便對丁得孫道：「這必是陳麗卿。那年你我在安樂村時，錯疑他會妖法，誰知不是他。（廻應前文，筆法妙絕。）今日他單騎來此，你我一同奮勇去捉住他，倒是莫大的功勞。」（妙，妙。已為麗卿所誘。）丁得孫大喜，二人便一同開城出戰。龔旺一馬當先，高叫道：「來者莫非陳麗卿麼？」麗卿更不開口，棗騮馬飛驟衝來，（夾寫馬一句。）一鎗刺中咽喉，龔旺不及提防，受鎗而倒。（寫得捷速無比。不但龔旺不及防，即讀者亦不及防。）丁得孫大怒，一飛叉標來，（寫龔旺取得太易，故特補寫丁得孫利害，以見龔旺之死，出于不意，非其本領低也。）麗卿急閃，那飛叉從肋下溜過。（寫飛叉，有精神。）麗卿驟馬追上，丁得孫急忙飛逃，吃棗騮馬快，追過丁得孫前頭，（亦夾寫馬一句。）麗卿回馬邀住，（寫馬出色，即寫麗卿出色。）丁得孫手無軍器，忙抽腰刀抵敵。麗卿長鎗驟刺，如何當得，吃一鎗洞脇而死。（寫得簡淨。）麗卿頃刻刺了雙虎，大喜，（總束一筆。龔旺、丁得孫了。）割了首級，提着笑道：「啐！早知這廝如此不濟，我要想甚麼計！」（妙，妙。寔是用計誘斬，而不自知其計，故妙也。）遂揮全軍搶城，賊兵亂竄逃散。永清聞麗卿得勝，亦領兵前來，兩軍會合，斬獲賊兵無數，一同入城。永清便問麗卿如何得勝，麗卿將前事告知。永清道：「姐姐真聰明絕世，這是誘敵奇計。」（計名永清代他說出，妙。）麗卿道：「我道這不算計。」（麗卿語，更妙。）永清道：「怎麼不是！」（妙，妙。）麗卿道：「你休要欺我。」（其語愈妙。）永清道：「休管他，這城是你得的，終是你的頭功。」（妙，妙。）麗卿大喜，盤查宋江兵器。（看去極是閒文，而已作後回伏筆。）永清出榜安民，分兵把守各門。陳希真、欒氏弟兄大兵已到，永清、麗卿迎接入城。希真備問緣由，永清將麗卿攻取縣城的事說了，希真亦驚喜。（極寫麗卿。）正議赴救召村。

那宋江（忽接宋江。）在召村聞知希真奪了縣城，殺了龔、丁二將，宋江大驚道：「這賊道果然來管閒事，怎地來得這般快？」吳用道：「我危矣。若依理，只消退保新泰、萊蕪，他也不能奈何我。（先提明退，保新泰、萊蕪。）只是撇了召村，我那三個兄弟無生還之日矣。」（引起後文。）宋江道：「我拚個死，攻這召村何如？」吳用道：「無益也。這賊道來夾攻我，我已難當；更防他按兵坐視，驟乘我疲，我束手待戮矣。」（希真勝算，只借吳用口中敘出。）宋江急得面如土色。（何苦！我以道情兩句贈之曰：爭似不來還不往，亦無歡喜亦無愁。）吳用道：「依小弟只有一着，生死聽之于天。」（吳用說出此言，情急勢危可知。）宋江道：「憑軍師調處。」吳用吩咐全軍退出召村，（奇。）卻又不退遠，只屯在蒙陰北境，（奇。）一面趕緊備齊四十萬金珠。（奇。）正在議擬，次日又接得一件緊急的信息，宋江急得小便頃刻失了三次。（奇語。）正是福無雙至，禍不單行。有分教：半生忠義，頓弄成負義名聲；一世雄威，逼寫出失威盟約。畢竟宋江聞的是甚麼信息，又且眼前這樁事如何完結，且聽下回分解。

范金門曰：左氏云，淫人富，謂之殃。宋江將亡，而一月三捷，所謂天富淫人矣。因雨而乘以水利，因風而用以火攻，逞吳用之謀，遂宋江之欲，蒙陰又唾手而得，文筆如焚香倒挂，栩栩如生。

邵循伯曰：召村之作梗，猿臂之救援，亦在吳用意中。乃竟如其所料，一以見事機之一定不移，一以見文思之生發不窮。召村一無敗陣，固非也；使一敗而絕無把握，亦非也。先擒武松、李逵、魯達，自是六轡在手。

寫麗卿攻城斬將，不特渲染本旨，抑藉此震動前文，起訖後意。

寫麗卿忽能用計，奇矣。乃用計而仍不失其天真爛漫之本色，真是妙筆入神。

第一百五回　雲天彪收降清真山　祝永清閒游承恩嶺

卻說宋江正在攻擊召村，忽聞陳希真兵馬奪取蒙陰，宋江大驚，急依吳用之計，將全軍退出召村，屯在蒙陰北境。正思對付希真，忽接到清真山告急的文書，知是雲天彪會合歸化三莊，直攻元武關，十分危急。又突兀而來。宋江大驚，再細看那文書，原來馬元因屢次請救不至，句語十分怨悵。妙。宋江看罷，吩咐來人且退。細。宋江請吳用入後帳，細。宋江道：「我從此失清真山矣。」可見前此日夜提心，一語傳神。吳用道：「若論地利，清真山為我東路險要；亦捨不得清真。若論人材，馬元如何抵得過魯、武、李三位兄弟。不得不捨清真。且我此刻若還救清真，上論情，此論勢。陳希真必乘勢會合召村，來奪我新泰、萊蕪。那時魯、武、李三人必不生還，一。而我又連失三城，二。兼且清真山未必救得，三。滿盤敗着矣。」妙，妙。能使宋江如此，召村之功莫大矣。遂假對清真來使道：「本寨救兵即日便來，你速去回報頭領，教他放心堅守數日。」忠義掃地矣。暗用晉伯宗欺宋故事。來人應命去了。宋江對吳用道：「此信若被希真得知，吾事去矣。」急極。便嚴肅隊伍，申明賞罰，約束眾軍，擺齊明晃晃鎗砲劍戟，直抵蒙陰城下。震天震地的一聲吶喊，一陣連環鎗砲，震得蒙陰城岌岌動搖。真寫得驚天動地。暗用夫差爭盟故事。一枝響箭縛了書信，射上城樓，疾。此時希真已到過召村，因宋江已退，補得周密。便回城與永清等在城上督兵守備。接到響箭，希真便與永清在敵樓上接看書信，只見上寫着：

宋江今日有死無生，（開口咬定「死」字。）謹率士卒，親詣城下，恭候道子殲戮。（奇極。）道子如以為未足，願盡傾敝寨之人，以供軍前斧鉞。（奇極。）現有敝寨兄弟三人，被留召村，道子可先取以快心。（奇極。）道子意下何如，今日即求明示。

希真看罷，對永清道：「賢壻猜此賊來意何如？」永清道：「有甚難猜，顯見此賊有意外之變，進退不可，故為死地求生之計。（一口斷定。）其意不過求還他三兄弟，即捲甲束兵而退矣。（着，着。）但我偏不由他計算，我但堅守城池，不去保他，看他何如？」（讀者為梁山一急。）希真笑道：「計怕不妙。但人急懸樑，狗急跳牆，（奇語。）我們抑勒他太甚，萬一失機，悔之晚矣。（此數語須知不是希真把細，正是吳用料定。）我看不如權讓他一籌罷了。」（好。）便寫起一封答書道：

頃接公明來書，尊意盡悉：（妙，妙。）退出召村者，萬不得已而專事于希真也；（妙，妙。）屯北境者，示有新、萊二縣，將勉與希真久持也；（妙，妙。）來示提及召村者，欲希真以尊意致召村也。（妙，妙。吳用本意層層叫破他，惡極。）夫公明既有意外之虞，進退不可，（索性叫穿他底裏，更妙，更惡。）希真亦何忍乘人于危，為此已甚之舉。（妙，妙；惡，惡。）但希真既受朝廷褒寵，欽賜忠義字樣，（妙，妙，分明形容他。）而畏公明必死之怒，（再叫穿他，妙極，惡極。）引軍退避，殊非所以副朝廷忠義之責望也。（再形容。）願公明熟思之。

永清看罷稱妙，便將信縛在原來響箭上，（細。）射出城外。

宋江得信，大為驚疑。吳用道：「我看此信，他亦有畏我之心。妙。只是他不知尚有何事要勒掯我，妙。且退軍三十里，忽進忽退，好看。差一能言舌辯的人與他面談，便知端的。」宋江依了，便退軍三十里，着帳下一頭目入城去見希真。須與那頭目轉來，虛敘，妙。稟道：「陳希真述召村之意，已到過召村，故知其意。如要還三頭領，必須調還新泰、萊蕪。小人答言，頭領如要照舊例，舊例，妙，不知誰所定。金珠取贖，宋頭領無不遵命；若有他事勒掯，那被留的三位頭領任從處置，願頭領明示戰期。亦會說。小人說到此際，那陳希真口出蠻言，妙。小人卻不肯應許。」頓斷。宋江、吳用問是何言，頭目道：「陳希真說金珠是要的，妙。更要大王立一盟約，寫明自今以後，永不敢再犯蒙陰。如再犯蒙陰時，但有頭領被捻，立即凌遲碎割，雖百萬金珠，不准回贖。三面言定，後無翻悔。妙，妙。想見希真之惡。大王想，此等狂言，如何聽得。」妙。吳用道：「你何不也勒他，不許犯新泰、萊蕪？」妙，妙。竟忘卻新泰、萊蕪為誰家之土地矣。頭目道：「小人何嘗不說，宛然。那希真只信口亂說，這是要看的，勢有可奪，不得不奪。」妙，妙。宋江大怒道：「這賊道欺我太甚！」吩咐攻城，怒甚。忽又停令，妙，妙。三頭領在其手，受其挾制故也。退入後帳，與吳用商議道：「叵耐陳希真這賊道如此抑勒我！苦也。蒙陰攻得好不好？我若不依他，三兄弟必不生還；我若與厮殺，枉是勝負難料，勝不得一發吃虧。苦也。我若依他寫出如此盟約，豈不是損我梁山一世威名。」苦也。吳用道：「這真難事。況且雲天彪攻清真山，又提清真山，此回正旨也。將次得勝，他若聞知此事，乘勝來襲新泰、萊蕪，我仍是束手待斃。」真是苦也。宋江道：「如此怎好？」吳用沉思半響道：「英雄有忍辱之時。沉思半響，想出此句，為宋江、吳用設身處地，大是難過。既不救清真，又失卻三個上等兄弟，我此來為甚事，沒奈何只得依了他。苦也，絕倒。我但能守得新、萊二縣，再看機會，倘蒙陰有可乘之隙，背盟何妨。絕倒。那時揚眉吐氣，以償今日之辱。」

讀者早知為必無之事矣。宋江長吁短歎，只得點頭，可憐。又恨道：「何日得生擒雲天彪、陳希真并召村一般鳥男女，劈屍萬段，方泄吾恨！」天長地久有時盡，此恨緜緜無絕期。因復遣使入蒙陰城，允許金珠并盟約，兼乞還龔、丁二將首級。希真大喜，便將龔、丁二首級用香木匣盛好，希真權術可愛。交付來人道：「已死減半價，五萬金珠一個，價無二言，望勿失信。」絕倒，竟是賣買。發付來使訖，并知會召忻，先放還武松以示信。權術可愛。宋江接到兩處交還的死活三人，奇語。又聽得希真這樣言語，懊惱不可名狀，絕倒。對眾頭領道：「這賊道如此可惡，我誓必有以報之。」眾頭領無不忿怒。武松涕泣道：「皆由兄弟們不肯出力，以致人哥如此受辱。」武松語亦好。宋江道：「賢弟何出此言，但兄弟得生還，吾願慰矣。」詐語。武松感愧無地。宋江肉也疼落的抽出五十萬金珠，可憐。四十萬送與召忻，十萬送與希真。那召忻建着「欽賜軍功防禦」職銜的旗號，希真建着「欽賜山東忠義勇士」的旗號，氣殺宋江。各自盛陳兵衛，到了地頭，與宋江昭告天地，歃血為盟。絕倒。宋江寫了盟約道：

梁山義士宋江，與猿臂寨義士陳希真、召家村義士召忻，共昭告于天地、神明、日星、河嶽：自今日以往，既盟之後，宋江因厭棄蒙陰，硬說厭棄，妙。兵馬車徒不復涉蒙陰之境。如違此盟，明神殛之。盟詞倔強得妙。

希真目視召忻而笑，絕倒。竟收其盟約，送還魯達、李逵，在壇上宴會，盡歡而散。絕倒。須知中有一人不歡。

希真歸途謂召忻道：「此盟約原不足為憑，然我料此賊必不敢再犯蒙陰矣。」召忻道：「何故？」

希真道：「賊至此地，犯縣城必虞貴莊，犯貴莊必虞縣城，賊于此失利二次矣。況馬陘未必不赴援，敝寨亦分當呼應，是以料其必不來也。」（一句收蒙陰。）召忻大喜。希真道：「雖然如此，亦不可不防，總俟新泰、萊蕪恢復，方可無憂。」（一句呼起收復新泰、萊蕪兩篇妙文。）召忻領教。探得宋江軍馬一齊退出蒙陰，召忻便請希真翁婿父女同到村中，治筵申謝。希真命欒氏兄弟守蒙陰，自己同永清、麗卿到召家村。高粱邀麗卿入內敘談。希真與召忻商議，將恢復蒙陰之事具稟通報，說鄉勇同生公憤，會勦賊人，請委員弁來城收復。稟摺做就，開筵暢敘。內廳清香亭麗卿為客，高粱諸女眷奉陪。桂花等四個丫環隨麗卿同來見了舊主，一同眾女使服侍。外廳還醇堂，希真、永清為客，召忻、史谷恭、花貂、金莊奉陪。召忻又吩咐送席至城內請欒氏弟兄。希真遜謝。（寫出陳、召異常親熱。）酒闌席散，希真方聞知雲天彪攻討清真山之事，希真喜道：「這番蒙陰可以無患了。」便對召忻道：「小可與召兄同去助雲總管一臂。」（讀之眉飛目舞。）召忻欣然願往。希真等在召莊歇了一宿，次日便議點兵。（讀者必道，又是一番廝殺。）永清道：「泰山此去，還是助戰，還是助個聲勢？」（問得妙。）希真道：「助戰利否？」（轉問更妙。）麗卿道：「我們去帮帮雲叔叔，多斫幾個頭顱。」（攙入麗卿語，更妙。）永清道：「助戰未免蛇足。（麗卿聽了，不高興。）我們不如直趨新泰，敵人不動，我亦不動；若敵人去救清真，我便攻新泰。」（的的勝算。）希真稱是。召忻道：「賢翁婿兵法，真不可及也。」（夾召忻語，不冷落。）便一面差人賫了收復蒙陰稟摺上都省，（細而不漏。）一面會齊猿臂、召村兩處人馬，共一萬。希真、永清、麗卿、召忻、高粱統領全眾，一齊到蒙陰北境小汶河上，將河船盡拘北岸。這里旌旗蔽日，鼓角喧天，札成一字寨柵，專聽梁山信息。（妙，妙。不惟可以趨新泰，而兼可以保蒙陰。）那宋江、吳用怏怏提兵退入新泰，聞知清真山尚未失陷，正商議撥兵去救，猶豫未決。（妙，妙。）忽聞猿臂、召村兩路大隊兵馬，直抵小汶河屯札，分明是牽制他，不許救清真之意，（妙，妙。）恨得宋江如窗紙上的凍蠅，一頭無撞處，（奇喻，絕倒。）只得好好修理城池，（絕倒。）一面「千賊道」、「萬賊道」的痛罵而已。（絕倒。）

且說雲天彪（方特提雲天彪。）自從去年七月，會合正一鄉勇攻清真山，誘敗梁山之後，（記事者，必鉤其元。）料此後攻清真山，梁山必不敢來援，便於十月、十二月接連兩次攻擊清真，（應前文，并點出兩次攻清真時日。）梁山果不敢發救兵。（應前。）那馬元因梁山無救，十分危懼，幸喜天彪把兵退了，方能兢兢自保。（妙。）雲天彪於本年春初，日日操演人馬，整頓軍伍。這一日正在署內飲酒觀書，雲龍侍立，忽見庭前樹梢長風颯颯而來，（起於青萍之末。）不移時，大風怒號，刮得枝條柯葉盡行西向。（寫出東風聲勢。）天彪停杯仰觀道：「東風至也。」（神采如生。）回顧雲龍道：「那年你說火攻清真山之法，今番卻用得着了。」（忽回應九十一回，神妙之筆。）雲龍大喜，（寫雲龍少年。）道：「今番東風，防有大雨，（又先逗雨。）宜火速興兵為妙。」（極寫雲龍。）天彪道：「正是。」便傳令尅日興師。傅玉、風會、雲龍、歐陽壽通、聞達、李成、胡瓊都隨了天彪，統領一萬二千人馬，浩浩蕩蕩，直向清真山進發。一面檄調歸化三莊哈蘭生、哈芸生、沙志仁、冕以信率領鄉勇，同來助戰。一路東風浩大，天日晴明。（再點風，偏說晴。）不日到了清真山，雲龍稟道：「連日東風，恐賊人東山先有準備，我等宜潛師進攻。」天彪道：「何用潛師！」（自是天彪口氣。妙只得四字。）便傳令大小三軍一齊直攻元武關。這番不比從前，眾軍輪流攻打，端的十分緊急。那馬元與眾頭領策眾死命守住，足足攻了一日，相持不下。至晚，天彪收兵回營，安排晚餐畢，天彪傳點陞帳，聚集眾將，命雲龍、歐陽壽通帶五百名軍士，十萬枝火箭，到東山放火；（一段是縱火兵。）命沙志仁、冕以信領五百鄉勇，多攜帶鼓角，去助雲龍吶喊揚威，不必定求攻破，只要引得賊兵去救，有逃來的，非捉即殺，便算功勞；（一段是誘敵兵。）命傅玉、哈芸生預備木驢、地雷，只看守關賊兵亂動，便去攻關；（一段是攻關兵。）命風會、哈蘭生帶領步兵埋伏，只待關破，便衝殺入去。（一段是埋伏衝殺兵。）分派已定，天彪領聞達、李成、胡瓊，大兵都退後伏了，只札空營，讓賊兵來探。（讓賊來探，妙。）

卻說馬元同周興、皇甫雄見天彪利害，緊守元武關，教來永兒、赫連進明把守東山路口，一面飛報梁山求救。當夜五更天，（時候從馬元一邊註出。）望見東山火起，飛報有官兵殺來，順風放火，掌管礌木、滾石的孩兒們都把守不住。（果如雲龍之計。）馬元大驚，對周興等道：「天彪見元武關攻不破，移兵去攻我東山路口，那里雖有永兒、進明兩位兄弟把守，恐官兵勢大，我等快去救他。」周興道：「我等都去，恐他這裏來攻關口。」（周興畧有見識。）馬元便差人打探天彪，果是個空營，裏面都虛張燈火。（見天彪之妙。又不遺夜景。）馬元道：「這厮果然去偷我東山路口了。」忙同周興、皇甫雄帶領大半嘍囉殺奔東山去，只留一小半人守關。（已在天彪料中。）那時彤雲密布，狂風大起，望那東山火勢蒸天價通紅。（補得周匝。）傅玉、哈芸生望見關上人少，（不曰人亂，而曰人少，無印板將令也。）急駕木驢直衝關下。每一木驢內，只藏掘子軍二十名，地雷兵二十名，點齊火把，一聲吶喊，將木驢推到城根。傅玉、哈芸生身披軟鎧，手提鷹嘴斧，各在木驢內親身率領士卒，一齊動手。（寫傅玉、哈芸生。）關上賊兵忙來救護，後面雲天彪領聞達、李成、胡瓊大兵擁到，令鳥鎗兵雨點價的望上打。關上賊兵站脚不住，忙飛報馬元，一面用防牌擋抵鳥鎗，將千斤石推下。（寫賊兵。）傅玉、哈芸生早已將地雷栽好，撤回木驢。（寫官兵。）沒多時地雷轟發，好一似地裂山崩，那關上敵樓女牆，夾着賊兵的屍骸，連排價倒下來。（寫得聲勢之極。）風會、哈蘭生見地雷得勝，便領步兵殺入關來。天已大亮，（好筆力。）天彪大驅兵馬擁進。馬元聞知元武關有失，大驚，（急遞馬元。）忙轉身來救，正遇官兵，兩下混戰，風會回陣上馬。（先接風會一句，忙中井然。）賊兵奔走辛苦，怎敵官軍勇猛，周興措手不及，被哈蘭生一銅人打得頭顱粉碎，死於馬下。（寫哈蘭生。完周興。）賊兵大敗，官軍乘勢掩殺，風會衝鋒冒險，追殺賊兵。（寫風會。）馬元、皇甫雄退入松門關。風會勇猛，只顧追去，不防山凹裏鎮山砲橫打出來，一聲響亮，前隊官兵有二百多人中砲，屍骸平地掃去，砲子從風會馬頭上飛過。（險極。寫得清真山亦復利害。）風會大驚，忙收住人馬。後面天彪、傅玉等都到，風會訴說如此，天彪道：「這厮巢穴本不易搗，（一語顯出從前屢次攻伐之故。）今已得了他的元武關，險要已據大半，且就此安營下寨，再作計較。」（寫天彪持重。）風會道：「乘這厮喘息未定，待我帶部兵去搜山，這里一面奪他松門關。」（極寫風會。）聞達、李成、胡瓊聽了，都精神奮發，一齊願往，（寫聞達、李成、胡瓊。）請令定奪。天彪依了，便命傅玉同哈氏弟兄助風會去搜山，將四山砲兵盡行殺散，聞達、李成、胡瓊便統大兵搶關。（畧點過好。）歐陽壽通、冕以信領得勝兵回營，歐陽壽通稟道：「賊人東山樹木盡皆燒燬，大公子望見賊兵已亂，便與沙志仁奮勇殺入。（寫雲龍。）沙志仁將赫連進明刺死，（寫沙志仁。）小將斬得來永兒，（寫歐陽壽通。完進明、永兒。）冕以信力殺百餘人。（寫冕以信。）現大公子偕沙志仁領兵一半，直攻賊人東關，（天彪言不求攻破，而雲龍直攻內關，無印板將令也。）特遣小將等來請令。」天彪大喜，即命歐陽壽通、冕以信領生力軍官兵、鄉勇各五百名前去。

馬元、皇甫雄十分震懼。看看天色，（四字接得奇妙。）只見油雲密布，微雨東來。（一路勤寫天時，真是一氣貫通。）馬元滿望大雨降下，官兵厮殺不得，庶可遷延以待救兵，（妙，妙。提出望救，為怨恨宋江作引。）誰知是日只微雨數陣，地皮都不能濕。（絕倒。）馬元急極，與皇甫雄勉力支持。天彪見官兵攻關不能取勝，傳諭眾軍權且將息，等待次日復攻。接連攻了兩日，馬元已接得告急人的轉信，以為梁山救兵不日就到。（應前層層追逼，馬元離心。）又勉持了四日，馬元對皇甫雄道：「看來梁山救兵又不到矣，（怨恨之心頓起。）不料宋公明如此不仁不義。（妙。馬元猶知宋公明不仁不義，而愚夫至今猶然不知，何也？此次寔非宋江負義，馬元寔是錯怪。至于宋江不仁不義之寔蹟，前傳早已累紙盈幅，而愚夫瞠目視之，竟若無睹。經聖歎先生逐段拈出，猶傲然不信，真另有肺腸矣。前番不來，猶推路遠，今近在蒙陰，猶不肯來救，不知出自何意。」妙，妙。馬元蓋不知有陳希真也。皇甫雄道：「可知是哩，我們並沒有怎麼得罪他！」妙，妙。馬元道：「我看此地斷難支持，雲天彪智勇雙全，手下一無弱將。我們六人已經失了四個，如何抵敵得住？勝負之勢，較若列眉。依我愚見，不如竟獻了此山，我二人投誠王國，亦是正理，落題。賢弟意下何如？」皇甫雄道：「小弟亦作此想，但不知雲天彪肯否准降。」馬元道：「那事容易，前文一路逼拶之力也。我先修下一封降書送去。他如允准，不必說了；如果不允，再作計較。」二人商議已定，即刻寫了書札，差人送至雲天彪營內。雲天彪正與諸將商議攻取之策，着此一句，見天彪非有意招降馬元也。忽接到馬元來信，拆開看時，方知馬元獻地投降，便與眾將議定，將馬元文書批准發回。馬元、皇甫雄接閱大喜，當日就命眾嘍囉棄寨下山。眾人也因殺伐太重，皆願投降。一行大眾都到雲天彪營外，營門將校領馬元、皇甫雄入營進見。天彪排齊儀仗，陞帳接見。二人跪下叩首，與胡圖降宋江同，而榮辱頓異者，一下喬木入于幽谷，一出幽谷遷于喬木也。天彪吩咐左右扶起賜坐。榮甚。二人自陳罪狀，天彪慰諭勸導，二人涕泣沾襟，自恨投誠太遲，寫天彪格頑化梗，真妙。天彪就命留在帳下聽用。馬元、皇甫雄見天彪如此寬洪度量，各各自喜，相見了各位將官。天彪安插了降兵，犒賞三軍，大開筵宴，眾將皆大喜。天彪道：「近聞宋江佔據新、萊二縣，其志不小，幸賴眾將之力，收得清真，斷其要路。提清大關鍵。此山必不可虛棄，我意就於此山屯札重兵，設將鎮守，一面探賊人行止，以圖恢復二縣。寫出偉謀碩劃。諸將軍以為何如？」眾將皆佩服。天彪遂將收降清真山情由，并欲於清真山設營置兵之議，一面詳報都省，一面恭摺奏聞。天彪慰勞哈蘭生等四人，命其先領鄉勇回村；收哈蘭生等四人。命風會、聞達、李成、胡瓊領六千人馬，屯札清真山，恭候旨下，再行定奪。收風會、聞達、李成、胡瓊。天彪與傅玉、雲龍、歐陽壽通率領官兵并馬元、皇甫雄一干降兵，一齊回鎮。收天彪、傅玉、雲龍、壽通，并收馬元、皇甫雄二人。魯太守出郊迎接，賀喜，各歸職守，恭候聖旨。收足。

那宋江聞知清真山已降，也只得歎了一口氣，自問難以兩顧，亦出於無奈，此卻是寔情。只得與吳用趕緊修理新、萊二城，商議鎮守之法。收宋江等一邊，按新、萊二縣。那陳希真、召忻等在小汶河口，聞知雲天彪收降馬元，并於清真山置設重兵，便與召忻拱手道：「恭喜，蒙陰永保無患矣。」收足蒙陰。原來清真山距萊蕪縣不過百餘里，至此方點出清真山道里。此處有重兵扼住，宋江斷不敢越萊蕪而圖蒙陰矣。註明。與宋江得三縣，聯絡清真之議，針鋒相值。然後知清真一山賊得之，而官兵震動；官得之，而賊人困躓也，豈非大關係哉！召忻大喜。此時都省已有員弁下來收復蒙陰，欒氏弟兄交了城池。召忻、高梁謝了希真，收兵回莊。收召村一邊。陳希真、祝永清、陳麗卿、欒廷玉、欒廷芳合兵一處，回歸山寨。層層收拾，方從希真一邊生波。希真道：「近來連日東風，就用東風繳上起下，手法敏妙。天色陰霾，漸漸潮濕，日內恐有大雨，呼起大雨。宜作速起行為妙。」與雲龍語對照，絕妙章法。希真、廷玉、廷芳先行，永清、麗卿後發，邐迤至承恩山，仍用前回山名，筆意最妙。希真等已過山南，永清、麗卿還在山北，我行已水濱，我僕猶木末。絕妙文心，絕妙文境。天色已晚，各自安營憩息。看他如此曲折寫來。永清、麗卿在帳內張燈飲酒，閒談軍務。因而議論宋江，文生情，情生文，妙不可言。麗卿道：「宋江那廝軍裝，端的十分精緻。從軍裝生情，可知前收軍裝非閒文。莫說別的，就是這幾枝箭，枝枝都是上等材料。」永清道：「宋江那廝的輔佐，端的智勇俱備，要平定他，未知何日。」忽然宕開，文氣舒徐不迫，此等筆，斷不可少。麗卿道：「兄弟，你要好箭，我倒看得一處有好材料。」一縱即捡，真絕好手法。永清道：「何處？」麗卿道：「就是這山的東面，無數竹林，枝枝都是好箭材。關起奇波。我來往數次，看得分明。待明晨稟知爹爹，我就同你去採辦。」文機徐引。永清應了。又說了些閒話，酒闌歸寢。絕倒。

次日，永清差人將採辦箭料之事告知希真，希真準了，永清便委軍匠賫了銀兩前去。麗卿道：「你我何不親去一走，左右沒甚廝殺，前去看看景致也好。」妙，妙。姑娘真正風雅宜人。永清笑而點頭，便吩咐偏將看守營寨，自己與麗卿換了常服，帶了隨身伴當，同上頭口，由承恩東嶺而行，到了天環村，地名好，取天道好環之義也。果然竹林茂密。永清便吩咐軍匠前去採辦，永清、麗卿並馬遊行，觀玩山景，一路行來，果然山清水秀。不負麗卿看景致也，無他意。永清、麗卿玩賞了一回，此篇為打兗州發端。打兗州者，為祝家莊報仇也。冤有頭，債有主，永清、麗卿者，祝氏之子婦也，故設法將永清、麗卿落後生情。然何以能落後？特借辦箭料一事以留之。辦箭料矣，而永清夫妻仍在營中，猶未能生事也。特又借觀景致一事以遣開之，然後將大雨一阻生出事來。思致曲折，引人入勝。忽見四山雲氣密布，巨雷碾轉，萬木無聲。寫出山雨之勢。永清道：「雨來也！」急忙避入一所山閣。侍從人都到了閣下，頭口拴在廊邊。匆忙事，偏能細寫，真是高手。永清、麗卿登閣，只見震天震地的一個霹靂，直向正西打去，雷火如栲斗大小，照得四山通紅，金光百道飛射，真寫得聲勢百倍。行文至此，亦有疾雷破山之樂。兗州在正西也，以疾雷擊正西，發端真是妙不可言。白虹貫日，彗星襲月，同此氣勢。大雨傾盆直下。六字直接，筆力勁挺之甚。但見萬山樹木，隨着雲氣連排價奔走，一句遠。雷聲殷隆，撼得山樓動搖，一句近。簷前一片白茫茫的接到天邊，不辨村莊屋舍，只是怒濤洶湧。一句遠近總寫。寫雨勢，真寫得十分出色。卻順將不辨村莊、屋舍六字引起下文，不解仲華徑寸之筆，竟有無數神奇，鬼怪供其驅策。足有兩個時辰，雨勢漸漸小來。妙。永清看那山閣，將寫麗卿看村落，先寫永清看山閣，絕妙襯筆。卻裝折得精雅，壁上有無數題詠，永清一一細看，直看過後窗去了。妙。藏過永清，獨寫麗卿。麗卿靠了欄杆，光著眼看那閣外雨景。此等筆法，寫麗卿令我歎絕，不知何故，紙上宛現一絕代佳人，真令我自問而不能解矣。雨勢已小，望見前面一箭之地，文機徐引。一所籬落人家，三間廬舍，一方天井，簷前水溜飛瀉，靜蕩蕩不見一人。將有所見，先言不見，文家開合法也。須臾，忽見兩個孩子抱出一隻泥老虎來耍子。文心奇幻，一至于此。耍了一歇，忽然走進去了，遺下那隻泥虎。妙。只見左邊走出一個畧小點的孩子，看見了泥虎，順便捧了去。于無可生事中，生出事來。那起先兩個孩子，忽然走出來了，忽然走進去，忽然走出來，活是孩子。便來奪了泥虎，那小的孩子便哭起來。寫孩子，便活是孩子。只見裏面走出一個婦人來，不問事由，將那兩個孩子一掌一個。于無可生事中，生出事來。麗卿看了，心中便有些不平。妙。確是麗卿心腸。只見那兩個孩子也哭起來，叫道：「姆姆，二字漸露出情節。他偷我的老虎。」那婦人大喝道：「老虎現在你手裏，他幾時偷的？輕輕便出一罪。你這樣放刁，大來還當了得！」輕輕便入一罪。此等人，天下滔滔皆是也，安得無數麗卿以遍治之哉！便又是好幾掌，喝令跪下。可恨。麗卿大為惻然。真是佛菩薩心腸。只見婦人身邊，走出一個俊俏的小孩子，看了一看，飛跑到右間房子裏去了。須臾，那個俊俏孩子同一個十三四歲女孩子出來，那女孩子只在右間房門口，不敢近來也，寫姆姆毒焰可畏。哭著叫道：「他是沒爹沒娘的人，慘然。只靠着你姆姆，可憐。你朝也打，晚也打，抵椿❶弄殺他！」煞是可恨。那兩個孩子兀自跪着哭。那婦人聽見那女孩子發話，便大罵道：「你這小賤人，做了個姐姐，情節都從口中交代出，妙不着痕。不曉得教訓兄弟，倒來我面前放肆！小時不禁壓，到老沒結煞。」可恨可恨，彼反以為愛之，須知誨也。麗卿方知是伯姆凌虐孤兒，處處夾寫麗卿，妙。心中大怒。始不平，繼惻然，繼大怒，寫麗卿發作有層次。只見那女孩子氣得面孔紫漲，便向籬邊叫一聲：「二哥哥快來救我兄弟！」其聲酸楚，不忍卒讀。只見那籬邊走出四個大孩子，都是十多歲的，不辨誰是二哥哥，妙。望雨裏洗濕透滷的不脫雨景，妙。跑過來，一齊發話道：「你這老賤人，這樣行為，雷公公來鑿殺你！」本地風光借得妙。不問事由，一家一個，把那跪的孩子抱出來。只見那婦人大怒道：「要你們這班小嘍囉來管閒賬！」趕出來一手一個奪去，可憐那兩個孩子，兩地下跌成兩個泥湯團。至此麗卿雖欲不發作，不可得矣。妙在處處不脫雨。仲華此段，葢影射二解爭虎事也。細按之：起先兩個孩子者，二解也；俊俏孩子者，樂和也；女孩子者，顧大嫂也；後四個孩子者，二孫、二鄒也。嗟乎！仲華胸襟忠厚和平，真不可及哉！此次三打究州，二解等盡皆碎首矣。乃細思之，而二解受冤無伸，從事綠林，實為可憐。于是幻出此段，以見二解，未嘗不為殺二解者之所憫，而卒于不得不殺，仁之至，義之盡也。一部結水滸，均作如是觀。二解爭虎，而三打祝莊以終；

❶ 抵椿：準備；打算。

二孩爭虎，而三打兖州以始，極妙關節。麗卿怒不可遏，便回顧尉遲大娘道：「你快與我捉這賤人來，我問他。」十二字長風波浪，無此迅利。永清忙過來道：「姐姐為甚事？」麗卿道：「兄弟，你不看見這賤人的可惡！」爽快之極。嗟乎，卿只知兄弟不看見，又烏知卿之不看見者，不勝枚舉哉！便連催尉遲大娘去捉。快人快事。尉遲大娘下閣，領幾個伴當，直奔到那所籬落去，撲進堂前，那婦人大吃一驚。亦會吃驚。只見裏面走出一個漢子來，將出後生，先出漢子，亦是襯法。大喝道：「什麼人到我家來亂闖！」吃尉遲大娘照臉一掌，亦當以聖歎之筆註之，曰：其聲清越，從紙上聞。跌在一邊。罪坐夫男，處置極當。尉遲大娘喝道：「猿臂寨陳小姐六字生出奇緣。要拏人，誰敢阻擋！」把那婦人從雨地裏，水拖醃菜的提出來。快極。處處不脫雨字，真是妙筆。只見一個小後生趕出來，妙，妙。不知是餘波，是特起。叫道：「老奶奶，老奶奶！疊叫兩聲，急忙如畫。你說的陳小姐，是不是祝玉山郎的夫人？」奇情突起。尉遲大娘道：「是的，你問做甚？」聲口欲活。那後生道：「老奶奶請緩一緩。急忙如畫。我是玉山郎的至好，奇情突起。容我去討個分上。」奇尉遲大娘便立定了。可見是一面拖着婦人走，一面口裏說也。夾敘法。「玉山郎在不在上面？」玉山郎如不在，則嫂嫂處未便冒昧也。乃先說討分上，方問玉山郎，急忙如畫。尉遲大娘道：「都在前面山閣上。」那後生道：「老奶奶請少停一停。」便張傘着屐，飛奔山閣來。永清在閣上看見，叫道：「魏賢弟從那里來？方知姓魏。省卻後生通名閣下的伴當、伴當上來告知一段繁文。請上閣來。」那後生上閣，與永清各唱個喏道：「一向闊別了。」便指麗卿道：「這位就是嫂夫人？」永清道：「正是拙荊。」魏生便向麗卿唱喏道：「嫂嫂奉揖。」麗卿忙答了個萬福。永清與魏生對坐，麗卿坐在下首。麗卿問永清道：「這位叔叔是誰？」永清道：「這位姓魏，複述一遍。是小弟世交，他的尊翁提出尊翁。與先君最為莫逆。」魏生來歷借永清口中敘出。便對魏生道：「賢弟久別，一向何處？為何從此地經過？」魏生道：「一言難盡。自從那年尊府慘遭奇禍，陡然提起大仇讎。家君不勝驚駭，又無處探聽仁兄消息，正憂得苦。家君是年徙居兖州甑山，提起居兖州。續聞足下托足猿臂寨，得贅姻于陳道子先生，（所以提起猿臂寨陳小姐六字，便記其人也。）驚喜相半。（說得好。）近日聞知貴寨戮力王家，再救蒙陰，慶邀天貺❷，真可喜可賀之至。自兗州陷賊，（有此四字，便知不是梁山一邊人。）家君急欲遷移，奈胏病纏綿，（提出病。）起居不便，是以韜光匿輝，與賊為鄰。（八字表出魏翁。）那李應時來親近，即吳用亦見訪數次，（提出與李應、吳用相識。）家君以病為辭，不與溷跡❸。（又是一高人，真妙。）邇年❹家舍寒微，（李應豈無所贈遺，而至于如此？可見此公一塵不染。）小弟不得已，遊幕諸城。近因東人解職，弟繫念家君奉侍乏人，為此兼程還舍，（卻寫出孝思。）于此地遇雨，避居于表嫂家。方纔婦人，即是弟之表嫂，（收歸本文，便捷。）不知因何事得罪於尊嫂，以致尊嫂見怒。」（辭令妙。）麗卿道：（永清不及開口，妙。）「他原來是叔叔的表嫂。他庇護親兒，淩虐孤姪，（老吏斷獄，遜其明確。）叔叔，你想可氣不可氣？」（妙語。反教叔叔想天下之好惡，皆同也。）魏生道：「原來如此，待小弟去勸誡他。這里望嫂嫂看小弟薄面，暫恕則個。」（魏生辭令妙。）麗卿道：「煩叔叔向他說，（願聞。）下次奴家統兵過此，定來察訪，他若不改，立提軍前斬首。」（妙，妙。殺人須見血，救人須救徹。想見姑娘襟懷，真是一夫不獲，是予之辜。）魏生道：「嫂嫂尊論，小弟定去傳述。」（魏生真妙。）麗卿便吩咐左右道：「你去向尉遲大娘說，看魏官人面上，權饒恕這賤人。」（知是叔叔的表嫂矣，仍以賤人唐突之，妙。）左右應了下去，通知尉遲大娘放了這婦人，（隨即收過，妙。）一同上來復命。魏生稱謝了麗卿，便與永清敘談，十分知己。（永清語，只虛敘過，妙。）只見雨已住點，（妙。）永清請魏生到山北寨內一敘，魏生道：「小弟繫念家君，歸心如箭，仁兄處容異日再來厚擾。」永清知不可留，（好。）便道：「賢弟歸路珍重，尊

❷ 天貺：天賜。貺，音ㄎㄨㄤˋ，賜予。

❸ 溷跡：合流。溷，同「混」。

❹ 邇年：近年。邇，音ㄦˇ，近。

翁處叱名請安。」魏生告辭而去。此處當續之曰：只因這一去，有分教：姑娘軍令震殘村婦之心，表叔傳言保得孤兒之命。不知魏生肯為嫂嫂傳諭于表嫂否？且聽下回分解，此事我至今記罣。

永清、麗卿並馬回營。當晚軍匠解到箭材，收箭材。又在承恩山北歇了一宿，次日拔寨起行。永清想此番閒遊，倒得知了魏老叔住在兗州一信，片帆飛渡。心中甚喜。只因這一信，有分教：一介書生，顛覆得蛟龍窟穴；子遺庶系，施放出震電雄威。畢竟後事如何，且聽下回分解。

邵循伯曰：此篇大旨，是疏出宋江不忠不義實跡也。其擄掠三城，自鳴得意無論矣，即如百孔千瘡以數十萬金珠贖回武松、魯達、李逵，并龔旺、丁得孫首級，人莫不謂其于弟兄分上，可謂至義，而不察就中有與馬元比較一層。嗚呼，馬元非意氣之招倈乎？任你喊破喉嚨，總不往救，其故何也？清真一山其利不及新、萊二縣也，然則知宋江者，當曰利而已矣，何必曰義。

馬元歸降，極有見識，只可惜了來永兒等四人。仲華殆為世間呆鳥勗之。

將欲寫兗州事，先幻出一爭泥虎作二解之引，而順手帶出魏生有父一節，文如溪水灣灣，極情盡致。

國家圖書館出版品預行編目資料

蕩寇志／俞萬春著;侯忠義校注.——二版一刷.——
臺北市：三民，2023
　　冊；　公分.——（中國古典名著）

ISBN 978-957-14-7592-9（全套：平裝）

857.44　　　　　　　　　　　　111020920

中國古典名著
蕩寇志（上）

撰　　者｜俞萬春
校 注 者｜侯忠義

發 行 人｜劉振強
出 版 者｜三民書局股份有限公司
地　　址｜臺北市復興北路 386 號（復北門市）
　　　　　臺北市重慶南路一段 61 號（重南門市）
電　　話｜(02)25006600
網　　址｜三民網路書店 https://www.sanmin.com.tw

出版日期｜初版一刷 2017 年 6 月
　　　　　二版一刷 2023 年 6 月
書籍編號｜S857750
I S B N｜978-957-14-7592-9